Napoléon Bonaparte wird vom Konsul zum Kaiser der Franzosen und regiert ein immer größer werdendes Reich. An seiner Seite steht Joséphine, seine Vertraute, Geliebte – und Kaiserin. Doch ihre starke Liebe muss Verrat und Intrigen widerstehen: Innere Unruhen erschüttern das Land, England führt Krieg gegen Frankreich und Napoléons korsischer Familienclan stellt sich offen gegen Joséphine, weil sie ihrem Kaiser keinen Erben schenkt. In den aufrichtigen und berührenden Tagebucheintragungen Joséphines wird der Leser Zeuge der Machtkämpfe, die Joséphine und Napoléon schließlich auseinander bringen. Sie müssen die Tragödie der Scheidung und die Verbannung Napoléons nach Elba erleben.
›Kaiserin Joséphine‹ ist ein brillanter und mitreißender Roman und gleichzeitig der krönende Abschluss von Sandra Gullands Joséphine-Trilogie – temporeich, unwiderstehlich, mit lebenssprühenden Figuren.

»Mit Bravour krönt Sandra Gulland Joséphine zur Kaiserin der Herzen.«
Amazon.de

Sandra Gulland wuchs im kalifornischen Berkeley auf, wo sie auch studierte. 1970 ging sie nach Kanada und arbeitete als Lehrerin und Lektorin. Mit ihrer Romantrilogie um Joséphine, für die sie jahrelang intensive Quellenstudien betrieb, hat sich Sandra Gulland ihren Platz unter den großen Autorinnen historischer Unterhaltungsromane gesichert. Die Autorin hat zwei erwachsene Töchter.
Die ersten beide Teile der Trilogie, ›Joséphine‹ (Bd. 14880) und ›Joséphine und Napoléon‹ (Bd. 15168) liegen im Fischer Taschenbuch Verlag vor.

Unsere Adresse im Internet: www.fischerverlage.de

Sandra Gulland

Kaiserin Joséphine

Roman

Aus dem Amerikanischen
von Sigrid Gent

Fischer Taschenbuch Verlag

Limitierte Sonderausgabe
Veröffentlicht im Fischer Taschenbuch Verlag,
einem Unternehmen der S. Fischer Verlag GmbH,
Frankfurt am Main, Mai 2004

Die Originalausgabe erschien 2000
unter dem Titel ›The Last Great Dance on Earth‹
im Verlag HarperCollins Publishers, Inc., Toronto

Druck und Bindung: Clausen & Bosse, Leck
Printed in Germany
ISBN 3-596-50737-5

Historie ist eine Geschichte, wie sie der Sieger erzählt.
Napoléon

»Kaiserin Joséphine«
ist ein Roman, der auf dem außergewöhnlichen Leben
von Joséphine Bonaparte beruht
(und von ihm inspiriert wird).

Für Chet und Carrie,
Prinz und Prinzessin

Ich werde nicht vor dir stehen, während die Zeit verrinnt;
Ich werde ewig vor dir stehen.
Oscar Bearinger, »Masks and Shadows«

1

La Bonaparte

Ich war zu solcher Erhabenheit nicht geboren.
Joséphine in einem Brief an ihre Tochter Hortense

Frieden scheint ein unerfüllbarer Traum zu sein

2. März 1800 – Tuilerien, Paris

»Joséphine … Komm her und sieh dir den Mond an.«
Ich schreckte aus dem Schlaf hoch. Ein Mann, das Gesicht vom Licht der Kerze beschienen, berührte meine Schulter. »Bonaparte, *du* bist es«, sagte ich und griff nach seiner Hand. Ich hatte von zu Hause, von meinem wunderbaren Martinico, vom Meer geträumt. Aber ich war nicht auf einer tropischen Insel. Ich war in dem modrigen, prunkvollen Palast, im Bett von Marie Antoinette und König Ludwig XVI. – dem Bett der Toten. Ich drückte Bonapartes Hand an meine Wange. »Wie spät ist es?«
»Fast drei. Komm mit mir nach draußen.«
»Sofort?«, fragte ich, schlug jedoch die Decken zurück.
»Es ist ein wenig kühl«, sagte er und legte mir einen Umhang um die Schultern.

Ein voller Mond schwebte über dem Ufer und tauchte die Gärten in strahlendes Licht. »Das erinnert mich an etwas, das du mir einmal geschrieben hast«, sagte ich und nahm Bonapartes Hand. »Dass wir geboren werden, leben und sterben – inmitten des Wunderbaren.«
»Ich kann mich nicht erinnern, das geschrieben zu haben«, sagte er und steuerte auf die Treppe zu, die zu den Blumenbeeten hinunterführte.
Der fruchtbare Duft des Frühlings erfüllte die Luft. Bonaparte

wischte eine Steinbank ab, damit wir uns setzen konnten. Übermannt von einem Gefühl der Sehnsucht, lehnte ich den Kopf an seine Schulter. Es war die Zeit, in der neues Leben entstand, doch ich blieb unfruchtbar – trotz aller Liebe, trotz aller Gebete.
»An der frischen Luft kann ich am besten denken«, sagte Bonaparte. »Meine Gedanken haben freieren Lauf.« Im Mondschein hatte er ein Profil wie eine römische Statue. »Siehst du diese Hütten da unten bei den Wäschebooten? Jeder Bürger sollte ein eigenes Heim haben – und sauberes Wasser. Ich denke an ein Kanalsystem, das es hereinleitet. Und an mehr Krankenhäuser – in einem Bett sollte nie mehr als ein Patient liegen. Und Brücken über den Fluss wären ebenso schön wie praktisch. Stell dir das vor! Ich plane, Paris zur schönsten Stadt aller Zeiten zu machen.«
»Das wirst du«, sagte ich zuversichtlich. Was könnte ihn aufhalten? Schon so vieles hat sich verändert. Vor Bonaparte herrschte das reinste Chaos, und heute überwiegt der Wohlstand, und Frankreichs Wunden heilen – *meine* Wunden heilen. Noch vor gar nicht langer Zeit war ich Witwe, eine Überlebende des Terrors, eine verängstigte Mutter zweier Kinder. Heute blicke ich voller Staunen auf mein Leben, denn überall herrscht Überfluss – an Reichtum, gewiss, und selbst an Ruhm, aber vor allem an Liebe. Als Madame Bonaparte – ja sogar als *Joséphine* – habe ich gespürt, wie meine Seele aufblühte. Dieser ernsthafte kleine Mann, den ich geheiratet habe, hat mich wieder an Helden glauben lassen, an das Schicksal, aber vor allem an das Wunder der Liebe.
Und in jenem Augenblick fand ich den Mut, die Frage auszusprechen, die mir schon so lange Angst machte: »Bonaparte, was ist, wenn …? Wenn wir kein Kind haben können?«
Der klagende Ruf einer Eule durchdrang die Stille der Nacht.
»Wir dürfen die Hoffnung nicht aufgeben«, sagte Bonaparte sanft. »Das Schicksal hat uns schon mit so vielem beschenkt.«

Mich beschenkt, gewiss – auch Hortense und Eugène, meine vaterlosen Kinder. »*Du* hast uns beschenkt«, sagte ich zu ihm, denn es war die Wahrheit.
Je le veux, sagt Bonaparte so häufig. Ich will es so!
Wenn er durch seine Willenskraft doch auch ein Kind erzwingen könnte.

6. März

Heute Abend, nach einer Aufführung in der Opéra, warf ein Mädchen in einem offenherzigen Kleid und einer mit blauen Bändern geschnürten Haube aus geflochtenem Stroh Bonaparte einen Blumenstrauß zu. »Ich halte ihn«, erbot ich mich. Später entdeckte ich, dass ein Briefchen darin steckte, das den Ersten Konsul zu einem Rendezvous einlud. Ich warf es ins Feuer. Täglich, so scheint es, erhält Bonaparte eine Einladung von irgendeinem jungen Mädchen, das »dem Retter Frankreichs« bereitwillig seine Tugend opfern will.

7. März

Die Art, wie Bonaparte seinen verbeulten Dreispitz durch den Raum schleuderte, verriet mir, dass es keine gute Nachricht war. »Sie lehnen mein Waffenstillstandsangebot ab«, sagte er in niedergeschlagenem Ton. Sein Hut verfehlte den Stuhl und landete auf dem Teppich, wodurch die drei Möpse, die auf einem Kissen neben dem Feuer schliefen, aufgeschreckt wurden.
»Schon wieder?«
»Sie weigern sich, auch nur darüber nachzudenken.« Bonaparte warf sich in den daunengepolsterten Armsessel; zwei Federn lösten sich und flogen davon. »Sie weigern sich, auch nur darüber zu *reden*.« Seine Wange zuckte. »*Pacem nolo quia infida*«, sagte er mit nachgeäfftem englischen Akzent.

»Das sagten die Engländer?« Ich rettete Bonapartes Hut vor den Möpsen.

»Kein Frieden mit ... den Ungläubigen?«, übersetzte Hortense langsam und blickte von einer Kohlezeichnung auf, an der sie gerade arbeitete. Sie schob sich eine flachsblonde Locke aus den Augen, was einen schwarzen Fleck über ihrer Augenbraue hinterließ.

»Und *wir* sind die Ungläubigen?«, fragte ich (empört).

Bonaparte erhob sich und begann, auf und ab zu laufen, die Hände hinter dem Rücken zu Fäusten geballt. »Die Briten peitschen ihre eigenen Soldaten aus und bezichtigen *uns*, grausam zu sein. Sie verstoßen gegen internationale Verträge und bezichtigen *uns*, gesetzlos zu sein. Sie bezahlen jede royalistische Nation in Europa, damit sie gegen uns Krieg führt, und bezichtigen *uns*, Konflikte auszulösen! Wenn sie keinen Krieg wollen, warum versuchen sie dann nicht, ihn zu beenden?«

»Papa, du darfst nicht aufgeben«, sagte Hortense mit Nachdruck. Was Frieden ist, wusste mein Tochter gar nicht, wurde mir traurig bewusst. Wann war Frankreich jemals nicht im Krieg mit England gewesen?

»Ich werde niemals aufgeben«, sagte Bonaparte mit leiser Heftigkeit, jener Gemütsverfassung, die seine Soldaten *le feu sacré* nennen: den Willen, zu siegen – oder zu sterben.

9. März – Malmaison, unser vierter Hochzeitstag

Wir blieben den ganzen Morgen im Bett. Bonapartes hoffnungsvoller Eifer, ein Kind zu zeugen, stimmt mich traurig. Jedes Mal, wenn wir miteinander schlafen (oft!), gibt er dem Kind einen Namen – einem Jungen natürlich. Heute Morgen war es Géry – Napoléon Géry Bonaparte. Letzte Woche war es Baudouin, Gilles, Jean. Wer wird es heute Abend sein? Jacques? Benoît? Donatien?

Ich mache dieses Spiel mit, doch ich weiß, dass ich nicht empfangen werde. Vor einigen Monaten hatte ich den Hauch einer Chance, aber seitdem nicht mehr, trotz der Sennesblättertinktur, die ich trinke, um meinen Körper zu entleeren, trotz der endlosen Stärkungsmittel und austreibenden Mittel, die ich zu mir nehme – Bärwurz in Bier, Wacholdersirup, Aloe- und Eisenpulver – alle bitter im Geschmack und bitter für die Seele.

2 Uhr 45 nachmittags – ein herrlicher Frühlingsnachmittag

»Ich habe genau das richtige Mittel«, sagte Madame Frangeau und zupfte an ihrer Haube, damit die Zipfel ordentlich herabhingen. »Es hat noch nie versagt.«
Ich betrachtete die Hebamme mit Erstaunen. In ihrem gekräuselten Kleid mit Fransen und Troddeln, die vor der Revolution in Mode waren, schien sie genauso exzentrisch gekleidet, wie man es mir angekündigt hatte. »Mutterkorn?«, riet ich. Dem Schimmelpilz wird nachgesagt, er sei unfehlbar (außer in meinem Fall).
»Nein, nicht Mutterkorn, nicht Jalape, nicht einmal Skammonia. Kommen Sie mit mir.«
Ich folgte ihr aus ihrer bescheidenen Behausung und über das Kopfsteinpflaster zur Tür eines Hauses in einer engen Straße.
»Madame Frangeau«, protestierte ich, »ich glaube nicht, dass ich –«
»Madame Bonaparte, ich bin die Hebamme«, wies sie mich gebieterisch zurecht, als sie an die Tür hämmerte.
Und gebieterisch war sie in der Tat, denn der gesamte Haushalt sprang auf ihr Kommando. Ich folgte ihr in eine Kammer, wo sie einer im Bett liegenden Frau befahl: »Rühren Sie sich nicht! Ich brauche nur Ihr Kind.« Sie wies mich an, im Kinderzimmer Platz zu nehmen, mein Kleid von den Schultern zu streifen, woraufhin sie mir, nachdem sie mich gereinigt hatte, den ge-

windelten Säugling an die Brust legte. »Ich werde in einer halben Stunde zurückkommen«, sagte sie und ließ mich allein.
Die Schönheit dieses einwöchigen Säuglings – sein süßer Geruch nach Milch, der seidige Flaum auf seinem Schädel –, aber auch die Demütigung, die ich über diese Art der Behandlung empfand, erschütterten mich.
Pflichtbewusst kehrte die energische und selbstsichere Hebamme zurück und entließ mich mit Salben und Kräutern und Anweisungen, mindestens einmal täglich »beizuschlafen«. »Sie müssen im Lebenssaft Ihres Gemahls ertrinken.«
In meinen Tränen ertrinke ich! Bei meiner Rückkehr brach ich zusammen, erschöpft von all den »Mitteln«, die ich schon ausprobiert habe, enttäuscht von der hartnäckigen Weigerung meines Körpers, darauf zu reagieren.

Abends, noch nicht 9 Uhr

Bonaparte zog an der Kordel eines kleinen Seidenbeutels, um sie aufzuknoten. »Teufel nochmal!«, sagte er und schnitt sie mit einem Fleischmesser durch. Den Inhalt schüttete er auf den Esstisch. Ein riesiger Diamant glitzerte zwischen dem schmutzigen Porzellan, den Hühnerknochen, den halb leer gegessenen Tellern mit Erbsen, Plumpudding und Dorschleber-Canapés. »Ein Kinkerlitzchen zu unserem Hochzeitstag«, sagte er und schnippte ihn in meine Richtung, als wäre er eine Glasmurmel.
»Wie viel Karat sind das?«, fragte Hortense mit großen Augen.
»Einhundertvierzig«, sagte Bonaparte. »König Ludwig XV. trug ihn in seiner Krönungskrone. Die Polizei fand ihn schließlich in einer Pfandleihe.«
»Dann ist *das* also der Regent-Diamant«, sagte ich, während ich den durchsichtigen Edelstein zwischen den Fingern hielt und mich in seinem Licht verlor.

10. März

Die Zeit, so heißt es, ist der Feind einer Frau. Heute Morgen saß ich vor meinem Toilettenspiegel und studierte mein Gesicht. Ich bin sechsunddreißig, sechs Jahre älter als mein Mann. Aus einem Impuls heraus schickte ich nach »meinem« Diamanten. Die bestickte blaue Samtschachtel wurde ehrfürchtig vor mich hingestellt. Behutsam schälte ich den Edelstein aus seinem Nest.

»Halte ihn an dein Ohr«, flüsterte Hortense, als wären wir an einem geheiligten Ort.

Ich lehnte mich zurück und studierte die Wirkung im Spiegel.

»Pour l'amour du ciel«, sagte die Zofe und bekreuzigte sich.

Im Licht des Diamanten sah ich wie verwandelt aus: jünger. Beklommen spähte ich über meine Schulter, stellte mir vor, wie mich der Geist von Königin Marie Antoinette beobachtete. Sie kannte die unwiderstehliche Verlockung eines Brillanten – und ich nun leider auch.

29. März, 1 Uhr 15 nachmittags – Tuilerien

Ich schreibe dies im Schein von drei Kerzen. Es ist Nachmittag, doch in diesem Raum ist es dunkel, denn die Vorhänge sind gegen die neugierigen Blicke der Männer und Frauen draußen im öffentlichen Park zugezogen.

Hortense wird bald zu mir kommen. Wir gehen zu Bürger Despréauxs jährlichem –

Viel später, nach Mitternacht, alle schlafen (außer mir)

– Bürger Despréauxs jährlichem Tanzunterricht, sollte es heißen.

Ich wurde in diesem Augenblick von Bonaparte unterbrochen,

der unerwartet auftauchte, wie er das so oft tut – die »Marseillaise« (falsch) vor sich hin summend. »Ich habe eine Idee für Hortense«, sagte er und ließ sich auf seinem Sessel neben meinem Toilettentisch nieder. Er nahm einen kristallenen Pomadentopf in die Hand und studierte das geätzte Muster, die Details. »General Moreau«, sagte er, schnupperte an der Pomade und rieb sich ein wenig auf die Fingerspitzen, dann stellte er sie zurück und nahm einen silbernen Haarschmuck in die Hand. (Bonaparte kann nie ruhig dasitzen!)

»Ach«, sagte ich nachdenklich. General Moreau ist durchaus eine Möglichkeit – ein populärer General, gepflegt, stets gepudert, mit den Manieren eines Ehrenmanns. »Aber nicht vielleicht zu alt für Hortense?« General Moreau ist fast vierzig, ein paar Jahre älter als ich, und gut zehn Jahre älter als Bonaparte.

»Habe ich meinen Namen gehört?«, fragte Hortense, die in der Tür erschien.

»Deine Mutter erzählte mir gerade, was für eine reizende junge Dame du geworden bist«, sagte Bonaparte mit einem liebevollen Blick auf seine Stieftochter.

»Wie wahr! Du siehst in diesem Kleid wunderschön aus.« Der Schnitt schmeichelte Hortenses geschmeidiger Figur. Die Silberfäden schimmerten im Schein der Kerzen.

»Das ist doch nicht etwa englischer Musselin, oder?«, fragte Bonaparte stirnrunzelnd.

»Natürlich nicht, Papa.« Hortense drehte eine tadellose Pirouette.

»Bravo!«, riefen wir.

»Aber ich habe Schwierigkeiten mit dem Menuett«, sagte sie. »Bei der ersten Figur, bei der Passage, soll ich einen Temps-decourante *und* einen Demi-jeté machen.«

»Statt eines Menuettschrittes?«

»Nur bei der ersten Passage, Maman. Sonst sieht es gekünstelt

aus – wenigstens sagt das der Tanzmeister. Und dieser Menuettschritt hat zwei Demi-coupés und zwei Pas-marchés-en-pointe.«
»Warum zeigt du es uns nicht«, schlug ich vor.
»Papa, ich brauche dich als Partner«, sagte sie und zog an Bonapartes Hand.
»Ich werde eines von Händels Menuetten spielen.« Ich nahm am Cembalo Platz.
Widerwillig erhob sich Bonaparte. Er stellte die Füße in einem Neunzig-Grad-Winkel nach außen und streckte die Hand aus. »Gut so?«, sagte er über die Schulter zu mir.
»Erster Konsul?«, unterbrach Bonapartes Sekretär von der Tür her. »Bürger Cadoudal ist hier und will Sie sprechen.« Fauvelet Bouriennes Kinn zitterte, so angestrengt war er bemüht, nicht zu lächeln, als er sah, wie Bonaparte einen Plié zu machen versuchte. »Ich schlage vor, dass wir ihn nicht warten lassen – er ist ein Ochse und spuckt überall hin.«
»Cadoudal, der Agent der *Royalisten*?«, fragte ich verwirrt – und nicht wenig beunruhigt. Cadoudal ist der Anführer der Rebellenfraktion – der Fraktion, die wieder einen Bourbonenkönig auf den Thron setzen will. Der Fraktion, die Bonaparte absetzen will.
»Er ist zu früh«, sagte Bonaparte, setzte seinen Dreispitz auf und eilte aus der Tür – zweifellos erleichtert, dem Menuett entrinnen zu können.

Bonapartes junge Schwester Caroline stand vor dem Unterrichtssaal, als Hortense und ich eintrafen. Sie trug ein kurzärmeliges Ballkleid, das eher einem Festabend angemessen war; die Ärmel bestanden lediglich aus dünn gerüschtem Organdy.
»Joachim wird in fünf Minuten hier sein«, sagte sie und kaute an einem Daumennagel. »Ich habe ihn heute Morgen eine halbe Stunde Entrechats üben lassen.«

»Warum denn Entrechats«, fragte Hortense. »Ich dachte, ihr solltet eine Gavotte vorführen.«
»Le Maudit! Wirklich?« Caroline zog eine Schnupftabakdose aus einem auffällig bunten Perlenridikül.
Der Tanzmeister öffnete die Tür. »Ah, Madame Bonaparte – Mutter meiner *besten* Schülerin! Wie liebenswürdig von Ihnen, uns mit Ihrer Anwesenheit zu beehren.« Bürger Despréaux betupfte sich die Stirn mit einem sauber gefalteten, lavendelfarbenen Taschentuch.
»Mein Mann wird jeden Augenblick hier sein«, teilte ihm Caroline mit und nahm eine Prise Schnupftabak. »General Murat«, fügte sie als Antwort auf die verblüffte Miene des Meisters hinzu.
»Ja, natürlich!«, rief Bürger Despréaux mit einem besorgten Blick auf Carolines entblößte Arme aus. »Sie werden die Gavotte vorführen. Mademoiselle Hortense, wenn Sie so liebenswürdig wären? Ich möchte mich gerne mit Ihnen über die Ausstattung des Saales beraten.« Mit einer einstudierten Ballettpose bedeutete Bürger Despréaux meiner Tochter einzutreten.
»Ich sehe dich hinterher, Schatz«, sagte ich zu Hortense und warf ihr eine Kusshand zu. »Ist deine Mutter im Saal?«, fragte ich Caroline zögernd. Sie wirkte verlassen, ganz auf sich gestellt.
»Sie kommt nicht«, sagte Caroline und ließ die Schnupftabakdose zuschnappen. »Sie besucht heute Pauline.« Dies mit einem Anflug von Verdruss. Von den drei Schwestern Bonapartes ist die schöne (und verwöhnte) Pauline eindeutig der Liebling. Elisa, obwohl unansehnlich, wird als »gebildet« gepriesen … und die junge Caroline? Die arme Caroline ist ungebildet und, obwohl nicht unansehnlich, mit ihren ungelenken Gliedmaßen, ihrem dicken Hals, ihrem muskulösen Körperbau und ihrer, wie Bonaparte es nennt, »Kämpfernatur«, sicherlich nicht das, was man jemals als *einnehmend* bezeichnen würde.

»Ah, da ist ja dein Mann«, sagte ich und konnte mir gerade noch ein Lächeln verkneifen, als ich Joachim Murat auf uns zu stolzieren sah, einen großen, muskulösen Soldaten, der von Kopf bis Fuß in Hellrosa gewandet war: rosafarbener Samtrock mit Schößen, rosafarbene Kniebundhosen aus Satin, sogar ein flacher rosafarbener Hut mit rosa und schwarz gestreiften Federn.
Caroline öffnete die Uhr, die an einer schweren Kette um ihren Hals hing. »Er ist dreieinhalb Minuten zu spät.«

Bürger Despréaux baute sich vor den ungefähr zwanzig versammelten Gästen auf – Familien und Freunde seiner Schüler. »Bonjour! Wir werden unsere Vorführung mit dem königlichsten aller Tänze eröffnen, dem traditionellen Menuett, einem Tanz, der gerade durch seine Schlichtheit *alles* verrät: die Bildung, die Grazie und – darf ich es sagen? – die *Herkunft* des Tänzers. Aber als Erstes den Gang: den Grundstein einer guten Erziehung.« Er machte eine Handbewegung zu seinen Schülern, die sich selbstbewusst im Kreis aufstellten.
»Achten Sie darauf, wie perfekt sich *diese* junge Dame bewegt«, sagte er und deutete dabei auf Hortense. »Der wahre Inbegriff natürlich fließender Bewegung! Nun, vielleicht könnte ich einen jungen Mann haben, der – ah, Bürger Eugène, großartig.«
Als ich mich umdrehte, sah ich meinen Sohn an der Tür, einen schwarzen Filzhut auf dem Kopf, unter dem seine widerspenstigen Locken hervorschauten. Verlegen grinsend ging er auf den Tanzmeister zu. »Aber ich habe Stiefel an«, hörte ich ihn Bürger Despréaux zuflüstern. »Ich habe nicht erwartet, dass –«
»Ich möchte nur, dass Sie eine Verbeugung zeigen, mein lieber Freund.«
Artig hob Eugène den rechten Arm auf Schulterhöhe, fasste den Hut an der Krempe und verbeugte sich tief, indem er gleichzeitig den linken Fuß nach vorne schob.

»Voilà, die *perfekte* Verbeugung«, sagte Bürger Despréaux und betupfte sich die äußeren Augenwinkel mit seinem lavendelfarbenen Taschentuch. »Danke, Bürger Eugène, Sie dürfen Platz nehmen.«

»Gut, dass er nicht auf meinen Gang aufmerksam gemacht hat«, raunte Eugène, als er auf dem Stuhl neben mir Platz nahm. Ich lächelte – sein *Bären*gang, wie Bonaparte und ich ihn nannten.

Insgesamt lief die Vorführung gut – Hortense tanzte hervorragend. Eugène und ich waren ja so stolz! Selbst Caroline und Joachim kamen zurecht, obwohl Joachim zu viele Drehungen machte und am anderen Ende des Saales landete – ein weit verbreiteter Fehler, gewiss, aber bedauerlicherweise einer, auf den Bürger Despréaux meinte aufmerksam machen zu müssen.

Danach gingen Caroline, Joachim, Hortense und Eugène Eis essen. Ich schützte Müdigkeit vor und kehrte in die Tuilerien zurück, wo ich Bonaparte wutschnaubend vor dem lodernden Feuer auf und ab marschierend vorfand. Der Außenminister saß vor dem Ofenschirm und beobachtete ihn mit gelangweilter Miene.

»Madame Bonaparte«, sagte Talleyrand wie eine Katze schnurrend. »Es ist immer wieder ein Vergnügen, Sie zu sehen, aber heute Abend ein ganz besonderes. Der Erste Konsul bedarf dringend Ihres beschwichtigenden Einflusses.«

»Machen Sie sich nicht über mich lustig, Talleyrand«, fauchte ihn Bonaparte an. »Schließlich ist es nicht *Ihr* Leben, das auf dem Spiel steht.«

Ich legte Bonaparte die Hände auf die Schultern (um ihn zu beschwichtigen, ja), während ich ihn auf beide Wangen küsste.

»Das Gespräch mit Bürger Cadoudal ist nicht gut verlaufen?«

»Er würde mich bei der geringsten Gelegenheit eigenhändig erwürgen.«

»Ich weiß gar nicht, warum Sie das so überrascht, Erster Konsul«, sagte Talleyrand. »Bürger Cadoudal möchte wieder einen Bourbonenkönig auf dem Thron und Sie stehen ziemlich unbequem im Weg.«

»Das französische Volk steht im Weg – nicht *ich*. Zweihundert Jahre Bourbonenherrschaft waren zweihundert Jahre zu viel.« Bonaparte warf sich in den Stuhl, der dem Feuer am nächsten stand, und stützte das Kinn in die Hand.

»Die Bourbonen vertreten natürlich den Standpunkt, dass zweihundert Jahre Herrschaft Beständigkeit gewährleisten«, sagte Talleyrand und verschränkte die langen Finger in einer fließenden Bewegung. »Sie haben dieses mit rotem Samt gepolsterte Machtsymbol im Thronsaal geschaffen; sie betrachten es als das *ihre*. Und solange es leer bleibt, wage ich zu behaupten, werden sie alles in ihrer Macht Stehende tun, um es zurückzubekommen.«

»Und England wird alles in *seiner* Macht Stehende tun, um ihnen zu helfen.«

»Ganz recht.«

»Aus euer beider Mund klingt das alles so hoffnungslos«, sagte ich und griff nach meinem Nähkorb. »Ist Frieden denn unmöglich?«

»›Unmöglich‹ ist kein französisches Wort«, sagte Bonaparte.

»Es gibt Frieden, und es gibt dauerhaften Frieden«, warf Talleyrand philosophisch ein. »Die Geschichte hat bewiesen, dass der einzige dauerhafte Frieden ein Blutsband ist, eine Vermischung von Feindesblut – und das nicht auf dem Schlachtfeld, Erster Konsul, sondern im Boudoir. Frieden durch Heirat: eine altehrwürdige Tradition.«

»Worauf wollen Sie hinaus, Talleyrand?«, fragte Bonaparte. »Sie wissen, dass ich weder einen Sohn noch eine Tochter habe, die ich mit irgendeinem Rüpel verheiraten könnte.«

»Sie haben einen Stiefsohn, den wohlgestalteten und ehrenwerten Eugène Beauharnais –«

»Noch ein Knabe, erst achtzehn.«
»– *und* eine Stieftochter, die tugendhafte und vielseitige Mademoiselle Hortense.« Talleyrand neigte den Kopf in meine Richtung. »Welche, da weiblich und kurz vor ihrem siebzehnten Geburtstag, in einem idealen Heiratsalter ist.«
»Allmählich glaube ich, dass Sie es ernst meinen, Minister Talleyrand«, sagte Bonaparte. »Hortense mit einem Engländer verheiraten? Die Engländer werden sich niemals dazu herablassen, einen ihrer Blaublütigen mit irgendjemandem zu verbandeln, der auch nur im Entferntesten mit mir verwandt ist. Haben Sie die englischen Zeitungen nicht gelesen?« Er griff sich ein Blatt von einem Stapel auf dem Fußboden und warf es dem Außenminister zu. »Oben rechts. Das wird Ihnen verraten, wer ich in den Augen von ›Les Gottverdammten‹ bin.«
»Ah, ja. ›Ein undefinierbares Wesen‹«, las Talleyrand laut auf Englisch vor, um seinen Mund spielte der Anflug eines Lächelns, »halb Afrikaner, halb Europäer, ein Mittelmeermulatte.«
»Basta!« Bonaparte riss das Zeitungsblatt an sich, warf es ins Feuer und sah zu, wie es in Flammen aufging.
»Ich dachte, ehrlich gesagt, nicht daran, Ihre Tochter mit einem Engländer zu verkuppeln«, sagte der Außenminister gelassen. »Ich dachte an Georges Cadoudal.«
»Oh, Minister Talleyrand, ich hoffe, Sie scherzen«, sagte ich mit schwacher Stimme und verknotete meinen Stickfaden.

Wir haben Grund zur Angst

9. April 1800, 2 Uhr 20 nachmittags – im unteren Salon in Malmaison, ein herrlicher Tag

Wir unternahmen die vierstündige Fahrt nach Malmaison hinaus, da wir uns nach ländlicher Ruhe sehnten – nur um alles in einem chaotischen Zustand vorzufinden. Das Treibhaus ist fast, aber noch nicht ganz gedeckt, die Vorhänge fast, aber noch nicht ganz aufgehängt, der Kaminsims in Bonapartes Studierzimmer fast, aber noch nicht ganz fertig gestellt. Und, als wäre das alles noch nicht genug, ist nun auch noch der erste Koch außer sich, weil der zweite Koch einen Aspikbeutel ins Feuchte gestellt hat, und der zweite Koch ist außer sich, weil der erste Koch von ihm erwartet, dass er die Schweineeimer leert. (Dass ich es mit *zwei* verärgerten Köchen zu tun habe – und das in unserem Landschloss –, zeigt, was aus meinem Leben geworden ist.) Dann teilte mir mein Blumengärtner – nicht der Küchengärtner oder Gutsverwalter – zaghaft mit, dass drei Wagenladungen Fliederbüsche angeliefert worden sind: Ob er sie im Vorderhof stehen lassen könnte? Stellen Sie sie hinter das Gutshaus, wies ich ihn an. »Wir erwarten Gäste.«

Sobald er gegangen war, kamen Hortense und Caroline ins Zimmer und stolzierten in ihren Festgewändern vor mir auf und ab, damit ich sie bewunderte.

»Wie viel hat das Kleid von Hortense gekostet?«, wollte Caroline wissen und wedelte mit den Goldfransen am Saum, um einen mit Pailletten besetzten Unterrock zu zeigen. »Meines hat vierhundertunddreiundzwanzig Francs gekostet.«

»Ich glaube, Hortenses Kleid war nicht so teuer«, log ich, um Caroline zufrieden zu stellen. Hortenses schlichtes Gewand aus feiner, elfenbeinfarbener Baumwolle war wie eine Toga drapiert.

»Dein Kleid ist wunderschön, Caroline«, sagte Hortense in dem Bemühen zu besänftigen.

Du bist wunderschön, hätte ich meiner Tochter am liebsten gesagt. Mit ihrer schlanken Figur, ihrer Anmut, ihrem mit goldblonden Locken gekrönten Kopf erinnerte mich Hortense an einen Engel.

»Madame Frangeau sagt, dass ich wie eine Frau aussähe, die Knaben bekommt.« Caroline stellte sich vor den figurhohen Spiegel und schob ihren Busen nach oben.

»Madame Frangeau, die Hebamme?«, fragte Hortense mit ehrfurchtsvoller Stimme. Caroline ist nur ein Jahr älter als sie, aber Caroline ist verheiratet und kennt die Geheimnisse der Frauen – Geheimnisse, die meine Tochter verwirren (und ängstigen).

»Aber um ganz sicher zu gehen, trinke ich viel Rotwein.« Caroline beugte sich dicht zum Spiegel, um ihr Gesicht zu studieren – dieser makellose, rosige Teint, der ihr einen mädchenhaften Ausdruck verleiht, passt nicht zu ihrer maskulinen Hals- und Schulterpartie.

»Aber soll denn nicht der Mann Rotwein trinken?«, fragte Hortense. »Bevor …« Sie errötete.

»Ich bin nicht überzeugt, dass man auf das Geschlecht eines Kindes Einfluss nehmen kann.« In den vier Jahren, in denen ich mich um eine Empfängnis bemühte, war ich zu einer unfreiwilligen Expertin auf diesem Gebiet geworden.

»Madame Frangeau sagt, dass man das kann«, sagte Caroline. »Sie kennt alle möglichen Kniffe. Sie sagt, es sei die Pflicht einer Ehefrau, ein Kind zu bekommen, dass eine Frau, der das nicht gelingt, verwünscht worden ist. Vielleicht solltest du mit ihr über dein Problem sprechen, Tante Joséphine.«

Mein *Problem*. »Das habe ich bereits«, sagte ich verärgert und verließ das Zimmer, um meinen Korb mit dem Stickgarn zu holen.

»Vielleicht ist es ja nicht die Schuld meiner Mutter«, hörte ich Hortense bei meiner Rückkehr sagen. Ich hielt an der Tür inne. »Schließlich hat sie ja mich und Eugène.«

»Das kann man leicht herausfinden«, sagte Caroline. »Wenn Napoléon eine andere Frau schwängerte, dann wäre klar, dass –« (Die Frechheit dieses Mädchens!)

»Caroline!«, empörte sich meine loyale Tochter.

»Ich habe ja nicht gesagt, dass Napoléon es tun soll, nur, dass man dadurch eine Entscheidung treffen könnte. Apropos eine Entscheidung treffen, meinst du nicht, da du doch jetzt siebzehn wirst, dass es Zeit für dich ist zu heiraten?«

Mein Stichwort zum Auftritt. »Ich kenne zufälligerweise einige junge Männer, die liebend gerne von Hortense in Betracht gezogen würden – Bürger Mun zum Beispiel.«

Caroline zog eine Schnute. »Er ist eine Schwätzer und ein Flegel.«

»Es gibt andere Qualitäten, die man berücksichtigen kann«, gab ich zu bedenken, dachte aber offen gestanden, dass *Schwätzer* und *Flegel* Carolines eigenen Ehemann, Joachim Murat, treffend beschrieben.

»Ich werde aus *Liebe* heiraten«, sagte Hortense und legte die Hände auf ihr Herz.

»Es gibt viele Formen der Liebe«, sagte ich vorsichtig. Die romantischen Vorstellungen meiner Tochter machen mir Sorgen. »Eine arrangierte Ehe erblüht oft zu einer aufrichtigen Zuneigung, während eine romantische Vereinigung mit der Zeit welkt.«

»Mein Mann liebt mich«, sagte Caroline. »Er tut alles, was ich ihm sage.«
Ich hörte Schritte näher kommen, ein Rascheln von Seide. Mimi erschien in der Tür, die Hände in die breiten Hüften gestemmt. »Yeyette«, sprach sie mich mit meinem Kindernamen* an, »die Architekten lassen dir ausrichten, dass das Treibhaus nächste Woche fertig sein wird.« Sie verdrehte die Augen nach oben, als flehte sie den Himmel an. »Aber ich wette mit dir, dass es erst in zwei Monaten fertig sein wird.«
»Und wir *wissen*, dass Mimi die Zukunft voraussagen kann«, sagte Hortense und lächelte ihre ehemalige Kinderfrau an.
»Aber kann sie auch sagen, wann jemand sterben wird?«, wollte Caroline wissen. »Auf Korsika gibt es Frauen, die nachts aus dem Haus gehen und ein Tier töten, aber bevor das Tier stirbt, schauen sie ihm in die Augen und sehen das Gesicht von irgendjemandem, und dann stirbt diese Person. Das ist wahr! Jeder Korse wird euch das erzählen.«
»Zweifellos, aber so etwas macht Mimi nicht«, sagte ich mit einem entschuldigenden Blick zu Mimi.
»Und was *macht* sie? Meine Mutter hatte eine Negerin, die mit Stöcken das Wetter vorhersagen konnte.« Caroline nahm sich die letzten drei Makronen vom Teller.
»Mimi sagt die Zukunft aus Karten voraus«, sagte ich.
»Dann sage ihr, dass sie uns die Zukunft voraussagen soll«, ließ Caroline nicht locker. »Ich will herausfinden, ob Joachim und ich ein Ihr-wisst-Schon zustande bringen, bevor er in zwei Tagen ins Feld zieht. Hortense könnte herausfinden, ob sie jemals heiraten wird – und – wer weiß, Tante Joséphine – vielleicht

* Joséphines Name in der Kindheit war Rose und ihr Kosename Yeyette. Mimi hatte als Sklavin auf der Zuckerplantage von Joséphines Familie in Martinique (»Martinico«) gelebt. Sie und Joséphine wuchsen wie Schwestern zusammen auf. Möglicherweise waren sie tatsächlich Halbschwestern; Joséphines Vater kann auch Mimis Vater gewesen sein. Einige Jahre zuvor hatte Joséphine Mimi freigekauft.

könntest du ja herausfinden, ob du jemals in der Lage sein wirst, zu –«
»Hast du deine Karten dabei?«, unterbrach ich an Mimi gewandt.
»Zuerst das Geburtstagskind«, sagte Mimi mit einem wohl wollenden Grinsen und zog den zerfledderten Packen aus ihrer Schürzentasche.
»Oh nein«, sagte Hortense, als sähe sie ihrem Verderben ins Gesicht.
Wir sahen schweigend zu, wie Mimi die Karten in Reihen auslegte, sieben Karten in jeder Reihe. Die Todeskarte mit ihrem schaurigen Skelett tauchte in der fünften Reihe auf – aber das konnte vieles bedeuten, dachte ich: *Umwandlung, Veränderung*. Die Liebeskarte lag in der Reihe darüber. »Ich sehe einen Ehemann, und ich sehe Liebe«, sagte ich. Aber nicht zwingend zusammen.
Mimi nickte bedächtig und zog an ihrer Unterlippe. »Du wirst vier Kinder haben.«
Hortense strahlte.
»Von zwei Männern«, fügte Mimi stirnrunzelnd hinzu.
»Aha!« Caroline öffnete ihre Tabakdose und schnupfte eine Prise.
»Zwei Ehen?«, fragte ich. Wie konnte Mimi das sehen?
Aber Mimi hatte die Karten bereits wieder eingesammelt und reichte mir das Spiel zum Mischen. »Wie wäre es, wenn ich sie dir jetzt lege, Yeyette?«
»Warum bin ich *immer* die Letzte?« Caroline wedelte Schnupftabak von ihrem Mieder.
»Geduld, Madame Caroline, zu Ihnen kommen wir noch«, sagte Mimi, nahm die Karten zurück und legte sie aus. »Oh-oh – da ist sie ja wieder.«
»Du scherzst.« Aber da war sie: die Kaiserinkarte, die Kaiserin mit ihren müden, unglücklichen Augen.

»Meiner Mutter sagt man häufig, dass sie mal eine Königin wird«, erklärte Hortense Caroline. »Schon als sie ein Mädchen in Martinico war, wurde ihr das gesagt – von einer Voodoopriesterin.«
»Oh, lasst uns nicht darüber sprechen!« Die Erinnerung an diesen Nachmittag beunruhigt mich noch immer.
Caroline zuckte mit den Schultern. »Sie lebt im Palast der Könige. Das ist fast so, als sei man eine Königin.«
Ich hörte, wie sich ein Pferd im Galopp näherte. »Heute nennen wir ihn Palast der *Regierung*«, erinnerte ich Caroline, als ich ans Fenster ging. »Es ist Bonaparte«, sagte ich, erleichtert, seinen kleinen Araberschimmel durch das Tor jagen zu sehen.

»Ich wurde von Raufbolden angepöbelt«, rief Bonaparte, als er vom Pferd glitt.
Mon Dieu, nein! »In der Nähe des Steinbruchs?« Sein Hut saß schief, und auf seiner Uniform war Staub – aber andererseits sieht Bonaparte immer unordentlich aus. »Bist du ihnen davongejagt?«, fragte ich, während ich seinen durchgescheuerten Rock abbürstete. Bonapartes Pferd ist klein, aber schnell.
Er lachte und kniff mich ins Ohr. »Banditen würden es nicht wagen, Hand an mich zu legen. Wusstest du das nicht? Wo sind sie alle?«

Sie alle: die Bonapartes, meinte er – seine korsische Sippe. Mutter Signora Letizia, der fröhliche Onkel Fesch und alle seine Brüder und Schwestern: Joseph, »der Ältere«, und seine Frau Julie, Elisa, »die Intellektuelle«, und ihr Mann Félix, Pauline, »die Schöne«, und ihr Mann Victor – und natürlich Caroline und Joachim. Sind das alle? Oh, wie konnte ich nur den jungen Jerôme vergessen – »den Filou«? Bonaparte hat beschlossen, den wilden Fünfzehnjährigen wegen seiner kostspieligen Schulden, seines Hangs zum Duellieren und seiner

absoluten Missachtung gegenüber jeder Form des Lernens zur See zu schicken.
Lucien, »die Feuerkugel«, ist auf seinem Landsitz und Louis, »der Dichter«, ist in Brest, macht also zwölf Bonapartes. Mit Hortense, Eugène und mir ergibt sich die Endsumme von fünfzehn. Ich werde ein Wörtchen mit meinen zänkischen Köchen reden müssen.

10. April – ein linder Frühlingsmorgen in Malmaison, Kühe muhen, Schafe blöken

Heute ist meine Tochter siebzehn geworden! »Nun bist du eine Frau«, sagte ich zu ihr. Ihr Blick wurde ängstlich besorgt. Ich zog die Bettvorhänge beiseite, um einen Berg von Päckchen zu enthüllen, eine vollständige Garderobe in der neuesten Mode – eine Garderobe für eine Frau.
Mein sonst so schwatzhaftes Mädchen war für einen Augenblick sprachlos. Doch dann, oh welche Freude, als es ein Päckchen nach dem anderen öffnete und über die Spitzen und Verzierungen, die Volants und Rüschen an all den Kleidern jubelte. Es waren ziemlich viele: drei für morgens, zwei für den Nachmittag (aber auch geeignet, um Besuche zu empfangen), zwei Seidenkleider für abends, ein Straßenkleid, ein Ballkleid und sogar ein wunderschönes Reitkostüm – dazu natürlich ein Sonnenschirm und zahlreiche Hauben, Handschuhe und Schuhe.
»Das ist ja wie eine Aussteuer, Maman«, sagte Hortense überwältigt. »Man könnte glauben, dass ich heirate.«
»Was du sicher *bald* wirst.« Bei diesen Worten verdüsterte sich ihre Miene.

6 Uhr 20 abends

Es war ein wunderbarer Nachmittag für eine Geburtstagsfeier – wir speisten an Tischen auf dem Rasen. Wir waren gerade mit dem Dessert, Sorbet mit Sirup, fertig, als niemand anderes als Bonapartes junger Bruder Louis die Einfahrt hinaufgaloppierte, einen Strauß Hyazinthen wie eine Fackel hochhaltend.

»Louis ist schon aus Brest zurück?«, fragte Bonaparte blinzelnd.

Louis stieg von seinem schweißnassen Pferd und überreichte Hortense die Blumen. »Liebe ist das Kleid der Natur, von der Phantasie bestickt«, sagte er und verbeugte sich wie ein altertümlicher Ritter.

»Hast du etwa Liebesromane gelesen, Louis?« Hortense sah ihn spöttisch an.

»Voltaire«, sagte er errötend. Er sah gut aus in seinem flaschengrünen Reitrock und mit seinen gewellten, kastanienbraunen Haaren, die auf Schulterlänge geschnitten waren, wie es heute bei der Jugend modern ist.

»Wer ist Voltaire?«, fragte Jerôme, »der Filou«, und warf ein Brötchen nach einem der Möpse, das den hart am Kopf traf.

»Wenn du hin und wieder einmal deinen Privatlehrern zugehört hättest, wüsstest du es vielleicht«, sagte Elisa, von Schluckauf unterbrochen.

»Die Blumen sind wunderschön, Louis«, rief ich aus, um den Spott meiner Tochter abzumildern – und die streitsüchtigen Bonapartes abzulenken.

»Du hast eine hervorragende Zeit geschafft«, sagte Bonaparte, als er seinen Bruder umarmte.

»Louis ist ein guter Reiter«, sagte mein immer fröhlicher Eugène.

»Wenn er nicht herunterfällt«, sagte Caroline und nahm sich den Rest der Sahne.

»Magnifico!«, rief Elisas Mann Félix aus. (Warum?)

»Ein furchtloser Reiter«, sagte Bonaparte. »Ich verdanke ihm mein Leben.«
»Nichts geht über die Familie«, sagte Signora Letizia und holte ihr Strickzeug hervor.
»Salúte!«, sagte der rotwangige Onkel Fesch und leerte sein Glas, bevor ein Diener nachschenkte.
»Louis hat ein schnelles Pferd«, sagte Joachim Murat und ließ eine rosafarbene Seidentroddel wirbeln. »Er hat eine Menge Geld dafür bezahlt – mehrere tausend Francs.«
»Ich *liebe* Pferde mit breiter Brust«, sagte Pauline und zog die Ärmel nach unten, um ihre vollkommenen weißen Schultern besser zur Geltung zu bringen, »und *starken* Flanken.«
»Ich habe Depeschen für dich, Napoléon«, sagte Louis erfreut, dass er die Anerkennung seines älteren Bruders gefunden hatte. »Wie du schon vermutet hast, wird Brest von englischen Kriegsschiffen blockiert. Unsere Schiffe können nicht auslaufen.«
»Maudits anglais«, fluchte Bonaparte vor sich hin.
»Maudits anglais«, echote Paulines Mann Victor.
»Du bist gerade rechtzeitig gekommen«, sagte ich und forderte Louis auf, zwischen mir und Hortense Platz zu nehmen. »Wir geben heute Abend einen Ball.«
»Auf dem sogar Papa tanzen wird«, sagte Hortense.
»Napoléon?«, fragte Louis mit skeptischem Blick.
»Ich kann ausgezeichnet tanzen.« Bonaparte machte ein verwirrtes Gesicht, als wir alle in Gelächter ausbrachen.
»Außer *Volks*tänzen?«, neckte Hortense.
»Pah! Was ist an Volkstänzen auszusetzen? Sie sind fröhlich – und man kommt wenigstens etwas in Übung«, sagte Bonaparte, zog Hortense hoch und wirbelte sie laut (aber falsch) summend über den Rasen, während zwei Möpse hinter ihnen herjagten. Als ich mich umdrehte, sah ich, wie sich die Diener hinter den Büschen versteckt vor Lachen krümmten.

11. April, frühabends (wunderbares Wetter)

Stolz sagten wir heute Morgen unseren Soldaten adieu – Eugène, Louis und Joachim, die alle so stolz hoch zu Roß von dannen ritten, um zu ihren Regimentern zu stoßen. (Joachim hat seine Uniform mit rosafarbenem Tand verziert – selbst die Satteldecke seines Pferdes ist rosa. Seltsam.)
Der Anblick so vieler leerer Stühle bei Tisch stimmt traurig. Bonaparte bläst Trübsal. Am liebsten wäre er mit den Männern fortgeritten. Er wird noch früh genug zu ihnen stoßen, wie ich weiß.

12. April – zurück in Paris (leider)

Caroline hatte sich elend gefühlt und war von einem Raum zum anderen gestampft. In der Annahme, sie wäre melancholisch, weil ihr Mann fort war, hatte ich sie zu trösten versucht, aber es stellte sich heraus, dass sie wütend war, weil man ihm keine eigene Armee übertragen hatte.
»Vielleicht ist sie ja gerade jetzt etwas empfindlich, weil sie doch … du *weißt* schon«, flüsterte mir Hortense, die auf der Cembalobank saß, zu.
»Tatsächlich?«
»Sie muss es sein. Sie erzählte mir, dass sie … du *weißt* schon, die ganze Nacht hindurch.« Heftig errötend schlug Hortense einen Akkord an.

28. April – Malmaison

Ich schreibe dies am Frühstückstisch, während ich Caroline würgen höre.

Noyon

Chère Maman,

*seit Corbeil hatten wir tagelang nur Regen. Ich hoffe, dass wir bald über die Alpen nach Italien aufbrechen.**

Die von dir beschriebenen Renovierungen in Malmaison versetzen mich in Erstaunen: Arkaden und bewegliche Spiegel? Die Idee eines großen Raumes im Erdgeschoss statt drei kleiner Räume gefällt mir – besser für einen Ball. Es überrascht mich, dass Hortense Bürger Mun abgewiesen hat – ich hielt ihn für eine ausgezeichnete Wahl. Ich werde über andere Möglichkeiten nachdenken.

Eine Million Küsse,
dein dich liebender Sohn Eugène (Rittmeister Beauharnais).

30. April

Heute Abend bei einem Salon wurde Carolines Gesang mit hörbarem Gekicher aufgenommen. »Irgendjemand sollte ihr mal sagen, dass sie nicht so euphorisch vortragen soll«, raunte mir eine Frau zu. »Die Leute werden sie sonst für unmoralisch halten.«

Die Bemerkung ärgerte mich, und ich schwang mich zu Carolines Verteidigung auf – schließlich hatte Bonapartes »Euphorie« die Nation gerettet –, aber irgendjemand muss wirklich einmal mit dem Mädchen reden. Sie bemüht sich so sehr, Aufmerksamkeit zu erregen, aber ihre theatralischen Grimassen, ihre bebenden Lippen und keuchenden Seufzer werden nur als lächerlich empfunden.

* 1800 bestand »Italien« aus mehreren unabhängigen Staaten, einschließlich einiger nördlicher Territorien, auf die Österreich Anspruch erhob.

1. Mai – Malmaison, peitschender Regen

Als ich Caroline zu verstehen gab, dass ihr »wundervoller« Gesang mehr Anerkennung fände, wenn sie ihn ruhig vortragen würde, ohne Schnörkel, ging sie auf mich los!

»*Deine* Hilfe brauche ich nicht«, sagte sie mit derartiger Boshaftigkeit, dass ich sprachlos zurückblieb.

»Manchmal weiß ich nicht, was ich von Caroline halten soll«, sagte ich später zu Mimi.

»Sie ist gefährlich, Yeyette«, sagte Mimi. »Das habe ich aus ihren Karten gelesen.«

Ich musste lachen. Wenn ich an Caroline denke, stelle ich mir eine mollige Puderquaste vor. Eifersüchtig, ja, und zweifellos auch launisch – aber *gefährlich*?

[Ohne Datum]

Mimi steckte mir mit meiner morgendlichen Tasse heißer Schokolade einen gefalteten Zettel zu. »Genau, wie ich es mir gedacht habe«, sagte sie.

Ich hab die gantze Woche im Eszimmer gearbeitet. Sie sagt zu ihrm Mann sie täten Alles haben wenn die Alte Frau & ihre 2 Kinder nich wärn. Sie sagt der 1. Konsul mus Sie loswerdn. Sie sagt Sie wird einen Weg finden.

»Das verstehe ich nicht«, sagte ich verdutzt. Das Briefchen war auf braunes Papier gekritzelt, in dem üblicherweise Fisch eingewickelt wurde. »Wer ist diese ›Sie‹?«

»Madame Caroline.« Mimi machte ein selbstgefälliges Gesicht. »Ich habe dir ja gesagt, dass man ihr nicht über den Weg trauen kann.«

Ich las den Zettel noch einmal. War ich »die alte Frau«? »Wer hat das geschrieben?«

»Einer von Madame Carolines Lakaien.«
»Du hast einen *Spion* in Carolines Haushalt?«
»Der Neffe vom alten Gontier. Er ist zuverlässig.«
»Mimi, das ist keine gute Idee! Bitte – tue das nie wieder.«
»Dann muss ich es also aus eigener Tasche bezahlen?«
»Wie viel?«, sagte ich lachend. (Fünfzig Francs – mon Dieu.)

11 Uhr 20 nachts

Immer und immer wieder lese ich die Nachricht des Spions, grübele darüber nach. Kann ich ihr Glauben schenken? Kann ich mir erlauben, es nicht zu tun?

3. Mai

Ich schreibe dies im unteren Salon in Malmaison, an meinem wunderschönen neuen Sekretär – Mahagoni mit ägyptischen Nuancen in Gold, sehr elegant. Es ist nach drei Uhr. Bald werde ich in die Küche hinuntergehen, um nachzusehen, wie die Vorbereitungen für das Abendessen vorangehen. Recht gut, nach dem köstlichen Duft von Brathähnchen (Bonapartes Lieblingsgericht) zu urteilen, der in der Luft liegt. Gerade habe ich zwei Domestiken losgeschickt, die Bonaparte auf der Straße entgegenreiten sollen. Ich sorge mich, ehrlich gesagt, um seine Sicherheit. »Aber was auch immer ihr tut, verratet ja nicht, dass ich euch geschickt habe«, warnte ich sie.

4. Mai

Der alte Gontier, mein Faktotum, teilte mir gegen ein Uhr heute Nachmittag mit, dass die Steinmetze fort wären, dass die Kaminverkleidung nun fertig wäre.

Endlich, dachte ich. Der Steinstaub hatte uns wahnsinnig gemacht.
»Aber Agathe sagt, dass Sie kommen sollen«, sagte Gontier. »Da ist was, was sie Ihnen zeigen will.«

Die Kamineinfassung sah großartig aus, obwohl die Küchenmagd eine Heidenarbeit hatte, den Staub zu beseitigen. »Du möchtest, dass ich mir etwas ansehe, Agathe?«
Sie erhob sich von den Knien und wischte sich die Hände an ihrer fleckigen Schürze ab. »Das.« Sie deutete auf eine Schnupftabakdose auf dem Schreibtisch.
Ich erkannte die komplizierten Perlmuttintarsien nach einem römischen Motiv wieder.
»Die gehört Bonaparte.«
»Aber die vom Ersten Konsul ist an einer Ecke angeschlagen.«
Sie hatte Recht. Alle Besitztümer Bonapartes sind irgendwie beschädigt. »Vielleicht hat sie ja jemand hier zurückgelassen«, überlegte ich und wog sie in der Hand. Aber warum eine genaue Nachbildung? »Agathe, könntest du den Kutscher bitten, Fouché zu holen?«, sagte ich und stellte die Dose behutsam wieder ab.
»Den Polizeiminister?«
Ja, nickte ich. Meinen alten Freund – den Mann, der alles weiß.

»Gift«, sagte Fouché, als er schnuppernd die Schnupftabakdose mit seinem gelben Daumennagel öffnete. »Wenn es inhaliert wird, haucht das Opfer innerhalb einer Umdrehung des Minutenzeigers sein Leben aus.«
Gift! Ich setzte mich, öffnete meinen Fächer. Wenn Agathes Verstand, ihr scharfes Auge nicht gewesen wären …! »Sind Sie sicher, Fouché?« Waren Mörder unter uns gewesen – in unserem *Haus*? Die Steinmetze vielleicht? Ich hatte ihnen Erfri-

schungen angeboten, mich nach ihrem Befinden erkundigt.
»Da hat sich jemand reichlich Mühe mit einer Nachbildung gemacht.« Fouché zeichnete die Intarsien mit dem Finger nach. »Der Erste Konsul muss augenblicklich unterrichtet werden.«
»Er ist gerade eingetroffen«, sagte ich, da ich ein Pferd hörte. Nur Bonaparte kommt im Galopp durch das Tor – er kennt keine andere Gangart.

»*Gift* in meiner Schnupftabakdose?«, höhnte Bonaparte.
»Es ist eigentlich nicht deine, Bonaparte«, teilte ich ihm mit. »Sie sieht nur wie deine aus.«
»Das ist eine hervorragende Kopie. Wer hat sie hergestellt?«
»Wahrscheinlich einer der Steinmetze«, sagte Fouché.
»Aber *warum*?«
»Da gibt es sicherlich eine ganze Reihe von Möglichkeiten, Erster Konsul. Die Revolutionäre warten ungeduldig auf eine Rückkehr zur Anarchie und die Royalisten auf eine Rückkehr zur Monarchie. Extremisten jeder Glaubensrichtung wünschen Ihren Tod. Das ist, könnte man sagen, der Preis für Ihre Popularität.«
»Es sieht wie Schnupftabak aus.« Bonaparte schickte sich an, eine Prise zu nehmen.
Ich packte seine Hand. »*So* leicht bin ich nicht umzubringen«, sagte er lachend.
»Bonaparte, auf gar keinen Fall solltest du alleine reiten«, sagte ich zu ihm. »Du solltest jemanden bei dir haben.« Und zu jeder Zeit Wachen und …
»Pah!«, sagte Bonaparte mit finsterem Gesicht.
»Bei allem Respekt, Erster Konsul, aber ich lege Ihnen nahe, darüber nachzudenken«, sagte Fouché. »Ein Mindestmaß an Sicherheitsvorkehrungen würde Ihre Gemahlin beruhigen. Aus irgendeinem Grund gefallen Sie ihr lebendig besser.«

»Ich weigere mich, wie ein hilfloser Dummkopf verhätschelt zu werden!«

»Machen Sie sich keine Sorgen«, sagte Fouché später zu mir. »Wir werden ihn beschützen. Wir werden nur dafür sorgen müssen, dass er es nicht merkt.«

Ich versuche mich abzufinden (doch vergebens)

5. Mai 1800, 11 Uhr 45 nachts – Tuilerien

Bonaparte und ich waren gerade aus der Opéra zurückgekehrt, als seine Schwester und sein Bruder gemeldet wurden.

»Joseph hat etwas Dringendes mit dir zu besprechen, bevor du abreist«, sagte Caroline. Bonapartes älterer Bruder Joseph stand hinter ihr, von Kopf bis Fuß in hellgelben Brokat gewandet.

»Bevor ich wohin abreise?«, wollte Bonaparte wissen.

»Nach Italien«, antwortete Caroline und bot ihren Brüdern ihre Schnupftabakdose an, bevor sie selbst eine Prise nahm. (Sie behauptet, dadurch die Übelkeit mildern zu können, die sie schon während des ersten Monats ihrer Schwangerschaft heftig plagte.)

»Woher weißt du, dass ich abreise? Das sollte doch niemand erfahren.«

»Was wir wissen möchten, ist, was geschieht, wenn du getötet wirst«, sagte Caroline und lehnte den Stuhl ab, den ich ihr anbot. Stattdessen setzte sich Joseph und presste die Hände zwischen die Knie.

»Falls ich sterbe – oder besser, *wenn* ich sterbe –, werde ich in einen Sarg gelegt«, sagte Bonaparte gelassen, griff nach einem Papiermesser und schlitzte einen Umschlag auf.

»Darüber macht man keine Scherze, Napoléon! Wer würde dieses Land regieren?« Mit hinter dem Rücken verschränkten Händen (wie es häufig Bonapartes Art ist) schritt Caroline auf und ab. Ihre maskulinen Bewegungen standen in krassem Gegensatz zu ihrem Ensemble: eine wild mit Schleifen und auf Draht gezogenen Blumen verzierte Kreation aus Gaze.

»Gemäß der Verfassung der Zweite Konsul«, sagte Bonaparte und blickte von dem Brief auf.

»Cambacérès?« In Josephs Stimme schwang eine Spur von Empörung mit.

»*Das* würde ein interessantes Beispiel für das Volk abgeben«, sagte Caroline verächtlich. »Man stelle sich das vor – die französische Republik angeführt von einem Mann, der behauptet, dass ein Land von feinen Abendgesellschaften regiert wird, dessen Leidenschaften sich auf Essen, teure Weine und junge Männer beschränken.«

»Der Zweite Konsul Cambacérès ist eine äußerst fähige Person.« Bonaparte zerknüllte den Brief und schleuderte ihn in das prasselnde Feuer.

Oh-oh, dachte ich. Ich läutete nach dem Diener: einen Imbiss. *Irgendetwas*.

»Dein Nachfolger muss aus der Familie kommen«, sagte Caroline und straffte die Schultern.

»Und ich bin der Älteste«, sagte Joseph und kratzte sich an der Nasenspitze.

Bonaparte sah seinen Bruder an und lachte. »*Du* willst meine Arbeit übernehmen, Joseph? Du hast ja keine Ahnung, was das bedeutet. Du müsstest vor elf aufstehen. Du müsstest sogar ab und an arbeiten.«

»Es ist unser Recht!«, sagte Caroline, die Cherubinwangen rosa gefärbt, die Augen glühend.

»*Mein* Recht«, sagte Joseph.

»Die französische Republik ist kein Familienlehen!«, explodierte Bonaparte.

Bis der Diener mit einem Tablett mit Wein und Leckereien erschien, waren sie bereits wutschnaubend gegangen. Mon Dieu.

6 Uhr 30 morgens (kalt)

Bonaparte ist noch vor Tagesanbruch aufgebrochen. »In einem Monat bin ich zurück, versprochen«, sagte er, und zog einen Paletot über seine Uniform.

»Bitte, Bonaparte, nimm mich mit.« Mein Schrankkoffer war gepackt!

»Ich brauche dich in Paris, Joséphine. Ganz gleich, was du erfährst, du musst dich so benehmen, als wäre alles in Ordnung.«

»Selbst wenn ich was erfahre?«, fragte ich argwöhnisch.

»Selbst wenn du erfährst, dass ich besiegt wurde oder dass ich getötet wurde. Selbst wenn du erfährst, dass dein Sohn –«

Nein! Ich legte ihm die Finger auf den Mund.

»Die Öffentlichkeit wird dich beobachten. Man wird annehmen, dass du Bescheid weißt. Sag den Leuten *immer*, dass ich gesiegt habe.«

»Aber was, wenn die Gerüchte stimmen?«

»Man wird mich nicht besiegen. Ich habe doch dich, oder? Meinen Schutzengel«, sagte er und küsste mich zärtlich – sein Glücksbringer-Kuss, wie er ihn nennt.

Le 21 Floréal, Genua*
Ich liebe dich sehr. Meine Joséphine ist mir lieb und teuer. Tausend herzliche Grüße an die kleine Cousine. Rate ihr, brav zu sein, hörst du?

* 10. Mai. Während der Revolution wurde ein neuer Kalender eingeführt. Die Monate wurden nach der Natur benannt. (Floréal zum Beispiel bedeutete ›Monat der Blumen‹.) Die Wochen waren zehn Tage lang und endeten mit »Décadi«, dem Ruhetag. Die Folge war Verwirrung, weil sich die Menschen weiterhin nach dem traditionellen Kalender richteten.

14. Mai – Malmaison

Hortense kniff die Augen zusammen, um Bonapartes fürchterliches Gekritzel entziffern zu können. »Das heißt wohl ›kleine Cousine‹, Maman.« Sie runzelte die Stirn. »Welche kleine Cousine?«

»Bist du sicher, dass das so heißt?«, fragte ich und nahm den Brief wieder an mich – errötend, wie ich zugeben muss. Bonaparte hat die Angewohnheit, mit Decknamen auf einen sehr persönlichen Teil meines Körpers anzuspielen. »Das muss etwas anderes bedeuten«, sagte ich und wandte mich ab, damit sie mein Lächeln nicht sehen konnte.

24. Mai 1800, Aosta

Chère Maman,
eine schnelle Nachricht, nur um dich wissen zu lassen, dass wir über den Alpen sind. Die Überquerung dauerte fünf Tage. Es war eisig – wir schlitterten buchstäblich nach Italien hinein! Seit den Tagen Karls des Großen hat keine so große Armee mehr den Sankt-Bernhard-Pass überquert. Mir ist dadurch klar geworden, wie viel ein Anführer erreichen kann, der Ausdauer besitzt und weiß, was er will. Du weißt, von wem ich spreche.

Dein ergebener Sohn Eugène

Anmerkung – Bürger Henri Robiquet ist eine gute Möglichkeit.

30. Mai – Paris

»Mein Bruder hat darum gebeten, dass ich Ihnen dreißigtausend Francs von seinem Konto gebe, Madame«, sagte Joseph mit einer angedeuteten Verbeugung. »Ich hielt es für vernünftig, mich vor meiner Abreise um die Sache zu kümmern.« Erst jetzt nahm er den Hut ab und klemmte ihn unter den Arm.

»Sie verreisen, Joseph?«
»Ich breche heute Nachmittag nach Italien auf.«
»Sie werden Bonaparte sehen? Wenn ich das doch nur gewusst hätte – ich hätte Sie begleiten können.«
»Es war eine spontane Entscheidung.«
»Gibt es ein Problem?«, fragte ich, von plötzlicher Angst erfasst.
»Vielleicht stirbt mein Bruder Napoléon.«
Ich tastete nach der Rückenlehne eines Stuhles, um mich zu stützen. »Was meinen Sie damit?«
»Und Lucien beansprucht das Recht auf die Nachfolge.«
»Lucien *Bonaparte*? Welches Recht?«, fragte ich verwirrt. Und überhaupt, trauerte Lucien denn nicht gerade um seine Frau?
»Genau! Lucien mag ja Innenminister sein, aber ich bin zweiunddreißig und Lucien ist gerade erst fünfundzwanzig geworden. Ich bin der Älteste. Es ist *mein* Recht, nicht seines. Das muss unverzüglich geregelt werden, bevor Napoléon in der Schlacht fällt.«
»Oh«, sagte ich schwach. »Natürlich.«

14. Juni, Saint-Germain-en-Laye

Chère Madame Bonaparte,
ich weiß, wie beschäftigt Sie in diesen Tagen mit offiziellen und inoffiziellen Pflichten sind, aber vielleicht könnten Sie doch einen Augenblick Ihrer Zeit für Ihre arme Tante und Ihren kränkelnden Gemahl erübrigen? Das Befinden des Marquis hat sich gewendet. Sollte Ihnen ein Besuch nicht möglich sein, beten Sie wenigstens für ihn.

Ihre Patin, Tante Désirée

17. Juni – Saint-Germain

Tante Désirée erwartete mich an der Tür, das Gesicht weiß von Reispuder. »Gott sei Dank, dass du hier bist! Der Marquis stirbt – an Erdbeeren, ausgerechnet.«

»Tante Désirée, beunruhige mich nicht. Ist das dein Ernst?« Ich weiß nicht, warum mich das mögliche Ableben des alten Marquis überraschte. Erst vor kurzem hatten wir seinen achtundsiebzigsten Geburtstag gefeiert. Es war ein Wunder, dass er noch am Leben war, aber weil er schon so lange lebte, dachte ich wohl mittlerweile, dass er immer bei uns bliebe.

»O ja, glaube es mir, er steht an der Himmelspforte. Aber du meine Güte, es ist so hektisch. Der Arzt war heute schon dreimal hier, und jedes Mal kostet elf Livres – ich meine, Francs. Oder wie wird das Geld jetzt genannt? Ich wäre froh, wenn sie endlich aufhörten, die Namen für Dinge zu ändern. Vielleicht könntest du mal mit deinem Mann darüber reden.«

»Jetzt heißt es Francs.« Die Luft war stickig wie in einem Treibhaus. Auf jeder Fläche standen frische Schnittblumen. »Hast du meinen Brief erhalten, dass Eugène sicher die Alpen überquert hat?«

»Und da ist noch etwas«, sagte Tante Désirée, die Hand auf dem Treppengeländer. »Wenn wir mit England im Krieg sind, warum kämpfen wir dann gegen Österreich? Und wenn wir gegen Österreich kämpfen, warum kämpfen wir dann in Italien?«

»Das ist schwer zu erklären«, sagte ich und folgte Tante Désirées üppigem Hinterteil die Treppe hinauf. Wie sind wir bloß auf die Politik gekommen? Und was war mit dem Marquis?

»Die Blumen sind wunderschön«, bemerkte ich, um das Thema zu wechseln.

»Der Bürgermeister von Saint-Germain schickt uns jeden Tag einen frischen Strauß«, sagte Tante Désirée, deren Taftröcke mit einer laszizen Trägheit raschelten, die ich unter den gegebenen

Umständen verwirrend fand. »Monsieur Pierre nennen wir ihn. Er und der Marquis haben jeden Abend zusammen Piquet gespielt – das heißt, bis der Marquis alle diese Erdbeeren aß und zu sterben begann«, sagte sie, als sie nach Luft ringend vor dem Schlafgemach des Marquis stehen blieb. »Monsieur Pierre gewann jedes Spiel, und deswegen schickt er Blumen.«
»Oh«, sagte ich, bemüht, die Logik zu verstehen.
»Der Arzt setzte Blutegel an den Magen des Marquis und dann ein abführendes Zugpflaster, was ihn beinahe auf der Stelle dahinraffte«, zischte Tante Désirée leise, damit es die Magd, die gerade die Täfelung abstaubte, nicht hörte. »Ehrlich gesagt, der Arzt ist ein Einfaltspinsel! Er hat etwas gegen die Terpentinklistiere, die ich dem Marquis gebe, obwohl es doch ganz offensichtlich ist, dass ich meinen Mann damit all die Jahre am Leben erhalten habe.«
Terpentin?
»Mit Schneckenwasser gemischt«, beruhigte sie mich, die Hand auf dem kristallenen Türknauf, »das ich mit Süßwein von den Kanarischen Inseln herstelle – aber wo soll ich denn jetzt kanarischen Wein kaufen? Wenn ich gewusst hätte, dass es wieder Krieg mit England gibt, hätte ich mir einen Vorrat angelegt. Wenn dein Mann das nächste Mal einen Krieg beschließt, kann er es mich vielleicht rechtzeitig vorher wissen lassen.«
Tante Désirée missverstand so vieles, dass ich nicht wusste, wo ich beginnen sollte. »Bonaparte hat sich bemüht, Englands Zustimmung zu einem Frieden zu erlangen, aber –«
»Die Lösung liegt doch auf der Hand, meine Liebe. Wenn wir dem Prätendenten seinen rechtmäßigen Thron wiedergäben, würde England uns in Ruhe lassen.«
Einen Bourbonenkönig wieder auf den Thron setzen? Hatten wir die Revolution umsonst durchgemacht? »Tante Désirée, es ist nicht –«
»Es kümmert mich nicht, was die Leute reden«, sagte Tante

Désirée entschieden. »Zu viel Freiheit ist nicht gut. Was ist denn so schlimm am Feudalismus? Heutzutage bekommt man einfach kein gutes Personal mehr, so fängt es schon einmal an. Marquis de Beauharnais«, brüllte sie, als sie die Tür aufriss. »Rose ist hier und will dich besuchen. Du weißt doch: *Yeyette*. Oder Joséphine, wie sie sich jetzt nennt.«
Der Marquis, tief in die Mitte eines dicken Federbettes eingesunken, wandte langsam den Kopf. »Du weißt doch – Madame *Bonaparte*«, brüllte ihm Tante Désirée ins Ohr.
»Bon à Part Té!«, krächzte der gute Mann.

18. Juni – noch in Saint-Germain

Ich nutze einen ruhigen Augenblick, um nachzudenken (neue Kraft zu sammeln). Der Marquis ging still von dannen – »Wie eine Lampe ohne Öl«, sagte Tante Désirée – in den Armen seiner Frau und seines Sohnes François. Selbst der guten alten Tante Fanny gelang es, »rechtzeitig« einzutreffen, für den Anlass in ein mit Pailletten besetztes Ballkleid mit zerfetzten Rüschen gehüllt.
Seine letzten Worte flüsterte der Marquis mir zu: »Verheirate Hortense mit einem Mann mit guten Zähnen.« Tante Désirée sagte ich, dass er gesagt habe: »Ich habe eine gute Frau geheiratet.«
Ich bin, ehrlich gesagt, überrascht, dass ich so ergriffen bin. Der Marquis hatte ein gutes, langes Leben, und er hat nicht gelitten. Möge Gott ihm beistehen, möge er in Frieden ruhen.

21. Juni – wieder in Paris

Ein berittener Kurier, den der Polizeiminister geschickt hatte, brachte mich in großer Besorgnis nach Paris zurück. »Sie sehen blass aus«, bemerkte Fouché, als er mich begrüßte.

»Ich habe offen gestanden Angst.« Paris schien verlassen zu sein. »Warum sind die Straßen so leer?« Und warum hatte er nach mir geschickt?
»Jedermann ist nach Süden aufgebrochen in der Hoffnung, Neuigkeiten aus Italien zu erfahren«, sagte er und zupfte an seinen fleckigen Stulpen. Mein Freund trug kostspielige Kleidung, aber trotzdem wirkte sie schäbig.
»Welche Neuigkeiten?«
»Die Stadt strotzt vor Gerüchten. In jedem Café in der Faubourg Saint-Antoine behaupten Müßiggänger, dass die Armee Ihres Gemahls in Italien geschlagen wurde. Die Opposition schmiedet öffentlich Pläne, die Republik dem Griff des ›Korsen‹ – wie sie den Ersten Konsul nennen – zu entreißen.«
»Bonaparte wurde geschlagen?« Wie war das möglich?
»Außerdem gibt es Gerüchte – falsche, versteht sich – über den Tod des Ersten Konsuls.«
Ich legte die Hand auf mein Herz. *Gerüchte*, sagte er. »Ist denn nichts bekannt? Hat es irgendwelche Berichte gegeben?«
»Einen Rückschlag *hat* es offenbar gegeben.«
»Fouché, bitte, seien Sie ehrlich zu mir«, sagte ich mit bebender Stimme. »Ist es möglich, dass die Geschichten wahr sind?«
»Es wäre irreführend, es zu leugnen.« Fouché räusperte sich. »Sie sollten wissen, dass auch über Ihren Sohn geredet wird – über seinen Tod«, fügte er leise hinzu.
Ich umklammerte die Lehnen meines Sessels. Einen solchen Verlust könnte ich nicht ertragen!
»Es ist nur Klatsch«, beruhigte mich Fouché und reichte mir ein verkrumpeltes Taschentuch aus Kambrik. »Sie dürfen nicht länger darüber nachdenken. Heute Abend werden alle Blicke auf Sie gerichtet sein.«
Der Empfang für die ausländischen Botschafter! »Minister Fouché, ich kann unmöglich daran teilnehmen. Ich habe dem Außenminister bereits eine Nachricht zukommen lassen, dass

es einen Todesfall in meiner Familie gegeben hat, dass ich nicht in der Lage bin, die Honneurs zu machen. Und nun diese Nachrichten …«

»Aber Sie *müssen* dort sein. Die Fraktionen lauern angriffsbereit. Beim geringsten Hinweis darauf, dass der Erste Konsul gefallen ist, wird die Nation in einen Bürgerkrieg gestürzt.« Bei diesen Worten weiteten sich Fouchés Augen. »Und darum zählen wir darauf, dass *Sie* die Rolle der Siegesgöttin spielen.«

Kurz vor 2 Uhr morgens

Ich fühlte mich an Hortenses Schauspielunterricht erinnert, als ich meinen Text aufsagte, meine Handrücken darbot, sie beim Wort »Sieg« in die Höhe streckte und meinen Blick durch den Saal schweifen ließ, während meine Arme allmählich zum höchsten Punkt aufstiegen. »Der Erste Konsul ist nicht nur am Leben, sondern er siegt auch!«

Im Anschluss an einen verhaltenen Applaus wandte ich mich (zitternd) ab. Hatten sie mir geglaubt?

»Ich denke schon«, sagte Fouché, ohne die Lippen zu bewegen.

Genau in diese angespannte Atmosphäre hinein wurde kurz nach Mitternacht ein Bote gemeldet. Mein Herz machte einen Sprung, als ich Moustache, Bonapartes Kurier, erkannte. Er war mit Schlamm bespritzt. Mit einem Grinsen unter seinem eindrucksvollen Schnurrbart, der ihm seinen Spitznamen eingetragen hatte, legte er mir zwei zerfetzte österreichische Fahnen zu Füßen. Bonaparte hatte tatsächlich gesiegt!

22. Juni, Sonntag

Am Mittag verkündeten Artilleriesalven den Sieg. Freudetaumelnd tanzten die Bediensteten durch die Flure. »Die Staatspapiere sind um sieben Punkte gestiegen«, verkündete Mimi, die sich dadurch einen großartigen Gewinn ausrechnete.

Mailand
Chère Maman,
bevor die Österreicher es merkten, waren wir über ihnen! Ich stand an der Spitze eines Angriffs und nahm einen österreichischen Offizier gefangen – che buona fortuna! Papa hat mich zum Anführer meiner Schwadron befördert.
Trotz der Schwierigkeiten war es ein gutes Gefecht für uns. Die Ebenen von Marengo eignen sich nicht besonders für die Kavallerie – zu viele Bäche und Gräben. Pegasus wurde an der Flanke verwundet, wird aber gesund werden – glücklicherweise, denn viele Pferde sind verloren gegangen. Ich hatte das Glück, mit nur zwei Säbelhieben auf meine Satteldecke davonzukommen.
Die Bürger dieses Landes haben uns als Helden gefeiert – du solltest die Feierlichkeiten erleben!
Papa lässt dir ausrichten, dass er bald schreiben wird.

Eine Million Küsse
dein stolzer Sohn Eugène

Anmerkung – Es stimmt, was man sagt, Maman: Die italienischen Frauen sind sehr schön.

24. Juni

»Ich hörte, dass sich die Bevölkerung von Mailand vor Dankbarkeit überschlagen hat, dass sich die Frauen unseren Soldaten buchstäblich vor die Füße warfen«, sagte der Künstler Isabey, als er seine Karten studierte.
»Italienische Frauen sind ja *so* heißblütig«, sagte der Schauspieler Talma.
»Alle Frauen haben eine Schwäche für Eroberer«, sagte die

Schriftstellerin Madame de Souza und benutzte geschickt ihre Karten als Fächer.
»Oh?«, sagte ich und strich meine Gewinne ein. Bonaparte hat noch nicht geschrieben.

2. Juli, oder besser 3. Juli, nach 3 Uhr morgens (kann nicht schlafen)

Vor Mitternacht kehrte Bonaparte in aller Stille zurück. Innerhalb einer Stunde hatten sich Menschenmassen im Park versammelt, Männer, Frauen und Kinder, die Fackeln schwangen: ein unheimlicher, gespenstischer Anblick.
»Wir sind glücklich über dich«, sagte ich und schlang die Arme um meinen Mann, hielt ihn fest. Hielt ihn ganz fest.

4. Juli

Bonaparte ist zu Hause; er hat gesiegt, alles ist gut. Warum fühle ich mich dann so melancholisch – so einsam?

5. Juli – tagsüber in Malmaison

»Wie *geht* es dir, Schätzchen?«, fragte meine liebe Freundin Thérèse und glättete ihre babyblonde Perücke – ihre Tarnung.*
Ich muss wohl tief geseufzt haben, denn sie spreizte ihre mit Juwelen beringten Hände und rief: »Mon Dieu, so schlimm?«
»Kann ich eigentlich nichts vor dir verbergen, Mama Tallita?«
Thérèse und ich haben gemeinsam vieles durchgemacht. Man

* Thérèse war von ihrem Mann (Tallien) getrennt und lebte öffentlich mit einem verheirateten Mann zusammen (Ouvrard), von dem sie eine Anzahl Kinder hatte. In der Öffentlichkeit galt sie als »gefallene Frau«, und Napoléon wünschte nicht, dass Joséphine mit ihr verkehrte. Trotzdem trafen sich die beiden Freundinnen weiterhin heimlich in Malmaison.

könnte sogar sagen, dass sie mir das Leben gerettet hat. Auf jeden Fall bereichert sie es mit ihrem Witz und ihrer Klugheit – und ihrem überströmenden Herzen.

»Du weißt, dass du es besser gar nicht erst versuchst«, sagte sie und klopfte mir mit ihrem bemalten Fächer auf die Finger.

Ich gestand den Grund für meine Niedergeschlagenheit: mein Verdacht, dass Bonaparte eine Liebschaft mit einer anderen Frau hatte. »Seit seiner Rückkehr aus Italien ist er kurz angebunden mir gegenüber, grundlos ungeduldig.« Thérèse zuckte zusammen. »Hast du etwas gehört?«, fragte ich.

»Es ist nur ein Gerücht – irgendetwas über diese italienische Sängerin aus Mailand.«

»La Grassini.« Natürlich! Die Grassini, jung und sinnlich, ist berühmt für ihr leidenschaftliches Temperament, ihre engelsgleiche Stimme. Vor zwei Jahren in Italien richtete ich es ein, dass sie für uns sang. Ich erinnere mich an Bonapartes Begeisterung, erinnere mich an die zärtlichen Blicke der drallen italienischen Sängerin. Bonaparte war ihre allzu offenkundige Einladung entgangen – damals.

6. Juli, 4 Uhr 15 nachmittags – Paris

»Stimmt es, dass die Primadonna der Scala nach Paris gekommen ist?«

»La Grassini?« Fouché zog eine zerbeulte Schnupftabakdose aus der Westentasche. »Sie traf in einer von acht Rappen gezogenen Kutsche ein, ziemlich schwer zu übersehen. Ganz Paris sah sie.«

»Und was hat ganz Paris noch gesehen?«

Er blickte mich unter seinen schweren Augenlidern an. »Vielleicht sollten Sie mir zunächst verraten, was Sie selbst sehen.«

»Es ist normal, dass man wachsam wird, wenn Argwohn erregt wird.« Ich hielt inne, drehte an meinem Ehering. Er war nicht

mehr so rund, eher rechteckig; er passte perfekt auf meinen Finger. Zu perfekt vielleicht. Ich konnte ihn nicht mehr abnehmen.
»Wissen Sie, was mir gar nicht gefiele? Es gefiele mir überhaupt nicht, wenn ich die Letzte wäre, die erfährt, ob mein Mann …«
Ich spürte, wie mir die Hitze in die Wangen stieg.
»Das Recht der Könige ausübt?«
Ich nickte. Ich lernte immer mehr über »das Recht der Könige«. Ich zählte insgeheim bis drei und blickte dann zu ihm auf.
»Sie würden doch zweifellos Bescheid wissen.«
»Es ist meine Aufgabe, Bescheid zu wissen.« Fouché spuckte in einen Napf. »Wie Sie bereits vermuten«, sagte er und wischte sich den Mund an seinem Ärmel ab, »ist Ihr Gemahl auf die Reize der Grassini hereingefallen.«
»Eine Soldatenfrau hat Verständnis für diese Dinge«, gelang es mir zu sagen. »Es wird sich legen, wie ein Sturm.«
»Sie sind klug, Madame, die perfekte Ehefrau.«

[Ohne Datum]

Die perfekte Ehefrau ist wütend! Die perfekte Ehefrau hat heute Nachmittag ein Vermögen ausgegeben und fünf Hüte, sechs Paar Handschuhe, vier Paar Schuhe und zwei Paar Stiefel bestellt, ganz zu schweigen von einer Anzahl Unterwäsche aus feinem Kambrik, mit Stickereien, Litzen und Bändern verziert. Ganz zu schweigen von einem neuen Kleid von Leroy, dem berühmtesten Pariser Modeschöpfer.

7. Juli, 3 Uhr 45 nachmittags – heiß!

»Ein Ensemble für den Tag der Bastille? Ein Kleid für die Gemahlin des Siegers?« Leroys Augen wurden glasig, als hätte er eine Vision, eine Vision von mystischen Ausmaßen. »Mais oui! Ich sehe antike, elfenbeinfarbene Gaze, *wirbelnde* Seidenkaskaden mit applizierten, goldenen Lorbeerblättern, einen *eleganten* goldenen Samtschal in Gold bestickt und mit Hermelin eingefasst. Mit Spitzen besetzte Eskarpins, lange goldene Handschuhe mit Perlenknöpfen – natürlich! – ein Lorbeerblatthaarband aus Perlen …«

»Perfekt.« *Die Gemahlin des Siegers.*

»Aber Madame Joséphine«, sagte Leroy und zerrte an dem Knoten seines gestärkten, tiefblauen Halstuches, »der Erste Konsul ist sparsam, und …«

Der *sparsame* Erste Konsul gibt monatlich zwanzigtausend Francs für eine Mätresse aus, wie ich zufälligerweise wusste.

»Was wollten Sie gerade sagen, Bürger?«

»Nun ja, es ist nur recht und billig, Sie zu warnen, dass Hermelin … Nun ja, ich fürchte, dass er gerade im Moment vielleicht ein wenig *teuer* ist, vielleicht zu …«

»Scheuen Sie keine Kosten.«

9. Juli – Tuilerien

Heute Nachmittag beim Whist bemerkte Madame de Souza, dass eine Frau nach dem dreißigsten Lebensjahr nicht mehr erwarten könne, im Herzen ihres Ehemannes die erste Stelle einzunehmen, dass sie froh sein sollte, wenn sie an zweiter kommt.

»Das wäre schlimmer als der Tod«, sagte ich erregt (und verlor die Runde).

10. Juli – Malmaison (heller Mondschein, düstere Gedanken)

»Ich sage es dir ja höchst ungern, Schätzchen, aber sie hat Recht«, sagte Thérèse und reichte mir ein Fläschchen mit Lavendelgeist – ein Mittel für Frauen, gegen Angstgefühle. »Wenn es nicht La Grassini ist, ist es bestimmt eine andere Schlampe. Ehemänner sind nun einmal so. Das ist eines der Dinge, mit

denen sich eine Ehefrau abfinden muss. Ist er denn seinen ehelichen Pflichten nachgekommen?«
Ich nickte. Wenn überhaupt, dann waren Bonapartes Gunstbezeugungen leidenschaftlicher als zuvor.
»Worüber beklagst du dich dann? Nur weil er eine Mätresse hat, heißt das doch nicht, dass er dich nicht liebt.«
Liebt? Bonaparte hatte mich nicht geliebt – er hatte mich *angebetet*. »Du verstehst es nicht!« Wie sollte ich nur erklären, wie es war, von einem Mann wie Bonaparte geliebt zu werden, seine Muse zu sein, sein Engel, das Ziel seiner alles verzehrenden Leidenschaft? Muss ich nun neben ihm liegen, während er von der Grassini träumt, ihren Moschusduft an ihm riechen, die Freude in seiner Stimme hören, wenn er singt, wohl wissend, dass es die Liebe für eine andere ist, die ihn inspiriert? »Mich damit abfinden, Thérèse? Niemals!«
»Willst du die unverbrüchliche Liebe deines Mannes?«
»Selbstverständlich«, sagte ich erbost.
»Dann sprich mir nach: Ich finde mich damit ab – mit Liebe, Würde und Großmut.« Sie lachte. »Und nicht mit den Zähnen knirschen.«

[Ohne Datum]

Drei Hüte, zwei Kleider, sieben Paar Schuhe, fünf Paar Seidenstrümpfe, zwei Schals, eine Halskette aus Perlen und Rubinen.

14. Juli, Tag der Bastille, kurz vor Mitternacht

Es war beinahe Zeit, zu den Feierlichkeiten aufzubrechen, als Eugène aus Mailand eintraf. »Du hast es geschafft!« Ich warf die Arme um meinen Sohn. Er roch nach Pferden – nach Pferden und Lagerfeuerrauch.
»O là, là, Maman!«

»Stimmt etwas nicht?«, fragte ich, aufgeschreckt von seinem Gefühlsausbruch.
»Nein, ganz und gar nicht. *Du* bist gemeint. Du siehst … wunderschön aus!«
Eugène und seine Feldjäger eskortierten Bonaparte und mich zum Invalidendom. Ein ohrenbetäubender Jubel brach aus, als wir durch die Tore des Champs-de-Mars fuhren, der riesige Platz ein einziges Meer von Gesichtern.
Die Menschen im Invalidendom standen dicht gedrängt, die Luft war drückend. Als Eugène feierlich die erbeuteten feindlichen Flaggen überreichte, war ich zu Tränen gerührt. Dann sang Mademoiselle Grassini und erfüllte das Gewölbe mit (wie ich zugeben musste) himmlischen Tönen. Erfreut stellte ich fest, dass sie ein Doppelkinn entwickelt und zu viel Spanisches Rot* aufgetragen hatte.

* Spanisches Rot: roter Farbstoff in einem kleinen Rosshaarkissen, der als Rouge benutzt wurde.

Wir entgehen nur knapp dem Tod

22. Juli 1800 – Paris

Heute Abend im Théâtre Français nahm die Polizei einen Mann fest, der mit einem Blasrohr auf Bonaparte zielte.
Bonaparte lachte, als ihn Fouché davon unterrichtete. »Ist das Ihr Ernst – ein Blasrohr? Da müssen sie sich aber etwas mehr anstrengen.«

7. August

Ich kann nicht schlafen. Heute Morgen wurden Banditen gefasst, die an der Landstraße nach Malmaison lauerten. Sie hatten vor, Bonaparte bei unserer Rückkehr nach Paris zu überfallen.

9. August – sehr heiß

Heute Abend beim Salon schlich sich Fouché an mich heran. »Nein, erzählen Sie mir nichts«, sagte ich, und mein Herz machte einen Sprung. »Ich kann es nicht ertragen!«
»Beruhigen Sie sich. Ich wollte Ihnen nur mitteilen, dass La Grassini mit Ihrem Gemahl unzufrieden ist.«
»Oh, Gott sei Dank! Ich dachte, es hätte schon wieder einen Anschlag auf Bonapartes Leben gegeben.« In jedem Schatten sah ich einen Mann mit Messer. Das geringste Geräusch bestärkte meine Befürchtungen. »Was sagten Sie über die Grassini?«

»Gestern Abend beim Salon des Außenministers beklagte sie sich über den Ersten Konsul.«
»*Sie* waren bei Talleyrand?« Talleyrand und Fouché waren Erzfeinde.
»Meine Spione halten mich auf dem Laufenden. La Grassini vertraute den am Whisttisch Versammelten an, dass der Beischlaf mit dem Ersten Konsul … *unbefriedigend* wäre, wie sie sich ausdrückte.« Er betonte das Wort »unbefriedigend« mit unziemlichem Vergnügen.
»Die Indiskretion dieser Dame beruhigt mich absolut nicht.« Wie kann sie es wagen!

10. Oktober – Paris, sehr spät

Heute Abend, als Bonaparte und ich aus der Opéra zurückkamen, erwartete uns Fouché, ungeduldig mit dem Fuß auf den Boden klopfend, im Gelben Salon. Der Polizeiminister war nicht erfreut. Den Lärm, den wir während der Aufführung gehört hatten, hatten seine Leute verursacht, als sie mit Dolchen und Pistolen bewaffnete Attentäter festnahmen – Männer, die Napoléon ermorden wollten!
Ich raffte meine Schleppe zusammen und nahm auf einer Stuhlkante Platz. »Attentäter?« Aber weit mehr erschütterte mich, dass Bonaparte seit Wochen von dem Komplott gewusst, Fouché aber nicht informiert hatte in der Annahme, dass er die Verschwörer schon selbst bloßstellen würde. »Bonaparte, du wusstest, dass diese Männer in der Opéra sein würden?« Ich war fassungslos – und *wütend.* Wie konnte er nur so rücksichtslos sein? Er hatte nicht nur sich selbst, er hatte auch *mich* in Gefahr gebracht.
»Ihr Gemahl wusste nicht nur, dass die Attentäter heute Abend dort sein würden«, sagte Fouché, »er hat auch dafür gesorgt, dass sie das Geld erhielten, das sie brauchten, um ihr Komplott

auszuführen. Können Sie sich eigentlich vorstellen, Erster Konsul, wie kurz davor Sie waren, ermordet zu werden?«
Ich zitterte um Fouché. Bonaparte duldete es nicht, wenn man ihn kritisierte, wie gerechtfertigt es auch sein mochte.
»Der Plan hat funktioniert, Minister Fouché.« Bonaparte lief unter dem kristallenen Kronleuchter auf und ab. »Ich habe die Nase voll von Revolutionären, die es auf meinen Tod abgesehen haben – und darum habe ich etwas unternommen. Wenn dieser kleine Zwischenfall irgendetwas beweist, dann die Tatsache, dass in dieser Stadt sehr viel vor sich geht, von dem Sie nicht das Geringste wissen. Sie wissen eben nicht alles!«
»Mit allem Respekt, Erster Konsul, ich weiß sehr viel«, sagte Fouché mit schmalen Lippen. »Zum Beispiel weiß ich, dass ein Mann im Paletot regelmäßig aus dem Palast kommt, in eine Mietdroschke steigt und zur Rue Caumartin Nummer 762 fährt, zu einer Wohnung, die er für eine viel bejubelte italienische Sängerin gemietet hat. Kurz danach kommt der Mann im Paletot wieder heraus und kehrt zum Palast zurück. Innerhalb einer Stunde nach seinem Aufbruch, wird ein großer junger Mann, ein Geiger, beobachtet, wie er das Heim der tatkräftigen Grassini betritt, die –«
»Hinaus!« Bonaparte trat nach einem brennenden Holzscheit.
Ich folgte Fouché ins Vorzimmer. »Wie konnten Sie ihm das antun!«
»Ergebenheit trägt viele Masken. Der Erste Konsul bringt sich in Gefahr, wenn er sich so aufführt.«
»Sie demütigen ihn im Namen der Pflicht?« Zitternd vor Erregung machte ich auf dem Absatz kehrt.

Ich fand Bonaparte im Schlafzimmer, wo er auf unserem großen Bett saß und selbst seine Stiefel aufschnürte. »Wir können so tun, als wäre ich bei dieser Szene nicht anwesend gewesen«, sagte ich und setzte mich an meinen Stickrahmen neben dem Feuer.

»Genau wie du, als du so getan hast, als wüsstest du nichts, Joséphine?«
Ich nahm meine Sticknadel in die Hand, prüfte die Farbe des Garns, ein schimmerndes Hellblau, die Farbe eines Sommerhimmels. Mein Hand zitterte. »Ja.« Ich legte die Nadel nieder.
»Bitte, Bonaparte, steh auf und lauf herum, wie du es normalerweise tust. Ich mag es nicht, wenn du so ruhig bist.«
»Es überrascht mich, dass du nicht wütend bist.«
»Ich war wütend. Jetzt bin ich wütend auf *sie*.« La Signorina Grassini hatte meinen Mann nicht nur verführt – schlimmer noch, sie hatte einen Hahnrei aus ihm gemacht.
»Ich war ein Idiot.«
Ich legte meinen Stickrahmen zur Seite und ging zu ihm. »Sei nicht wütend auf Fouché«, sagte ich und nahm seine Hände in meine – seine weichen, femininen Hände, auf die er so stolz ist. »Er hat es aus Ergebenheit zu dir gesagt.«
»Weißt du eigentlich, wie sehr ich dich liebe, Joséphine?« Der Schein des Feuers tanzte in seinen grauen Augen.

Später, in Bonapartes Armen, machte ich mir seine Dankbarkeit zunutze, um ihn dazu zu überreden, zumindest ein paar Vorkehrungen gegen Anschläge zu treffen. Und nicht mehr den Versuch zu unternehmen, Attentäter auf eigene Faust aufzuspüren! Widerstrebend willigte er ein. »Du liebst mich zu sehr«, jammerte er.
»Das tun wir alle!«

18. Oktober – Tuilerien, Paris

Heute am frühen Morgen wurde Fouché in unser Schlafzimmer geführt. Ich schreckte aus meinem Bett hoch. Es war noch dunkel. »Das muss wohl dringend sein, Bürger Polizeiminister«, sagte Bonaparte, der sofort hellwach war.

»Vor wenigen Stunden explodierte hinter dem Kloster Salpêtrière eine mit Nägeln und Hagelgeschossen gefüllte Bombe. Die Täter entkamen, ich habe jedoch Grund zu der Annahme, dass der Anschlag Ihnen galt, Erster Konsul. Ich dachte, dass Sie das wissen möchten.«
»Mon Dieu, Bonaparte – eine *Bombe*?« Sollte das denn nie ein Ende nehmen?

Heiligabend – Paris

Das Schlimmste ist eingetroffen. Zumindest leben wir noch, ermahne ich mich.
Während ich dies schreibe, ist es mittlerweile drei Uhr morgens. Ich bin in dem kleinen Wohnraum neben unserem Schlafzimmer. Die Glut verbreitet ein schwaches Licht. Ich habe den Versuch einzuschlafen aufgegeben. Vielleicht wird die Erinnerung an diesen Abend mich nicht mehr heimsuchen, wenn ich sie niederschreibe.
Caroline, mittlerweile im achten Monat, aß mit Hortense, Bonaparte und mir zu Abend. Wir freuten uns auf den Besuch der Premiere von Haydns *Schöpfung* – das heißt, wir alle außer Bonaparte, der verkündete, dass er seine Meinung geändert habe, dass er arbeiten müsste. (Sogar am Heiligabend.)
»Bitte, komm doch mit«, bat ich ihn, weil ich wusste, wie enttäuscht die Leute wären, wenn sie ihn nicht zu Gesicht bekämen, wie unglücklich, wenn sie nur *mich* sähen. »Du hast in letzter Zeit so hart gearbeitet.« Tag und Nacht, seine Tatkraft war unbändig. »Es wird sicher großartig.« (Oh, wenn ich an diese Worte denke! Wenn ihm etwas geschehen wäre, wenn man ihn getötet hätte!) »Ich würde mich sehr darüber freuen«, sagte ich schließlich, sehr wohl wissend, dass er nicht ablehnen würde.

Die Kutschen standen abfahrbereit aufgereiht im Hof. Ein Lakai sprang herbei, um Bonaparte und seinen Adjutanten die Tür der ersten Kutsche zu öffnen. »Die Damen werden mit Oberst Rapp folgen«, unterrichtete Bonaparte César, seinen Kutscher, der, ganz offensichtlich betrunken, ein breites Grinsen aufsetzte. César knallte mit der Peitsche, und die Pferde jagten aus dem Tor.

»Wir müssen nicht *ganz* so schnell folgen«, wies ich unseren Kutscher an, als man Hortense und Caroline in die Kutsche half. Ich wollte ihnen gerade folgen, als Oberst Rapp anregte, dass mein mit einem ägyptischen Muster bestickter Schal wunderschön aussähe, wenn er im ägyptischen Stil an der Taille zusammengebunden wäre. Ich hielt inne, um ihn zu binden. Dieser Verzögerung verdanken wir unser Leben!

Was danach geschah, ist schwer zu wiederzugeben. Als unsere Kutsche auf die Rue Nicaise einbog, wurden wir von einer Explosion in die Luft geschleudert. Oberst Rapp schrie uns zu, unsere Köpfe zu schützen. Ich erinnere mich an den Lärm von splitterndem Holz, den strengen Geruch von Schießpulver.

»Das ist ein Komplott, um Bonaparte zu ermorden!«, schrie ich. (Beschämt gebe ich zu, dass ich den Kopf verlor.) Die Straße war mit Trümmern übersät und, wie es schien, mit einer großen Zahl von Menschen, die sich vor Schmerzen krümmten oder reglos dalagen – *Leichen*, wie mir mit Entsetzen klar wurde. Und dann erhob sich nach und nach ein Chor von Schreien.

Plötzlich jagte unsere Kutsche davon. »Halt!«, hörte ich mich schreien. Die Pferde waren durchgegangen. »Kehren Sie um, sie haben ihn umgebracht!« Ich zittere immer noch, wenn ich daran denke.

Unsere Kutsche kam schließlich im Innenhof der Tuilerien zum Stehen. »Wenn Sie mich entschuldigen wollen, meine Damen«, sagte Oberst Rapp und mühte sich mit dem Mechanismus der

Kutschentür ab. Er schlug mit der Faust darauf und sprang heraus.
Jetzt kommt es mir wie ein Traum vor – vieles davon im Nebel, andere Szenen jedoch klar und deutlich, die Erinnerung schmerzlich. »In der Rue Nicaise hat es eine Explosion gegeben«, hörte ich unseren Kutscher sagen. »Grand Dieu, alles flog durcheinander!«
Ich erinnere mich, dass jemand fragte, ob der Erste Konsul verletzt wurde.
»Ich glaube nicht«, antwortete unser Kutscher. »Er ist vor uns weitergefahren.«
»Seid ihr in Ordnung?«, fragte ich die Mädchen mit bebender Stimme. Hortense sah gefasst, aber blass aus. »Caroline?« Welch ein schreckliches Erlebnis für eine junge Frau in anderen Umständen!
»Wo ist der Lakai?«, sagte Caroline und schaute aus dem zersplitterten Fenster. »Warum kommt niemand, um uns herauszuhelfen?«
Hortense zog ein Taschentuch aus ihrem Ridikül. »Stellt euch vor, was geschehen wäre, wenn wir nur ein paar Sekunden früher aufgebrochen wären!«
Wenn ich nicht innegehalten hätte, um meinen Schal neu zu binden, wenn ich nicht …
»Es war nur ein Haus, das brannte«, sagte Caroline.
Ein Lakai kam angelaufen. Ein Kavallerist, der eine klaffende Wunde unter dem Kinn hatte und sein Pferd an den Zügeln führte, hinkte hinter ihm her. »Der Erste Konsul wurde nicht verletzt!«, sagte der Kavallerist mit schwankender Stimme.
»Gott sei Dank«, flüsterte Hortense.
»Sind Sie sicher?«, wollte ich wissen. »Haben Sie ihn *gesehen*?«
»Er ist in der Opéra, Madame Bonaparte – Sie sollen ihn dort treffen. Es wird gerade eine andere Kutsche für Sie vorbereitet.«
Ich sollte zur Opéra fahren? Ich wusste ja nicht einmal, ob ich

laufen konnte! »Selbstverständlich«, sagte ich und zog den Schal um mich, als wäre das etwas ganz Normales nach einer heftigen Explosion: Anschließend fuhr man zur Opéra. Ein stechender Schmerz erinnerte mich daran, dass überall Glassplitter lagen. »Was ist geschehen? Wissen Sie es?«, fragte ich, als er mir nach unten half. Ich fühlte mich zittrig, aber ich konnte stehen.
»Offenbar ist ein Fass mit Schießpulver explodiert.«
»Ein Fass?« Die Explosion hatte unsere Kutsche in die Luft geschleudert! »Wurden viele Menschen verletzt?« *Getötet.*
»Ich schlage vor, dass Sie eine andere Strecke nehmen«, sagte der Soldat über die Schulter, als er Caroline die Hand reichte. Im Innenhof versammelten sich Menschen. Ich sah, wie sich Mimi zu uns durchdrängte, während sie die Hände an ihrer Schürze abwischte.
»Es hat eine Explosion gegeben!«, rief Hortense ihr zu.
»Bonaparte geht es gut. Ich soll ihn in der Opéra treffen.«
»*Du* willst da hin, Yeyette?«, fragte Mimi stirnrunzelnd.
»Mir geht es gut.« Ich musste Bonaparte sehen. Ich musste wissen, ob er in Sicherheit war.
»Ich begleite dich, Maman«, sagte Hortense, ihre blauen Augen schwammen in Tränen.
»Was ist mit deiner Hand passiert?« An ihrem linken Daumen war Blut.
»Nur ein kleiner Schnitt, von den Glassplittern.«
»Es blutet nicht mehr«, sagte Mimi, als sie die Wunde prüfte. Sie zog ein Pflaster aus der Tasche und befestigte es mit einem Taschentuch an Hortenses Hand. »Bleib dicht bei deiner Mutter«, hörte ich sie raunen, als eine Kutsche neben uns hielt.
»Und was ist mit mir?«
»Caroline, du musst wirklich –«
»Ich kümmere mich um Madame Caroline«, beruhigte mich Mimi, die Hand fest auf Carolines Schulter.

»Am besten lässt du die Hebamme holen, nur zur Sicherheit«, rief ich, als wir anfuhren. »Madame …« Mein Kopf war wie benebelt.
»Madame Frangeau«, rief Hortense zurück, als unsere Kutsche auf die Straße einbog, begleitet von dem Soldaten, der auf seinem wild blickenden Pferd neben uns her ritt.

Bonaparte saß in der Theaterloge und trank eine bernsteinfarbene Flüssigkeit. »Joséphine«, sagte er, als er sich erhob und seinen Hut abnahm. Und dann mit einer kleinen Verbeugung: »Ist etwas nicht in Ordnung?«
Wusste er es denn nicht? Talleyrand machte mich auf sich aufmerksam und gestikulierte hinter Bonapartes Rücken: Sagen Sie nichts, bleiben Sie ruhig, der Erste Konsul weiß es, das Publikum schaut zu.
»Du kommst gerade rechtzeitig«, sagte Bonaparte und wandte sich der Bühne zu. Madame Barbier-Walbonnes Stimme erfüllte den Saal – das Oratorium hatte begonnen.
Ich wickelte meinen Schal eng um mich, als könnte ich damit dem Zittern Einhalt gebieten. Hortense legte mir beruhigend die Hand auf die Schulter. Ich streichelte ihre Fingerspitzen. Wie nahe der Tod gekommen war.

Sobald wir wieder in der privaten Sphäre unsere Suite in den Tuilerien waren, wurde Bonapartes Ruhe von Wut abgelöst. »Jedes Mal, wenn ich mich umdrehe, versucht irgendjemand mich umzubringen«, raunzte er Talleyrand an. »Têtes des mules! Das kommt von all diesen bombenbastelnden Revolutionären, die sich nach den Tagen der Anarchie und Gewalt zurücksehnen, zweifellos dieselben Fanatiker, die für die Explosion im Kloster Salpêtrière verantwortlich waren.«
»*Und* für das Komplott in der Opéra«, warf Talleyrand ein und lehnte den Spazierstock mit der Goldspitze an die Sessellehne.

»Und, soweit uns bekannt ist, wahrscheinlich auch für das Komplott mit der Schnupftabakdose.«
»Das ist unerträglich.« Bonaparte warf ein Scheit auf das lodernde Feuer, dass die Funken flogen.
»Hat der Polizeiminister eigentlich schon einmal einen dieser Revolutionäre überführt?«, fragte Talleyrand. »Seine Freunde und Kollegen, wohlgemerkt.«
»Und was soll das heißen?«, wollte Bonaparte, die Fäuste in die Hüften gestemmt, wissen.
»Das soll heißen, dass Fouché meiner Meinung nach verhaftet und erschossen werden sollte.«
Erschossen! Talleyrands Worte erschreckten mich.
»Heute Abend hat es schon genug Blutvergießen gegeben, Minister Talleyrand«, hörte ich Bonaparte antworten. Zu meiner Erleichterung. Er tat Talleyrands Bemerkung als einen Scherz ab.
Kurz nach Talleyrands Aufbruch, wurde Fouché persönlich gemeldet. »Wo sind Sie gewesen?«, wollte Bonaparte wissen.
»Am Ort der Explosion, Erster Konsul«, sagte Fouché und berührte die Krempe seines verbeulten Hutes. »Sieben Tote und über zwanzig Verletzte.«
Mon Dieu!
»Ich schlage vor, dass Sie ihrem betrunkenen Kutscher eine Belohnung geben, Erster Konsul«, fuhr Fouché fort und zupfte an seinen fleckigen Leinenmanschetten. »Wenn er nicht so rücksichtslos gefahren wäre, wären Sie jetzt tot. Das Fässchen mit Schießpulver scheint absichtlich deponiert worden zu sein.«
»Verdammte Revolutionäre!«
»Sie würden Sie zwar mit Vergnügen umbringen, kein Zweifel, aber für diesen Anschlag sind sie nicht verantwortlich.«
»Sie wollen doch wohl nicht behaupten, dass er das Werk der Royalisten war«, schnauzte Bonaparte. »Royalisten mögen

zwar intrigieren, aber sie lassen sich nicht dazu herab, gewalttätig zu werden.«

»Doch, ich behaupte es, und mehr noch, ich werde es beweisen.«

2. Januar 1801 – Malmaison

»Ich bin ja so erleichtert, dass es dir gut geht!«, rief Thérèse aus und legte eine Ledermaske*, einen Umhang, einen Hut *und* eine Perücke ab. »Ich bin fast gestorben, als ich die Zeitungen las.« Sie umarmte mich heftig und hüllte mich in eine Wolke aus Neroli-Öl ein. »Wie entsetzlich das gewesen sein muss!«

»Ich bin am Ende meiner Kraft«, gab ich zu. »Fouché besteht darauf, dass Bonapartes Leibwächter, ein Mamelucke, ihm überallhin folgt. Roustam schläft nachts sogar vor unserer Schlafzimmertür. Außerdem hat Fouché zwei Wächter *in* unserem Schlafzimmer postiert«, erzählte ich ihr. Alle paar Stunden wecken sie Bonaparte, der ein neues Losungswort ausgibt. Bonaparte, der es gewöhnt ist, auf dem Schlachtfeld zu schlafen, schläft rasch wieder ein. Ich dagegen liege die ganze Nacht wach, umgetrieben von Angst, und versuche die Anwesenheit der Wächter zu ignorieren.

Thérèse klopfte auf ein Schönheitspflästerchen in Form einer Blume, das auf ihrem Kinn klebte. »Sorge dafür, dass dich dein Arzt zur Ader lässt, aber nicht viel, nur ein wenig. Kühlende Abführmittel sind jetzt das Richtige – ein Aufguss aus Sennesblättern mit Abführsalzen. Es wird bald vorüber sein, nicht wahr? Wie ich hörte, hat die Polizei den Besitzer dieses Karrens aufgespürt.«

* Es war nicht ungewöhnlich, dass eine Frau eine Ledermaske trug, um ihre Haut vor dem Wetter zu schützen.

Ein Karren mit einem Fass Schießpulver darauf: die »Höllenmaschine«, wie sie jeder nennt. »Sie wissen, wer er ist, aber sie können ihn nicht finden, Thérèse!« Petit François – ein Mann mit einer Narbe über dem linken Auge. »Solange er frei herumläuft, kann ich mich einfach nicht sicher fühlen, mögen uns auch noch so viele Wächter beschützen.«

6. Januar – Tuilerien

Vorausgesetzt, dass sich das menschliche Naturell aus vier Hauptsäften – Blut, Schleim, gelber und schwarzer Galle – zusammensetzt, dann würde ich sagen, dass die Mitglieder von Bonapartes Familie ein Übermaß an Galle haben.
Oh, wie unfreundlich von mir! Aber ehrlich gesagt, manchmal sind sie wirklich eine Zumutung, selbst für Bonaparte. »In ihrer Gegenwart verwandele ich mich in eine sentimentale Glucke«, sagte er gestern Abend zu mir, nachdem wir den Dreikönigstag – oder besser den Bohnenkuchentag, wie wir ihn heute nennen müssen – mit der Sippe verbracht hatten.
Nach dem Austausch der neuesten Nachrichten (der Mann mit der Gesichtsnarbe ist noch nicht gefunden worden), der Pläne für die Saison und nach der üblichen Diskussion über Prestige, Geld und Stuhlgang wechselten wir zum anderen Lieblingsthema der Sippe: meine Empfängnisbereitschaft – beziehungsweise deren Mangel.
Es begann ganz harmlos, als Caroline verkündete, dass die Hebamme ihr gesagt hätte, ihr bald zu erwartendes Kind sei ein Junge.
»Wegen all des Rotweins, den du getrunken hast«, sagte Pauline, die in einem offenherzigen Kleid aus weißem Satin glänzte.
»Eigentlich soll der Mann den Wein trinken«, sagte Bonaparte.
»Das dachte ich auch.« Hortense errötete.
»Was weißt *du* denn schon von solchen Dingen?«, sagte Caroli-

ne. Eingehüllt in Rüschen und Pailletten und mit ihrem dicken Bauch sah sie wie ein Karnevalsballon aus.
»Welche Rolle spielt es schon, ob dein Kind ein Junge ist oder nicht?«, fragte Elisa Caroline. »Es wird kein Bonaparte sein. Es wird lediglich ein Murat sein.«
»Das ist zumindest besser als ein Bacchiochi«, konterte Caroline.
»Magnifico!«, rief Elisas Mann Félix. (Warum?)
»Nichts geht über die Familie«, sagte Signora Letizia und runzelte die Stirn über ihrem Strickzeug.
»Da wir gerade von Bonaparte-Nachwuchs sprechen, habe ich etwas bekannt zu geben.« Joseph presste die Hände zwischen die Knie. »*Meine* Frau erwartet ein Kind.«
»Unsere Gebete wurden erhört«, sang Onkel Fesch fröhlich, schwenkte den Wein in seinem Kelchglas und hielt es dann ans Licht.
»Cin-cin! Cin-cin!« Alle hoben das Glas.
»Das ist eine wundervolle Neuigkeit, Julie.« Ich suchte Bonapartes Blick. Wenn Julie und Joseph nach jahrelangem Bemühen ein Kind bekommen konnten, dann konnten wir es vielleicht auch.
»Ich schwöre auf die Quellen von Plombières«, sagte Julie zu mir.
»Nicht auf *meine* Quelle?« Joseph schien sich über seinen schlechten Scherz zu amüsieren.
»Tante Joséphine war schon einmal in Plombières – 1796«, sagte Caroline. »Es hat nichts genützt.«
»Wahrscheinlich wegen ihres Alters«, sagte Elisa und hielt den Atem an, um einen Schluckaufanfall zu verhindern.
»Heilbäder können gefährlich erregend sein«, bemerkte Onkel Fesch, die Wangen von den Dünsten des Weines erhitzt.
»Pauline konnte kein Kind bekommen, bis vor fast drei Jahren unser Sohn geboren wurde«, sagte Victor Leclerc und rückte

seinen Dreispitz zurecht – eine genaue Nachbildung von dem Bonapartes.

»Und wir haben *alles* versucht«, sagte Pauline und fächelte sich träge mit einer Pfauenfeder Luft zu. »Der Arzt sagt, ich sei ein Rätsel.«

»Ein Rätsel, liebe Schwester? Nymphomaninnen sind häufig nicht in der Lage, sich fortzupflanzen.« Caroline warf ihrer Schwester einen hämischen Blick zu.

»Nymphomaninnen?« Hortense machte ein verwirrtes Gesicht.

»Ich erkläre es dir später«, formte ich mit den Lippen.

»Es könnte aber auch an einem abnormen Zustand des Blutes liegen«, bemerkte Caroline. (An mich gerichtet!) »Von gewissen Krankheiten – die ich in Gegenwart von Mutter nicht erwähnen möchte – heißt es, dass sie eine Empfängnis verhindern.«

»Wie lange dauert es noch bis zum Essen, Joséphine?«, fragte Bonaparte und lief wieder auf und ab.

»Ich hatte dreizehn Kinder«, sagte Signora Letizia und wirbelte Garn um ihren steifen Zeigefinger.* »Fünf von ihnen sind gestorben.«

»Eine Ehefrau hat die christliche Pflicht, Kinder zu gebären«, sagte Onkel Fesch.

»Söhne«, sagte Joseph und warf seiner Frau ein verkniffenes Lächeln zu.

22. Januar

Caroline hat ihr Kind bekommen – ein Junge, genau wie es die Hebamme vorhergesagt hatte. Ich habe einen unserer Köche hinübergeschickt. Einer von Carolines Köchen hat aus Protest gekündigt, da Signorina Letizia darauf besteht, einen lebenden

* Aufgrund einer Verletzung konnte Signora Letizia den Zeigefinger nicht bewegen.

Frosch in der Küche zu halten für den Fall, dass das Kind Anzeichen von Soor zeigt. Ich hoffe inständig, dass dies nicht eintritt, denn dann müsste der Säugling am Kopf des lebenden Frosches saugen.

[Ohne Datum]

Kann nicht schlafen. Von dem Mann mit dem Narbengesicht immer noch keine Spur.

31. Januar – Paris

Endlich! Heute Morgen entdeckte die Polizei den Mann mit dem Narbengesicht in einer Dachkammer, schlafend im Bett. Er hat gestanden und den Namen des Mannes preisgegeben, der ihn dafür bezahlt hatte, die Bombe explodieren zu lassen – den Namen des Mannes, der ihn dafür bezahlt hatte, Bonaparte zu *ermorden*. »Georges Cadoudal«, sagte Fouché mit einem trägen (süffisanten) Lächeln. »Bedauerlicherweise in England in Sicherheit.«
Der Agent der Royalisten! »Dann hatten Sie also recht, Fouché – es war tatsächlich ein Royalist«, sagte ich.
»Ein altes Sprichwort«, sagte Fouché und bot Bonaparte eine Prise Schnupftabak an, bevor er sich selbst bediente. »Die Seine fließt und die Royalisten intrigieren. So liegen die Dinge nun einmal.«
»Intrige und Mord sind nicht das Gleiche, Minister Fouché.« Bonaparte lief mit hinter dem Rücken verschränkten Händen vor dem Kamin auf und ab. »Zum Teufel!«, fluchte er und blieb abrupt stehen. »Da steckt England dahinter.«

Meine Tochter ist mit nichts zufrieden zu stellen

5. Juli 1801 – ein heißer Sonntagmorgen in Malmaison

Es steht fest: Hortense, ihre Cousine Émilie und Bonapartes Mutter kommen mit mir nach Plombières. Oberst Rapp, der uns begleiten soll, hat mich gerade unterrichtet, dass wir von einer Abordnung der Kavallerie und drei Adjutanten eskortiert werden. Als ich das letzte Mal in den Badeort fuhr, hatte ich nur Mimi als Gesellschaft. Mein Leben ist so kompliziert geworden – wir benötigen jetzt allein für die Schrankkoffer mit unseren Ballkleidern eine eigene Kutsche.

8. Juli (glaube ich) – Toul, sehr heiß

Wir haben kurz an einem Gasthof gehalten, während die Pferde gewechselt und die Räder abgekühlt werden – auch die erhitzten Gemüter. Die Mädchen sind lebhaft, Signora Letizia ist ungnädig und Oberst Rapp krank. Ich leide still vor mich hin.

10. Juli – Plombières-les-Bains

Wir sind endlich angekommen – die Reise war grauenvoll.*

* Hortense und Émilie verfassten folgenden Brief über die Reise: »Noch nie war eine Reise nach Plombières so qualvoll. Bonapartes mère bewies Mut. Madame Joséphine zitterte vor Angst. Mademoiselle Hortense und Madame Lavalette stritten sich wegen einer Flasche Kölnischwasser. Oberst Rapp zwang uns zu häufigen Aufenthalten, um seine Galle zu beruhigen. Er schlief, während wir beim Wein der Cham-

13. Juli – Plombières-les-Bains

»Madame Bonaparte«, sagte der Badearzt und betrachtete mich mit wässrigen Augen, »besser als jeder andere weiß ich, wie heikel dieses Thema ist. Wenn das Fortpflanzungsvermögen gestört ist, haben nur wenige Frauen den Mut, mit einem Arzt zu sprechen. Ihre Rückkehr nach Plombières ist der Beweis für Ihren aufrichtigen Wunsch, Ihrem Gemahl die Frucht ihrer Liebe zu schenken. Dem Leiden kann abgeholfen werden, aber zunächst müssen Sie mir *alles* erzählen.«

»Alles?« Errötend gab ich Bonapartes und meine Bemühungen wieder, ein Kind hervorzubringen – die Zeiten der Abstinenz, gefolgt von aktiven Zeiten des Geschlechtsverkehrs, die Techniken, die Bonaparte angewandt hatte, um sich langsam zu ergießen, die Kräuter, die ich eingenommen hatte, um meine »Aufnahmefähigkeit« zu steigern.

»Und trotzdem nichts.« Dr. Martinet studierte die dicke Papierakte. »Nach den Hinweisen Ihres Arztes in Paris hat es keine Blutung mehr gegeben seit …«

»Seit über einem Jahr«, gab ich zu. Und die auch nur andeutungsweise.

»Bei Ihrem vorherigen Besuch schlossen wir eine Missbildung des Kanals aus. Auch die typischen weiblichen Merkmale sind deutlich sichtbar.« Er schob seine Brille auf den Nasensattel.

pagne unsere Sorgen vergaßen. Der zweite Tag verlief leichter, aber der gute Oberst Rapp litt immer noch. Wir ermunterten ihn, eine gute Mahlzeit einzunehmen, aber unsere Hoffnung schwand, als wir bei der Ankunft in Toul nur eine erbärmliche Herberge vorfanden, die außer Spinat in Lampenöl und rotem, in saurer Milch gekochtem Spargel nichts zu bieten hatte. (Wie gerne hätten wir die Gourmets in unserem Haushalt vor diesem ekelhaften Essen sitzen sehen!) Wir verließen Toul, um in Nancy zu speisen, weil wir bereits seit zwei Tagen gehungert hatten. Bei unserer Ankunft in Plombières wurden wir freudig begrüßt. Das beleuchtete Dorf, die donnernde Kanone, all die schönen Frauen, die in den Fenstern standen, trösteten uns über unsere Abwesenheit von Malmaison hinweg. Genauso und als die Wahrheit beglaubigt hat sich unsere Reise zugetragen.«

»Aus diesem Grund ist wahrscheinlich eine Bluterkrankung dafür verantwortlich.«

Ich spürte, wie mir die Hitze in die Wangen stieg. Dachte er, ich könnte an einer schmachvollen Krankheit leiden?

»Ein chronischer Verfall! Wenn das Blut zerstört wurde, ist häufig ein Versagen der Fortpflanzungsfunktion die Folge, das zu einer Störung führt.« Die Brille vergrößerte seine Augen. »Es wird allgemein geglaubt, dass eine Schwäche der Gebärmutter die Ursache ist, aber ich bin der Meinung, dass dieses Organ gänzlich abhängig ist.«

»Oh?«, sagte ich verwirrt.

»Die Ursachen eines Gebärmutterverfalls sind Gefühllosigkeit, Abartigkeit der Ernährung oder die Einnahme starker Arzneien.«

Verdächtigte er mich etwa der Gefühllosigkeit? »Ich esse gut«, sagte ich und fragte mich, was wohl unter »Abartigkeit der Ernährung« zu verstehen war und ob Mimis Heilmittel aus Kaninchenknochen für eine starke Arznei gehalten werden konnte. Drei Messerspitzen Knochen, die vom Knöchel eines an einem der ersten drei Freitage im März geschossenen Kaninchens geschabt wurden, sollen angeblich die Gebärmutter anregen. (Was bei meiner leider nicht der Fall war.)

»Aber selbstverständlich tun Sie das, Madame Bonaparte! In *Ihrem* Fall wurde die akute Unterdrückung der Menses durch eine heftige seelische Beeinträchtigung, die Sie aufgrund Ihrer Inhaftierung während des Terrors erlitten, ausgelöst. Solche Störungen des Blutes verlangen nach *Bädern*: Fußbäder, Sitzbäder, ja sogar Dampfbäder sind erwiesenermaßen von Nutzen.«

»Ich bade täglich, Dr. Martinet.« Eine Gewohnheit, die Mimi für verderblich hielt.

»Und haben Sie das Gebärmuttertonikum eingenommen, das ich Ihnen verschrieben habe?«

»Das Viburnum? Gehorsam.« Ich beugte mich auf dem harten Eichenstuhl vor. »Dr. Martinet, darf ich Sie etwas fragen?« Ich wagte mich kaum zu äußern, umklammerte meinen Fächer. »Ich bin siebenunddreißig Jahre alt, wie Sie wissen – weit davon entfernt, noch jung zu sein, zugegeben, aber auch noch nicht als das zu bezeichnen, was man als …« Ich hielt inne, weil mir das passende Wort fehlte. »Sie haben damals die Möglichkeit angedeutet, dass ich in den Wechseljahren wäre.«* Und wenn ja, könnte man den Wechsel bitte ungeschehen machen?

17. Juli

Wenn ich keine Bäder und alle möglichen Heilmittel nehme, bin ich voll und ganz mit heiklen und zeitraubenden Gesprächen beschäftigt, in denen ich die Eltern potenzieller Ehemänner für meine schöne, aber sehr anspruchsvolle Tochter aushorche. Es bieten sich ein paar ausgezeichnete Möglichkeiten. Ich habe Hoffnung.

Sonntagnachmittag, 26. Juli

»Ich mag ihn nicht.« Hortense verschränkte die Arme vor der Brust.

»Aber Hortense«, sagte ich darum bemüht, mir meine Verärgerung nicht anmerken zu lassen. »Selbst Eugène schlägt ihn vor. Bürger Robiquet ist ein Ehrenmann, intelligent und gebildet. Er hat so gute Manieren.« Ich kam mir wie eine Marktfrau vor, die ihre Waren feilbietet. »Gefällt dir denn nicht, wie er einen Raum betritt? Wie er sein Halstuch bindet? *Sehr* elegant. Und

* Joséphines Menopause setzte ein, als sie Anfang dreißig war, vermutlich aufgrund des Traumas ihrer Inhaftierung während des Terrors.

so charmant! Und aus einer sehr guten Familie.« *Vermögend.*
»Was gefällt dir denn nicht an ihm?«
Meine Tochter verweigerte die Antwort, starrte mich nur voller Trotz an. Später erfuhr ich den Grund für ihre störrische Ablehnung: Sie hatte den jungen Mann dabei ertappt, wie er mit einem meiner Möpse auf dem Boden herumrollte. »Würdelos«, erklärte sie und ließ sich nicht umstimmen.

[Ohne Datum]

»Zu klein.«

[Ohne Datum]

»Zu groß.«

[Ohne Datum]

»Zu –«
»Nein! Sag es nicht!« Ich faltete die Hände – fest. Ich hätte meiner Tochter am liebsten den Hals umgedreht. Gegen den einen Mann hatte sie einzuwenden, dass er nicht tanzen konnte; das Problem bei einem anderen war, dass er Pickel auf der Wange hatte. (Nur zwei.) Und wiederum ein anderer trug einen albernen Hut. (In England hochmodern.) Alles ehrenwerte junge Männer aus guter Familie! »Lass mich raten.« Ich lief vor dem Kamin auf und ab, wie Bonaparte, wenn er zornig ist. »Er ist zu gebildet, nicht gebildet genug. Zu vermögend, nicht vermögend genug. Zu aristokratisch, zu plebejisch, zu …«
Hortenses Kinn kräuselte sich. »Genau das denke ich auch!«, explodierte sie wütend und stampfte aus dem Zimmer.
Ich gebe es auf!

29. Juli 1801, Saint-Jean-de-Maurienne

Chère Maman,
Hortense hat alle diese Freier abgelehnt – selbst Bürger Robiquet? Ich werde versuchen, über weitere Möglichkeiten nachzudenken. Sie ist nicht leicht zufrieden zu stellen!
Hocherfreut habe ich erfahren, dass England endlich in Verhandlungen eingewilligt hat. Verstehst du? Papas Taktik geht auf: Zwinge Österreich, einen Friedensvertrag zu unterzeichnen, und dann wird England folgen müssen.

Eine Million Küsse
dein dich liebender Sohn Eugène

Anmerkung – Ich habe Onkel Joseph einen Glückwunsch zur Geburt seiner Tochter gesandt, obwohl ein Kondolenzbrief wohl angemessener gewesen wäre, wo er doch so sehr auf einen Sohn gehofft hatte.

1. August, sehr heiß – Plombières

Wir packen, bereiten uns auf die Rückreise nach Hause vor. Hortense lungert mit langem Gesicht herum. Heiraten *muss* sie.

8. August – Malmaison

Bonaparte begrüßte mich mit einer leidenschaftlichen Umarmung. Ich fühle mich wie ein Acker im Frühling – umgepflügt und gut gedüngt.

17. August – Malmaison

Heute Abend ein Familientreffen. Caroline brachte Achille mit, der bereits sieben Monate alt ist. Sie fühle sich nicht wohl, ver-

kündete sie, leide jeden Morgen unter Übelkeit und Erbrechen. (Ja, sie erwartet wieder ein Kind.)
Bonaparte hielt den kleinen Achille fast eine Stunde lang auf dem Arm. Es schnürte mir die Kehle zu, als ich ihn so sah. Welch ein guter, abgöttisch liebevoller und stolzer Vater er doch wäre.
Vertrauen, sagte mir der Badearzt. Ich muss Vertrauen haben.

25. August, 10 Uhr 15 nachts

Heute Abend, als wir uns vor dem Diner im Salon versammelten, war Bonaparte zu Späßen aufgelegt. Hortense (die in ihrem neuen, gepunkteten, mit fliederfarbenen Bändern besetzten Seidenkleid bezaubernd aussah) saß auf dem Sofa und arbeitete an ihrem Stickrahmen. »Also«, sagte Bonaparte und langte hinüber, um sie am Ohr zu zupfen, »ich war gerade in deinem Zimmer und habe alle deine Liebesbriefe gelesen.« Er neckt Hortense oft auf diese Weise, aber anstatt wie sonst zu lächeln und mit den Schultern zu zucken, entschuldigte sie sich verlegen und eilte aus dem Zimmer.
Bonaparte und ich sahen uns an: Was hatte *das* denn zu bedeuten? Als sie zum Abendessen zurückkehrte, fragte Bonaparte, ob sie Geheimnisse hätte. »Nein, Papa!«, sagte sie und schwatzte dann ohne Pause von ihrem Schauspielunterricht, wie viel sie von dem großen Schauspieler Talma lernte, von dem Ball, zu dem sie und Caroline am Vorabend gegangen waren, ein so reizendes Fest, dass sie »fast erstickt« wäre (das höchste Lob). »Sowohl Bürger Dupaty als auch Bürger Trénis tanzten mit Madame Récamier eine Quadrille«, schwatzte sie weiter (und weiter). *Alle* sagten (sagte sie), und sie wäre der gleichen Meinung, dass Bürger Trénis ein weitaus besserer Tänzer sei als Bürger Dupaty, dass selbst Bürger Laffitte ein besserer Tänzer sei als Bürger Dupaty, und Bürger Laffitte wisse nicht, wie man die

große Verbeugung mit dem Hut mache. Bürger Trénis' Jetés hätten Schwung, sagte sie, und obwohl es ihnen vielleicht an Anmut mangelte, sei sein Geist lebhaft und forsch, und was das anginge …

Nach genau fünfzehn Minuten (wie gewöhnlich) warf Bonaparte seine Serviette auf den Tisch. »Würdet ihr mich entschuldigen?«

Hortense und ich blieben schweigend zurück. »Nun«, sagte ich lächelnd, als ich ihr einige Bonbons auf einer Platte reichte, »was dieses so rätselhafte Weglaufen in dein Zimmer angeht – gibt es da etwas, was meine Tochter ihrer Mutter vielleicht sagen möchte?«

Und dann gestand Hortense mit offenkundiger Erleichterung, dass Bonapartes Adjutant Christophe Duroc einen Brief in *Das Leben der Heiligen* geschoben hätte, ein Buch, das sie gerade gelesen hätte.

»*Duroc* hat dir einen Brief geschrieben?«, fragte ich beunruhigt. Ich mag Christophe Duroc (träge) nicht, und das nicht nur, weil er als »der Kuppler« bekannt ist. Er sieht einigermaßen gut aus und ist Bonaparte fanatisch ergeben, aber sein Verhalten ist gefühllos – ich kann mir nicht vorstellen, dass er eine Frau wirklich lieben kann. Und überdies schickt es sich nicht für einen jungen Mann, einem Mädchen einen Brief zu schreiben; so mancher gute Ruf ist schon aus geringeren Gründen ruiniert worden.

»Ich habe ihn nicht geöffnet, Maman«, beeilte sich Hortense, mir zu versichern – gab jedoch zu, dass sie *versucht* hatte, ihn zu lesen, ohne das Siegel zu brechen. »Ich wollte doch nur sehen, wie ein Mann einen Antrag macht.«

Einen Antrag macht! »Hortense, ein Ehrenmann, der einer jungen Frau Achtung entgegenbringt, würde keinen Antrag machen, ohne zuerst mit ihren Eltern darüber zu sprechen«, sagte ich behutsam. Und ein Ehrenmann, der einem Mädchen Achtung entgegenbringt, würde ihm nicht schreiben, es sei denn, sie wären bereits verlobt.

2. September – Paris

Seit meiner Rückkehr aus Plombières ist schon fast ein Monat vergangen und immer noch keine Veränderung. *Vertrauen*.

3. September

Bonapartes junger Bruder Louis hat es sich angewöhnt, uns an den Abenden im Salon Gesellschaft zu leisten und aus Youngs *Nachtgedanken* vorzulesen, während Hortense Skizzen macht und ich an meinem Gobelinrahmen sitze. (Bonaparte ist natürlich wie gewöhnlich in seinem Arbeitszimmer in die Arbeit vertieft.) Von Zeit zu Zeit blickt Louis auf und schaut zu Hortense, wie sie mit einem Kohlestift an einem Selbstporträt arbeitet. Ich frage mich –

5. September, spätnachmittags

Könnte es sein, dass Louis in Hortense verliebt ist? Gestern Abend führten er, Bonaparte und ich gerade ein unterhaltsames Gespräch über deutsche Literatur, als Hortense ins Zimmer kam. Louis verstummte augenblicklich, und keiner von uns konnte den hochrot angelaufenen jungen Mann dazu überreden fortzufahren. »Der Schweigsame«, neckte Hortense ohne sich der starken Wirkung, die sie auf ihn ausübte, bewusst zu sein.

Kurz nach 2 Uhr morgens – kann nicht schlafen

Warum habe ich Louis nicht schon vorher in Betracht gezogen? Er ist vierundzwanzig (ein gutes Alter), ernsthaft in seinem Benehmen, nicht unattraktiv, intelligent. Gebildet, belesen. Seit seinem Sturz von einem Pferd in Italien gibt seine Gesundheit Anlass zur Besorgnis – der Gebrauch der rechten Hand fällt ihm zunehmend schwer –, aber das ist kein angeborenes Problem und wird sich durch eine Behandlung zweifellos bessern. Er ist manchmal ein wenig launisch, aber sanftmütig (er liebt seinen Spanielmischling abgöttisch). Ein volles Gesicht, eine sympathische Körpergröße. Hervorragende Zähne.

8. September

Ich habe Madame Campan aufgesucht, um mich wegen des Personals beraten zu lassen. Allein schon als ehemalige Hofdame von Königin Marie Antoinette ist sie unbezahlbar, aber als ehemalige Lehrerin von Hortense erst recht. Ich erzählte ihr, was ich auf der Suche nach einem geeigneten Ehemann für Hortense bereits alles durchgemacht hatte, erzählte ihr von den jungen Männern, die meiner Tochter schon vorgestellt worden waren, und dass sie allesamt von ihr zurückgewiesen wurden. Ich berichtete Madame Campan von meinen Sorgen: dass sich Hortense ein Idealbild in den Kopf gesetzt habe, dem kein Mann gerecht werden könne, dass die Romane, die sie liest, sie auf romantische Ideen gebracht hätten, dass sie unbedingt eine Liebesheirat anstrebte, eine Praxis, die zwar immer weiter um sich greift, aber so häufig im Unglück endet.
Madame Campan machte ein beunruhigtes Gesicht. »Eine *Liebes*heirat kommt nicht in Frage«, sagte sie in entschiedenem Ton und strich ihr schwarzes Kleid glatt, das einfach, ohne Tand oder Raffinesse, geschnitten war. »Junge Menschen werden von Gefühlen hin und her gerissen – sie können keine kluge Wahl treffen. Ihre Tochter ist intelligent. Ich bin überzeugt, dass sie zu dem Schluss kommen wird, dass das französische System jedem anderen überlegen ist. An wen hatten Sie denn gedacht?«

Ich sagte ihr, dass ich zwar mit Bonaparte noch nicht darüber gesprochen hätte, aber immer mehr zu der Überzeugung käme, dass sein Bruder Louis der ideale Mann sein könnte.
Madame Campan lehnte sich mit zufriedener Miene zurück. »Ich wollte gerade anregen, dass Sie Louis in Erwägung ziehen sollten. Selbst wenn er ein abstoßender Kandidat wäre, würde ich ihn empfehlen, denn die Vorteile für Sie, Ihren Mann – ja, die Nation – liegen für alle Beteiligten mehr als klar auf der Hand.«
Mehr als klar. »Gewiss, aber –«
»Aber glücklicherweise ist er kein abstoßender Kandidat. Louis ist ein nachdenklicher Mensch. Er ist liebenswürdig und hat einen einfachen Geschmack, genau wie Hortense. Sie haben den gleichen Sinn für Poesie. Und seine Gefühle für Ihre Tochter?«
»Um ehrlich zu sein, keimt in mir die Vermutung, dass Louis in sie verliebt sein könnte.«
»Sie würden schöne Kinder bekommen.«
O ja! Und welche eine Freude es für Bonaparte und mich wäre. Ihre Kinder würden uns zusammenschweißen, uns trösten, falls wir nie in der Lage wären …

8. September – Paris

»Joséphine?« Bonaparte berührte mich an der Schulter. »Bist du wach? Ich habe nachgedacht: Wie wäre es mit Louis? Als einem möglichen … du *weißt* schon, für Hortense.«
»Was für eine großartige Idee!«, sagte ich und schloss ihn in die Arme. »Warum habe ich noch nicht daran gedacht?«

10. September

»Bonaparte, wir müssen etwas wegen Hortense und Louis unternehmen.«

»Was müssen wir?«, fragte Bonaparte und schlug das Buch zu, das er gerade las, eine Geschichte über Kaiser Karl den Großen. Die Stelle, an der er gerade war, markierte er mit dem Finger.
»Du weißt schon – worüber du gesprochen hast.«
»Das ist Frauensache«, sagte er und öffnete das Buch erneut. (Wobei er ihm den Rücken brach.)
»Aber jemand muss mit Louis sprechen, und das solltest eigentlich du sein.«
»Was verstehe ich denn schon von solchen Angelegenheiten?«
»Mehr als du denkst«, sagte ich lächelnd.

[Ohne Datum]

»Also, ich habe mit meinem Bruder gesprochen.« Bonaparte nahm neben meinem Toilettentisch Platz, musterte (beifällig) mein Kleid, den bestickten Batist, das Dekolleté. »Louis *ist* verliebt in –«
»Bonaparte!«, zischte ich und verdrehte die Augen zu meinem Frisör.
Bürger Duplan lachte und schüttelte meine Locken an der Seite auf. Er hatte mich dazu überredet, eine Tönung aus Rhabarber und Weißwein auszuprobieren, das meinem kastanienbraunen Haar einen goldenen Schimmer verlieh. »Madame Joséphine, Sie sollten mich besser kennen.«
»Ich kenne Sie nur zu gut.«
Dann erschien Bonapartes Sekretär an der Tür. (So geht es jetzt immer zu: geschäftiges Treiben und Hektik.) »Erster Konsul, Minister Talleyrand wünscht Sie zu sprechen.«
Ich griff nach der Hand meines Mannes. »Und?« Was ist mit *Louis*?
»Und ist einverstanden«, sagte Bonaparte mit einem Schulterzucken und erhob sich.

»Das ist alles?«
»Ich bin nicht im Zimmer!«, sagte Duplan und kramte in seinem Kammkasten. »Ich bin unsichtbar.«
»Er hätte es sowieso vorgehabt, sagte er.« Bonaparte senkte die Stimme. »Jetzt muss jemand mit Du-weißt-schon-wem reden, feststellen, ob Du-weißt-schon-wer unter Umständen … du weißt schon: *empfänglich* wäre.«
»Nirgendwo zu sehen!«, rief Duplan, warf die Hände in die Luft und wandte sich ab.
»Ich glaube nicht, dass ich diejenige sein sollte, die mit ihr spricht.« Das würde sie zu sehr unter Druck setzen. »Am besten wäre jemand außerhalb der Familie, denke ich.«
»Fauvelet könnte es tun«, sagte Bonparte.
»Gewiss«, sagte Fauvelet. »Was könnte ich tun, Erster Konsul?«, hörte ich ihn sagen, als er Bonaparte aus dem Zimmer folgte.
»Bürger Duplan, unterstehen Sie sich, auch nur ein Wort zu sagen, dies meine ich ernst«, sagte ich zu meinem Frisör, unmittelbar, nachdem sich die Tür geschlossen hatte. »Nicht einmal im Flüsterton.« *Vor allem* nicht im Flüsterton.

Ungefähr 4 Uhr 30

Heute Nachmittag, als Bonapartes Sekretär kam, um den neuen Rock, den ich für ihn entworfen habe, vorzuführen (er ist hervorragend – selbst Bonaparte wünscht sich jetzt einen), teilte ich Fauvelet unsere Überlegungen mit. »Louis ist sanftmütig und liebevoll, und er ist Hortense aufrichtig zugetan. Wenn sie heiraten würden …« Ich umriss die Vorteile für alle Beteiligten. »Ich stimme mit Bonaparte überein, dass Sie die ideale Person sind, um Hortense auf dieses heikle Thema anzusprechen. »Nun ja, vielleicht nicht unbedingt ideal, aber …«
»Ich weiß, Madame Joséphine, der Erste Konsul hat bereits mit

mir darüber gesprochen, aber ich bin nicht der Meinung, dass ich –«

»Sie und Hortense spielen zusammen Theater. Sie stehen miteinander auf vertrautem Fuß. *Bitte.* Würde es Ihnen etwas ausmachen? Könnten Sie einfach nur herausfinden, wie sie möglicherweise darüber denkt?«

13. September

»Sie weinte, Madame.«

Weinte! »Warum? Was hat sie gesagt?«

Fauvelet zuckte mit seinen hageren Schultern. »Nichts.«

»Nun – was haben Sie zu ihr gesagt?«

»Dass sie es ihrem Land schuldig wäre.«

Mon Dieu.

»Und dass der Erste Konsul und Sie entschieden hätten.«

»Haben Sie denn nicht auf die guten Eigenschaften von Louis hingewiesen?«

Fauvelet sah mich fragend an. »Louis hat gute Eigenschaften?«

»Haben Sie denn nicht darauf hingewiesen, wie sanftmütig, einfühlsam und intelligent er ist? Haben Sie ihr denn nicht gesagt, dass Louis sie liebt?« Wie ich es ihm aufgetragen hatte!

»Ich fing gerade damit an, Madame, aber ich weiß nicht, ob sie mich gehört hat.« Er schürzte die Lippen. »Sie hat ganz entsetzlich geweint. Keine Sorge!« Er hob die Hände, als ergebe er sich einem Feind. »Sie *versicherte* mir, dass sie niemals etwas tun würde, was Ihnen missfallen könnte.«

Hortense hat sich acht Tage Bedenkzeit erbeten. Nun, allein an meinem Sekretär, bin ich voller Reue. Wie schwierig dies doch ist. Tun wir das Richtige?

15. September – Malmaison

Ich sehe den traurigen Blick meiner Tochter und muss mich abwenden. »Sie muss selbst entscheiden«, sagte Bonaparte zu mir und nahm mich in die Arme.

16. September

Madame Campan ist gerade bei Hortense. Ich kann ihr leises Stimmengemurmel hören, das gedämpfte Weinen von Hortense. Ich ertrage es kaum.

Später

Ich brachte Madame Campan zu ihrer Kutsche. »Sie wird sich schon wieder fangen«, sagte sie. »Sie müssen Geduld haben.«
»Was hat Hortense einzuwenden?« Warum ist meine Tochter so unglücklich? Wir verlangen ja nicht von ihr, einen widerwärtigen, alten Mann zu heiraten. *So* etwas geschieht sicherlich alle Tage. »Mag sie Louis nicht? Bonaparte und ich hatten eigentlich den Eindruck, dass sie ihm sehr zugetan ist.«
Madame Campan beugte sich zu mir. »Ich denke, dass sie erwartet, *glückselig* sein zu müssen«, sagte sie. Ich runzelte die Stirn. »Ganz recht!«, rief sie aus. »Natürlich ist sie Louis sehr zugetan. Er entspricht nur nicht ihrem *Idealbild*. Hortense ist schon immer sehr … theatralisch gewesen, könnte man sagen, aber im besten Sinne! Empfindsam, gewiss. Romantisch, fürchte ich. Sie wird Vernunft annehmen – Sie werden schon sehen.«

17. September

Bonaparte hat England ein Ultimatum gestellt: Falls kein Friedensvertrag geschlossen wird, werden die Verhandlungen ab-

gebrochen. »Und was deine Tochter angeht …«, sagte er auf eine Entscheidung drängend.
Noch vier Tage.

21. September, früher Nachmittag – Tuilerien

Fauvelet steckte den Kopf durch die Tür. »Madame Joséphine?«
Ich blickte von meiner feinen Handarbeit auf.
»Sie hat eingewilligt. Sie sagte, dass sie Ihrem Glück nicht im Wege stehen möchte.«
Mit bebendem Kinn kramte ich eilig nach meinem Taschentuch.

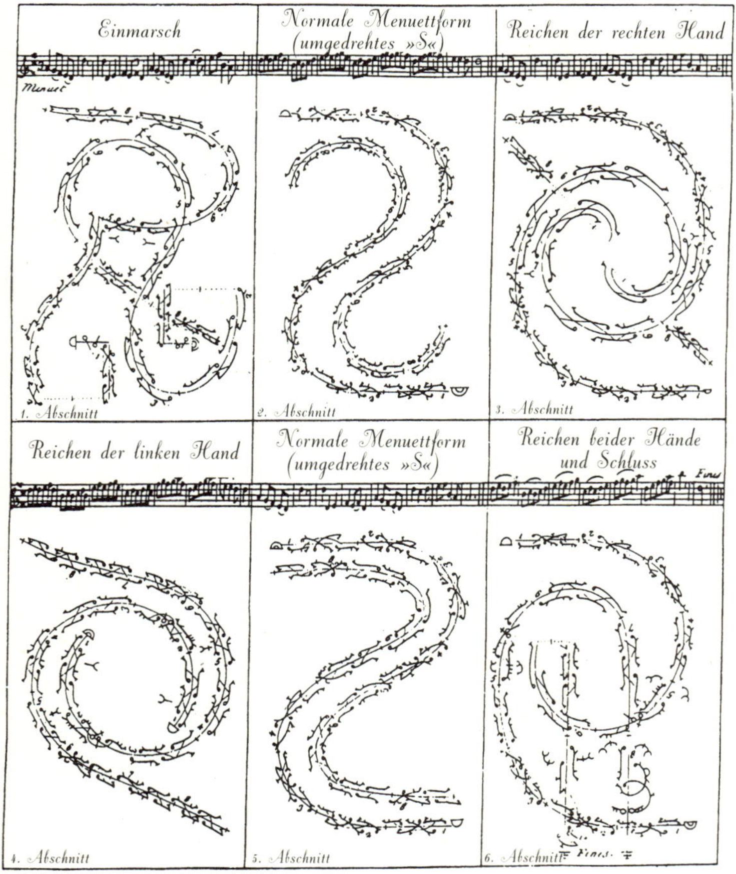
Einmarsch
Normale Menuettform (umgedrehtes »S«)
Reichen der rechten Hand
Menuet
1. Abschnitt
2. Abschnitt
3. Abschnitt
Reichen der linken Hand
Normale Menuettform (umgedrehtes »S«)
Reichen beider Hände und Schluss
Fine
4. Abschnitt
5. Abschnitt
6. Abschnitt
Fine.

Meine Tochter heiratet endlich

22. September 1801, kurz vor 10 Uhr abends – ein regnerischer Tag in Paris

Louis hatte Angst, das sah man ihm an. »Du möchtest mit mir sprechen, Napoléon?«

»Ja, setz dich«, sagte Bonaparte und warf ein zerknülltes Papier in das lodernde Feuer. »Hortense hat eingewilligt, über einen Heiratsantrag nachzudenken, sollte ihr einer unterbreitet werden.« Ich zuckte zusammen. Bonaparte kann so unverblümt sein! »Ich empfehle sie. Sie ist ein liebes und tugendhaftes Mädchen.« Genau in diesem Augenblick kam Hortense mit einem gebundenen Notenbuch in der Hand ins Zimmer. Als sie Louis sah, machte sie kehrt und floh.

»Ein bisschen schüchtern vielleicht«, sagte Bonaparte verwirrt.

[Ohne Datum]

Jetzt muss Louis sich Hortense nur noch erklären. Es tut weh, die beiden zu beobachten, jeder immer am anderen Ende eines Zimmers, immer schweigsam. Bonaparte und ich warten … und warten und *warten*. Wie lange soll das noch so weitergehen?

3. Oktober 1801, Saint-Jean-de-Maurienne

Chère Maman,
rasch ein paar Zeilen (der Kurier bricht bald auf). Die Nachricht, dass

England endlich eingewilligt hat, einen Friedensvertrag zu unterzeichnen, ist phantastisch!
Victor schrieb, dass man ihm die Verantwortung für die Flotte, die nach Saint-Domingue segelt, übertragen hat. Was für ein großartiges Kommando! Jetzt hat er die Chance zu beweisen, was er wert ist. Pauline dürfte sich freuen.*
Hortense hat schon seit einiger Zeit nicht mehr geschrieben. Zu sehr damit beschäftigt, Freier zu empfangen?

Tausend Küsse, mir geht es gut,
dein dich liebender Sohn Eugène

14. Oktober

»Vielleicht solltest du mit Louis reden«, schlug ich Bonaparte vor. »Ihn ermutigen... du *weißt* schon.« Einen Heiratsantrag zu machen! Allein schon den jungen Mann dazu zu bewegen, mit meiner Tochter zu *sprechen*, entwickelte sich zu einem Problem.
»Was verstehe ich denn von solchen Sachen?«
»Wäre es dir lieber, wenn ich mich darum kümmere?« Unser großer Ball stand bevor: genau der richtige Rahmen.

21. Oktober, 6 Uhr morgens – Malmaison

Oh, es ist früh am Morgen, aber ich bin zu aufgewühlt, um im Bett zu bleiben. Mein Herz wirbelt vor Freude und Zweifeln – aber vor allem vor Erleichterung.
Gestern Abend eröffneten Bonaparte und ich den Ball mit einem Menuett. (Er hat nur zwei Schritte ausgelassen.) »Was

* Der Vorfriedensvertrag mit England öffnete den Atlantik, der zuvor von der englischen Flotte kontrolliert worden war. Saint-Domingue (heute Haiti) war einige Zeit in französischer Hand gewesen, allerdings konnte Frankreich nicht dorthin segeln. Es waren Truppen erforderlich, um einen Aufstand niederzuschlagen.

wirst du Louis sagen?«, raunte er, denn wir hatten beschlossen, dass es an der Zeit war.
Reichen der rechten Hand: »Was sollte ich deiner Meinung nach denn sagen?«
Reichen der linken Hand: »Sag ihm, dass er endlich zur Sache kommen soll!«

Ich brachte den schüchternen Freier dazu, neben mir Platz zu nehmen. »Louis, hieltest du es für unschicklich, wenn eine Frau einen Mann um einen Tanz bitten würde?« Ein Kotillon war angekündigt worden, und die Paare schritten zur Tanzfläche.
»Ich glaube, dass immer der Mann fragen muss«, sagte er ernst.
»Schade«, sagte ich mit einem, wie ich hoffte, verräterischen Lächeln. Leider verstand er es nicht. »Fändest du es denn schockierend, wenn ich dir mitteilte, dass ich, solltest du bei diesem Tanz um die Ehre meiner Hand bitten, mit Freuden zustimmen würde?«
Er sah mich vollkommen ernst an, eine kleine Falte zwischen den Augen. (*Hübsche* Augen, Madame Campan hat Recht: Sie würden schöne Kinder bekommen.) »Du möchtest gerne tanzen, Tante Joséphine?«
»Ich wäre entzückt.« Er führte mich hinaus auf die Tanzfläche. Hortense saß mit Caroline in der Nähe der Musiker; ich winkte mit den Fingern in ihre Richtung.
»Gewöhnlich ist deine Tochter die Erste auf der Tanzfläche.«
»Sie tanzt leidenschaftlich gerne.«
»Sie tanzt gut«, sagte er, als die Musik einsetzte.
»Du auch, Louis.« Obwohl es seinen Bewegungen, ehrlich gesagt, an Selbstsicherheit mangelte. Vielleicht konnte Hortense ihn mit der Zeit …
»Es geht mir nur darum, mich nicht zu blamieren«, sagte er, als wir den Tanz fortsetzten.

»Du unterschätzt deine Fähigkeiten.« Das war die Wahrheit. Louis hat außergewöhnliche Qualitäten. Ich wandte den Kopf ab (die alten Frauen, die am Rand der Tanzfläche saßen, konnten von den Lippen lesen) und sagte: »Louis, Bonaparte und ich haben über dich und Hortense nachgedacht. Hast du dir schon einmal überlegt, *wann* du einen Antrag machen könntest? Heute Abend wäre –«

»Nein! Ich meine, ja.« Louis verfehlte einen Schritt, was er trotz aller Bemühungen nicht korrigieren konnte.

»Ich bin außer Atem«, schwindelte ich. »Ich glaube, ich sollte mich hinsetzen.« Es war ein Fauxpas, mitten in einer Figur die Tanzfläche zu verlassen, aber wenigstens war der Tanz schon fast zu Ende.

Er begleitete mich zu meinem Stuhl. »Willst du dich nicht für einen Augenblick zu mir setzen?«, fragte ich mit der nötigen Autorität und deutete auf den leeren Platz neben mir. Pflichtschuldigst nahm er neben mir Platz, doch seine Augen huschten wie bei einem gefangenen Tier hin und her. Männer!, dachte ich, so kühn auf dem Schlachtfeld, so schüchtern im Salon.

»Wie ich schon sagte –«, ich musste Entschlossenheit zeigen. »Bonaparte liegt sehr daran, die Angelegenheit endlich abzuschließen. Er meint, dass du dich Hortense erklären solltest – *heute Abend*. Da ist sie ja schon«, sagte ich und deutete mit meinem Fächer.

Louis machte ein verzweifeltes Gesicht. »Aber jetzt ist sie mit Caroline *und* Émilie zusammen.«

Unter den gegebenen Umständen wäre ein Tanz für Louis zu verlockend, das wurde mir klar. »Du könntest sie zu einem Spaziergang im Garten einladen.« Ich berührte ihn am Ellenbogen, drängte ihn aufzustehen. Nur ein einziger Schritt und er wäre gebunden. Aber dieser eine Schritt! »Geh«, zischte ich.

[Ohne Datum]

Die Sippe nahm die Neuigkeit mit eisigem Schweigen entgegen. Signora Letizia stand langsam auf und hob ihr Glas Traubensaft, ihr steifer Zeigefinger deutete wie anklagend auf Hortense. »Nun wirst du eine von uns sein«, sagte sie und setzte sich wieder.
Anschließend im Salon, als Hortense eine ihrer neuen Kompositionen sang und ich sie auf der Harfe begleitete, spürte ich eine unsichtbare Spannung aus Getuschel, scharfen Blicken und verstohlenen Handbewegungen – ein aufgeregtes, geheimnistuerisches Gemurmel, wie es schien.

29. Oktober 1801, Saint-Jean-de-Maurienne

Chère Maman,
welche Überraschung! Ich freue mich sehr. Louis ist genau der Richtige für Hortense; sie passen in so vielerlei Hinsicht zusammen. Wurde schon ein Datum festgelegt? Stell dir bloß mal vor – nächstes Jahr kann ich schon Onkel sein!

Dein dich liebender Sohn Eugène

Anmerkung – Ich erwäge, mir einen Spitzbart wachsen zu lassen.

17. November 1801, Saint-Jean-de-Maurienne

Chère Maman,
also gut, kein Spitzbart!
Ich habe mich endlich für mein Hochzeitsgeschenk entschieden: zwei Pferde, eines eine Rotschimmelstute und das andere ein brauner Hengst, beide von Pegasus gezeugt. Was hältst du davon? Hättest du etwas dagegen, sie in Malmaison unterzubringen, bis Hortense und Louis ihr eigenes Haus haben?

Dein dich liebender Sohn Eugène

18. Dezember 1801 – Saint-Jean-de-Maurienne

Chère Maman,
du solltest eigentlich wissen, dass die Einzelheiten des Hochzeitskleides, das du für Hortense hast anfertigen lassen, an deinen Sohn verschwendet sind. Was verstehe ich schon von Seide und feiner Spitze? Aber wäre es möglich, ein Porträt von Hortense malen zu lassen, auf dem sie das Kleid trägt? Das könnte mich zumindest ein wenig darüber hinwegtrösten, dass ich nicht selbst an der Zeremonie teilnehmen kann.
Ich habe mein Regiment schon darauf vorbereitet, dich und Papa im nächsten Monat in Lyon zu treffen. Ich bedauere, dass ich zu dem großen Ereignis nicht in Paris sein kann – zuviel zu tun!

Dein dich liebender Sohn Eugène

Anmerkung – Hortense schrieb, dass Pauline unglücklich darüber ist, mit Victor nach Saint-Domingue zu gehen. Ich habe gehört, dass Papa Pauline aus Paris entfernen will, weg von ihren zahlreichen Bewunderern. (Daran kannst du erkennen, wie langweilig mir ist: Ich bin schon so weit, dass ich auf Klatsch höre. Verzeih mir!)

25. Dezember – Heiligabend

Weihnachtsessen mit der Sippe. »Ich freue mich ja so, dass Hortense und Louis heiraten werden, Tante Joséphine«, sagte Caroline zu mir, während sie Pudding und Torten auf ihren Teller türmte. »Stell dir bloß mal vor, dann sind Hortense und ich Schwestern und gleichzeitig Busenfreundinnen – und Napoléon ist dann Hortenses Bruder«, sagte Caroline und suchte Louis' Blick. »Das muss ihm gefallen: Napoléon hat Hortense ja *so* gern. Alle reden darüber, wie *nahe* wir uns als Familie stehen.«

26. Dezember, frühmorgens

Irgendetwas in Carolines Gesichtsausdruck gestern Abend beunruhigte mich. Wider bessere Einsicht habe ich Mimi gebeten, mit ihrem Spitzel Kontakt aufzunehmen. »Das hatte ich sowieso gerade vor«, teilte sie mir grinsend mit.

[Ohne Datum]

Heute Morgen steckte mir Mimi einen Zettel zu. »Von Gontiers Neffen?« Ich erkannte die unbeholfene Handschrift wieder.
»Es ist nicht sehr freundlich«, warnte sie mich.
Ich schob den Zettel in den Ärmel.

Heut Abend hat Mme Carolin zu ihrm Bruder Louis gesagt er darf die Tochter von der Alten Frau nich heiratn. Sie hat ihm gesagt die Leut sagen der 1. Konsul is Geliebter von Mlle Hortens. Louis hat gesagt das is ne Lüge, das das nich stimen tut, das Er Sie heiratn wird. Mme Carolin hat 3 Schüssel kaput gemacht weil Sie so böse.

Ich bin völlig außer mir! Meine Hand zittert, während ich dies schreibe.

29. Dezember

Trotz aller Widerstände, Gerüchte und Verdächtigungen laufen die Vorbereitungen für die Hochzeit einer Beauharnais, der Tochter »der Alten Frau«, mit einem Bonaparte wie geplant weiter. Der Ehevertrag wird am 1. Januar unterzeichnet – in nur drei Tagen; die Feier soll am Tag darauf stattfinden. Das Hochzeitskleid ist fast fertig. Leroy hat sich selbst übertroffen.

30. Dezember

Hortense war die ganze Nacht krank. Sie tobte und weinte von hysterischen Anfällen geschüttelt. Sie könnte Louis unmöglich heiraten, beichtete sie schließlich. »Ich habe einem anderen mein Herz geschenkt!«, sagte sie und fiel in die Kissen zurück. Ich faltete die Hände, öffnete sie, faltete sie erneut. Was erzählte mir meine Tochter da?
»Ich liebe Christophe Duroc«, jammerte sie.

11 Uhr 20 morgens

»Sie ist völlig durcheinander. Ich glaube nicht, dass sie damit fertig werden kann.«
Bonaparte warf verärgert sein Buch auf den Tisch. »Was soll das heißen? Sie muss! Alles ist vorbereitet.«
»Sie ist in einen deiner Adjutanten verliebt – in Duroc.«
»Christophe?« Bonaparte schnaubte vor Belustigung.

Sehr spät – nach Mitternacht (kann nicht schlafen)

Heute Abend, bevor wir uns zur Ruhe begaben, teilte mir Bonaparte mit, dass er Christophe Duroc angeboten hätte, Hortense zu heiraten. »Du hast *was* getan?« Es dauerte einen Augenblick, bis ich überhaupt antworten konnte.
»Wie wir es besprochen hatten«, sagte er, während er in seinem Nachtgewand auf und ab lief. »Ich trug Fauvelet auf, Christophe mitzuteilen, dass ich ihm eine halbe Million und das Kommando der Achten Militärdivision geben würde unter der Bedingung, dass die Hochzeit in zwei Tagen stattfände und sie unverzüglich nach Toulon abreisten.«
Toulon? »Fauvelet hat heute Abend mit ihm gesprochen?«, stieß ich hervor.

»Ja, er unterrichtete Christophe von dem Angebot, bevor Christophe zur Opéra aufbrach. Nach seiner Rückkehr teilte er Fauvelet seine Ablehnung mit.«
»Christophe Duroc hat sie *abgelehnt*?«
»Er möchte in Paris leben, sagte er. Er möchte nicht in Toulon leben.«
Meine arme Tochter! Christophe Duroc hegt keinerlei Gefühle für sie, denn er reagierte ziemlich unfein auf das Angebot, indem er Fauvelet sagte, dass er sich damit jetzt nicht abgeben könnte, dass er auf dem Weg zu einem Bordell wäre.

Die Luft in Hortenses Schlafzimmer war stickig. »Hortense?« Ich schob die bestickten Bettvorhänge zur Seite. Hortense lehnte in den Kissen, die Tagesdecke bis zum Kinn hochgezogen. »Wie fühlst du dich?«
»Es geht mir gut, Maman«, sagte sie in beherrschtem Ton. »Danke der Nachfrage.«
Sie ist jung, ermahnte ich mich, Launen unterworfen. Ich setzte mich neben sie. »Ich habe dir etwas zu sagen.« Es gab keine andere Möglichkeit oder Gelegenheit. »Ich weiß, dass du die Hoffnung auf eine Heirat mit Christophe Duroc hegst. Ich habe mit Bonaparte darüber gesprochen, und er machte ein Angebot, aber … Duroc lehnte ab«, sagte ich so behutsam wie möglich.
»Das sagst du doch nur so! Du willst nicht, dass ich ihn heirate«, schluchzte sie und warf mit Kissen um sich. »Wohin gehst du?«, wollte sie wissen, als sie sah, dass ich das Zimmer verließ. »Ich werde Fauvelet holen«, sagte ich bemüht, ruhig zu bleiben. »Er wird dir selbst mitteilen, was Christophe Duroc gesagt hat.«
»Geh nicht!«, schluchzte sie mit bebenden Schultern.
Ich nahm sie in die Arme. Sie war so heiß! »Ich lasse den Arzt holen.«

31. Dezember, Silvester

Mit beträchtlichen Schwierigkeiten gelang es mir, Bonaparte dazu zu bewegen, die Hochzeit zu verschieben. »Zwei Tage«, sagte ich. »Dr. Corvisart meint, dass sie bis dahin wieder wohlauf sein wird.« Dr. Corvisart ist der einzige Arzt, dem Bonaparte vertraut.

»Du verstehst das nicht!«, explodierte Bonaparte. (Alle sind so launisch! Es passiert einfach zu viel auf einmal.) »Einige hundert italienische Delegierte erwarten mich in Lyon, um ihre neue Republik auszurufen. Es ist alles vorbereitet. Hast du überhaupt eine Ahnung, was ein Aufschub bedeutet?«

»Sie ist einfach nicht dazu in der Lage, Bonaparte!«

Kurz vor 10 Uhr abends

»Eine Verzögerung von zwei Tagen?« Louis schaute misstrauisch. »Das wird einen schlechten Eindruck machen«, sagte er und zog den Kopf zwischen die Schultern. »Darf ich fragen warum?« Er wäre der Meinung, dass ein Hochzeitsdatum unter keinen Umständen geändert werden sollte, sagte er.

»Sie ist wirklich sehr krank. Glaube mir, Louis, es wird einen noch schlechteren Eindruck machen, wenn du darauf bestehst. Sie kann kaum aufrecht sitzen, so schwach ist sie.«

2. Januar 1802, frühmorgens

Hortense hat sich erholt – einigermaßen jedenfalls. Und daher werden wir jetzt mit der Unterzeichnung des Ehevertrags, der standesamtlichen und der kirchlichen Trauung fortfahren – und so meine widerstrebende Tochter in den heiligen Stand der Ehe zerren.

»Allen Mädchen ergeht es so«, beruhigte mich Madame

Campan. »Hortense ist nur dramatischer veranlagt als die meisten.«
Widerspenstiger als die meisten!

Sonntag, 3. Januar

Der Ehevertrag ist unterzeichnet, somit liegt wenigstens *diese* Tortur hinter uns – und eine Tortur war es in der Tat. Bonapartes Mutter machte die ganze Zeit über ein finsteres Gesicht; Caroline und Joseph lächelten scheinheilig. Ich weinte trotz aller guten Vorsätze, was den Bräutigam bekümmerte. Nur Hortense wirkte gelassen (unnahbar).
Nach der Unterzeichnung schenkte Bonaparte Hortense die phantastische Diamantenkette, die wir für sie hatten anfertigen lassen. »Danke«, sagte sie, aber ohne jegliche Gefühlsregung. Sie ist *entschlossen*, sich über nichts zu freuen.

4. Januar, kurz nach 8 Uhr morgens

Ich erwachte bei Tagesanbruch und habe bereits sehr viel erledigt: Die Speisepläne nochmals überprüft, mit Leroy eine letzte Änderung an Hortenses hinreißendem Brautkleid (es ist eine Überraschung für sie) vereinbart, einen Brief an Kardinal Caprara gesandt mit der Bitte, die kirchliche Trauung zu vollziehen, die nach der standesamtlichen Trauung in dem kleinen Haus in der Rue de la Victoire stattfinden soll.
Diese Hochzeit nimmt mich, ehrlich gesagt, derart in Anspruch, dass ich immer wieder vergesse, dass Bonaparte und ich in wenigen Tagen nach Lyon aufbrechen und einen Monat fort sein werden. Mal sehen, ob es Hortense und Louis gefallen würde, in Malmaison zu wohnen und sich um all die Tiere zu kümmern.
Hortense und Louis. Hortense und Louis. Hortense und Louis.

Louis und Hortense.
Madame Louis Bonaparte.
Madame Louis.
Madame.

11 Uhr 45 nachts. Ein langer Tag

Kurz vor neun klopfte ich an die Tür zu Hortenses Zimmer. Sie kam in einem schlichten Kleid aus Crêpe heraus, in der Hand einen kleinen Strauß Orangenblüten. »Du bist noch nicht angekleidet? Es wird Zeit, nach unten zu gehen. Alle warten schon.«
»Ich bin *angekleidet*«, teilte mir meine Tochter mit.
Ich schaute verwirrt zu Mimi. »Was ist mit dem Brautkleid passiert?« Das exquisite Kleid aus weißem Satin. »Wurde es nicht geliefert?« Und was war mit den Diamanten, die Bonaparte ihr geschenkt hatte? Hortense trug eine einreihige Kette mit minderwertigen Perlen.
Mimi verdrehte die Augen, als wollte sie sagen: Ich gebe es auf. »Die Braut zieht es vor, schlicht gekleidet zu sein.«
Ich presste die Lippen zusammen und bemühte mich, so gut es ging, meine Enttäuschung zu verbergen. Ich wusste, dass es vollkommen sinnlos war, sie umstimmen zu wollen. »Du siehst reizend aus«, log ich.

Es war ein wahrlich trostloses Ereignis. Wir standen feierlich da, als der Bürgermeister Louis und meine Tochter durch das Band der Ehe vereinigte. Die Familie und der Zweite und Dritte Konsul wohnten der Veranstaltung ohne auch nur eine freudige Regung bei. Bonaparte konnte das Ende der Zeremonie kaum erwarten. (Er musste arbeiten!) Ich spielte die glückliche Mutter, aber das war schwierig: Hortense sah so unglücklich aus. Louis betrachtete sie besorgt – er tat mir Leid.

Danach fuhr die freudlose Gesellschaft zu dem kleinen Haus in der Rue de la Victoire, wo Kardinal Caprara schon seit Stunden in seinem Priestergewand wartete. (Er hatte sich in der Zeit geirrt.) Nach dem Champagner, von dem ich gehofft hatte, dass er die Versammelten wenigstens ein klein wenig fröhlicher stimmen würde (was nicht der Fall war), vereinte Kardinal Caprara Hortense und Louis im Angesicht Gottes. Und damit ist der Bund fürs Leben wirklich geschlossen, in guten wie in schlechten Tagen.

Bonaparte wünschte den beiden Glück, und dann brachen er und die beiden Konsuln unverzüglich auf – sie hätten viel für die Reise nach Lyon vorzubereiten, sagten sie. Während wir darauf warteten, dass das Festmahl angekündigt würde, erwähnte Caroline dem Kardinal gegenüber, dass sie und Joachim nur standesamtlich getraut worden wären und sie planten, sich demnächst auch kirchlich trauen zu lassen.

Kardinal Caprara schaute prüfend auf seine Taschenuhr, ein schweres, goldenes Instrument, das an einer dicken Kette baumelte. »Ich könnte Sie sofort trauen, wenn Sie möchten. Es würde nur etwa eine halbe Stunde dauern«, beruhigte er mich, denn der Tisch war bereits gedeckt.

Ich blickte zu Hortense und Louis, die mit bedrückter Miene auf dem Sofa saßen. »Ihr hättet nichts dagegen?« Schließlich war es ihr Freudentag. (Wohl kaum.)

»Natürlich nicht«, sagte Hortense pflichtschuldigst, fügte dann jedoch hinzu, »das heißt, wenn mein *Gemahl* nichts dagegen hat.«

»Nein, ich habe nichts dagegen«, sagte Louis so leise, dass man ihn kaum hören konnte.

»Möchte noch irgendjemand heiraten?«, sagte der angeheiterte Kardinal, nachdem er Caroline (noch sechs Monate bis zum Termin und schon sehr dick) und Joachim im Eilschritt durch die Zeremonie geführt hatte.

»Schade, dass der Erste Konsul nicht hier ist, Maman«, sagte Hortense und biss sich dann klugerweise auf die Zunge, denn es ist nicht allgemein bekannt, dass Bonaparte und ich nie kirchlich getraut wurden. Damals war es nicht möglich* – und heute ist es peinlich.
Als das Mahl angekündigt wurde, verabschiedete sich Kardinal Caprara: »Leider werde ich noch anderswo erwartet.«
»Bevor Sie gehen, Kardinal Caprara, würde es Ihnen etwas ausmachen? Ob Sie vielleicht ...« Ich sah mich um, um mich zu vergewissern, dass mich niemand hören konnte. »Ob Sie vielleicht ihr Bett segnen könnten.« Es ist ein alter Brauch, und man weiß ja nie. Vielleicht hilft es. Einen Segen haben Hortense und Louis sicher bitter nötig.

* Während der Revolution war der Katholizismus geächtet.

Wir sind alle glücklich

31. Januar 1802 – Paris, wieder zu Hause, 7 Uhr 30 abends, ungefähr

Wir sind endlich zurück. Die Reise nach Lyon war … nun ja, erstaunlich. All diese schönen Reden! Aber auch all dieser Pomp, die ermüdenden Zeremonien. Gut, dass Eugène dort zu uns stieß, der so stolz auf sein Regiment ist.
Apropos – er ist gerade angekommen und kann es kaum erwarten, seine Schwester zu sehen – ebenso wie ich!

9 Uhr 45 abends

Eugène schloss Hortense wie ein Bär in die Arme und hob sie hoch. »Madame Louis! Sie haben sich kein bisschen verändert.«
»Ich bin die glücklichste Frau der Welt«, sagte sie (und suchte meinen Blick), und dann schwatzte sie über Louis' problematische Gesundheit, den Kunstunterricht, den sie beide nahmen, den Wurf eines Mopses, ein lahmes Pferd, die Rückenprobleme des alten Gontier. Dann gesellte sich Louis zu uns, und Hortense verstummte, während er von diesem und jenem redete, ihre Hand hielt und sie keine Sekunde aus den Augen ließ.
Ich bin ja *so* erleichtert.

18. Februar – Malmaison

Louis sah so stolz aus. Ich wusste sofort, was er sagen wollte! »Die Hebamme teilt uns mit, dass meine Frau, obwohl es noch zu früh ist, um es mit *Sicherheit* zu wissen, ein Kind erwartet.«
»Das ist ja wunderbar!«, rief ich aus und umarmte Hortense – wobei ich mich beherrschen musste, sie nicht zu zerdrücken, so groß war meine Freude.
Eugène schüttelte Louis herzlich die Hand. (Seine empfindliche Hand: Ich zuckte zusammen.) »Das bedeutet wohl, dass ich Onkel werde.« Er warf sich würdevoll in Pose, was uns zum Lachen brachte.
»Wie fühlst du dich?«, fragte ich Hortense besorgt. Ihr Wohl liegt mir so am Herzen.
»Mir ist übel!«, stöhnte Hortense.
»Gut, dann wird es ein Junge.« Bonaparte zwickte Hortense ins Ohr. »Joseph hat ein Mädchen. Lucien hat Mädchen. Es wird langsam Zeit, dass wir einen kleinen Bonaparte haben.«
Meine Tochter wird ein *Kind* bekommen – ich taumele vor Glück!

23. Februar, ein frostiger Nachmittag

Louis' Plan, sich in einem Badeort einer Heilbehandlung zu unterziehen, ist eine ausgezeichnete Idee (dass er sie nötig hat, ist offensichtlich) mit einer Einschränkung: Er erwartet, dass Hortense ihn begleitet. Ich bin krank vor Sorge! Barèges ist so weit weg. Die Reise dorthin würde über eine Woche dauern, und die Straßen sind entsetzlich primitiv. Ich habe Dr. Corvisart überredet, mit Hortense über die Gefahren einer solchen Expedition für eine junge Frau in ihrem Zustand zu sprechen.

28. Februar, Sonntag und ein Décadi – Malmaison

Hortense hat dunkle Ringe unter den Augen. Louis hat sie mitten in der Nacht geweckt. »Er weint, Maman! Er sagt, wenn ich ihn liebte, würde ich ihm überallhin folgen.«
»Hast du ihm erklärt, was der Arzt sagte?«
Hortense nickte. »Und dann habe ich ihm gesagt, dass ich ihn begleiten würde, dass *er* aber die Verantwortung trüge, wenn ich eine Fehlgeburt hätte.«
»Hortense, das kannst du nicht riskieren!«, sagte ich und packte sie an den Schultern.

1. März – Tuilerien

»Er weinte, als die Kutsche losfuhr, Maman«, sagte Hortense und stürzte in meine Arme. »Er sagt, dass er ohne mich nicht leben kann!«
Ach, dachte ich, die ersten Ehejahre sind ja so leidenschaftlich – so *stürmisch*.
»Als wir jung verheiratet waren, hat Bonaparte auch solche Dinge gesagt«, versuchte ich sie zu beruhigen. »Korsische Männer sind maßlos, wenn sie lieben – oder vielleicht auch nur die Bonaparte-Männer«, fügte ich lächelnd hinzu. Maßlos in allem, hätte ich eigentlich sagen müssen: in der Liebe, im Hass, im Ehrgeiz, im Stolz. »Louis' Gesundheit bereitet ihm Sorgen, das weiß ich. Die Bäder werden helfen. Und wenn das Kind erst einmal kommt, wird sich alles beruhigen. Du kannst von Glück sagen, dass du mit einem Mann verheiratet bist, der dich so sehr liebt. Und irgendetwas sagt mir, dass er ein hingebungsvoller Vater sein wird.«
Hortense lächelte durch ihre Tränen. »Er hat bereits eine Kammer mit Spielzeug voll gestopft.«

27. März, 11 Uhr 30 vormittags

Jetzt ist es offiziell – England hat den Friedensvertrag tatsächlich *unterschrieben*. »Deine Insel ist wieder französisch«, sagte Bonaparte und küsste mich, als überreichte er mir ein Geschenk: mein geliebtes Martinico.
»Ah, denkt doch bloß mal an die Kaschmirschals, die wir jetzt kaufen können«, sagte Caroline, während sie eine Hand voll Makronen nach der anderen in den Mund steckte. (Sie ist ungeheuer dick – nur noch ein Monat.)
»Und Kleider aus englischem Musselin.« Hortense zwinkerte mir verstohlen zu – wir trugen schon die ganze Zeit über englischen Musselin, hatten allerdings Bonaparte gesagt, dass der Stoff französischer Linon sei.
»Und englische Pflanzen für einen englischen Garten«, sinnierte ich. Ich habe bereits Briefe nach England an die dortigen Gärtnereien geschrieben.

30. März

Ich habe Mutter ein Paket nach Martinico gesandt, mit Porträts von Bonaparte, mir und den Kindern samt einer goldenen, wunderschön mit Diamanten besetzten Kassette, in die ich ein paar goldene Medaillen und Münzen zu Ehren von Bonapartes Siegen gesteckt habe.
Nun, da man die Meere wieder sicher befahren kann, hoffe ich, dass ich Mutter überreden kann, nach Frankreich umzuziehen. Ich habe außerdem vorgeschlagen, dass Onkel Robert meine Patentochter, mittlerweile fünfzehn, schickt. Ein Jahr in Madame Campans Schule würde der jungen Stéphanie gut tun, bevor sie heiratet.

6. April – Paris

Vor noch nicht einmal zwölf Tagen wurde der Frieden mit England unterzeichnet und schon wimmelt es in Paris vor Lords Diesunddas und Ladys Soundso, die mit ihren drolligen Regenschirmen und hoch erhobenen Hauptes durch die Stadt stolzieren, obwohl sie unglaublich *beeindruckt* sind und ungläubig mit den Augen zwinkernd den Prunk unserer neuen Republik auf sich wirken lassen – unsere eleganten Kleider, unsere glanzvollen Amüsements, unsere Lebenslust, unseren *Stolz*. Auf Elend und Schlamperei gefasst, sind sie fassungslos, ein gut regiertes, florierendes Land vorzufinden, entgeistert über unsere schönen, neuen Krankenhäuser (vor allem über das eine, das gerade für Kinder eröffnet wurde – das erste seiner Art), unsere Schulen, unsere Straßen. Überall, wo man hinschaut, wird gebaut: ein neuer Kai, Brücken, Denkmäler. »Ich möchte, dass Frankreich von allen Nationen beneidet wird«, sagte Bonaparte vor kurzem zu mir – und ich glaube, dass er es bereits erreicht hat.

8. April

Wunder über Wunder: Jetzt wird mit der Kirche Frieden geschlossen. »Wir werden den Ostersonntag in der Kathedrale von Notre-Dame feiern«, sagte Bonaparte zu mir.
In königlichem Stil feiern: Alle Bediensteten sollen Livree tragen.
»Ostersonntag?«, rief Leroy aus. Der verzweifelte Modeschöpfer legte den Handrücken an die Stirn und schloss die Augen. Nur noch zehn Tage.

18. April – Ostersonntag in Paris

Die Kirchenglocken von Paris läuten wieder. Was für ein herrlicher Klang! Bonaparte öffnete die Flügelfenster und stand in seinem Nachtgewand am Fensterbrett, als atmete er das schallende Glockengeläut von Emmanuel ein, der großen Glocke von Notre-Dame – die wie lange geschwiegen hatte? Zehn Jahre?

Unsere morgendlichen Träumereien wurden von Gewehrsalven zerschmettert, die die Fenster (und mein Herz) erzittern ließen. »Ich habe alles, was man sich nur wünschen kann«, sagte Bonaparte feierlich. Frieden mit England. Frieden mit der Kirche. »Wenn wir doch nur …«

Wenn wir doch nur ein Kind haben könnten.

26. April

Sehr beschäftigt. Caroline hat ihr Kind bekommen – ein kleines Mädchen, nach Signora Letizia genannt. Eine schwierige Geburt.

4. Juni – Paris

Heute Abend in der Opéra, um *Hecuba* zu sehen. Der Applaus für Bonaparte war stürmisch. Als Priam zu Achilles sagte: »Du erfüllst die Hoffnungen des Volkes«, glaubte ich, dass die Wände einstürzen würden, so groß war der Jubel. Das Publikum forderte, dass die Zeile wiederholt und noch einmal wiederholt wurde.

Wie oft es auch vorkommen mag – die Inbrunst der Menschen überwältigt mich immer wieder. Überwältigt und ängstigt mich, denn wohin wird sie führen?

10. Juni – Malmaison, ein wundervoller Sommertag

Thérèse lüftete ihren weißen Musselinschleier, der von einer Rosenkrone festgehalten wurde. »Meine Scheidung von Tallien ist jetzt amtlich, daher kleide ich mich wie eine Jungfrau«, verkündete sie. »Was ist los?«, wollte sie wissen und betrachtete mich genau.

Ich zögerte – aber mit wem konnte ich denn schon wirklich reden? »Die Leute sind so dankbar, sie werden Bonaparte alles geben, worum er bitten sollte.«

»Die ganze Welt! Und selbst dann wäre es noch längst nicht so viel, wie er uns gegeben hat.« Sie lachte, als sie meinen Gesichtsausdruck sah. (Lobeshymnen sind nicht Thérèses Art.) »Schau nicht so überrascht. Ich sehe wie jeder andere auch, dass dein Mann das Unmögliche erreicht hat – und wenn man bedenkt, wie dumm er wirkte, als wir ihm zum ersten Mal begegneten. Erinnerst du dich noch, wie wir über seine Zahnstocherbeine in diesen riesigen, stinkenden Stiefeln lachten? Ah, jetzt habe ich dir ein Lächeln abgerungen. Und jetzt sag mir, vor welcher Bitte, die er äußern könnte, du Angst hast.«

»Die Leute sagen, dass man ihn zum Ersten Konsul auf Lebenszeit ernennen sollte –«

»Natürlich. *Jeder* wird dafür stimmen.«

»– mit dem Recht, einen Nachfolger zu bestimmen.«

»Davon weiß ich nichts.«

»Worin liegt da der Unterschied zu einem König? Manchmal mache ich mir Sorgen, dass wir in unserem Bestreben, uns in den Augen der Welt zu legitimieren, zu dem werden, für dessen Änderung wir so hart gekämpft haben.«

»Das ist nicht unbedingt das Gleiche. Schließlich wird darüber abgestimmt – es bleibt dem Volk überlassen zu entscheiden, was es will. Und selbst wenn Bonaparte der gewählte König wäre, wäre er ein Bürgerkönig.«

»Ich weiß, ich weiß«, widersprach ich, »aber einige Leute sagen ihm bereits, dass das Recht, seinen Erben zu benennen, nicht ausreichte – dass das Amt erblich sein sollte.« Vor allem seine *Familie* – sie bestand darauf, dass das Amt an einen von ihnen fallen sollte.

»Ah, jetzt verstehe ich. Du und Bonaparte habt keine Kinder.«

»Und allmählich glaube ich, dass wir auch nie welche haben werden.«

»Hast du schon mal versucht –?

»Alles!« Ich esse kein Fleisch mehr, trinke keinen Alkohol mehr. Ich habe mich bemüht, meinen Körper durch die Einnahme einer Tinktur aus Sennesblättern, von Bittersalz und anderen Abführmittel ständig zu entleeren. (Oh, diese Folgen.) Ich habe mir sogar Blutegel an die Schläfen setzen lassen. »Ich werde bald nach Plombières zu einer weiteren Kur reisen, aber ich gestehe, dass ich …«

Thérèse legte ihre Hand über meine. »Schätzchen, du musst Vertrauen haben.«

2. Juli – Plombières

Der Badearzt ist optimistisch. »Die Bäder machen Sie krank. Das ist ein gutes Zeichen.«

7. Juli – Plombières, heiß

Ein Wunder – ich hatte eine ganz leichte Blutung! »Kehren Sie unverzüglich nach Paris zurück«, befahl der Badearzt und verschrieb Tonika und Tränke. »Ständiger Verkehr und danach nicht bewegen. Legen Sie Ihre Hüften für mindestens zwei Stunden auf einem Kissen hoch.«

Ich packe.

14. Juli, Tag der Bastille – Paris

Ich habe mich wie eine Braut auf das Zubettgehen vorbereitet. Ein heidnischer Geist schwebt in der Luft: Heute Abend auf dem Bankett zum Tag der Bastille wurden zwölf von der Stadt ausgestattete Mädchen mit Soldaten verheiratet. Bonaparte sah in seinem Lyoner Frack aus purpurrotem, mit Gold eingefasstem Satin großartig aus. »Wie ein König«, sagte ihm seine Familie mit zufriedenem Lächeln. Ein König, der einen Erben fordert.

29. Juli

Die Wahlergebnisse wurden veröffentlicht. Über fünf Millionen Bürger stimmten dafür, weniger als zehntausend dagegen.

2. August – Malmaison

Seit heute ist es amtlich. Bonaparte ist nun Erster Konsul *auf Lebenszeit*.
»Was hat das zu bedeuten?«, fragte ich ihn, als wir einen von blühenden Rosen eingefassten Weg entlanggingen.
Er pflückte eine gelbe Blüte und hielt sie mit geschlossenen Augen an die Nase, als wäre er in ihrem Duft versunken. »Alles wird sich ändern«, sagte er und öffnete die Augen wieder.
Erstens: Wir müssen das Personal verdoppeln. »Aber Bonaparte –«
Zweitens: Malmaison ist zu klein. Wir müssen in das Schloss von Saint-Cloud umziehen. »Aber Bonaparte –«
Und drittens: Er muss mit Napoléon angesprochen werden. »Aber Bonaparte –«

6. August

Heute Nachmittag besichtigten Madame Campan und ich das Schloss von Saint-Cloud und stellten lange (*lange*) Listen zusammen, was benötigt wird, *wer* benötigt wird: Hofdamen, Fackelträger, Pagen, Lakaien … In meinem Kopf dreht sich alles. Ich schreibe im Bett.

8. August – Tuilerien

»Das ist eine übersinnliche Erscheinung«, berichtete Fouché. »Die Kirche hat einen Heiligen für Ihren Mann gefunden: den heiligen Napoléon.« Von nun an wird man den 15. August den Tag des heiligen Napoléon nennen.
»Wer ist denn dieser heilige Napoléon?«, wollte Hortense wissen und blickte von den Texten für einen Einakter auf, von denen sie gerade eine Abschrift anfertigte – sie führt dabei nicht nur Regie, sondern spielt auch selbst mit, obwohl sie schon im siebenten Monat ist. (Wenigstens lenkt es sie von der langen Abwesenheit ihres Mannes ab, der immer noch zur Kur ist.)
»Bestimmt irgend so ein fauler Nichtsnutz«, sagte Eugène mit einem jungenhaften Grinsen und wich Bonapartes Versuch, ihn am Ohr zu ziehen, aus.

11. August – Malmaison

Hortense ist außer sich. »Maman, was soll ich bloß machen? Mein Kostüm ist mir *schon* zu eng, und Fauvelet kann seinen Text *immer* noch nicht.«
»Mach dir keine Sorgen!« In ihrem Zustand ist es nicht gut, sich aufzuregen. Man braucht Ruhe. »Wir werden dein Kostüm von Leroy ändern lassen, und Eugène kann jeden Abend mit Fauvelet üben. Es wird großartig.«

»Woher willst du das wissen?«
»Das hat mir ganz zufälligerweise der beste Schauspieler Europas verraten.«
»*Talma* hat dir das gesagt?« Freudestrahlend – denn ein größeres Lob gab es nicht.

Fort de France, Martinico
Chère Yeyette, meine geliebte Nichte,
du musst verstehen – dein Patenkind Stéphanie ist noch ein Mädchen. Ich weiß die Vorteile, sie in Frankreich ausbilden zu lassen, zu schätzen und ich mache mir gewisslich keine Sorgen, da ich ja weiß, dass du und dein glorreicher Gemahl auf ihr Wohlergehen achten würdet, aber ihre Mutter und ich können uns nicht überwinden, sie über diese bedrohlichen Wassermassen zu schicken, gleich, wie friedlich die Meere heutzutage auch sein mögen.
Ich bedauere, dir ebenfalls mitteilen zu müssen, dass trotz der liebenswürdigen Einladung, die der Erste Konsul ausgesprochen hat, keinerlei Hoffnung besteht, deine Mutter dazu zu überreden, nach Frankreich zu segeln. Sie hält unbeirrt an ihrer royalistischen Überzeugung fest.
Dein ergebenster etc. Onkel Robert Tascher

12. August, spätnachmittags – Paris

Bonaparte schleuderte eine englische Zeitung ins Feuer, setzte sich und sah mit finsterem Blick zu, wie sie in Flammen aufging. Seine Miene beunruhigte mich, weckte aber gleichzeitig meine Neugier. »Du willst sicher nichts darüber wissen, Joséphine«, warnte er mich, da er meine Gedanken ahnte.
»Nun musst du es mir aber erst recht erzählen.«
Er sprang auf und fing an, die Hände auf dem Rücken, auf und ab zu laufen. »Die englischen Zeitungen verbreiten das Gerücht, dass Hortense bereits niedergekommen ist.«
Ich zuckte mit den Schultern. »Da irren sie sich eben.«

Er blieb abrupt stehen, die Hände zu Fäusten geballt. »Und dass Hortense deshalb bereits schwanger gewesen wäre, als sie heiratete.« Er zögerte, bevor er hinzufügte: »Und dass ich der Vater des Kindes sei.«

Ich sah zu, wie ein Stück Asche in den Schornstein hinaufschwebte. »Das stand so in der Zeitung?«

»Und das nennen die Frieden!« Bonaparte trat nach den brennenden Holzscheiten.

»Wir müssen dafür Sorge tragen, dass Hortense nie etwas davon erfährt.«

»Auch Louis nicht«, murmelte Bonaparte vor sich hin.

15. August – Tag des heiligen Napoléon (!) – Malmaison

Was für eine Geburtstagsfeier! Ob es etwas Vergleichbares schon einmal gegeben hat? Der heilige Napoléon, in der Tat. (Der heilige Napoléon, der heute erst dreiunddreißig geworden ist – so jung!)

Der Empfang im Schloss heute Morgen verlief reibungslos. Ihm folgte ein großartiges Konzert (dreihundert Musiker, die Cherubini, Méhul, Rameau spielten – himmlisch). Anschließend, nach einem Tedeum in Notre-Dame, fuhren wir in blumengeschmückten Kutschen in einer Karawane die lange Straße nach Malmaison hinaus zu einem Gartenfest. Trotz all meiner Befürchtungen hätte das Wetter nicht besser sein können: ein klarer blauer Himmel ohne eine einzige Wolke.

»Unsere Gebete wurden erhört.« Onkel Fesch, der heute zum Bischof ernannt wurde, brachte noch einen Trinkspruch aus.

»Für Papa scheint immer die Sonne«, sagte Hortense, die in ihrer Fröhlichkeit übersprudelte, denn ihre Einakter-Komödie war großartig verlaufen, wurde viel beklatscht. (»Phantastisch! Ausgezeichnet!«, konnte man Talma über den Beifall rufen hören.)

Selbst Bonaparte amüsierte sich. Er bestand darauf, dass Hortense, trotz ihres Zustands, mit Eugène einen Tanz anführte. »Tu es dem heiligen Napoléon zuliebe«, sagte er mit seinem unwiderstehlich charmanten Lächeln.

16. August

Hortense ist so aufgebracht! Im heutigen *Journal de Paris* steht ein Artikel darüber, dass sie auf Bonapartes Geburtstagsfest gestern Abend getanzt hat. »Warum mussten sie schreiben, dass ich im siebten Monat schwanger bin?«, wollte sie wissen.

»Darf ich das mal sehen?« Bonapartes Sekretär reichte mir das Nachrichtenblatt.

»Und sieh dir das an, Maman, irgendjemand hat sogar ein dummes Gedicht über mich geschrieben. ›Als ich Madame Louis Bonaparte, im siebten Monat schwanger, am 15. August tanzen sah.‹«

»Wissen Sie, wer das geschrieben hat, Fauvelet?« Ein Autor wurde nicht genannt, aber ich hatte einen Verdacht.

»Natürlich, Madame Joséphine«, rief Fauvelet Bourrienne aus und bewegte die Hand in epischer Vortragspose, als wäre der Oberarm – die »oratorische Waffe«, wie Talma ihn nannte – vom Körper vollkommen losgelöst.

»Jemand ohne das geringste literarische Talent«, ereiferte sich Hortense.

»Nicht das geringste«, bekräftigte Fauvelet, wurde jedoch rot dabei.

Ich kniff die Lippen zusammen, um mir ein Lächeln zu verbeißen. *Na also*.

Hortense brach in Tränen aus. »Warum müssen sie überhaupt etwas schreiben? Ich wollte ja gar nicht tanzen. Ich hätte auch nicht getanzt, wenn Papa nicht darauf *bestanden* hätte.«

Fauvelet machte ein bekümmertes Gesicht.

Keine Sorge, ist schon gut, formte ich lautlos mit den Lippen, legte meinen Arm um Hortense und führte sie durch die Schiebetüren hinaus in den Rosengarten. Ganz offensichtlich hatte Bonaparte nicht ohne Grund gewollt, dass Hortense tanzte. Zweifellos hatte er Fauvelet gebeten, das Gedicht über sie zu schreiben und in der Zeitung zu veröffentlichen – um so den englischen Klatschmäulern zu beweisen, dass Hortense noch nicht entbunden hatte, und den üblen Gerüchten Einhalt zu gebieten. »Weil du so wunderbar tanzt, Hortense, schreiben die Leute über dich. Reg dich nicht auf, *bitte*, reg dich nicht auf.«

14. September – Malmaison

»Ich bin hergekommen, um Lebewohl zu sagen«, sagte Fouché, der in der Empfangshalle von Malmaison stand.
»Sie wollen fort?«, fragte ich zerstreut, da ich gerade erst aus Saint-Cloud gekommen war, wo sich die Arbeiter bemühen, die Renovierungen abzuschließen, bevor Bonaparte und ich heute in vier Tagen einziehen. Ich hatte gerade überlegt, welche Bettvorhänge zu unserem Bett dort passen würden. Wegen seiner einzigartigen Bootsform ist das eine reizvolle Aufgabe. Ich habe entschieden, dass Samt in einer ägyptischen Erdfarbe genau das Richtige wäre, aber etwas fehlt noch: vielleicht eine goldene Fransenkante, um die Stickerei hervorzuheben.
»Wie es aussieht, wurde ich entlassen.«
Ganz allmählich drangen Fouchés Worte in mein zermartertes Hirn. Ich lehnte mich gegen eine Kiste. Hatte er *entlassen* gesagt?
»Nun ja – degradiert.«
»Sie sind nicht mehr Polizeiminister?«
»*Senator* Fouché.« Er sprach den Titel mit Verachtung aus. »Eine vollkommen nutzlose Position.«
»Das kann ich nicht glauben!« Fouché ist der beste Polizei-

minister, den man sich vorstellen kann. Wie kann Bonaparte ohne ihn auskommen? Wenn es Probleme gibt, Fouché kennt sie. Wenn sich Attentäter verschwören, Fouché findet sie. »Hat Bonaparte das getan?« Fouché ist der einzige von Bonapartes Ministern, der den Mut hat, aufrichtig mit ihm zu sprechen. Er hat Bonaparte häufig verärgert – gewiss! –, aber Bonaparte verdankt ihm sein Leben.

»Offensichtlich werden meine Dienste nicht mehr benötigt.«

»Das begreife ich nicht.« Aber ich ahnte den Grund. Fouché hatte sich gegen Bonapartes Ernennung zum Ersten Konsul auf Lebenszeit ausgesprochen, und das erzürnte Bonapartes Familie. Und obendrein ist Fouché mein Verbündeter.

»Ein weiterer Sieg der Sippe«, sagte Fouché mit einem süffisanten Grinsen.

Frühmorgens

Gestern Abend versuchte ich mit Bonaparte über Fouché zu sprechen, aber es stellte sich als schwierig heraus. »Es wurde mir nahe gelegt«, war alles, was er dazu sagte. Ich wagte nicht, den Einfluss seiner Familie zur Sprache zu bringen, ihre Habgier – ihren Hass auf *mich*. Bonaparte beherrscht Europa – aber wenn es um seine Familie geht, wird er gefährlich schwach. *Nichts geht über die Familie*, sagt seine Mutter oft. *Die Familie ist unsere einzige Stärke.* Die Familie ist unsere einzige Schwäche, würde ich ihm gerne sagen – aber ich wage es nicht.

18. September – Saint-Cloud

Erschöpft! Wir sind bei Regen umgezogen. Die Zimmer in Saint-Cloud sind geräumig, aber kalt. Sobald es aufklart, werden Bonaparte und ich eine Ausfahrt in den Park machen.

Sonntag, 19. September

Die Hebamme schätzt, dass Hortenses Kind schon am ersten Oktober kommen könnte, einige Wochen früher als ursprünglich gedacht. Sie sagte Hortense, dass man sich bei einem Jungen leicht verrechnen kann.

»Sie meint, es wird ein Junge? Das ist wunderbar!« Über eine Enkelin würde ich mich freuen – von ganzem Herzen –, aber ein Junge wäre für so vieles eine Lösung.

»Aber Maman, das wären ja drei Tage *vor* den neun Monaten seit unserer Hochzeit«, sagte sie und schaute von einer Zeichnung auf, an der sie gerade arbeitete, der Kopie eines Kleinkindes von Greuze. »Was würde Louis dazu sagen?« Louis, der jeden Tag aus dem Badeort zurückerwartet wurde.

Und was würden die englischen Klatschmäuler schreiben, dachte ich – sprach es aber nicht aus.

21. September – Saint-Cloud, sonnig und heiter

Louis kam gestern von der Kur zurück, doch leider steht es nicht zum Besten. Nach seiner Behinderung zu urteilen, hat sich seine Gesundheit bedauerlicherweise nicht gebessert. (Seine rechte Hand ist so verkrüppelt, dass er sie nicht benutzen kann.) Obendrein ist er in verzweifelter Stimmung, denn er droht sich zu ertränken, wenn das Kind zu früh geboren wird!

»Aber Louis weiß doch, dass du eine tugendhaft Frau bist«, sagte ich zu meiner Tochter auf der Suche nach einem Weg, zwischen den beiden Frieden zu stiften.

»Natürlich weiß er das, Maman, aber ihn interessiert nur, wie es *aussähe*, was die Leute denken würden.«

»Er liebt dich – das weißt du doch.« Sollte Louis von den Gerüchten, die in England kursierten, gehört haben, hätten sie ihn zweifellos in Harnisch gebracht. Dass er Hortense gegenüber kein Wort erwähnt hatte, ehrte ihn. »Zeiten der Trennung sind immer schwierig.«

Wir unterhielten uns, während wir auf den durchfurchten Fahrwegen am Rand der Felder spazieren gingen. Ich beruhigte das erhitzte Gemüt meiner Tochter – oder besser versuchte ich es –, indem ich sie eindringlich bat, mit sich selbst und auch mit ihrem Mann behutsam umzugehen. »Louis ist sieben Monate fort gewesen – eine lange Zeit. Bei der Rückkehr gibt es häufig Spannungen.« Ich kenne das nur allzu gut. »Am besten lässt du nicht zu, dass du dich aufregst, vor allem nicht in deinem Zustand.« Ich legte den Arm um meine arme, unförmige Tochter.

Es wird die Sache sicherlich nicht verbessern, wenn dieses Kind tatsächlich zu früh kommt.

7. Oktober – Saint-Cloud

Heute sind es neun Monate und drei Tage her, seit Hortense und Louis geheiratet haben. »Ich bin gerettet«, sagte Hortense, die Hände wie zum Gebet gefaltet.

Hortense neigte schon immer zur Dramatik, zur Melodramatik – aber in Wahrheit sind wir alle erleichtert.

10. Oktober

Heute am späten Vormittag galoppierte ein Pferd die Auffahrt hinauf und in den Hof. Ich eilte auf die Terrasse hinaus, um zu sehen, wer es sein könnte, aber gerade als ich die Tür öffnete, kam Eugène die Treppe heraufgesprungen und schrie mir zu, dass ich mich beeilen solle.

»Geht es um Hortense?«, rief ich beunruhigt von seiner Aufregung.

»Es geht los, Maman – ich war gerade bei ihr, als es losging! Louis sagt, dass du rasch kommen sollst.«

Ich hätte nicht geglaubt, dass man die Fahrt von Saint-Cloud bis ins Zentrum von Paris in weniger als zwei Stunden schaffen konnte: Man kann, wie ich jetzt weiß. Wir fuhren um 10 Uhr 05 in Saint-Cloud ab und waren Punkt 11 Uhr 48 an der Tür zum Stadthaus von Hortense und Louis, wo wir ungeduldig an der Türglocke zogen.
»Huu-huu!« Wir drehten uns um und erblickten eine Frau, die ein altmodisches rotes Kleid und darüber eine mit Bändern verzierte Schürze trug. Auf ihrem Kopf balancierte sie mit der einen Hand etwas, das wie ein Geburtsstuhl aussah, und mit der anderen hielt sie einen ledernen Handkoffer. »Ich kann das Tor nicht entriegeln.«
»Madame Frangeau!«
»Die Hebamme?« Eugène lief eilig zum Tor, um sie hereinzulassen.
Ich begrüßte die gute Frau, aber genau in diesem Augenblick wurde die Haustür geöffnet. »Madame Frangeau?«, sagte Louis, die kranke rechte Hand über dem Herzen zusammengekrallt. (Entsetzlich.) »Endlich.«
»Louis, wie geht es Hortense?« Und dann hörte ich aus dem Inneren des Hauses einen Schrei. Oh nein!
Louis hob den Zeigefinger seiner gesunden Hand, damit ich schwieg, schaute prüfend auf eine Taschenuhr, die er mit der anderen Hand umklammerte, und zählte die Sekunden. »Gut«, sagte er und ließ die Uhr in seine Rocktasche fallen.
»Dr. Jean-Louis Baudelocque kommt nach dem Essen, Bürger«, teilte die Hebamme Louis mit und knotete ein Halstuch auf.
»*Nach* dem Essen?«, fragte Louis besorgt.
»In Wahrheit steht er nur im Weg«, zischte sie in meine Richtung und trat zur Seite, als der Pförtner den Stuhl und den Handkoffer die Treppe hinauftrug.
Louis eilte hinter dem Pförtner her und sprach über die Schul-

ter mit Madame Frangeau. »Die Wehen meiner Frau kommen jetzt häufig. Ich glaube, es ist gleich so weit.«
»Irgendjemand sollte Bonaparte Bescheid sagen«, schlug ich Eugène vor, der mit verdutzter Miene im Innenhof stand.
»Das mache ich!«, sagte er erleichtert, eine Aufgabe zu haben.
»Er arbeitet heute im Schloss«, rief ich, aber mein Sohn war schon zum Tor hinaus.

Das Wöchnerinnenzimmer roch streng nach Gewürznelken. Madame Frangeau schloss die Fenster und bellte den beiden Dienstmägden Anweisungen zu.
»Maman!«, keuchte Hortense, als sie mich sah. Louis saß neben ihr und streichelte ihr die Hand.
»Wie geht es dir, mein Liebling?« Meine Süße, mein Schatz, mein Herz! In dem großen Bett wirkte sie wie ein kleines Mädchen, ein kleines Mädchen mit goldblonden Locken und großen blauen Augen, die unter der Spitzenrüsche der Nachthaube hervorspähten. Ein zartes, schmächtiges Mädchen mit einem gewaltigen Bauch.
»Es geht ihr hervorragend«, sagte Madame Frangeau. »Und nun, Madame Joséphine, wenn Sie sich hierher setzen könnten, aus dem Weg, während ich die Maße Ihrer Tochter nehme.«
Gehorsam setzte ich mich ans andere Ende des Bettes. Hortense krümmte sich, als sie von einer Schmerzwelle erfasst wurde.
»Gütiger Gott«, schrie sie auf.
Ich schluckte und holte tief Luft, als die Hebamme sie anspornte. »So ist es recht! Je lauter desto besser. Die Nachbarn sollen es wissen. Ganz Paris soll es wissen!«
Dr. Jean-Loius Baudelocque traf erst kurz nach drei Uhr ein. Das Kind – das vollkommenste, das ich jemals gesehen habe – wurde kurz vor neun geboren. Obwohl die Geburt nicht lange dauerte – acht Stunden insgesamt? –, war es doch keine leichte. Meine Tochter litt!

Diesen wunderbaren Laut – den ersten kräftigen Schrei des Kindes – werde ich nie vergessen.
»Es ist ein Junge«, flüsterte Louis, als könnte er sein Glück nicht fassen.
Ein *Junge*. Ich schwebte wie auf Wolken, war glücklich.
»Ein Junge!«, hörte ich eine Magd in der Diele schreien.
»Ein Junge!«, hörte ich jemanden draußen im Innenhof rufen – wahrscheinlich der Kutscher. Irgendwo im Haus wurde eine Glocke geläutet. Oh, diese Begeisterung! Am liebsten wäre ich auf die Straße hinausgelaufen und hätte die Glocken von Notre-Dame geläutet.
»Gut gemacht, Madame Louis. Sie haben Ihrem Mann einen gesunden kleinen Jungen geschenkt«, sagte Madame Frangeau und hielt den roten und schreienden Säugling hoch, damit Hortense ihn sehen konnte. (*Vorsichtig!,* hätte ich am liebsten gerufen.) »Waschen Sie ihn ab, messen und wickeln Sie ihn«, wies sie das Kindermädchen an. »Er ist perfekt gebaut«, fügte sie hinzu, als spräche sie von einem Gegenstand, »kein einziger Makel, soweit ich sehen kann.« Ganz benommen folgte Louis dem Kindermädchen aus dem Zimmer.
Dr. Baudelocque klopfte meiner Tochter durch die Bettdecke aufs Knie. »Noch eine kleine Anstrengung, Madame Louis, und alles ist vorüber.«
»Wir wollen doch nicht, dass die Gebärmutter wieder nach oben klettert!«, sagte die Hebamme, als wäre sie lebendig.
Hortense zuckte zusammen, schrie jedoch nicht auf. Ich strich ihr mit einem in Rosenwasser getauchten Tuch über die Stirn. Es ist noch zu früh, ich weiß, die Gefahr ist noch nicht vorüber. Für eine Frau im Wochenbett stehen die Himmelspforten neun Tage lang offen.
Mit stolzem Blick kam Louis zurück. Er kniete neben dem Bett nieder und küsste Hortense die Hand. Ich war zu Tränen gerührt – seine kleine Geste war so edel.

»Geht es ihm gut, *unserem Sohn?*«, fragte Hortense.
»Sechs Pfund und siebenundfünfzig Gramm schwer und sechsundvierzig Zentimeter lang«, sagte er mit glitzernden Augen.
»Das ist ein großartiges Gewicht«, sagte ich.
»Mir kommt er klein vor«, sagte Louis aufgeregt, »aber das Kindermädchen meinte, dass er groß sei – und sehr gut gebaut.«
Das Kindermädchen kam mit dem straff gewickelten und nun friedlichen Kind in den Armen herein. »Oh, Hortense, er ist ein Engel«, sagte ich, und meine Kehle war wie zugeschnürt. Napoléon-Charles soll er heißen – so wurde es bereits verfügt. Klein Napoléon.
»Unser Kronprinz«, sagte das Kindermädchen und legte ihn Hortense in die Arme.
»Halten Sie den Mund«, hörte ich Louis das Kindermädchen anfauchen.
»Guten Tag, kleiner Napoléon«, flüsterte Hortense und blickte ihrem Sohn in die Augen, die Wangen feucht vor Tränen.

Ich bin argwöhnisch

13. Oktober 1802 – Saint-Cloud, ein kühler Tag

Hortense wird wie eine Königin behandelt, weil sie den ersten Enkel mit dem Namen Bonaparte geboren hat. Selbst Signora Letizia huldigte der Mutter »des Sohnes ihres Sohnes« widerwillig mit Glückwünschen. Und nun wurde Eugène zum Oberst des Garderegiments ernannt (eine ziemliche Ehre – er ist ja erst einundzwanzig), obwohl ihn der Titel »Onkel«, ehrlich gesagt, mehr begeistert.

Bedauerlicherweise hat so viel Ehre für einen Beauharnais die Eifersucht der Sippe geweckt – die durch eine Geburtsanzeige in der heutigen Ausgabe des *Moniteur* noch weiter angestachelt wurde. Hortenses Name ist in Kapitälchen gedruckt. »Das haben sie für keinen von *uns* gemacht«, sagte Caroline und drückte die kleine, in Röckchen gekleidete Letizia an sich, während Klein Achille an seinem Daumen lutschend neben ihr saß. »Zählen wir etwa nicht?« Sie erwartet wieder ein Kind, aber das scheint sie nicht zu besänftigen. Im Gegenteil, die Mutterrolle hat Caroline in eine Löwin verwandelt.

»Denken Sie daran, sich mit *Le Moniteur* in Verbindung zu setzen«, legte ich später Bonapartes Sekretär nahe. »Alle Familienmitglieder müssen *genau* gleich behandelt werden.«

14. Oktober – ein paar Tage bei Hortense in Paris

Madame Frangeau (*General* Frangeau, wie Eugène sie nennt) hat angeordnet, dass Hortense in ein Federbett gewickelt wird und das Feuer in ihrem Zimmer ständig lodert, »um die Gifte auszuschwitzen«, sagte sie.
»Selbstverständlich«, stimmte ich ihr zu, gab den Mägden jedoch unauffällig den Rat, Apfelzweige ins Feuer zu legen, denn die Luft im Wochenbettzimmer ist stickig geworden.
»Ich *ertrinke* in meinen Körpersäften«, beklagte sich Hortense. Sie behält ihre gute Laune, obwohl Madame Frangeau darauf besteht, dass sie eine ganze Woche lang flach liegt und sich nicht bewegt, nicht einmal, um das Bett richten zu lassen oder die Unterwäsche zu wechseln.
»Das wäre der sichere Tod«, unterrichtete uns Madame Frangeau.
»Nur noch ein paar Tage«, tröstete ich meine Tochter und blickte in das allerliebste Gesicht des Neugeborenen in meinen Armen (und verliebte mich erneut). »Es ist nur vernünftig, wenn man vorsichtig ist.«

15. Oktober – immer noch in Paris

Neun Tage. Madame Frangeau hat Hortense erlaubt, sich aufzusetzen, aber sie darf für weitere fünf Tage nicht aufstehen. »Wenn ich erfahre, dass Ihre Füße auch nur den Boden *berührt* haben, dann ist die Hölle los.«

20. Oktober – Saint-Cloud

»Ich bin gekommen, um Ihnen Lebewohl zu sagen, Madame Joséphine.« Bonapartes Sekretär stand wie ein Häufchen Unglück vor mir.

»Lebewohl, Fauvelet?«, fragte ich, während ich, in Gedanken noch bei Hortense und dem Kind, meine Handschuhe abstreifte. Klein Napoléon schläft mittlerweile besser, nachdem seine Amme eingewilligt hat, kein Obst und Gemüse mehr zu essen.
»Ich wurde … Ich wurde entlassen.«
»Wie bitte?«
Er wiederholte, was er gesagt hatte, aber selbst dann begriff ich es noch nicht. Entlassen? Fauvelet Bourrienne war nicht nur ein ausgezeichneter Sekretär, sondern auch Bonapartes ältester Freund. »Aber warum denn?«
Er spielte mit den Fingern. »Oh, ich habe ein paar Kapitaleinlagen getätigt und …« Er zuckte mit den Schultern und schob die Hände tief in die Taschen seines Gehrocks. »*Unkorrektheiten*, wie der Erste Konsul sagte.«
»Aber Fauvelet, an der Börse spekuliert doch jeder.«
Fauvelet errötete. »Ich habe mir wohl meine Stellung zu Nutze gemacht.«
»Ich begreife es immer noch nicht.« Macht sich denn nicht jedermann etwas »zu Nutze«? Was war mit den Kapitalanlagen, die Bonapartes Geschwister – sogar seine Mutter – getätigt haben? Und was war eigentlich mit jenen, die Minister Talleyrand tätigte, der regelmäßig von dem Wissen um internationale Entwicklungen profitiert, der derlei »Einkommen« als ihm gebührend ansieht? »Hat Bonapartes Familie irgendetwas damit zu tun?«, wollte ich wissen. Fauvelet ist mein Verbündeter – was ihm die Sippe übel nimmt.
Er zog die Schultern hoch. »Nun ja …«

15. November – noch in Saint-Cloud (frostig)

Heute Morgen wurde Klein Napoléon getauft. Bonaparte und ich als die Taufpaten hielten ihn stolz in den Armen. Er war ein Engel – nicht einmal ein Klagelaut. (»Jedermann weiß, dass ein

Kind, das bei seiner Taufe nicht weint, sterben wird«, sagte Caroline später. Dieses Mädchen!)

Wir fuhren zum Haus von Louis und Hortense zurück, wo Louis ohne jede Hilfe und zur großen Überraschung meiner Tochter ein Fest zu ihren Ehren vorbereitet hatte. Hortenses engste Freundinnen waren da – ihre Cousine Émilie, die drei Schwestern Auguié und Caroline.

Bald darauf traf Hortenses frühere Lehrerin, Madame Campan, ein und dann alle anderen Mitglieder der Bonapartesippe. Lucien kam mit seinen beiden Töchtern. Elisa erschien in einem bizarren Ensemble, das sie selbst entworfen hatte, einer Mischung aus ägyptischen, römischen und griechischen Stilelementen, die, wie sie glaubt, von jeder Pariserin übernommen werden wird. »Joseph lässt sich entschuldigen«, verkündete sie (verriet jedoch später, dass er es für respektlos hielt, dass Louis so kurz nachdem er selbst eine so schmerzliche Enttäuschung durch die Geburt einer weiteren Tochter – der zweiten – erlitten hatte, die Geburt eines Sohnes feierte). Und zuletzt traf der fröhliche Onkel »Bischof« Fesch mit Bonapartes Mutter ein. Signora Letizia blieb mitten im Raum stehen und lehnte alle Platzangebote ab, bis Bonaparte sie zum Ehrenplatz rechts vom Kamin geleitete.

Als Caroline gerade den kleinen Achille dazu bewegen wollte, allen zu zeigen, wie er winken konnte, trat Tante Désirée – in jugendlichem griechischen Stil gewandet! – theatralisch in Erscheinung, begleitet von der lieben alten, muffig riechenden Tante Fanny, die zwar geschrumpft, aber lebhaft wie immer wirkte und deren dickes Gesicht mit Schminke zugekleistert war. Mit der Verwegenheit eines Autors, der gerade einen Literaturpreis erhalten hat, trug sie ein ziemlich langatmiges Gedicht vor, das sie zu Ehren des Sohnes ihrer Patentochter, »des neuen Apollo«, geschrieben hatte. Ich wurde schon nervös ob der Länge von Tante Fannys Vortrag (Bonaparte fing bereits zu

zucken an), als Eugène in seiner Uniform des Oberst der Konsulgarde eintraf und alle Mädchen um ihn herumschwirrten, was ihm die Röte ins Gesicht trieb.
Sobald alle Gäste eingetroffen waren, jeder sich bequem niedergelassen hatte und die Kinder mit Konfekt bestochen worden waren, damit sie ruhig blieben, unterhielten wir uns über die Aufregung in Paris wegen des bevorstehenden Debüts von Talmas Protégée, einer erst fünfzehnjährigen Schauspielerin, im Théâtre-Français. Dann tauschten wir Neuigkeiten von Jérôme und Pauline aus, die beide auf den Inseln weilen. Über den jungen Jérôme gab es nicht viel Neues – außer dass er (wie üblich) in einem Brief um mehr Geld gebeten hatte –, von Pauline wird jedoch berichtet, dass ihr Saint-Domingue nun doch gefällt, »trotz der Schlangen und der Wilden«.
Nach einem Imbiss überreichte Louis Hortense feierlich ein phantastisches Kollier aus Rubinen. Sie war überwältigt, glaube ich, denn sie hatte Tränen in den Augen, als sie ihm ganz allerliebst dankte. Dann wurde der echte Juwel in der Krone meiner Tochter, ihr wunderbares Kind, von dem Kindermädchen hereingebracht, damit ihn alle bewundern konnten. Er machte ein großartiges Bäuerchen, woraufhin wir alle Bravo riefen. Die Kinder schrien und hüpften auf und nieder, um sein kleines, rosa Gesicht sehen zu können, während Louis und Hortense und die hingebungsvollen Taufpaten – Bonaparte und ich – stolz zuschauten.
Ich kann mich an keine Zusammenkunft erinnern, bei der meine Familie und die Bonapartesippe in so trauter Harmonie vereint waren – wenn man es denn so nennen kann. Ich vermute, dass Tante Fanny mit ihrer unbekümmerten Art (sie saß auf einer Armlehne) und Tante Désirée mit ihren mädchenhaften Allüren (mit sechzig noch Blumen im Haar!) Signora Letizia entsetzten. Oh, dieser böse Blick! Doch alles in allem und trotz der Eifersüchteleien war es eine schöne Familienfeier, was haupt-

sächlich den Kinder zu verdanken war. Ich brachte sie dazu, sich still zu mir zu setzen, damit sie bei den Erwachsenen bleiben konnten. Die ganze Zeit über lag Klein Napoléon in meinen Armen.
»Ah, das Porträt einer Mutter«, sagte Caroline, streckte den Daumen aus und nahm wie ein Künstler mit zusammengekniffenen Augen an mir Maß. »Nur schade …«

Fort de France, Martinico
Chère Yeyette, geliebte Nichte,
wir versprechen, dass wir über dein Angebot nachdenken und mit Stéphanie darüber sprechen werden. Sie ist ein aufgewecktes Mädchen. Du wirst mit deiner Patentochter zufrieden sein, solltest du jemals Gelegenheit haben, sie kennen zu lernen.
Das Haus, das du für deine Mutter in der Stadt gekauft hast, ist großartig. Nun muss es uns nur noch gelingen, sie aus ihrer baufälligen Behausung in Trois-Ilets zu locken.
Dein wohlmeinender Onkel Robert Tascher

17. November – Saint-Cloud

Heute Nachmittag eine Besprechung mit Madame Campan bezüglich des Personals, das für Saint-Cloud erforderlich ist, seiner Aufgaben und Pflichten. »Eine Hofdame ist nicht genug«, sagte sie, als sie meine Notizen überflog.
Ich gestand ein, dass ich nicht wusste, was eine Hofdame eigentlich tat.
»Sie steht allzeit zu Diensten bereit.«
»Aber wozu?«
»Zu allem, wozu Sie gerade Lust haben. Um Ihnen bei einem Glücksspiel Gesellschaft zu leisten oder bei einem Spaziergang im Garten. Um Ihren Fächer zu halten, sollten Sie tanzen wollen. Um einen Diener zu rufen, damit er Erfrischungen bringt,

sollten Sie plötzlich und überraschend Durst leiden. Um Ihnen vorzulesen, wenn Sie an Ihrem Stickrahmen arbeiten. Um Ihren Gästen mit intelligenten und angenehmen Gesprächen die Zeit zu vertreiben. Um Sie kraft ihres Rufes und ihrer Erziehung in einem guten Licht erscheinen zu lassen. Kurz gesagt, um Ihnen das Leben angenehm zu gestalten. Ich schlage vor, dass Sie mit vier beginnen.«

»Sind das nicht zu viele?«

»Angesichts der Geschwindigkeit, mit der sich die Laufbahn Ihres Gemahls entwickelt, Madame Bonaparte, sage ich voraus, dass Sie bald fünfmal so viele brauchen werden.«

Genau in diesem Augenblick öffnete meine Empfangsdame eine der Doppeltüren und verkündete mit derart lauter Stimme: »Bürger Talma!«, dass ich einen kleinen Schrei ausstieß.

»Madame Campan, vielleicht könnten Sie bei der Schulung des Personals behilflich sein«, schlug ich leise murmelnd vor, als der große Schauspieler mit dem Gehabe einer königlichen Respektsperson eintrat – was durch die Schaffellmütze, die er trug, und einen lächerlichen kleinen Muff, der an einer Schnur um seinen Hals baumelte, etwas beeinträchtigt wurde.

Talma streifte seine Kopfbedeckung ab, stopfte sie unter den rechten Arm und sah sich gemächlich in dem Raum um, ließ den Blick auf den bronzenen Kandelabern ruhen, auf den gelben Samtsesseln, auf *uns*. Mit einer einzigen fließenden Bewegung legte er die rechte, behandschuhte Hand auf den Rücken (ohne die Mütze fallen zu lassen), streckte die andere aus, Handfläche nach oben, und verbeugte sich tief. »Meine Damen«, sagte er mit klangvoller Stimme. »Es ist mir ein Vergnügen.« Dann streifte er mit einem fahrigen, beinahe tragischen Eifer seine Handschuhe ab und fuhr sich mit den Fingern durch die ungepuderten Haare. »Wie war ich?«

»Großartig!«, sagte ich Beifall klatschend. »Madame Campan, was meinen Sie? War das nicht ein perfekter Auftritt?«

»Eindrucksvoll«, stimmte Madame Campan zu. »Aber die Handschuhe behält man an.«
Ich überredete Talma, uns bei einem Glas Chablis Gesellschaft zu leisten. Wir tauschten die Neuigkeiten aus, die jeder von uns in verschiedenen Salons erfahren hatte, die Kritiken über verschiedene Theaterstücke, die wir gesehen hatten, die Aufregung über seinen jungen Schützling, Mademoiselle Georges. Der impulsive Schauspieler gestand, dass er voller Sorge sei, dass sie ihn enttäuschen könnte. »Sie ist doch noch ein Kind und soll schon Klytämnestra spielen! Was weiß sie denn schon von mütterlichen Gefühlen? Grand Dieu! Dieses Debüt werde ich nie überleben!«
Kurz nachdem Talma zu Bonaparte gerufen worden war, verabschiedete sich auch Madame Campan. Ich begleitete sie durch das Labyrinth der Flure hinaus zu ihrer Kutsche. Auf dem Rückweg, als ich an Bonapartes Arbeitszimmer vorüberkam, hörte ich heftigen Lärm: einen Angst erregenden Schrei. Die Wachen kamen angelaufen, die Hände am Knauf ihrer Schwerter, und stießen die Tür zum Arbeitszimmer auf, um den Blick auf zwei erschrockene Männer freizugeben: Bonaparte, der ungefähr einen Meter von Talma entfernt stand, der wiederum einen Federkiel wie einen Dolch empor hielt.
»Was ist los?«, wollte Bonaparte wissen, als er sich umdrehte.
Ich sah zu Talma und dann wieder zu meinem Mann. »Es hörte sich an, als ob jemand ermordet würde!«
Talma brach in schallendes Gelächter aus. »Ich sagte Ihnen doch, Erster Konsul, dass Sie über eine Bühnenkarriere nachdenken sollten.«
Mit verlegener Miene zeigte mir Bonaparte die Papiere in seiner Hand: das Textbuch eines Theaterstücks. »Ich habe Talma geholfen, eine Mordszene zu proben«, sagte er.

20. November – Saint-Cloud

Die ganze Woche über habe ich Vorstellungsgespräche mit Bewerbern für die verschiedenen Mitarbeiterposten geführt. Es ist eine Strapaze – und morgen muss ich noch weitere Gespräche führen.
Eine wunderbare Unterbrechung, als Hortense heute mit dem Kind kam. Bonaparte und ich führten uns wie die Narren auf, gurrten und plapperten dummes Zeug, schnitten Grimassen und spähten in das Gesicht dieses verdutzten kleinen Wesens – *notre petit chou*, unser Herzblatt.
»Siehst du?«, sagte Bonaparte, als das Kind das Gesicht verzog. »Er kennt mich.«
Ich finde es *herrlich*, Großmutter zu sein.

21. November, es regnet immer noch

»Madame Rémusat?« Ich hatte Claire Rémusat schon seit über einem Jahrzehnt nicht mehr gesehen – damals war sie noch ein Mädchen gewesen. Clari hatten wir sie genannt. Obwohl sie jetzt eine junge Frau war, erkannte ich ihre kleine, scharfe Nase und ihre lebhaften Augen wieder.
»Madame Bonaparte«, sagte sie und senkte den Kopf. Ihre anmutige Bewegung ließ Respekt erkennen, aber auch eine gute Erziehung.
Klein und ein wenig mollig von Gestalt hatte sie etwas Mädchenhaftes an sich; sie wirkte jünger als ihre zweiundzwanzig Jahre, vielleicht wegen ihrer altmodischen, gefältelten Haube.
Ich führte sie zu dem Stuhl am Kamin. »Haben Sie etwas dagegen, wenn ich Sie Claire nenne?« Während des Terrors hatten sie und Hortense zusammen Puppen gespielt, aber das war nicht die einzige Gemeinsamkeit zwischen den beiden. Tragi-

scherweise hatten beide Mädchen ihren Vater durch die Guillotine verloren. (Oh, diese entsetzlichen Zeiten …)
»Es wäre mir eine Ehre, Madame Bonaparte«, sagte sie und zog die Halsrüsche ihres altmodischen Kleides gerade, »aber die meisten Leute nennen mich immer noch Clari.« Sie legte die Hände in den Schoß, eine Hand über die andere (um einen Fleck auf ihrem Handschuh zu verbergen).
»Hortense erzählte mir, dass Sie verheiratet sind und zwei Kinder haben.«
»Zwei Buben«, sagte sie, und ihre melancholischen Augen leuchteten auf. »Einer fünf Jahre alt und aufgeweckt, der andere zwei Jahre alt, aber im Wuchs und Verstand noch wie ein Säugling.« Sie schluckte, bevor sie hinzufügte: »Madame Bonaparte, Sie sind bekannt für Ihre Großherzigkeit, für Ihre Bereitwilligkeit, den Armen zu helfen. Engel der Barmherzigkeit werden Sie von den Leuten genannt, weil Sie sich für jedes Gesuch, das an Sie herangetragen wird, einsetzen – Sie weisen niemals jemanden ab. Wir haben während der Revolution alles verloren. Wir besitzen nicht einen Sou. Ich flehe Sie an, bitte helfen Sie uns.«
»Ich bin es, die Hilfe braucht«, beruhigte ich sie. Clari, die Tochter einer verarmten Adelsfamilie, empfand es zweifellos als demütigend, um eine Anstellung zu bitten. »Ich brauche jemanden, der mich begleitet – eine Hofdame. Der Lohn beträgt zwar nur zwölftausend Francs, aber Sie würden sich die Stelle mit einigen anderen teilen, sodass Sie Zeit für Ihre Familie hätten.«
»Sie sind ja so liebenswürdig!«
»Und Ihr Mann?«, fragte ich. »Möglicherweise kann ihn der Erste Konsul ebenfalls einstellen.«
»Ich werde ewig in Ihrer Schuld stehen«, sagte sie und ergriff, nun fassungslos, meine Hände.

23. November spätmorgens

Bonaparte hat meine Auswahl der Hofdamen gebilligt (abgesehen von der Herzogin d'Aiguillon*, leider). Madame Lucay, Madame de Copons del Llor und Madame Lauriston werden sich abwechselnd einfinden und fangen in ein paar Wochen an. Clari Rémusat wird sofort beginnen. Auch ihr Mann wird als einer von Bonapartes Kammerherren arbeiten – was ihre finanzielle Verlegenheit löst.

27. November

Clari Rémusat hat gestern mit ihrem Mann und ihren Kindern eine Suite in Saint-Cloud bezogen. Sie hat eine schnelle Auffassungsgabe, ist kultiviert und scheint eifrig darauf bedacht, sich nützlich zu machen – Hilfe kann ich gewiss gebrauchen.

29. November – Saint-Cloud, frostig

»Ich habe Ihre Pakete in der Stadt abgeholt, Madame«, teilte Clari von der Tür aus mit und schob die Kapuze ihres Umhangs zurück.

»Ich bin so froh, dass Sie hier sind«, sagte ich und sah Claris Buben, deren Wangen vom Wind gerötet waren, mit großen Augen lächelnd an. »Ich hätte gerne Ihren Rat.« Ich hatte mich gerade mit einem Buch über griechische Statuen befasst, das mir meine Architekten geliehen hatten, und versucht, meinen Schal so zu drapieren wie bei einer ganz bestimmten Statue.

»Wir wurden in der Rue Saint-Honoré aufgehalten«, sagte Clari und übergab ihr jüngstes Kind den Armen ihres Kindermäd-

* Die Herzogin d'Aguillon hatte während des Terrors eine Zelle mit Joséphine geteilt. Weil sie geschieden war, war es ihr nicht gestattet, eine Stellung bei Hofe zu bekleiden.

chens. »Sie hätten die Menschenansammlung am Théâtre-Français sehen sollen! Selbst zur Mittagszeit hatte sich eine lange Schlange gebildet.«
»Eine Dame wurde verletzt, und die Polizei war da«, sagte ihr ältester Junge Charles, der sich mit der einen Hand am Rock seiner Mutter festklammerte.
»Ach, du meine Güte!«, sagte ich zu dem Jungen und legte die Hände an die Wangen – jedenfalls tat ich so als ob. Ich durfte mein Gesicht nämlich *nicht* berühren. Bürger Isabey, Hortenses Kunstlehrer, hatte mich geschminkt und betrachtete mein Gesicht als ein Kunstwerk.
»Das ist wahr.« Das Kind nickte. Er ist ein außergewöhnlich ernsthafter Fünfjähriger, verständig für sein Alter.
»Offensichtlich gab es ein kleines Gedränge, als Mademoiselle Georges eintraf«, sagte Clari. »Die Venus von Paris, nennen sie die Leute. Stimmt es, dass sie erst fünfzehn ist?«

Bis Bonaparte und ich am Theater ankamen, war es nach sechs Uhr. »Kein einziger freier Platz«, teilte uns der Theaterdirektor, der uns zu unserer Loge begleitete, mit. »Und nun kann die Vorstellung beginnen«, verkündete er und verbeugte sich tief, als das Publikum applaudierte.
Ich schaute über die Balustrade, um zu sehen, welche Gesichter ich wieder erkannte, und nickte, um den Gruß von Minister Talleyrand und des Zweiten und Dritten Konsuls, Cambacérès und Lebrun, zu erwidern. Im dritten Rang weit hinten glaubte ich Fouché zu erkennen, der dort allein saß. »*Alle* sind hier«, raunte ich Bonaparte zu. Caroline und Joachim (in Rosa), Elisa und Félix. »*Und* Joseph«, sagte ich – aber nicht mit Julie. »Ah, es ist deine Mutter.« Ich winkte ihnen allen kurz zu, aber sie winkten nicht zurück.
Gegen Ende des ersten Aktes wurde das Publikum trotz Talmas fesselnder Darstellung des Achilles unruhig. Alle waren gekom-

men, um Mademoiselle Georges die Klytämnestra spielen zu sehen, und sie sollte erst im zweiten Akt auftreten. Als sich dann der Vorhang öffnete, brach unter den Claqueuren lauter Jubel aus.

Schließlich kam der Augenblick: Klytämnestra schritt auf die Bühne. Sie ist wirklich bildhübsch – hoch gewachsen! –, doch von unseren nahen Sitzplätzen aus konnte ich erkennen, dass das arme Mädchen zitterte. »Mon Dieu, Bonaparte, sie kann nicht sprechen«, flüsterte ich. Glücklicherweise schien das anerkennende Gemurmel der Zuschauer der jungen Schauspielerin Mut zu machen, und sie begann ihren Text zu deklamieren – wenngleich etwas eintönig und ohne diese Leidenschaft, die man bei den großen Theaterkünstlern spürt.

Es war während des dritten Aktes, als der Ärger begann. Mein Herz machte einen Sprung, als das erste Zischen zu hören war. Es schien von den Bänken in den vorderen Reihen zu kommen. Dann wurden die Kritiken immer lautstarker, bis im vierten und letzten Akt, während einer von Mademoiselle Georges' Textpassagen, ein sehr lang anhaltendes Zischen ertönte. Dann brach die Hölle aus: Rufe, drohend geschwungene Stöcke und Schirme. Schläge wurden ausgeteilt!

Die arme Mademoiselle Georges gab stotternd ein paar Zeilen von sich. Sie sah aus, als fiele sie gleich in Ohnmacht. »Nur Mut, Georges!«, hörte ich jemanden brüllen, und bei diesen Worten wurde die Stimme der jungen Schauspielerin kräftiger – gar zornig, und das Publikum verstummte. Beim letzten Vorhang brach das Publikum in Jubel aus.

1. Dezember, früher Abend – Saint-Cloud

Talma warf sich theatralisch in Positur, die Augen wie zum Gebet erhoben, die Schultern als Ausdruck seines Stolzes zurückgeworfen. »Selbst Geoffroy, dieser Idiot von einem Kritiker,

war von der meisterhaften Darstellung meines Schützlings beeindruckt«, sagte er, kreuzte die Hände über der Brust, senkte langsam die Augen und neigte den edlen Kopf.
»Bravo!« Clari klatschte vor Freude. Der berühmte Theaterkritiker hatte kürzlich gegen Talma gewettert, ihn einen »Quäker der Schauspielkunst« genannt. Nach Geoffroys Meinung sollte Talmas neue Schauspielschule wegen Herumpfuscherei am magischen Alexandriner des Landes verwiesen werden.
»Das ist wunderbar«, rief ich aus und dachte, dass eigentlich Talma für eine meisterhafte Darstellung gelobt werden sollte. Obwohl sie ohne Zweifel wunderschön ist, neigt Mademoiselle Georges dazu, ihren Text in einem monotonen, schleppenden Tonfall zu sprechen, und dies ist, nach meiner Meinung, einer perfekten Sprechtechnik abträglich. Nun ja, sie ist erst fünfzehn.
»Wir sollten ihr einen Glückwunsch schicken, Bonaparte.«
»Dafür habe ich schon gesorgt«, sagte Bonaparte und starrte gedankenverloren auf die Terrasse hinaus.

16. Dezember – kalt!

Schlechte Neuigkeiten von den Inseln. In Saint-Domingue stehen die Dinge nicht zum Besten, es hat anscheinend eine Revolte gegeben. »Verfluchter Victor Leclerc«, schimpfte Bonaparte, »ich gebe ihm meine besten Männer mit, die erfahrensten Soldaten, und er kriegt nicht einmal ein kleines Gefecht unter Kontrolle!«

22. Dezember – noch in Saint-Cloud

Ich gebe zu, dass ich allmählich genug habe von Mademoiselle Georges – genug von dem Begeisterungskult, mit dem jeder ihrer Schritte begleitet wird. Oder werde ich einfach nur alt und bin auf ihre Jugend eifersüchtig?

Bonaparte und ich trafen zu spät im Theater ein. Mademoiselle Georges stand mitten auf der Bühne und sprach mit schleppender Stimme einen Monolog. (Ich fange schon wieder an!) Das Publikum applaudierte bei unserem Erscheinen und verlangte, dass die Schauspieler noch einmal von vorn anfingen – was auch geschah.
Alles in allem war es eine passable Vorstellung, dachte ich – zumindest von Seiten der jungen Schauspielerin. Es gab einen seltsamen Zwischenfall, als Mademoiselle Georges die Zeile sprach: »Ich habe Cinna verzaubert, ich werde auch andere Männer verzaubern«, und sich das Publikum die Hälse verrenkte, um zu Bonaparte zu schauen.
»Anscheinend meinen sie, du wärst verzaubert worden«, sagte ich und berührte die Hand meines Mannes (und beobachtete seine Augen).

23. Dezember

Eine schreckliche Nachricht – Victor Leclerc ist *tot*. Er starb in Saint-Domingue an Gelbfieber. Wir sind fassungslos über die Nachricht. Nun ist Bonapartes schöne Schwester Witwe.
Bonapartes neuer Sekretär überbrachte das Bulletin, als Bonaparte und ich gerade unser Mittagsmahl beendet hatten. »Es betrifft den Gemahl Ihrer Schwester, Erster Konsul«, sagte Méneval.
Bonaparte überflog das Bulletin und faltete es methodisch zusammen. »Meine arme Schwester«, sagte er und stand auf.
Victor Leclerc, gestorben mit sechsunddreißig Jahren. (Er war älter, als ich gedacht hatte.) »Der blonde Bonaparte« nannten wir ihn wegen seiner Angewohnheit, Bonapartes Bewegungen, ja sogar Bonapartes Mimik nachzuahmen – deswegen regte sich Bonaparte auch so sehr über ihn auf, denke ich.
Wir wissen, ehrlich gesagt, nicht so recht, wie wir vorgehen sol-

len. Natürlich muss Victors Familie benachrichtigt werden. Wer soll das übernehmen? Mein Mitgefühl gilt seiner Mutter und seinem Vater, Mehlhändler, die so stolz auf ihren Sohn waren.

[Ohne Datum]

Die Nachricht ist noch schlimmer, als wir ursprünglich dachten. Ein sehr hoher Prozentsatz der Männer, die nach Saint-Domingue geschickt wurden, ist an Gelbfieber gestorben. Die Anzahl ist bestürzend: von den achtundzwanzigtausend, die dorthin segelten, sind nicht einmal mehr zehntausend übrig. *Mon Dieu*. Wie ist das möglich?

Bonaparte ist wie betäubt. Heute Abend stellte ich ihm seinen Kaffee auf den Tisch, berührte seine Hand, damit er wusste, dass er dort stand, und kehrte zu meinem Stickrahmen zurück. Die ganze Zeit saß er bewegungslos, die Hand über dem Mund, da.

12. Februar 1803

Pauline ist zurück, mit ihrem Mann in einem Bleisarg. Seine schönen schwarzen Haare abgeschoren und mit Victors Leichnam beigesetzt. Sie ist geschwächt, sowohl körperlich als auch seelisch. »Sie sind alle gestorben«, sagte sie mit schwacher Stimme und küsste Bonaparte die Hände. »Jeder Einzelne von ihnen.«

19. Februar, früh – noch nicht 9 Uhr (und kalt)

England weigert sich, die Bedingungen des Friedensvertrages einzulösen. Bonaparte schläft nicht gut, wenn überhaupt.

»Geh nicht, Bonaparte«, sagte ich mitten in der Nacht zu ihm und streckte die Hand nach ihm aus.

»Schlafen kann ich, wenn ich tot bin«, sagte er und riss sich von mir los.
In seiner Gegenwart fühle ich mich alt – reizlos, ohne Anmut. Ich komme mir wie ein auf den Knien kriechender Bettler vor.

28. Februar – Paris

»Mimi?« Ich fand sie im Ankleidezimmer. Ich hatte den ganzen Morgen darüber nachgedacht, ob ich diesen Schritt tun sollte, dachte sogar noch darüber nach, als ich bereits sprach.
»Wenn ich doch bloß diesen neuen Spitzenschleier finden könnte, den seidenen«, sagte sie, während sie einen geöffneten Schrankkoffer durchsuchte. »Ich weiß, dass ich ihn erst vor kurzem hier gesehen habe.«
»Vielleicht ist er in Malmaison. Oder in Saint-Cloud.« Ich weiß überhaupt nicht mehr, wo sich etwas befindet. Ich setzte mich auf den kleinen Samtschemel vor dem Kamin. »Hast du vielleicht irgendwelche Gerüchte gehört?«
Mimi schloss den Deckel des Schrankkoffers. »Worüber?«
Ich zuckte mit den Schultern. »Oh, über Bonaparte und eine Frau.«
»Gerüchte gibt es immer.«
»Zum Beispiel?«
Sie blies die Backen auf. »In letzter Zeit wurden Blumen nach oben geschickt.«
»In den Raum über Bonapartes Arbeitszimmer?«
Sie verzog das Gesicht.
»Du könntest es für mich herausfinden. Du könntest Roustam oder Bonapartes Kammerdiener fragen – oder sogar Hugo, den Wachposten vor dem Arbeitszimmer.« Selbst der neue Sekretär würde es wissen, dachte ich verdrossen. »*Bitte*, Mimi. Man kann ein falsches Spiel mit mir treiben, aber der Teufel soll mich holen, wenn ich mich für dumm verkaufen lasse.«

2. März, 2 Uhr 30 nachmittags

»Es gibt da eine junge Frau, die fast jeden Nachmittag gegen vier kommt und …« Mimi hob die Hände. »Und das ist *alles*, was ich weiß.«

3. März

»Es ist diese Schauspielerin, über die alle reden.«
Mademoiselle Georges. Ich wusste es! »Das Mädchen«, sagte ich.
»Sie ist kein Mädchen mehr.«

12. März – in den düsteren Tuilerien

»Dein Puder war heute Abend verschmiert«, sagte Bonaparte, als ich unter die Bettdecke schlüpfte.
Natürlich war er das – ich hatte ja auch geweint! Unser allwöchentliches Diner für über einhundert Menschen in der Diana-Galerie war ungewöhnlich anstrengend gewesen. Die Unterhaltung drehte sich immer wieder um das Theater, die »brillante« Mademoiselle Georges. Blicke in meine Richtung ließen klar erkennen, dass jeder Bescheid wusste. »Ich bin unglücklich, Bonaparte.«
Bonaparte nahm eine Kerze und verschwand im Ankleidezimmer. Als er wieder zurückkam, warf das Kerzenlicht Schatten auf sein Gesicht und ließen ihn gespenstisch aussehen. »Ich konnte kein Taschentuch finden«, sagte er und reichte mir ein Kopftuch aus Madrasgewebe. »Also – um was geht es denn?«
Sein Ton verriet mir, dass er die Antwort bereits kannte. »Es betrifft deine Liebelei … mit Mademoiselle Georges.«
Er setzte sich ans Bettende, die Nachthaube schief auf dem Kopf.

»Es hat keinen Zweck zu leugnen!« Bei der zuletzt von uns besuchten Theatervorstellung hatte Mademoiselle Georges die Unverfrorenheit besessen, *meinen* Spitzenschleier auf der Bühne zu tragen.
Bonaparte verschränkte die Arme. »Warum kümmern dich meine Vergnügungen? Ich habe nicht vor, mich zu verlieben.«
»Aber Bonaparte, es ist nicht recht –«
»Es ist *mein* Recht!«

[Ohne Datum]

Clari entdeckte mich in Tränen aufgelöst in meinem Ankleideraum. Die sanfte Berührung ihrer Hand auf meiner löste einen Sturzbach meines Kummers aus. Sie, die so lieb tröstete und für ihr Alter schon so klug ist, gab mir den Rat, Geduld zu haben.
»Das ist doch nur eine Affäre für kurze Zeit, Madame. Sie wird vorübergehen, die Zeit heilt alle Wunden.«
Ich weiß, ich weiß, nickte ich – aber innerlich tobte ich. La Grassini, mollig, alternd, war eine Sache – diese bildhübsche junge Schauspielerin ist eine ganz und gar andere.
»Sehen Sie einfach darüber hinweg, so lautet mein Rat. Gerade Ihre großmütige Nachsicht ist es doch, die der Erste Konsul liebt. Er wird zu Ihnen zurückkehren, rechtzeitig.«
Großmütige Nachsicht? Ich stelle mir Bonaparte in den Armen dieses Mädchens vor und vergieße Tränen der Verzweiflung! Ich stelle mir ihren jungen, geschmeidigen Körper vor – so empfänglich und fruchtbar – und komme mir innerlich vertrocknet vor. Ich bin keine junge Frau mehr, und ehrlich gesagt fürchte ich, dass ich älter bin, als es meinem tatsächlichen Alter entspricht, denn es ist nicht mehr die Leidenschaft des Fleisches, die ich empfinde. Die Leidenschaft des Herzens empfinde ich – o ja – und der Seele in Hülle und Fülle. Aber gleich, wie viele Salben, Lotionen und Schminke ich auch auftrage, sie

können die Trockenheit meiner Haut, meine dünner werdenden Haare nicht verbergen – meine schwindende Wollust.
Oh, ich kenne dieses Gefühl, diese demütigende Eifersucht, diese *Angst* nur zu gut. Mein erster Mann war ein Weiberheld, richtig – und er hat mich nie geliebt. Bonaparte liebt mich: Das weiß ich! Und eben *das* flößt mir Angst ein – der mögliche Verlust seiner Liebe.

Bonaparte wird hintergangen

14. März 1803 – Saint-Germain-en-Laye

Trotz des Windes und des peitschenden Regens bin ich heute am frühen Morgen nach Saint-Germain-en-Laye aufgebrochen. Die eilig niedergeschriebene Nachricht von Tante Désirées neuem Ehemann* – immerhin durch einen Boten überbracht – beunruhigte mich: »Kommen Sie rasch, Ihre Tante ist ernstlich erkrankt.«

Daher war ich erleichtert (aber, offen gestanden, auch nicht wenig überrascht), Tante Désirée, ihren Mann Monsieur Pierre und Tante Fanny dabei anzutreffen, wie sie sich Brandy und Sauerteigfladen schmecken ließen.
»Was tust *du* denn hier?«, wollte Tante Désirée wissen und versuchte sich von der Chaiselongue zu erheben.
»Edle G-G-Geliebte«, stotterte Monsieur Pierre (denn so nennt er sie tatsächlich!) »du hast gekränkelt, und ich dachte –«
»Du dachtest, dass ich sterbe?«, sagte Tante Désirée vorwurfsvoll.
Der arme Mann lief dunkelrot an.
»Hören Sie auf zu stottern und gießen Sie meiner Nichte einen Brandy ein, Monsieur Pierre«, sagte Tante Fanny. »Sie war da draußen in dieser ganzen frischen Luft. Grand Dieu, wenn sich

* Nicht lange nach dem Tod des Marquis heiratete Désirée den Bürgermeister von Saint-Germain-en-Laye, Pierre Danès de Montardat.

jemand heute leicht den Tod holt, dann sie, und das wird unangenehme Folgen für uns alle haben. Sie bringt dem Ersten Konsul Glück – das sagt jeder. Wer weiß, wo wir ohne *sie* wären.«

»Umso mehr Grund für den Ersten Konsul, *zu Hause* zu bleiben«, sagte Tante Désirée mit einem allzu wissenden Blick.

»Und nicht die ganze Zeit ins *Theater* zu laufen«, sagte Tante Fanny, leerte ihr Glas Brandy und hielt es hin, damit man ihr nachschenkte.

»Es geht mir gut, danke«, sagte ich zu Monsieur Pierre und lehnte ein Glas ab. »Du hast dich nicht wohl gefühlt?«, fragte ich Tante Désirée – um das Thema zu wechseln. Es war demütigend herauszufinden, dass man sogar in Saint-Germain über Bonapartes Affäre mit Mademoiselle Georges sprach.

»Ihre Tante hat eine Endokarditis«, sagte Monsieur Pierre.

»Was sich mit nichts reimt«, sagte Tante Fanny stirnrunzelnd.

»Es hat etwas mit dem Herzen zu tun«, erklärte Tante Désirée und wedelte mit den Händen über ihrem Busen, »mit einer Reizung des Blutes, das hindurchfließt. Zumindest hat das der Arzt gesagt, aber was weiß *der* denn schon? Ich bin die Gesundheit in Person, wie du sehen kannst.«

Jedoch nicht lange, nachdem Tante Fanny weggefahren war und Monsieur Pierre sich entschuldigt hatte, um in seinen Club zu gehen, wurde Tante Désirée wirklich ziemlich krank – ein plötzlich und heftig auftretender Anfall. Ich half ihr, in ihr Schlafzimmer zu kommen, wo sie in ihr muffiges Federbett fiel.

»Ich lasse einen Arzt holen«, drängte ich.

»Nein, warte«, sagte sie und winkte mich an ihr Bett zurück.

»Tante Désirée – ruhe dich aus. Du darfst nicht sprechen!«

»Das ist wichtig! Ich spreche aus dem Grab deiner Mutter.«

Dem Grab meiner Mutter? Aber Mutter ist nicht tot!

»Hör zu! Um einen Ehemann zu halten, muss eine Frau fröhlich und verständnisvoll, aber vor allen Dingen *blind* sein.«

Ich versprach, auf ihren Rat zu hören unter der Bedingung, dass sie sich ausruhte und mich einen Arzt holen ließ. Er ist jetzt bei ihr.

5 Uhr 20 nachmittags

Mon Dieu, wir haben sie verloren. Als der Arzt ging, versicherte er, dass Tante Désirée nicht in Gefahr wäre. Ich bereitete gerade die Tinktur vor, die er verschrieben hatte, als sie blau anlief und nach Atem rang.
»Tante Désirée!«, schrie ich voller Sorge auf. Sie schwand dahin, und es gab niemanden, der helfen, niemanden, an den ich mich wenden konnte. Ich lief zur Tür und schrie nach den Bediensteten. Irgendjemand!
»Vor allen Dingen, sei blind!«, keuchte sie.
Ich versuchte gerade, sie zu beruhigen, als sie plötzlich zu atmen aufhörte und in meinen Armen starb.

Ich überredete einen sehr verzweifelten Monsieur Pierre, sich zurückzuziehen, während ich den Dienstmädchen half, Tante Désirée aufzubahren. Ich verrichte die Dinge ohne Tränen und merkwürdigerweise mit ruhigem Herzen. Ich schloss ihr sanft die Augen, ordnete ihre Gliedmaßen, half, sie zu waschen und anzukleiden. Wir überlegten: Sollte sie ein Korsett tragen? »Sie würde nicht gerne darauf verzichten«, entschied ich schließlich. Nicht einmal im Tod. Nicht einmal im Jenseits.
Nachdem alles getan war, entließ ich die Bediensteten und setzte mich neben sie, während die Kerzen herunterbrannten. Ach, Tante Désirée, wie konntest ausgerechnet *du* mich verlassen?

19. März, Sankt-Josephs-Tag – Tuilerien

Es schien zu meiner melancholischen Stimmung zu passen, in der ich von Tante Désirées Beisetzung zurückkehrte, dass ich

Bonaparte in einem abgedunkelten Raum sitzend, die Vorhänge gegen die helle Frühlingssonne geschlossen, vorfand. Er erhob sich, lief jedoch nicht auf und ab. »Ich bin mit dem Marineminister zu Gesprächen zusammengetroffen«, sagte er und lehnte sich an den Kaminsims.
Decrès? »Und …?«
»Weißt du, dass er in letzter Zeit so viel schlanker geworden ist? Ich vermutete bereits, dass da ein Frauenzimmer im Spiel ist, aber nicht in tausend Jahren hätte ich erraten, wem der alte Hund den Hof macht.« Er schnaubte verächtlich. »Meiner Schwester Pauline, der leidtragenden Witwe.«
Es überraschte mich nicht zu erfahren, dass Pauline Besucher empfängt. Trauern ist langweilig, hatte sie gesagt, als wir sie zuletzt sahen. Aber Decrès? »Ich glaube, dass es an der Zeit ist, sich nach einem Ehemann für sie umzusehen, Bonaparte«, sagte ich zu ihm und zupfte ein langes schwarzes Haar von seinem Kragen. *»Vor allen Dingen sei blind«*, hörte ich eine vertraute Stimme sagen.

Fort de France, Martinico
Chère Yeyette, geliebte Nichte,
heute Morgen ist Stéphanie auf der Le Dard nach Brest in Frankreich abgesegelt. Sie ist erst fünfzehn, daher wirst du die Besorgnis eines Vaters verstehen können. Hast du eine Anstandsdame für sie besorgt? Wenn die Aussicht auf eine ordentliche Erziehung und eine gute Heirat nicht wäre, hätten meine Frau und ich sie in unserer Nähe behalten.
Deine Mutter beanstandete, dass der Hühnerstall, der zu dem prachtvollen Haus gehört, das du ihr in Fort de France gekauft hast, nicht groß genug wäre. Ich ließ einen größeren bauen, aber Hühnerstall hin, Hühnerstall her, deine Mutter weigert sich, aus ihrer baufälligen Landbehausung auszuziehen.
Gott segne dich.
Dein liebevoller, aber älter werdender Onkel Robert Tascher

8. April, Karfreitag

Ich habe gerade Mademoiselle Avrillion eingestellt, eine verarmte Adlige mit tadellosen Referenzen: ruhig, ernsthaft, tugendsam. Sie wird vorläufig bei der Garderobe helfen, und dann, wenn meine Patentochter Stéphanie aus Martinico eingetroffen ist, als Anstandsdame des Mädchens dienen.
Wenn die junge Stéphanie eintrifft!

28. April

Bonaparte ist in gedrückter Stimmung. England hält sich ganz unverfroren nicht an die Bedingungen des Friedensvertrages. »Der Frieden hat sich für sie als nicht rentabel erwiesen«, sagte er. »Die heimtückischen Briten tun alles in ihrer Macht Stehende, um erneut einen Krieg zu provozieren.«

17. Mai

Ich war noch nie so fassungslos. Ich weiß nicht, was ich tun, wo ich beginnen soll.
England hat in der Nähe von Brest französische Schiffe aufgebracht. Bonaparte vergewisserte sich, dass ich saß, bevor er mir erzählte – sehr behutsam und mit der Beruhigung, dass möglicherweise alles gut würde –, dass das Schiff Le Dard zu den gekaperten gehörte und dass meine Patentochter gefangen genommen worden sei.
Ich hörte zu, ich hörte, aber ich begriff nicht, was er sagte.
»Du meinst, dass Stéphanie entführt wurde? Von den Briten?«
In Bonapartes Augen waren Tränen, als er nickte, *ja*.

22. Mai

Die Briten halten Stéphanie in Portsmouth fest und weigern sich, sie zurückzulassen!
»Bonaparte, wie können sie das tun? Sie ist doch nur ein Kind!«
»Maudits anglais«, fluchte Bonaparte und lief auf und ab.

25. Mai – zurück in Saint-Cloud

England hat das Feuer eröffnet. Seine Kriegsmarine hat eines unserer Schiffe aufgebracht, zehn Männer getötet und ebenso viele verwundet.
Keine Nachricht von Stéphanie. Ich kann nicht schlafen.

10. Juni

Bonaparte hat das Angebot von England erhalten, Stéphanie zurückzugeben, aber in Verbindung mit der Forderung nach Handelskonzessionen, die anzunehmen er seiner Meinung nach nicht verantworten kann! Ich weinte und flehte, und schließlich stimmte er zu. Wir sind so aufgewühlt von Gefühlen, dass uns die Knie zittern.

14. Juni, 11 Uhr 15 morgens – Saint-Cloud

Endlich: Stéphanie wird herausgegeben. Wir sind ja *so* erleichtert. »Aber es wird mindestens einen Monat dauern, bis sie hier ist«, sagte Bonaparte zu mir.
Ich rang stoßweise nach Luft. »Ist ja gut«, sagte er und hielt mich fest an sich gedrückt. »Es wird ja alles wieder gut.«

19. Juni

»Ich muss die Nordküste bereisen«, teilte mir Bonaparte heute Morgen mit. Natürlich, nickte ich. Kriegsvorkehrungen. Wie ich wusste, hatte man eine Flotte flacher Boote gebaut – Schiffe, die gegen Englands Flotte kämpfen, Schiffe, die in das Land eindringen konnten. »Ich möchte, dass du mich begleitest. Scheue keine Kosten. Ich muss großen Eindruck machen.«
»Sehr gut, Bonaparte«, antwortete ich nur allzu bereitwillig. »Aber bist du auch bereit zu bezahlen?« Bonaparte wünscht, dass ich mich jeden Abend luxuriös in ein neues Kleid hülle, aber er schreckt davor zurück, die Rechnungen zu bezahlen. »Im Voraus«, fuhr ich unbeirrt fort und regte nicht nur einen Zuschuss für mich, sondern auch für Clari an, die Hofdame, die mich begleiten wird.
»Madame, wie stellt man es an, eine solche Summe auszugeben?«, fragte mich Clari später ganz ernsthaft, denn Bonaparte hatte ihr dreißigtausend Francs gegeben.
»Keine Sorge, Clari. Das ist wirklich ganz einfach«, sagte ich und begann, eine Liste aufzustellen, was ich mitnehmen muss – wobei ich allerdings offen gestanden daran dachte, was ich zurücklassen werde: eine gewisse Mademoiselle Georges.

23. Juni

Wir sind fertig, die Schrankkoffer sind gepackt, die Juwelen in einer mit Samt ausgeschlagenen Kassette. Ich habe mich auf diese Reise wie auf eine Schlacht vorbereitet: Meine Munition sind meine Kleider, meine Salben und meine Pflaster.
Heute bin ich vierzig geworden – eine alte Frau, würden viele sagen, in einem Alter, in dem eine Frau keinen Anspruch mehr darauf hat, dass ihr Mann sie begehrt. Ich denke mit Zuneigung

an Tante Désirée, das verführerische Rascheln ihrer Taftröcke.
»Zu alt? Unsinn!«
»Jede Schlacht sollte ein unumstößliches Ziel haben«, sagt Bonaparte, und das Ziel dieser Schlacht ist für mich sein Herz. Im Norden werde ich Bonaparte für mich allein haben.

25. Juni, glaube ich – Amiens (bewölkt)

Die Strecke nach Amiens war mit einer verschwenderischen Fülle von Girlanden geschmückt, auf den Straßen und Plätzen wimmelte es von Menschen, die Bonapartes Ankunft bejubelten. In der Stadtmitte wurde unsere Kutsche gezwungen anzuhalten. Wir hörten den Kutscher protestieren – denn die Leute spannten unsere Pferde aus. Bonaparte sah beunruhigt aus. Menschenmengen machen ihn nervös, wie ich weiß. Wer vermag schon zu sagen, was geschehen könnte? Und dann brach ein donnernder Jubel aus und unsere Kutsche rollte wieder an – langsam, denn wir wurden von den Menschen gezogen, so groß war ihre Huldigung. Selbst Bonapartes Augen glitzerten.

26. Juni – ein Sonntag

Während ich dies schreibe, werde ich beinahe taub von den Jubelrufen einer riesigen Menschenmenge vor unserem Fenster, die immer wieder und so inbrünstig Sprechchöre anstimmt, dass die Worte wie ein Herzschlag, ein Gebet klingen: Lang lebe Bonaparte! Lang lebe Bonaparte! Lang lebe Bonaparte!
Ich beobachte meinen Mann, der regungslos wie eine Statue dasteht. Die Hurrarufe sind ein Gebrüll, das man beinahe körperlich spüren kann, eine Woge der Verzückung. Was denkt er wohl gerade?
»Es ist beängstigend, nicht wahr?« Ich muss meine Stimme er-

heben, um gehört zu werden. »Wer hätte sich *das* jemals träumen lassen?«
»Ich«, sagt er mit seltsam melancholischer Stimme, ohne sich umzudrehen.

[Ohne Datum]

Bonaparte ist es gelungen, die überwiegende Zahl der nördlichen Gebiete dazu zu überreden, ihre Häfen für englische Waren zu schließen. »Wenn ich jetzt doch auch noch die *Exporte* nach England unterbinden könnte.«
Russischer Hanf zum Beispiel, der nach England geschickt wird, um Taue für die englische Flotte herzustellen. »Ohne Tauwerk« – Bonaparte senkte den Daumen nach unten – »sinkt auch der Unbesiegbare.«

7. Juli – Lille

Bonaparte warf einen parfümierten Brief auf meinen Stickrahmen. Ich erkannte Paulines ungelenke Handschrift. »Scheint, als sei meine schöne Schwester von ihrem überwältigenden Kummer voll genesen.« Er setzte sich und zählte schweigend und mit gerunzelter Stirn an seinen Fingern ab. »Aber sie wird warten müssen. Erst im November ist es ein Jahr her.«
»Was ist im November?«, fragte ich verwirrt, als ich versuchte Paulines Rechtschreibfehler zu entziffern. »Sie bittet dich um die Erlaubnis, heiraten zu dürfen?« *Schon?* Aber doch sicher nicht den Marineminister Decrès. Ich las weiter. »Prinz Borghese?«
Clari schaute von ihrer Spitzenarbeit auf. Oh là là, verriet ihr Blick.
Oh là là, das konnte man wohl sagen! Der Prinz Borghese ist der Sohn einer der reichsten und vornehmsten Familien Ita-

liens. Ich denke nur mit Schrecken an das vornehme Getue, das Pauline an den Tag legen wird, sollte sie eine Prinzessin werden.

14. Juli, Tag der Bastille – Gent

Ein anstrengender Tag: Audienzen, Besichtigung eines Staatsdenkmals und von zwei Fabriken, ein Diner gefolgt von einem Empfang, anschließend das Theater. Bonaparte schlief während des Nachspiels in komischen Versen ein. »Ich bin für Amüsement nicht geschaffen«, sagte er müde und band sein Halstuch ab.

»Für einige Formen des Amüsements bist du allerdings sehr empfänglich.« Ich lächelte schelmisch über meine nackte Schulter, als ich die Bettdecken zurückschlug.

12. August, 10 Uhr 30 nachts – wieder Saint-Cloud, endlich

Louis, Hortense und das Kind begrüßten uns zu Hause. Klein Napoléon, mit seinen neun Monaten groß und gesund, gluckste, als er Bonaparte sah, was ihn höchst erfreute. Als wir im Familiensalon saßen und von diesem und jenen sprachen, schlief der Kleine in Bonapartes Armen ein – ein köstliches Porträt. Oh, wie wir dieses Kind lieben!

21. August

Stéphanie ist eingetroffen! Bonaparte und ich sind vollkommen fertig.

Sie ist … oh, wie soll ich sie beschreiben? Erst einmal ist sie groß, ein Riese von einem Mädchen mit dem Körper einer Frau und der rastlosen Energie einer Zweijährigen. »So wie in England habe ich mich noch nie amüsiert!«, rief sie aus und erstick-

te uns in ihrer Umarmung. »Entführt zu werden hat ja so viel Spaß gemacht!«
»Wann kommt sie ins Internat?«, fragte Bonaparte matt vor Erschöpfung nach nur einer Stunde endlosen Geplappers des Mädchens.
In zwei Tagen, sagte ich. In der Zwischenzeit hat Mademoiselle Avrillion den Auftrag, diesen Wirbelsturm von Energie in Schach zu halten. Und was Madame Campan betrifft – auf sie kommt eine Herausforderung zu!

24. Oktober – Saint-Cloud, sehr spät, weit nach Mitternacht (kann nicht schlafen)

Wir haben Paulines Verlobungsessen überstanden – knapp zweihundert Gedecke. Wir saßen mit fünfzehn Personen am Haupttisch: Bonaparte und ich, Prinz Camillo Borghese und Pauline, Lucien, Elisa und Félix, Joseph und Julie, Louis und Hortense, Joachim und Caroline, Eugène und Signora Letizia. Prinz Camillo Borghese hat eine gute Figur, ist überraschend ungebildet und erschreckend reich. Pauline trägt bereits die berühmten Diamanten der Borgheses zur Schau. Lucien und Joseph wirkten angespannt – warum? Elisa hatte wie gewöhnlich ihren Schluckauf während des Essens. Joachim war mit seiner rosafarbenen, vor Straußenfedern triefenden Samttoque phantasievoller gekleidet als Caroline. Eugène kümmerte sich pflichtbewusst um die (ständigen) Bedürfnisse von Signora Letizia – er ging sogar so weit, ihr Schnupftabak in die Nasenlöcher zu stopfen.
Ein Großteil der Gespräche wurde auf Italienisch geführt, Prinz Borghese zuliebe, der ungeachtet dessen trotzdem nicht zu verstehen schien, worüber gesprochen wurde. Pauline bestand darauf, ihn persönlich mit Hühnchenhappen zu füttern, wobei das Fett auf seine mit Gold bestickte Seidenweste tropfte.

»Ich kann verstehen, warum Paris vor Klatsch über *diese* beiden nur so schwirrt«, sagte ich später zu Eugène, als wir uns auf eine Partie Billard vorbereiteten. Ich führte den Eröffnungsstoß aus, einen kräftigen, der die Kugeln mit einem erfreulichen Klackern auseinander trieb.

Eugène zuckte mit den Schultern und rieb sein Queue mit Kalk ein. Beim Schein der Kerzen schien er rot geworden zu sein. War es der Wein? Nein, ich glaubte es nicht. Mein Sohn ist maßvoll in seinen Gewohnheiten (zumindest im Kreis der Familie). »Prinz Borghese passt gut zu Pauline«, sagte er und wich dabei meinem Blick aus.

»Glücklicherweise scheint es ihnen nichts auszumachen, dass sie mit der Hochzeit noch warten müssen«, sagte ich und musterte den Tisch.

»Maman …«

»Wie dumm«, sagte ich, als ich meinen Stoß verfehlte.

»Maman, ich muss dir etwas sagen. Aber du musst mir versprechen, es Papa nicht zu verraten.«

»Du weißt, dass ich das nicht kann, Eugène.«

»Nun gut …« Er verzog das Gesicht. »Pauline und Prinz Borghese sind bereits verheiratet.«

»Sie sind …?« *Verheiratet?*

»Am ersten September, Maman, in Mortefontaine – vor sieben Wochen. Joseph und Lucien waren eingeweiht«, fuhr er nervös fort. »Julie erzählte es ihrer Schneiderin, die wiederum erzählte es Hortense und die erzählte es natürlich –«

Hortense wusste es! »Und *mir* hat sie es nicht gesagt? Und niemand hat es Bonaparte gesagt?« *Mon Dieu*. Ich konnte mir den Wutausbruch lebhaft vorstellen. Krieg mit England ist eine Sache – aber von der eigenen Familie zum Narren gehalten zu werden, ist etwas gänzlich anderes. »Eugène, Bonaparte wird außer sich sein. Er hat gerade Paulines Verlobung bekannt gegeben.«

»Eben deswegen darfst du es ihm ja nicht sagen, Maman!«

[Ohne Datum]

»Sie sind *was*?«

Ich nickte, mein Mund war trocken. »Am ersten September«, sagte ich schließlich und schluckte.

»Sie sind schon seit zwei *Monaten* verheiratet?«

»Aber nur eine kirchliche Trauung, nicht die standesamtliche. Das macht doch einen Unterschied, oder?« Zaghaft!

»Sacrebleu! Ich kann es nicht glauben«, murmelte Bonaparte. »Für wen halten sie mich eigentlich? Für irgendeine Marionette – erst an meinen Fäden ziehen und mich dann in einen Kasten zurücklegen, wenn ich im Weg bin?« Er blieb abrupt stehen und starrte ins Feuer. »Ich nehme an, dass alle es wissen.«

»Ich habe es gerade erst erfahren«, beeilte ich mich ihn zu beruhigen. »Ich habe hin und her überlegt, ob ich es dir sagen soll oder nicht. Ich weiß ja, wie viel du gerade jetzt im Kopf hast, und …« Ich streckte die Hände aus, Handflächen nach oben, eine beschwichtigende Geste. »Aber am Ende dachte ich, dass du es vielleicht doch lieber wissen willst.«

»Ich breche auf der Stelle in einer dringenden Militärangelegenheit nach Boulogne auf«, sagte er, setzte sich an den Sekretär, kramte nach einer Feder und kratzte dann etwas auf ein Stück Papier. »Teile Pauline mit, dass ich eigens in der Absicht abreise, um bei dieser Farce ihrer so genannten Hochzeit *nicht* anwesend zu sein. Ich bin zwei Wochen fort.«

»Bonaparte, es wäre vielleicht das Beste, wenn …«

»Und überdies!« Seine Feder zerbrach und spritzte Tinte auf sein Hemd. Er zog die Schublade des Sekretärs mit solcher Gewalt heraus, dass sie auf seinem Schoß landete und der Inhalt überallhin verstreut wurden. Rasch hob ich eine Feder vom Boden auf und reichte sie ihm. »Und überdies«, fuhr er fort, ohne die Unordnung zu bemerken, »gib ihr den Rat, dass es in ihrem allergrößten Interesse wäre, wenn sie und ihr dämlicher Ehemann nach Rom aufbrächen, bevor ich zurückkomme.«

6. November, Sonntag – Mortefontaine

»Bonaparte lässt sich entschuldigen.« Ich umarmte Pauline. Sie war in ein zuckersüßes Parfüm eingehüllt, dessen Duft sich in meiner Kehle verfing und mich zum Husten reizte. »Er wurde in einer dringenden Militärangelegenheit abgerufen.« Ich begrüßte Prinz Borghese (der etwas Parfüm hätte vertragen können) mit einer versöhnlichen halben Verbeugung.

»Du musst nicht lügen, geliebte Schwester.« Die »Braut« brach in ein fröhliches Gekicher aus. »Ich nehme an, dass ich ihn überrascht habe!«

»Oh ja, der Erste Konsul war … *überrascht*«, sagte ich und verschob es auf später, sie von Bonapartes Forderung, dass sie und ihr Mann Paris augenblicklich verlassen, zu unterrichten.

Vielleicht nach der Trauung, dachte ich. Aber nach der Trauung gab Bonapartes Bruder Lucien bekannt, dass er selbst vor einer Woche wieder geheiratet hatte!

»Ich freue mich für dich, Lucien«, log ich starr vor Schreck.

Nun, in meinem stillen Zimmer, spüre ich, wie üble Kopfschmerzen einsetzen, wenn ich mir Bonapartes Zorn vorstelle – nicht nur einmal, sondern gleich zweimal hintergangen.

10. November – Saint-Cloud

Heute Abend Diner mit der Familie. Pauline willigte ein, Paris mit Prinz Borghese vor Bonapartes Rückkehr zu verlassen – unter der Bedingung, dass sie offiziell in Saint-Cloud »eingeführt« wird. Ich stimmte widerstrebend zu.

13. November, Sonntag

Ich hätte es wissen müssen, dass *Prinzessin* Pauline aus diesem Anlass ein theatralisches Ereignis machen würde. Sie und Prinz Borghese trafen in Saint-Cloud in einer Kutsche ein, die von sechs Schimmeln gezogen wurde, berittene, Fackel tragende Eskorten in Livree davor und dahinter. Meine Empfangsdame riss die Flügeltüren auf und verkündete (oder besser gesagt: schrie): »Prinz und Prinzessin Borghese.«

Pauline betrat den Salon mit einem Heiligenschein aus blendendem Licht, denn sie hatte sich nahezu mit allen Diamanten der Borgheses geschmückt. Kopf, Ohren, Hals und Arme protzten nur so mit den unschätzbaren Brillanten. Mit schlurfendem Gang, der den Eindruck erwecken sollte, als schwebte sie, und den Kopf in jener seltsamen Haltung nach vorne geneigt, die sie für königlich hält, kam sie auf mich zu.

»*Madame*«, sagte sie und verbeugte sich (andeutungsweise) vor mir, wobei sie die Hände steif hielt, um ein unschönes Abwinkeln des Handgelenks zu vermeiden. Ihr Blick schweifte über die Anwesenden. Wie mir erzählt wurde, ließ sie alle wissen, dass *sie* eine Prinzessin ist und »eine *echte*« obendrein. Sie kokettierte mit den Männern und nannte ihren Ehemann, den Prinzen, laut »diesen Dummkopf«.

Morgen reisen sie nach Rom ab.

19. November – Saint-Cloud

»So!« Bonaparte gähnte. »Wie lief es mit Pauline?«

»So gut, wie man es erwarten konnte«, sagte ich vorsichtig und zog die Bettdecken über uns. »Sie sind vor fünf Tagen nach Rom abgereist.« Von Lucien hätte ich ihm am liebsten nichts gesagt, aber mir war klar, dass ich es musste. »Allerdings habe ich eine schlechte Nachricht.« Rasch, dachte ich, bringe es hinter dich! »Lucien hat ebenfalls geheiratet.« Ich machte mich auf einen Wutausbruch gefasst, aber es blieb still. »Madame Jouberthou, die Witwe eines Maklers.« Ich zuckte, bevor ich hinzufügte: »Sie haben nach der Geburt ihres Sohnes geheiratet.« (Aber *bevor* sie sicher waren, dass ihr Ehemann auch tatsächlich tot war. Das sagte ich nicht.)

»Lucien hat einen Sohn?«

»Jetzt sechs Monate alt.«

»Das verstehe ich nicht. Mir sagte er doch, dass er eine Heirat mit der Königin von Etrurien in Erwägung zöge«*, sagte Bonaparte verwundert. »Und er war bereits verheiratet, als er mir das erzählte?« Er schwieg eine ganze Weile. »Manchmal frage ich mich, ob ich meiner Familie überhaupt etwas bedeute«, sagte er schließlich.

»Deine Familie liebt dich.«

Er nahm mich in die Arme. »Ich habe nur dich.«

Wir sprachen bis zum Morgen – über seine Mutter, seine Brüder und Schwestern, über Hortense und Eugène. Wir unterhielten uns darüber, wie entzückt wir beide von dem kleinen Napoléon sind. Bonaparte sagte, dass es uns zwar schwer fallen würde, das Kind nicht jeden Tag sehen zu können, dass er es aber für gut hielte, wenn Hortense und Louis eine Zeit lang in Compiègne lebten, wo Louis das Kommando über die dort stationierten Truppen übernehmen sollte. Wir sprachen über die bevorstehenden Herausforderungen, über die Vorbereitungen für die Schlacht mit England – und dann, sehr spät, begann Bonaparte darüber zu sprechen, was ihm wirklich durch den Kopf ging.

»Was geschieht, wenn ich sterbe? Was wird dann aus Frankreich?« Seine Gefühle brachen aus ihm heraus, als hätte er sich

* Etruria war ein unabhängiges Fürstentum entlang der Mittelmeerküste. Eine familiäre Verbindung hätte Napoléon die Kontrolle über den Hafen von Genua verschafft – von strategischer Bedeutung im Krieg gegen England.

etwas von der Seele reden müssen. »Mit wem kann ich darüber sprechen? Wem kann ich vertrauen?«
Ich legte seine Hand auf mein Herz.

24. November

»Ich bin es leid, jeden Abend ins Theater zu gehen«, sagte Bonaparte gestern Abend. »Lass uns zu Hause bleiben, nur wir beide.« Und das mit einem verliebten Blick.
Mimi grinste mir zu, als sie die Tür hinter sich schloss. In das kleine Zimmer wurden keine Blumen mehr hinaufgeschickt.

Wir haben wieder einmal Grund zur Angst

28. Januar 1804 – Tuilerien

Ich wusste nicht, ob ich erleichtert oder beunruhigt sein sollte, als ich heute am späten Abend hörte, wie Fouché gemeldet wurde. Ich wusste, dass er nicht grundlos zu solcher Stunde vorbeigekommen wäre.

»Ah, Senator Fouché, schön Sie zu sehen«, sagte Bonaparte und bat ihn in unsere Privaträume. »Ein Korse wird einen Besucher immer an seinen häuslichen Herd bitten«, fügte er in dem Bemühen, gastfreundlich zu sein, hinzu.

Im Salon war es kühl. Bonaparte fachte die Glut an. »Also, was gibt's«, sagte er und drehte sich mit verschränkten Armen zu seinem ehemaligen Polizeiminister um. »Sie haben doch sicher etwas zu berichten.«

»Bonaparte!«, sagte ich und schenkte unserem Gast ein Glas Traubensaft ein. »Sollten wir uns nicht zuerst nach Madame Fouché, nach all den reizenden Fouchékindern erkundigen?« Ich lächelte meinem Freund zu, als ich ihm den Saft reichte, den er, wie ich wusste, am liebsten trank. »Geht es allen gut?«

»So gut, wie man es erwarten kann«, sagte Fouché und leerte sein Glas in einem Zug. »Ja, Erster Konsul, ich dachte, es könnte Sie interessieren zu erfahren, dass der royalistische Agent Cadoudal wieder in Paris ist – weil er erneut plant, Sie umzubringen.«

Cadoudal! Der royalistische Agent, der für die Bombe – die »Höllenmaschine« – am Heiligabend verantwortlich war? Ich

sah beunruhigt zu Bonaparte. »Aber ich dachte, Cardoudal wäre in England.«
»Wie es aussieht, ist er schon seit mehreren Monaten wieder in der Stadt«, sagte Fouché gelassen, »und betätigt sich im Auftrag des Thronprätendenten. Zweifellos finanziert von England.«
»Das ist unmöglich!«, explodierte Bonaparte.
»Wie Sie selbst so oft betonen, Erster Konsul, ›unmöglich‹ ist kein französisches Wort.«
»Cadoudal ist so groß wie ein Ochse. Wie kann er, frage ich Sie, in dieser Stadt sein, ohne dass die Polizei etwas davon weiß?«
»Ich habe mir die gleiche Frage gestellt. Wie *konnte* er ihnen entgangen sein? Meinen Informanten zufolge wurde Georges Cadoudal am 4. Fructidor – dem 21. August – in der Nähe von Dieppe mit einem Schiffstau eine 80 Meter hohe Klippe hochgezogen. Ihre Polizei kennt den Ort zweifellos: Unter Schmugglern ist er sicherlich bekannt.«
»Ende August? Mon Dieu, Bonaparte – das ist ja fast fünf Monate her.«
Bonaparte stand vor Fouché, die Hände zu Fäusten geballt. »Wenn das eine List Ihrerseits ist, um die Polizei in Misskredit zu bringen, damit Sie wieder als Minister eingestellt werden, dann wird sie Ihnen nichts nützen.«
»Ich hatte nicht erwartet, dass Sie mir glauben, Erster Konsul«, sagte Fouché und reichte Bonaparte einen Zettel. »Ich schlage vor, dass Sie Ihre Polizei auffordern, sich mit diesem Mann an dem genannten Ort zu unterhalten. Seine Arbeitszeiten sind regelmäßig. Er hält sich dort bis 9 Uhr 50 morgens auf. Er wird Ihnen sagen, was Sie wissen müssen. Auf jeden Fall wäre es klug, die Anzahl der Wachleute, die Sie beschützen, zu verdoppeln oder zu verdreifachen.« In der Tür tippte er an seinen Hut. »Wie immer zu Ihren Diensten, Erster Konsul.«
»Sacrebleu! Das schon wieder«, fluchte Bonaparte.

5. Februar, Sonntag – Paris

Heute Nachmittag, als ich mich gerade darauf vorbereitete, einen Besuch abzustatten, erschien Bonaparte. Er nahm auf seinem üblichen Armsessel neben meinem Toilettentisch Platz und spielte mit dem Glasstöpsel einer Flasche Lavendelwasser herum. »Wohin gehst du?«, fragte er.

»Madame de Souza empfängt heute Nachmittag.« Ich tupfte mir noch ein wenig Bleiweiß* unter die Augen. Ich hatte nicht gut geschlafen.

»Madame de Souza, die Frau des spanischen Botschafters und Autorin von Liebesromanen.« Bonaparte schob die Lippen vor, als ob er über diese Information nachdächte.

»Es sei eine vorgezogene Karnevalsfeier, sagte sie, statt eines Balls«, erklärte ich und beugte mich dicht zum Spiegel, um zu sehen, wie ich mich geschminkt hatte, dann lehnte ich mich zurück und kniff die Augen zusammen, um die Wirkung zu überprüfen. »Müßiges Geplapper, überwiegend Damen – etwas, was du nicht ausstehen kannst. Ich habe dich bereits entschuldigt.«

Aber er hörte gar nicht zu. »Es wäre mir lieb, wenn du eine Eskorte nehmen würdest«, sagte er und trommelte mit den Fingern.

»Aber Bonaparte, es ist doch nur wenige Minuten entfernt, und ich nehme die Pagen und zwei Wachleute mit.« Das übliche Gefolge. (Ach, was waren das für Zeiten, als ich noch allein ausgehen konnte!) »Eine Eskorte zusammenzustellen würde mindestens dreißig Minuten dauern, und ich bin sowieso schon zu spät.«

* Weiße Schminke war eine dicke, aus Blei hergestellte Paste – und folglich ätzend und giftig. Es wurde einige Jahrhunderte lang als Schminkbasis benutzt, mit verheerenden Folgen.

»Joséphine …« Er hielt inne, lehnte sich vor und stützte die Unterarme auf die Knie. »Fouché hatte Recht. Cadoudal ist tatsächlich in Paris, zusammen mit etlichen anderen Attentätern, wie es aussieht.«

»*Etlichen?*« Bonaparte ließ sich selten anmerken, dass er beunruhigt war, aber etwas an seinem Benehmen – gerade diese gelassene Miene – machten mich stutzig.

»Vierundzwanzig, um genau zu sein.«

»In Paris!« Ich griff nach einem Taschentuch, drückte es an den Mund und atmete den beruhigenden Duft von Lavendel ein. Seine Hand auf meiner Schulter fühlte sich heiß an. »Wir stellen weitere Wachen ein und schließen nachts die Tore zur Stadt.«

Aber die Attentäter waren *in* der Stadt, nicht außerhalb. »Bonaparte, wir *brauchen* Fouché.«

»Keine Sorge. Inoffiziell wird Fouché alles überwachen.«

»Das ist beruhigend«, sagte ich und lehnte mich zurück. Wenn Fouché aufpasst, werden wir vielleicht in Sicherheit sein.

Kurz nach 11 Uhr abends

Die Stadttore sollen jeden Abend ab sieben Uhr bis sechs Uhr am nächsten Morgen geschlossen sein. Auf der Suche nach einer Spur von Cadoudal und seinen Komplizen wurde damit begonnen, sämtliche Kutschen und Fuhrwerke zu durchsuchen.

»Genau wie *damals*«, sagte Clari und meinte den Terror. Nur dass diesmal wir diejenigen sind, die die Tore schließen, wir diejenigen sind, die suchen.

8. Februar – spät, fast Mitternacht

»Was hat das zu bedeuten?« Signora Letizia tippte mit ihrem steifen Finger auf eine Ausgabe des *Moniteur*.

»Das hat zu bedeuten, Maman, dass England einen royalistischen Halunken angeheuert hat, um deinen Sohn zu ermorden«, antwortete Caroline, wobei sie das Wort *ermorden* um des Effekts willen in die Länge zog.
»Ca-du-dall?«
»Aber machen Sie sich keine Sorgen«, sagte ich und bot meiner Schwiegermutter den Ehrenplatz an. »Die Polizei hat alles gut im Griff.« Genau genommen Fouché – aber das konnte ich nicht sagen. Ich wagte nicht einmal anzudeuten, dass der Mann, zu dessen Degradierung die Sippe Bonaparte überredet hatte, derjenige gewesen war, der das Komplott aufgedeckt hatte. Wäre Fouché nicht gewesen, könnte Bonaparte ohne weiteres schon tot sein.
»Sorgen? Die Staatspapiere sind gestiegen«, sagte Elisa vom Schluckauf unterbrochen.
»Es geht doch nichts über eine kleine Krise, um die Wirtschaft anzukurbeln«, erwiderte Joseph mit zufriedener Miene. »Ich habe morgen früh ein Treffen in der Börse, Maman. Möchtest du, dass ich mit dem Mann spreche, der deine Anlagen betreut?«
»Naturalmente«, sagte Signora Letizia und klapperte mit ihren Stricknadeln.
»Vielleicht ist der jetzige Zeitpunkt so gut wie jeder andere, um eine Familiennachricht bekannt zu geben.« Joseph lächelte unsicher. »Ich habe eine Mitteilung von den Inseln erhalten, dass Jérôme in Baltimore eine Amerikanerin geheiratet hat.«
Mon Dieu, dachte ich und sah kurz zu Bonaparte. Nicht noch einer.
»Das ist unmöglich«, sagte Bonaparte gelassen. »Jérôme ist erst neunzehn. Rechtlich gesehen kann er ohne Genehmigung nicht heiraten.«
»In Amerika kann er das offensichtlich«, sagte Joseph.
»Basta!«
Erst Pauline, dann Lucien und nun Jérôme.

10. Februar – Tuilerien

Louis und Hortense sind gestern Abend aus Compiègne eingetroffen. »Hast du meinen Brief erhalten?«, fragte ich und umarmte meine Tochter. Sie hat zugenommen, was mich freut. »Habt ihr das Kind nicht mitgebracht?«
»Er schläft in seinem Korb«, sagte Louis und trat zur Seite, um die Zofe mit einem Tablett hereinzulassen. »Was ist hier los? Wir hatten Schwierigkeiten, durch die Stadttore zu kommen.«
»Die Polizei hat ein erneutes Komplott gegen Bonaparte aufgedeckt.« Wie viel durfte ich ihnen erzählen? »Erinnert ihr euch noch an Cadoudal?«
Hortense sah mich erschrocken an. »Er ist *in Paris*?«
»Man glaubt, dass er sich hier irgendwo aufhält.«
»Aber ich dachte, er wäre in England«, sagte Louis.
»Sicher ist, dass er für England *arbeitet*.«
Vor der Tür hörten wir, wie jemand unmelodisch sang und dann ein Kind, das quiekte. Bonaparte erschien in der Tür mit dem kleinen Napoléon in den Armen. »Wenigstens *er* mag, wie ich singe«, sagte er mit einem Grinsen.

14. Februar, Fastnachtsdienstag – Tuilerien

Immer noch keine Spur von Cadoudal, aber ein Royalist im Abbaye-Gefängnis hat zugegeben, mit ihm nach Frankreich gekommen zu sein. Der Plan war, sagte er, Bonaparte zu entführen. Den entscheidenden Staatsstreich, nannte er es.
»Entführen? Das ist eine Finte. Mich wird man nur los, wenn man mich umbringt«, empörte sich Bonaparte.
Wir sind, ehrlich gesagt, alle entsetzt. Dem Geständnis dieses Royalisten zufolge ist General *Moreau* darin verstrickt, einer der beliebtesten Generäle in der republikanischen Armee. Wie ist das nur möglich?

4 Uhr 35 nachmittags

Bonaparte ist pausenlos in Sitzungen mit dem Sonderausschuss. Hin und wieder kommt er mit erschöpftem Blick heraus.

15. Februar, sehr früh

Bonaparte hat die ganze Nacht kein Auge zugetan und sich von einer Seite auf die andere geworfen, bis die Bettdecke nur noch ein feuchtes Knäuel war. Beim ersten Tageslicht setzte er sich auf. »Ich bin zu einem Entschluss gekommen.«
Seine zusammengesunkenen Schultern verrieten mir, welcher Entschluss das war.

16. Februar

Die Nachricht von Moreaus Verhaftung wurde heute Morgen veröffentlicht. Alle sind fassungslos. Selbst auf dem Markt war es still, erzählte mir Mimi.

8. März – Malmaison

Ich überredete Bonaparte, dass wir für ein paar Wochen nach Malmaison ziehen, um der angespannten Atmosphäre in Paris zu entfliehen, aber selbst hier, in dieser herrlichen Jahreszeit, bringt uns die Angst um den Schlaf. Kuriere, Würdenträger mit Ledermappen und düsteren Mienen kommen und gehen. Immer noch keine Spur von Cadoudal.

9. März – unser achter Hochzeitstag

Unser Abendessen zum Hochzeitstag wurde von einem Besucher unterbrochen: Fouché. »Führen Sie ihn herein«, sagte

Bonaparte und schob seinen Teller mit Hühnerknochen zurück.
Fouché erschien in dreckbespritzten, kniehohen Stiefeln. »Cadoudal wurde aufgespürt.«
»Verhaftet?«
»Einer der Verschwörer verriet uns den Plan, ihn in ein anderes Versteck zu bringen. Wir griffen seinen Einspänner am Place St.-Étienne-du-Mont auf, aber in dem Handgemenge konnte er entkommen.«
»Beantworten Sie meine Frage, Fouché«, sagte Bonaparte. »Wurde Cadoudal *verhaftet*?«
»Seine Kutsche kam nur bis zum Place d'Odeon, wo ihm von zwei Polizisten der Weg abgeschnitten wurde. Einer packte das Pferd, und Cadoudal erschoss ihn. Dem zweiten Beamten wurde in die Hüfte geschossen, als er versuchte Cadoudal mit einem Knüppel zu schlagen. Dann sprang Cadoudal aus der Kutsche –«
»Jetzt weiß ich, dass Sie mir nicht die Wahrheit sagen. Cadoudal sprang? Er ist ein Riese – er hat schon beim Aussteigen aus einer Kutsche Schwierigkeiten.«
»Erster Konsul, ich mag ja hinterhältig sein, aber ich lüge niemals. Als Cadoudal zu rennen begann, gelang es dem verwundeten Beamten – mit der Hilfe von zwei tapferen Bürgern, sollte ich wohl hinzufügen –, ihn zu packen und ihm einen Schlag auf den Kopf zu versetzen.«
»Also *ist* er in Gewahrsam. Hat er gestanden?«
»Nur, dass er in der Absicht nach Paris kam, Sie zu stürzen. Er legt … nun ja, gewiss keine Reue an den Tag. Als man ihm mitteilte, dass der Polizist, den er getötet hatte, Ehemann und Vater war, schlug er vor, dass wir das nächste Mal Junggesellen mit solchen Einsätzen beauftragen.«
»Dieser Schweinehund.«
»Dieser *reiche* Schweinehund. Seine Taschen waren voll gestopft mit englischem Gold. Sie haben ihn gut bezahlt.«

»Geben Sie es der Witwe des Beamten.«
»Ist bereits geschehen.«

Unmittelbar nachdem Fouché gegangen war, erschien Talleyrand. »Wir haben Cadoudal aufgegriffen, Erster Konsul«, sagte er mit schmeichlerischem Ton in der Stimme und verbeugte sich tief.
»Das weiß ich bereits, Minister Talleyrand. Fouché war gerade hier.«
Talleyrand zwinkerte bedächtig. Nur die Falten in seinen Mundwinkeln ließen darauf schließen, wie sehr es ihm missfallen musste, dass sein Rivale die gerechte Anerkennung für die Verhaftung einsteckte. »Ich habe Dokumente eingesehen, die man in Cadoudals persönlicher Habe gefunden hat.« Mit ehrfürchtig ausgestreckten, weiß behandschuhten Händen überreichte Talleyrand eine Mappe mit Papieren, als brächte er ein Sakrament dar.
Bonaparte zog die Pergamentpapiere heraus und blätterte sie rasch durch. »Erklären Sie«, sagte er und warf sie auf den Tisch.
»Diesen Dokumenten zufolge, Erster Konsul, warteten Cadoudal und seine Männer darauf, dass jemand, der als ›der Prinz‹ bezeichnet wird, zu ihnen stößt, bevor sie handelten.«
Bonaparte lief auf und ab. »Welcher Prinz?«
»Vielleicht sollten wir das in Ihrem Amtszimmer besprechen, Erster Konsul.«
»Reden Sie!«
»Zwei von Cadoudals Dienern wurden befragt. Beide erklärten übereinstimmend, dass alle zehn oder zwölf Tage ein Herr zu Cadoudal zu Besuch kam – ein mittelgroßer Mann, korpulent und mit schütterem Haar. Cadoudal nahm ihn stets an der Tür in Empfang, daher hat es sich offensichtlich um eine wichtige Persönlichkeit gehandelt. Wenn er im Raum war, nahm niemand Platz.«

»Und Sie denken, dass dieser Mann ›der Prinz‹ war.«
»Das ist eine logische Schlussfolgerung.«
»Ein Bourbonenprinz?«
»Wahrscheinlich.«
»Das klingt weder nach dem Thronprätendenten noch nach seinem Bruder.«
»Aber der Herzog d'Enghien residiert einhundertdreißig Wegstunden von Paris entfernt – genau am gegenüberliegenden Rheinufer in Ettenheim.«
»Enghien hat in Italien gegen uns gekämpft«, sagte Bonaparte stirnrunzelnd.
»Die letzte Hoffnung des Hauses Bourbon, wie es heißt. Möglicherweise lautete der Plan, dass Enghien nach Paris kommen sollte, sobald Sie –« Talleyrand legte eine effektvolle Pause ein – »*entbehrlich* geworden wären. Er hätte sozusagen als Vertreter der Bourbonen die Stellung in Paris gehalten, bis der Thronprätendent aus England eingetroffen und den Thron bestiegen hätte.«
»Der Herzog d'Enghien ist schlank, nicht wahr, Minister Talleyrand?«, fragte ich und wandte mich um. Er soll charmant und gut aussehend sein – sicherlich nicht korpulent mit schütterem Haar. Es geht das Gerücht, dass er heimlich die Prinzessin Rohan-Rochefort – la belle Charlotte – geheiratet hat.
»Ende zwanzig, würde ich schätzen, und –«
Aber die Männer waren bereits auf dem Weg zur Tür hinaus. Ihre Stimmen wurden immer leiser, bis ich sie nicht mehr hören konnte. »Ich glaube, Erster Konsul, dass … eine Lektion für diese … endlosen Verschwörungen … das Vergießen königlichen …«
Das Vergießen königlichen Blutes, meinte ich Talleyrand sagen zu hören.

Jetzt, da ich mir dieses Gespräch wieder ins Gedächtnis rufe, es in Gedanken durchspiele, wächst meine Besorgnis. Warum hat Talleyrand so beharrlich Bonapartes Verdacht auf den Herzog d'Enghien lenken wollen – einen Bourbonenprinzen, der überall von den Royalisten geliebt wird?
Ich traue Talleyrand nicht, ehrlich gesagt. Er erinnert mich an eine Schlange – er wechselt seine Haut zu oft. Er bringt Bewunderung, ja sogar Verehrung für Bonaparte zum Ausdruck – aber ist er auch aufrichtig? Man weiß, dass er Bestechungsgelder annimmt, bei seinen internationalen Geschäften enorme Summen erpresst. Seine »Loyalität« ist eine, die man mit Geld kaufen kann, fürchte ich.

18. März – Paris

Heute Morgen vor der Messe teilte mir Bonaparte mit so leiser Stimme, dass ich ihn kaum verstehen konnte, mit: »Wir haben den Herzog d'Enghien verhaftet.«
Zunächst verstand ich nicht. »Aber ist der Herzog d'Enghien denn nicht in Deutschland?«
»Was spielt das für eine Rolle? Wichtig ist die Anklage: Verschwörung zum Mord – Mord *an mir*.«

Auf der langen Fahrt nach Malmaison hinaus konnte ich mich nicht mehr zurückhalten und vertraute Clari an, dass man den Herzog d'Enghien verhaftet hatte.
»Weswegen, Madame?« Sie brach in Tränen aus und vertraute mir an, dass sie als junges Mädchen einen Kupferstich des Herzogs d'Enghien in einem Versteck unter ihrer Matratze aufbewahrt hatte.
»Ich glaube, sie wollen ihn in Verbindung mit der Verschwörung vor Gericht stellen.«
»Aber *ihn* kann doch keine Schuld treffen!«

»Dann wird er für unschuldig befunden und freigelassen«, versicherte ich ihr.
Claris Erregung war außergewöhnlich. Mir wurde klar, dass es ein Fehler gewesen war, sich ihr anzuvertrauen. Sie ist noch jung, ungeübt in der Kunst der Verstellung. »Sie dürfen es Bonaparte nicht wissen lassen, dass ich es Ihnen erzählt habe«, warnte ich sie, als unsere Kutsche durch die Tore von Malmaison fuhr.
»O nein, Madame, niemals!«
»Dann müssen Sie aufhören zu weinen«, sagte ich lächelnd und reichte ihr mein Taschentuch.
»Ja, Madame«, schluchzte sie.

19. März, Sankt-Josephs-Tag

»Frauen verstehen nichts von solchen Dingen!«
»Bonaparte, ich kann zu diesem Thema nicht schweigen.« Meine Bemühungen, meinen Mann zum Zuhören zu verleiten, waren fehlgeschlagen.
»Wenn ich nicht entschlossen handele – *gleich* –, dann muss ich immer und immer wieder Verschwörer strafrechtlich belangen, diesen Mann ins Exil schicken, jenen Mann verurteilen, ohne Ende. Ist es das, was du willst?«
»So einfach ist es gewiss nicht.«
»Du vergisst, dass die Bourbonen der Anlass für den Aufruhr in Frankreich sind. *Sie* sind diejenigen, die mich umbringen wollen.«
»Aber was, wenn der Herzog d'Enghien unschuldig ist? General Moreau wurde vor über einem Monat verhaftet. Wenn der Herzog d'Enghien an der Verschwörung beteiligt ist, wäre er dann in Ettenheim geblieben? Cadoudals Diener berichteten, dass der geheimnisvolle Prinz korpulent gewesen sei. Der Herzog d'Enghien dagegen soll schlank sein.«

»Es gibt Beweise!«
»Aber Bonaparte, selbst wenn der Herzog d'Enghien schuldig ist, wenn ihr ihn verurteilen solltet« – *hinrichten*, wie ich befürchtete –, »würde sich ganz Europa gegen dich auflehnen.« Der Fleck aus königlichem Blut lässt sich nicht entfernen, sagt man.
»Willst du, dass man mich tötet?« Er ballte die Hände. »Ich muss den Bourbonen zeigen, mit wem sie es zu tun haben. Ich muss sie die Angst spüren lassen, die sie mir einjagen wollen. Ich muss ihnen zeigen, dass mit mir nicht zu spaßen ist – und mit mir ist nicht zu spaßen!«

20. März, 8 Uhr morgens

Als ich auf die Gärten hinausblickte, sah ich Bonaparte mit erregten Schritten und Gesten, als hadere er mit sich selbst, auf den Wegen zwischen den Blumenbeeten entlang laufen. Wie klein er wirkte, als er da zwischen den Rosen auf und ab schritt. »Der kleine Bonaparte« hatte ich ihn einmal in Gedanken genannt – bevor er in unseren Augen zum Riesen wurde. (In unseren Herzen!) Ich weiß, wie inständig er sich wünscht, das Richtige zu tun, und allmählich begreife ich, wie schwer das sein kann.

9 Uhr 20 vormittags

Gegen neun Uhr brachte Hortense den kleinen Napoléon vorbei, damit ich auf ihn aufpasste – noch nie war mir das unschuldige Geplapper eines Kindes so willkommen. »Sehe ich dich morgen?«, fragte ich und küsste meine Tochter zum Abschied.
Sie und Louis wollten mit Caroline und Joachim zu Abend essen, sagte sie. Sie hatte sich verspätet, die Boulevards waren überfüllt gewesen – war irgendetwas los?

Ich schüttelte den Kopf. Sie erwartet seit kurzem wieder ein Kind. Wenn ich sie doch nur vor den Realitäten der Welt schützen könnte! Ich war froh, dass sie rasch aufbrach, bevor sie Claris gerötete Augen sehen konnte, bevor sie sich meine zu genau ansah.

21. März

Heute Morgen war ich gerade auf dem Weg zu Bonapartes Arbeitszimmer, um die üblichen Bittbriefe abzugeben, als ich ihn brüllen hörte: »Was meinen Sie damit? Hat er meinen Brief denn nicht erhalten?«
Ich blieb vor der Tür stehen und hielt den Atem an. Ich hörte, wie ein Mann etwas sagte und dann hustete. War es Savary, Bonapartes Adjutant? »Ich traf ihn auf der Straße«, sagte der Mann. Es *war* Savary. »Er hat Ihren Brief erst heute Morgen erhalten.« Wieder ein Husten. »Als es schon zu spät war.«
Zu spät?
»Was meinen Sie mit heute Morgen? Ich habe Ihnen gestern Abend den Brief mit der Anweisung gegeben, dass er auf direktem Weg zum Polizeipräfekten muss!«
»Ich übergab ihn seinem Kammerdiener.«
»Ich sagte nicht, dass Sie ihn seinem Kammerdiener übergeben sollten! Ich habe befohlen, ihn dem Mann persönlich zu übergeben! Ist Ihnen eigentlich klar, was Sie da getan haben?«
Hinter mir hörte ich Schritte näher kommen: eine der Wachen. »Möchten Sie mit dem Ersten Konsul sprechen, Madame Joséphine?«, fragte Hugo, und seine Stimme kündigte meine Anwesenheit an.
Bonaparte kam zur Tür. »Joséphine.« Er sah blass aus. »Sie sind entlassen«, teilte er Savary kalt über die Schulter mit. Der Ad-

jutant zwängte sich zwischen uns eilig aus der Tür. »Komm herein«, sagte Bonaparte, »ich muss dir etwas sagen.« Ich nahm auf einem Holzstuhl mit Lehnen Platz. »Der Herzog von d'Enghien ist hingerichtet worden.«*

* Napoléon hatte dem Polizeipräfekten einen Brief gesandt, in dem stand, dass er mit dem Herzog d'Enghien zu sprechen wünschte, doch der Brief wurde erst überbracht, nachdem Enghien bereits hingerichtet worden war. Fouché sollte später sagen, dass die Hinrichtung des Herzogs d'Enghien »schlimmer als ein Fehler war, sie war Stümperei«.

Eine Prophezeiung erfüllt sich

Ich fand Savary im Salon. »General Savary, könnten Sie mir bitte sagen –« Wollte ich es denn wirklich wissen? »Wie ist das passiert?«
»Es wurde ein Tribunal abgehalten, und dann ...« Savary wischte sich mit dem Ärmel den Schweiß von der Stirn. »Und dann wurde der Herzog zu einem der Gräben vor dem Schloss gebracht.«
»Meinen Sie einen Wassergraben?« Ich war noch nie in Vincennes gewesen.
Er nickte. »Einem trockenen.«
Ein Kanarienvogel fing plötzlich zu singen an. »Keine letzten Worte?«
»Nur, dass er keine Augenbinde wollte.« Savary kramte in seiner Rocktasche und zog einen Ring, ein gefaltetes Taschentuch und ein Stück Papier heraus. »Vorher bat er darum, dass dies hier seiner Frau übergeben wird. Prinzessin de Rohan-Rochefort, sagte er.«
La belle Charlotte. Der Brief war kurz und zärtlich – *ewige Liebe* –, der Ring ein einfacher Goldreif mit Insignien darauf. »Und was ist das«, fragte ich und faltete das Taschentuch auseinander.

Mittlerweile ist es spät. Ich sitze an meinem Sekretär. Vor mir liegt ein Ring, ein Brief und ein Taschentuch, das eine Haarlocke enthält: die Überbleibsel eines Lebens.
Ich mustere die Artefakte, erwarte beinahe, dass sie zu mir sprechen, mir eine Antwort geben. War der Herzog d'Enghien der Teilnahme an einem Mordkomplott gegen meinen Mann schul-

dig? Oder war er unschuldig und wurde zu Unrecht von ihm hingerichtet?
Während ich dies schreibe, sitzt Bonaparte in einem Sessel am Kamin und blickt in die Flammen – als erwarte er selbst, dort eine Antwort zu finden.

23. März – Paris, windig

»Ich würde sagen, dass die Bevölkerung von Paris *verstört* ist«, beantwortete Fouché meine Frage. »Die Leute strömen bereits nach Vincennes hinaus, um den Graben zu besichtigen und Blumensträuße hineinzuwerfen. Dieser verdammte Hund macht die Sache natürlich auch nicht besser.«
»Welcher Hund?«
»Der Hund des Herzogs d'Enghien. Er steht über dem Grab seines Herrn und jault Tag und Nacht.«
»Bringen Sie ihn zu mir.«
»Das sollten Sie sich noch einmal überlegen. Der Erste Konsul wäre nicht sehr angetan, wenn –«
»Ich kenne jemanden, der diesen Hund sehr gerne hätte.«

24. März

Die Prinzessin de Rohan-Rochefort wohnt in Worms. Ich habe ihr durch Moustache die letzte Habe des Herzogs d'Enhien zusammen mit dem zitternden, in einem Reisekorb angebundenen Hund – Mohilow mit Namen – gesandt. Wider bessere Einsicht fügte ich einen Beileidsbrief bei.

25. März – Paris

Sowohl Bonaparte als auch mir war unbehaglich zumute, als wir heute Abend zur Opéra aufbrachen. Es war unser erster

Auftritt in der Öffentlichkeit seit der Hinrichtung des Herzogs d'Enghien. »Zitterst du?«, fragte Bonaparte und nahm meinen Arm. Sein Gesicht war totenblass.
»Mir ist nur ein wenig kühl«, log ich.
Sofort nach dem Betreten unserer Loge ging Bonaparte zur Brüstung und zeigte sich dem Publikum. Als er Hurrarufe und Beifall hörte, drehte sich Bonaparte um und nahm meine Hand. *Erleichterung*.

27. März – kurz vor Mitternacht

Heute Abend kam Fouché zu später Stunde in den Salon. »Wenn überhaupt, dann ist die Unterstützung für den Ersten Konsul ironischerweise eher größer geworden«, sagte er, als ich ihm von unserem Erlebnis in der Opéra erzählte. »Die Revolutionäre meinen, dass er schließlich doch einer der ihren ist – jetzt, da er Blut an den Händen hat.«
»Fouché, bitte, Sie wissen doch, dass es nicht –«
»Und was die Royalisten betrifft«, schwafelte er weiter, »die sind von Gerüchten über eine Krönung vollkommen abgelenkt.«
Eine *Krönung*. Der Gedanke ließ mich zittern! »Soweit ich weiß, wurde heute im Senat ein Antrag gestellt, der Bonaparte aufforderte, seinen Ruhm unsterblich zu machen.« Was bedeutete das – *unsterblich*?
»Nach diesem letzten Anschlag auf das Leben des Ersten Konsuls sehnen sich die Menschen verzweifelt nach Sicherheit«, sagte Fouché und strich über die fleckige Haut auf seinem Handrücken. »Man ist allgemein überzeugt, dass eine gewisse Form der Monarchie Frieden brächte – und Frieden brächte natürlich Wohlstand. Wenn ein König gewünscht wird, dann wäre möglicherweise ein vom Volk gekrönter Bürgerkönig gar nicht so schlecht. Dass man sich nun darauf verlassen kann, dass

der Erste Konsul nicht mit den Bourbonen unter einer Decke steckt, macht ihn umso glaubwürdiger.«
»Fouché, wenn ich Sie nicht besser kennen würde, könnte ich meinen, dass Sie selbst für eine Monarchie sind.«
»Ich habe den Antrag gestellt.«
»*Sie* haben den Antrag über den unsterblichen Ruhm gestellt?«
Für einen Augenblick war ich sprachlos. »Aber Sie waren doch dagegen, dass Bonaparte zum Ersten Konsul auf *Lebenszeit* ernannt wurde.«
»Möchten Sie mich wieder als Polizeiminister haben?«
O ja!
»Ich möchte meine Abteilung zurückbekommen. Jeder Dummkopf kann erkennen, was getan werden muss.« Er lächelte, was bei ihm unheimlich aussah. »Wenn ich etwas im Laufe der Jahre gelernt habe, dann, dass Flexibilität der Schlüssel zum Überleben ist.«

5. April – ein herrlicher Tag

Bonaparte lehnte mit verschränkten Armen am Kaminsims. Er räusperte sich.
Ich stellte meine Tasse Kaffee ab. Diesen Blick kannte ich. Bonaparte hatte mir etwas zu sagen – etwas, was mir nicht gefallen würde.
»Joséphine, meine Berater sagen, dass ein Erbfolgesystem den Bedrohungen ein Ende setzen würde.«
Erbfolge. Ewiger Ruhm. »Und *das* soll vorgeschlagen werden?« Meine Stimme verriet meine Besorgnis.
»Ja, dass eine Nachfolge in der männlichen Linie, in der entsprechenden Reihenfolge der Erstgeburt, erblich sein soll. Eine traditionelle Regelung. Das ist das Modell, das auf jeden Fall vorgeschlagen wird.«
»Und somit wäre Joseph dein Nachfolger?« Wie entsetzlich!

»Das ist Josephs Meinung, leider. Aber im Idealfall wäre der Erbe mein Sohn, ein Kind, das für die Rolle erzogen wird.« Blinzelnd wandte ich den Blick ab. Es gab keinen Erben; es würde niemals einen Erben geben! Alle Mineralbrunnen in allen Badeorten Europas konnten mir nicht zu dem verhelfen, was ich mir mehr als alles auf der Welt wünschte: Bonapartes Kind.

Sehr spät – alle schlafen

»Bonaparte, da ist etwas, worüber wir reden sollten.«
Er gähnte. »Jetzt?«
»Morgen, wenn du möchtest. Morgen früh.«
Er schob die Nachhaube nach hinten und drehte sich zu mir um. »Du siehst wunderschön aus im Mondlicht.«
»Möchtest du sofort darüber reden?«
»Ich möchte überhaupt nicht darüber reden«, sagte er und zog mich an sich.

»Also, worum ging es?«
»Worum ging was?« Ich gähnte zufrieden.
»Worüber du reden wolltest.«
»Oh …« Ehrlich gesagt, wollte ich niemals darüber reden.
»Oh, *das*«, sagte er, denn er hatte verstanden.
Ich nickte an seiner Schulter. Er war feucht vor Schweiß, roch süß nach Zitrone.
»Du solltest wissen, dass ich auf dem Adoptionsrecht bestehen werde«, sagte er leise und streichelte meine Wange.
Ich machte mich los. »Du könntest einen Erben *adoptieren*?« Mein erster Gedanke galt natürlich Eugène.
»Das Kind müsste ein waschechter Bonaparte sein – einer der Söhne meiner Brüder.«
»Klein Napoléon?« Lächelnd.
»Komm wieder her«, sagte er.

7. April

Zu meiner Überraschung sah ich heute Morgen, dass unser Innenhof voller uniformierter Männer zu Pferd war. »Bonaparte, warum so eine große Eskorte?« Und alle in offizieller Livree – selbst die Pagen. Vielleicht hatte ich etwas missverstanden. »Wollen wir denn nicht nur Louis und Hortense einen Besuch abstatten?«
»Das ist ein offizieller Besuch«, sagte er und zupfte am Spitzenbesatz seines Ärmels.

Hortense kam mit dem kleinen Napoléon auf den Armen die Treppe herunter, um uns zu empfangen. »Du darfst nicht so schnell die Treppe hinunterlaufen!«, ermahnte ich sie (obwohl ich entschlossen war, nicht allzu fürsorglich zu sein). Sie ist recht beleibt und obwohl sie erst im dritten Monat ist, kann man es schon sehen.
»Was hat das denn zu bedeuten?« Hortense gab uns beiden einen flüchtigen Kuss. »Findet heute ein Militärparade statt?«
»Nonan!«, rief der kleine Napoléon seinem Onkel zu und zappelte, um heruntergelassen zu werden. Bonaparte nahm Hortense den Jungen ab und ließ ihn mit dem Kopf nach unten baumeln. Das Kind quietschte vor Vergnügen.
»Vorsicht, Bonaparte!«
»Nochmal«, verlangte das Kind glucksend.
Hortense steckte sich eine Locke unter die Haube und sah in den Innenhof hinaus. »Schau mal, all die Soldaten.«
»Vielleicht hätten wir uns vorher anmelden sollen. Du warst beim Zeichnen?«, fragte ich. Vor einer Woche hatte sie ein Porträt von Eugène begonnen, was sie nicht losließ.
Hortense fuhr mit langen, rot lackierten Fingernägeln über ihren Kittel. »Vorhin, als mein Schatz ein Nickerchen machte.«

»Nein!«, protestierte der Junge und steckte die Finger in den Mund.
»Nicht jetzt«, beruhigte Hortense ihn mit einem Kuss.
»Wo ist Louis?«, wollte Bonaparte wissen und ließ sich den Jungen von dem Kindermädchen abnehmen.
»Außer Haus. Er hat mir nicht gesagt wohin, nur, dass er nicht lange fortbliebe.«
»Vielleicht könnten wir warten?«, schlug ich Bonaparte vor.
»Ich bin im Garten zu finden«, sagte Bonaparte finster.
»Maman, was hat das alles zu bedeuten?« Hortense ging in ihren Salon voran und forderte mich auf, neben ihr auf dem Sofa Platz zu nehmen.
Normalerweise interessiert sich Hortense nicht für Politik. Ich war mir nicht im Klaren, wie viel sie wusste. »Ist dir bekannt, dass eine neue Verfassung eingebracht werden soll?«
Sie nickte. »Der Code Civile?«*
»Der Code Civile ist ein wichtiger Teil davon, aber nicht alles.« Ich hielt inne, unsicher, wie ich es erklären sollte. »Wie du weißt, hat diese letzte Verschwörung erneut die Besorgnis um Bonapartes Sicherheit geweckt – und folglich die Besorgnis um die Stabilität des Landes. Unsere Feinde wissen, dass die französische Republik zusammenbräche, falls man Bonaparte ermorden sollte.« Konnte sie mir folgen? Ich nahm ihre Hand. »Wäre aber ein Erbfolgesystem in Kraft, hätte die Nation Bestand.«
»Ich dachte, du wärst dagegen, Maman.«
»Ich habe mittlerweile begriffen, welcher Gedankengang dahinter steckt. Die Anschläge auf Bonapartes Leben müssen ein Ende haben!«

* Der Code Civile des Français (später in Code Napoléon umbenannt), das Bürgerliche Gesetzbuch: eine Kombination aus römischem Recht, bestehendem französischen Recht und den Gleichheitsprinzipien der Revolution. Es ist auch heute noch Grundlage der Rechtsprechung in vielen Ländern der Erde.

»Aber was nützt eine Erbfolge, wenn du und Papa keinen Erben haben werdet?« Ihre Worte bedauernd, biss sie sich auf die Lippe.
»Bonaparte wird auf dem Adoptionsrecht bestehen.«
»Eugène?«
»Um als legitim gelten zu können, muss der adoptierte Erbe ein Bonaparte sein.« Meine Tochter sah plötzlich misstrauisch aus. Ich lächelte reumütig, ein flehentlicher Blick. »Bonaparte würde gerne den kleinen Napoléon als seinen Nachfolger adoptieren.«
»Aber er ist doch erst achtzehn Monate alt, Maman!«
»Es würde sich nichts ändern«, begann ich sie zu beruhigen, wurde aber von Bonaparte abgelenkt, der in der Tür stand.
»Ich kann nicht länger warten«, sagte er, winkte mir und verschwand.
»Muss ich das Louis gegenüber erwähnen?«, fragte Hortense mit schwacher Stimme.
»Es sollte Bonaparte überlassen bleiben, etwas zu sagen, meine ich.«
»Maman, wenn Papa das vorschlägt, wird Louis prinzipiell dagegen sein.«

Bonaparte saß in der Kutsche und klopfte ungeduldig mit seinem Schwert auf den Boden. Hinter der Kutsche saßen in doppelter Reihe Soldaten auf in der Morgensonne dösenden Pferden.
»Ich habe es ihr gesagt«, sagte ich, als mir der Lakai hineinhalf. »Sie ist besorgt, denke ich, aber –« Meine Schleppe verfing sich in der Kutschentür. Gerade als ich sie gelöst hatte, ritt ein Mann durch das Tor. »Es ist Louis.« Er machte ein erschrockenes Gesicht, als er so viele Soldaten in seinem Innenhof erblickte.
»Tss«, zischte Bonaparte verärgert darüber, dass sein Bruder zu spät kam – zu spät zu einer Verabredung, von der Louis gar

nichts wusste. Hortense hatte Recht, dachte ich. Es wäre ein Fehler, wenn Bonaparte an Louis heranträte.
»Ich werde mit ihm sprechen«, sagte ich und öffnete die Kutschentür.

Zunächst musste ich Louis beruhigen, dass nichts Furchtbares geschehen war – dass weder sein Sohn ermordet noch seine Frau entführt worden war. »Der Erste Konsul und ich sind heute wegen einer Angelegenheit von großer Bedeutung für die Nation hergekommen«, begann ich, »eine Angelegenheit, die dir und deinem Sohn eines Tages eine sehr große Ehre zuteil werden lassen könnte.« Ich hielt inne. Der Schauplatz unseres Gesprächs war nicht gerade ideal. Wir standen im Eingang, von allen beobachtet. »Wir erwarten keine Antwort, nur, dass du über unseren Vorschlag nachdenkst.«
»Und der wäre?«
»Wie du ja weißt, braucht Bonaparte einen Nachfolger. Der Zusatz zur Verfassung, der gerade entworfen wird, wird ihm das Recht geben, einen Erben zu adoptieren – den kleinen Napoléon.«
Louis neigte den Kopf zu seiner hochgezogenen Schulter und drückte seine schwache Hand an sich. »Meinen *Sohn*?«
Oje, dachte ich. Louis' erste Sorge war, dass nicht er selbst der Nachfolger wäre. »Eine so prächtige Zukunft für einen Sohn kann einem Vater möglicherweise darüber hinweghelfen, dass nicht er selbst zum Erben bestimmt wird«, sagte ich und warf ihm einen flehentlichen Blick zu.

8. April, Sonntag

Hortense war gerade hier, sehr aufgelöst. Caroline besuchte sie gestern Abend: trat ihr zu nahe, ist vielleicht treffender. In zornigem Ton teilte Caroline Hortense mit, dass sie von Bonapar-

tes Vorschlag, den kleinen Napoléon zu adoptieren, erfahren hätte und bereit wäre, sich dagegen zur Wehr zu setzen! Der kleine Napoléon wäre der Kronprinz, aber ihre Kinder wären »niemand« (ihr Ausdruck), und eine derartige Ungerechtigkeit würde sie nicht hinnehmen.
»Ich verstehe das nicht«, sagte Hortense unter Tränen. »Ich dachte, sie wäre meine Freundin.«

[Ohne Datum]

Mimi steckte mir heute Morgen ein Briefchen zu. »Es ist genau so, wie du es vermutet hast«, sagte sie und verzog dabei das Gesicht.

Mme Carolin sagte Louis Er darf sich vom 1. Konsul sein Sohn nich nehmen lassn. Sie sagte Ihm die Alte Frau will das der 1. Konsul die gantze Sippe enterben tut. Sie sagte Ihm Er müsst sich vor Seim eigenen Sohn verbeugen. Sie sagte Ihm dass die Leut sagen der 1. Konsul is der Vater von seim Kind. Sie sagte Ihm dass der 1. Konsul sich von der Alten Frau scheiden lassn muss wenn er einen Sohn will.

9. April

Louis hat Bonaparte einen wütenden Brief geschrieben. »Er verlangt zu wissen, warum ich ihn enterben will«, sagte Bonaparte. »Er kann den Gedanken nicht ertragen, dass der kleine Napoléon höher stünde als er. Er sagt, dass er lieber sterben würde, als den Kopf vor seinem Sohn zu neigen.«
»Das hat er tatsächlich geschrieben?«, fragte ich Überraschung heuchelnd.
»*Und*, dass er Frankreich verlassen und seinen Sohn mitnehmen würde«, sagte Bonaparte leise.
Pour l'amour de Dieu!

»*Und*, dass das Problem eines Erben nur zu lösen wäre, wenn ich mich –« Bonaparte hielt inne. »Hör zu«, sagte er mit belegter Stimme, »gemäß der neuen Verfassung werde ich das Recht haben, den Jungen zu adoptieren, wenn er achtzehn wird. Louis wird sich schon wieder beruhigen, mit der Zeit.«
Louis vielleicht – aber was ist mit Caroline?

23. April, abends, kurz vor 9 Uhr, glaube ich

Heute Abend teilte mir Bonaparte mit, dass die Legislative für die Erbfolge gestimmt hat. »In weniger als einem Monat wird sie Gesetz. Dann wird sich alles ändern müssen.«
»Schon wieder?« Es scheint, als befänden wir uns schon seit Jahren in einem permanenten Zustand der Veränderung.
»Wir werden einen vorschriftsmäßigen Hof führen müssen, mehr Bedienstete –«
Ich seufzte. Wir hatten bereits mehr, als ich bewältigen konnte.
»– und mehr Zeremoniell.« Er beschrieb mit der Hand einen Kreis. »Und Kostüme.«
»Du meinst Livreen.« Wir hatten bereits »Kostüme«, wie er es nannte.
»Wirst du dich darum kümmern?«
»Ja, König Bonaparte«, sagte ich mit einem Schmunzeln (und fragte mich, wann ich ihm beibringen sollte, was neue Livreen kosten würden).
»Nein, niemals König.«
»Nein?« Hoffentlich!
»Der Titel ›König‹ erinnert die Leute an die Bourbonen. Mein Titel muss mehr wert sein, mehr an die Antike erinnern. ›Kaiser‹ geht auf das Römische Reich und die Regentschaft Karls des Großen zurück. Einige Leute beunruhigt er, weil er vage ist und Unermesslichkeit ausdrückt – aber genau das gefällt mir. Was spricht gegen Unermesslichkeit?«

»Du meinst das ernst.« *Kaiser?*
Er lächelte über mein verblüfftes Gesicht. »Kaiser Napoléon.« Und das mit theatralischem Gespür, die Hand in der Weste.

11 Uhr 20 nachts

Yeyette, Rose, Mademoiselle Tascher, Bürgerin Beauharnais, Madame Bonaparte: *Kaiserin*.
Grands Dieux. Es ist doch nur ein Höflichkeitstitel, rede ich mir ein – er verleiht mir keinerlei offiziellen Rang.
Rede ich mir ein. Rede ich mir ein.

Heute eine lange Sitzung mit Madame Campan, die bereit ist, bei der Organisation unseres Haushaltes – unseres »Hofes« – zu helfen. (Ich bin ja so erleichtert.) »Sie brauchen Aristokraten, die Ihnen dienen«, sagte sie und sah die Liste derjenigen durch, die man auffordern könnte. »Männer und Frauen aus den ältesten Häusern Frankreichs.«
Der Adel der Vergangenheit: Chevreuse, Montmorency, Mortemart. Allein schon die Namen jagen mir Angst ein. »Madame Campan, bei allem Respekt, aber die Männer und Frauen aus diesen Familien lassen sich nicht einmal dazu herab, mit mir zu sprechen. Wie sollen sie mir dann dienen können?«
»Die Adligen werden dazu erzogen, dass sie sich verbeugen und dass man sich vor ihnen verbeugt. Sie wissen um die Macht, die Unterwürfigkeit verleiht. Es ist die Soldatenfrau, die vor der Vorstellung, den Kopf senken zu müssen, zurückschreckt, aus Angst, für ein Dienstmädchen gehalten zu werden. Was ist mit der Gräfin de la Rochefoucauld?«, sagte sie und schnippte mit dem Finger gegen das Papier. »Eine Rochefoucauld würde Eindruck machen. Andere würden folgen.«
Zweifellos. Der Name Rochefoucauld ist einer der ältesten – und angesehensten.

»Sie ist Ihre Cousine, nicht wahr?«
»Eine entfernte Cousine«, sagte ich, »über die Familie meines ersten Mannes. Sie war in Plombières, als ich das letzte Mal dort war.« Chastulé de la Rochefoucauld bringt mich wirklich zum Lachen. Obwohl sie einen Buckel hat und nicht gerade eine Schönheit ist, packt sie das Leben mit Geist und Humor an.
»Es wäre ein Triumph, eine Rochefoucauld überreden zu können, Ihre Ehrendame zu sein. Das ist eine der einflussreichsten Stellungen bei Hofe. Sie wäre für Ihr Personal, Ihre Termine, Ihr Budget und Ihre Hauptbücher zuständig. Jeder, der ein Anliegen an Sie hat, muss sich zuerst an sie wenden. Eine solche Stellung könnte sie reizen.«
»Trotzdem habe ich sehr große Zweifel, dass sie einverstanden wäre.« Chastulé ist mir zwar zugetan, aber eine heftige Gegnerin Bonapartes – »dieser korsische Emporkömmling« soll sie ihn nennen.
»Ich glaube doch. Es heißt, dass die Familie ernsthaft in Geldverlegenheit ist.«

4. Mai – sonnig!

Für den Betrag von dreihunderttausend Francs, *zuzüglich* eines Jahresgehalts von achtzigtausend (mit garantierten, jährlichen Erhöhungen) und *zusätzlich* einer Stellung für ihren Mann hat sich Gräfin Chastulé de la Rochefoucauld bereit erklärt, meine Ehrendame zu werden.
»Ha!«, rief sie aus. »Wann fange ich an? Nächsten Monat? Gut. Wer hat bloß gesagt, dass Aristokraten Prinzipien hätten? Wedeln Sie mit ein bisschen Gold vor meiner Nase herum, und ich bin die Ihre, bereit im Hause des Teufels zu dienen. Nicht, dass *Sie* der Teufel wären.« Sie zog mich am Ellenbogen – bedeutete mir, mich hinunterzubeugen, damit sie mich auf die Wange

küssen konnte. »Ha! Sehen Sie, Eure Majestät. Jeder verbeugt sich vor einer Buckligen.«
Hat sie *Eure Majestät* gesagt?

6. Mai

Bonaparte besteht darauf, dass alles, was wir tun – was wir sagen, wie wir uns bewegen, wie wir uns kleiden – nach königlicher Tradition (gemäß der Vorschrift) geschehen muss, sobald das Kaiserreich offiziell ausgerufen ist, sobald wir Kaiser und Kaiserin genannt werden.
Ich habe schon ein altes Buch studiert, dass in der Schlossbibliothek gefunden wurde: der Kodex. Über achthundert Artikel umreißen, was in jeder Situation, in die ein Kaiser oder eine Kaiserin geraten könnten, zu tun ist. Trotzdem bleibt vieles ungesagt. Folglich habe ich Madame Campan zu Rate gezogen. Sie erklärt, wie in den Zeiten von Königen und Königinnen alles ablief – wie man Leute ansprach, welche Privilegien ihnen gewährt wurden. Wir gehen die Prozeduren durch, die Regeln und Umgangsformen, überlegen, was beibehalten, was abgelegt werden soll. Die arme Clari hat schon einen Krampf in der Hand vom Niederschreiben all dessen, was Madame Campan diktiert – schon über zweihundert Seiten.

17. Mai

Vorbehaltlich der Ratifizierung durch das Volk wird die Republik morgen formell einem Erbkaiser anvertraut.
»Bist du fertig?«, fragte Bonaparte.
»Ich bin nicht sicher.« Wie bereitet man sich auf eine solche Sache vor?
Bonaparte sagte mir, was uns erwartet: Cambacérès, nun Erzkanzler, wird mit einer Delegation vom Senat kommen, um die

offizielle Erklärung abzugeben. Die Würdenträger werden zuerst zu Bonaparte gehen, ihre Aufwartung machen, und anschließend werden sie zu mir kommen.
Madame Campan und ich sind die ausgefeilten Prozeduren bereits durchgegangen. Wie fremd mir das alles vorkommt. »Betrachten Sie es als eine Theateraufführung«, sagte sie zu mir, weil sie meine Besorgnis spürte. »Betrachten Sie es als Ihre größte Rolle.«

18. Mai

Ich war schon längst angekleidet, bevor ich das Getrappel im Innenhof hörte, das die Ankunft des Erzkanzlers *de* Cambacérès (jetzt) und seiner großen Delegation ankündigte: Männer vom Senat, die Minister und die Ratsmitglieder, eskortiert von einem Kürassierregiment. De Cambacérès betrat meine Gemächer mit großem Pomp und blieb sechs Schritte von mir entfernt stehen. (Warum so weit?, dachte ich. Hatte es etwa zu bedeuten – dass sich von nun an niemand mehr in meine Nähe wagen wird?) Dann vollführte de Cambacérès eine vollständige höfische Verbeugung – das heißt, so vollständig, wie er sie mit seinem dicken Bauch zustande brachte – und sprach das einzige Wort aus, dass ich niemals hören wollte: *Kaiserin*.

2

Die gute Kaiserin

Wie unglücklich ein Thron machen kann.
Joséphine in einem Brief an Eugène

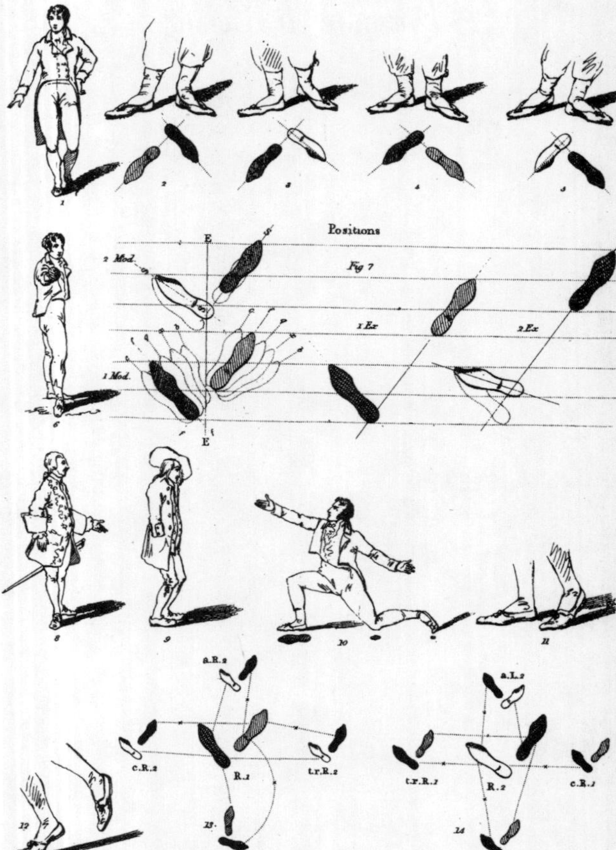
Positions
Fig 7
2 Mod.
1 Mod.
1 Ex
2 Ex
E
E
a.R.2
c.R.2
R.1
t.r.R.2
r.L.1
a.L.2
t.r.R.1
R.2
c.R.1
r.R.1
Kelly del.

Wir werden ein »Hof«

18. Mai 1804 – Saint-Cloud, immer noch Donner und Blitz

Kaiserreich. Kaiser. Kaiserin. Seit der Ausrufung des Kaiserreichs ist erst ein guter Tag vergangen, und schon benehmen wir uns wie Tiere, die sich wegen eines Knochens anknurren. Es erschreckt mich, wenn ich sehe, was Habgier aus Menschen machen kann.

Aber ich greife vor.

Nach der Proklamation gab es ein formelles Staatsbankett – ein *kaiserliches* Ereignis, unser Erstes. (Drei Lakaien für jeden Gast und Bonaparte unzufrieden, weil Talleyrand auf den Einladungen das aristokratische Wort »Souper« anstatt des plebejischeren »Diner« gebraucht hatte.)

Die Familie, die Staatsdiener und Amtsträger bei Hofe versammelten sich im Grand Salon in Erwartung Bonapartes – oder besser, in Erwartung des *Kaisers*, wie wir ihn von nun an nennen müssen. Von der Familie: Hortense und Louis, Eugène, Elisa und Félix, Caroline und Joachim, Joseph und Julie – eine kleinere Anzahl von Bonapartes als üblich, weil Signora Letizia, Onkel Fesch, Lucien und Pauline in Italien sind und der junge Jérôme immer noch in Amerika weilt.

Duroc – dessen Beine in den hautengen kaiserlichen Kniebundhosen krumm aussahen – teilte allen mit, dass Joseph und Louis von nun an als Prinz und ihre Frauen als Prinzessin anzureden sind. Caroline warf ihrem Mann, der in seinem Zirkusstaat in einer Ecke herumhing und eine der neuen Münzen

(Kaiser Napoléon auf der einen Seite, die französische Republik auf der anderen) in die Luft warf, wütende Blicke zu.
Der *Kaiser* traf pünktlich um sechs Uhr ein und begrüßte die neuen Prinzen und Prinzessinnen ebenso wie *Madame* Caroline, *Monsieur* Joachim, *Monsieur* Eugène und so weiter. Carolines Gesicht hatte einen harten Ausdruck angenommen. Genau in diesem Augenblick brach draußen ein heftiges Gewitter los. Als es blitzte und anschließend grollend donnerte, huschten die Möpse eilig davon.
Duroc verkündete, dass wir uns zu Tisch begeben sollten, und sowohl Louis als auch Joseph erhoben Anspruch auf die Ehre, direkt hinter Bonaparte zu gehen. »Ich bin der Älteste«, hörte ich Joseph fauchen, als er seine Frau drängte, vor Hortense zu treten. Caroline packte den Arm ihres Mannes und stolzierte nach vorn. Ich schaute zu Eugène zurück – er stand mit gelangweilter Miene am Kamin, durchaus zufrieden, der Letzte in der Schlange zu sein.
Bonaparte wies mir den Platz zu seiner Rechten an und forderte »Prinzessin« Hortense auf, links neben ihm Platz zu nehmen. Caroline litt dermaßen, dass sie hustend ein Glas Wasser hinunterstürzte.

19. Mai – Saint-Cloud, es klart allmählich auf

Caroline und Joachim trafen zu früh zum Familienessen ein. Caroline, ein starres, strahlendes Lächeln im Gesicht, hatte ein Kleid aus gerüschter grüner Seide an, ihren Busen zierte eine Kette aus Strass-Steinen. Kampfausrüstung, dachte ich. (Dieses eine Mal stellte sie ihren Mann in den Schatten.) Es war ein zwangloseres Ereignis als das kaiserliche Bankett am Abend zuvor – wurde deswegen aber auch etwas stürmisch. Glücklicherweise waren Hortense und Julie nicht anwesend.
Caroline war während des Essens verdächtig schweigsam. Bo-

naparte – sicherlich um Höflichkeit bemüht – schlang das Essen nicht in den üblichen fünfzehn Minuten hinunter, sondern ließ sich Zeit, wodurch es uns vergönnt war, jeden Gang aufzuessen. Nach den Desserts (Caroline nahm sich ein großzügiges Stück Käsekuchen mit Mandeln, acht Feigen und praktisch den gesamten Gruyère) schlug ich vor, dass wir uns zum Kaffee in den Salon zurückzogen. Bonaparte sprang von seinem Stuhl auf, als hätten sich die Türen einer Gefängniszelle geöffnet. Ich ließ Caroline absichtlich vor mir aus dem Raum gehen.

Als sich alle niedergelassen hatten, brachte der Diener das Kaffeeservice auf einem Tablett herein. »Ich möchte ein Gerstenwasser trinken«, verlangte Caroline.

»Fühlst du dich nicht wohl?«, fragte Bonaparte seine Schwester.

»Seit wann interessiert dich denn meine Gesundheit?«, sagte sie derart heftig, dass der Diener um ein Haar sein Tablett umgekippt hätte. Und dann brach es heraus: Warum wurden seine eigenen Schwestern als unbedeutend ins Abseits geschoben, während Fremde mit Ehren überhäuft wurden?

»Das stimmt«, schaltete sich Elisa ein und stellte ihren Kaffee ab.

»Josephs Frau und Louis' Frau sind keine Fremden«, bemerkte Bonaparte mit bewundernswerter Ruhe (ich sah jedoch, dass sein Oberschenkelmuskel zuckte).

»Julie und Hortense sind keine Bonapartes, und trotzdem sind *sie* Prinzessinnen, während deine Schwestern, dein eigenes Fleisch und Blut, nichts sind.«

»Ich verleihe Titel, wie ich es als nützlich für die Nation erachte«, sagte Bonaparte, »und nicht, um *deine* persönliche Eitelkeit zu befriedigen.«

»Du meinst, dass ich nach äußerem Glanz strebe? Mir geht es um die Nachkommen, um die Zukunft meiner *Kinder*«, sagte Caroline verbittert.

»Deine Kinder sind nicht in der –«
Nicht in der Erbfolge, hatte Bonaparte sagen wollen, aber bevor er zu Ende sprechen konnte, unterbrach ihn Caroline. »Es sind deine Neffen und Nichten – deine *Bluts*verwandten. Sie werden Bürgerliche sein! Willst du das wirklich?«
Ich stand auf und schloss die Fenster. Es wäre nicht dienlich, wenn dieser Streit in den Zeitungen nachzulesen wäre.
»Man könnte meinen, ich hätte euch die Krone unseres Vaters, des letzten Königs, vorenthalten«, sagte Bonaparte sarkastisch.
»Du erwartest, dass ich mich vor Hortense verbeuge?«, rief Caroline mit schriller Stimme.
»Oder vor Julie?«, fügte Elisa missmutig hinzu.
»Du entehrst dein eigenes Fleisch und Blut!« Und mit diesen Worten legte Caroline den Handrücken an die Stirn und sank zu Boden, wobei sich ihr voluminöses Seidengewand rund um sie herum bauschte.
»Caroline?« Joachim blickte verblüfft, sie vor seinen Füßen ausgestreckt liegen zu sehen, auf seine Frau herab.
Die Möpse, die sich freuten, jemanden auf ihrer Ebene zu haben, begannen ihr das Gesicht abzulecken. Als sie nicht reagierte, wurde mir klar, dass sie nicht schauspielerte. »Heiliger Himmel, Bonaparte!« Ich schickte den Diener nach Riechsalz. Bonaparte kniete sich neben Caroline und rüttelte sie an den Schultern, versuchte sie dazu zu bewegen, sich aufzurichten.
»Halte ihr etwas Alkohol unter die Nase«, schlug ich vor, aber das war nicht mehr nötig, denn ihre Augenlider begannen schon zu flattern.
Bonaparte sank erschüttert auf die Fersen zurück. »Hört zu«, sagte er an seine Familie gewandt. »Ich werde darüber nachdenken.«
»Und was ist mit meinem Mann?«, wollte Caroline wissen und setzte sich auf.

2. Juni – ein Tagesausflug nach Malmaison

»*Prinzessin* Caroline? Ganz Paris lacht!«, berichtete Thérèse und wedelte mit ihrem nach Neroli-Öl duftenden Fächer. »Sie stolziert durch die Straßen, als gehörte sie tatsächlich zur königlichen Familie. Aber *dich* lieben die Leute – man sagt, dass du in diese Rolle hineingeboren zu sein scheinst.«
Hineingeboren? Wohl kaum!

12. Juni – Saint-Cloud

Bonaparte ist schon seit drei Stunden in einer Sitzung mit dem Sonderausschuss. Die Männer kommen und gehen. Hin und wieder höre ich das Wort »Krönung«.

[Ohne Datum]

Es wird eine Krönung stattfinden: Das Datum wurde für den 14. Juli, den Tag der Bastille, festgesetzt. Nur noch einen Monat von heute an!

[Ohne Datum]

Ich bin ja so erleichtert. Das Datum der Krönung ist auf den 9. November (18. Brumaire*) verschoben worden.

16. Juni

Ein anstrengender Tag, habe mit Madame Campan nochmals die vorgeschlagene Personalliste geprüft. Und so wird mein Haushalt aussehen, vorläufig:

* 18. Brumaire: Tag des Staatsstreichs im Jahre 1799, der die Regierung Frankreichs stürzte und Napoléon als Ersten Konsul einsetzte.

Erster persönlicher Diener: Monsieur d'Harville, die einflussreichste Person in meinem Hofstaat. Graf Etikette habe ich ihn genannt, denn das wird seine Aufgabe sein – dafür zu sorgen, dass alles richtig gemacht wird. Keine leichte Aufgabe.
Erster Almosenpfleger: Prinz Ferdinand, häufig betrunken, aber Bonaparte besteht darauf, weil er ein Cousin des Herzogs d'Enghien ist. (»Verbrüderung«, lautet Bonapartes Verfügung.)
Fünf Kammerherren: Der erste Kammerherr wird General Nansoury sein, ein großartiger Kavallerieoffizier laut Eugène.
Einführer der Botschafter: Monsieur de Beaumont mit seiner ulkigen hohen Stimme.
Haushofmeister: Monsieur Hainguerlot.
Ehrendame: die kleine Chastulé.
Hofdamen: Ich werde bei zwölf bleiben, obwohl Madame Campan nicht davon abzubringen ist, dass ich zweimal so viele brauchen werde. Clari wird die erste Hofdame sein.
Erste Garderobenmeisterin: Mademoiselle Avrillion.
Kammerzofen (vier, zur Zeit).
Empfangsdamen: Madame Campan sagt, dass ich mindestens vier weitere brauche.
Pagen: sechs reizende Buben, sehr stolz auf ihre Uniformen.
Kammerdiener (sechs).
Platzanweiser (vier).
Lakaien (acht).
Kutscher (drei).
Laufbursche: der schnelle kleine Benoist.
Kein Wunder, dass ich Schwierigkeiten habe zu schlafen. Es ist eine Angst erregende Liste, und Bonapartes Personal ist dreimal so groß. Ich denke sehnsüchtig an mein Leben vor acht Jahren – meine vier Bediensteten.

19. Juni

Das Kaiserreich entfaltet sich in Listen: Die Bekanntgabe des Personals wird morgen stattfinden, die zeremonielle Vereidigung in zwei Wochen, alle müssen kurz danach anfangen. Et voilà: der *Hof*.

1. Juli – Paris

Der »Hof« wurde heute Morgen offiziell eröffnet – es war keine perfekte Premiere.
Meine frisch vereidigten, adligen Hofdamen verfolgten das Kommen und Gehen wie benommen. Sie sind froh, wieder im vertrauten Milieu eines Palastes zu sein – abgesehen von dem Tempo, das wir hier anschlagen, das so … nun ja, *unpassend* ist. Bonaparte besteht darauf, dass jeder einzelne Schritt jedes einzelnen königlichen Rituals vollzogen wird – aber jeder muss ihn in Eile tun, er hat schließlich nicht den ganzen Tag Zeit, er muss arbeiten! Daher absolvieren wir die altmodischen Verbeugungen im Eiltempo, wie zum Schlag einer Trommel.
Fouché, der mit uns zusammen speiste, beobachtete das Durcheinander mit dem Anflug eines Lächelns. »Ich sehe schon, dass ich mich künftig auf Einiges freuen darf«, sagte er; als das Küchenmädchen gegen den Lakaien stieß, der gerade durch die Tür kam, fiel eine Porzellanschüssel mit Wachteln auf den Teppich.
»Ach ja?«, fragte ich und bestellte drei Flaschen unseres besten Champagners, die man aus dem Keller heraufbrachte. Bonaparte hatte gerade verkündet, dass Fouché wieder als Polizeiminister eingesetzt würde – das musste gefeiert werden.
»Fouché ist der neue Besitzer von Grosbois«, erklärte Bonaparte und brach die Kante eines Brotlaibs ab.
»General Moreaus Schloss?« Ich war erstaunt. Schloss Grosbois

kenne ich gut (zu gut) – »das Verräterhaus«, wie ich es mittlerweile in Gedanken nenne.*

»General Moreau war froh, dass er es mir für eine halbe Million verkaufen konnte«, sagte Fouché und zog seine Spitzenmanschetten durch die Suppe. Selbst in teuren Gewändern sah er schlampig aus, außerdem verströmte er einen strengen Geruch, und seine Knöpfe passten nicht zusammen.

»Als Nächstes werden Sie wohl einen Titel wollen, *Bürger*«, neckte Bonaparte und langte hinüber, um Fouché ins Ohr zu zwicken.

2. Juli, 4 Uhr 45 nachmittags

Heute Morgen, nach dem Erteilen der Befehle, schritten Madame Campan und ich durch die Ehrensuite und überprüften nochmals das Personal, die Funktionen, die Prozeduren. Der Portier an der Tür zum Vorzimmer stand hochmütig mit der Hellebarde in der Hand da. »Sie müssen damit auf den Boden klopfen, wenn sich Ihre Majestät nähert«, wies ihn Madame Campan zurecht. »Und die Lakaien?« Sie sah über die versammelten Pagen und Diener hinweg zu den Männern in grünen Röcken mit roten Westen und schwarzen Kniebundhosen. Sie nahmen zackig Haltung an, wobei ihre Schwerter klappernd an die Möbel schlugen. »Sobald Ihre Majestät angekündigt wird, müsst ihr einen Teppich entrollen.« Ich wartete geduldig.

Auf diese Weise bahnten wir uns einen Weg durch das Vorzimmer zum ersten Salon (wo wir den Pagen zunickten, den Bürgern, die auf eine Audienz warteten, den Offizieren, die keinen Dienst hatten), zum zweiten Salon (wo alle aufsprangen und

* Vor General Moreau – der nach Amerika verbannt worden war, nachdem man ihn der Beteiligung an dem Cadoudal-Komplott für schuldig befunden hatte – war das ehrwürdige Schloss im Besitz von Joséphines und Napoléons altem Freund Paul Barras gewesen, der sich mit den Royalisten verschworen hatte und von Napoléon gestürzt wurde.

sich verbeugten: die Adjutanten, Amtsträger und ihre Frauen, der Platzanweiser, der Kammerherr, der persönliche Diener), bis wir meinen Salon erreichten – oder besser, den Raum, in dem ich die Ranghöchsten meiner Gäste empfange.
»Für den Kaiser und die Kaiserin werden *beide* Türen geöffnet«, belehrte Madame Campan die Platzanweiser, die die Stühle und Schemel entsprechend aufstellten: Armsessel für Bonaparte, seine Mutter und mich, Stühle für die Prinzessinnen, Schemel für alle anderen. »Ihre Majestät«, zischte Madame Campan, als sie sah, dass ich mich müde auf einem Schemel in der Nähe niederlassen wollte. »Eine *Kaiserin* darf niemals …«
Darf niemals, darf niemals, darf niemals …

4. Juli – sehr heiß

Wer hätte gedacht, dass das Leben einer Kaiserin so kompliziert sein konnte? Wenn ich zum Beispiel nur von einem Raum zum anderen schlendern will, müssen mich zwei Pagen (belockt und bebändert) begleiten: einer sechs Schritte vor mir, einer hinter mir, der meine Schleppe trägt. »Fertig?«, flüstere ich ihnen zu, denn ich muss ihre Aufmerksamkeit auf mich lenken, bevor ich einen Schritt tue, damit ich nicht zu schnell gehe, damit wir nicht in einem Durcheinander enden.

5. Juli

Monsieur Despréaux, der Tanzmeister, ist außer sich vor Verzweiflung. Bonaparte erwartet, dass er in ein paar Wochen aus uns echte Aristokraten macht. »Leichter gesagt als getan«, jammert Monsieur Despréaux.
Alle klagen. Von dem Drill, den ständigen Übungen tut ihnen alles weh – und das alles nur, um zu lernen, wie man geht, wie man einen Raum betritt, einen Hut lüftet, sich *verbeugt*.

»Und der Kaiser selbst soll nicht …?«, deutete Monsieur Despréaux zögernd an.
Bonaparte mokierte sich über die Vorstellung, dass *er* bei dem Tanzmeister Unterricht nehmen sollte. »Ich bin mein eigener Lehrer«, sagte er, was durchaus der Wahrheit entspricht. Allerdings habe ich bemerkt, dass er sich seit kurzem häufig mit Talma einschließt und sich mit etwas mehr Anmut (nicht viel) bewegt. Hin und wieder ertappe ich ihn dabei, wie er sich in meinem Spiegel betrachtet und seine Haltung überprüft.

9. Juli

Generalprobe in drei Tagen. Jeder bei Hofe soll eingeführt werden und eine korrekte Verbeugung ausführen. »Wir sind noch nicht bereit«, stieß Monsieur Despréaux hervor und drückte sein sauber gefaltetes Taschentuch an die Augenwinkel.

12. Juli, später Nachmittag

Oh, mon Dieu, was für ein Spektakel. Bonaparte saß auf seinem Thron, ich saß auf meinem. (Glücklicherweise sind sie gepolstert.) Die Prinzessinnen – Hortense, Julie, Elisa, Caroline, Pauline – saßen auf Taburetts. Prinz Joseph, Prinz Louis und die Amtsträger standen zu beiden Seiten stramm. Dann begann die Prozession: meine Hofdamen, die Marschälle und Generäle mit ihren Frauen (einige zitterten), die Staatsdiener und Minister – alle in Hoftracht. Erst kamen die Damen zum Thron und machten einen Hofknicks und dann die Herren, die sich verbeugten. Die ganze Zeit über stand Monsieur Despréaux auf der einen Seite und zischte: *Schultern zurück, Ellenbogen hoch, Kinn nach vorne! Entspannen!*
Mir blieb nichts anderes übrig, als mir das Lachen zu verkneifen – und Bonaparte blieb nichts anderes übrig, als still zu sit-

zen, denn es dauerte *sehr* lang. Nach einer Stunde gab Bonaparte Monsieur Despréaux ein Zeichen, das Ganze zu beschleunigen – er hätte schließlich nicht den ganzen Tag Zeit! –, und das Tempo steigerte sich dermaßen, dass die Männer zum Thron rannten, wie ein Taschenmesser zu einer tiefen Hofverbeugung zusammenklappten und dann rückwärts zurückrannten, wobei sie um ein Haar über den nächsten in der Reihe gestolpert wären.

17. Juli

Prinzessin Dolgorouki, die vor zwei Tagen im Salon in den Tuilerien zugegen war, läuft in Paris herum und erzählt, dass »es« zweifellos große Macht demonstriere, aber gewiss *kein* Hof sei. »Kein Hof? Was braucht man dazu?« Bonaparte schäumte. »Dein Gefolge darf nur aus Gräfinnen bestehen«, sagte er, und mit einem Federstrich wurden sie alle zu Gräfinnen. Sie lächelten verächtlich hinter ihren Fächern: *Parvenü*. (Aber die Titel nahmen sie trotzdem an.)

[Ohne Datum]

»Ihre Majestät, der Kaiser hat mich gebeten« – Dr. Corvisart blätterte unbehaglich den Stapel Papiere in seiner Hand durch –, »ein Problem anzupacken, nämlich das Ihrer …«
Meiner Unfruchtbarkeit, meinte er. Ich wandte entmutigt den Blick ab.
»Sie sind schon mehrmals in Plombières gewesen, Ihre Majestät«, sagte Dr. Corvisart, ordnete die Papiere und legte sie fein säuberlich vor sich auf den Schreibtisch. »Vielleicht ist ein Wechsel angebracht. Ich empfehle die Quellen in Aix-la-Chapelle.«
»Das Bad in der Nähe von Brüssel?«

»Die Quellen sollen gut sein für …« Er zuckte mit den Schultern. »Es ist einen Versuch wert.«
Ein vergeblicher Versuch, wie wir beide wussten. Wir machen uns alle etwas vor.

19. Juli

Kanonen kündigten Bonapartes Aufbruch zu seiner Rundreise in den Norden an. Ich bleibe ein paar Tage in Paris, bevor ich nach Aix-la-Chapelle reise – bleibe im Palast zurück, allein.
Nun ja, allein bis auf Hunderte von Bediensteten. Ich weiß offen gestanden nicht mehr aus noch ein. Der Hofstaat hat sich zu einem großen wilden Tier entwickelt, das einfach nicht zu zähmen ist. »Das ist *meine* Aufgabe, Eure Majestät«, beruhigte mich Monsieur d'Harville (Graf Etikette), als er mir mein Tagesprogramm aushändigte. Meine Marschbefehle.

21. Juli – Saint-Cloud, früher Nachmittag

Man hat mich getäuscht. Graf Etikette ist nicht mein Diener, er ist mein Gefängniswärter! Er ist bei jeder Audienz zugegen, wo er hinter meinem Stuhl steht. Bei jeder meiner Bewegungen ist seine Hand da – um zu helfen, was liebenswürdig ist, aber nach der Etikette ist es *seine* Hand, auf die ich, ungeachtet der zahlreich anwesenden hilfreichen Hände, geduldig warten muss, denn *er* ist das ranghöchste Mitglied meines Haushalts. »Es ist eine Ehre, Ihnen dienen zu dürfen, Eure Majestät«, erinnert er mich förmlich.
Heute Morgen, bei den Reisevorbereitungen für Aix-la-Chapelle, fiel mir ein, dass ich vergessen hatte darum zu bitten, dass mein neuer Kaschmirschal gesäumt wurde. Ich durchquerte zwei Säle, um Agathe zu suchen, von der ich wusste, dass sie präzise nähte. Graf Etikette setzte mich schroff davon in Kennt-

nis, dass alle Befehle an die Bediensteten von ihm erteilt werden müssten, und zwar ausschließlich von ihm – andernfalls, so seine Worte, wäre »die Würde des Throns gefährdet«.

»Ich darf nicht einmal mit meiner eigenen Zofe sprechen?« Agathe ist schon seit über einem Jahrzehnt bei mir!

»Es entspräche nicht dem Kodex, wenn ich die Ansicht äußerte, dass Eure Kaiserliche Majestät nicht mit einer Person, nicht einmal mit einem Bediensteten, sprechen dürfe«, teilte mir der Graf mit salbungsvoller Stimme mit, »aber ich würde meine Pflicht nicht erfüllen, wenn ich Eure Majestät nicht darauf hinwiese, dass es Formalitäten gibt, die einzuhalten sind.«

Grands Dieux! Ich kann mich nicht daran gewöhnen, eine »Kaiserin« zu sein – ich hasse es, ehrlich gesagt. Wenn ich auch nur einen Fächer fallen lasse, darf ich mich nicht hinunterbeugen und ihn aufheben. Erst muss ihn die »ranghöchste« Hofdame, die anwesend ist, an sich nehmen und ihn dann Graf Etikette reichen, der ihn mir reicht.

Für eine so einengende Rolle wurde ich nicht erzogen. Wie ich mich nach der köstlichen Freiheit, eine einfache Bürgerin zu sein, sehne, einfach an einem sonnigen Nachmittag auf den Champs-Elysées spazieren gehen und bei Frascati ein Eis essen zu können. Ich setzte Graf Etikette davon in Kenntnis – mit einem Lächeln und unbekümmerter Miene, die, wie ich hoffte, meine Worte mildern würden –, dass sich eine solche Etikette zwar für jemanden eignete, der in eine Welt der Beschränkungen hineingeboren wurde, aber nicht immer für mich, und dass ich daher bei Gelegenheit auch weiterhin meine Befehle direkt erteilen würde.

Inzwischen habe ich diesen Ausbruch von »Rebellion« bereut. Ich kann mich glücklich schätzen, dass Graf Etikette diese Aufgabe übernommen hat – und eine schwierige Aufgabe ist es sicherlich, uns Parvenüs Nachhilfeunterricht in königlichem Benehmen zu geben.

[Ohne Datum]

Wir kriechen durch Europa, meine vier Hofdamen, zwei Kammerherren, zwei Kammerzofen (eine krank), ein persönlicher Diener, ein Stallmeister, ein Privatsekretär, ein Diener, zwei Platzanweiser und zehn Lakaien und außerdem eine Armee aus Kutschern und Küchenpersonal … *und* ein Finanzprüfer, der sich wegen der Kosten die Haare rauft. An jedem Relais benötigen wir siebzig Pferde und zwanzig Postillione. Diese Gruppe zusammenzuhalten ist eine gewaltige Aufgabe – und all das nur, um *mich* in einen Badeort zu eskortieren.
Dabei fällt mir ein Ereignis aus meiner Kindheit ein: Als uns ein Bienenschwarm umschwirrte, griff Mimi beherzt nach der Königin und trug sie auf ein offenes Feld, wohin ihr der Schwarm folgte.
Ich bin die Bienenkönigin, und dies ist mein Schwarm.

20. Juli – Aix-la-Chapelle, gegen 8 Uhr abends

Wir sind endlich in Aix-la-Chapelle angekommen, eine heruntergekommene Kleinstadt – »erbärmlich« sagen meine Damen (ein Wort, das ich häufig von ihnen höre) trotz ihrer ruhmreichen Vergangenheit, ihrer gewaltigen Kathedrale, ihres Schatzes: des Leichnams Karls des Großen, Kaiser des Westens.

3. September

Bonaparte ist eingetroffen, und plötzlich ist diese verschlafene Stadt aufgewacht. Überall flattern Spruchbänder. Selbst die vor primitive Karren gespannten Gäule protzen mit Bändern.

7. September

Nach einem Tedeum in der Kathedrale von Aix wurde Bonaparte der Talisman überreicht, den Karl der Große an seinem Kragen trug, wenn er in die Schlacht zog. Heute Nacht ging Bonaparte immer und immer wieder zu dem Talisman, hielt ihn in der Hand, betrachtete ihn eingehend, drehte ihn um. »Karl der Große wurde vom Papst gekrönt«, sagte er, »und ich werde das auch.«
»Du willst nach Rom reisen?«
»Papst Pius VII. wird zu mir kommen.«
Ich lächelte, aber vielleicht wirkte es spöttisch, denn Bonaparte zog mich am Ohr. »Du glaubst mir wohl nicht?«

19. August 1804, Paris

Chère Maman,
Wie läuft die Behandlung? Was sagen die Ärzte? Deine Darstellung, wie du den Armknochen von Karl dem Großen abgelehnt hast, hat mich sehr amüsiert. Alle finden deine Antwort geistreich. *
Mache dir nicht so viele Sorgen um mich! Louis kommt nächsten Monat aus Plombières zurück. Bis dahin bin ich ziemlich damit beschäftigt, die Ausstattung für das Kind vorzubereiten. Ich komme mir ungeheuer dick vor, aber die Hebamme versichert mir, dass ich genau so bin, wie es sich für den siebten Monat gehört.
Hier in Paris ist es schrecklich heiß. Klein Napoléon, die Wonne meiner Tage, spricht immer mehr. Allerdings ist sein Lieblingswort »nein«!
Deine dich liebende Tochter Hortense

* Joséphine lehnte das Knochenstück mit den Worten ab, dass sie zu ihrem persönlichen Schutz einen Arm hätte, der so stark wie der Karls des Großen sei.

Anmerkung: Soeben erhielt ich die Nachricht, dass Paulines Sohn in Rom an Fieber gestorben ist. Wie unendlich traurig – Dermide war ein so liebes Kind. Arme Pauline – erst Victor und nun auch noch ihr Sohn. Ich weiß nicht, wie man über den Tod eines Kindes hinwegkommen könnte.

12. September 1804, Saint-Leu

Chère Maman,
Louis kehrte am achten nach Paris zurück, und wir sind unverzüglich nach Saint-Leu aufgebrochen. Unser neues Landschloss ist wunderschön! Wir wollen hier einige Zeit verbringen, bevor wir wegen meiner Niederkunft in einem Monat zurückkehren.
Das Schloss muss repariert werden, aber unser Aufenthalt hier war trotzdem schon erholsam. Wenn es seine Gesundheit erlaubt, durchstreifen Louis und sein geliebter Wasserspaniel die Hügel und Felder, während ich mich im Haushalt vergnüge. Heute war ich den ganzen Morgen in der Küche und habe beim Einmachen köstlicher Obstkompotte geholfen. Gestern stellten wir Seife her und nächste Woche werden es Kerzen sein. Klein Napoléon »hilft« natürlich. Jetzt, da sein Papa zu Hause ist, ist er viel fröhlicher.
Sein armer Papa, dessen Gesundheit sich durch die letzte Badekur nicht gebessert hat. Dr. Corvisart ist der Überzeugung, dass Louis an chronischem Rheumatismus leidet, wie du es vermutet hast. Er nimmt jeden Abend Kampferdampfbäder zusammen mit regelmäßigen Dosen von Knöterichextrakt und außerdem die Tabletten gegen Harnverhaltung, die ihm Dr. Corvisart verschrieben hat. Dies scheint die Schmerzen lindern zu helfen. Er soll Hammel, Gans und Schwein meiden – was er alles für sein Leben gerne isst. Es ist kein Wunder, dass seine Stimmung hin und wieder darunter leidet.
Was auch immer du tust, Maman, beunruhige dich nicht: Für mich wird gut gesorgt. Ich füge eine »Zeichnung« bei, die Klein Napoléon für dich angefertigt hat. Das große Gekritzel in der unteren rechten Ecke bin ich!
Deine dich liebende Tochter Hortense

7. Oktober, Sonntag – Saint-Cloud

Ich bin vor Bonaparte nach Paris zurückgekehrt, um Hortense während ihrer Niederkunft beizustehen – und musste feststellen, dass sie und Louis *immer noch* auf ihrem Landsitz weilen. Das Kind kann jetzt jeden Tag kommen!

9. Oktober

»Was hat dich so lange aufgehalten? Du hättest schon vor Wochen hier sein sollen«, schalt ich meine Tochter (als ich sie umarmte). »Sie dich doch mal an!« Denn sie ist *hoch*schwanger, und das Kind sitzt schon sehr tief. »Du solltest nicht über holprige Straßen reisen.«
»Maman, mache dir keine Sorgen! Die Hebamme hat mir versichert, dass ich noch viel Zeit habe. Das Landleben hat mir gut getan.«
Trotzdem wirkte sie beunruhigt. »Ist das ein Wachhäuschen im Garten?«, fragte ich, als ich aus ihrem Schlafzimmerfenster schaute. Der Wachposten stand direkt darunter. »Und die Gartenmauern sind neu, habe ich Recht?« Die Steinmauern waren so hoch gebaut worden, dass jetzt ein guter Teil des Küchengartens im Schatten lag. Das Gebäude wirkte wie ein Gefängnis.
»Aus Sicherheitsgründen«, sagte Hortense und fädelte ein weißes Band durch die Spitzenkante einer Kindermütze.
»Wegen eines Verfolgers?« Seit das Kaiserreich ausgerufen worden war, waren sowohl Hortense als auch ich von seltsamen Gestalten belästigt worden – überwiegend harmlose Einfaltspinsel.
»Nein«, beruhigte sie mich (wurde aber rot dabei – warum?).
Ich gab ihr den Sack Blumenzwiebeln, den ich von meinen Reisen mitgebracht hatte, und erklärte gerade, wie sie gepflanzt werden mussten, als der kleine Napoléon ins Zimmer stürmte und in meine Arme sprang. »Oh, wie groß du geworden bist!«

Mit eifriger Miene streckte er zwei Finger hoch. »Ich weiß«, sagte ich lächelnd und küsste ihn. Unser wunderschöner Prinz – unser *Erbe*. »Morgen wirst du zwei.« Ich überreichte ihm eines der (vielen) Geschenke, die ich mitgebracht hatte: ein kleines Holzschwert von seinem Onkel Napoléon.
»Von Nonan, dem Soldat?« Das Kind drückte das Geschenk mit so aufrichtiger Inbrunst an sich, dass Hortense und auch ich lachen musste.
»Eure Majestät?« Die Gouvernante machte einen Knicks. »Darf ich …?« Klein Napoléons Mütze war heruntergefallen.
»Nein!« Der Junge wand sich, als seine Gouvernante sie ihm wieder aufsetzen wollte.
»Dein Onkel Napoléon trägt genau so eine«, sagte ich zu ihm, was seine Meinung augenblicklich änderte. Sein neues Spielzeug fest umklammernd, ließ er sich zufrieden auf meinem Schoß nieder.
Bald darauf traf Louis mit einem Adjutanten, Monsieur Flahaut, ein. »Ich habe mich schon gefragt, wessen Kutsche das war«, sagte Louis. Er kam hinkend herein und schien nur mit Mühe laufen zu können. Man könnte ihn für einen Fünfzigjährigen halten und nicht für den jungen Mann von sechsundzwanzig, der er ist.
»Wie schön, dich zu sehen, Louis – und *Sie*, Monsieur Flahaut«, fügte ich hinzu und nickte dem Adjutanten, dem Sohn meiner Freundin Madame de Souza, zu.
»Eure Majestät«, antwortete Flahaut mit einer anmutigen Verbeugung. Ein schöner Mann mit elegantem Auftreten; es ist nicht schwer zu erkennen, warum die Frauen ihn umschwirren. (Es geht sogar das Gerücht, dass er es Caroline angetan hat.)
Louis beugte sich herab, um Hortense auf die Wange zu küssen. »Geht es dir gut, mein teurer Engel?«
»O ja, hervorragend, Liebling«, sagte sie mit einem strahlenden Lächeln.

Was für ein reizendes Porträt, dachte ich: die junge, glückliche Mutter und der hingebungsvolle Vater.

11. Oktober – ziemlich spät (erschöpft)

Es war noch dunkel, als Mimi mich weckte und flüsterte: »Der Lakai deiner Tochter ist hier. Ihre Niederkunft hat begonnen!« Bonaparte schlief tief und fest. Ich schlüpfte aus dem Bett und folgte Mimi in den angrenzenden Raum. »Wie spät ist es?«, fragte ich und wickelte mir einen Kaschmirschal um den Kopf.
»Zwanzig nach drei«, sagte sie und unterdrückte ein Gähnen.
»Sind die Pferde angespannt?«
»Immer mit der Ruhe, Eure Majestät.« Mimi lächelte und reichte mir einen Becher heißer Schokolade. »So kannst du nicht ausgehen. Was wird Graf Etikette dazu sagen? Das Kind wird sich majestätisch Zeit lassen, und du solltest das auch.«
Aber ich saß wie auf glühenden Kohlen; bei dem Gedanken an die Qual meiner Tochter konnte ich nicht untätig sein. Ich schlüpfte rasch in das Kleid, das Mimi aus der Garderobe geholt hatte, und machte mich auf den Weg. Kaiserin hin oder her, meine Tochter bekam ein Kind.

Louis empfing mich halb angezogen an der Tür. »Oh«, sagte er, als wäre er überrascht, mich zu sehen. »Ich dachte, du wärst der Geburtshelfer.«
Ich legte meinen Umhang ab und reichte ihn einem Diener in Livree (dankbar, dass Mimi mich überredet hatte, mich korrekt zu kleiden). »Aber die Hebamme ist doch schon hier? Wie geht es Hortense?«, fragte ich, während ich versuchte, meine Hutbänder zu lösen, die ich in der Eile verknotet hatte. »Ist schon nach dem Erzkanzler geschickt worden?« Ungeduldig zog ich den Hut vom Kopf, wobei eines der Bänder riss.
Louis sah mich verdutzt an. »De Cambacérès?«

»Bei Geburten in kaiserlichen Familien muss ein Zeuge anwesend sein, erinnerst du dich? Nach dem neuen Protokoll.«* Das war doch besprochen worden, oder etwa nicht? Die geänderte Verfassung verfügte, dass bei der Geburt jedes Kindes in der Thronfolge ein offizieller Zeuge anwesend sein muss. »Pour l'amour de Dieu«, murmelte Louis und ging die Treppe hinauf.

Der Geburtshelfer traf erst kurz vor neun Uhr ein. Kurz danach kam Erzkanzler de Cambacérès in einer Kutsche an, die von sechs Pferden gezogen und von sechs Pagen, einem Lakaien und einem Kammerherrn begleitet wurde. Die Diener hielten den Erzkanzler am Esstisch mit Räucherhering à la Dublin, Hammelleber und etlichen Gläsern eines ausgezeichneten Madeiras bei Laune. (Dies alles erzählte mir de Cambacérès später ausführlich.)

Das Kind wurde um halb drei Uhr geboren. Wieder ein Junge!

»Ein Prachtexemplar«, verkündete die Hebamme. De Cambacérès sah genug durch sein silbergefasstes Lorgnon, um seine Pflicht als königlicher Zeuge zu erfüllen (aber nicht genug, um seinen Magen in Aufruhr zu versetzen). Louis untersuchte das Neugeborene sorgfältig, bevor es von dem Kindermädchen gewickelt wurde.

»Welch ein Segen: zwei Söhne«, sagte ich zu ihm. »Er sieht aus wie du.«

»Meinst du?«, sagte Louis.

Meine Tochter drückte meine Hand an ihre Wange. »Ist er nicht wundervoll, Maman?«, sagte sie, und die Röte stieg ihr ins Gesicht.

»*Du* bist wundervoll«, sagte ich. Wie tapfer sie gewesen war.

* Königin Marie Antoinette und die Königinnen vor ihr mussten in einem Raum voller gaffender Zeugen entbinden.

Mir wird eine Krone angeboten

15. Oktober 1804 – Saint-Cloud

»Der Papst hat endlich geantwortet«, teilte mir Bonaparte mit, als ich in die Tür trat. »Es ist noch nicht offiziell, aber er hat eingewilligt: Er wird nach Paris kommen.«*

»Um dich zu krönen?«, fragte ich abwesend und stellte meine Tasche ab. Ich war den ganzen Morgen bei Hortense gewesen und krank vor Sorge. Das Neugeborene – Petit, wie wir es nennen – entwickelt sich prächtig, aber Hortense selbst ist immer noch geschwächt und isst nicht gut, wenn überhaupt.

»Ruf die Architekten her, vereinbare für heute am späteren Nachmittag ein Gespräch. Ich bin um fünf frei. Der Papst wird im Pavillon de Flore wohnen. Wir werden ihn renovieren müssen.« An der Tür blieb er stehen. »Was ist los? Hältst du ihn nicht für geeignet?«

»Bonaparte, es tut mir Leid. Ich war wohl nicht … Sagtest du, dass der *Papst* kommt? Ist das dein Ernst? Du machst keinen Scherz?«

»Das habe ich dir bereits gesagt.«

»Es ist nur, dass … Wie macht man das – einen Papst empfangen?«

Bonaparte stieß ein kleines Lachen aus. »Wo liegt das Problem? *Ich* bin der Kaiser.«

* Anfänglich widerstrebte es dem Papst, »den Mörder des Herzogs d'Enghien« zu krönen. Er willigte erst ein, nachdem der Kirche Zugeständnisse versprochen worden waren – die allerdings nie erfüllt wurden.

16. Oktober

Hortense hat Milchfieber. Sie hat entsetzliche Schmerzen, ihre Brüste sind hart und entzündet. Ein Wickel aus Milch und Brot hat ihre Qualen kaum gelindert. Der Arzt erwägt, sie zur Ader zu lassen, wenn es ihr bis morgen früh nicht besser geht.

[Ohne Datum]

Sechsundfünfzig Zimmer werden renoviert, um Papst Pius VII. und sein Gefolge unterzubringen.
Sechsundfünfzig Zimmer: Man stelle sich das vor! Ich erinnere mich daran, dass vor noch nicht allzu langer Zeit ein neues Bettgestell zu viel Geld kostete.
Ich werde zwischen der Pflege von Hortense und den Vorbereitungen für die Krönung aufgerieben.

17. Oktober – Saint-Cloud

Beschäftigt! Heute Morgen kam ich wegen der neuen Hoftracht mit dem Modeschöpfer Leroy und den Künstlern Jacques-Louis David und Isabey zusammen. Ich habe sie endlich überreden können, dass es unmenschlich wäre, den Reifrock wieder einzuführen. Französische Frauen werden sich eine derartige mittelalterliche Konstruktion einfach nicht gefallen lassen! Wofür wir uns entschieden haben, ist schlicht, aber elegant: ein Gewand, das den heutzutage getragenen Kleidern sehr ähnelt, aber von einem langen Umhang und einer Halskrause ergänzt wird. Eine Halskrause ist zwar unpraktisch, aber kleidsam. Leroy hat eine mit langen Spitzen aus Tüll, der mit Gold oder Silber bestickt ist, vorgeschlagen. Sie wird an den Schultern befestigt und steigt im Nacken hoch an, wie auf den Porträts von Katharina von Medici. Meine Damen sind hell entzückt.

19. Oktober – ein wundervoller Herbsttag

»Ich hab's – *endlich*.« Der Dichter Chénier war euphorisch.
»Was haben Sie?«, fragte ich.
»Das Thema für die Tragödie, die ich auf Wunsch des Kaisers zum Gedenken an die Krönung schreiben soll.«
»Ha! Es sollte eine Komödie sein, so, wie das alles hier gelaufen ist«, sagte Chastulé.
»Alle Dichter im Kaiserreich wurden gebeten, ein Stück zur Feier der Krönung zu schreiben, Eure Majestät«, erklärte Clari.
»Wollen Sie mich denn nicht nach meinem Thema fragen, Eure Majestät?« Der Dichter kratzte sich am Kopf.
»O ja, natürlich, Monsieur Chénier. Verzeihen Sie. Für welches Thema haben Sie sich entschieden?«
»Den Kaiser Kyros!«, dröhnte Talmas Stimme hinter uns und ließ uns zusammenfahren. »Gespielt von wem, raten Sie mal?« Der Schauspieler nahm eine heldenhafte Pose ein, die trotz des sonderbaren Kostüms, das er trug, in jeder Hinsicht wie eine römische Statue aussah.
»Das wollte ich ihr doch gerade sagen«, beklagte sich Chénier.
»Talma! Was in aller Welt tragen Sie denn da?« Die engen Kniebundhosen schmeichelten seiner Figur nicht. Der eitle Mime verwandte gewöhnlich viel Sorgfalt darauf, seine krummen Beine zu verbergen.
»Das wissen Sie nicht, Eure Majestät?« Talma drehte sich im Kreis. »*Dies* ist die neue Hoftracht.«
»Ist das Ihr Ernst?« Ich runzelte ungläubig die Stirn. Es war ein Ensemble im Renaissancestil, ein besticktes Wams aus Satin mit einer Halskrause und Pumphosen über hautengen Kniehosen, Seidenstrümpfen und weißen Schuhen mit Rosetten und hohen Absätzen.
»Der Kaiser hat sie heute Nachmittag genehmigt, aber wir kön-

nen uns nicht entscheiden, wie wir sie nennen sollen. Was meinen Sie? Spanisch?« Mit einer Drehung. »À la Heinrich IV.?« Noch eine Drehung. »Der Troubadour? Das war *mein* Vorschlag.« Drei Drehungen, bei denen das kurze Cape flatterte. »Aber was habe *ich* schon zu sagen? Ich war ja nur« – er warf das Samtcape über die Schulter und stolzierte durch den Salon – »das *Mannequin*.«

»Das will Bonaparte tragen?«

Talma warf den schwarzen, mit Straußenfedern geschmückten Hut in die Luft. »Offensichtlich.« Er fing ihn auf und setzte ihn wieder auf. Die Federn wippten ulkig. »Oder zumindest so etwas Ähnliches. Was Seine Majestät tatsächlich sagte, war« – und hierbei imitierte er ganz genau Bonapartes Stimme und Bewegungen – »›Genug. Das wär's. Belästigt mich nicht mehr damit! Ich habe Besseres zu tun, als über Spitze zu entscheiden. Macht, was ihr wollt. Nur, schert euch hier hinaus.‹« Und bei diesen Worten warf sich der Mime in die Luft, als würde er von einer unsichtbaren Kraft angetrieben, und landete auf seinem Hinterteil.

»Talma«, stieß ich hervor. »Sind Sie in Ordnung?«

Der berühmte Schauspieler erhob sich, klopfte seine Hose ab und *verwandelte* sich wie durch Zauberei direkt vor unseren Augen wieder in eine römische Statue.

20. Oktober, etwa 6 Uhr nachmittags

»Bitte, mein Schatz, koste doch nur ein wenig«, versuchte ich meiner Tochter ein kleines Stück Rhabarberkuchen schmackhaft zu machen, den sie als Kind so gerne gegessen hatte. »Lass es Klein Napoléon sehen.« Ich lächelte meinem Enkel zu, der seine Mutter mit ernster Miene betrachtete.

»Mach es wie ein Pferd«, sagte er und zeigte mir die List, die sein Onkel Napoléon anwandte, um *ihn* zu füttern.

Ich tat ihm den Gefallen und machte es wie ein Pferd, und meine Tochter fiel in eine tiefe Ohnmacht.
Ich mache mir solche Sorgen! Verwirrt und besorgt schaute ich anschließend bei Eugène vorbei, der selbst am Rande der Verzweiflung war. Seine Stute hatte ihr Fohlen nicht angenommen, und er hatte Tage und Nächte im Stall zugebracht und versucht das kleine Ding zu retten. Und, um das Maß voll zu machen, verlor er über Renovierungen an seinem Haus fast den Verstand.* Ich half bei einigen Entscheidungen über Tapeten und Vorhänge – und dann sprachen wir über Hortense. »Es geht ihr schon viel besser, Maman«, beruhigte er mich, denn er besuchte sie jeden Tag.
Er wird einmal einen wunderbaren Ehemann für irgendeine junge Frau abgeben – wenn es so weit ist –, aber im Augenblick habe ich das Gefühl, dass er lieber bei seinen Pferden wäre.

25. Oktober

Hortense wurde von ihrer Milch befreit, die ihr so schreckliche Schmerzen bereitet hat.

10 Uhr 20 abends – Saint-Cloud

Die Krönung sollte in zwei Wochen stattfinden – aber heute Abend erfuhr Bonaparte, dass der Heilige Vater Rom noch nicht einmal verlassen hat! Folglich wurde die Krönung auf den 2. Dezember verschoben. Ich bin, ehrlich gesagt, erleichtert. Es ist noch so viel zu tun.

* Napoléon hatte Eugène das Hôtel Villeroy, Rue de Lille Nummer 78, zur Verfügung gestellt. Heute ist es Sitz der deutschen Botschaft.

26. Oktober, spät, nach 2 Uhr morgens – kann nicht schlafen

Heute Abend, nachdem Bonaparte wieder in sein Zimmer gegangen war, um zu arbeiten – schlug Eugène eine Partie Billard vor. Er spielte gut, allerdings mit zu viel Kraft – ich gewann die erste Runde, er die zweite, aber nur mit Müh und Not. Bei der dritten lachten und schwatzten wir: über sein neuestes Pferd, über die Suche nach einem guten (ruhigen) Reitpferd für mich, über Hortense – die sich schon aufsetzt und isst – und über ihre prachtvollen Buben. Dann unterhielten wir uns über mein immer größer werdendes Personal, die Notwendigkeit, noch mehr Hofdamen einzustellen (wie es Madame Campan schon vor langer Zeit vorausgesagt hatte).
»Madame Duchâtel wäre geeignet«, sprudelte Eugène heraus.
»Adèle Duchâtel?«
»Sie fragte, ob ich ihr bei der Suche nach einer Stellung behilflich sein könnte.« Und wurde rot.
Aha, dachte ich – mein Sohn hat Gefallen an der reizenden Adèle Duchâtel gefunden. Sie ist zweifellos eine Schönheit: schlank, mit einer Fülle von goldblonden Haaren, blauen Augen, guten Zähne. Andererseits ist sie groß gewachsen und ihre Nase ist ein wenig spitz. Ich finde ihr Benehmen abweisend, aber vielleicht ist sie einfach nur schüchtern. »Ich denke, dass Madame Duchâtel mein Personal großartig ergänzen würde, Eugène, aber ich bin mir nicht sicher, ob sie qualifiziert ist.« Adèle Duchâtel ist mit einem älteren, unsympathischen Mann, einem Staatsrat, verheiratet. Sein Status verdiente es nicht, dass seine Frau eine Stelle bei Hofe bekam, so charmant sie persönlich auch sein mochte.
»*Bitte*, Maman.«
Ich nahm meine Schleppe auf und ging um den Tisch herum, während ich meine Stöße abwägte. Dabei dachte ich: Es wird allmählich Zeit, dass mein Sohn von etwas anderem als von

Pferden träumt. Dachte: Adèle Duchâtel hat einen Ehemann, eine Heirat wäre also nicht möglich. Das ist gut. Die Wahl einer Ehefrau für Eugène wird von politischen Interessen diktiert werden müssen – er versteht das, versteht, dass dies eines der Opfer ist, die von unserem Rang gefordert werden. »Mal sehen, was ich tun kann«, sagte ich und versenkte zwei Kugeln.
»Versprichst du, dass du es weder Hortense noch Papa sagen wirst?«
»Ich verspreche es«, sagte ich und zerzauste sein Haar. Mein Junge.

27. Oktober

Madame Duchâtel fängt heute Abend an, bei unserem Ball. Ich habe Eugène eine Nachricht gesandt.

Nach Mitternacht

Es war schmerzlich, Eugène dabei zu beobachten, wie er Adèle Duchâtel den Hof machte, schmerzlich, seine Verwirrung zu sehen, als sie seine Aufforderung zum Contredanse ausschlug.
Eugène lehnte den ganzen Abend mit niedergeschlagener Miene an der Wand. »Komm morgen Abend zu meinem Salon«, schlug ich vor.

30. Oktober

Neuerdings hält sich Bonaparte jeden Abend im Salon auf. Heute Abend warnte er Madame Duchâtel davor, eine grüne Olive zu essen. »Von einer Olive am Abend bekommt man Magenschmerzen«, sagte er, und das Mädchen schlug die Augen nieder.

»Und *das* wollen wir doch nicht«, sagte Caroline und legte Adèle den Arm um die Schultern.
»Vielleicht eine Weinbrandkirsche«, bot Eugène, immer noch voller Hoffnung, an.

[Ohne Datum]

Bonaparte ist galant. Ich bin misstrauisch.

31. Oktober, Décadi – Tuilerien

Heute Morgen wurde im Gelben Salon ein Modell des Innenraums der Kathedrale Notre-Dame aufgebaut. Pappfiguren der Leute in der Prozession waren ordentlich in Reih und Glied aufgestellt.
»Wo ist deine, Maman?«, fragte Eugène, als er die Anordnung betrachtete, bevor wir mit der Sippe zu Abend aßen. Ich deutete auf eine Figur, die auf dem Kaminsims stand und mich darstellte. »Warum steht sie nicht bei den anderen auf dem Tisch?«, fragte Eugène verdutzt.
»Weil sie sich noch nicht entschieden haben, wo sie mich unterbringen.«
»Sie?« Er neigte den Kopf in Richtung des Raumes, wo sich die Bonapartes versammelt hatten.
»*Sie* vertreten den Standpunkt, dass ich nicht an der Zeremonie teilhaben, sondern sie lediglich miterleben darf«, raunte ich und betrat an seinem Arm den Raum, wo sich die gesamte Familie erhob und sich verbeugte.

3. November – Saint-Cloud

Ich habe alles verdorben! Heute Abend gegen sieben verließ Bonaparte den Salon. Kurz darauf stand Madame Duchâtel von ihrem Stickrahmen auf und ging ebenfalls hinaus. Ich wartete auf ihre Rückkehr: fünf Minuten, zehn Minuten, zwanzig. Schließlich hielt ich es nicht mehr aus. Ich rief Clari zu einer Fensternische hinüber und sagte ihr, dass sie, falls jemand fragen sollte, wo ich wäre, sagen sollte, dass mich der Kaiser zu sich gerufen hätte. »Wohin gehen Sie?«, fragte sie mit ängstlicher Stimme.

»Ich muss herausfinden, ob da etwas vor sich geht.« Ich stahl mich davon, bevor sie Einwände erheben konnte.

Ich machte mich auf den Weg zu Bonapartes Arbeitszimmer. Ich sagte mir, dass er arbeitete, was er abends häufig tat. Madame Duchâtel war sicherlich nur indisponiert und hatte sich zurückgezogen. Es gab beliebig viele Möglichkeiten.

Diese Gedanken gingen mir durch den Kopf. Aber was sollte ich Bonaparte sagen?, überlegte ich, als ich vor der Tür zu seinem Zimmer innehielt. Ich würde ihn fragen, ob er eine Partie Schach spielen wollte. Nein, er wüsste, dass ich mich nicht durch die Kälte und die dunklen Flure wagen würde, nur um so etwas zu fragen. Ich beschloss, ihm zu sagen, dass ich mich mit ihm ungestört über meine Sorgen um Hortense, um ihre Gesundheit unterhalten müsste.

Der Vorraum zu Bonapartes Arbeitszimmer war dunkel. Das Mondlicht schien auf die schlafende Gestalt eines Wachpostens. Rund um das Zimmer waren Schemel aufgestellt worden, ein ungenutzter Raum. Ich klopfte leicht an die Tür zum Arbeitszimmer. Keine Antwort. Der Wachposten rührte sich, wachte jedoch nicht auf. War die Tür verschlossen? Ich schob den Eisenriegel hoch, und die Tür schwang auf. Das Zimmer war leer. Ich schlich die Treppe hinter dem Bücherregal hinauf, die Treppe, die zu den darüber liegenden Privaträumen führte. Bonaparte hatte sie vor kurzem neu tapezieren lassen.

Oben hörte ich Stimmen – die von Bonaparte und die einer jungen Frau: Adèle Duchâtel.

Törichterweise klopfte ich an die Tür. (Warum? Was war bloß in mich gefahren?) Ich hörte hastige Schritte, dann öffnete sich die Tür: Bonaparte, ohne Hemd. »Was machst *du* hier?«, wollte er wissen. Hinter ihm, im Dunkeln, konnte ich das verängstigte Mädchen erkennen.
Der Klang seiner Stimme verriet mir, dass ich lieber schweigen sollte, doch kopflos schrie ich heraus: »Das ist nicht recht, Bonaparte!«
Außer sich vor Wut griff er nach einem Schemel und schmetterte ihn an den Steinkamin. Das Mädchen stieß einen schrillen Schrei aus. »Verschwinde!«, brüllte er. »Und lass dich nicht mehr blicken!«
Ich stürzte die Treppe hinunter und ließ dabei den Kerzenhalter aus Zinn klappernd auf die Steine fallen. Ich hörte, wie die Tür zugeschlagen und der Riegel vorgeschoben wurde, und tiefe Dunkelheit umfing mich.
Zitternd eilte ich zum Salon zurück. In Gegenwart anderer wäre ich sicher – zumindest redete ich mir das ein. In Wahrheit war ich nicht bei Sinnen. Noch nie hatte ich Bonaparte so wütend erlebt, und das ängstigte mich – ängstigte und erzürnte mich.
Vier meiner Damen saßen noch am Spieltisch vor dem Feuer. Clari saß an ihrem Stickrahmen. Alle erhoben sich, als ich eintrat, und verneigten sich. »Bitte, bleiben Sie sitzen, machen Sie weiter«, sagte ich zu ihnen und nahm meinen Platz hinter dem Stickrahmen ein. Ich nahm die Nadel in die Hand. Ich hatte am Stamm einer Weinrebe gearbeitet, in Kreuzstichen. Ich machte einen Stich, aber er tanzte aus der Reihe.
Im Zimmer waren nur das Knistern des Feuers, das Mischen von Karten und gelegentlich ein Stöhnen oder Murmeln von den Spielerinnen zu hören. Bonapartes Untreue, seine Wut gingen mir nicht aus dem Kopf. »Clari«, rief ich mit schwankender Stimme – und lauter, als ich beabsichtigt hatte. Sie riss den Kopf hoch und sah mich argwöhnisch an. »Ich … ziehe mich für heu-

te Abend zurück. Bitte begleiten Sie mich.« Gut, dachte ich, als ich mich erhob, wenigstens zittere ich nicht.

Ich sah mich in meinem Schlafzimmer um, als hätte ich es noch nie gesehen. »Eure Majestät?«, fragte Clari von der Tür her.
»Ich …« Aber ich hatte kaum den Mund geöffnet, als auch schon die Tränen strömten. »Ich habe sie ertappt«, stammelte ich. »Bonaparte und Madame Duchâtel.« Meine Hände waren eiskalt, doch mein Herz jagte. »Er ist außer sich! Bald wird er herkommen, und …«
»*Bitte*, Eure Majestät, lassen Sie mich gehen! Seine Majestät wäre wütend, wenn er annehmen müsste, dass Sie sich mir anvertraut haben. Am besten ist, wenn er Sie allein antrifft.«

Ich setzte mich an meinen Toilettentisch und machte mir nervös und geistesabwesend an meinem Zierrat zu schaffen. Ich steckte mir einen Perlenschmuck ins Haar und zog ihn wieder heraus. Er war scharf – er könnte verletzen.
Kurz darauf flog die Tür auf: Bonaparte in Strümpfen. Schnaubend wie ein Bulle kurz vor dem Angriff kam er in mein Zimmer. »Wie kannst du es wagen, mir nachzuspionieren!«, brüllte er. »Das lasse ich mir nicht gefallen!«
Allein schon der Gedanke daran beschämt mich jetzt, denn ich duckte mich wie ein Tier. Ich kauerte mich zitternd, aber ohne Tränen zusammen, als er zerstörte, was er in die Finger bekam, Flaschen und Schmuckstücke gegen den Spiegel warf (überall Glassplitter), das Bein meines Toilettenstuhls von Jacob zerschmetterte, die Bettvorhänge aus Spitze zerriss.
»Du ziehst unverzüglich aus.« Er nieste, überwältigt von dem Jasminduft, der in der Luft lag. »Nächste Woche arbeiten wir die Einzelheiten der Scheidungsformalitäten aus«, sagte er und hielt sich ein Taschentuch vor Mund und Nase.
Und dann flog krachend die Tür ins Schloss.

Der Fußboden war mit Trümmern übersät. Eine Uhr schlug achtmal. Erst acht? Ich stand auf und ging mit vorsichtigen Schritten zum Klingelzug für die Diener. Eine Kammerzofe kam zur Tür. »Bitte sagen Sie Madame Clari, dass ich mit ihr sprechen möchte«, trug ich ihr mit überraschend ruhiger Stimme auf. »Ich glaube, sie hält sich im Gelben Salon auf.«
Das Mädchen starrte mit offenem Mund lange auf den Fußboden und rannte, ein nervöses Gekicher unterdrückend, den Flur hinunter davon.

Clari fand mich an meinem Toilettentisch vor, wo ich mein zersplittertes Spiegelbild betrachtete. »Oh, Eure Majestät!«, rief sie bestürzt über den Zustand meines Zimmers aus. »Sind Sie in Ordnung?«
»Ja«, sagte ich versonnen. »Fahren Sie heute Abend nach Paris?«
»Unsere Kutsche ist für neun Uhr bestellt«, sagte sie und beugte sich vor, um eine zerbrochene Glaskaraffe aufzuheben und dann noch eine, die sie beide auf ein Tischchen stellte. »Oh là là! Vielleicht wäre es Ihnen lieber, wenn ich hier bliebe.«
»Darum können sich andere kümmern. Ich möchte, dass Sie nach Paris fahren und meinen Sohn aufsuchen. Sagen Sie ihm …« Ich stützte das Kinn in die Hand.
»Eure Majestät?«, fragte Clari und holte eine Puderquaste unter dem Bett hervor.
»Sagen Sie ihm, dass der Kaiser und ich eine … Meinungsverschiedenheit hatten«, sagte ich. »Sagen Sie ihm, dass der Kaiser die Scheidung fordert.« Und dann brach ich zusammen.

»Maman?«, rief mir Eugène von der Tür zu meinem Schlafzimmer aus zu. Der Schein der Laterne, die er in der Hand hatte, ließ ihn wie einen Engel aussehen – was er auch ist, für mich. »Bist du wach?«, fragte er leise und sah sich in dem Zimmer

um. Die Glasscherben waren zusammengefegt und die Bettvorhänge und der Toilettentisch rasch ersetzt worden, aber trotzdem muss er gespürt haben, dass etwas anders war als sonst.
»Komm herein«, sagte ich, setzte mich auf und zog meine Bettjacke über. »Ich habe hier nur so gelegen.« Und geflucht. Gebetet. *Bereut.* »Weißt du, was vorgefallen ist? Hast du mit Bonaparte gesprochen?« Ich weinte nicht mehr.
Er nickte und stellte die Laterne auf den kleinen Tisch neben meinem Bett. »Er ist aufgebracht«, sagte er und ließ sich auf einem Schemel nieder.
Ich fragte mich, wie viel ihm Bonaparte wohl erzählt hatte. »Hat er dir gesagt, dass er sich scheiden lassen will?« Meine Stimme schwankte ungewollt. Ich fragte mich, ob Eugène wusste, *wen* ich bei Bonaparte gefunden hatte.
Mein Sohn nickte kurz und sachlich. (Gut, dachte ich. Er weiß nicht, dass es Adèle Duchâtel war.) »Ich erwiderte Papa, dass ich dir ins Exil folgen würde –«
Exil! Sollte ich verbannt werden?
»– selbst, wenn das hieße, dass ich mit dir nach Martinico zurückgehe.« Er lächelte lieb, so voller Liebe.

4. November, spätmorgens – gerade aufgestanden

»Du hast es vermutlich gehört, ja?«, fragte ich Mimi, als sie mir die morgendliche Schale Schokolade reichte. Meine Hände waren unsicher; ich musste aufpassen, dass ich nichts verschüttete.
»Gontier und Agathe haben es mir erzählt«, sagte Mimi und schob mir einen Zettel unter das Kopfkissen.

Heut Abend sagte Prinzesin Carolin zu ihrm Mann, das ihr Plan geklapt hat. Der Kaiser hat das Mädchen beschlafn & die eifersüchtige Alte Frau fand Ihn mit Ihr nackt. Nun will sich der Kaiser von der Alten Frau scheidn lasn & sie krign alles.

Mimi gab mir zur Beruhigung einen Orangenblütentee. »Ich habe dir ja gesagt, dass sie eine Hexe ist«, sagte sie.

5. November

»Wie war das Familienessen gestern Abend?«, fragte ich Hortense (als ich nach dem schlafenden Säugling in seinem Korb schaute und ihm eine Kusshand zuwarf). Das allwöchentliche Abendessen mit der Sippe hatte im Haus von Bonapartes Mutter stattgefunden. Ich war natürlich nicht eingeladen worden.
»Ich war noch zu krank, um hinzugehen«, sagte Hortense und beugte sich vor, damit die Zofe die großen Federkissen aufschütteln konnte. »*Glücklicherweise*«, raunte sie, als die Zofe die Tür hinter sich schloss.
»Die Bonapartes haben sich … wie soll ich es formulieren?« Sie griff nach einer Praline. »Ziemlich ungeniert gefreut, könnte man sagen, über jüngste *Entwicklungen*.«
»Das überrascht mich nicht.«
»Aber sie brüsten sich so ungeniert mit ihrem, wie sie es sehen, ›Sieg‹, dass es ihnen gelungen ist, Papa zu verärgern. Ich schließe daraus, dass er sich gestern Abend heftig mit ihnen gestritten hat.«
»Bonaparte?« *Das* überraschte mich. »War Eugène dabei?«
»Nein, ich war nicht eingeladen«, sagte eine Stimme an der Tür.
»Eugène!« Ich sprang auf, um meinen Sohn zu umarmen. »Was für eine Überraschung.« Er roch nach frischer Winterluft.
»Maman und ich sprachen gerade … über *Papa*«, sagte Hortense peinlich berührt.
»Ah ja?«, sagte Eugène, lehnte sich an den Fenstersims und verschränkte die Arme.
Hortense sah ihren Bruder an und riss die Augen auf.
Ich schaute von einem zum anderen. Irgendetwas stimmte da nicht. Dieses »Treffen« war geplant worden. »Ah ja?«, echote ich.

»Maman, Eugène und ich haben nachgedacht«, sagte Hortense schließlich.
»Worüber?«
Eugène zuckte verlegen mit den Schultern. »Über dich und Papa.«
»Oh.« Ich holte scharf Luft. *Darüber*.
»Es ist einfach so, dass Papa ein junger Mann ist, Maman«, sagte Hortense und errötete.
Eugène räusperte sich. »Für einen Mann ist es nur natürlich, dass er … du weißt schon.«
Ich lehnte mich vor, die Hände auf den Knien. »Ergreift ihr für *Bonaparte* Partei?« Sie verstanden mich nicht!
»Wir meinen ja nur, dass du keinen Grund hast, eifersüchtig zu sein«, sagte Eugène. »Papa liebt dich.«
Hortense nickte, ihre Augen füllten sich mit Tränen. »Und wir lieben ihn.«

6. November, 7 Uhr abends

Thérèse war empört und äußerte ihr Missfallen deutlich. »Du hast was getan?«, regte sie sich heftig auf. »Du bist bei ihnen hereinspaziert – *vorsätzlich*? Bist du wahnsinnig? Nach allem, was ich dir gesagt habe? Und was ist mit deiner lieben, verstorbenen Tante Désirée? Ich dachte, dass du ihr versprochen hast, ›blind‹ zu sein – an ihrem Sterbebett! Ich weiß, ich weiß – es ist schwer, nichts zu bemerken, wenn es direkt unter deiner Nase passiert, aber wohin soll ein Kaiser denn sonst gehen? Er kann doch nicht wie ein gewöhnlicher Soldat durch die Straßen wandern. Kein Wunder, dass er gereizt ist! Oh, verzeih mir, es tut mir Leid. Es ist gemein, eine Strafpredigt zu halten, aber glaube mir, meine Liebe, *liebe* Freundin – eine Scheidung kannst du nicht wollen. Es ist die Hölle!«

7. November

Ich klopfte an die Tür zu Bonapartes Arbeitszimmer. Es war noch früh; ich wusste, dass er arbeiten würde. »Entrez.«

Mut, redete ich mir zu, und stieß die Tür auf.

»Joséphine!« Bonaparte erhob sich erstaunt. Einen Augenblick lang dachte ich, dass er froh wirkte, mich zu sehen, aber dann veränderte sich sein Gesichtsausdruck und wurde ernst. »Ich habe in fünfzehn Minuten ein Gespräch mit Talleyrand.«

»Es wird nur einen Augenblick dauern, aber ich kann später noch einmal wiederkommen«, sagte ich. »Wann immer du es möchtest.«

Er zögerte, bevor er mich hereinwinkte und sich wieder auf seinen Stuhl fallen ließ. »Was willst du?«

»Ich will …« Was wollte ich eigentlich? Ich wollte Bonaparte an meiner Seite – ich wollte meinen Mann, meinen »Seelenfreund«. Ich wollte unsere gemeinsamen ruhigen Stunden, unsere Ausritte im Park, unsere frühmorgendlichen Spaziergänge im Garten. Ich wollte unsere tröstlichen Augenblicke der Zärtlichkeit. »Ich will, dass Frieden zwischen uns herrscht«, sagte ich schließlich.

»Ich kann mir nicht vorstellen, wie das möglich sein soll.«

»Du verstehst mich falsch, Bonaparte. Du glaubst, dass meine Motivation Eifersucht ist. Das ist nicht alles. Was du harmlose Tändeleien nennst, zerstört dein Ansehen beim Volk.«

»Du spionierst mir im Interesse der Politik nach? Joséphine, du bist keine gute Lügnerin.«

Er hatte Recht. Ich hatte gelogen – hatte ihn ebenso wie mich selbst belogen. Doch was war die Wahrheit? »Ich gebe gerne zu, dass ich Treue bevorzuge, Bonaparte, aber ich glaube, ich kann lernen, ohne sie zu leben, wenn ich muss – solange ich nur deine Liebe habe.«

»Natürlich liebe ich dich«, sagte er wütend. »Diese … *Sache* bedeutet mir nichts. Es ist reines Amüsement.«
»Trotzdem wirst du ausfallend mir gegenüber.«
»Weil du mich kontrollieren willst – und ich will nicht kontrolliert werden!«
»Also gut, ich sehe eine Lösung. Ich werde keine Einwände erheben, und du wirst nicht ausfallend.« Ich öffnete die Hände.
»Ich kann tun, was mir gefällt?«
»Mit meinem Segen«, log ich.

Heut aben hat Prinzesin Carolin zu Prinz Joseph gesagt, das der Kaiser ein Narr is. Sie sagt der Kaiser muss sich von der Alten Frau scheidn lasen. Sie & Prinz Joseph wollen morgen Aben um 8 mit Ihm redn.

10. November, Décadi

»Guten Abend, liebe Schwester.« Joseph küsste mich auf beide Wangen. »Du siehst heute Abend besonders hübsch aus. Habe ich nicht Recht, Caroline?«
»Doch«, sagte Caroline. »Dieses Kleid dürfte fünf Millionen Francs gekostet haben.«
»Vielen Dank euch beiden.« Wir logen alle – lächelten zähnefletschend, wie Bonaparte zu sagen pflegt. »Ihr seid äußerst freundlich.« Wie ein tollwütiger Fuchs. »Soweit ich weiß, habt ihr um acht ein Gespräch mit dem Kaiser«, sagte ich und warf einen Blick zur Uhr.

Kurz vor Mitternacht

Bonaparte riss sich in wütender Enttäuschung den Rock vom Leib. »Was ist los?«, fragte ich und half ihm bei der Weste.
»Weißt du, warum Joseph nicht will, dass du gekrönt wirst? Weil das gegen seine Interessen spräche. *Seine* Interessen – das

hat überhaupt nichts mit Politik zu tun, überhaupt nichts mit dem, was dem Kaiserreich von Nutzen wäre.«

»Ich verstehe nicht.« Ich soll *gekrönt* werden? Ich dachte, sie hätten sich mit Bonaparte getroffen, um ihn zu überreden, sich von mir scheiden zu lassen.

»Weil dann, wenn du gekrönt wirst, Louis' Kinder über seinen stehen werden, sagte Joseph, weil dann Louis' Kinder die Enkel einer Kaiserin sein werden. Pah«, knurrte er, während er sich abmühte, sein Nachthemd überzuziehen, bis er endlich den Kopf hindurchstrecken konnte. »Weißt du, was dazu gehört, einen Tyrannen aus mir zu machen?« Er zog den Bettvorhang derart heftig zurück, dass eine Schnur abriss. »Meine Familie, *das* gehört dazu. Sie brauchen nur den Mund aufzumachen, und aus mir wird ein Ungeheuer. Sacrebleu! Und ob du gekrönt wirst, selbst wenn dafür zweihundert Soldaten benötigt werden.«

»Meinst du das ernst?«

»Natürlich meine ich das ernst. Ich meine es immer ernst.«

Mir stockte der Atem vor Sorge. Ich – gekrönt? »Ich weiß nicht, ob das eine so gute Idee ist.« Eine Krone würde meine Stellung heben. Ich hätte jede Menge Höflinge – und ebenso viele Feinde. »Ist das denn üblich?« Ich hatte noch nie gehört, dass eine Frau gekrönt worden war.

»Ganz und gar nicht.«

»Aber warum denn dann?«

»Um sie zu ärgern!«

»Bonaparte, das ist kein guter Grund«, sagte ich mit einem neckenden Lächeln.

»Du hast Recht. Darüber sollte man keine Scherze machen. Wie auch immer, es ist mein voller Ernst. Ich werde dich krönen. Du hast mich geheiratet, als ich ein Nichts war. Ich will dich an meiner Seite haben.« Und nahm meine Hand und zog mich zum Bett.

»Bonaparte – darüber muss ich nachdenken.«
»Du würdest eine Krone ablehnen?«
Mühelos! »Ich muss unbedingt darüber nachdenken.«
Und mit meinen Kindern sprechen.

11. November, abends, spät

»Oh, das ist beängstigend, Maman.« Hortense (die aufgestanden war und *herumlief*) legte die Hände an die Wangen.
»Ich weiß!« Ich wollte keine Krone; ich wollte nicht einmal, dass Bonaparte gekrönt wurde.
»Papa hat das vorgeschlagen?«, fragte Eugène. »Was genau würde das bedeuten? Du bist doch schon Kaiserin. Was würde eine Krönung daran ändern?«
»Soweit ich daraus klug werde, würde ich dadurch noch mehr ein Symbol für das Kaiserreich darstellen, sodass man mir, wo auch immer ich hingehe, was auch immer ich tue, den der Krone gebührenden Respekt bezeigen müsste.«
Hortense verdrehte die Augen. »Das wird *ihnen* aber gar nicht gefallen.«
Die Sippe, meinte sie. »Ganz und gar nicht.«
»Weil es deine Position festigen wird«, bemerkte Eugène.
Meine Beziehung zu Bonaparte festigen wird. »Dies ist, ehrlich gesagt, das einzige Argument, das dafür spricht«, sagte ich.
»Und ein gutes obendrein, Maman«, sagte Hortense.

[Ohne Datum]

Ja, nein, ja nein.
Ja.
Nein.
Ja?
Ach, wenn ich doch nur schlafen könnte!

12. November, 10 Uhr 20 morgens

Heute am frühen Morgen ging ich zu Bonapartes Arbeitszimmer. Er blickte von seinem großen Schreibtisch auf, der mit Plänen, Zeichnungen und Notizen zur Krönung übersät war. »Ich habe beschlossen, dein Angebot anzunehmen«, teilte ich ihm mit.

»Welches Angebot?«

Hatte er seine Meinung geändert? »Gekrönt zu werden.«

»Ah!« Er stand auf, kam zu mir und zog mich in seine Arme.

Ich werde gekrönt

15. November 1804 – Saint-Cloud

»Mon Dieu, Maman, du solltest mal sehen, wie voll Paris geworden ist«, sagte Eugène, den Umhang nach hinten geworfen. »Die Bevölkerung hat sich ganz sicher verdoppelt, überall Menschen! Und nun auch noch die ganzen Truppen, die nach hier befohlen wurden, es ist ein Tollhaus!«

Er sagte, dass die Leute schon jetzt verzweifelt versuchten Eintrittskarten für die Krönung zu bekommen, dass eine Familie dreihundert Francs für ein Fenster im ersten Stock bezahlt hätte, nur um die Prozession sehen zu können. Es würden sogar Eintrittskarten verkauft, um die Vorbereitungen im Inneren von Notre-Dame zu besichtigen. Gestern sei ein Mann von einem Stein, der sich durch das viele Hämmern gelöst hätte, bewusstlos geschlagen worden. »So etwas habe ich noch nie erlebt, Maman. Alle Steinmetze in Paris sind in Beschlag genommen, selbst die Zimmerleute. Wie soll ich es da denn schaffen, dass die Arbeiten an meinem Haus fertig gestellt werden?«

»Möchtest du, dass ich die Messieurs Percier und Fontaine frage?«, schlug ich vor, bereute es jedoch sogleich. Unsere Hofarchitekten haben in Erwartung der Ankunft des Papstes alle Hände voll damit zu tun, sowohl die Tuilerien als auch die Schlösser von Fontainebleau umzubauen und zu renovieren. »Ich treffe mich mit ihnen in …« Ich schaute auf die Uhr. Schon so spät? »In zehn Minuten.«

»Nein, Maman.« Eugène hob die Hände. »Sie sind zu teuer.

Und außerdem möchte ich keinen römischen oder griechischen Tempel. Ich möchte nur, dass es ein komfortables Haus wird … mit einem *herrlichen* Ballsaal«, fügte er grinsend hinzu.

»Eugène, soll das heißen, dass du einen Ball geben wirst? Oh, da wird sich deine Schwester aber freuen. Du wirst sicherlich meine Hilfe brauchen. Ich könnte –«

»Nein, Maman, das möchte ich selbst machen!« An der Tür wandte er sich um. »Mit einer Ausnahme. Hättest du etwas dagegen, wenn ich deine Musiker engagiere?«

»Natürlich nicht.« Eugène ist ein begeisterter Tänzer – musikversessen, wie Hortense sagt.

Er grinste und ließ seinen Hut auf dem Zeigefinger herumwirbeln (oder versuchte es zumindest). »Zufällig weiß ich, dass eine deiner Hofdamen sie sehr gerne mag.«

Adèle Duchâtel. Ich wollte gerade etwas sagen, meinen Sohn warnen – aber ich brachte es nicht über mich, ihm davon zu erzählen, von Bonaparte und …

Bonaparte und Adèle.

»Vor allen Dingen sei blind«, hatte mir die gute Tante Désirée an ihrem Sterbebett geraten. Wenn das doch nur so einfach wäre! Ich habe Bonaparte versprochen, keinen Anstoß mehr an seinen so genannten »Amüsements« zu nehmen. Äußerlich wirke ich gelassen und tolerant, aber in meinem Innern tobt ein Wirbelsturm von Gefühlen: Eifersucht, Angst – Zorn –, aber seltsamerweise auch ein Gefühl des Friedens, denn ich weiß, dass Bonaparte mich liebt. Dass er mich liebt, und was noch wichtiger ist: dass er mich braucht.

Wie so häufig, weckte er mich vergangene Nacht und wollte, dass ich mit ihm im Mondschein spazieren gehe. Über dem Park lag ein Schleier von frühem Frost und tauchte die Landschaft in ein unheimliches Licht. Wir wanderten umher und redeten, bis es zu kühl wurde, dann schlichen wir flüsternd wie unartige Schulkinder auf Zehenspitzen in unser warmes Bett zurück.

17. November

Bonaparte war den ganzen Nachmittag in einer Sitzung des Sonderausschusses. Ich fragte mich, worum es bei einer so wichtigen Zusammenkunft wohl gehen könnte – Krieg? Frieden? –, und war reichlich fassungslos, als sich herausstellte, dass es darum ging, wer bei der Krönung meine Schleppe tragen sollte. Joseph hatte im Namen der weiblichen Bonapartes offiziell Einspruch erhoben: Sie weigern sich kategorisch.

18. November, früher Abend

Man hat einen Kompromiss gefunden. Caroline, Pauline und Elisa haben letztlich eingewilligt, meine Schleppe zu tragen – oder besser gesagt (wie es jetzt ausgedrückt werden muss), »den Purpurmantel hoch zu halten«, der als »ein Attribut der Souveränität« zu betrachten ist.

»Aber nur unter der Bedingung, dass wiederum die Schleppen der Prinzessinnen von ihren Kammerherren getragen werden«, erklärte ich Jacques-Louis David, der die Prozession aufeinander abstimmt.

»Das ist ja lächerlich«, beklagte er sich. »Sie werden wie ein Tausendfüßler aussehen!«

19. November

»Wir werden die Kronjuwelen für unser Treffen mit den Juwelieren brauchen«, teilte mir Bonaparte beim Frühstück mit, und plötzlich waren wir alle in hellster Aufregung. Wir mussten den Kodex holen und nachsehen, wie man das machte. Um die Juwelen zu bekommen, muss der Kaiser (Bonaparte) den Großkämmerer (Talleyrand) anweisen, im Auftrag des Oberschatzmeisters (Monsieur Estève) dem für den Kaiser (Bonaparte) zuständigen Obergarderobenmeister (Claris Ehemann) und der für die Kaiserin (ich) zuständigen Ehrendame (Chastulé) eine schriftliche Anordnung erteilen. Wir brauchten den ganzen Morgen, um das herauszufinden.

20. November, früher Nachmittag

Bonapartes Mutter wird nicht rechtzeitig zur Krönung nach Paris kommen können. Sie hat sich zu lange bei ihrem geliebten Sohn Lucien in Mailand aufgehalten. »Sacrebleu«, sagte Bonaparte, aber leise und mit trauriger Miene.

21. November

Morgen fahren wir nach Fontainebleau, um dort die Ankunft des Heiligen Vaters zu erwarten. Ich glaube kaum, dass ich schlafen kann.

25. November, Sonntag – Fontainebleau

Papst Pius VII. traf mittags zusammen mit Bonapartes Onkel Fesch (mittlerweile Kardinal) und allen Mitgliedern eines recht stattlichen päpstlichen Gefolges ein: sechzehn Kardinäle und Bischöfe und weit über hundert Geistliche (*alle* leicht erregbar – oh, was hier für ein Lärm herrscht).
Alle im Schloss Anwesenden bildeten ein Spalier, um Seine Heiligkeit an der Tür zu empfangen. Er zog den Kopf ein, als er hereinkam, vielleicht aus Gewohnheit, weil er sehr groß ist – er überragt Bonaparte. Er war ganz in Weiß gekleidet und fröstelte in einem langen Umhang, der im Stil einer römischen Statue drapiert war. (Ich habe angeordnet, dass seine Kamine kräftig angeheizt werden – ich sorge mich, dass die Kälte seiner Gesundheit schaden könnte, die nicht sehr robust und durch die

anstrengende Reise im Winter ernstlich geschwächt ist.) Selbst seine Schuhe – bejammernswert dünn für dieses Klima – waren weiß, wenn auch schmutzig vom Verlassen der Kutsche, um mit Bonaparte in Croix de Saint-Hérem zusammenzutreffen. Er ist ein ernster, würdevoller und einfacher Mann, der nicht wie zweiundsechzig, sondern eher wie fünfzig wirkt. Vielleicht liegt es an seinen kohlrabenschwarzen Haaren (ob er sie wohl färbt?), die so sehr von seinen weißen Gewändern, seiner bäuerlichen Schaffellmütze, seinen schmalen Händen und langen Fingernägeln abstechen. Er hat eine eigenartige Stimme: hoch und etwas nasal. Er spricht ausgezeichnet Französisch, aber mit italienischem Akzent, indem er *u* wie *ou* ausspricht. Ein Mann von liebenswürdigem Auftreten – im Gegensatz zu den ungehobelten und lauten Priestern in seinem Gefolge (die überall hinspucken!). Sein Teint ist fahl, obwohl dies möglicherweise auch auf eine Tasse saurer Suppe zurückzuführen ist, die er, wie er erwähnte, heute Morgen in einer Poststation zu sich genommen hat.
Nach einem kurzen Empfang geleitete Talleyrand den Papst in seine Gemächer, wo er sich im Moment ausruht. Wie, das weiß ich nicht, denn der Palast hallt von den Stimmen seines Gefolges, das wild auf Italienisch herumbrüllt, wider. »Der Heilige Vater mag ja liebenswürdig und wohlerzogen sein, aber seine Leute sind es offensichtlich nicht«, bemerkte Clari lakonisch und nahm ihre Handarbeit auf.

Später Abend

Nach seiner Ruhepause sprach Seine Heiligkeit über eine halbe Stunde lang mit Bonaparte. Anschließend geleitete ihn Bonaparte in den Saal der Großen Offiziere, wo wir ein zwangloses Diner mit nur sechs Gedecken einnahmen: der Heilige Vater und sein Sekretär, Bonaparte und ich, Eugène (der daran dach-

te, das Brot nicht vor dem Segen zu brechen) und Louis (der nicht daran dachte). Der Papst aß und trank mit Genuss. Der mit Trüffeln gefüllte Truthahn und das Ragout aus Lerchenfilets hatten es ihm besonders angetan.
Bevor er sich zurückzog, überreichte mir Seine Heiligkeit einen Ring. Es ist ein mit Diamanten eingefasster Amethyst, schlicht geschliffen, außergewöhnlich klar. Und vom Papst gesegnet. »Ich danke Euch«, sagte ich und blickte in seine gütigen Augen.
»Meine Tochter«, sagte er.
Ich muss den Mut aufbringen zu reden, meine Sünden zu bekennen – bald. Morgen?

26. November

Der Papst war erstaunt, als ich ihm beichtete, dass Bonaparte und ich nicht kirchlich getraut worden waren. »Das wusste ich nicht.«
»Verzeiht mir«, sagte ich. »Ich habe ohne Wissen des Kaisers gesprochen, Euer Heiligkeit.« Schon gar nicht mit seinem Einverständnis!

Früher Nachmittag

Bonaparte betrat mit finsterer Miene mein Ankleidezimmer. »Es scheint ein Problem zu geben«, sagte er und nahm sich einen Stuhl neben meinem Toilettentisch. »Wir müssen uns kirchlich trauen lassen, sonst wird die Krönung abgesagt: Der Papst weigert sich.«
Ich setzte eine bestürzte Miene auf.
»Teufel nochmal.« Bonaparte zerbrach vor lauter Enttäuschung einen meiner Kämme.

27. November – wieder in Paris

Heute Morgen hallte die Terrasse vom Lärm schreiender Menschen wider, die nach dem Papst riefen und niederknieten, um seinen Segen zu empfangen. Er hat nur ein paar Rosenkränze und Medaillons mitgebracht, und die sind bereits verteilt. »Man sagte mir, dass die Franzosen nicht religiös seien«, beklagte er sich. Er segnet alles, was ihm gebracht wird: Brillen, Tintenfässer, sogar eine Schere. Sowohl Royalisten als auch Revolutionäre kommen, um sich von ihm segnen zu lassen, sogar Jacques-Louis David, der Atheist. Der Heilige Vater hat unsere Seelen, unsere Herzen erobert.

28. November, 7 Uhr 30 abends

»Und das Öl, mit dem ich Sie salben soll?«, fragte der Papst heute Nachmittag bei unserer täglichen Sitzung, um all die (endlosen) Details auszuarbeiten. »Soweit ich weiß, existiert ein Flakon mit geweihtem Öl, das schon seit der Salbung von Chlodwig im Jahre 496 benutzt wird.« Der Heilige Vater ist Laienhistoriker und stolz auf sein Wissen.

Bonaparte runzelte verdutzt die Stirn.

»Er wurde zerstört, Sire«, meldete sich Bonapartes Sekretär zu Wort. »Während der Revolution.«

»Wir werden eine neue Tradition einführen«, sagte Bonaparte und befahl seinem Sekretär, einen angemessenen Flakon anfertigen zu lassen.

Ich errötete: Der altehrwürdige Flakon war zerstört worden, nachdem mein erster Mann vorgeschlagen hatte (und ich zitiere, weil ich mich noch gut daran erinnere), »dass der Plunder der Tyrannei und Unterdrückung auf dem Altar des Vaterlandes verbrannt wird«.

[Ohne Datum]

Chaos! Die einhundertvierzig spanischen Pferde, die für die Krönungsprozession gekauft wurden, sind alle auf einmal geliefert worden.

29. November – Tulerien, noch nicht Mittag

Heute Morgen haben wir die Arbeiten an der Kathedrale besichtigt. Erstaunlich. Zwei der Seitenaltäre und die Trennwand zum Chorraum hat man entfernt und zu beiden Seiten des Hauptschiffs stufenförmig Sitzreihen installiert. »Bemalter Karton wird dem Ganzen ein griechisch-ägyptisches Aussehen verleihen«, erklärte Jacques-Louis David.
»Nicht römisch?«, fragte ich.
»Auch das«, sagte er und wies darauf hin, dass die nackten Steinwände gänzlich mit Fahnen, Gobelins und Wandbehängen aus Samt verkleidet werden.
»Was für eine Bühne«, rief Talma aus und warf die Hände in die Luft. Seine Stimme hallte in dem riesigen Gewölbe wider.

4 Uhr 45 nachmittags

Eine grässliche Probe. Wir stolpern alle *immer noch* über unsere eigenen Füße.
»Ich soll irgend so ein Stück Knochen tragen?«, beschwerte sich Joachim, als ihm die Reliquie Karls des Großen zugeteilt wurde. Eugène soll immerhin den Krönungsring tragen.
Die Folge war, dass Joachim auf Anordnung Bonapartes meine Krone tragen wird, worüber nun natürlich Caroline wütend ist.

9 Uhr abends – kurz danach

Nimmt das denn nie ein Ende? Nun ist Jacques-Louis David außer sich. Der Zeremonienmeister hat ihm einen Platz auf der Tribüne zugewiesen, und er bekam beinahe einen Anfall und drohte mit einem Duell. Man hat ihm eine Loge versprochen, damit er seine Siebensachen aufbauen und ungestört an seinen Zeichnungen arbeiten kann. Ich wurde gebeten, die Sache in Ordnung zu bringen: Ja, er brauchte auf jeden Fall eine Loge direkt über und vor dem Altar, damit er seine Staffeleien aufstellen und seine Skizzen machen konnte, und nein, ein Duell würde auf *keinen* Fall gestattet.
Ein Duell! Bei dem Gedanken, dass dieser glühende Revolutionär einen ziemlich unbedeutenden Konflikt auf eine so aristokratische Weise beilegen wollte, hätte ich, wie ich zugebe, beinahe gelacht. Wir verlieren alle noch den Verstand.

30. November – nur noch zwei Tage

Als Allererstes heute Morgen kam Bonaparte zu mir, als ich gerade bei meiner Toilette war, und versteckte dabei irgendetwas hinter dem Rücken. »Was führst du jetzt wieder im Schilde, Bonaparte?«, fragte ich, weil er diesen schelmischen Blick hatte.
»Ich möchte, dass du etwas anprobierst.« Er holte ein glitzerndes Schmuckstück hinter dem Rücken hervor und ließ es in der Luft herumwirbeln, als wäre es wertloses Flitterzeug. Er fing es geschickt auf, hielt es mit einer Hand an dem goldenen Kreuz fest, das auf der Spitze saß, und streckte es mir hin.
Meine Krone! »Bonaparte, ist sie denn nicht schwer?«
»Äußerst. Nimm sie!«
»Ich habe noch nie etwas so Schönes gesehen«, sagte ich, die Kehle wie zugeschnürt. Oder etwas so Beängstigendes.
»Setz sie auf.« Er erinnerte mich an einen übereifrigen Jungen.

Die Krone saß wie angegossen auf meinem Kopf. Obwohl der Juwelier innen ein gepolstertes Samtband angebracht hatte, spürte ich schon einen Anflug von Kopfschmerzen. »Sie ist perfekt«, sagte ich.

1. Dezember – nur noch ein Tag

Es ist ein Uhr dreißig, ein kalter Winternachmittag. Ich bin in meinem Ankleideraum und warte auf mein Gefolge. Als Vorbereitung für morgen werden wir noch eine letzte Probe abhalten. Draußen im Innenhof höre ich César brüllen. Dreißig Kutschen, die vorzubereiten, hundertvierzig Pferde, die zu striegeln sind. Kein Wunder, dass er tobt.

Die wilde Aufregung ist, ehrlich gesagt, zermürbend. Zwei meiner Damen wollen morgens um zwei Uhr aufstehen, nur um sich frisieren zu lassen. Es scheint, als verlöre jedermann in Paris über Vorbereitungen in letzter Minute den Verstand. Drei Orchester – insgesamt vierhundertfünfzig Musiker – haben geprobt. Schreiber waren damit beschäftigt, über siebzehn*tausend* Notenblätter für den vierhundertköpfigen Chor abzuschreiben. Und jeder Schneider in Paris findet, wie es scheint, keinen Schlaf mehr, weil er Uniformen für wie viele Soldaten anfertigen muss? Achtzigtausend, sagte Bonaparte, glaube ich, nur um die Route zu bewachen.

Ich bin nicht aufgeregt, nur nervös, ja. Morgen werde ich in der Kathedrale zu Notre-Dame zur Kaiserin gekrönt. Über alledem vergesse ich ständig, dass Bonaparte und ich heute Abend getraut werden sollen.

1 Uhr 20 nachts

Um Mitternacht, zwischen Kanonensalven und Donner wurden Bonaparte und ich vor einem improvisierten, in Bonapar-

tes Arbeitszimmer aufgebauten Altar von seinem angeheiterten Onkel, Kardinal Fesch, vor Gott verheiratet. Es ging rasch und ohne Aufhebens vonstatten, fast genauso wie bei unserer ersten, standesamtlichen Trauung.
»Ich bin deine Frau bis in alle Ewigkeit«, sagte ich zu Bonaparte. Die Wahrheit. Er nahm meine Hand und drückte sie an seine Brust.

2. Dezember (oder besser: 3. Dezember)

Es ist fast zwei Uhr morgens. Bonaparte schläft. Es schneit wieder leicht. Ich sitze in einen Pelz gewickelt an dem kleinen Sekretär neben dem Feuer – jetzt nur noch Glut. Meine Krone liegt achtlos auf meinem Toilettentisch, neben meinem Diamantendiadem. Bei dem Gedanken an die Gefahr, die Versuchung für Diebe fährt mir kurz der Schreck in die Glieder, doch dann fällt mir ein, dass ja Roustam vor unserer Tür schläft und eine große Anzahl von Wachleuten über uns wacht, während wir ruhen: Bonaparte und ich, Mann und Frau, Kaiser und Kaiserin.
Es ist ein sehr langer Tag gewesen. Um sechs Uhr morgens wurde ich von Salutschüssen geweckt, gefolgt von einem ohrenbetäubenden Glockengeläut. »Nun, Eure Majestät?«, sagte Mimi grinsend und reichte mir eine Tasse heiße Schokolade. »Das ist dein großer Tag. Zu schade, dass deine Mutter nicht dabei sein kann.« Sie lachte. »Deine Mutter in ihren gestopften Strümpfen.«
Meine Mutter, die überzeugt ist, dass ich ein Ungeheuer geheiratet habe. Ich tastete auf Bonapartes Bettseite herum. War er aufgestanden? Schon?
»Der Kaiser ist in seinem Arbeitszimmer«, sagte Mimi und machte Platz für einen Teller mit Brötchen.
»Er arbeitet?« Ich weiß nicht, warum ich so überrascht war.

»Weißt du, woran ich gedacht habe, Yeyette? Erinnerst du dich, welche Zukunft dir die Obifrau zu Hause in Martinico vorausgesagt hat? Du warst erst dreizehn?«
»Vierzehn«, sagte ich und biss in das warme Brötchen. Wie könnte ich das je vergessen? *Du wirst Königin sein*. Und dann fielen mir die Worte ein: *Aber nicht sehr lange*. Hatte die Voodoopriesterin das wirklich gesagt? Ich konnte mich nicht mehr erinnern. Das alles kam mir wie ein Traum vor: ein Albtraum.
»Ich habe dir ja gesagt, dass sie sich noch nie geirrt hat. Hast du geschlafen?«
»Dank deiner Hilfe.« Mimi und ihr Kasten mit Zauberkräutern. »Ist das *Regen*?« Als Bonaparte und ich zu Bett gegangen waren, hatte es noch geschneit.
»Es ist scheußlich draußen«, sagte Mimi und zog die Vorhänge zurück. »Die Straßen sind völlig verdreckt.«
Nur widerwillig schwang ich die Beine unter den warmen Decken hervor. »Das ist jammerschade«, sagte ich, denn ich dachte an die vielen Menschen, die sich in der Kälte aneinander drängten. Dachte an die eiskalte Kathedrale. Sorgte mich um den Papst, seine anfällige Gesundheit.
Ich schaute in den Innenhof hinaus. Er wimmelte bereits von Menschen, die zitternd in dem Schneematsch standen; die Banner und Fahnen hingen völlig durchnässt von den Balkonen.

Der Morgen entfaltete sich wie ein Märchen. Chastulé brachte meine Diamanten herein: das Diadem, den Gürtel, die Halskette und die Ohrringe. Clari und Mademoiselle Avrillion schwankten unter der Last meines weißen Satingewandes, das durch die Gold- und Silberstickereien so schwer war. Die Hände auf die Hüften gestützt, musterte mich Chastulé von oben bis unten. »Ha! Wir fangen mit dem Unterhemd an.«
Nachdem ich angekleidet war, wurde Isabey mit seinem großen Holzkasten voller Farben und Puder gemeldet, um mein Ge-

sicht zu »kreieren« (seine Worte). Ich saß vor meinem Spiegel, spielte an dem Ring herum, den mir der Papst geschenkt hatte, und schaute zu, wie ich langsam verwandelt wurde: Mein Busen und mein Gesicht wurden mit Bleiweiß (»Venezianisches – das feinste, mit Eiweiß gemischt, viel besser als pulverisierte Schweineknochen«, sagte Isabey mit vollem Ernst) weiß getönt, die Venen mit einem blauen Stift leicht nachgezogen, die Wangen mit spanischem Rouge belegt, die Augenbrauen mit Bleischwarz betont.
»Ein wenig Belladonna?«, schlug Isabey vor und umrandete meine Augen mit einer Spur Kajal.
»Das Gift?«, fragte ich erschrocken.
»Um die Augen groß und *sinnlich* aussehen zu lassen.«* Er riss die Augen auf, um es vorzuführen.
»Ich möchte lieber sehen können!« Und am Leben bleiben.
Anschließend machte sich Monsieur Duplan, mein wunderbarer Frisör, ans Werk und puderte mir das Haar mit Goldstaub, ehe er es frisierte. »Oh, das ist *wunderbar*, Eure Majestät«, sagte Clari, die jeden Schritt mit großem Interesse verfolgte.
»Ha, Sie sehen keinen Tag älter als fünfundzwanzig aus«, sagte Chastulé.
Vielleicht, wenn man nicht zu genau hinschaute, dachte ich.
»Sie sind Zauberkünstler«, sagte ich zu Isabey und Duplan, die wie stolze Eltern um mich herumschwirrten.
»Aber denken Sie daran, Eure Majestät, nicht lachen – und auf gar keinen Fall weinen«, warnte Isabey. »Wir möchten doch nicht, dass Sie abblättern.«
Und dann war es Zeit, mein Kleid und meine Juwelen anzulegen. Chastulé stellte sich auf einen Schemel, um das Diamantendiadem anzubringen. Keuchend vor Anstrengung befestigte

* Belladonna oder Tollkirsche erweiterte die Pupillen und verlieh den Augen dadurch einen melancholisch-sehnsuchtsvollen Ausdruck.

sie die Halskette, meine Ohrringe und den Gürtel. Dann zog sie mich zu dem großen Spiegel hinüber.

Ich betrachtete das Spiegelbild. *Du wirst Königin sein*. Da mir etwas schwach wurde, setzte ich mich. Es war erst halb acht. Mir kam es vor, als wäre ich schon seit Tagen auf den Beinen ... seit einer Ewigkeit.

»Sie ist hier drin«, hörte ich eine Frau aus dem anderen Zimmer schreien, gefolgt von einem Schluckauf. Elisa? Bald darauf erschienen Pauline und Elisa und hinter ihnen Caroline, die über das Gewicht ihrer Schleppe, ihr enges Korsett quengelte und schimpfte.

»Soll die so abstehen?«, fragte Pauline, die nervös an ihrer Halskrause herumzupfte.

Hinter den drei Prinzessinnen kamen Joachim (in einem rosa gestreiften Umhang), Joseph und Julie, Louis und Hortense herein ... und Klein Napoléon, der sich von seinem Kindermädchen losriss. Ich breitete die Arme aus, und er kam in meine Arme gesprungen. »Vorsicht«, schrie das Kindermädchen auf.

Ich küsste den Jungen und stellte ihn auf den Boden, damit ich seine Uniform bewundern konnte. »Er sieht so reizend aus«, sagte ich zu Hortense (der es mittlerweile besser geht, die aber immer noch blass und dünn ist) und wischte dem Jungen einen Rougefleck von der Wange. »Setz dich her, neben deine Großmama«, flüsterte ich und zog den kleinen gepolsterten Lehnstuhl heran, den ich eigens für seine Besuche hatte anfertigen lassen.

Er kletterte auf den Stuhl, setzte sich und schaute uns, an zwei Fingern lutschend, zu. Bonaparte betrat den Raum in einer purpurroten Samttunika und einem federgeschmückten, schwarzen Samtbarett. »Ich komme mir wie ein ausgestopfter Affe vor«, sagte er.

Ich lächelte verstohlen hinter der Hand.

Klein Napoléon quietschte laut vor Vergnügen. »Nonan der Affe?«
Wir lachten, als Bonaparte seinen Neffen durch das Zimmer jagte, wobei er wie ein Affe schrie und sein lächerlicher Umhang hinter ihm her flatterte. Der Kaiser!
Und dann trafen alle meine reizenden Damen ein, die in ihren weißen Seidenkleidern, ihren langen, mit Gold bestickten Ärmeln so wunderschön aussahen. Sie stolzierten uns zuliebe wie Mannequins hin und her und schimpften, als die Möpse ihnen auf die Schleppen traten.
Bonaparte stand mit seinen Brüdern Joseph und Louis vor dem Spiegel. »Wenn uns unser Vater jetzt bloß sehen könnte«, sagte er. Ich wusste, was er dachte: Wenn doch bloß auch seine Mutter hier sein könnte. Und *meine*, so weit weg in Martinico, dachte ich mit aufsteigenden Tränen und überprüfte, ob meine Ohrringe fest saßen.

Es regnete immer noch, als wir zu unseren Kutschen gerufen wurden. Bonaparte und ich wurden zur kaiserlichen Karosse geleitet – ein glitzerndes Gefährt, das von oben bis unten mit Sternen, Lorbeerblättern und Bonapartes Bienenemblemen geschmückt war. Ich dachte: Vielleicht bringt man dich zu einem Märchenort, sobald du den Fuß hineinsetzt. Mir fiel die schmutzige Karre wieder ein, die mich mitten in der Nacht ins Gefängnis gerollt hatte – wie lange war das her? Ein Jahrzehnt? Ich schaute zum Kutscher empor, der so weit oben auf dem Kutschbock saß. César tippte an seinen mit grünen und weißen Federn geschmückten Hut und grinste. Ganz offensichtlich freute er sich, dass er in den goldbestickten Seidenstrümpfen, dem weiten, grünen, mit Goldspitze besetzten Mantel so elegant aussah. Die acht recht ungeduldigen Grauschimmel scharrten auf dem Kopfsteinpflaster und schüttelten ihre weißen Kopffedern.

Ich stieg zuerst ein, damit ich rechts von Bonaparte Platz nehmen konnte, gefolgt von Joseph (der beleidigt war: Vermutlich hatte er erwartet, dass man ihm den Ehrenplatz neben Bonaparte einräumte) und Louis (dessen Umhang seinen geschwächten Arm verbarg). Bonaparte trommelte mit den Fingern auf sein Knie und musterte die weißen, goldbestickten Polster, die goldenen Blitze an der Decke, das goldene, mit Lorbeer bekränzte N. Versuchte (immer noch), sein kratzendes Spitzenhalstuch zu lockern, zog das Barett mit seinen acht Diamantenreihen nach unten, zupfte an den Bienen, die auf seinen Umhang gestickt waren. Ungeduldig! Endlich kündigten Kanonen und eine Artilleriesalve unsere Abfahrt an. Ich war erleichtert, dass wir fuhren – obwohl *fahren* vielleicht nicht der richtige Ausdruck ist. Kriechen wäre schneller gewesen.

Es schien Stunden zu dauern, bis wir die kurze Strecke von den Tuilerien nach Notre-Dame zurückgelegt hatten. Es war so kalt! (Es gab keinen Fußwärmer in der Kutsche – nur ein Bärenfell auf dem Boden.) Ich lächelte und nickte der Menschenmenge entlang der Rue Saint-Honoré zu, während sich die drei Brüder unterhielten: über die Zeremonie, die für den fünften Dezember auf dem Champ-de-Mars geplant war, über Chéniers neue Tragödie, die am kommenden Wochenende Premiere hat, das Fest, das die Stadt Paris plante, die Kosten für die Renovierungen, die am Hôtel Brienne vorgenommen worden waren, weil man mit Signora Letizias Ankunft rechnete – wann auch immer *das* sein mochte.

Entlang der Strecke standen Soldaten in Dreierreihen. Von irgendwoher konnte ich Kesselpauken und Trompeten hören. Straßenhändler verkauften Würstchen und Brötchen. (Plötzlich war ich hungrig.) Rund um unsere Kutsche ritt die Kaiserliche Garde, die Tapfersten der Tapferen, wie Bonaparte sie nannte, seine »alten Schnurrbärte« – Revolutionäre, die an seiner Seite in Italien und Ägypten gekämpft hatten und nun in Prachtuniform folgten, um mitzuerleben, wie ihr »kleiner Korporal« (wie sie ihn nannten) zum Kaiser gekrönt wurde. Eugène war unter ihnen, der stolz seinen Pegasus ritt.

»Du siehst wunderschön aus, Maman«, formte er mit den Lippen und grinste dann, diesen hinreißenden Ausdruck auf seinem Gesicht, der so vertraut geworden ist. Ich fragte mich, ob er noch an die Menschenmassen dachte, die er als Junge auf diesen Straßen gesehen hatte. Menschenmassen, die zusammenströmten, um die Karren zu sehen, die die Gefangenen zur Guillotine fuhren. Ich fragte mich, ob er sich – wenn er seine Mutter jetzt in ihrer goldenen Kutsche ansah – noch daran erinnerte, wie er durch das Fenster ihres Gefängnisses einen flüchtigen Blick auf sie hatte werfen können. Ich fragte mich, ob er sich noch daran erinnerte, wie er nach Brot geschrien hatte, hungrig schlafen gegangen war. Ich fragte mich, ob er noch an seinen Vater dachte.

Ja, dachte ich dann, als ich auf die jubelnde Menschenmenge schaute, nickte und winkte, nickte und winkte (genau wie eine Königin), ich glaube, dass mein Sohn wirklich noch an solche Dinge denkt. Vielleicht erinnerten wir uns alle noch an diese Tage. Vielleicht war es ja gerade die Erinnerung an diese schreckliche Zeit, aus der diese wilde Freude entsprang, die trotz Kälte und Feuchtigkeit unsere wunderschöne Stadt zu erfüllen schien. *Lang lebe der Kaiser!* Lang lebe der Mann, der uns gerettet hat, dachte ich, und warf meinem (ungeduldigen) Mann einen dankbaren Blick zu. *Lang lebe Napoléon!*

Bis wir am Westeingang von Notre-Dame eintrafen, war es elf Uhr. Kanonen wurden abgefeuert, Glocken läuteten, und die Menschenmenge jubelte. Als wir aus der Kutsche stiegen, kam die Sonne heraus. »Aha«, sagte Bonaparte, als hätte er es erwartet.

Im Palais des Erzbischofs neben der Kathedrale war es zumindest warm, die Feuer loderten hell. Durch die hektische Betriebsamkeit glaubte man, hinter der Bühne eines Theaters zu sein. Vier Diener waren nötig, um Bonaparte in seine kaiserlichen Gewänder zu helfen. »Gut?«, sagte Bonaparte, als er sich zu mir umwandte. *Kaiser!* (Obwohl er eigentlich eher wie der Karo-König in einem Kartenspiel aussah und von seinem riesigen Hermelinmantel fast verschluckt wurde.) Irgendwie sah er bekümmert aus – vielleicht wegen des Gewichts. Mein eigener Mantel war ja schon so schwer, dass ich mich kaum bewegen konnte, auch nicht mit den unwilligen Prinzessinnen, die mir tragen halfen.

Schließlich begann der Einzug in die Kathedrale. Vor mir standen die Herolde, die Pagen, der Zeremonienmeister (der sich besorgt umschaute, ob wir auch alle an unseren Plätzen waren), ein mürrisch dreinblickender Joachim mit meiner wunderschönen Krone auf einem purpurroten Samtkissen, die Kammerherren und persönlichen Diener, jeder mit einem Abstand von zehn Schritten. »Jetzt?«, fragte ich Graf Etikette. Ich blickte mich um, um mich zu vergewissern, dass die Prinzessinnen (Elisa, Caroline, Pauline, Hortense und Julie) bereit waren, das Gewicht meiner langen Schleppe zu tragen – und dass wiederum *ihre* Kammerherren bereit standen, um ihre Schleppen zu tragen.

Auf ein Zeichen von Graf Etikette setzen wir uns alle in Bewegung – sehr, *sehr* langsam. Ein Tausendfüßler, wie wahr! Kurz bevor ich durch die Türen der Kathedrale trat, schaute ich hinter mich und lächelte meiner Tochter zu. Hinter ihr konnte ich Bonaparte sehen, der Joseph, Louis, de Cambacérès und Lebrun bedeutete, sich zu beeilen und seinen Umhang aufzunehmen. Und hinter *ihm*, nach den Marschällen, erspähte ich das Gesicht meines vergnügten Sohnes, der so geduldig wartete. Ich suchte die Menschenmenge nach dem kleinen Napoléon und seiner Gouvernante ab und entdeckte ihn schließlich in der Nähe der Tür zur Kathedrale. Ich warf ihm eine Kusshand zu, und Klein Napoléon grinste und öffnete und schloss die Hand: Wiedersehen, Großmaman. Wiedersehen.

Ich glaube nicht, dass ich diesen Augenblick, als ich Notre-Dame betrat, jemals vergessen werde. Das Publikum ließ alle Würde fahren und brach in Beifall aus, als die vier Orchester einen Triumphmarsch spielten. Das Licht, das durch die bunten Fenster strömte, die riesigen Wandbehänge, der bemalte Hintergrund, die Tauben, die hoch über der glanzvollen Menge auf und nieder flogen, die wippenden Hutfedern, die funkelnden Juwelen, all das erweckte den Eindruck, als wäre man in einer Kulisse aus Tausendundeiner Nacht.
Wie ich später erfuhr, war es ein Uhr, als wir den Altar erreichten. Das halte ich für sehr gut möglich, denn wir kamen nur im Schneckentempo voran. Papst Pius VII., der schon seit Stunden in der Kälte gewartet hatte, saß in seiner schlichten weissen Robe neben dem Großen Altar. *Meine Tochter*, sagten seine Augen, als wir näher kamen.
Als der Engelschor Paisiellos *Krönungsmesse* sang, stiegen Bonaparte und ich die Stufen zu den Thronsesseln vor dem Altar hinauf. Ich war froh, dass ich mich setzen konnte. Bonaparte wirkte so gelassen, als würde er jeden Tag gekrönt.
Dann begann die Zeremonie. Der Papst, der mit seiner hohen, nasalen Stimme die Messe anstimmte, segnete die kaiserlichen Embleme: den Ring, das Schwert, den Umhang, das Zepter. (Zweimal sah ich, wie Bonaparte ein Gähnen unterdrückte.) Anschließend, nach *Veni Creator*, knieten Bonaparte und ich auf großen Samtkissen nieder, und der Heilige Vater griff nach dem (neuen) Flakon mit geweihtem Öl und erteilte erst Bonaparte und dann mir die dreifache Salbung, wobei er intonierte: *Breite, oh Herr, durch meine Hände den Reichtum deiner Gnade und deines Segens über deine Diener aus.* Bonaparte machte ein frommes Gesicht dazu, aber ich hatte den Verdacht, dass es ihm gar

nicht gefiel, das Öl an den Händen zu haben, und dass er überlegte, was er damit anstellen sollte, ob er es irgendwie abwischen könnte oder nicht.

Dann nahm der Papst Bonapartes Krone von ihrem Kissen auf dem Altar, und Bonaparte legte den goldenen Lorbeerkranz ab, nahm ihm die Krone weg, drehte sich der Menge zu und setzte sie sich selbst auf den Kopf. (Alle schnappten nach Luft!) Genau in diesem Augenblick fiel ein loser Kieselstein von der Decke und traf ihn an der Schulter, aber er zuckte nicht mit der Wimper. Auf seinem Gesicht lag ein Leuchten, das ich noch nie darauf gesehen hatte. Er sah … *heroisch* aus – ich kann es mit keinem anderen Wort beschreiben. Ich trat auf den Altar zu und kniete mit zum Gebet gefalteten Händen vor meinem Mann nieder.

Noch nie hatte ich eine solche Stille erlebt; ich bin sicher, dass es die Stille des Himmels war. Als ich dort kniete und wartete, stieg mein Leben vor mir auf. Ich dachte an meinen geliebten Vater; wie sehr ich mir wünschte, dass er mich sehen könnte. Tränen strömten auf meine Handschuhe, als Bonaparte näher kam. Während ich mir große Mühe gab, nicht zu weinen, betrachtete ich die Bienen, die auf seine weißen Escarpins aus Satin gestickt waren. Ich spürte, wie er sich an meinen Haaren zu schaffen machte, spürte das Gewicht der Krone – und dann, dass er sie wieder abnahm. Ein wenig beunruhigt blickte ich hoch: Gab es ein Problem? War mein Diadem im Weg? Er blickte auf mich herab, die Krone in den Händen und den Anflug eines Lächelns in den Augen, als wollte er sagen: Vielleicht werde ich, vielleicht aber auch nicht. Als wollte er sagen: Sei dir nicht so sicher. Als wollte er sagen: Dies ist mein Geschenk an dich, dies ist *unser* Augenblick. Als wollte er sagen: Ich liebe dich von ganzem Herzen, und ich möchte, dass die ganze Welt es weiß.

Nur Bonaparte besäße die Unverfrorenheit, in einem solchen

Augenblick Scherze zu treiben. Ich hielt den Atem an; es wäre unschicklich zu lachen! Und dann spürte ich, wie er die Krone wieder fest auf meinen Kopf setzte, und ein Raunen ging durch die Menge, ein ehrfürchtiges Schweigen. Ein ruhiges Gefühl der Furchtlosigkeit durchströmte mich, und ich erhob mich, ohne zu schwanken. Die Gnade Gottes hatte mich hergeführt. Doch gewiss *nicht* die Gnade von Bonapartes Schwestern, denn als ich gerade die Stufen zum Altar hinaufsteigen wollte, wurde ich nach hinten gerissen und hätte um ein Haar das Gleichgewicht verloren.* Ich hörte, wie Bonaparte ein scharfes Wort zischte, und ich war von der Last befreit.

Der Rest der Zeremonie ging wie im Traum vorüber. Der Chor sang: »Möge der Kaiser ewig leben.« Die Herolde verkündeten mit kräftiger (und wunderbar sonorer) Stimme: »Der glorreichste und erhabenste Napoléon, Kaiser des französischen Volkes, ist gesalbt, gekrönt und auf den Thron erhoben!«

»Vive l'Empereur!«

»Vive l'Empereur!«

»Vive l'Empereur!«

Die dicken Steinmauern der altehrwürdigen Kathedrale erzitterten, als draußen Hunderte von Kanonen abgefeuert wurden und die große Glocke von Notre-Dame zu läuten begann. Als wir in die helle Wintersonne hinaustraten, leuchteten Feuerwerksraketen auf. Das Tanzen hatte schon begonnen.

* Einer der Anwesenden schrieb: »Nichts hätte komischer sein können als das Benehmen der Bonaparte-Schwestern. Die eine schmollte, die andere hielt sich Riechsalz unter die Nase, und die dritte ließ den Mantel fallen.«

Bonaparte ehrt meinen Sohn

Der Kaiser und ich dinierten allein, erfüllt von der Glut des Ruhmes. (Und erleichtert, dass es vorüber war.) »Behalte sie auf«, sagte Bonaparte, als mir Chastulé die Krone abnehmen wollte. »Sie steht dir.« Bei einem einfachen Mahl aus Brathuhn mit Flusskrebsbutter, Apfelkompott und einem Vanillesoufflé (das Bonaparte zuerst aß) unterhielten wir uns, schwatzten wie Kinder. Den Stein, der ihn an der Schulter getroffen hatte, hatte er nicht einmal bemerkt, und ja, er hatte seine aufsässigen Schwestern angeherrscht. »Stell dir mal vor, ich wäre nach hinten gestürzt!«, sagte ich, und nun, da es vorüber war, konnten wir beide darüber lachen.

Anschließend trafen wir mit allen im Gelben Salon zusammen: Familie, Staatsdienern und Hofbediensteten. Während draußen Kanonen donnerten und Raketen zischten, tauschten wir eine Geschichte nach der anderen aus. Meine Damen führten vor, wie sie sich auf dem Weg zur Kathedrale in ihren Seidenescarpins und in dem eisigen Wind zitternd einen Weg durch den Schneematsch bahnen mussten. Es hatte einen unangenehmen Augenblick gegeben, als die Menge in der Nähe des Marktes über den päpstlichen Prälaten in seinem breitkrempigen Hut lachte, der auf einem weißen Maulesel ritt und ein riesiges Kreuz trug. Onkel »Kardinal« Fesch, vom guten Wein gerötet, erzählte, wie sein Neffe – der Kaiser – ihn mit dem Kaiserlichen Zepter in den Hintern gestoßen hatte.

Bonaparte grinste. »Ich habe dich auf Trab gebracht, was, On-

kel?« (Klein Napoléon, der schon halb in meinen Armen schlief, kicherte.)
»Und waren das wirklich *Steine*, die aus dem Gewölbe herunterfielen?«, fragte Hortense und nahm dem Kindermädchen den kleinen Petit ab.
»Ich habe mir mehr Sorgen um die Vögel gemacht.«
»Mit Recht«, sagte Eugène lachend.
»Und was ging da am Altar vor sich, Eure Majestät?«, fragte Chastulé. »Es sah aus, als ob Sie gleich hinfallen würden. Dieser Umhang ist bestimmt schwer.«
»Er *war* schwer«, sagte ich und schaute dabei die Bonaparte-Schwestern an. »Fragen Sie doch mal die Prinzessinnen«, schlug ich mit Unschuldsmiene vor.
»Und haben Sie geweint, Eure Majestät, als der Kaiser Ihnen die Krone auf den Kopf setzte?«, fragte Clari.
»Ich konnte nichts dagegen tun«, sagte ich zu Isabey, der gekränkt die Beschädigung seines Werkes betrachtete. »Ich habe alles versucht.«
Und dann fingen alle auf einmal zu schwatzen an:
»Sire, hat Seine Heiligkeit gewusst, dass Sie sich die Krone selbst aufsetzen wollten?«
»Ah, dann war es also so geplant.«*
»Es war herrlich, einfach herrlich.«
»Ein Tag, den ich nie, nie, nie, nie, *nie* vergessen werde.«
Ich saß da und hörte zu, nahm alles in mich auf und streichelte dabei meinen süßen kleinen Napoléon, der mittlerweile in meinen Armen eingeschlafen war. Ich suchte Bonapartes Blick und lächelte. Unser Tag. Endlich vorüber.

* Mit der Selbstkrönung folgte Napoléon einer Zeremonie, die Karl der Große angeordnet hatte, als sein Sohn gekrönt wurde.

18. Dezember, später Nachmittag – Paris

Madame Mère (wie sie nun genannt wird) ist endlich wieder in Paris eingetroffen – gar nicht erfreut und zweifellos ohne jegliches Bedauern, dass sie das bedeutendste Ereignis im Leben ihres erstaunlichen Sohnes versäumt hat. Sie betrachtet die Prachtentfaltung, an der Bonaparte die Familie und das Volk teilhaben lässt, mit so etwas wie Verachtung. »Solange es anhält«, sagte sie skeptisch und sammelte wie ein Eichhörnchen Münzen zusammen.

Zum letzten Familientreffen konnte sie nicht kommen, weil sie zu krank war – krank vor Kummer, berichteten ihre Töchter, weil sie ein Stück teurer Seide für ein Kleid kaufen musste. Ihren Köchen erlaubt sie nur ein Spültuch, eine Schürze, ein Handtuch pro Tag und weigert sich, mehr als drei Halbpfund-Laibe Brot auf einmal zu kaufen. »Wir müssen Brot mitbringen, wenn wir dort essen«, beklagte sich Caroline bei Bonaparte.

»Du musst das Geld *ausgeben*, das ich dir gebe«, belehrte Bonaparte später seine Mutter. »Du musst Gäste bewirten, ein offenes Haus führen, großzügig mit deinem Personal sein. Das ist die aristokratische Lebensweise.«

6. Januar 1805, morgens – Sonntag und Dreikönigstag

Fouché, der in einem pelzbesetzten Umhang ungewohnt gepflegt aussah, schlich sich gestern Abend bei einem Ball zu meinen Ehren an mich heran. »Warum lächeln Sie?«, fragte ich. »Es beunruhigt mich.«

»Ich dachte, dass Sie vielleicht an zwei Meldungen im letzten Polizeibericht interessiert sind.« Er zwinkerte langsam mit den Augen. »Mitglieder Ihrer Familie betreffend.«

»Vielleicht.« Natürlich wollte ich es wissen!

»Eine betrifft den jüngsten Bruder des Kaisers.«

»Jérôme?« Der Filou.
»Er und seine Braut befinden sich offensichtlich auf der Fregatte *La Didon* und kehren nach Frankreich zurück – in die offenen Arme seines Bruders, des Kaisers.«
»Offene Arme?« Ich verdrehte die Augen. Es war zweifelhaft, ob Bonaparte Jérôme auch nur sehen wollte. »Und die zweite Meldung in dem Bericht?«
»Betrifft Ihren Sohn.«
Eugène? In einem Polizeibericht! »Es hat doch nichts mit Adèle Duchâtel zu tun, oder?«
»Ah, die hinterhältige Madame Duchâtel – das ist eine gänzlich andere Geschichte. Nein, der Bericht enthüllt Gerüchte über eine mögliche Heirat zwischen Ihrem Sohn und Prinzessin Amalie Auguste von Bayern – die schönste Prinzessin in Europa, wie es heißt.« Fouché beobachtete meine Reaktion. »Die Familie der Prinzessin ist eine der ältesten und vornehmsten in ganz Europa.«
Das konnte man wohl sagen. Prinzessin Augustes Familie regiert Bayern schon seit acht Jahrhunderten – das Blut Karls des Großen fließt in ihren Adern. »Die Gerüchte entbehren jeglicher Grundlage. Prinzessin Auguste ist mit Prinz Karl aus dem Hause Baden verlobt.« Leider!

18. Januar

Müde, unruhig geschlafen. Eugènes Ball gestern Abend in seinem kürzlich renovierten Stadthaus war ein Erfolg, besonders bei der Jugend. Das Fest dauerte bis zum Morgengrauen – jedenfalls wurde mir das gesagt, denn Bonaparte und ich brachen früher auf, kurz nach Carolines und Hortenses Duett.
(Caroline, die versuchte, mit Hortense zu konkurrieren, schrie aus vollem Hals, und das Publikum verlangte lautstark ein Dacapo von meiner Tochter – peinlich.)

»Dein Fest ist ein großer Erfolg«, sagte ich zu Eugène beim Abschied.
»Schon möglich«, sagte er ungewohnt mürrisch.
Inzwischen habe ich den Grund für die gedrückte Stimmung meines Sohnes erfahren. Caroline hat ihm auf grausame Art berichtet, dass die Frau, der er den Hof machte, von seinem Stiefvater »genommen« worden war.

19. Januar, Décadi – kurz vor Mitternacht

Sowohl drinnen als auch draußen heult ein Schneesturm – Bonaparte hat sehr schlechte Laune.

21. Januar

Als ich gerade bei meiner Morgentoilette war, besuchte mich Eugène, den Hut feucht vom schmelzenden Schnee. »Papa hat mir befohlen, mit meinem Regiment aufzubrechen?«
Aufzubrechen? Wohin?
»Nach Mailand.«*
»*Sofort*, Eugène?« Der Sturm war heftig. Es war schon schwierig durch die Stadt zu reiten, geschweige denn über die Alpen.
»Innerhalb von vierundzwanzig Stunden«, sagte Eugène und reichte mir den Marschbefehl. »Ich verstehe es nicht, es sei denn …«
Es sei denn, Bonaparte wollte, dass Eugène Paris verließ. »Eugène, darf ich dich etwas fragen?« Etwas, das ich eigentlich gar nicht wissen durfte. »Hast du irgendetwas getan, was Bonaparte verärgert haben könnte?« Sein ausweichender Blick gab die

* Napoléon sandte Truppen nach Mailand, um Italien vor einer Invasion der Österreicher zu schützen, die dazu neigten, Norditalien als ihr Herrschaftsgebiet zu betrachten.

Antwort. »Etwas, das vielleicht mit Adèle Duchâtel zu tun hat?«
Und dann beichtete Eugène: Er sei außer sich gewesen, sagte er. Er hätte Adèle eine kokette Frau genannt (und schlimmeres, nehme ich an). »Ich sagte ihr, ich würde ihrem Mann erzählen von … du weißt schon.« Er klopfte mit der Spitze seiner Reitgerte an seine Stiefelspitze.
Von Adèle und Bonaparte. Was sollte ich sagen? Die Sache war so verwickelt. »Und dann?«
Er zog die Schultern hoch. »Und dann sagte sie, sie würde dem Kaiser von *mir* erzählen.«
Er wirkte immer noch so unglaublich jungenhaft, ganz aufgeregt und sommersprossig, diesem Schlafzimmerduell mit seinem kaiserlichen Stiefvater kaum gewachsen. »Und was könnte da zu erzählen sein, Eugène?«
»Maman, sie müsste lügen«, sagte er und errötete vor Zorn. »Ich weiß einfach nicht weiter!«

22. Januar

Heute Morgen ritt mein gehorsamer, loyaler Sohn an der Spitze von neunhundert Jägern und Grenadieren in den Sturm hinein davon. Ich kämpfe mit meinem Gewissen. Ich habe Eugène versprochen, Bonaparte nichts zu sagen.

[Ohne Datum]

»Teufel nochmal«, murmelte Bonaparte vor sich hin, während er auf und ab lief. »Dann hat mich Adèle also über Eugène angelogen. Das war niederträchtig von ihr – niederträchtig und berechnend. Ich fürchte, du wirst sie entlassen müssen.«
»Du willst, dass *ich* deine Mätresse entlasse, Bonaparte?«
Der Gedanke bereitete mir offen gestanden Vergnügen.

1. Februar

Heute gab Bonaparte dem Senat bekannt, dass Eugène zum Prinz und stellvertretenden Erzkanzler ernannt wurde.

24. Februar – laut: Draußen beginnt der Karnevalsumzug

Ich hätte wissen müssen, dass so etwas passieren würde. Eine wütende (und von Schluckauf geplagte) Elisa fiel über Bonaparte her: »Eugène ist jetzt ein Prinz, selbst Joachim ist ein Prinz – also warum nicht auch Félix? Was ist mit *meinem* Mann?«
Das ist wirklich ein Problem. Elisas Mann ist faul und ungeschickt und befremdet jeden mit seiner arroganten Unhöflichkeit. »Ich muss zusehen, dass sie Paris verlassen«, sagte Bonaparte und kratzte sich am Kopf.

19. März, Sankt-Josephs-Tag

Bonaparte hat eine Lösung für die Klagen seiner Schwester gefunden: Er wird Elisa und Félix das kleine Königreich von Piombino in Norditalien zusprechen.
»Wie reizend«, bemerkte Caroline mit beißendem Sarkasmus. »Meine Schwester wird über eine Armee von vier Soldaten herrschen.«
»Besser, als nur über einen Soldaten zu herrschen«, sagte Elisa gelassen – womit sie Carolines Mann Joachim meinte.

21. März – Saint-Cloud

Ich war mit den Vorbereitungen für die Taufe des Kindes am Wochenende beschäftigt – die der Papst höchstpersönlich vornehmen wird. (Er hat sich klugerweise entschieden, in Paris zu bleiben und abzuwarten, bis die Route über die Alpen frei ist.)

Bonaparte besteht darauf, dass der zweite Sohn von Hortense und Louis genauso getauft wird wie ein Kronprinz im Ancien Régime. Kompliziert! Der Heilige Vater hat eingestanden, dass er noch nie zuvor eine Taufe vollzogen hat, erst recht keine kaiserliche.

22. März

Caroline hat ihr Kind bekommen, wieder ein Mädchen. »Schlechte Zeitplanung«, sagte Bonaparte während unseres abendlichen Ausrittes. »Sie erwartet, dass der Säugling nächste Woche zusammen mit dem Buben von Hortense und Louis getauft wird.«
»Aber würde das nicht zwei völlig verschiedene Zeremonien bedeuten?« Carolines Kinder stehen nicht in der Erbfolge – die Zeremonie wäre nicht die gleiche.
»Genau. Ich werde ihr sagen, dass es zu lange dauern würde«, sagte er.

[Ohne Datum]

Caroline tobt!

24. März, Sonntag, 4 Uhr nachmittags – Saint-Cloud

Und so ging es vonstatten: Das Kind von Hortense und Louis wurde vom Papst (mit der Hilfe von Onkel Fesch) auf den Namen Napoléon-Louis getauft. Der fünf Monate alte Junge war so freundlich, die ganze Zeit über zu schreien. Bonaparte, der stolze Pate, hielt das schreiende Kind über den Taufstein. Madame Mère stand als Patin mit finsterem Gesicht in ihrem teuren neuen Kleid neben Bonaparte. Das Kind beruhigte sich schließlich und nuckelte an Bonapartes Finger.

Und jetzt, nachdem wir das hinter uns haben, treffen wir in aller Eile die Vorbereitungen für unsere Reise nach Mailand in einer Woche – noch eine Krönung, die überstanden werden muss. Bonaparte wird zum König von Italien gekrönt – das heißt, falls es ihm nicht gelingt, einen seiner Brüder dazu zu überreden, seinen Platz einzunehmen (um die royalistischen Länder nicht in Aufregung zu versetzen).

28. März

Monsieur Rémusat brach heute Morgen nach Italien auf – von einer beträchtlichen Wachmannschaft eskortiert. Er führt die kaiserlichen Insignien und Kronjuwelen mit sich. Clari ist in Tränen aufgelöst bei dem Gedanken, dass ihr Mann »die miserablen Straßen von Savoy und ihre ungehobelten Postillione« ertragen muss. Und die Banditen! Banditen, die nur darauf lauern, ihren Mann zu ermorden, um seinen Schatz in die Finger zu bekommen. Aber die meisten Sorgen macht sie sich wegen des Mont-Cenis-Passes »mit seinen steilen Abhängen und überhaupt keine Wand am äußersten Rand«! Trotz meiner Zusicherungen, dass ich selbst »diesen unheilvollen« Mont Cenis schon zweimal überquert habe, ist sie nach wie vor davon überzeugt, dass ihr Mann den Tod finden wird. Indem ich sie tröste, ihr versichere, dass keine Gefahr besteht, bezwinge ich allmählich meine eigene Angst. Ich versuche nur an die Freude zu denken, Eugène in Mailand zu sehen, versuche nicht an die Berge zu denken, die überquert werden müssen, um zu ihm zu gelangen.

30. März – Schnee!

Ich befinde mich »in einem Zustand der Verwirrung« (wie Clari es ausdrückt) – aber nicht nur ich. *Jeder*, der sich auf die Abfahrt in zwei Tagen vorbereitet, scheint völlig durcheinander zu

sein. Die Bediensteten werden nicht klug daraus, wer von wem Befehle entgegennehmen, wer wem Befehle erteilen soll.
Und dann grenzenlose Aufregung: Die neue kaiserliche Reisekutsche wurde geliefert, und alle gingen nach draußen in den schneebedeckten Innenhof, um die gewaltige Berline zu begaffen. Von außen ist sie schlicht – absichtlich, um keine Banditen anzulocken. Nur ein kleines Wappen an der Tür weist darauf hin, dass sie eine kaiserliche Kutsche ist.
Innen ist die Kutsche außergewöhnlich, da sie in zwei Abteile eingeteilt ist. Das vordere hat zwei tiefe Sitze, die durch eine Armlehne getrennt sind. Gegenüber befinden sich eine Reihe von Schubladen, die mit Toilettenartikeln und einem Tafelservice ausgestattet sind, und ein Schreibpult. Im hinteren Abteil ist ein Bett, aus dem man ein Sofa machen kann.
Ich ließ die Kinder des Hofes einsteigen – sie krabbelten von einem Abteil zum anderen. »Mein Platz«, sagte Klein Napoléon und kletterte auf den Ledersitz gegenüber dem Schreibpult – Bonapartes Stuhl.
»Aus ihm wird eines Tages mal ein großartiger Kaiser«, hörte ich eine Zofe sagen.
»Unser Kronprinz.«
Unser *Erbe*.

1. April – Fontainebleau

Die Kutsche ist außergewöhnlich bequem: Der große Wagenkasten schwingt an breiten Lederriemen, die an schweren Federn befestigt sind. »Zeit, dieses Bett auszuprobieren«, sagte Bonaparte bedeutungsvoll, sobald wir das Pariser Tor passiert hatten. Er zog die Rouleaus herunter und nahm mich an die Hand. Und damit hat unsere erste kaiserliche Expedition viel versprechend begonnen, der Kaiser ist zufrieden (die Kaiserin auch).

22. April – Palazzo Stupinigi, in der Nähe von Turin

Wir haben die Alpen ohne Zwischenfall überquert. Sogar das Wetter war herrlich, die Ausblicke beflügelten die Phantasie, brachten Erinnerungen an eine Zeit zurück, als ich noch jünger war. Vor einem Jahrzehnt überquerte ich die Alpen, um in Italien meinen neuen Ehemann bei seinem ersten Feldzug zu treffen. Ich erinnere mich an meine damalige Angst, an das Wunder einer Reise in eine unbekannte Welt. Wenn ich damals gewusst hätte, wie erstaunlich sich diese Reise dann entwickeln sollte …

Eugène, von der Sonne so gebräunt, dass er wie ein Bauer aussah, empfing uns in diesem königlichen Sommerhaus nicht weit von Turin entfernt. Er und Bonaparte brachen unverzüglich zur Jagd auf. Ich habe gebadet und eine Abendtoilette angelegt. Der berauschende Duft von Frühling liegt in der Luft.

24. April – immer noch im Palazzo Stupinigi

Wir haben die Nachricht erhalten, dass Bonapartes junger Bruder Jérôme in Turin ist! Er ist von Amerika nach Portugal gesegelt und nach Italien geritten, um das Wohlwollen seines Bruders zu erlangen – und die Zustimmung zu seiner Heirat.

Eugène ist gerade mit der bedauerlichen Botschaft aufgebrochen, dass sich Bonaparte weigert, den Jüngsten seiner Geschwister zu empfangen und »dieses Mädchen« als seine Frau anzuerkennen.

»Ihm *verzeihen*?«, empörte sich Bonaparte, als Eugène und ich ihn baten, sich mit Jérôme zu versöhnen. »Er kann von Glück sagen, dass ich ihn nicht wegen Fahnenflucht vor ein Militärgericht gestellt habe.«

1 Uhr 20 nachts

Als ich ein Pferd in den Innenhof traben hörte, schlich ich im Negligé und mit Morgenhaube, die Kerzenflamme gegen die warme Brise, die die Vorhänge blähte, schützend, die Treppe hinunter. »O Maman, es ist wirklich ein wenig traurig«, sagte Eugène und schnallte seine Sporen auf. »Er hat sie sehr gern.«
»Hier geht es um Politik, Eugène.« *Politik* hat nichts mit Liebe und privatem Glück zu tun. Politik hat mit Frieden und Wohlstand zu tun. Politik hat mit dem Wohl eines Volkes, einer Nation zu tun.
Eugène warf seinen Hut zu Boden. »Das habe ich ihm auch gesagt. Ich habe ihm erklärt, dass mit der Macht auch Pflichten verbunden sind, dass die kaiserliche Familie mit gutem Beispiel vorangehen muss und dass eine unstandesgemäße Heirat nicht stillschweigend geduldet werden könnte.« All dies mit der nachgeäfften Stimme Bonapartes.
»Und hat er es eingesehen?«
»Erst als ich ihm sagte, dass Papa ihm eine dralle Prinzessin als Ehefrau suchen würde.«
»Das ist nicht dein Ernst!« Wir lachten beide.

Ein lauer Abend, 6. Mai – Alessandria

Jérôme und Bonaparte umarmten sich. Mit dem Versprechen, irgendwann in der nächsten Zeit eine Prinzessin und eine Krone zu erhalten, hat Jérôme zugestimmt, seine »Ehe« für null und nichtig erklären zu lassen.
Der junge Mann brach heute Morgen auf und schwenkte auf der Landstraße seinen Hut. »Dieser Filou«, sagte Bonaparte kopfschüttelnd und mit verschleiertem Blick.

8. Mai – Mailand

Wir sind in Mailand im königlichen Schloss gegenüber der Kathedrale. Wie laut es doch ist! Die dicken Steinmauern erzittern (ich schwöre es) jedes Mal, wenn die Glocken läuten, und das tun sie oft. Wir haben ein Wasserklosett, aber die Anordnung der Zimmer ist ungünstig und unser Schlafzimmer unangenehm klein. Bonaparte misst es bereits mit Schritten ab und entscheidet, wie es renoviert werden soll.

24. Mai, kurz vor 11 Uhr vormittags

Gestern wurde ein berittenes Sonderkommando nach Monza gesandt, um die Eiserne Krone zurückzubringen. Sie besteht aus einem goldenen (nicht eisernen) Reifen, ist ungefähr acht Zentimeter hoch und mit wenigen unregelmäßigen Edelsteinen besetzt. Ziemlich primitiv für eine Krone, dachte ich, aber Bonaparte hält sie in den Händen, als wäre sie aus Diamanten gefertigt. »Karl der Große hat diese Krone getragen«, sagte er ehrfürchtig und setzte sie sich auf den Kopf, um zu sehen, ob sie passte (sie ist ein bisschen klein).

»Ist die Entscheidung denn gefallen?«, fragte ich und schob sie nach vorne. »Du wirst König von Italien?« Der Wunsch der Italiener ist es sicherlich, aber England und den anderen royalistischen Nationen wird es nicht gefallen, so viel steht fest. Jeder Hinweis darauf, dass Frankreich immer mächtiger und wohlhabender wird, erschreckt sie.

»Ich habe versucht, einen meiner Brüder dazu zu überreden, aber …« Vergeblich, bedeutete seine Geste. Seine Brüder wollen ihren Platz in der Erbfolge für die französische Krone nicht aufgeben.

»Dann wirst du also König, musst aber jemanden ernennen, der regiert?«, fragte ich, den günstigen Augenblick nutzend.

»Wüsstest wohl gerne, wer das sein könnte?«, neckte er mich und zog mich am Ohr. Und dann fügte er mit plötzlich ernster Miene hinzu: »Joachim kam am ehesten in Frage. Er spricht die Sprache und hat hier Truppen kommandiert.«
»Du sagst, dass er am ehesten in Frage *kam*.« Nicht mehr?
»Prinz Wüterich ist hier nicht allzu beliebt, wie es aussieht. Er hat sich viele Feinde gemacht.«

26. Mai – ein großartiger Tag

Noch eine Krönung liegt hinter uns. Bonaparte entsetzte alle, als er die Krone Karls des Großen wie einen Hut unter dem Arm trug.
Nun warten alle auf die große Ankündigung: Wen wird er zum Vizekönig ernennen?

7. Juni

»Du hast *Eugène* ernannt?«
»Ich dachte, genau das wäre dein Wunsch«, sagte Bonaparte verblüfft.
»O ja!«, sagte ich, aber übermannt von der Erkenntnis, dass mein Sohn dann nicht mehr in Paris, nicht einmal mehr in Frankreich leben würde; übermannt von der plötzlichen Erkenntnis, wie sehr er mir fehlen wird.

[Ohne Datum]

»Maman, ich mache mir solche Sorgen, dass ich nicht schlafen kann«, gab Eugène zu. »Ich bin doch erst dreiundzwanzig.«
»Du hattest die besten Lehrer. Bonaparte setzt so viel Vertrauen in dich.«

»Ich werde dich und Hortense vermissen – und was ist mit ihren Buben? Klein Napoléon wird mich vergessen.«
»Wir müssen nur eine Frau für dich finden«, neckte ich ihn. *Bald.*

6. Juli – Genua

Wie befürchtet, hat sich England mit Österreich und Russland verbündet, um einen Feldzug gegen uns zu führen – noch eine royalistische Koalition, die entschlossen ist, der französischen Republik ein Ende zu setzen.*
»Ich muss augenblicklich nach Paris aufbrechen«, sagte Bonaparte und bestellte die Reisekutsche. Ich bat darum, mit ihm zurückkehren zu dürfen. »Wir werden unterwegs nicht anhalten«, warnte er. »Ich werde Tag und Nacht reisen.«
Ja, nickte ich und läutete nach einer Zofe, damit sie meine Schrankkoffer packte. Jetzt bin ich fertig; *er* nicht.

11. Juli – Fontainebleau

Wir kamen früher in Fontainebleau an, als man uns erwartet hatte. Die aufgescheuchten Köche brachten es fertig, für uns etwas zähen Hammel zum Essen aufzutreiben.
Ich fiel augenblicklich ins Bett (mit geschwollenen Füßen), schlief stundenlang und wachte benommen auf. Die Leute können es nicht fassen, dass wir in fünfundachtzig Stunden von Genua hierher gereist sind – ein *Rekord* –, und das mit einer dreistündigen Verzögerung am Mont Cenis wegen eines Sturms.
»Dieser Komet mit Namen Napoléon«, hat Hortense einmal gesagt. Dieser Komet, wie wahr! Manchmal glaube ich, dass ich mich festklammern muss, als ob es um mein Leben ginge.

* England war finanziell beteiligt und bezahlte Russland und Österreich, damit sie Truppen gegen Frankreich schickten.

Mailand

Chère Maman,

es wird dich freuen zu erfahren, dass ich deinen Rat aufgreife, eine Gärtnerei einzurichten, um mein gesamtes Königreich mit Bäumen versorgen zu können. Obstbäume sind hier unbekannt. Irgendwelche Empfehlungen? Ich habe auch schon daran gedacht, ein Museum zu schaffen, um die schönen Kunstwerke ausstellen zu können, die in den Kellern der Klöster und Kirchen versteckt werden. Ich habe so viele Träume: eine Bibliothek, ein Museum für Naturgeschichte, ein Museum für Medizin (lache nicht). Ich denke, dass hier auch eine Schule für Gestaltung erfolgreich sein könnte. Täglich erreichen mich Briefe von Papa. Ich lerne so viel von ihm. *

* Napoléons Anweisungen an Eugène, wie er Italien regieren sollte, beinhalteten folgende Richtlinien: »Wir leben in einer Zeit, in der man die Perversität des menschlichen Gemüts nicht unterschätzen darf. Ich kann nicht oft genug betonen, wie wichtig Vorsicht und Besonnenheit sind. Die Italiener sind von Natur aus unaufrichtiger als die Franzosen. Um sich ihre Achtung zu verdienen, darfst du niemandem trauen. Heuchelei ist zu bestimmten Zeiten normal; für dich muss sie zum Prinzip werden. Wenn du dich frei heraus geäußert hast, sage dir, dass du einen Fehler gemacht hast, und nimm dir vor, ihn nicht noch einmal zu machen.
Der Zeitpunkt wird kommen, da du verstehen wirst, dass es zwischen der einen und der anderen Nationalität keinen Unterschied gibt. Das Ziel deiner Regierung muss das Wohl meiner italienischen Untertanen sein. Du musst die Dinge opfern, die dir am meisten am Herzen liegen, und Gewohnheiten annehmen, die du nicht magst. In Italien musst du den Stolz, ein Franzose zu sein, ablegen. Du musst die Italiener davon überzeugen, dass du sie liebst. Sie wissen, dass es keine Liebe ohne Achtung gibt. Erlerne ihre Sprache, misch dich unter das Volk, nimm an ihren Festen teil. Heiße gut, was sie gutheißen, und liebe, was sie lieben.
Rede so wenig wie möglich. Du hast nicht genug Übung und deine Ausbildung reicht nicht aus, um ungezwungen an Diskussionen teilnehmen zu können. Obwohl du Vizekönig bist, bist du doch erst dreiundzwanzig. Auch wenn die Leute dir schmeicheln mögen, jeder wird merken, wie wenig du weißt. Du wirst dir mehr Achtung aufgrund deiner Leistungsfähigkeit verdienen, als durch das, was du heute bist. Ahme mich nicht nach; du musst zurückhaltender sein.
Übernimm nur selten den Vorsitz des Staatsrats. Du verstehst zu wenig davon, um dies mit Erfolg zu tun. Wenn du doch den Vorsitz übernimmst, dann rede nicht. Sie werden dir zwar zuhören, aber bald merken, dass du nicht kompetent bist. Die Stärke eines Prinzen, der sich nicht äußert, kann man nicht einschätzen.
Sei nicht übertrieben freundlich zu Ausländern – sie sind nur wenig von Nutzen. Ein Botschafter wird nie gut über dich sprechen, weil es seine Pflicht ist, schlecht über dich zu sprechen. Die ausländischen Botschafter sind sozusagen offizielle Spione. Umgib dich lieber mit jungen italienischen Männern; die alten sind nutzlos.«

Eine Million Küsse. Ich vermisse dich und Hortense schrecklich. Gib meinen Neffen einen Kuss von mir, erinnere sie an ihren einsamen Onkel.

Dein Prinz Eugène, Vizekönig von Italien

Anmerkung – Es wird dich freuen zu erfahren, dass meine Bemühungen, die Gewalt in der Stadt einzudämmen, bereits Erfolg hatten.

19. Juli – Paris

Caroline ließ ein Lächeln aufblitzen. »Joachim und ich möchten unsere aufrichtigen Glückwünsche zur Ernennung deines Sohnes zum Vizekönig von Italien überbringen«, sagte sie, die Fingerspitzen fest aneinander gepresst. »Nicht wahr, Joachim?«

»Die Weisheit des Kaisers ist unfehlbar.« Joachim lüftete seinen rosafarbenen Hut, verbeugte sich und richtete sich nur mit Mühe wieder auf.

»Was ist mit deinem Bein los?«, wollte Bonaparte wissen. »Solltest besser wieder in Form kommen. Wir werden bald aufbrechen.« Wieder in den Krieg aufbrechen.

»Ach, das ist nichts!«, antwortete Caroline für ihren Mann – aber inzwischen habe ich den Grund für Joachims Beinverletzung herausgefunden. Als er von Eugènes Beförderung erfuhr, zerbrach er vor Zorn sein Schwert über dem Knie.

Mein Sohn findet seine wahre Liebe

2. September 1805, später Nachmittag – Malmaison

Es ist schon einige Zeit her, seit ich diese Seiten geöffnet habe. Zorn drängt mich, wieder einmal zur Feder zu greifen. Zorn und Angst zugleich, wie ich zugebe. Heute Nachmittag kam Caroline zu Besuch, um mit triumphierender Stimme zu verkünden, dass Joachim zu Bonapartes stellvertretendem Kommandeur im bevorstehenden Feldzug ernannt worden ist.

»Welche Überraschung, dass nicht Louis oder gar Eugène ausgewählt wurde«, sagte sie schnurrend wie eine Katze mit angriffsbereiten Krallen.

»Eugène hat reichlich damit zu tun, Italien zu regieren.« Und so erfolgreich!

»Ohne Ehefrau dürfte das recht schwierig sein«, sagte sie und nahm sich eine Hand voll Aromapastillen. »*Apropos*, mir ist da ein ganz erstaunliches Gerücht zu Ohren gekommen. Es heißt, dass Eugène Prinzessin Auguste von Bayern heiraten wird.«

»Prinzessin Auguste ist mit Prinz Karl verlobt«, sagte ich gelassen.

Ich war ja so erleichtert, als sie ging! Welche Heirat auch immer ausgehandelt werden mag, die letzte Person, von der ich davon erfahren möchte, ist Caroline.

9. September

Österreich ist in Bayern einmaschiert. »Sie müssen aufgehalten werden«, sagte Bonaparte und tagt seitdem mit dem Kriegsminister hinter verschlossenen Türen. Sicherlich wird er bald verkünden, dass wir aufbrechen. Ich habe bereits Silber, Wäsche und Möbel nach Straßburg vorausgeschickt.

23. September, der Tag des republikanischen Neujahrs

Wir brechen morgen früh vor Tagesanbruch auf. Die Kutschen, *fünfzig* an der Zahl, sind abfahrbereit in einer Reihe aufgestellt. Ich bin noch einmal die Listen durchgegangen. Bonaparte hat mir gerade mitgeteilt, dass ich nachsehen soll, ob Fernrohr und Kompass eingepackt wurden. Wobei mir einfällt: Zahnpulver (für mich) und Warzensalbe (für Bonaparte).
Ich muss daran denken, dass die Köche Reiseproviant vorbereiten. Bonaparte hält nichts davon, für so etwas Unnötiges wie Essen, geschweige denn für ein menschliches Bedürfnis, anzuhalten.

26. September, glaube ich

Wir sind in Straßburg, wieder eine Blitzreise. Mit Bonaparte Schritt halten zu müssen, wird noch einmal mein Tod sein! Wir brachen um vier Uhr morgens auf und fuhren zwei Tage lang ohne Unterbrechung. An jeder Poststation mussten die Räder mit Kübeln voller Wasser gekühlt werden. Aber nein, ich will mich *nicht* beklagen, da Bonaparte sonst anordnen könnte, dass ich zurückbleibe.
Apropos zurückbleiben – die Kutsche mit allen Küchenutensilien brach auf der Strecke zusammen. Von den fünfzig Kutschen (der Staub war schrecklich) konnten nur fünf das Tempo mithalten.

Bonaparte ist bereits bei der Arbeit und organisiert einen Angriff auf die Österreicher. »Schnelligkeit ist meine Waffe.«*

1. Oktober – Straßburg

Bonaparte brach heute Morgen auf. »Einen Kuss – als Glücksbringer«, sagte er und zog an seinem zerbeulten Hut. Es ist schon fünf Jahre her, seit er das letzte Mal in die Schlacht ritt. Ich wusste, dass er nervös und ungeduldig war.
»Ich werde an dich denken.« Für ihn beten. (Das sagte ich nicht.) »Ich habe Gerstenextrakt in die Berline gestellt – in das rechte obere Schränkchen.« Zusammen mit einer Reihe anderer Mittel, die halfen, »im Gleichgewicht zu bleiben«, wie er es ausdrückt.
»Wir bleiben nicht lange fort«, rief er, als sich die Kutsche in Bewegung setzte. »Das verspreche ich dir.«

12. Vendémaire, 11 Uhr nachts, München

Der Feind wurde geschlagen, verlor seinen Anführer, und jedermann erzählt mir, dass dies der erfreulichste, kürzeste und großartigste Feldzug war, den es je gab. Das Wetter ist grässlich. Wegen des Regens ziehe ich mich zweimal am Tag um. Ich liebe und umarme dich. N.

23. Oktober – Straßburg

Große Patience, Kleine Patience, Windmühle. Jeden Abend lege ich die Karten, bete für den Sieg, befürchte eine Niederlage. Heute Abend habe ich alle drei Spiele gewonnen: »Sie haben gesiegt«, verkündete ich meinen Damen. Kurze Zeit später

* Die Österreicher wähnten Napoléon und seine Armee immer noch an der Kanalküste. Die Vermutung lag auf der Hand: Noch nie in der Geschichte war eine so große Armee so schnell verlegt worden.

wurde ein atemloser Kurier gemeldet: Sieg! Ich schenkte ihm meinen Perlenring, so groß war meine Freude.

27. Vendémaire, Elchingen

Ich habe mein Ziel erreicht. Ich habe die österreichische Armee zerschlagen. Jetzt werde ich die Russen verfolgen. Sie sind verloren. Adieu, tausend Küsse überallhin. N.

Gestern habe ich dreiunddreißigtausend Männer gezwungen, die Waffen niederzulegen. Ich habe sechzig- oder siebzigtausend Gefangene genommen und über neunzig Fahnen und zweihundert Kanonen erbeutet. Noch nie in den Annalen der Militärgeschichte hat sich eine derartige Katastrophe ereignet. Ich bin ein bisschen erkältet. N.

27. Oktober – Straßburg

Die Frau von Bonapartes Kammerherr stand mit gefalteten Händen vor mir. »Ich habe eine Botschaft vom Kaiser, Eure Majestät«, teilte sie mit.
Sie war gerade aus München gekommen. Ich hatte bereits damit gerechnet, etwas zu erfahren – etwas, das zu heikel war, um es einem Militärkurier anzuvertrauen. Etwas, das mit Kriegsbeute zu tun hatte. Etwas, das mit der Hand einer Prinzessin zu tun hatte.
»Der Kaiser bat mich, Ihnen mitzuteilen, dass er mit König Maximilian von Bayern über eine bestimmte Angelegenheit gesprochen hat.«
»Ach ja?«, sagte ich und öffnete meinen Fächer. König Maximilian war Bonaparte zweifellos dankbar, dass er sein Land von den Österreichern befreit hatte: aber *wie* dankbar? »Und sagte er auch, dass König Maximilian zugänglich war?«
»Es ist bereits alles geregelt, Eure Majestät«, sagte sie und verneigte sich.

Ich soll nach München reisen, sagte sie und teilte mir Bonapartes genaue Anweisungen mit, die in allen Einzelheiten ausführten, wie viel ich für Geschenke ausgeben soll, wessen Kutsche der meinigen vorausfahren und welche folgen soll. Ich muss in jeder Stadt durch Glockengeläut, Kanonenschüsse, Trommeln und Trompeten angekündigt werden. Ich muss die Huldigung als mir gebührend entgegennehmen. Ich bin die Gemahlin des Siegers.

21. November 1805, Paris

Chère Maman,
ohne dich und den Kaiser ist Paris trübsinnig. Louis ist bei seinem Regiment an der Nordküste, für den Fall, dass England einmarschiert. Im Moment bin ich mit meinen Engeln allein, aber nicht lange. Meine liebe Freundin Adèle Auguié hat sich bereit erklärt, meine Kammerzofe zu werden – sie wird nächste Woche anfangen. Du kannst dir vorstellen, wie froh ich darüber bin.
Wir lesen den Moniteur, *um die Namen der Verwundeten zu erfahren. Louis wird Informationen über seinen Adjutanten Monsieur Flahaut haben wollen. Er wurde in Lambach verwundet. Weißt du etwas?*
Klein Napoléon lässt dich ganz lieb grüßen. Er kümmert sich rührend um Petit, der gerade zu krabbeln beginnt. Meine Gesundheit macht von Tag zu Tag Fortschritte. Ich habe deine Tonika genommen – keine Sorge.
Deine dich liebende Tochter, Prinzessin Hortense

Anmerkung – Ich füge einen Bericht über das Fiasko in Spanien bei: zwanzig Schiffe wurden aufgebracht! Glücklicherweise helfen die Siege des Kaisers in Deutschland, uns über die Verluste hinwegzutrösten. Es heißt, dass unser Glück in seinen Händen liegt. Es heißt auch, dass du sein Glück bist, Maman.*

* Am 21. Oktober 1805 wurde die französisch-spanische Flotte vor dem Kap Trafalgar an der Südwestküste Spaniens von England geschlagen.

4. Dezember – eine Poststation irgendwo auf der Strecke nach München

Karlsruhe, Stuttgart, Ulm, Augsburg. Überall, wo ich hinkomme, verteile ich Geschenke – Schnupftabakdosen aus Ebenholz, Emailleminiaturen, Edelsteine jeder Größe und Farbe. Ich komme mir wie eine Großmutter aus dem Märchen vor. (Und ich finde es herrlich.)

5. Dezember, München – Schnee, sehr kalt

Ich bin endlich in München, im königlichen Schloss – die Residenz genannt. Dies ist ein fröhliches, wenngleich sonderbares Land. Die Frauen türmen Blumen mit Federn und kleinen, hineingesteckten Chiffonstücken auf ihren Köpfen auf und benutzen dazu eine riesige Anzahl von kleinen Nadeln mit Diamantköpfen. Und keine Schminke im Gesicht, kein Spanisches Rot, und viele tragen Korsett und sperrige Reifröcke. Ihre Kutschen, die unseren alten Postkutschen sehr ähneln, sind ungewöhnlich breit, nur damit die Damen mit ihren Reifröcken hineinpassen. (Und selbst dann ist es nicht einfach.) Traurig aussehende Gäule sind mit Stricken an die Kutschen geschirrt. Um eine Ecke zu biegen ist natürlich schwierig.
Die Residenz ähnelt mehr einer Stadt als einem Schloss. Wie viele Innenhöfe – sieben? Es gibt acht Galerien und sogar ein Museum, wie man mir erzählte. Es ist ein Irrgarten, jede Suite ist in einer anderen Stilepoche eingerichtet: Renaissance, Barock. Meine ist verschwenderisches Rokoko. Wir wurden wie Majestäten empfangen.
Nun, wir sind ja auch Majestäten, rufe ich mir in Erinnerung. Trotzdem, wenn ich durch diese altehrwürdigen Säle schreite, die mit den Porträts glorreicher Vorfahren aus zurückliegenden

Jahrhunderten voll gehängt sind, spüre ich doch sehr stark, was ich wirklich bin: *ein Parvenü*.
Morgen beginnen die Empfänge. Ich kann es kaum erwarten, König Maximilian, Prinzessin Augustes Vater, kennen zu lernen.

6. Dezember – München

»Bitte, nennen Sie mich Max«, sagte König Maximilian in fehlerfreiem Französisch. »Alle anderen tun das auch, sogar meine Diener.« Er lachte fröhlich.
Was für ein reizender Mann! Groß gewachsen, gut aussehend, ein edles Gesicht (trotz einer gesunden Gesichtsfarbe), kräftig für sein Alter, was ich auf fünfzig schätze.
Bezüglich seiner Tochter verhielt er sich allerdings zurückhaltend. »Sie wird schon zustimmen, da bin ich ganz sicher.«
»Sie hat noch gar nicht zugestimmt?«
König Max warf die Hände in die Luft. »Ich kann sie nicht zwingen.«

Inzwischen habe ich Erkundigungen eingezogen und herausgefunden, dass sich Prinzessin Auguste geweigert hat, ihre Verlobung mit Prinz Karl zu lösen. Darin wird sie von ihrer Stiefmutter unterstützt. Außerdem sollen die Gouvernante und eine Tante der Prinzessin gegen eine Heirat mit Eugène sein.
All das hat mich schrecklich beunruhigt. Für morgen habe ich eine Einladung zum Diner mit König Max und seiner Familie. Ich habe meine Geschenke ausgebreitet, nach einem Juwelier geschickt.
Chastulé wird mich begleiten: Der Name Rochefoucauld wird Respekt einflößen. Ich habe sie angewiesen, unsere Gäste mit Geschichten über meinen stattlichen Eugène zu unterhalten, welch guter Reiter er ist, wie er sich bei der Jagd hervortut,

welch großartiger Herrscher er ist. (Lieber würde ich ihnen erzählen, wie sehr Eugène Kinder liebt, wie sanft und gutherzig er ist, aber ich bin nicht sicher, ob sie das gutheißen würden.) Chastulé wird das Loblied auf meinen Sohn singen, und ich werde in aller Bescheidenheit Einspruch erheben. Mein Schlachtplan.

8. Dezember

O mein Gott, sie ist wirklich bildhübsch. Groß (ich versäumte nicht zu erwähnen, dass Eugène sehr groß ist) und *so* wunderschön, aber auf eine ganz natürliche, ungekünstelte Weise. Siebzehn Jahre alt, mit einer grazilen Figur – sie erinnert mich an Hortense. Ein wunderbarer Teint, große dunkle Augen – *sanfte* Augen. Schüchtern, liebenswürdig – ich sehe schon meine Enkelkinder auf ihren wunderschönen Armen.
Aber sie ist auch treu. Sie hat ihren pummeligen Cousin gern und weigert sich, ihre Verlobung mit ihm zu lösen. Und auch dickköpfig, denn sie widersetzt sich dem Willen ihres Vaters.

[Ohne Datum]

»Ha. Die drei Frauen müssen wir zuerst überzeugen, Eure Majestät«, sagte Chastulé.
Die drei Frauen: die Stiefmutter (»Madame Hartgesicht«, nennt sie Chastulé), die Gouvernante (»Madame Fettgesicht«) und die Tante (»Madame Altgesicht«).
»Chastulé, Sie sind grausam«, empörte ich mich lachend.

14. Frimaire, Austerlitz

Ich habe einen Waffenstillstand geschlossen. Die Schlacht von Austerlitz ist die beste, die ich je geschlagen habe. Fünfundvierzig Fahnen, über ein-

hundertfünfzig Kanonen und dreißigtausend Gefangene – zuzüglich zwanzigtausend Tote, ein schrecklicher Anblick.
*Zar Alexander ist verzweifelt. Er bewies weder Talent noch Tapferkeit.**
Endlich ist wieder Frieden auf dem Kontinent eingekehrt. Man kann nur hoffen, dass nun bald in der ganzen Welt Frieden herrschen wird.
Adieu, meine liebe Freundin, ich sehne mich sehr danach, dich zu umarmen. N.

19. Dezember – München

Caroline ist eingetroffen. Wir küssten uns und taten so, als wären wir froh, einander zu sehen. Ich habe schreckliche Angst davor, dass sie etwas über die heiklen Verhandlungen herausfindet, die gerade laufen.

[Ohne Datum]

Auguste bleibt standhaft. »Was meinen Sie, worauf es ankommen wird?«, fragte ich Chastulé entmutigt.
»Damit die Prinzessin endlich einwilligt?« Chastulé machte es sich in einem der riesigen Armsessel bequem und ließ wie ein Kind die Füße vor und zurück baumeln. »Nun, erst einmal erheben die Drei Gesichter Einwände, weil keine Krone da ist«, sagte sie. »Ha. Ja, eine Krone ist *immer* hilfreich.«
Die Krone von Italien. »Natürlich«, sagte ich schulterzuckend, »aber –«
»Oder wenn Ihr Sohn zum *Erben* der Krone ernannt würde. Selbst König Max nimmt Anstoß daran, dass Eugène ›nur‹ ein französischer Adliger ist.«

* Nach der Schlacht von Austerlitz schrieb Zar Alexander an einen französischen General: »Sagen Sie Ihrem Anführer, dass ich wegfahre. Sagen Sie ihm, dass er gestern Wunder vollbracht hat, dass ich ihn nach dieser Schlacht nur noch mehr bewundere, dass er ein vom Himmel auserwählter Mann ist, dass es hundert Jahre dauern wird, bis meine Armee es mit seiner aufnehmen kann.«

»Ich dachte, König Max befürwortet diese Heirat.«
»Er hat ihr zugestimmt, Eure Majestät, aber das heißt noch nicht, dass er sie auch befürwortet.«
»Aber Eugène ist doch ein Prinz, Chastulé. Wie kann König Max da sagen, er sei ›nur‹ ein Adliger?«
»Ein Prinz-*Parvenü* und nicht einmal der Sohn des Kaisers.«
»Das heißt, wenn Bonaparte Eugène offiziell als seinen Sohn adoptieren und ihn zum Erben der Krone von Italien erklären würde …?«
»Dann wäre das hilfreich.«
Ich dachte nach, und langsam breitete sich ein Lächeln auf meinem Gesicht aus. »Wenn es genau darauf ankommt, Chastulé, dann sollte die Prinzessin vielleicht genau das fordern.«

21. Dezember

»Ha. Die Drei Gesichter waren heute Morgen sehr lang, Eure Majestät.«
Mein Herz machte einen Sprung. »Die Prinzessin hat akzeptiert?«
»Noch nicht ganz, aber sie ist zumindest einverstanden, über eine Lösung ihrer Verlobung mit Prinz Karl nachzudenken.«
»Um Eugène zu heiraten?«
»Nicht ganz. Soviel ich weiß, sind damit *Bedingungen* verknüpft.« Chastulé grinste.

23. Dezember – München

»Ist Prinzessin Auguste verlobt?«, fragte Caroline, als wir heute Abend zusammen aßen.
»Ja«, log ich mit reinem Gewissen. »Mit Prinz Karl.«

31. Dezember, früh – noch nicht 9 Uhr morgens

Bonaparte kam gestern Nacht kurz vor Mitternacht an – durchfroren, müde und *wütend*, dass der Heiratsvertrag noch nicht unterzeichnet ist. »Aber sie hat doch noch gar nicht zugestimmt, Bonaparte!«

4 Uhr 20 morgens

»Ich lasse Eugène kommen«, verkündete Bonaparte.
»Sie hat zugestimmt?« *Endlich!*
»Aber unter zwei Bedingungen: erstens, dass ich Eugène adoptiere, und zweitens, dass er zum Thronfolger von Italien ernannt wird.«
»Und daraufhin …?
Bonaparte zuckte mit den Schultern. »Und daraufhin sagte ich ja«, erwiderte er mit einem verlegenen Lächeln.

1. Januar, 1806, Neujahrstag – ein Mittwoch
(nicht Primidi – hurra! Kein Republikanischer Kalender mehr!) *

Caroline hatte einen Nervenanfall und hat sich zu Bett gelegt.
»Ich würde mir keine allzu großen Umstände machen, Eure Majestät«, sagte Chastulé, als ich gerade einen Korb mit lindernden Tinkturen und Salben vorbereitete, um sie ihr zu bringen. »Es heißt, dass Prinzessin Caroline wegen Eugènes Verlobung indisponiert ist, weil nun die Kinder Ihres Sohnes den Vorrang vor ihren Ungeheuern haben. Es heißt sogar, dass sie versucht hat, den Kaiser davon zu überzeugen, sich von Ihnen scheiden zu lassen und Prinzessin Auguste selbst zu heiraten.«
Mon Dieu, dieses Mädchen …

* Von diesem Tag an kehrte das französische Kaiserreich offiziell zum Gregorianischen Kalender zurück.

6. Januar, Dreikönigstag – Montag

Nun ist Auguste krank. Die Hochzeit wird verschoben werden müssen, teilte man uns mit. Bonaparte schickte Dr. Corvisart hin, um »Hilfe« zu leisten.
»Ich konnte nichts Nachteiliges feststellen«, berichtete der Arzt bei seiner Rückkehr.
»Das Mädchen simuliert«, sagte Bonaparte und lächelte über ihre Verwegenheit.
Ich bete, dass Eugène bald hier sein wird. Bis die Gelübde nicht gesprochen sind, werde ich keinen Schlaf mehr finden.

7. Januar, München – es schneit wieder

Auguste ist »wie durch ein Wunder« genesen, behauptet aber jetzt, einen verstauchten Knöchel zu haben. Die Hochzeit wird verschoben werden müssen, teilte man uns erneut mit – bis nach der Abreise des Kaisers nach Paris, sagte ihre Stiefmutter.
»Sie schinden Zeit«, sagte Chastulé. »Sobald der Kaiser München verlassen hat, werden sie einen Rückzieher machen.«
Bonaparte gab sein »Ehrenwort«, dass er in München bleiben wird, bis das junge Paar verheiratet ist, *wann auch immer* das sein mag.
Schachmatt.

[Ohne Datum]

Jetzt bin *ich* krank.

10. Januar, Freitagmorgen

Ich wurde von meinem Mann geweckt. »Ich habe eine Überraschung für dich«, sagte er und grinste verschmitzt. Ich stieß ei-

nen *Schrei* aus! In der Tür sah ich Eugène. »Grand Dieu, da bist du ja endlich.« Ich umklammerte seine Hände, küsste ihn. »Du siehst aus, als wärst du eine Woche lang nicht vom Pferd heruntergekommen.« Er hatte sich nicht rasiert und seine Haare waren ungekämmt. »Du hast dir einen Schnurrbart wachsen lassen?« Er sah schrecklich damit aus!
»Gefällt er dir nicht?«, fragte er und zog an einer Bartspitze.
»Mein Schatz, du bist der bestaussehende Prinz in ganz Europa, aber dieser Schnurrbart muss fort. Bonaparte, schicke jemand nach dem Friseur. Wir müssen Eugène erst einmal säubern, bevor wir ihn Prinzessin Auguste vorstellen«, sagte ich und drückte mit wild klopfendem Herz die Hand meines Sohnes.
Eugène schaute erst Bonaparte und dann wieder mich an.
»Was hat dieser Blick zu bedeuten?« Langsam dämmerte es mir.
»Bonaparte, das ist nicht wahr!«
»Das war schon in Ordnung, Maman, ehrlich.«
»Bonaparte, du hast Eugène mitgenommen und Prinzessin Auguste vorgestellt – *schon jetzt*? Ohne mir etwas davon zu sagen?« Ich war auf beide wütend.
»Es ging dir nicht gut, Joséphine. Ich wollte dich nicht aufwecken.«
»Nun, jetzt bin ich erst richtig krank.« Alle unsere Pläne waren zunichte gemacht – und alles wegen eines hässlichen Schnurrbarts! »Wie *konntest* du nur! Sieh ihn dir doch nur an. Er sieht *unmöglich* aus.«
Eugène reichte mir ein Taschentuch. »Ist schon gut, Maman«, sagte er lachend.
»Dein Sohn kam heute Morgen um zehn an, pünktlich, wie er es versprochen hatte.« Bonaparte nickte Eugène anerkennend zu. »Ich brachte ihn auf direktem Wege zu König Max – nichts Formelles, nur eine Familienangelegenheit, zumindest musste ich ihm das versprechen.«

»Ich war, offen gestanden, schon ein bisschen nervös.«
»Na ja, ich musste ihn hin zerren.« Bonaparte wippte vor dem Kamin auf den Absätzen.
»Und dann …? Wie lief es? Was geschah?«
»König Max befahl seiner Tochter hereinzukommen«, erklärte Bonaparte. »Was sie auch tat, aber dann stand sie einfach nur da und starrte zu Boden. Ich glaube, sie hat sogar gezittert.«
»Auguste hatte nicht erwartet, auf diese Weise vorgestellt zu werden, so ohne jede Vorwarnung«, sagte Eugène.
»Sprich weiter, Bonaparte«, sagte ich langsam. Da war irgendetwas in der Stimme meines Sohnes … eine männliche Sanftheit, eine beschützende Fürsorglichkeit. *Auguste*, sagte er.
»Das ist es eigentlich schon. Wir Eltern verließen den Raum, damit die beiden allein sein konnten.«
»Und?« Ich hielt wie ein Kind die Hände vor den Mund.
»Sie war aufgebracht, Maman. Sie erzählte mir, dass sie nur ihrem Vater zuliebe in eine Heirat mit mir eingewilligt hätte.«
O nein! Dann war es also nicht gut gelaufen.
»Ich sagte zu ihr, wenn sie wirklich gegen die Heirat wäre, dann täte ich alles, was in meiner Macht stünde, um sie zu verhindern.«
»Eugène, das ist nicht wahr!« Ich blickte entsetzt zu Bonaparte. Hatte mein Sohn denn keine Ahnung, wie wichtig das war?
Bonaparte grinste. »Ich glaube nicht, dass wir uns Sorgen machen müssen, Joséphine. Als Eugène und die Prinzessin aus dem Raum kamen, hielten sie sich an den Händen.«
»Du … *gefällst* ihr, Eugène?«
Mein Sohn lächelte schüchtern. »Ich denke, dass wir uns lieben, Maman.«
Bonaparte langte hinüber und zog Eugène an einer Haarlocke. »Dieser Charmeur.«

12. Januar, ein wundervoller Sonntag

Heute Nachmittag adoptierte Bonaparte Eugène in einer stillen Zeremonie als seinen Sohn und ernannte ihn zum Thronfolger von Italien. Als er Eugène umarmte, sprach Liebe aus seinem Blick. Der Ausdruck in Carolines Augen war anders geartet.

Montag

»Caroline ist zu krank, um zu kommen«, teilte Joachim Bonaparte mit, das Kinn in einer Halskrause aus unechter rosafarbener Spitze vergraben. »Sie lässt sich entschuldigen.«
Bonaparte, der gerade seine Fingernägel mit einem Korallenzahnstocher reinigte, blickte auf. »Krank vor lauter Gift und Galle, wage ich zu behaupten.«
»Krank aus gutem Grund.«
Nicht wenig besorgt, blickte ich von Joachim zu Bonaparte. Das war nicht der Zeitpunkt für Streitereien. In zwei Stunden wurde der Vertrag unterzeichnet, gefolgt von der standesamtlichen Trauung.
Bonaparte runzelte die Stirn und steckte den Zahnstocher mit Bedacht in sein goldenes Etui zurück. »Und was für ein *guter* Grund könnte das wohl sein?«
»Diese königlichen Lackaffen verachten uns.« Joachim spuckte in einen Napf.
»Was interessiert es mich, was sie denken? Ihr seid eifersüchtig, gebt es doch zu. Eugènes Kinder werden das Blut Karls des Großen in ihren Adern haben. Sie sind noch nicht einmal geboren, und schon steht ihre Zukunft auf den Seiten der Geschichte geschrieben. Und das findet ihr schlecht? Ich betrachte es als einen großen Sieg – dem Sieg bei Austerlitz ebenbürtig.«
Wutentbrannt riss Joachim auf dem Weg nach draußen mit sei-

nem Schwert eine Vase um. »Siehst du, Joséphine?«, sagte Bonaparte und nahm das Buch zur Hand, das er gelesen hatte. »Unsere Leute wissen noch nicht einmal, wie man sich anständig bewegt.«

14. Januar

Heute Abend um sieben Uhr wurde Eugène in der Königlichen Kapelle mit Prinzessin Amalie Auguste von Bayern vermählt. Das junge Paar konnte die Augen nicht voneinander lassen. Wir sonnten uns im Glanz dieser wunderbaren Liebe.
Wie es königlicher Brauch ist (so belehrte man uns) geleiteten Bonaparte und ich das jungvermählte Paar zur Tür ihrer Suite.
»So«, sagte Bonaparte und räusperte sich. »Das war's dann wohl.« Er packte Eugènes Hand und schüttelte sie heftig.
Ich umarmte meine neue Schwiegertochter. »Ich kann dir gar nicht sagen, wie glücklich ich bin.« *Wirklich und wahrhaftig*.
Auguste blickte zu Eugène auf und ließ ihre Hand in seine gleiten. »Nun, das war's dann wohl«, wiederholte Eugène Bonapartes Worte.
Ich küsste sie beide (ein Segen), nahm Bonapartes Arm und zog ihn fort. Wir schlenderten Arm in Arm durch die weitläufigen Marmorsäle, und die Porträts aus Jahrhunderten blickten auf uns herab.

Wir sind am Boden zerstört

27. Januar 1806 – Paris, endlich

Meine Augen füllten sich mit Tränen, als ich Hortense sah. »Isst du denn nichts?«, rief ich aus und umarmte sie. Sie ist so ausgezehrt.

»Es geht mir gut, Maman«, versicherte sie mir. »Und nun, erzähle mir *alles*.«

Mit Freuden beschrieb ich, wie wunderbar Auguste, wie glücklich Eugène ist, wie sehr sie sich lieben. »Wenn ich doch hätte dabei sein können«, sagte Hortense wehmütig. »Louis wollte mich nicht reisen lassen.«

»Er war gewiss besorgt wegen der schlechten Straßen, vor allem in dieser Jahreszeit.« Vor allem in Anbetracht ihrer Gesundheit.

Wir unterhielten uns eine Weile über dies und das – über die Buben, über Louis' letzte (kuriose) Behandlung*, über ein Lied, das sie gerade komponierte. Ich beschrieb die seltsame Mode, die man in München trug, die komplizierten königlichen Rituale, die wir dort vollzogen haben. Ich erzählte ihr, dass die neue Einrichtung, die von den Messieurs Fontaine und Percier für meine Suite in den Tuilerien entworfen wurde, scheußlich wäre, dass ich aber mit der Kammerzofe, die mein

* In dem Glauben, dass Hautausschläge die »krankhaften Säfte« aus Louis' Körper ziehen würden, setzte Dr. Corvisart Louis vorsätzlich der Krätze aus, indem er ihn die ungewaschene Wäsche eines verstorbenen Mannes tragen ließ. Zu einer anderen Behandlung gehörte das »Baden« in dampfenden Eingeweiden.

Frisör Duplan empfohlen hatte, zufrieden sei. Hortense hatte Duplan selbst in Anspruch genommen, sagte sie – ob ich etwas dagegen einzuwenden hätte, wenn er sie am Mittwoch frisierte?

»Hast du vor, dir mit Louis an diesem Abend Talma in der Rolle des Manlius anzusehen?«, fragte ich.

Doch bevor sie antworten konnte, wurden wir von den Stimmen der Kinder vor der offenen Tür abgelenkt. Klein Napoléon lief in meine Arme. »Ich kann zählen, Grandmaman.«

»Das ist ja wunderbar«, sagte ich und bedeckte seine Wangen mit Küssen, wobei ich jeden einzelnen zählte.

Der Jüngste schwankte auf mich zu und fiel dann auf den Teppich. Ich hielt den Atem an, wartete darauf, dass er schrie. Stattdessen krabbelte er blitzschnell zu meinen Füßen, hielt sich an meinem Kleid fest und hievte sich hoch. Ich zog ihn auf meinen Schoß und den kleinen Napoléon dicht neben mich. »Oh, welche Kleinode du uns geschenkt hast«, sagte ich zu meiner Tochter mit überfließendem Herz.

Mittwoch, 29. Januar

Wir kamen erst zum Ende der ersten Szene ins Theater. Als das Publikum Bonaparte sah, jubelten sie ihm mit so großer Begeisterung zu, dass die Schauspieler beschlossen, mit dem Stück von vorne zu beginnen. Wir blieben bis zum Ende. Talma bekam stehende Ovationen – selbst der Kritiker Geoffrey wurde dabei beobachtet, wie er applaudierte.

Caroline und Joachim waren mit einem ganzen Gefolge da, zu dem auch ein wohlgestaltetes Mädchen in einem gewagten Ensemble gehörte, Carolines neue Vorleserin. Mir entging nicht, dass Caroline besondere Mühe darauf verwandte, sie Bonaparte vorzustellen. Ich bin auf der Hut.

2. März, Sonntag

Heute Abend gab Bonaparte der Familie einige Entscheidungen bekannt: Außer der Ernennung Josephs zum König von Neapel wird er Elisas Herrschaftsgebiet Lucca zuschlagen und Joachim und Caroline zum Herzog und zur Herzogin von Berg ernennen.

Caroline machte ein Gesicht, als hätte sie etwas Saures gegessen. »Berg ist ja nicht einmal ein Königreich«, hörte ich sie Joachim zuzischen.

»Aber vielleicht gehört ja das *droit de cuissage** dazu«, sagte er und lachte schallend.

5. März

Bonaparte ist gerade vom Landsitz der Murats zurückgekehrt – wo er zur Jagd gegangen sei, wie er mir vergnügt erzählte, als er mich in die Arme nahm. Ich tat so, als glaubte ich ihm seine Lüge. Er roch nach Boudoir, nicht nach Stall.

Prinzesin Carolin hat ein klein Haus für ihre Forleserin gebaut. Heut war der Kaiser 2 Stunden mit der Forleserin drin.

[Ohne Datum]

Ach, ich finde das alles wirklich schwierig. Wie bringen es andere Frauen fertig, die Mätressen ihrer Ehemänner einfach so hinzunehmen? Auch wenn ich so tue, als sei ich »blind«, innerlich tobe ich!

* Droit de cuissage: Das Feudalrecht eines Lehnsherrn, mit der Braut eines Leibeigenen in deren Hochzeitsnacht zu schlafen. Die Existenz eines solchen Rechts ist historisch umstritten.

10. April

»Das Königreich von Holland hat uns offiziell um einen Herrscher ersucht«, teilte mir Bonaparte heute Abend mit.

Darüber war bereits gemunkelt worden. Caroline erwartete, dass die Krone von Holland an ihren Mann gehen würde.

»Ich ziehe Louis in Erwägung.« Bonaparte öffnete seine Schnupftabakdose, schloss sie jedoch wieder, ohne eine Prise zu nehmen. »Hortense wäre dann natürlich Königin.«

»Ach ja?«, sagte ich, ohne mir meine Überraschung anmerken zu lassen. Louis schien nicht einmal die Kraft zum Gehen zu haben, geschweige denn die Kraft, ein Volk zu regieren. Und was Hortense anging … »Meinst du, dass Louis eine solche Stellung möchte?«

»Was er *möchte*, spielt dabei keine Rolle. Was wir tun, tun wir, weil wir es müssen, weil es der Wille des Schicksals ist.«

Ich nickte, dachte jedoch offen gestanden, dass wir tun, was wir tun, weil es Bonapartes Wille ist.

1. Juni, Sonntag – Saint-Cloud, ein herrlicher Tag

Beim Familienessen heute Abend gab Bonaparte bekannt, dass auf Bitten von Holland Louis und Hortense König und Königin von Holland werden.

Nun sind sowohl Hortense als auch Caroline unglücklich. Caroline möchte eine Krone; Hortense nicht.

12. Juni, Donnerstag

Heute Morgen sagten Bonaparte und ich Louis und Hortense (König und Königin), Klein Napoléon und Petit Lebewohl.

»Wiedersehen, Grandmaman«, sagte Klein Napoléon feierlich.

»Wiedersehen, Nonan der Soldat.« Und salutierte vor seinem geliebten Onkel.
»Gib auf deinen Bruder Acht«, sagte Bonaparte und zupfte Klein Napoléon am Ohr. (Klein Napoléon, sein Erbe – ich wusste, dass Bonaparte nicht wohl dabei war, dass das Kind Frankreich verließ.)
»*Und* auf deine Mutter«, sagte ich mit brennenden Augen. Gott weiß, wann wir sie wieder sehen werden.

15. Juni

»Ich wünschte, ich müsste dir das nicht geben«, flüsterte Mimi und schob mir einen Fetzen Papier in die Hand.

Die Forleserin von Prinzesin Carolin bekomt seid 3 Monat ein Kind – vom Kaiser sagt Sie.

14. Juli, Tag der Bastille – Saint-Cloud

Ich bin schon seit über einem Monat krank, liege mit Fieber im Bett.

Dienstag, 19. August – Rambouillet

Wir sind in Rambouillet, eine unangenehm feuchte und trostlose Jagdhütte. Caroline traf mit vollem Gefolge ein, einschließlich ihrer Vorleserin, die unübersehbar schwanger ist. Bonaparte war ausgelassen.
Während ich dies schreibe, tanzt der Hof fröhlich zu Fiedelmusik. Fünfzehn Wölfe wurden heute erlegt.

26. August 1806, Mailand

Chère Maman,
ich habe die wundervollste Überraschung: Meine schöne Auguste bekommt ein Kind. Mache dir keine Sorgen – wir sind äußerst vorsichtig.
Die Nachricht vom Vormarsch der Preußen ist beunruhigend. Ich versetze die italienische Armee in Kriegsbereitschaft, für den Fall, dass wir benötigt werden.
Auguste sendet dir liebe Grüße.

Dein dich liebender und glücklicher Sohn Eugène

Anmerkung – Es überrascht mich nicht im Mindesten zu hören, dass sich Pauline und ihr Prinz getrennt haben.

[Ohne Datum]

»Auguste wird ein Mädchen bekommen«, weissagte Bonaparte.
»Warum sagst du das?«
»Pipin, der Sohn Karls des Großen – der, den er als Herrscher nach Italien schickte – hatte Töchter. Fünf Töchter und einen Sohn. Bei Eugène wird es genauso sein.«
»Entschuldige, dass ich verwirrt bin«, sagte ich lächelnd, »aber ich dachte immer, dass du die Verkörperung Alexanders des Großen wärst.« So ungefähr hatte er sich mir gegenüber einmal geäußert!
»Die Herrschaft Karls des Großen steht der meinen eigentlich näher«, sagte er mit vollem Ernst.
Diese seltsame Bemerkung schickte mich in die Bibliothek, um Erkundigungen über den altehrwürdigen Kaiser des Westens einzuholen. Die Ähnlichkeiten sind verblüffend: Karl der Große war nicht groß, aber kräftig und hatte einen dicken Hals. Er kleidete sich schlicht. Wie Bonaparte aß und trank er maßvoll und heilte Krankheiten durch Fasten. Ebenfalls wie Bonaparte

hatte er die Angewohnheit, mehrmals während der Nacht aufzustehen und zu arbeiten. Karl der Große zog über die Alpen nach Italien, und er wurde vom Papst zum Kaiser gekrönt.
Die Parallelen amüsierten mich, bis ich las, dass Karl der Große seine erste Ehefrau, von der er keine Kinder bekam, verstieß und eine Frau von edler Herkunft heiratete, von der er Kinder bekam.

6. September, Samstag, 7 Uhr 10 abends – Paris

Es war ein heißer Nachmittag für eine Militärparade: Bonaparte verging vor Hitze in seinem schwarzen Biberpelzhut und Paletot. Trotz der Marschkapellen, des bewegenden Anblicks glitzernder Bajonette, wehender Fahnen und atemberaubender Kavallerieattacken – trotz alledem wirkten die vielen Menschen merkwürdig still. Sie beobachteten mit düsteren Mienen, wie die Soldaten vorübermarschierten.
»Die Staatspapiere sind gefallen«, sagte Mimi.
Es liegt eine Abschiedsstimmung in der Luft, ein Stimmung, die anzeigt, dass etwas zu Ende geht. Unsere Männer werden bald in den Krieg ziehen.

24. September

Bonaparte summt »Marlbrough«. Morgen bricht er zum Feldzug auf.

Gera, 13. Oktober, 2 Uhr nachts

Heute bin ich in Gera, ma bonne amie. Alles läuft sehr gut. Die Königin von Preußen ist in Erfurt. Wenn sie eine Schlacht erleben möchte, wird sie dieses grausame Vergnügen haben können. Mir geht es gut. Seit ich dich das letzte Mal sah, habe ich zugenommen. Ganz der deine, N.

16. Oktober, Weimar

Alles ist gelaufen, wie ich es berechnet habe. Noch nie ist eine Armee so besiegt worden und so vollständig vernichtet worden. Die Erschöpfung, die Biwaks und die Nachtwachen haben mich gemästet. Adieu, ma bonne amie. Ganz der deine, N.

2. November, Berlin

Wir haben Stettin eingenommen. Alles läuft so gut wie nur möglich, und ich bin sehr zufrieden. Ich vermisse die Freude, dich zu sehen, aber ich hoffe, dass es nicht mehr lange dauern wird. Adieu, mon amie. Ganz der deine, N.

3. Dezember, Posen, 6 Uhr abends

Du musst dich beruhigen. Ich habe dir doch geschrieben, dass du kommen kannst, wenn der Winter vorüber ist; das musst du abwarten. Je bedeutender man ist, umso weniger kann man tun, was einem gefällt. Man ist von Ereignissen und Umständen abhängig. Was mich betrifft, so bin ich ein Sklave, und mein Herr ist die Natur der Sache. Ganz der deine, N.

Neujahrstag 1807

Carolines Vorleserin hat einen Jungen zur Welt gebracht.

16. Januar 1807

Meine Liebe, dass du unglücklich bist, schmerzt mich. Warum die Tränen? Hast du denn keinen Mut? Ich werde dich bald sehen. Zeige Charakter und Seelengröße. Adieu, ich liebe dich. N.

18. Januar 1807, Warschau

Man hat mir erzählt, dass du immerzu weinst. Pfui! Das ist schrecklich! Sei meiner würdig und zeige mehr Charakterstärke. Ich liebe dich sehr, aber wenn du die ganze Zeit weinst, muss ich glauben, dass du keinen Mut hast. Feiglinge kann ich nicht ausstehen. Eine Kaiserin muss mutig sein, sogar bis hinunter zu den kleinen Cousinen. Apropos, ich küsse sie. Sie müssen niedergeschlagen sein, weil du ständig weinst. Adieu, mon amie, ich küsse dich. N.

Dienstag, 10. Februar – Paris

Die Karnevalszeit ist fröhlich; ich nicht. Ich gebe mir Mühe, die Kaiserin zu sein, die sich Bonaparte wünscht, eine mit Seele und Charakterstärke. Aber ich bin nun mal eine Kaiserin mit Kopfschmerzen. Sie kommen schon wieder häufig.

Mon amie, dein Brief bekümmert mich – er war zu traurig. Du hast ein großartiges Herz, aber dein logisches Denkvermögen ist schwach. Du empfindest alles wunderbar, aber du bist schlecht im Denken. So, genug der Streiterei. Ich möchte, dass du mit deinem Schicksal zufrieden bist – nicht murrst und weinst, sondern fröhlich und munter bist. Die Nächte sind lang. N.

9. Februar, 3 Uhr morgens

Mon amie, gestern hatten wir eine große Schlacht. Die Siegesgöttin war auf meiner Seite, aber ich habe viele Männer verloren. Die Verluste des Feindes, die beträchtlich größer waren, trösten mich nicht. Ich liebe dich. Ganz der deine, N.

14. Februar 1807

Mon amie, ich bin immer noch in Eylau. Dieses Land ist übersät mit Toten und Verwundeten. Das ist nicht der erfreulichste Teil des Krieges. Man leidet und es lastet schwer auf dem Gemüt, so viele Opfer zu sehen. Trotzdem habe ich erreicht, was ich wollte, und den Feind zurückgeschlagen. Beruhige dich und sei fröhlich. Ganz der deine, N.

[Ohne Datum]

In der Öffentlichkeit feiern wir den Sieg; zu Hause trauern wir. Täglich treffen Kuriere mit Listen der Gefallenen, der Verwundeten und der Vermissten ein. Es erschreckt mich zutiefst, wie nahe Bonaparte selbst dem Tod gekommen ist, wie er sich der Gefahr aussetzt.

15. März 1807, Mailand

Chère Maman,
Wunderbare Neuigkeit! Gestern Abend um 6 Uhr 47 wurde Auguste von einem wunderschönen kleinen Mädchen entbunden. Ich hoffe, dass du und Papa nicht enttäuscht seid. Ich werde ihm gleich schreiben, dass wir hocherfreut wären, wenn er einen Namen für sie aussucht.
Meine Auguste war so tapfer wie ein Soldat, Maman. Es geht ihr bemerkenswert gut, und das Kind nuckelt kräftig. Wie kann einem nur das Herz so voll sein?
Danke für die Bulletins, die du mir über den Sieg von Eylau geschickt hast. Es sind großartige Nachrichten, aber ach, die Verluste! Ich verstehe, dass du aufgebracht bist, dass sich der Kaiser dieser Gefahr aussetzt. Du musst Vertrauen haben, Maman – Papa ist von der Glücksgöttin gesegnet. Wusstest du, dass die Soldaten überzeugt sind, dass du seine Glücksgöttin bist?

Eine Million Küsse
dein Sohn, ein Vater! Eugène

28. April, Den Haag

Chère Maman,
Klein Napoléon ist sehr schwer an Masern erkrankt. Ich habe schon seit zwei Nächten nicht mehr geschlafen. Bete für unseren lieben kleinen Prinzen, Maman.

Deine ergebene (und besorgte) Tochter Hortense

Chère Maman,
dies ist nur eine schnell hingekritzelte Nachricht, um dich wissen zu lassen, dass unsere Gebete erhört wurden: Klein Napoléon geht es besser.

Deine ergebene (und sehr erleichterte) Tochter Hortense

5. Mai, Dienstag

Ich wurde von Mimi vor Tagesanbruch geweckt. »Unten ist ein Kurier. Er ist ohne Pause die ganze Strecke von Den Haag hierher geritten.« Sie reichte mir eine Tasse. »Er will nur mit dir sprechen.«
Der mit Dreck bespritzte Kurier sagte, dass er eine Botschaft von König Louis von Holland hätte. Prinz Napoléons Zustand hätte sich verschlechtert. Das Kind hätte sich einen Blutstau in der Brust zugezogen und könnte nur mühsam atmen. König Louis wünschte, dass ich Dr. Corvisart schicke.
»Weisen Sie den Stallmeister an, unsere schnellsten Pferde vor unsere Reisekutsche spannen zu lassen«, befahl ich einem schläfrigen Kammerherrn. »Lassen Sie den Koch einen Proviantkorb zusammenpacken. Lassen Sie den Finanzprüfer einen Geldbeutel mit Münzen, sowohl französische Francs als auch holländische Gulden, bereitstellen. Dr. Corvisart wird sofort nach Holland aufbrechen.«
»Sofort?«
»Sofort!«

[Ohne Datum]

Ich komme mir wie eine Schlafwandlerin vor, nicht von dieser Welt. Ein leichter Nieselregen, der feuchte Geruch aus dem Park, ein bleiches Morgenlicht hüllten mich ein. Ich weiß, dass das Leben nie wieder dasselbe sein wird, wenn ich aus diesem Traum erwache. Der Stoff, aus dem unser Glück gewebt war, ist für immer zerrissen.
Klein Napoléon ist tot.

6. Mai 1807

Tante Joséphine:
Ich breche heute Abend nach Holland auf. Mein Bruder, König Louis, wird mich brauchen. Ich habe Erzkanzler de Cambacérès angewiesen, alles für unsere Reise vorzubereiten. Ich schlage vor, dass du deine Tochter im Schloss von Laeken in der Nähe von Brüssel triffst.

Prinzessin Caroline

15. Mai – Schloss von Laeken, Brüssel

Hortense ließ meine Umarmung geduldig über sich ergehen. »Guten Tag, Maman«, sagte sie – aber völlig emotionslos.
»Oh, mein Liebling!« Ihr Verhalten verwirrte mich.
»Hortense«, sagte Louis, »dein Hut.«
»Danke«, sagte sie und streckte langsam, als träumte sie, die Hand aus. »Er mochte die Blumen auf dem Hut. Es würde ihm nicht gefallen, wenn ich ihn verliere.« Und dann zu Clari: »Er ist tot, weißt du.«
Petit zog an der Hand seines Vaters. »Bruder?« Louis bedeutete dem Kind, still zu sein.
»Es spielt keine Rolle, was der Junge sagt«, sagte Caroline und

winkte den Dienern, dass sie die Schrankkoffer aus dem Weg räumen sollten. »Sie hört ja doch nicht hin.«
Wir folgten Hortense in den großen Saal. Sie blieb am Eingang stehen und blickte auf die mit Gobelins behängten Wände. »*Er* war vor gar nicht langer Zeit mit mir hier. Ich hielt ihn auf den Knien – dort.« Sie zeigte auf einen Polsterstuhl. Und dann verstummte sie und sprach nicht mehr.

Früher Abend, 6 Uhr 20, meine ich – Warten auf das Abendessen

Louis und ich saßen auf einem muffigen Sofa in der Schlossbibliothek, Dr. Corvisart hatte uns gegenüber auf einem mit rissigem Leder bezogenen Armsessel Platz genommen. Ich warf Louis einen mitfühlenden Blick zu. »Du bist bewundernswert stark.« Es stimmte.
»Im Herzen weine ich«, sagte Louis gequält. Und dann erzählte er, wie es geschah: Klein Napoléon ging es besser, doch dann lief plötzlich sein Gesicht blau an, und er begann nach Luft zu ringen. Sie ließen die besten Ärzte Hollands kommen –
»Wohl angesehene praktische Ärzte, Eure Majestät«, versicherte mir Dr. Corvisart. »Ihrem Enkel wurde die beste Behandlung zuteil, die weit und breit zur Verfügung stand.«
Die Ärzte legten Blutegel an und Zugpflaster auf, aber sie waren nicht in der Lage, das Fortschreiten der Krankheit aufzuhalten. »An diesem Punkt schickte ich nach Dr. Corvisart«, sagte Louis mit schwankender Stimme. In ihrer Verzweiflung versuchten sie es sogar mit Englischem Pulver, einem Quacksalbermittel. »Es war ein Wunder«, sagte Louis. »Klein Napoléon setzte sich im Bett auf und bat darum, ›Angeln gehen‹ spielen zu dürfen.«
Ich lächelte durch meine Tränen. Ich hatte ihm beigebracht, wie man dieses Spiel spielte.
»Und dann erlitt er einen Rückfall.« Wir warteten schweigend,

während Louis sich bemühte fortzufahren. »Hortense beugte sich über ihn und gab ihm einen Kuss. Er sagte: *Bonjour, Maman*, und schloss die Augen.« Louis sah mich mit glitzernden Wangen an. »Und damit war es vorbei.«
Ich legte meine zitternden Hände wie zum Gebet an die Lippen. Wie sollten wir jemals diesen Schmerz ertragen?
»Hortense fiel ohnmächtig zu Boden. Ihre Augen waren geöffnet, aber sie reagierte nicht. Sie …« Louis hielt überwältigt inne.
»Eure Majestät, Ihre Tochter war über sechs Stunden in einem paralysierten Zustand«, sagte Dr. Corvisart.
»Am Morgen konnte sie zwar sprechen, aber« – Louis faltete die Hände, um das Zittern einzudämmen – »sie hat noch keine einzige Träne vergossen.«
»Sie müssen verstehen, Eure Majestät, Ihre Tochter ist nicht sie selbst«, sagte Dr. Corvisart sanft. »Man muss Geduld haben. Es ist, als wandele sie im Schlaf.«
Er empfahl eine Reise, einen Kuraufenthalt – wozu Louis bereitwillig zustimmte. »Würdest du dich um Petit kümmern?«
O ja.

[Ohne Datum]

Heute Morgen bot Caroline Petit einen kleinen Kuchen an, und ohne, dass mir bewusst war, was ich tat, riss ich ihm die Süßigkeit aus der Hand. Das erschrockene Kind brüllte.
Caroline stand da und sah mich unverwandt an. »Es tut … es tut mir Leid«, stammelte ich und gab Petit den Kuchen zurück.
»Möchtest du auch einen, Tante Joséphine?«, fragte Caroline mit honigsüßem Lächeln.
Nun, da ich nochmals darüber nachdenke, wird mir klar, dass ich Caroline in der Nähe von Petit nicht traue, ihr zutraue, dass sie versuchen wird, dem Kind irgendwie zu schaden. Was für

ein hässlicher Gedanke! Nicht Caroline ist das Ungeheuer: Ich bin es.

Sonntag, 17. Mai – Schloss von Laeken, Brüssel

Heute Morgen nach der Messe spazierten Hortense und ich schweigend zum Teich am Ende des Parks. »Hier hat er Kieselsteine ins Wasser geworfen«, sagte sie.
Ich begann zu schluchzen. »Es tut mir Leid, es ist nur, dass –« Aber ich konnte es nicht erklären, konnte ihr nicht sagen, dass ich nicht nur um den kleinen Napoléon trauerte, sondern auch um meine Tochter.
»Ich kann mich glücklich schätzen«, sagte sie mit einem Lächeln, das mich frösteln ließ, »denn ich fühle gar nichts. Sonst würde ich leiden.«

Donnerstag, 21. Mai – Schloss von Laeken, Brüssel

Tränen, *endlich* – aber ach, wie qualvoll.
Hortense und ich machten unseren Nachmittagsspaziergang. Ich war stehen geblieben, um mit einem Nachbarn zu sprechen. Hortense schlenderte davon, doch kurz darauf ließ mich ein gepeinigter Schrei loslaufen. Ich fand sie zusammengekrümmt auf einer Bank. »Maman, ich kann es nicht ertragen!«, weinte sie und fiel mir in die Arme. Mein Herz blutete um sie, um die Qual ihrer Verzweiflung, doch zu meiner Bestürzung sah ich, wie ihre Augen wieder diesen glasigen Blick annahmen. Sie befreite sich und richtete sich auf. »Ah, das ist besser«, sagte sie. »Jetzt kann ich nichts mehr fühlen.«

Wir müssen vergnügt sein

14. Mai 1807, Finckenstein

Ich verstehe deinen Kummer über den Tod des armen kleinen Napoléon. Du kannst dir vorstellen, wie mir zumute ist. Ich wünschte, ich wäre bei dir. Du hattest das Glück, noch nie ein Kind verlieren zu müssen, aber das ist nun mal eine der schmerzlichen Realitäten des Lebens. Gib auf dich Acht und habe Vertrauen in meine Gefühle für dich. N.

22. Mai 1807, Mailand

Chère Maman, arme, arme Hortense, armer Louis: Wie sie leiden müssen! Auguste und ich drücken unsere Kleine an unser Herz – unsere wunderschöne kleine Joséphine, wie sie genannt wurde. (Auf Papas Wunsch, Maman.) Wenn wir doch nur Schaden von ihr abwenden könnten, für immer und ewig. Wie schwer es ist, Eltern zu sein.

Dein getreuer Sohn Eugène

7. Juni 1807, Paris

Schatz,
ich weine um dich! Es gibt nichts Niederschmetternderes als den Tod eines Kindes – und dann auch noch eines solchen Kindes. Sollte ein Besuch tröstlich sein, gestatte mir bitte die Ehre.

Deine treue Freundin Thérèse

10. Juni, nachmittags – Malmaison

In dem Augenblick, als ich Thérèse sah, brach ich in Tränen aus und erschreckte den allerliebsten Petit. Thérèse tröstete ihn mit einer Blechschaufel, die sie ihm schenkte. »Damit kannst du im Schlamm spielen – obwohl Prinzen das vielleicht ja gar nicht dürfen?«, fügte sie mit besorgter Miene hinzu.

»Darf ich, Grandmaman?«, fragte Petit mit großen hoffnungsvollen Augen.

»Natürlich«, sagte ich und strich ihm über die feinen Locken. Seit dem tragischen Verlust seines großen Bruders war er empfindlich, aß nicht gut und wachte nachts häufig auf. Ich weiß, dass er seine Eltern vermisst. Täglich schicken wir seine »Briefe« (Kritzeleien) in ihren so weit entfernten Badeort in den Pyrenäen. Weit weg von dem niederschmetternden Trauerschmerz, bete ich.

»Du und Mimi«, fügte ich hinzu und gab Mimi ein Zeichen, dass sie das Kind nehmen sollte. »Grandmaman Joséphine erlaubt es, im Schlamm zu spielen«, erklärte ich Thérèse und ging vor ihr zu den doppelten Schiebetüren in den Garten hinaus, »aber Maman Hortense erlaubt es nicht.« Und dann fing ich wieder zu weinen an, weil ich mich daran erinnerte, wie gerne der kleine Napoléon in den Pfützen gespielt hatte. Thérèse sagte kein Wort, nahm nur meinen Arm. So schlenderten wir durch den Garten, während ich wie eine Närrin heulte. »Verzeih mir!« Thérèse führte mich zu einer Bank am Teich, wo wir eine Weile schweigend saßen und den beiden schwarzen Schwäne zuschauten, die über die Wasseroberfläche glitten. In der Ferne konnten wir die Gazellen auf einer Wiese äsen und das Gazellenjunge herumspringen sehen. »Und wie wird der Kaiser damit fertig?«, fragte Thérèse.

»Er schreibt, dass ich tapfer sein soll, aber ich weiß, dass er weint.« Armer Bonaparte. Er ließ sich selten gehen, vor allem nicht vor seinen Männern. »Er hat dieses Kind so sehr geliebt.«

»Klein Napoléon war sein auserwählter Erbe.«

»Das ist es ja gerade! Aber es kommt mir unrecht vor, *darüber* nachzudenken – über die politischen Konsequenzen, die persönlichen Konsequenzen.«

»Aber wie willst du das verhindern?«, fragte Thérèse und reichte mir ihr Taschentuch.

»Du hast Recht. Seit dem Tod des kleinen Napoléon scheint jeder nur von einem einzigen Gedanken besessen zu sein: Was würde geschehen, wenn Bonaparte sterben sollte? Wer wäre der Erbe? Erbe! Wenn ich dieses Wort noch einmal höre, schreie ich. Tut mir Leid«, sagte ich wieder gefasst. »Die Sorgen sind berechtigt. Sollte Bonaparte tatsächlich ohne einen Erben sterben, würde das Chaos regieren. Zweifellos bräche ein Bürgerkrieg darüber aus, wer seinen Platz einnehmen sollte.«

»Prinzessin Caroline sagt, dass ihr Mann derjenige sein sollte.«

»Der regiert?« Mein Blick verriet, was ich dachte.

»Joachim gäbe eine gute Königin ab«, sagte Thérèse und stieß ein kehliges Lachen aus.

»Und Caroline einen guten König, was das betrifft«, sagte ich reumütig und trocknete mir die Wangen und Augen.

»Dieses Mädchen will *tatsächlich* eine Krone.«

»Ich verstehe nicht, wieso jemand diesen Wunsch haben kann.«

»Oh, meine arme, traurige Kaiserin«, sagte Thérèse und drückte meine Hand.

»Aber Kaiserin für wie lange, Thérèse?« Ich erzählte ihr von Carolines Vorleserin, von dem Jungen, den sie zur Welt gebracht hatte – Bonapartes Kind. »Da Bonaparte nun weiß, dass er ein Kind zeugen kann, was sollte ihn dann noch davon abhalten, sich von mir scheiden zu lassen und eine Frau zu heiraten,

die ihm einen Sohn schenken kann? Vor allem *jetzt* – wo jeder unbedingt einen Erben haben will.«
Thérèse lächelte. »Ich habe rein zufällig etwas gehört, was die Schwermut vielleicht kurieren kann.«
Was sie mir erzählte, erstaunt mich jetzt noch: dass sich Joachim laut damit gebrüstet hatte, dass Carolines Vorleserin die Galanterien des Kaisers leid, aber über *seine* höchst erfreut gewesen sei. »Also ist vielleicht Joachim der Vater des Kindes?« Und nicht Bonaparte?
»Murat scheint das wohl zu behaupten.«
»Ob Caroline weiß, dass er ihre Vorleserin ›besucht‹ hat, was meinst du?«
»Ich vermute, dass sie es nicht nur wusste, sondern sogar arrangiert hat.«
»Warum sollte sie das tun?«
»Denk doch mal nach: Sie wollten, dass das Mädchen in einen gewissen Zustand versetzt wird.«
Natürlich: Dieser teuflische Plan klang absolut plausibel. »Dann hat Joachim also das Mädchen verführt, um sie zu schwängern?« Um Bonaparte weiszumachen, dass *er* der Vater eines Kindes sein konnte. Um Bonaparte dazu zu bewegen, sich von *mir* scheiden zu lassen.
»Wenn ich du wäre, würde ich dafür sorgen, dass der Kaiser davon erfährt«, sagte Thérèse.
»Selbstverständlich«, sagte ich von Gefühlen übermannt: von Erleichterung natürlich, aber auch von Empörung um Bonapartes willen, der so missbraucht wurde.

Mon amie, bis du diesen Brief liest, wird der Frieden unterzeichnet und Jérôme König von Westfalen sein. Ich liebe dich und hoffe zu erfahren, dass du glücklich und vergnügt bist. N.

12. Juli, Sonntag

»*Jérôme* wird König?« Caroline konnte ihre Wut nicht verhehlen.
»*Ist* König«, verbesserte ich sie, während ich die Papiere auf meinem Sekretär durchsah. Ich hatte, ehrlich gesagt, keine Zeit für einen von Carolines Wutanfällen. Bonaparte hatte geschrieben und Anweisungen erteilt, dass die Friedensfeierlichkeiten »ein verschwenderisches Spektakel orientalischer Prachtentfaltung« sein sollten. Selbst Chastulé war von allem, was erledigt werden musste, überfordert und hatte sich ins Bett gelegt: die Friedensfeierlichkeiten, die Hochzeit von Jérôme und Prinzessin Katharina von Württemberg, der zwei Monate dauernde Feste in Fontainebleau folgen sollen. Jeder europäische Souverän würde daran teilnehmen. Wo sollten wir sie bloß alle unterbringen?
Caroline stampfte mit dem Fuß auf. »Jérôme hat eine Krone, Napoléon hat eine Krone, Joseph hat eine Krone, Louis hat eine Krone. Selbst Elisa hat eine blöde, kleine Krone. Jeder hat eine Krone, nur *ich* nicht!«

Samstag, 25. Juli, morgens, sehr heiß

»Ach ja, Kronen«, sagte Fouché, »es scheint, dass es nie genug davon geben kann.«
Oh, ich bin es leid, bin diese Streitereien, Intrigen und Zweifel so leid. Wenn doch bloß Bonaparte zurückkäme. Gestern Nacht besprengte ich mein Bettlaken mit dem Zitronenparfüm, das er benutzt. Es ist schon zehn Monate her.

27. Juli, Montag

Heute Morgen um fünf Uhr wurde ich von großem Lärm im Innenhof geweckt. Mimi kam hereingelaufen. »Es ist der *Kaiser*!«

Oh, mon Dieu. Ich sprang aus dem Bett. »Mimi, schnell, hole mein bestes Nachtgewand«, sagte ich und spritzte mir Wasser ins Gesicht. »Und meine neue Spitzenhaube.« Ich setzte mich an meinen Toilettentisch. Ich sah alt aus. Es war keine Zeit mehr (und auch nicht genügend Licht), um mein Gesicht ordentlich herzurichten.
»Meinst du die hier?«, sagte Mimi keuchend, denn die Garderobe ist auf dem Dachboden und die Treppe ist steil. Sie hielt mir ein wunderschönes Nachtgewand und eine Haube hin.
»O nein. Ich meine, es ist hinreißend – aber es ist aus englischem Musselin. Lass nur«, beruhigte ich sie, nahm die Haube und streifte sie über meine zerzausten Haare. »Ich werde mich in einen Schal wickeln.« Ich bestäubte meine Nase mit Reismehl. »Den, den ich gestern Abend getragen habe – den rosaroten.« Eine günstige Farbe für das Morgenlicht.
»Ich habe ihn im Vorzimmer gesehen«, sagte Mimi, rannte aus der Tür und kam fast umgehend damit zurück. Ich betupfte mich mit dem Lavendelwasser, das Bonaparte bevorzugte (behutsam – nicht zu viel), warf mir den Schal um die Schultern, warf einen letzten besorgten Blick in den langen Spiegel (gar nicht so übel: derangiert, aber mit einer erotischen Note), schlüpfte in meine Pantoffeln (ein neues, goldbesticktes Paar – perfekt) und eilte aus der Tür.

Ich stand im Eingang und ließ die Szene auf mich wirken: fünf dick mit Schlamm bespritzte kaiserliche Karossen, Stallknechte und Postillione, die die dampfenden Pferde ausspannten, Diener, die unter der Last riesiger Schrankkoffer schwankten.
Jérôme, Joachim, Duroc … alle – aber wo war Bonaparte? Und dann hörte ich einen Mann brüllen: »Das habe ich dir schon gesagt. Ich wiederhole mich nicht.«
War das Bonaparte? Es hörte sich an, als wäre er es, aber die Stimme klang schroff.

»Ah, da bist du ja«, sagte er, als er hinter der kaiserlichen Kutsche auftauchte. Ich sah den alten Gontier mit unglücklicher Miene auf den Stall zu humpeln.
»O Bonaparte«, sagte ich und umarmte ihn. Gegen meinen Willen schossen mir Tränen in die Augen. Die zehn Monate ohne ihn waren sehr schwer gewesen, und nun, da sie vorüber waren, spürte ich, wie mich der Mut verließ.
»Warum weinst du?«, sagte er und trat zurück.
»Ich bin so froh, dich zu sehen.« In Wahrheit war ich verwirrt. Bonapartes Stimme war anders als sonst, auch sein Benehmen. Dieser Mann war weder Ehemann noch Freund, noch Geliebter. »*Sire*«, fügte ich mit einem bedauernden Lächeln hinzu. Nach einer langen Trennung ist es oft nicht leicht, rief ich mir ins Gedächtnis. Es dauert seine Zeit, bis man sich wieder aneinander gewöhnt hat.
»Eure Majestät?« Claris Mann, Monsieur Rémusat, wurde von vier Pagen begleitet. Trotz der frühen Stunde waren sie alle in voller Livree. »Mir wurde mitgeteilt, dass Sie mich zu sprechen wünschen.« Als er und die vier Pagen sich gleichzeitig verbeugten, wurden ihre gefiederten Hüte an ihren Brustkorb gedrückt. (Ganz offensichtlich hatten sie das einstudiert.)
»Ja, werfen Sie diesen alten Mann hinaus. Ich möchte sein Gesicht nicht mehr sehen.« Und mit diesen Worten marschierte Bonaparte ins Schloss und ließ mich auf der Treppe stehen.
Monsieur Rémusat bot mir seinen Arm. »Seien Sie unbesorgt, Eure Majestät«, raunte er. »Nach dem Kodex kehrt erst der Kaiser zurück und *dann*, ein paar Tage später, der Ehemann.«
»Sicherlich«, sagte ich und lächelte über seinen feinsinnigen Humor. Seltsamerweise fühlte ich mich, nun, da Bonaparte zurück war, noch einsamer als zuvor. »Aber werfen Sie nicht Gontier hinaus«, sagte ich zu ihm, als wir Bonaparte ins Schloss folgten. »Oder besser«, fügte ich rasch hinzu, als ich die bestürzte Miene von Monsieur Rémusat sah, »versichern Sie

Monsieur Gontier, dass er wieder eingestellt wird – das heißt, sobald der *Ehemann* zurückgekehrt ist.«

Mittwoch

Vor wenigen Minuten stürmte der Militärgouverneur von Paris aus Bonapartes Arbeitszimmer, und kurz darauf wurde Joachim gemeldet.

Clari beugte sich über ihrem Stickrahmen vor. »Meinen Sie, ob der Kaiser herausgefunden hat, was da mit Militärgouverneur Junot und …«

Junot und *Caroline*, meinte sie.

»Ich frage mich, ob der Kaiser auch über all die anderen Männer Bescheid weiß, die seine Schwester schon empfangen hat«, flüsterte Chastulé.

»Welche anderen Männer?«

»Das wissen Sie nicht, Eure Majestät?«, fragte Clari. »Prinzessin Caroline lockte den österreichischen Botschafter in ihr Schlafzimmer, das sie, wie ich hörte, mit Rosenblütenblättern bestreut hatte.«

Rosenblütenblätter! Kürzlich war Caroline nach Malmaison herausgekommen und hatte mich um Säcke davon gebeten – angeblich für eine Tinktur, die sie herstellen wollte. (Eine schöne Tinktur.)

»Ha! Talleyrand ebenfalls –«

»Das ist unmöglich«, widersprach Clari und errötete dabei. (Ich vermute, dass sie in den mürrischen Außenminister vernarrt ist.)

»– *und* der Polizeiminister«, fuhr Chastulé fort.

Fouché? »Das ist jetzt aber wirklich unmöglich«, sagte ich.

»Alle nennen Prinz Murat Prinz Hahnrei«, steuerte Mademoiselle Avrillion bei und blickte von ihrer Flickarbeit an einem meiner Unterröcke auf.

»Aber es scheint ihn nicht zu stören. Ich hatte zumindest auf ein Duell gehofft«, sagte Chastulé.
»Der Grund dafür ist, dass Prinzessin Caroline ihm gesagt hat, dass sie es für *ihn* tut«, vertraute uns Clari an.
»Das ist eine fabelhafte Ausrede«, sagte Chastulé. »Ich werde daran denken, wenn mein Mann das nächste Mal einen Liebhaber in meinem Bett findet.«
»Weil es von Vorteil sein könnte, sagte sie zu ihm.«
»Das hat Caroline zu Joachim gesagt?« Die Vorteile, die Fouché, Talleyrand und der österreichische Botschafter möglicherweise zu bieten hatten, leuchteten mir ein – aber Junot? »Ich verstehe nicht, was der Militärgouverneur von Paris –«
»Er kommandiert doch die Truppen in der Stadt, nicht wahr?«, fragte Mademoiselle Avrillion.
»Ha! Man weiß ja nie, wann man mal eine Kanone oder zwei gebrauchen könnte.«

15. August – Tag des heiligen Napoléon

Während ich dies schreibe, leuchten Feuerwerksraketen auf und erhellen die Nacht. Paris hat sich ganz dem Feiern hingegeben: Turniere, Spiele, Konzerte, festliche Beleuchtung und Ballettaufführungen. Überall wird irgendetwas zu Ehren des heiligen Napoléon gefeiert – zu Ehren Napoléons, des Kaisers und Friedensstifters.
Bonaparte und ich verfolgten die Feierlichkeiten vom Balkon der Tuilerien aus. Die Menge jubelte, als sie ihren Helden, Napoléon den Großen, erblickte.
Napoléon der Unnahbare. Er sieht sich alles mit gerunzelter Stirn an. Er ist kein glücklicher Mann – und ich bin gewiss *keine* glückliche Frau. Auch deshalb stürze ich mich so verzweifelt in die Vorbereitungen für Jérômes Hochzeitsfeierlichkeiten, die Ankunft der königlichen Braut.

Sonntag, 23. August – Tuilerien

Heute Morgen wurden Jérôme und seine (dralle) Prinzessin Katharina in der Diana-Galerie in Anwesenheit des gesamten Hofstaats (mittlerweile achthundert Personen) getraut. Jérôme sah glänzend aus in seinem weißen, goldbestickten Satinanzug. Wir befinden uns in einem Taumel aufgesetzter Fröhlichkeit.

27. August, 11 Uhr 20 – im Familiensalon, Saint-Cloud

Mimi holte mich aus dem zweiten Akt von *Cinna* heraus. Sie machte mir Zeichen von der Tür aus. »Ich werde wegen irgendetwas gebraucht«, raunte ich Bonaparte zu und schlüpfte hinaus.
»Hortense ist zurück«, sagte Mimi, die Hände über dem Herzen gekreuzt.
»Hier? Sofort!« Ich folgte Mimi aus dem Theater und durch die Orangerie zum Schloss.

Hortense lehnte den Kopf an meine Schulter, als wäre sie müde, als brauchte sie die Schulter einer Mutter, um sich auszuruhen.
»Es geht mir besser, Maman«, sagte sie.
»Das sehe ich«, sagte ich – und es stimmte wirklich. Ihre Worte klangen aufrichtig.
»Habe ich bei etwas gestört?«, fragte sie, als sie in den mit Equipagen überfüllten Innenhof hinausblickte.
»Es läuft gerade eine Aufführung von *Cinna*. Ich lasse Bonaparte holen.«
»Nein, warte, Maman. Es ist Papas Lieblingsstück. Wir haben noch so viel Zeit.«
»Soll ich Petit holen gehen?«, schlug Mimi grinsend vor.
»Er ist noch auf?« Hortense klang hoffnungsvoll.
»Ich werde ihn wecken«, sagte Mimi. »Er hat jeden Tag von seiner Maman gesprochen.«

»Seiner Maman, die gut aussieht«, sagte ich zu meiner Tochter. »Es war eine angenehme Reise«, sagte sie und streichelte mir die Wange – als wäre ich *ihr* Kind. »Ich habe Lieder geschrieben.« Sie hielt inne und richtete den Blick zur Decke. »Für *ihn*.« *Ihn*. Klein Napoléon. Als schwebte sein Geist dort oben herum. »Petit war ein Schatz. Ich habe dir so viele Geschichten zu erzählen. Er ist ein so entzückendes Kind.« Aber in letzter Zeit anfällig und ängstlich und nachts häufig wach. »Ah, er ist auf«, sagte ich, als das schläfrige Geplapper des Kindes zu hören war. Mimi erschien mit dem Kind auf den Armen. »Oh, Petit!«, sagte Hortense mit schwankender Stimme. Ich wusste, was sie dachte, dass er dem kleinen Napoléon so sehr ähnelte. Und doch so anders aussah.

Das Kind starrte seine Mutter an und vergrub dann das Gesicht in Mimis Hals.

»Drei Monate sind eine Ewigkeit für ein Kind«, sagte ich, da ich ein Problem befürchtete. »Erinnerst du dich noch, wie dir zumute war, mein Schatz, als ich aus dem Gefängnis kam? Du hast mich nicht einmal wieder erkannt.«

»Daran erinnere ich mich nicht mehr«, sagte Hortense und beugte sich hinunter, um die Aufmerksamkeit ihres Sohnes auf sich zu lenken. Sie bedeckte das Gesicht mit den Händen und überraschte ihn mit einem Guck-Guck. Petit, den Daumen im Mund und den Anflug eines Lächelns in den Augen, musterte seine Mutter mit ernstem Gesicht. Sie machte noch einmal Guck-Guck für ihn und entlockte ihm ein kurzes Kichern. Dann öffnete sie die Hände, und er sprang in ihre Arme. Sie drückte ihn an sich, Tränen strömten auf seine feinen Locken, und sie gurrte: »Oh, mein Petit, mein süßer Petit.« Mimi und ich standen schniefend daneben, unsere Herzen voller Liebe und Kummer.

»Ah, da bist du ja.« Es war Bonaparte, der in der Tür stand.

»Papa! *Sire*.« Sie knickste ehrerbietig und balancierte dabei ihr

Kind in den Armen. Mit dem Rücken der freien Hand wischte sie rasch über ein Auge.

»*Immer noch* Tränen?«, sagte er vorwurfsvoll. »Du hast genug um deinen Sohn geweint. Du bist nicht die einzige Frau, die einen Verlust erlitten hat. Andere Frauen sind tapferer als du, vor allem, wenn man bedenkt, dass du ein Kind hast, das dich braucht. Da du nun zurück bist, lächele und sei fröhlich – und keine einzige Träne mehr!« Und mit diesen Worten ging er fort.

Hortense sank auf eine kleine Bank neben der Tür. »Wie kann Papa mir nur solche Vorwürfe machen?«, fragte sie keuchend.

»Versuche ihn zu verstehen, Hortense«, sagte ich und bedeutete Mimi, Petit zu nehmen. »Bonaparte ist genauso traurig wie wir, aber er glaubt, dass wir es durch unsere Tränen nur noch schlimmer machen.« Kummer zermürbte ihn, machte ihn verlegen.

»Versteht er denn die Gefühle einer Mutter nicht?«

»Er glaubt, dass es dir hilft, wenn er streng ist.« Ich legte den Arm um ihre schmalen Schultern. »Er liebt dich.«

Das ist wahr. Bonaparte hat ein großes, *großes* Herz. Wenn ich es nur finden könnte.

Sonntagmorgen in Malmaison, herrlich – noch nicht zu heiß

Ich habe gerade mit der Wirtschafterin und dem Chefkoch über das Familienessen heute Abend gesprochen: Madame Mère, Julie*, Louis und Hortense, Pauline, Caroline und Joachim, Jérôme und Prinzessin Katharina, Stéphanie und Émilie, Bonaparte und ich. Sind das alle? Ein Tisch für dreizehn. Und alle Kinder natürlich: Petit, Julies Mädchen (Zenaïde und Charlot-

* Obwohl Joseph nach Neapel gezogen war, um als König zu regieren, blieben seine Frau Julie und ihre beiden Töchter in Paris. In Neapel lebte Joseph öffentlich mit der Herzogin d'Atri zusammen.

te), Carolines vier Kinder (Achille, Letizia, Lucien und Louise). Mimi bereitet gerade für sie ein Picknick im Freien unter den Eichen vor.

10 Uhr 10 abends

Das Essen verlief leidlich gut – das heißt, für ein Familientreffen der Bonapartes. Joachim war Bonaparte gegenüber so offensichtlich servil – bot ihm seine Schnupftabakdose an, verbeugte sich nicht nur bei der Begrüßung, sondern bei *jedem* Satz –, dass sich sowohl Louis als auch Jérôme darüber ärgerten und ihn mit »Prinz Wüterich« anredeten, was wiederum Joachim sehr ärgerte. Auch Caroline schien schlechte Laune zu haben – zweifellos wegen dieser Sache mit den Kronen. Aber das Schlimmste von allem war, dass Pauline – die von vier als Mamelucken gekleideten Negern in einer mit Quasten besetzten Seidensänfte hereingetragen wurde – Hortense tadelte, weil sie Schwarz trug: »Dein Sohn war erst fünf, als er starb. Du solltest keine Trauerkleidung tragen.«

Meine Patentochter Stéphanie war ein wenig impulsiv, andererseits jedoch, dank der strengen Führung von Madame Campan, beherrscht. Es entging mir nicht, dass Hortense nur so tat, als äße sie. Später, als das Dessert abgeräumt wurde, verließ sie mit einer Entschuldigung abrupt den Tisch.

Ich fand sie im Wasserklosett mit einer Porzellanschüssel auf dem Schoß, Louis neben ihr. Ihr Gesicht war hochrot und schweißgebadet. »Ist schon gut, Maman«, sagte sie, als sie meinen besorgten Blick sah. Sie schaute Louis an. »Darf ich es ihr sagen?«

»Hortense erwartet wieder ein Kind.«

Caroline lief rot an, als sie die Neuigkeit hörte – ihr erhitzter Teint war selbst durch eine dicke Schicht Bleiweiß zu sehen. Sie

warf Joachim »einen Blick« zu, ein kaum merkliches Anheben ihrer mit Kajal nachgezogenen Augenlider. »Wie wundervoll«, sagte sie mit einem strahlenden Lächeln und klopfte angelegentlich auf ein Schönheitspflaster, das auf ihrem Kinn klebte. »Was für eine Überraschung.«
Am Ende des Abends brachte Louis einen Toast aus. Er und Hortense würden in ihr Königreich zurückkehren, sagte er, und daher müssten sie allen Lebewohl sagen.
»Cin-cin! Cin-cin!«, rief Jérôme aus und schüttete dabei Wein auf seine neue (und hingebungsvolle) Frau.
»Nichts geht über die Familie«, sagte Madame Mère.
»Nein, Maman: Du sollst *salúte* sagen.«
»Salúte.«
»Salúte!«
»Santé«, sprach ich leise und schwach vor Sorge nach.

[Ohne Datum]

Erschreckende Neuigkeit: Hortense ist schwindsüchtig. »Heißt das, dass sie die Schwindsucht hat?«, fragte ich Dr. Corvisart. Es gibt Menschen, die an dieser Krankheit sterben!
»Es ist eher eine Tendenz in diese Richtung«, sagte er zu mir. »Sie wird sicherlich wieder genesen, aber ich mache mir Sorgen, ob das Klima von Holland nicht vielleicht zu …« Er verzog das Gesicht. »Ein feuchtes Klima könnte –«
»Ihrer Gesundheit schaden?«
»Vor allem da sie in anderen Umständen ist.« Er räusperte sich. »Und außerdem mache ich mir Sorgen um das Kind. Es kränkelt, und man will doch keinerlei Risiken eingehen.«
Dieu nous en garde!

19. September

Louis ist allein nach Holland zurückgekehrt – ohne seine Frau, ohne seinen Sohn. »Aber er ist *wütend* auf mich abgereist, Maman«, schluchzte Hortense.

»Dr. Corvisart hat ihn doch aufgeklärt, oder? Über die Gefahren?«

»Ich weiß es nicht. Louis wollte nicht einmal mehr mit mir sprechen!«

Sonntagmorgen

Carolines Ball gestern Abend war so pompös, dass es schon anstößig war: Seiltänzer und Akrobaten, ein Miniaturdorf im Garten. Als Caroline und Joachim (beschwipst) Jérômes Braut zu einer Nachbildung ihres Sommerhauses führten, trat ein in Bauerntracht gekleideter Chor auf und sang die traditionellen Lieder ihres Landes.

Natürlich war es ein Triumph. Caroline sorgte dafür, dass Bonaparte auch ja nichts von alledem entging, was sie zur Unterstützung seines Ruhmes getan hatte. Sie sorgte auch dafür, wie ich später herausfand, dass das Gerücht die Runde machte, Hortense erwarte ein Kind von einem Mann namens Monsieur Decazes.

4 Uhr 45 nachmittags

»Ich glaube, ich habe den Grund für Louis' Wut herausgefunden«, sagte ich zu meiner Tochter. »Kennst du einen Monsieur Decazes?«

»Er hielt sich in dem Badeort auf, trauerte um den Tod seiner Frau.«

»Anscheinend geht das Gerücht um, dass er der Vater des Kindes ist, das du erwartest.«

»Monsieur Decazes?« Hortense kräuselte die Nase. »Das ist … das ist verrückt, Maman.«
»Der Meinung bin ich auch! Ich war empört. Aber es könnte erklären, warum Louis so wütend war. Vielleicht solltest du –«
»Das erklärt gar nichts! Wie konnte Louis einer derartigen Geschichte über mich nur Glauben schenken?«
»Nun ja …« Ich kannte das Gefühl, von Eifersucht verzehrt zu werden, wusste, zu welchen Handlungen sie einen Menschen verleiten konnte.
»Ein Mann braucht mich nur anzuschauen, und schon ist Louis von meiner Treulosigkeit überzeugt. Das werde ich ihm niemals verzeihen!«
»Aber Hortense, meinst du nicht, dass du vielleicht –«
»Niemals!«, schrie sie und stürzte zur Tür.
Ich streckte den Arm aus, um sie daran zu hindern, aus dem Zimmer zu laufen.
»Lass mich gehen!«, forderte sie.
»Ich will die Wahrheit wissen, Hortense.«
»Ich werde dir die Wahrheit erzählen!«, sagte sie mit bebender Stimme. »Aber es wird nicht die sein, die du erwartest. Diese Wahrheit wirst du nicht hören wollen. Die Wahrheit ist, dass Louis mich quält! Er *bezahlt* Leute, damit sie mir nachspionieren. Er lässt mich verfolgen. Hinter *jeder* Ausfahrt, die ich mache, vermutet er einen romantischen Hintergrund – selbst, wenn ich ans Sterbebett einer Verwandten fahre! Nachts horcht er an meiner Tür, er öffnet meine Post. Ich könnte ebenso gut in einem Kloster leben. Weißt du wie er jeden Tag beginnt? Mit einer Durchsuchung meiner Schränke. Ist das die Achtung, die ein Mann seiner Frau entgegenbringen soll?«
Ich hörte in fassungslosem Schweigen zu, während sie schluchzend von ihren jahrelangen Qualen erzählte. Ich konnte erst nicht glauben, was sie sagte, doch plötzlich ergab alles einen Sinn – die hohe Mauer, die Louis um ihr Haus hatte bauen las-

sen, die Wache, die unter Hortenses Schlafzimmer postiert war.
»Es tut mir ja so Leid, Hortense«, war alles, was ich sagen konnte. Wenn ich es doch nur gewusst hätte! Wenn sie es mir doch nur gesagt hätte! Aber vielleicht stimmte es, was sie sagte: Vielleicht hätte ich es gar nicht hören wollen.
»Weißt du, was er mir über *dich* erzählt, Maman? Er sagt, dass du eine Hure seist. Er sagt, dass du nicht meine Mutter seist, dass Madame Mère jetzt meine Mutter sei – und die hasst mich! Er sagt, dass jede Liebe, die ich dir bezeuge, ein Stich gegen ihn ist! Er ist ständig wütend. Ich darf noch nicht einmal mit einem Mann sprechen, ohne dass Louis droht, ihn mit dem Schwert zu durchbohren. Ich bin ihm noch *nie* untreu gewesen, Maman, und trotzdem behandelt er mich wie eine Verbrecherin«, schluchzte sie. »Jedes Mal, wenn ich ihm zu gefallen versuche, entdeckt er irgendetwas an mir, was er nicht ausstehen kann, etwas, woran er zweifeln kann. Er liebt seinen Hund mehr als mich! Ich kann es nicht länger ertragen. Bitte, bitte, zwinge mich nicht, zu ihm zurückzugehen. Ich fürchte, es wäre mein Tod!«
Und dann wurde sie von einem krampfartigen Hustenanfall gepackt, der mich entsetzlich ängstigte. Ich nahm sie in die Arme, wiegte sie wie ein kleines Kind. Ganz allmählich ließ der Husten nach. »Verzeih mir, Hortense – ich bin blind gewesen.« Und schlimmer noch – mit Absicht. »Aber jetzt weiß ich es.«
Und jetzt, ich schwöre es, wird alles anders.

Ich werde hintergangen

22. September 1807 – Fontainebleau

Endlich haben wir uns für einen Monat zum Jagen und Feiern in Fontainebleau eingerichtet – wir *alle*. (Mit einem Hofstaat umzuziehen ist nicht leicht.) Eingerichtet, aber immer noch in heillosem Durcheinander, denn jedermann hetzt herum und versucht Schrankkoffer zu finden, verläuft sich in den weiten Korridoren, ist erschöpft von zu wenig Schlaf. Selbst die Schauspieler und Schauspielerinnen sind hysterisch. In weniger als zwei Stunden sollen sie Corneilles *Horace* spielen »und unsere Requisiten sind noch nicht einmal eingetroffen«, rief Talma aus, den Handrücken an der Stirn.

Donnerstag, 24. September, 4 Uhr 45 nachmittags

Duroc wandte sich heute Morgen an den versammelten Hof. Hier sind die Regeln:
An einem Abend in der Woche wird der Kaiser empfangen. An diesem Abend wird musiziert, gefolgt von Kartenspielen.
An einem anderen Abend muss ich einen Empfang geben, bei dem Karten gespielt werden. (Aber nicht um Geld: Bonaparte besteht darauf.)
An zwei Abenden in der Woche wird eine Tragödie aufgeführt. (Keine Komödien: Bonaparte hält sie für Zeitverschwendung.)
Außerdem müssen die Prinzen und Minister Diners geben, zu denen alle Mitglieder des Hofes eingeladen sind. Duroc als

Großmarschall und Chastulé als Hofdame müssen das Gleiche tun und Gedecke für 25 Personen auflegen. Für alle, die keine Einladung zu einem anderweitigen Diner erhalten haben, wird ein Tisch bereit stehen.
»An *diesem* Tisch möchte ich essen«, flüsterte Hortense.
»Und abschließend«, sagte Duroc mit erhobener Stimme, »nur dem Kaiser und der Kaiserin steht es frei, allein zu dinieren – *falls* sie es vorziehen, dies zu tun.«
Man hörte das Rascheln feiner Seide, das Klingeln goldener Anhänger, ein Gemurmel – ein neidisches, wie mir klar wurde, weil uns das Privileg auf ein Privatleben eingeräumt wurde. Glücklicherweise wurden die Versammelten von Durocs Bekanntmachung abgelenkt, dass die Herren für die Rotwildjagd einen grünen Rock mit Gold- oder Silberspitze, weiße Kaschmirreithosen und Reitstiefel ohne Stulpen zu tragen hätten. Das Jagdkostüm müsste »ein einfacher, grüner Rock ohne Verzierungen, aber mit weißen Knöpfen« sein, sagte Duroc und sah dabei ausdrücklich Joachim an, der dafür bekannt war, dass er sogar seine Nachthaube verzierte. »Allerdings muss auf diesen Knöpfen etwas Charakteristisches der Spezies, die gejagt wird, eingraviert sein.«
»Der Schwanz«, sagte Joachim und lachte schallend.
Duroc beachtete ihn nicht und führte weiter aus, dass auch für die Damen und ihren Hofstaat Jagdkostüme erforderlich wären, und zu diesem Zweck der Modeschöpfer Leroy engagiert worden sei. An diesem Punkt wurde Leroy, der zwar nervös war, aber den Beifall sichtlich genoss, gebeten, seine Kreation vorzuführen: eine Tunika, eher ein kurzer Reitmantel, über einem Kleid aus besticktem, weißem Satin. Ich applaudierte, was ein Zeichen für die Anwesenden war, dass sie ebenfalls applaudieren durften.
Und mit diesen schönen Worten wurde der Hofstaat entlassen: Die erste Jagd soll in vier Tagen um acht Uhr morgens abgehal-

ten werden. Zuspätkommen ist nicht gestattet. Der Kaiser hat gesprochen.

27. September, Sonntag – Fontainebleau

»Wir müssen ein Hof sein!«, ereiferte sich Bonaparte und schlug mit der flachen Hand auf den Tisch. »Ein *richtiger* Hof, mit Tanz und Fröhlichkeit. Ich will es so!«
Ich will es so. Wenn es doch nur so einfach wäre! Bonaparte hat alle verschreckt. Es ist unmöglich, fröhlich zu sein. Meine Damen haben so große Angst, öffentlich getadelt zu werden, dass sie nicht zu sprechen wagen, schon gar nicht, sich zu *amüsieren*.
»Teufel nochmal. Ich habe Hunderte von Leuten nach Fontainebleau geholt, damit sie sich amüsieren. Ich habe jede Form von Unterhaltung für sie vorbereitet und trotzdem sitzen sie nur mit langen Gesichtern da.«
»Vergnügen kann man nicht mit dem Trommelschlag herbeirufen, Eure Majestät«, bemerkte Talleyrand in seiner gleichmütigen Art.
»Wie lange sind wir hier?«, fragte Hortense später mit wehleidiger Stimme.
Sechs Wochen. Sechs *lange* Wochen.

Mittwoch

Aus Deutschland sind die ersten »Kronen« (wie Chastulé sie nennt) eingetroffen – die Brüder Prinz Mecklenburg und Prinz Mecklenburg-Schwerin, reizende junge Männer mit altmodischen Manieren. Prinz Mecklenburg-Schwerin, erst kürzlich verwitwet (seine Frau war eine Schwester des russischen Zaren), stand gestern Abend unschlüssig in einer Ecke meines Salons herum. Verständlicherweise sah er davon ab, uns am Whisttisch Gesellschaft zu leisten, setzte sich jedoch an eine

Seite und verfolgte mit offensichtlichem Interesse, wie ich meine Karten ausspielte. Später, als Eis serviert wurde, gestand er, dass er sich nicht wohl gefühlt hätte. Ich sprach ihm mein Beileid aus, bereute es jedoch sofort, denn er schien plötzlich den Tränen nahe zu sein. »Verzeihen Sie, Eure Majestät, es war ein Fehler, nach Fontainebleau zu kommen«, sagte er und betupfte sich die Augenwinkel mit einem spitzengesäumten Taschentuch. »Ich bin nur hergekommen, weil ich den Kaiser dazu überreden möchte, seine Truppen aus meinem Land abzuziehen.«

»Haben Sie schon mit dem Kaiser darüber gesprochen?«

»Ja, heute Nachmittag, aber …« Er machte ein entmutigtes Gesicht.

»Verlieren Sie nicht die Geduld«, schlug ich vor und lud ihn und seinen Bruder ein, uns in unserer Loge bei der Theaterdarbietung morgen Abend Gesellschaft zu leisten.

[Ohne Datum]

»Wie ich sehe, hast du eine Eroberung gemacht«, sagte Bonaparte. »Wie gut, dass ich nicht eifersüchtig bin.«

»Kaum«, sagte ich, aber mit einem Anflug von Bedauern. Es hatte eine Zeit gegeben, da Bonaparte tatsächlich eifersüchtig gewesen war. »Die Frau von Prinz Mecklenburg-Schwerin ist vor kurzem gestorben. Er hat mir von seinem Kummer berichtet.« Ich hielt inne, überlegte, wie ich am besten fortfuhr. »Er ist sehr von dir beeindruckt.«

»Das bezweifele ich. Er ist von mir enttäuscht. Er will, dass ich meine Truppen abziehe, was aber nicht in Frage kommt. Diese Prinzen scheinen zu denken, dass ich mit meinen Soldaten einmarschieren, ihr Land befreien und dann, Arbeit erledigt, einfach wieder verschwinden sollte. Sie leben in einer anderen Welt.«

»Dann besteht also keine Chance, dass unsere Truppen abgezogen werden … eines Tages?« Ich nahm seine Hand in meine. »Ich nehme an, der Prinz hat dich angeworben, damit du seine Sache förderst«, sagte er und zwickte mich ins Ohr – fest.

La Pagerie, Martinico
Madame Bonaparte,
ich bedauere, Ihnen mitteilen zu müssen, dass der Herr Ihre Mutter zu sich geholt hat. Sie ging am achten Juli um 3 Uhr 47 nachmittags in La Pagerie in eine andere Welt hinüber. Ich war als einzige Person anwesend, die Sklaven nicht mitgezählt. Ich werde Sie benachrichtigen, ob irgendetwas von Wert übrig geblieben ist, sobald die Schulden des Gutes bezahlt worden sind.

Im Dienste des Ewigen Herrn, Pater Droppet

Fort de France, Martinico
Chère Yeyette, meine geliebte Nichte,
unsere tiefe Anteilnahme zum Heimgang deiner lieben Mutter. Du hast getan, was du konntest, um ihr die letzten Jahre angenehm zu gestalten. Stéphanie schreibt, dass sie vielleicht bald verheiratet wird – und mit einem Prinzen? Ist das denn möglich? Gewiss erlaubt sie sich nur einen Scherz.
Gott segne dich,

dein alternder Onkel Robert Tascher

Anmerkung – Pater Droppet wird dir die Geschäftsbücher des Gutes senden, so wie sie sind. Überprüfe auf jeden Fall seine Zahlen. Er hat den Ruf, »phantasievoll« zu sein.

Samstagabend

»Ich verstehe, wie Ihnen zumute ist«, sagte Prinz Mecklenburg-Schwerin. »Trauer stellt einen ins Abseits.«

»Ja«, sagte ich und hielt mein Taschentuch umklammert.
»Wird es eine Trauerzeit geben?«
Ich schüttelte den Kopf. Bonaparte wünschte nicht, dass die Nachricht vom Tod meiner Mutter publik gemacht wurde. Eine offizielle Trauerzeit würde den Festen ein Ende bereiten. Das verstand ich, aber ein Teil von mir lehnte sich dagegen auf. Durfte denn niemand um sie trauern? Ich fühlte mich so allein gelassen in meinem Schmerz. »Der Zeitpunkt ist …« Ich wedelte mit meinem durchnässten Taschentuch durch die Luft.
»Ungünstig?«
»Trotzdem stimmt es mich traurig. Hortense und ich sind die Einzigen in ganz Frankreich, die trauern.«
Er streifte ein schmales schwarzes Seidenband von seinem Haarzopf ab, zog es durch ein Knopfloch an seinem Gehrock und band es zu einer winzigen Schleife. »Na, bitte«, sagte er. »Ich wette, dass Sie dachten, ich könnte keine Schleife binden.«
»Ich gebe zu, dass es mir durch den Kopf ging«, sagte ich lächelnd.
»Als Trauerkleidung etwas ungewöhnlich, aber ich glaube, dass der Allmächtige Verständnis dafür hat.«

4. Oktober, Sonntag

Mimi, Hortense, Chastulé, Clari und sogar Monsieur Etikette tragen mittlerweile stolz ein kleines schwarzes Band. Ich fühle mich außerordentlich bestärkt.

5. Oktober – Fontainebleau

Als sich Caroline heute Morgen zur Jagd einfand, trug sie ein kleines schwarzes, in einem Knopfloch befestigtes Band. »Das ist jetzt Mode«, teilte sie jedem mit. »Ist Ihnen das etwa entgangen?«

Donnerstag, 8. Oktober, sehr spät, vermutlich 2 Uhr nachts

Jeden Abend unternehmen Bonaparte und ich vor dem Diner eine Fahrt durch die Wälder. Er kutschiert, und ich bemühe mich, ihn nicht zu bitten, langsamer zu fahren. Mir kommt diese Stunde sehr gelegen, da sie mir die Gelegenheit bietet, mit Bonaparte allein zu sein (wenn man die berittene Eskorte vorn und hinten nicht mitrechnet).

Häufig fahren wir schweigend – dieses wohl tuende Schweigen alter Ehepaare –, doch heute Abend war Bonaparte gut gelaunt (in diesen Tagen ungewöhnlich für ihn), und wir unterhielten uns angenehm über dieses und jenes: über Jérômes jüngste Dummheit, über die ausländischen Prinzen. Und dann, so ganz nebenbei, teilte er mir mit, dass er gerade eine Liebelei mit meiner Vorleserin hätte. »Deine Spione werden dich sowieso darüber unterrichten«, sagte er und sah mich kurz an, um zu sehen, wie ich reagierte.

»Madame Gazzani?« Wieso wusste ich noch nichts davon? »Ich weiß es zu würdigen, dass du so diskret gewesen bist. Und Madame Gazzani ebenfalls.«

»Bist du nicht böse?«

»Bonaparte, es gibt nur zwei Dinge, die ich mir wünsche. Erstens, dass du glücklich bist. Und zweitens …« Ich hielt inne, spürte das gleichmäßige, beruhigende Klipp-Klapp der Pferdehufe. Ich hatte es sogar aufgegeben, mir ein Kind zu wünschen, stellte ich traurig fest.

»Und zweitens …?« Er wendete die Pferde in die Richtung des Schlosses.

»Und zweitens wünsche ich mir deine Liebe.«

Er zog an den Zügeln und brachte die Pferde zum Stehen. »Weißt du denn nicht, wie sehr ich dich liebe?«

»Doch, das weiß ich, Bonaparte«, sagte ich. »Und gerade das macht es ja so schwer.«

Samstagnachmittag

Carlotta stellte eine Vase mit Rosen auf meinen Sekretär. »Danke, Carlotta.«

Sie knickste. »Es ist mir ein Vergnügen, Ihnen zu dienen, Eure Majestät.«

Ich glaubte ihr. »Ich möchte, dass Sie uns heute Abend Gesellschaft leisten, Carlotta, im Salon.« Das Mädchen, verbannt in ihre kleine Dachbodenstube, langweilte sich sicher zu Tode.

»Aber Eure Majestät, ich bin doch nur eine …«

Nur eine Vorleserin, hatte sie sagen wollen. Vorleserinnen werden keine Salonprivilegien gewährt; meine Damen würden zweifellos Einspruch erheben.

»Der Kaiser würde sich darüber freuen, Carlotta«, sagte ich mit einem wissenden Lächeln.

Und jetzt – zu guter Letzt – habe ich wohl endlich begonnen, zu begreifen. Carlotta ist mein Geschenk an Bonaparte geworden, wie eine saftige Frucht, die ich meinem Mann vorsetze. Wenn er sie liebt, muss er mich lieben. Wenn er sie liebt, muss er sich zu Dank verpflichtet fühlen.

25. Oktober, Sonntag

Heute Morgen, als ich von der Messe zurückkehrte, zog mich Fouché (der in einer Fensternische lauerte) zur Seite. »Ich muss eine Angelegenheit von großer Wichtigkeit mit Ihnen besprechen, Eure Majestät«, sagte er und räusperte sich. Er spähte zur Tür, wo eine Wache postiert war.

»Oh«, sagte ich ziemlich beunruhigt. Er wirkte verlegen. Und wann hatte er mich schon einmal mit »Eure Majestät« angesprochen?

Er zog ein fest zusammengerolltes Papier aus der Innentasche

seines Rockes und reichte es mir. Das Sonnenlicht fing sich im Diamanten des Ringes an seinem kleinen Finger.
Misstrauisch streifte ich die Seidenkordel ab und öffnete die Schriftrolle. Die Handschrift – die Fouchés – war klein, schwer zu entziffern. »Leider habe ich meine Lesebrille nicht dabei.«
»Lesen Sie es später, Eure Majestät. Ich möchte, dass Sie … über den Inhalt *nachdenken*.«
»Und worum geht es, wenn ich fragen darf?« Warum gingen wir so höflich miteinander um?
»Es ist der Entwurf eines Briefes, den Sie, wie ich Ihnen nahelegen möchte, an den Senat senden sollen.«
»Sie meinen, *ich* sollte einen Brief an den Senat schreiben?« *Warum?*
»Sie wissen sicherlich um die öffentlichen Befürchtungen, dass der Kaiser mit zunehmendem Alter in die Fußstapfen des Sardanapal treten wird.«
Mir war zwar nicht ganz klar, wovon er sprach, aber ich meinte, etwas herauszuhören, was Bonapartes Gesundheit betraf.
»Selbst die allgemeine Öffentlichkeit, die Frieden und Sicherheit so verdient hat, schreit danach. So treu ergeben Ihnen die Menschen auch sind, Eure Majestät, sind sie dem Kaiser und dem Kaiserreich, das er geschaffen hat – ein Reich, von dem sie wissen, dass es bei seinem Tod zerbröckeln wird – noch treuer ergeben.«
Hatte Bonaparte eine lebensbedrohliche Krankheit? Gab es da etwas, was ich nicht wusste? »Fouché, ist der Kaiser –?«
»Der Kaiser leidet, Eure Majestät«, sagte Fouché und zog eine mit kostbaren Edelsteinen verzierte Schnupftabakdose aus Elfenbein hervor, »da er zu der schmerzlichen Entscheidung gelangt ist, dass eine zwingende politische Notwendigkeit, wie sehr sie ihm persönlich auch zuwider sein mag, um der Staatsräson willen vollzogen werden muss. Allerdings, so tapfer er

auch auf dem Schlachtfeld ist, fehlt ihm der Mut, mit Ihnen über diese Angelegenheit zu sprechen.«

Meine Hände wurden kalt, und das Herz wurde mir schwer. Eine dunkle Ahnung durchzuckte meine Adern. Das hier hatte nichts mit Bonapartes Gesundheit zu tun. »Und um was könnte es sich dabei handeln?«

Fouché nahm eine Prise Schnupftabak und wischte sich danach die Nasenspitze ab. »Nun ja, um eine Scheidung, Eure Majestät.«

»Sie legen mir nahe, dass ich –?«

»Ich lege Ihnen nahe, an den Senat zu schreiben, ihn davon zu unterrichten, dass Sie bereit sind, dieses Opfer zum Wohle des Volkes zu bringen. Ich weiß, wie sehr Sie dem Kaiser ergeben sind, und ich glaube, dass Sie ihn so sehr lieben, dass Sie Ihr Leben opfern würden, wenn damit seines verschont würde.«

Ich lehnte mich an die Wand. So ist das also, dachte ich. Bonaparte hatte nicht den Mut, mit mir zu sprechen, und deshalb lässt er Fouché in seinem Namen sprechen. Dieser Feigling!

»Unsere Soldaten sind bereit, ihr Leben für ihr Land zu opfern«, sagte Fouché und griff nach meinem Arm. »Es kommt selten vor, dass eine Frau die Gelegenheit bekommt, ihre Ergebenheit zu beweisen, ihre –«

»Eines muss ich wissen«, unterbrach ich ihn abrupt. Ich hatte das Gefühl, an einem Abgrund zu stehen. Ich fürchtete, die Beherrschung zu verlieren, aber ich musste es wissen. »Minister Fouché, hat der Kaiser Sie *gebeten*, mit mir darüber zu sprechen?«

»Obwohl ich die Gedanken des Kaisers in dieser Angelegenheit kenne, hatte ich keine Anweisung von ihm«, sagte Fouché gelassen und schaute prüfend auf eine Taschenuhr, die an einer schweren Goldkette an seiner Reithose hing. »Ich bedauere sagen zu müssen, dass ich dieses traurige Gespräch beenden muss, Eure Majestät, da ich eine dringende Verabredung habe.«

Und ohne sich auch nur zu verbeugen, ging er davon. Hortense fand mich kurz darauf, wie ich in der Nähe der Fensternische stand und die Vorhänge umklammert hielt.

[Ohne Datum]

Heute Morgen kurz nach sieben ging ich zu Bonapartes Zimmer. Ich dachte, es wäre das Beste, mit ihm zu sprechen, bevor seine Arbeit begann, daher war ich überrascht, ihn im Jagdrock vorzufinden, während ihm sein Kammerdiener in seine hessischen Stiefel half. »Gehst du nicht zur Jagd, Joséphine?« Er zog seinen linken Stiefel an und erhob sich, um mich zu umarmen. »Fühlst du dich nicht wohl?«
»Nein – das heißt, nein, ich gehe nicht zur Jagd.« Ich hatte sie vollkommen vergessen. »Bonaparte, ich muss mit dir sprechen.« Es war heiß in dem Zimmer; ein Feuer prasselte.
»Gut«, sagte Bonaparte, setzte sich und streckte den rechten Fuß aus.
»Unter vier Augen«, sagte ich und umklammerte Fouchés Brief, den ich zu einer engen Röhre gerollt und mit einem gelben Band, der Farbe des Verrats, gesichert hatte.
Bonaparte erhob sich und stampfte mit dem Fuß auf. »So ist's gut«, sagte er zu Constant und entließ ihn. Er führte mich zu einem Sessel am Kamin. »Du bist blass. Dir muss kalt sein.« Er trat nach dem brennenden Holzscheit, was die Funken sprühen ließ, setzte sich und schaute in die Flammen.
»Ich stelle mir immer vor, dass du an ein Lager denkst, wenn du so ins Feuer schaust«, sagte ich und tastete an dem Band herum, um den Knoten zu lösen.
»Joséphine, ich bin ja bereit, mich mit dir zu unterhalten, aber ich habe nicht den ganzen Morgen Zeit. Der österreichische Botschafter erwartet mich. Worum geht's?«
»Es ist … kompliziert«, sagte ich und schaffte es endlich, das

Band abzustreifen und ihm den zusammengerollten Brief zu reichen.
»Ist das für mich?« Er versuchte ihn flach auf den Oberschenkel zu legen. »Von wem ist er?« Mit zusammengekniffenen Augen.
»Von deinem Polizeiminister.«
»Fouché hat das geschrieben?« Er hielt sich den Brief dicht vor das Gesicht und streckte ihn dann auf Armeslänge aus. »Meine Augen werden immer schwächer«, jammerte er. »Ist diese Brille denn immer noch nicht geliefert worden?«
Wie konnte Bonaparte bloß an solche Kleinigkeiten denken? Unser Leben ging entzwei, und alles, woran er denken konnte, war diese neue Brille. »Ja, Fouché«, sagte ich, um einen ruhigen Ton bemüht. »Er gab ihn mir gestern, nach der Messe. Er … er legt mir nahe, dem Senat einen Brief diesen Inhalts zu schreiben.«
»Basta«, rief Bonaparte aus, als er ihn las. Er warf das Dokument in die Flammen.
»Du wusstest nichts davon?«
»Natürlich nicht. Fouché hat in unserem Bett nichts zu suchen.«
Ich zog ein Taschentuch aus dem Mieder. (Ich hatte daran gedacht, mehrere mitzunehmen.) Bonapartes Reaktion zu beurteilen, war nicht leicht. Tat er nur so, als sei er unschuldig? »Ich hatte solche Angst, dass du Fouché gebeten haben könntest, diese schreckliche Sache zu erledigen«, sagte ich mit brechender Stimme.
»Joséphine, ich bin durchaus in der Lage, ein solches Thema selbst zur Sprache zu bringen. Ich muss Fouché nicht in meinem Auftrag sprechen lassen.« Es trat ein peinliches Schweigen ein. Bonaparte räusperte sich. »Und da wir nun schon einmal darüber sprechen, möchte ich dich fragen: Was meinst du dazu?«
»Ich meine, dass du ihn entlassen solltest«, sagte ich, obwohl ich genau wusste, dass Bonaparte dies nicht gemeint hatte.

»Fouché?«, sagte Bonaparte verächtlich. »Wenn er überhaupt etwas verbrochen hat, dann, dass er zu übereifrig war. Er handelte aus Ergebenheit, mir und dem Kaiserreich gegenüber.«

Ergebenheit. Fouché hatte dasselbe Wort gebraucht. »Ergebenheit gegenüber seinen *eigenen* Interessen«, sagte ich erregt. »Du bist von Schmeichlern umgeben, Bonaparte. Sie verleiten dich dazu zu glauben, dass du durch eine Scheidung von mir und die Ehe mit einer jungen und gebärfreudigen Prinzessin unserem Land einen großen Dienst erweisen würdest.«

»Joséphine, du darfst nicht –«

»Du hast mich gefragt, was ich dazu meine, und ich werde es dir sagen!«, fuhr ich unbeirrt fort, während ich mein Taschentuch zu einem Strick drehte – einem Strick, an dem ich mich aufhängen konnte. »Wenn ich auch nur einen Augenblick davon überzeugt wäre, dass durch unsere Scheidung Frieden eintreten und unser Kaiserreich blühen und gedeihen würde – *wenn* das meine Meinung wäre, würde ich es tun! Aber das ist *nicht* meine Meinung.« Meine tapfere Ansprache löste sich in ein törichtes, weibliches Wimmern auf. »Ich will ehrlich sein, Bonaparte, da wir darüber sprechen müssen. Ich habe Angst um mich, denn ich liebe dich. Meine Krone ist mir gleichgültig, auch mein Rang. Nur eines ist mir nicht gleichgültig, und das bist du.«

»Joséphine –«

»Ich *flehe* dich an, mir zuzuhören! Ich bin überzeugt, dass sie Unrecht haben. Ich befürchte, dass sie dich auf einen Weg treiben, der zu deinem Untergang führen wird und mit dir auch zum Untergang des Kaiserreiches. Ob du glücklich bist, interessiert *sie* nicht – sie interessieren sich nur für sich selbst. Sie sind habgierig und ängstlich und verstehen dich nicht so wie ich.«

Bonaparte beobachtete mich, seine großen grauen Augen schimmerten. »Eines muss ich noch sagen«, sagte ich, »und dann werde ich gehen. Du und ich haben eine sehr große Stre-

cke zusammen zurückgelegt. Ja, in vielerlei Hinsicht glaube ich sogar, dass unser ... unser *Schicksal* so außergewöhnlich ist, dass es von der Vorsehung gelenkt sein muss.« Ich hielt inne, weil ich mich scheute, etwas auszusprechen, was, wie ich ehrlich befürchtete, wahr sein könnte – dass auf eine gewisse, geheimnisvolle Weise Bonapartes außergewöhnliches Glück mit *mir*, mit unserer Ehe verknüpft war. »Wir haben schon früher darüber gesprochen«, sagte ich stattdessen und mein Herz klopfte wie wild. Er nickte, nur ganz knapp, aber trotz alledem eine Bestätigung. »Du hast mich auf einen Thron gesetzt, Bonaparte. Es wäre nicht richtig, wenn ich von ihm herabstiege. Wenn du mich darum bittest, werde ich es tun. Ich möchte, dass du das weißt. Aber du musst derjenige sein, der es mir sagt.«
»Ich könnte es nicht, Joséphine«, sagte er, seine Stimme nur noch ein Flüstern. Ich fiel in seine Arme. Und so, in Tränen aufgelöst und in inniger Umarmung, fand uns der Diener vor.

20. November – zurück in Paris

»Fast hätte ich das hier verbrannt«, sagte Mimi und reichte mir einen Fetzen Papier.

Prinzesin Carolin & ihr Mann warn gestern Abend bei Min. Fouchay. Min. Fouchay sagt alles tät leichter sein wenn die Keiserin sterbn tät.

[Ohne Datum]

Es ist spät, zwei Uhr morgens; alle schlafen. Bonaparte ist auf dem Weg nach Italien. Ich bin allein im Schloss – allein mit meiner Angst. Mein Schlüsselring liegt vor mir auf der Schreibplatte. Wie ein Insekt mit langen Beinen liegen sie ausgebreitet da – ein Insekt mit der heimtückischen Macht, verschlossene Türen öffnen zu können.

Einer der Schlüssel – ein schwerer, leicht verrosteter – ist der Schlüssel zu Bonapartes Arbeitszimmer. Wenn ich es wagte, könnte ich diese Tür öffnen und einen Blick in seine Akten werfen. Ich weiß, wo ich suchen müsste, weiß, wo Fouchés Polizeiberichte aufbewahrt werden. Ich kann diese Ledermappe sehen, als läge sie vor mir: schwarzes Rindsleder, dick und steif und mit einem grob gerippten, weißen Seidenband verschlossen, das vom vielen Auf- und Zubinden durch Männer mit Schnupftabak an den Fingern fleckig geworden ist.
Ich könnte hingehen – *sofort*. Herausfinden, was genau hinter meinem Rücken gesagt wird, ein für alle Mal erfahren, wer meine wahren Feinde sind. Der Sekretär ist nicht hier, auch nicht der Kammerdiener; Roustam schläft nicht vor der Schlafzimmertür. Sie sind alle mit Bonaparte nach Italien unterwegs, immer bei Bonaparte. Aber was ist mit den anderen, den Nachtwächtern, den Wachleuten?
Nein, ich werde morgen früh hingehen. Ich werde Hugo, der Wache vor dem Arbeitszimmer, sagen, dass ich etwas aus den Akten des Kaisers brauchte – etwas, dass ich ihm schicken lassen soll. Ich werde Hugo einen Kaffee mit einem Schuss Kognak mitbringen, zur Aufmunterung und Ablenkung.

Polizeibericht vom 17. November: *Die Leute waren erstaunt, dass sich die Kaiserin am Dienstag nicht bei der Aufführung von* Trajan *zeigte. Es hieß, dass sie aufgebracht wäre. Die meisten sprachen von einer Auflösung der kaiserlichen Ehe. Diese Neuigkeit ist Gesprächsstoff in allen Schichten, und die Wahrheit ist, dass es nicht einen gibt, der dies nicht als eine Garantie für den Frieden ansieht.*

Polizeibericht vom 19. November: *Bei Hofe, in den Häusern der Prinzen, in allen Salons sprechen die Leute von der Auflösung der Ehe. Die Leute, die das Vertrauen der Kaiserin genießen, tei-*

len die Meinung, dass der Kaiser diesen Bruch nicht vollziehen würde. Sie sagen, dass die Kaiserin in Frankreich verehrt wird; dass ihre Popularität für den Kaiser ebenso wie für das Kaiserreich von Nutzen ist; dass das Glück sowohl des einen als auch des anderen vom Bestand dieser Ehe abhängt; dass die Kaiserin der Talisman des Kaisers ist; dass ihre Trennung das Ende ihres Glücks bedeuten würde.

Der andere Teil des Hofes – der Teil, der die Auflösung als notwendig für die Festigung der Dynastie erachtet – versucht sie auf dieses Ereignis vorzubereiten und erteilt ihr Ratschläge, die sie der Situation für angemessen halten.

In der kaiserlichen Familie gibt es nur eine Meinung: Sie sind alle einmütig für eine Scheidung.

2. Dezember – Malmaison

Gestern Nacht, nach dem Fest für die Botschafter, wurde ich plötzlich krank. Mimi bestand darauf, dass ich meinen Magen entleerte, und zwang mich warmes Senfwasser zu trinken und meinen Gaumen mit einer Gänsefeder zu kitzeln. Dann ließ sie Dr. Corvisart holen, der meine Symptome als »rätselhaft« beschrieb.

»Und wenn ich vergiftet worden wäre«, fragte ich ihn schwach, »welche Symptome hätte ich dann?«

»Eure Majestät, wer sollte denn so etwas tun?«, sagte er freundlich – aber ohne meine Frage zu beantworten.

[Ohne Datum]

Ich bin immer noch recht krank … und ich habe Angst. Ich weiß, dass mir manche den Tod wünschen.

2. Januar 1808 – Tuilerien

»Joséphine?«, hörte ich einen Mann sagen, während ich schlief. Die Stimme war sanft, zärtlich: Bonapartes Stimme. Träumte ich? Ich öffnete die Augen, die durch das Fieber zugeschwollen waren. Es war tatsächlich Bonaparte, der mit einem Neujahrsgeschenk in der Hand – eine Büchse mit rosa, weißen und blauen Zuckermandeln – neben dem Bett stand. Er stellte die Büchse ab und nahm meine Hand. »Man sagte mir, dass du krank seist, aber …« Seine Augen füllten sich mit Tränen.
»Mir ist ein starkes Abführmittel sehr schlecht bekommen«, versicherte ich ihm schwach. Das behauptete Dr. Corvisart beharrlich – nichts weiter. »Ich fühle mich schon besser.«
»Das *musst* du auch«, sagte er und umklammerte meine Hand so fest, dass es wehtat.

12. Januar – Paris

Heute kräftiger. Heute Nachmittag habe ich eine Stunde damit verbracht, das endgültige Programm für Stéphanies Hochzeit mit Prinz von Aremberg kommenden Monat aufzustellen.

Fort de France, Martinico
Chère Yeyette, meine geliebte Nichte,
meine Frau und ich sind dankbar für die Rolle, die du bei den Vorbereitungen für Stéphanies Hochzeit übernommen hast. Es ist kaum vorstellbar, dass unser kleines Mädchen eine Prinzessin sein wird. Erinnere sie daran, dass sie ihre Strümpfe nicht herunterrutschen lassen und die Hand vor den Mund halten soll, wenn sie aufstößt.

Gott segne dich
dein alternder Onkel Robert Tascher

1. Februar – Tuilerien

Als ich mich gerade darauf vorbereitete, Hortense wegen Stéphanies Hochzeit aufzusuchen, wurde ich von einem Pochen an der Tür erschreckt. Es war Bonapartes Kammerdiener. »Eure Majestät, kommen Sie rasch – dem Kaiser geht es schrecklich schlecht. Ich glaube, es ist eine seiner Episoden!«*

Ich raffte meine Schleppe hoch und eilte mit rasendem Pulsschlag hinter Constant die dunkle Steintreppe hinauf. »Es passierte genau in dem Augenblick, als der Kaiser aus dem Bad stieg, Eure Majestät«, sagte Constant und versuchte das Licht so zu halten, dass ich besser sehen konnte. »Er verbietet mir, Dr. Corvisart rufen zu lassen. Er sagte, dass er nur Sie braucht.«

Wir stolperten in Bonapartes Suite. Das prasselnde Feuer und eine Kerze auf einem Tisch spendeten wenig Licht. Constant hob seine Laterne zum Bett, wo Bonaparte unter den Decken vergraben lag. Sein Gesicht war aschfahl. »Sprich mit mir, Bonaparte!«

Wortlos griff Bonaparte nach meinen Arm und zog mich ungeachtet meiner eleganten Aufmachung ins Bett. Ein Zittern schien ihn zu durchlaufen. War es die Fallsucht? »Constant, hol das Fläschchen.« Der Diener machte ein verwirrtes Gesicht. »Das Amylnitrit – in der Reisetasche des Kaisers.«

»Joséphine!«, platzte Bonaparte schließlich heraus.

Constant erschien wieder. »Zwei oder drei Tropfen auf ein Taschentuch«, wies ich ihn an.

»Ach du meine Güte, ach du meine Güte«, murmelte der aufgeregte Kammerdiener, zog ein Taschentuch hervor, tropfte die Arznei darauf und reichte es mir.

»Atme«, sagte ich und hielt ihm das Tuch unter die Nase.

»Joséphine, ich kann ohne dich nicht *leben*«, keuchte er schließlich.

* Napoléon hatte gelegentlich Anfälle epileptischer Natur.

Mon Dieu, dachte ich. »Bonaparte, wir können so nicht weitermachen«, hörte ich mich sagen, als ich ihn an mein Herz drückte und ihm über das feine Haar strich, als wäre er ein kleines Kind, das ich beruhigte.

Samstag, 2. April – traurig

Bonaparte ist gerade in den Süden aufgebrochen – sehr rasch. (Das heißt, so rasch und so heimlich, wie ein Gefolge von sechsunddreißig Kutschen aufbrechen kann.) Offiziell heißt es, dass er eine Inspektionsreise nach Bordeaux unternimmt, aber in Wahrheit hat er vor, die Lage in Spanien zu sondieren.
»Ich bleibe nicht lange fort«, sagte er und hielt mich in seinen Armen fest. In ein paar Tagen soll ich zu ihm stoßen.

6. April – Saint-Cloud

Ich bin gerade von einem Besuch bei Hortense zurückgekehrt, weil ich ihr Lebewohl sagen und Gottes Segen wünschen wollte, da ich morgen früh aufbreche, um Bonaparte im Süden zu treffen. Ich verlasse sie mit Unruhe im Herzen.
Ich brachte eine Reihe hübscher Stücke für ihre Säuglingsausstattung mit – und auch eine Ausgabe von Madame de Souzas neuem Roman *Eugène de Rothelin* – und versprach, rechtzeitig zu ihrer Niederkunft in sechs Wochen zurückzukehren. Als ich gerade eine kleine Flanellweste zusammenfaltete und sie auf den Tisch neben der Wiege legte, sah ich auf dem Boden eines Reisekorbs aus besticktem Musselin etwas Schwarzes.
»Was ist das?«, fragte ich Hortense – da es wie ein Leichentuch aussah.
»Oh, nichts«, sagte sie verlegen. »Nur ein Stück Stoff, das die Schneiderin hier vergessen hat.«
Sie weinte, als ich ging. Sie ist jetzt eine einsame junge Frau;

kein Ehemann, der sie quält, aber auch kein Ehemann, der für sie sorgt.

Als ich gerade in meine Kutsche stieg, sah ich Hortenses Freundin, Mademoiselle Adèle Auguié – jetzt ihre Kammerzofe –, mit Petit zurückkehren. Ich rief ihnen zu.

»Ich mache mir …« Ich mache mir Sorgen um Hortense, wollte ich zu Adèle sagen. »Es tut mir Leid, dass ich gerade jetzt fort muss.«

»Seien Sie unbesorgt, Eure Majestät. Wir passen schon auf Ihre Tochter auf«, sagte Adèle und lächelte auf den Jungen herab. »Nicht wahr?«

Ich hätte sie gerne nach dem Stück schwarzen Stoffs gefragt, wagte es aber nicht. »Das weiß ich doch«, sagte ich.

10. April – Schloss von Bordeaux

Bonaparte begrüßte mich mit offenen Armen. Er war erleichtert, mich zu sehen, brauchte unbedingt meine Hilfe bei einem anspruchsvollen (und heiklen) Gesellschaftsprogramm. Ich bin von der Reise erschöpft, werde aber trotzdem heute Abend an einem Empfang teilnehmen.

24. April 1808, Paris

Eure Majestät,

Sie werden erleichtert sein, zu erfahren, dass Königin Hortense von einem Knaben entbunden wurde – beinahe einen Monat zu früh! Sowohl Mutter als auch Sohn sind wohlauf und außer Gefahr.

Am zwanzigsten April, einem Mittwoch, lud Prinzessin Caroline Ihre Tochter und Petit zu einem Fest ein. Trotz ihrer zarten Gesundheit, beschloss Königin Hortense, daran teilzunehmen (sie fuhr liegend in der Kutsche). Es sollte ein Kinderfest sein mit einer Reihe von Kindermädchen, Eltern und sogar wichtigen Persönlichkeiten des öffentlichen Lebens, die herumstanden und zuschauten, wie sich Prinzessin Carolines Kinder von den Lampen schwangen und die Gäste terrorisierten. Kurz, der übliche Zirkus; und ein Zirkus war es tatsächlich, komplett mit Clowns und Seiltänzern, die über den Köpfen der Kinder auftraten! Jedes Mal, wenn einer ausrutschte (was oft der Fall war), umklammerte Königin Hortense meine Hand. Wir hatten beide schreckliche Angst, dass einer der Artisten auf die Kinder fallen würde – und insbesondere auf unseren allerliebsten Petit. (Ich behaupte, dass Königin Hortenses Beunruhigung die Wehen heraufbeschwor.)

Erzkanzler de Cambacérès, der neben uns stand, behauptete sich nicht wohl zu fühlen, und bat Ihre Tochter sich entfernen zu dürfen, um nach Hause zurückzukehren und sich Blutegel ansetzen zu lassen.

Königin Hortense versicherte ihm, dass sie ihn nicht brauchte – dass sie in dieser Nacht nicht entbinden werde –, aber als ob die Vorsehung uns alle daran erinnern wollte, wer das Sagen hat, setzte innerhalb einer Stunde nach dem Weggang des Erzkanzlers die erste Wehe ein. Die Wehen wurden rasch sehr heftig, und wir schafften es nur mit großer Mühe, sie nach Hause zu bringen, wo die Hebamme und der Erzkanzler alsbald zu uns stießen, der arme Erzkanzler mit drei Blutegeln, die immer noch an seinem Rücken klebten. (Diese Geschichte hat in Paris großes Gelächter hervorgerufen!)

Der Säugling wurde fast leblos und fürchterlich, fürchterlich klein geboren. Sie können sich sicher unsere Angst vorstellen! In Wein gebadet und in Baumwolle gewickelt kam er wieder zu sich, aber dann mussten wir uns Sorgen um Königin Hortense machen, da ihr Pulsschlag unregelmäßig wurde.

Sie ist noch schwach, Eure Majestät, aber drei Tage sind schon vorüber und der Arzt beruhigt uns, dass Ihre Tochter außer Gefahr ist. Königin Hortense hat mich ausdrücklich gebeten, Ihnen zu sagen, dass Sie nicht nach Paris zurückkehren sollen. Der Kaiser braucht Sie, und glauben Sie mir, Ihre Tochter ist in guten Händen. Insbesondere Petit kümmert sich rührend sowohl um seine Mutter als auch um seinen kleinen Bruder.

Wie Sie vorschlugen, wurde Dr. Jean-Louis Baudelocque ein Geschenk von

zehntausend Franc in einem mit Diamanten geschmückten Goldkästchen zuerkannt und Madame Frangeau ein schöner Ring.
Bitte verzeihen Sie die Kleckserei, die diese Feder gemacht hat.

Ihre untertänigste Dienerin
Mademoiselle Adèle Auguié

Anmerkung – Ich habe König Louis benachrichtigt.
Und noch eine – Bedauerlicherweise hat die zu frühe Ankunft dieses Kindes, ungeachtet der Erklärung des Geburtshelfers, dass der Säugling einen Monat zu früh geboren wurde, zu allen möglichen Gerüchten geführt.

[Ohne Datum]

Bonaparte fand mich über Adèles Brief weinend vor. »Deine Tochter hat noch einen Sohn. Ist das kein Grund zum Feiern?«
»Ich war nicht an ihrer Seite!«
Bonaparte tröstete mich zärtlich. Wir spazierten Hand in Hand durch den Park.

27. April, Mittwoch, glaube ich – Château Marrac (nicht weit von Bayonne)

Wie wunderbar, wieder in der Nähe des Meeres zu sein. Ich kann es in der Luft schmecken.
Im Morgenlicht sehe ich, dass dieser Raum in zart violetter und gelber Seide dekoriert wurde. Unser Bett (das wir uns hier teilen) aus wunderschönem Kirschbaumholz ziert eine Krone.
Der Salon wurde so hergerichtet, dass er wie ein Zelt mit hochgeschlagenen Seiten aussieht – ein blaues Satinzelt mit einer violetten und gelben Borte besetzt. Ein Sofa (nicht sehr bequem), Lehnsessel und ein Schemel sind mit blau gestreifter und gelb eingefasster Seide bezogen. Es gibt sogar ein Badezimmer mit einer Holzbadewanne – die gerade für mich gefüllt wird.
Ein hoch gewachsenes Baskenmädchen in hanfbesohlten Schu-

hen hat mir gerade einen Imbiss aus Schokolade und Marzipan gebracht. »Ein Geschenk des Kaisers«, sagte sie – oder besser, ich *vermute*, dass sie das sagte, denn die Leute hier sprechen eine sonderbare Sprache. (Baskisch?) »Er sagen, ich sagen, er Sie *lieben*«, fügte sie auf Französisch hinzu, wobei sie stolz die Worte artikulierte.

5. Mai

Der König von Spanien hat Frankreich nachgegeben und abgedankt. Bonaparte hat Joseph überredet, Neapel aufzugeben und die Krone von Spanien anzunehmen. »Nicht Joachim?«, fragte ich erleichtert, aber überrascht. Caroline hatte unmissverständlich klargemacht, dass die spanische Krone an ihren Ehemann zu gehen habe.
»Pah!«, murmelte Bonaparte. »Joachim hat hier alles vermasselt. Ich werde ihm Neapel geben. Das sollte Caroline glücklich machen. Dann hat sie endlich eine Krone.«
Aber nicht die Krone, die sie wollte. Keine *große* Krone.

Freitagnachmittag

Irgendetwas in dieser salzigen, anregenden Brise belebt unsere Lebensgeister. Die melancholischen Schreie der Möwen sind »heimatliche« Klänge für uns beide. Wie ähnlich Bonaparte und ich uns doch sind, beide auf Inseln geboren und aufgewachsen, das Meer immer vor unseren Augen.
Wenn wir doch nur ewig so leben könnten, weit weg von den Pariser Intrigen. Gestern Nacht haben wir lange in der Dunkelheit miteinander geflüstert: »Wenn wir mal alt und grau sind, werden wir ein kleines Schloss am Meer haben«, sagte er schläfrig. »Du kümmerst dich um die Blumen und ich mich um das Gemüse.«

[Ohne Datum]

Bonaparte und ich kamen heute Nachmittag ausgelassen zum Schloss zurück. Meine Zofen schüttelten verwundert die Köpfe über meine vom Wind zerzausten Haare, meine nackten Füße. »Der Kaiser hat mir die Schuhe weggenommen und sie versteckt«, erklärte ich und lachte schallend über ihre verdutzten Gesichter. Eine Zofe bereitet gerade ein Bad für mich vor, denn ich habe Sand in den Haaren und Augen.
Der Tag war herrlich. Wir fuhren in raschem Tempo in einer der neuen leichten Kaleschen los und konnten bald darauf das Meer sehen. »Ah«, sagte Bonaparte, atmete tief ein und nahm meine Hand. Die Sonne spiegelte sich funkelnd im Wasser.
Sobald wir einen einsamen Strand erreichten, befahl Bonaparte unserem Kutscher anzuhalten. »Zu wild, was meinst du?«, fragte er, als er die kleine Felsenbucht betrachtete.
»Genau richtig«, sagte ich und band meine Hutbänder fest.
Am Rand des Sandstrands schleuderte ich die Schuhe von mir und raffte meinen Rock. Hinter mir hörte ich Bonaparte rufen und lief los. Er fing mich ein, die Welle schäumte und wirbelte um unsere Füße. Wir lachten und rangen nach Atem. Er versuchte mich ins Wasser zu stoßen, aber ich drehte mich weg und floh aus seiner Reichweite.
Wie lange spielten wir so wie die Kinder? Stunden? Eine Ewigkeit.
Ich wüsste gerne, was unsere Wachen dachten, als sie ihren Kaiser und ihre Kaiserin dabei beobachteten, wie sie an der Küste hin und her liefen, lachend in den Sand fielen, Hand in Hand spazieren gingen – sich umarmten.
Vielleicht dachten sie ja, dass wir sehr verliebt wären.

Wir kehren ins feindliche Lager zurück

15. August 1808, Bonapartes neununddreißigster Geburtstag – Saint-Cloud

Bonaparte und ich waren beide zerknittert und müde, als unsere Karosse in Saint-Cloud einfuhr. Die Nacht zuvor hatten wir in der Kutsche geschlafen, aber trotzdem war keine Zeit, ein Bad zu nehmen – nur Zeit für einen Kleiderwechsel und einen schnellen Imbiss.

Ich schreibe dies jetzt im Salon, der zum Garten führt, die Türen weit geöffnet, und warte darauf, dass Bonaparte aus seinem Arbeitszimmer auf der anderen Seite des Innenhofes herauskommt. In wenigen Minuten müssen wir den Senat empfangen und anschließend zur Messe und zu einem Tedeum zu Ehren des »heiligen Napoléon« gehen.

Ich kann es kaum erwarten, Hortense, Petit und das neue Kind zu sehen, aber das muss warten. (Verflixte Pflicht!) Kaum zu glauben, dass wir über vier Monate fort waren – vier *wundervolle* Monate.

Später Nachmittag

»Er ist ein braves Kind«, sagte Hortense liebevoll und reichte mir den Säugling.

»Oh, Hortense, er ist …« Ehrlich gesagt, war ich beunruhigt. Das Kind sah so klein aus, mit Ausnahme des Kopfes. »Er ist entzückend«, sagte ich aufrichtig. Er besitzt die uralte Schönheit eines neuen Menschenkindes.

»Er heißt Oui-Oui«, sagte der allerliebste Petit, der neben mir stand und sein Patschhändchen auf mein Knie gelegt hatte. Ich beugte mich vor, um dem Jungen einen schallenden Kuss zu geben. »Kitzelt«, sagte er, fügte aber hinzu: »Nochmal?«
»*Später* tollen wir herum«, sagte ich. »Aber jetzt willst du dir vielleicht erst einmal etwas ansehen« – ich nickte zur Tür und senkte die Stimme zu einem Bühnenflüstern– »etwas, das ich dir mitgebracht habe.« Seine Augen wurden groß. »Hat der Kutscher es schon hereingebracht?«, fragte ich Adèle.
»Der Kutscher *und* der Diener«, sagte sie. »Es ist schwer!«
»Maman, *was* hast du da mitgebracht?«, fragte Hortense und streckte sich auf der Chaiselongue aus.
»Ja, Grandmaman, *was* hast du da mitgebracht?«, plapperte Petit nach, als im Korridor ein lautes Klappern auf dem Parkettboden zu hören war. Der Diener erschien und zog das Modell eines Kriegsschiffes auf Rädern hinter sich her (wobei er trotzdem versuchte würdevoll auszusehen).
Petit drehte sich zu mir um, einen verwunderten Ausdruck auf dem Gesicht. »Ja, für *dich*«, sagte ich und wiegte den Säugling, der unruhig zu werden begann.
»Sag: Danke, Grandmaman«, rief Hortense hinter Petit her, als er zu dem wundersamen Ding lief.
»Danke, danke, danke, Grandmaman!«, sang das Kind.

Montagmorgen, 22. August

Gestern Abend ein Ball. »Ich bin derjenige, der Spanien gewonnen hat«, hörte ich Joachim prahlen, der schon reichlich betrunken war. »Ich bin derjenige, der diese Krone hätte bekommen sollen, nicht Joseph. Der kann ja nicht einmal ein Pferd reiten. Und was bekomme ich zum Dank? Neapel! Aber vielleicht lässt mir Joseph wenigstens die Herzogin d'Atri zurück.«
Hahaha, hahaha.

Er ist fort, endlich. Heute Morgen ist er nach Neapel aufgebrochen. Dieses arme Königreich.

28. August, Sonntag

Ein Familientreffen in Malmaison: Madame Mère, Pauline, Julie Bonaparte und ihre Mädchen, Hortense und der allerliebste Petit. Die Kinder waren hell begeistert von dem Orang-Utan, der in einem Kleid steckte und sehr komisch aussah. Seine Possen ließen sie brüllen vor Lachen. Dann spielte Bonaparte einen Bären, sehr zum Vergnügen der Kinder *und* der Möpse.

10. September 1808, Mailand

Chère Maman,
die kleine Joséphine läuft. Du solltest sie mal sehen – sie ist ja so entzückend! Meiner schönen Auguste geht es, wenn man ihren Zustand bedenkt (noch drei Monate), außergewöhnlich gut. Bitte, richte Papa aus, dass ich seinen Rat beherzige und mehr Zeit zu Hause bei der Familie verbringe – keine Arbeit mehr bis Mitternacht.

Eine Million Küsse
dein dich liebender Sohn Eugène

Anmerkung – Ich hoffe, dass Papa bei der bevorstehenden Konferenz in Erfurt eine Abmachung mit Zar Alexander treffen kann. Wenn er Russland dazu bringen kann, eine Blockade gegen England zu unterstützen, wird England gezwungen sein, einen Frieden auszuhandeln.

16. September, Freitag

Es scheint, dass jeder – unsere besten Schauspieler und Schauspielerinnen, meine Köche, selbst Dr. Corvisart – nach Erfurt in Thüringen fährt … wegen der Friedensgespräche, heißt es, aber

geflüstert wird, dass Bonaparte mit Zar Alexander zusammentreffen wird, um eine Heirat mit der Schwester des Zaren zu erörtern.
»Unsinn«, sagte Bonaparte heute Abend zu mir, als ich ihn mit diesem Gerücht neckte. »Talleyrand, erklären Sie meiner Frau, dass meine Konferenzen mit Zar Alexander streng politisch sein werden.«
»Eure Majestät, die Konferenzen werden streng politisch sein.«
»Und königliche Ehen sind nicht politisch?«
Als Folge dieses »harmlosen« Geplänkels konnte ich letzte Nacht nicht schlafen und liege schon den ganzen Tag im Bett. Ungefähr jede Stunde streckt Bonaparte den Kopf durch die Bettvorhänge. »Du machst dir zu viel Sorgen«, sagte er, da er den Grund meines Unwohlseins ahnte. »Du solltest nicht auf Gerüchte hören.«

22. September – Saint-Cloud

Heute Morgen um fünf Uhr brach Bonaparte nach Erfurt auf. Er umarmte mich zum Abschied und küsste mich liebevoll. »In einem Monat bin ich zurück. Versprichst du mir, dass du dir keine Sorgen machst?«
»Ich verspreche es«, log ich.

26. September, Montag – Malmaison

Thérèses Hut war noch phantasievoller als üblich: eine exotische Kreation aus Vögeln und Blumen. »Was gibt's denn da zu lamentieren?«, fragte sie, womit sie gleich zum Thema kam. »Hat der Kaiser jemals eine Frau geschwängert? Nein! Er wird sich doch nicht von dir scheiden lassen und irgendein junges Ding heiraten, nur um öffentlich einen Narren aus sich zu machen.«

»Das ist das Einzige, was mich tröstet«, gab ich zu – und das macht mich noch trauriger.

19. Oktober

Bonaparte kam beladen mit prachtvollen russischen Pelzen von den Friedensgesprächen zurück. »Warum die Verkleidung?«, fragte ich, denn er trug den schwarzen Wollumhang eines Advokaten.
»Ich musste mich beeilen. Spanien steckt in Schwierigkeiten.«
»Du willst *nochmals* nach Spanien?«
»Joseph hat Madrid verlassen, ist geflohen, ohne auch nur zu kämpfen! König Pepe Coxo nennen ihn die Spanier – zügellose Niete. Mit einer Familie wie der meinen brauche ich keine Feinde.«
»Wird der Krieg denn nie zu Ende sein?«
»Meinst du vielleicht, ich suche ihn?«, fragte er bekümmert.

Samstag, 2. Oktober – Rambouillet

Bonaparte will mir nicht erlauben, ihn nach Spanien zu begleiten. »Es ist zu gefährlich«, sagte er unnachgiebig. »Die Spanier sind unberechenbar.«
Blutrünstig, meinte er. Ich drückte meine Wange an sein Herz. Wenn er doch nur wüsste, wie sehr ich mich sorge! Ich spürte einen Gegenstand unter seiner Weste. »Was ist das?« Es fühlte sich wie ein weicher, kleiner Beutel an, nicht ganz drei Zentimeter im Durchmesser. Bonaparte riss sich los. »Was ist das?«, ließ ich nicht locker. Seine Hände waren kalt.
»Joséphine, es wäre dir doch sicherlich nicht recht, wenn ich …«
Ich schloss die Augen. Es war Gift, wurde mir klar, für den Fall, dass man ihn gefangen nahm.

13. November – Paris, die schrecklichen Tuilerien

Ich bin wieder in die Tuilerien eingezogen: diesen dunklen, feuchten Palast – mittlerweile leider in grellen Farben renoviert. Ich bin zu krank, um mich darum zu kümmern, ehrlich gesagt, der spanische Feldzug nimmt mich zu sehr mit. Jedes Mal, wenn ich an diesen fürchterlichen, unmöglichen Krieg denke, zittere ich. Bonaparte wäre überhaupt nicht dort, wenn man ihn nicht darauf hingewiesen hätte, dass die Spanier nach »Befreiung« lechzen. Und da man nun schon einmal im Land ist, wie zieht man sich wieder zurück? Sicherlich nicht Bonaparte. *Le feu sacré*. Er wäre der Letzte, der eine Niederlage eingestünde – vor allem nicht gegenüber England.

4. Dezember, Sonntag

Die erstaunlichste Neuigkeit – die *beunruhigendste* Neuigkeit. Talleyrand hat Fouché in sein Haus an der Rue de Varenne eingeladen. Man sah sie Arm in Arm durch die Räume spazieren. »Aber Fouché und Talleyrand verabscheuen sich«, sagte ich.
»Wenn sich Feinde verbünden, gibt es bestimmt Probleme«, sagte Chastulé.

22. Dezember 1808, Mailand

Chère Maman,
es ist mir gelungen einen Brief abzufangen, den Gouverneur Junot an Königin Caroline in Neapel schickte. Wie du vermutet hast, machen Talleyrand und Fouché gemeinsame Sache, um Joachim auf den Thron des französischen Kaiserreiches zu heben – sollte der Kaiser in der Schlacht fallen, werden sie sagen, aber der Plan kommt mir verdächtig vor. Caroline hat sogar ein Kommunikationssystem zwischen Paris und Neapel einge-

richtet, damit ihr Mann rasch gerufen werden kann. Junot sicherte ihr militärischen »Schutz« zu – du weißt, was das bedeutet.
Ich habe den Kaiser alarmiert, der sicherlich umgehend nach Paris zurückkehren wird. Der Feind sitzt nicht in Spanien – er sitzt zu Hause und im trauten Familienkreis.
*Meiner schönen Auguste geht es gut. Die Hebamme sagt »jeden Tag«.**

Dein stets treuer Sohn Eugène

Dienstag – Malmaison

»Also *das* führte Caroline im Schilde«, sagte Thérèse. »Sie hat diesen kleinen Staatsstreich schon seit einiger Zeit geplant. Ich muss schon sagen, dass ich dieses kleine Luder bewundere. Sie begriff, dass sie Fouché auf ihrer Seite brauchte, also schmierte sie ihm Honig um den Bart. Als Gouverneur von Paris kontrolliert Junot die Miliz, und daher zerrte sie ihn in ihr Bett. Und – versteht sich – eine intime Beziehung mit dem österreichischen Botschafter würde sich als nützlich erweisen, sollte sie Königin von Frankreich werden. Was für ein entsetzlicher Gedanke! Hast du schon den Kaiser alarmiert?«
»Das hat Eugène getan.«
»Beten wir, dass er bald zurückkommt.«

23. Januar 1809, Tuilerien

Bonaparte ist aus Spanien zurück und brüllt alle an. Talleyrand ist degradiert worden,** aber Fouché ist leider immer noch Polizeiminister. Der Mann, der alles weiß, weiß anscheinend zu viel. »Es ist sicherer, ihn in der Nähe zu behalten«, sagte Bonaparte.

* Am folgenden Tag, am 23. Dezember, wurde eine Tochter, Eugénie, geboren.

** Talleyrand wandte sich unverzüglich an die Österreicher und bot gegen eine Bezahlung von einer Million Francs »Dienste« an.

Und was ist mit seiner Schwester Caroline? Ich traue mich nicht, zu fragen. *Die Familie ist das Allerwichtigste*.

12. April – Saint-Cloud, 10 Uhr abends

Vor einer Stunde, als wir beim Abendessen saßen, kam eine Botschaft, dass Österreich in München einmarschiert ist – *schon wieder*. Bonaparte wird zwischen dem Krieg im Südwesten und dem Krieg im Nordosten aufgerieben.

Samstag, 25. April – Straßburg

Nichts an Bonapartes Verhalten warnte mich: kein lautes und unmelodisches Summen von »Marlbrough«, keine hastigen Vorbereitungen in letzter Minute. Nach einem späten Abendessen ging er wieder in sein Zimmer, um zu arbeiten – wie gewöhnlich. Ich spielte mit meinen Damen bis ein Uhr Whist und zog mich dann zurück. Ich glaube, es war kurz nach drei Uhr, als ich vom Wiehern eines Pferdes geweckt wurde. Ich setzte mich verdutzt auf. Wagenräder? Ich ging zum Fenster und zog die Vorhänge zurück: Dort unten im Innenhof stand Bonapartes Reisekutsche. Diener, Pferdeknechte und Adjutanten liefen mit Fackeln hin und her … und da war Bonaparte, der gerade seinen Hut aufsetzte. Der Lakai öffnete die Kutschentür und ließ den Tritt herunter.
Er reiste ab – ohne auch nur einen Glücksbringer-Kuss? Ich tastete mich durch die dunklen Zimmer zum Eingang und warf dabei einen Tisch um. Ich flog die Treppe hinunter und in die Kutsche hinein.
»Joséphine!« Bonaparte war überrascht, mich zu sehen.
»Du kannst doch nicht abreisen, ohne mir ein Wort davon zu sagen, Bonaparte!«
»Ich fürchtete, dass du darauf bestehen würdest, mitzukommen, und –«

»Nun, da hattest du Recht.«
»Aber du kannst doch nicht einfach –«
»Sire, wir sind abfahrbereit.« Duroc sah mich verdutzt an. Was hatte die Kaiserin in Nachtgewand und Nachthaube in der Kutsche zu suchen?
»Es ist gut so«, sagte ich um Autorität bemüht.
»Aber Joséphine, du bist ja noch nicht einmal angekleidet.«
»Das ist mein Ernst«, knurrte ich, was Bonaparte zum Lachen brachte.
»Geben Sie Anweisung, dass die Koffer der Kaiserin nach Straßburg geschickt werden«, sagte er zu Duroc und legte mir seinen Paletot um die Schultern. »Ach, Joséphine, was soll ich bloß mit dir machen?«, seufzte er, als wir durch die Tore zur Stadt und auf den mit Kopfstein gepflasterten Boulevard fuhren.

Sonntagmorgen – Straßburg

Wir sind gerade erst in Straßburg eingetroffen, und schon bricht Bonaparte auf, um zu seiner Armee zu stoßen – noch eine überstürzte Abreise, noch ein tränenreiches Abschiednehmen, noch ein rascher Glücksbringer-Kuss. Ich habe Kerzen aufgestellt und die Karten ausgelegt: Halte wieder einmal Wache.

6. Mai, mittags

Mon amie, die Kanonenkugel, die mich gestreift hat, verursachte keine Wunde – sie hat knapp die Achillessehne gestreift. Meine Gesundheit ist ausgezeichnet. Mache dir keine Sorgen. Alle läuft sehr gut hier. Ganz der deine, N.

Schönbrunn, 12. Mai 1809

Ich beherrsche Wien. Alles läuft perfekt. Meine Gesundheit ist sehr gut. N.

27. Mai

Eugène ist mit seiner Armee zu mir gestoßen. Er hat die Aufgabe, die ich ihm übertragen habe, ausgeführt und die vor ihm stehende feindliche Armee fast gänzlich zerstört. Es geht mir sehr gut. Ganz der deine, N.

[Ohne Datum]

Nachricht aus dem Hauptquartier: Der Kaiser ist siegreich.
Gerüchte aus dem Hauptquartier: Der Kaiser ist häufig in Gesellschaft einer jungen polnischen Gräfin.
Fahr nach Hause zurück, schreibt Bonaparte. Suche mich nicht hier auf.
Ich packe und kehre mit Bedauern um.

20. September – Malmaison

»Es ist der Außenminister, Eure Majestät, Monsieur Maret, oder besser gesagt« – Clari reckte die Nase in die Luft, um sein arrogantes Benehmen nachzuahmen – »der *Herzog* de Bassano.«
»Sind Sie sicher, Clari?« Ich wähnte Hugues Maret bei Bonaparte in Deutschland.
Aber es war tatsächlich der Außenminister – Bürger Maret, wie ich ihn insgeheim nenne. (Schließlich kannte ich ihn schon seit der Zeit vor der Revolution.) »Verzeihen Sie mir meine Überraschung, Minister Maret. Ich dachte, Sie wären beim Kaiser.«
»Das war ich auch, Eure Majestät«, sagte er und reckte, genau wie Clari es vorgeführt hatte, die Nase in die Luft. »Ich habe eine Botschaft von ihm.«
»Einen Brief?«
»Nein, Eure Majestät. Eine mündliche Mitteilung.«

»Hätten Sie etwas dagegen, wenn wir in den Garten gingen, Minister Maret?«
Zwei der Möpse erhoben sich träge und beschnüffelten die Stiefel des Ministers. Er lächelte zu ihnen herab, wobei er ein künstliches Gebiss entblößte. »Das wäre wunderbar«, sagte er und trat zwei Schritte zurück.
Der Tag war frisch und sonnig. »Und wie geht es dem Kaiser?«, fragte ich und zupfte ein welkes Blatt von einer eingetopften Aurikel. Dem Kaiser, meinem Mann; dem Kaiser in den Armen seiner polnischen Mätresse. Meinem Mann, den ich trotz allem sehr, sehr vermisste.
»Dem Kaiser geht es außerordentlich gut, Eure Majestät«, sagte Minister Maret und sprang nach vorn, um mir das Gittertor zu öffnen.
Ich blieb auf dem Weg stehen, um den Duft einer Blüte einzuatmen. *Rosa Longifolia, Rosa Pulila, Rosa Orbessanea*, sagte ich stumm vor mich hin. »Sie sagten, Sie hätten eine Botschaft für mich.« Ich brach eine schon welkende Blüte ab; die Blütenblätter rieselten auf die Steine. »Vom Kaiser.«
»So ist es«, sagte er und verstummte.
»Könnten Sie mir dann vielleicht auch verraten, um welche Botschaft es sich handelt?«, regte ich liebenswürdig an.
»Eure Majestät, vielleicht sollten wir … Das heißt, vielleicht sollten Sie …« Er wedelte zu einer Bank hinüber.
Er wollte, dass ich mich setzte. Argwöhnisch geworden, nahm ich Platz und zog mir den Schal um die Schultern.
»Eure Majestät, der Kaiser möchte Ihnen einen Vorschlag unterbreiten, einen, der – wie er Sie wissen lassen möchte – aus der tiefen Quelle seiner Liebe für Sie entspringt.« Minister Maret fuhr sich mit der Zunge über die schmalen Lippen. »Er betrifft eine Frau, Eure Majestät, Gräfin Walewska. Mir wurde zu verstehen gegeben, dass Sie darüber im Bilde sind, dass der Kaiser und sie …?«

»Ja, Minister Maret, ich bin im Bilde.«
»Die junge Dame ist offenkundig in guter Hoffnung, Eure Majestät.«
Rosa Longifolia, Rosa Pilila, Rosa Orbessanea. »Das Kind des Kaisers?«
Minister Maret nickte, vermied es jedoch, mich anzusehen.
»Und daran kann kein Zweifel bestehen?«
Minister Maret hustete in die Faust. »Es ist noch zu früh, Eure Majestät, daher ist es möglich, dass sich die *Dinge* nicht entwickeln, aber was die Vaterschaft angeht, besteht absolut kein Zweifel.«
Ein Kind – nach so vielen Jahren. Sein Kind. Es muss ihm wie ein Wunder vorkommen. »Der Kaiser dürfte sehr glücklich sein«, sagte ich und spürte, wie es mir die Kehle zuschnürte. »Aber dies ist gewiss nicht der Grund, warum Sie den ganzen Weg nach Paris zurückgekommen sind, Minister Maret.«
»In der Tat, Eure Majestät, ich bin wegen eines höchst vertraulichen und heiklen Vorschlags gekommen. Der Kaiser wünscht zu erfahren, ob Sie es in Erwägung ziehen könnten … dieses Kind zu *adoptieren*.«
Bonapartes Kind? O ja! »Durchaus.«
»Und darüber hinaus wünscht der Kaiser zu erfahren, ob Sie bereit wären, eine Schwangerschaft vorzutäuschen – damit es so aussähe, als wäre es Ihr eigenes.«
»Sie können dem Kaiser mitteilen, dass ich *alles* tun werde.«

[Ohne Datum]

Nun denn. Eine junge polnische Gräfin bekommt ein Kind von Bonaparte. Wie ich höre, ist sie schüchtern, sanftmütig und aufrichtig in ihrer Liebe zu meinem Mann. Wie ich höre, wird sie seine »polnische Gemahlin« genannt. Oh, meine mörderischen

Gedanken! Sie ist mein Verderben – *sein* Verderben. Nennt man das *sanftmütig*? Nennt man das *aufrichtig*?

1. Oktober 1809, Schloss Schönbrunn

Eure Majestät,
der Kaiser, der in Raab weilt, hat mich beauftragt, Ihnen mitzuteilen, dass Dr. Corvisart leider Bedenken hat, nicht so sehr bezüglich seines bedeutenden Rufes als Arzt, sondern aufgrund seiner Überzeugung, dass das Projekt letztlich aufgedeckt werden würde, was verheerende Folgen hätte. Er hat den Kaiser überredet, diese Vorgehensweise nicht weiter zu verfolgen.
Verbrennen Sie diesen Brief.

Ihr ergebener Diener, Hugues Murat
Außenminister

14. Oktober 1809, Schönbrunn

Eure Majestät,
Sie missverstehen mich. Ich habe vollstes Verständnis für Ihre Bitte. Ich weiß, wie wichtig dieses Thema sowohl für den Kaiser als auch für Sie und insbesondere für das Kaiserreich ist. Trotzdem bin ich mir als Arzt der damit verbundenen Risiken bewusst. Wenn man im Blickpunkt der Welt steht, wird selbst der richtigste Schritt falsch erscheinen. Ich habe den Kaiser gewarnt und nun warne ich Sie vor einer Torheit, die, wie gut sie auch gemeint sein mag, dem Kaiser zur Schande gereichen würde.
Die Gesundheit des Kaisers ist ausgezeichnet. Der Freudentaumel, in dem wir uns alle seit der Unterzeichnung des Friedensabkommens befanden, wurde durch einen Anschlag auf sein Leben überschattet. Der Kaiser würde dem ungestümen Studenten, der versuchte ein Messer gegen ihn zu zücken, gerne vergeben, aber der junge Mann hat törichterweise darauf bestanden, seine Schuld zu erklären. Ich möchte Ihnen versichern, dass der

Kaiser völlig unversehrt ist. Der Vorfall soll nicht an die Öffentlichkeit dringen, da er zweifellos Besorgnisse über die Zukunft des Kaiserreiches entfachen würde.

Ihr ergebenster Diener, Dr. Corvisart

26. Oktober, Donnerstag

Moustache kam durch das Tor galoppiert, als ich gerade im Rosengarten war. »Eure Majestät«, schrie er mir zu. »Der Kaiser ist in Fontainebleau!«
»Aber …« Bonaparte wurde frühestens morgen am späten Abend zurückerwartet.
»Darf ich einen Vorschlag machen, Eure Majestät?« Moustache zerrte an einem Ende seines gewaltigen Schnurrbartes. »*Beeilen* Sie sich.«

Es war fast sechs Uhr, als ich Fontainebleau erreichte. Ich traf Bonaparte im Salon an, wo er allein am Tisch saß. »Das wurde aber auch Zeit«, sagte er, schaute kurz auf und senkte dann den Blick.
»Bonaparte, sei *bitte* nicht böse.«
»Ist es nach einer Abwesenheit von über sechs Monaten zu viel verlangt, wenn ich meine Frau bitte, zu meiner Begrüßung hier zu sein?«
»Sire«, redete ich ihn formell an, »wenn ich mir die Unverschämtheit erlauben darf, Sie an Ihre Mitteilung zu erinnern, dass Sie frühestens morgen Nacht ankommen würden. Meine Damen und ich hatten vor, morgen früh einzutreffen, um uns bereitzuhalten.«
»Es wäre dir wohl *lästig* gewesen, ein paar Tage früher zu kommen, was?«
»In all unseren gemeinsamen Jahren, Bonaparte, ist dies das erste Mal, dass ich zu einem Treffen mit dir zu spät gekommen

bin. Nur dieses eine Mal! Wir waren ein halbes Jahr getrennt, und so begrüßt du mich?«
Er drückte die Hände an die Brust, als wäre er verwundet worden.

Samstag, 28. Oktober – Fontainebleau

Wieder einmal müssen wir fröhlich sein. Drei Abende in der Woche sind für Theater, der Rest der Woche für Empfänge reserviert, ein Abend im Salon des Kaisers, vielleicht ein Ball. Wenn nichts geplant ist, stellt Chastulé in ihrem Salon Spieltische auf.
Bonaparte geht täglich zur Jagd und galoppiert mit Furcht erregender Energie bis zu zwanzig Wegstunden weit. Wenn er nicht mit Hunden jagt, dann mit Falken.
Abends, beim Diner und Theater, bei den Empfängen und Bällen, gehen wir behutsam miteinander um, reden und bewegen uns wie einstudiert. Hin und wieder bemerke ich, dass er mich mit melancholischer Miene beobachtet. Ich weiß, was er denkt: Soll er sich von mir scheiden lassen oder nicht?

29. Oktober, Sonntag – es regnet

Bonapartes Schwester Pauline traf vor drei Tagen mit einer blauäugigen, lasziven Gesellschafterin ein. Mit rätselhaftem Lächeln verfolgt Mademoiselle Christine jeden Schritt Bonapartes und lässt dabei ständig ein riesiges Goldkreuz an einem Samtband hin und her pendeln, als versuchte sie, ihn in Trance zu versetzen.

[Ohne Datum]

Das Licht, das aus Paulines Fenstern fällt, ist hell: Es beleuchtet den Innenhof, die Wachposten, die am Brunnen stehen. Eine Tür auf den Balkon öffnet sich, und plötzlich höre ich Violinenklänge, Gelächter. Ich höre Bonapartes Stimme, Mademoiselle Christines schrilles Kichern.

[Ohne Datum]

»Ich finde, dass Sie einfach nur lächeln und so tun sollten, als bemerkten Sie nichts, Eure Majestät«, sagte Clari.
»Ich würde mir einen Liebhaber nehmen«, sagte Chastulé. »Der Prinz von Mecklenburg-Schwerin wird doch bald eintreffen, richtig?«
»Dass ich das tue, ist genau das, was *sie* gerne hätten«, sagte ich. Das, was sich die Bonaparte-Sippe mit Sicherheit wünschte – in der Hoffnung, dass ich einen verhängnisvollen Fehler machte.
»Ich denke, dass Bonaparte mit Absicht versucht, sich unbeliebt zu machen –«
»Ha! Und mit Erfolg.«
»– aus gutem Grund.« Meine Vorleserin zog den Schal um meine Schultern zurecht. Ich sah Carlotta mitleidig an. Wir waren beide zurückgestoßen worden. »Ich kenne Bonaparte. Er spielt eine Rolle. Er möchte, dass ich eine –« Ich hielt inne. Das Wort »Scheidung« kam nicht über meine Lippen. »Er möchte, dass ich eine Trennung für wünschenswert halte.«
»Maman«, warf Hortense mit kummervoller Stimme ein, »vielleicht hat er ja Recht. Vielleicht wäre sie ja wirklich wünschenswert.«
Ich schaute auf meine Stickarbeit hinunter, Tränen verschleierten die Stiche.

Mittwoch, 8. November

Ich schreibe dies in einem goldenen Zimmer. Ich bin mit Diamanten geschmückt, meinem schönsten Kleid, einem Hut. Der Teufel soll ihn holen!
Oh, vergib mir, denn ich habe Angst. Um meine eigene schwache Seele, ja, aber auch um Bonaparte, meinen unausstehlichen Ehemann, den *Kaiser*. Diesen Mann, der so heldenhaft – so lammfromm – sein kann, aber auch so niederträchtig und zerstörerisch.
Ja, ich habe Angst, um mich selbst, um Bonaparte, um meine Kinder, aber auch um alle Menschen dieses Landes, die mich mit so viel Zuneigung geehrt haben. Ich gebe es zu: Ich habe die Schlacht verloren, und in der Schlacht ging es um Bonapartes Herz.
Du wirst Königin sein, hat mir eine Voodoopriesterin einst prophezeit. Wie deutlich ich mich noch an diese schrecklichen Worte erinnere. *Aber nicht lange*.
Es ist mir egal! Ich will keine Königin, Monarchin, Kaiserin sein. Ich will nicht auf einem Thron sitzen. Die Krone hat mich nur unglücklich gemacht. Aber mein Pech ist es, dass ich mir von ganzem Herzen wünsche, neben dem Mann auf dem Thron sitzen zu dürfen. Ich liebe nicht den Kaiser, ich liebe den *Mann*. Und wer außer mir liebt ihn? Niemand.

13. November

Ein grässliches Gemetzel. Ich bin krank.
Schon seit Tagen spricht Bonaparte über eine Keilerjagd. Heute hat der Kaiser seinen Willen durchgesetzt: *Je le veux*.
Wir fuhren zu einer Lichtung hinaus, wo ein riesiger Pferch errichtet worden war: die Damen in ihren eleganten Jagdensembles, ihren Federn und Samtjacken über Kleidern aus weißem

Satin. Zitternd vor Nervosität stiegen wir auf eine hohe Tribüne. Die Männer standen alle auf einer riesigen, in der Mitte des Pferches aufgebauten Plattform und luden ihre Gewehre. Bald hörten wir schreckliche Töne, ein gefährliches Grunzen und Schnauben, als über achtzig wilde Keiler in panischer Flucht in den Pferch stürmten. Und dann machten sich Bonaparte und die Männer daran, sie alle zu töten. Die Angstschreie füllten die Luft mit einem Geräusch, das ich nicht vergessen kann. Erst kicherten die Damen, dann wurden sie bleich.

Der Aufenthalt hier ist qualvoll geworden. Gott sei Dank kehren wir morgen nach Paris zurück.

14. November

Paris: Stadt des Getuschels. Ich betrete einen Raum, und plötzlich schweigen alle und lächeln verlegen. Isabey, der mich jeden Morgen schminkt, äußert sich nicht über meine rot geränderten Augen. »Vielleicht ein wenig Bleiweiß?«, schlägt er vor und trägt die dicke, weiße Grundierung auf. Ich schaue in den Spiegel, und mein Gesicht ist eine Maske. »Aber nicht weinen, Eure Majestät«, tadelt er mich sanft, und wieder füllen sich meine Augen mit Tränen.

15. November

»Monsieur Calumet?« Der Mann, der vor Jahren mein Rechtsbeistand gewesen war, war alt geworden. Warum überraschte mich das?

»Madame Bonaparte«, sagte er und erhob sich mit Mühe. Er zögerte, die bloße Hand auszustrecken. »*Kaiserin*, Eure Majestät. Vergeben Sie mir.«

»Wie geht es Ihnen, mein lieber Herr?«, fragte ich, als ich Platz nahm. Monsieur Calumet hatte meiner standesamtlichen Trau-

ung mit Bonaparte beigewohnt. Wie sich doch die Dinge verändert hatten. Jetzt schmückten Diamanten meine Frisur und Tränen mein Herz.
»Oh«, sagte er mit zittriger Stimme, »Ihr Gemahl ist gut zu uns allen gewesen. Lang lebe der Kaiser!«
Dieser Gefühlsausbruch überraschte mich sehr. »Leider bin ich in einer … heiklen Angelegenheit gekommen, Monsieur«, begann ich, die Hände wie ein Schulmädchen auf den Knien. »Ich möchte mich mit Ihnen über die Rechtmäßigkeit meiner Ehe beraten – zumindest in den Augen der Kirche. Hatten Sie schon Gelegenheit, über das Dokument, das ich Ihnen zukommen ließ, nachzudenken?«
»Die katholische Heiratsurkunde?« Er zog sie aus einer Schublade und legte sie sorgfältig vor sich hin. »Eure Majestät, verzeihen Sie, dass ich derjenige bin, der es Ihnen sagen muss, aber ich fürchte, dass es da ein Problem gibt.«
»Oh?«, sagte ich, und das Herz wurde mir schwer. Dies war meine letzte Hoffnung.
»Die nach dem Kirchenrecht erforderlichen Zeugen waren nicht zugegen.«
»*Welche* erforderlichen Zeugen?«
»Der Priester Ihrer Gemeinde zum Beispiel. Eure Majestät, ich möchte nicht …« Er legte die Hand auf die Brust und räusperte sich.
»Monsieur Calumet, ich bin zu Ihnen gekommen, weil ich weiß, dass ich mich darauf verlassen kann, die Wahrheit von Ihnen zu hören. Wenn man auf einem Thron sitzt, ist Ehrlichkeit selten.«
Er wandte den Blick ab. »Eure Majestät, die Wahrheit ist, dass dieses Dokument nichts wert ist.«
Nichts? Das Wort brannte wie Feuer! Ich bin für immer deine Frau, sagte ich Bonaparte in jener Nacht. Ist das nichts?
Ich kehrte ganz benommen in den Palast zurück. Dieses »wert-

lose« Dokument in der Hand, stand ich eine Weile vor dem Kamin in meinem Schlafzimmer. Zweimal war ich drauf und dran, es ins Feuer zu werfen … und zweimal zögerte ich.
Schließlich schickte ich Mimi los, die Kassette aus Eichenholz zu holen. Ich habe es dort eingeschlossen, zusammen mit meinen alten Tagebüchern, zusammen mit Bonapartes glühenden Liebesbriefen.
Es ist wahr: Dokumente sind nichts wert. Was bindet, ist das Herz – die wahre Geschichte des Herzens. Ich liebe Bonaparte und er liebt mich. Wir *sind* Mann und Frau. Komme, was da mag, komme, was da wolle.

1. Dezember, Freitag

Bonaparte hat gesprochen.
Zum Essen trug ich einen breitkrempigen Hut, um meine Augen zu verbergen. Wir saßen schweigend, unsere Diener standen wie Statuen hinter uns. Unsere Teller wurden auf den Tisch gestellt und wieder weggenommen, das Essen darauf unberührt.
»Wie viel Uhr ist es?«, fragte Bonaparte einen der Küchenmeister und schlug unbewusst mit dem Messer an sein Glas.
»Fünf vor sieben, Eure Majestät.«
Bonaparte stand auf und ging in den Salon. Ich folgte, eine Serviette an den Mund gepresst. Mir war, als ob ich durch tiefes Wasser watete, als ob jeder Schritt, den ich machte, meine volle Konzentration erforderte. Wir essen, Bonaparte steht auf, ich folge ihm. Dieses Ritual haben wir bisher an jedem Tag unsres gemeinsamen Lebens vollzogen, aber plötzlich scheint es fremd zu sein.
Der Salon war drückend heiß. Der Diener kam mit dem üblichen Tablett herein und trat vor mich hin, damit ich dem Kaiser die Ehre erweisen konnte, ihm den Kaffee einzuschenken.

Ich griff nach der Silberkanne, aber Bonaparte war schneller. Während er mich unverwandt, herausfordernd ansah, schenkte er sich den Kaffee selbst ein, löffelte Zucker hinein und trank. Er stellte die leere Tasse auf das Tablett, bedeutete dem Diener mit einer Handbewegung, sich zu entfernen, und schloss die Tür hinter dem verdutzten Mann.
»Joséphine«, sagte er und wandte sich zu mir um. »Wir müssen uns scheiden lassen.«

Er wollte, dass ich die Gründe einsehe. Die Sicherung des Kaiserreiches verlangte dieses Opfer. Er verließe sich darauf, dass ich aus Liebe zu ihm einwilligte. »Dies ist ein großes und großmütiges Opfer, das wir bringen müssen«, sagte er in entschiedenem Ton.
»Du irrst dich, Bonaparte. Es wäre ein Fehler! Wir würden es unser Leben lang bereuen.«
Ohne einen Erben, wiederholte er, sei seine Dynastie nicht gefestigt. Er hätte inzwischen eingesehen, dass es absolut notwendig sei. Das Kaiserreich müsse mehr als nur einen Tag Bestand haben; es müsse in alle Ewigkeit Bestand haben.
»Ernenne Eugène zum Thronerben«, widersprach ich. »Du hast ihn gut geschult. Er ist loyal und dir ergeben. Er versteht deine Ziele, deine Vision. Du *weißt*, dass es für das Volk von Nutzen wäre.« Das Kaiserreich würde blühen und gedeihen! »Du kannst ihm vertrauen. Unter Eugène hätte dein Vermächtnis Bestand.«
»Er ist kein Bonaparte.«
Die Familie ist das Allerwichtigste. »Wie wäre es dann mit deinen Neffen? Wie wäre es mit Petit?«
»Das ist nicht dasselbe wie ein Sohn, der von königlichem Geblüt wäre und in einem Schloss aufgezogen würde. Ich muss ein eigenes Kind haben, Joséphine. Dass du mir das nicht vergönnst, ist grausam von dir!«

Und dann fing ich zu weinen an. »Du kennst die Qual nicht, die wir leiden werden.« Ich hatte das Gefühl, verrückt zu werden, den Verstand zu verlieren.
»Ich werde dich immer lieben. Ich werde dich besuchen kommen – oft.«
»Verstehst du denn nicht? Es wird nicht dasselbe sein!« Er machte sich etwas vor. Dieser Mann, der sich so viel auf seinen klaren Weitblick einbildete, kannte sein eigenes Herz nicht.
»Ich *verspreche* es dir«, fuhr er fort, als ob Worte heilen könnten. »Du wirst deinen Titel behalten. Ich werde dir fünf Millionen jährlich geben. Du kannst Malmaison haben. Ich werde dir ein Landschloss kaufen – alles! Ich werde dich zur Königin von Rom machen. Du wirst dein eigenes Reich haben.«
»Bonaparte, nein! Was auch immer du tust, *bitte* – schick mich nicht fort.« Ich stellte mir vor, wie einsam und ungeliebt ich wäre. Ich fiel auf den Teppich und schluchzte haltlos und jämmerlich.

An das, was dann folgte, erinnere ich mich nur ungenau. Ich wurde über den schmalen Durchgang zu meinem Zimmer getragen, und Dr. Corvisart wurde gerufen. »Sie haben einen heftigen Nervenanfall erlitten, Eure Majestät.«
Durch einen Laudanumnebel tauchte Hortense vor mir auf. »Eugène und ich werden dir folgen«, teilte sie mir mit. »Wir werden gemeinsam ein ruhiges Leben führen. Es wird friedlich sein. Wir werden erfahren, was wahres Glück ist.«
Ich schlang die Arme um ihre schmalen Schultern. Mutter und Tochter, wir waren beide allein auf der Welt. Vielleicht ist es das Beste, dass sie nicht weiß, was die Zukunft bringt, dachte ich. Ich kam mir wie eine Kassandra vor, die vergebliche Warnungen vor dem bevorstehenden Untergang ausstieß. Der Lauf des Schicksals wurde durchkreuzt; ab heute wird es bergab gehen.

Wir müssen voneinander scheiden

Um acht Uhr betrat meine für die Garderobe zuständige Hofdame, wie sie es gewohnt ist, mit einer Auswahl von Kleidern mein Schlafzimmer. »Kommen Sie herein, Mademoiselle Avrillion«, sagte ich und schob die Bettvorhänge zur Seite. »Ich habe Ihnen etwas mitzuteilen, aber sorgen Sie zuerst dafür, dass die Tür geschlossen ist.« Ich sank wieder in die Kissen. Ich bin immer noch geschwächt, aber gefasster.

Mademoiselle Avrillion stellte ihren Korb ab und strich sich mit ängstlicher Miene den Rock glatt. Wir hatten alle schon das Schlimmste befürchtet, hatten darauf gewartet, dass der Himmel einstürzte – hatten gewusst, dass es so kommen würde, aber nicht, wann. Und nicht, wie das Leben danach weitergehen sollte.

Aber das Leben geht nun einmal weiter. Ich holte tief Luft und begann. »Der Kaiser teilte mir mit, dass er beschlossen hat –« Als ich es ihr erzählte, wurde ich wieder von meinen Gefühlen übermannt. Ich konnte nur mit Mühe zu Ende sprechen. »Er hat beschlossen, die Scheidung auszusprechen.«

Mademoiselle Avrillion schlug die Hände vor den Mund und stieß einen Schrei aus. »Dennoch muss vorläufig alles normal aussehen.«

»Das ist grausam von ihm, Eure Majestät.« Ihr Blick war trotzig – loyal.

»Der Kaiser leidet«, teilte ich ihr in bestimmtem Ton mit. »Er tut, was er tun muss.«

Und so beginnt nun, bei strahlender Wintersonne, mein neues Leben. Man sieht mir an, dass ich am Ende bin, aber ich werde die Rolle weiterspielen, werde das Kostüm der Kaiserin anlegen, mich an ihr ruhiges und gütiges Herz erinnern. Nach der Friedensfeier wird Bonaparte es öffentlich bekannt geben. Für den Augenblick leide ich an einem Unwohlsein, das ist alles.
Tapfere Worte, aber sobald Mademoiselle Avrillion das Zimmer verlassen hatte, ließ ich meiner Verzweiflung freien Lauf. Wie soll ich das nur bewältigen? Morgen habe ich einen Empfang in Malmaison, und am Tag darauf findet eine große Feier statt, ein Ball. Und dann noch mehr Bälle und Feste und Bälle und Feste, alles in fröhlicher Stimmung. Woher soll ich den Mut nehmen, die Kraft?

Samstag, 2. Dezember – Malmaison

Es ist spät. Ich schreibe dies an dem kleinen Mahagonischreibtisch in Bonapartes Schlafzimmer in Malmaison. Ich bin im Nachtgewand und werde von dem Bärenfell gewärmt, das ich vom Bett gezogen habe.
Alle Monarchen sind abgefahren, selbst Bonaparte, der beschloss, zur Vorbereitung für den morgigen Tag in die Tuilerien zurückzukehren – ungeachtet des Schnees und des gefrierenden Regens. »Heute ist dein Glückstag«, sagte ich ihm beim Abschied. Er machte ein verdutztes Gesicht. »Der zweite Dezember.« Der Jahrestag der Krönung: Wie konnte er ihn nur vergessen?
»Ach ja«, sagte er mit einem Schulterzucken, als ob Glück keine Rolle mehr spielte.
Ich bin erleichtert, dass ich allein bin. Der schwerste Teil war, die Familie zu empfangen. Königin Caroline und König Joachim sind gerade aus Neapel zurückgekommen und beobachteten mich genau. Sie haben einen Verdacht, das weiß ich. Und

was werden sie tun, frage ich mich, wenn sie erfahren, dass sie den Sieg davongetragen, die Schlacht, den Krieg gewonnen haben? Sie werden es zweifellos laut hinausposaunen. Endlich werden sie den Kaiser für sich allein haben – seine ganze Macht und seine ganzen Reichtümer. Und sein ganzes Herz, werden sie meinen – ohne sein Herz zu kennen, ohne zu merken, dass dieses Opfer ihn hart machen wird.

Mittlerweile ist es fast zwei Uhr, nehme ich an. Das Feuer ist heruntergebrannt; ich spüre allmählich die Winterkälte. Mein Porträt neben dem Bett liegt im Dunkeln – Bonapartes Lieblingsporträt, wenn auch nicht meines.

Heute vor fünf Jahren krönte mich Bonaparte zur Kaiserin. Oh, es war der herrlichste Tag! Ich nahm diese Krone entgegen, als wäre sie ein Verlobungsring, glaubte, sie würde mich an meinen Mann binden. Und nun ... *nun* erkenne ich, dass sie mich von ihm weggestoßen hat. Ohne Nachkommen habe ich kein Anrecht auf diesen Thron – nicht einmal das Anrecht auf des Kaisers Bett. Als Kaiserin wurde nur eins von mir gefordert: für die Verbindung zur Vergangenheit und zur Zukunft zu sorgen, den Platz des Kaisers in der Geschichte zu sichern. Im Mutterleib einer Kaiserin entfaltet sich die Zukunft. Sie ist die Vergangenheit, sie ist die Zukunft. Und ich? Ich war nie eine Kaiserin. Nur Yeyette, Rose, Joséphine – eine normale Frau aus Martinico. Eine normale Frau, die ihren Mann liebt.

Wie viel zählt am Ende meine Liebe zu Bonaparte? Nicht viel, ehrlich gesagt, wenn man sie gegen die dringenden Bedürfnisse einer Nation abwägt. Es ist in der Tat ein Opfer, das wir bringen, Bonaparte und ich – ein großmütiges Opfer. Ich bete nur, dass wir es nicht umsonst bringen, dass meine Befürchtungen unbegründet sind. »Abergläubischer Hokuspokus«, wie Bonaparte sagen würde, »Weiberphantasien«. (Als wäre er selbst überhaupt nicht abergläubisch.)

Oh, Bonaparte – wie schwer es mir doch fällt, die vor uns liegenden Veränderungen zu begreifen. Ich spüre, dass du jetzt in diesem Zimmer bei mir bist – dein leichter Zitronenduft ist noch in der Luft. Du bist überall gegenwärtig. Ein halb volles Champagnerglas aus Kristall, auf dem dein Monogramm eingraviert ist, steht auf dem Tisch neben einem Stapel Zeitungen, Münzen, einer Schnupftabakdose. Eine kleine, verbeulte Medaille zieht meinen Blick an: der Talisman Karls des Großen, achtlos zwischen den Krimskrams aus den Taschen geworfen. Ein Buch, in dem du gelesen hast – *Geschichte der Revolutionen des Römischen Reiches* – liegt mit der aufgeschlagenen Seite nach unten auf einem Stuhl neben dem Bett; der Buchrücken hat Risse, die Seiten haben Eselsohren, deine Weste ist über die Lehne des schwarzen Ledersessels geworfen. Ein zerknülltes Nachrichtenblatt liegt auf dem Teppich verstreut herum.
Die Uhr hat gerade zwei geschlagen. Ich möchte diesen Raum nicht verlassen, dieser Augenblick ist so voller Erinnerungen, aber ich weiß, dass ich morgen einen schweren Tag haben werde. Ich werde die Tür verschließen, wenn ich gehe, und allen den Zutritt verbieten. Das Zimmer wird immer für mich da sein.

Sonntag

Erst ein Tedeum in Notre-Dame. Ich werde nicht in der Kutsche des Kaisers hinfahren, werde nicht neben ihm sitzen, erklärte Duroc übertrieben diensteifrig, als wäre ich eine Dienstbotin, der er Anweisungen erteilt. Vielmehr werde ich bei Caroline und Jérômes Frau Katharina sitzen. »Der Kaiser wünscht, dass sich das Volk allmählich darauf vorbereitet«, sagte Duroc. »Er wünscht, dass Vermutungen angestellt werden.«
Vermutungen. Natürlich. Es würden Gerüchte zirkulieren, man würde Andeutungen machen, die populären Zeitungen würden

Prophezeiungen drucken. Und vielleicht hat das auch sein Gutes. Vielleicht werde auch ich mich auf diese Weise allmählich darauf »vorbereiten«.

»Weiß irgendjemand bei Hofe Bescheid?«, fragte ich.

»Nur die kaiserliche Familie, Madame.«

Madame. Nicht *Eure Majestät* – nur *Madame*. Nun gut, so sei es, dachte ich und schluckte schwer.

»Madame Bonaparte«, sagte Caroline mit einem strahlenden (selbstgefälligen) Lächeln. »Wie hübsch Sie heute Nachmittag aussehen.«

»Wie freundlich von Ihnen, das zu sagen«, erwiderte ich mit einem strahlenden (scheinheiligen) Lächeln. »Königin Caroline.« (Wie unwichtig mir das alles in Wahrheit vorkam, als ich einen flüchtigen Blick auf das Grab des kleinen Napoléon werfen konnte, das versteckt in einer Ecke dieser weitläufigen Kathedrale lag.)

Nach der Messe fuhr das kaiserliche Gefolge zur Legislative, wo Bonaparte mit stürmischen Jubelrufen empfangen wurde. Es war Balsam auf mein schweres Herz, als die Rufe »Heil dem Friedensstifter! Lang lebe der Kaiser!« erschallten. Aus Gewohnheit und Liebe warf mir Bonaparte über die Schulter einen Blick zu, teilte diesen Augenblick mit mir.

Um fünf kehrte das Gefolge in die Tuilerien zurück, wo wir die ausländischen Botschafter empfingen, bevor wir uns in die Diana-Galerie zum kaiserlichen Bankett begaben. (Mein letztes, Gott sei Dank – wie ich sie hasse.) König Joseph saß zu meiner Linken, Madame Mère zu meiner Rechten. König Louis, gerade erst aus Holland eingetroffen, saß neben seiner Mutter (bei der er logiert). Bonaparte saß mir genau gegenüber, mit dem König von Sachsen zu seiner Rechten. Hortense saß links von ihm. Ich mied den Blick meiner Tochter aus Angst, dass ich weinen könnte.

Und dann natürlich all die anderen: der König von Württemberg, König Jérôme und seine Frau Katharina, eine auffallend fröhliche Prinzessin Pauline, König Joachim in rosafarbener, mit goldenen Sternen bestickter Seide – und natürlich eine triumphierende Königin Caroline, die die Diener herumkommandierte, als hätte sie das Sagen, als wäre *sie* die Gastgeberin.
Bonaparte wirkte nervös, winkte den Kammerherrn grundlos heran und wischte sich den Mund ab, auch wenn er nicht aß, sodass sich hinter ihm ein wachsender Haufen gebrauchter Servietten bildete.*
Wir aßen schweigend, jeder wurde geräuschlos von drei Lakaien bedient, und die einzig vernehmbaren Stimmen waren jene der Trancheure, die den Lakaien die Tabletts reichten. Ich glaube nicht, dass ich schon jemals so froh war, als ich sah, wie Bonaparte sich erhob. Sofort standen auch alle anderen auf, drehten sich um und traten einen Schritt auf die aufgereihten Diener zu, die Tabletts anboten. Mit zitternden Händen drückte ich eine Zitrone in der weißen Schale aus, reinigte mir den Mund und schwenkte die Fingerspitzen in der blauen Schale. Wenn man bedenkt, dass ich dieses kleine Ritual nun endlich beherrsche, dachte ich, und warf meine Serviette auf Carolines Stapel.

4. Dezember, Montag – Paris

Über meine Abdankung – meinen Verlust eines Thrones, einer Krone, eines Ehemannes – werden allmählich »Vermutungen« angestellt. Bei der Militärparade heute Morgen legte mir eine Marktfrau Blumen zu Füßen, als ob ich gestorben wäre.
Der Parade folgte ein Fest der Stadt Paris, für das der Gerichtssaal des Hôtel de Ville in einen riesigen Ballsaal umgewandelt

* Nachdem eine Serviette einmal benutzt worden war, warf der Speisende sie hinter seinen Stuhl und erhielt eine neue.

worden war. Ich hatte Anweisung erhalten, allein dorthin zu gehen. Meine Damen würden mich dort treffen, wurde mir gesagt, aber als ich eintrat, fand ich das Foyer leer vor, und in dem kleinen Salon neben der großen Treppe, wo die Bediensteten warteten, war niemand. Wo waren meine Damen, mein Gefolge? Der ranghöchste Diener kam die Marmortreppe heruntergelaufen.
»Ihr Gefolge hat bereits Platz genommen«, sagte er atemlos.
»Ich soll allein hineingehen?«
»Es ist der Wunsch des Kaisers.«
Ich will es so. Bien. Trommeln verkündeten meinen Eintritt in den Großen Salon. Ich konnte das gedämpfte Tuscheln hören, als ich mich zum Podium begab: eine Kaiserin ohne einen Kaiser. Als ich mich dem Thron näherte, begannen meine Knie nachzugeben. Rasch wurde mir auf den samtgepolsterten Thron geholfen. Ich lehnte mich zurück, stellte mich der Menge.
Die Trommeln schlugen wieder, und Bonaparte kam mit Caroline am Arm herein, gefolgt von Joachim.
Caroline lenkte meinen Blick auf sich, der Triumph des Sieges strahlte ihr aus dem Gesicht.

5. Dezember – Paris, kurz vor dem Abendessen

Eine Botschaft von Eugène – er wird in wenigen Tagen hier sein.

Donnerstag

Ich war gerade bei meiner Toilette, als Hortense mit geröteten Wangen und glänzenden Augen an der Tür erschien. »Eugène ist hier!«
Ich drückte die Hände ans Herz. Ich hatte meinen Sohn seit seiner Hochzeit mit Auguste nicht mehr gesehen – heute vor fast vier Jahren.

»Er ist beim Kaiser«, sagte sie und drückte ihre Wange leicht an meine. »Bist du sicher, dass du in Ordnung bist?«

»Mir geht es … *gut*.« Ich griff nach dem Fläschchen mit dem Kräuterextrakt, den Dr. Corvisart für die Nerven verschrieben hatte. Ich träufelte einen Tropfen auf den Finger, hielt ihn mir an die Nase und inhalierte langsam. Ich hatte nicht geschlafen und bereits heute Morgen einen meiner »tropischen Stürme« – eine Tränenflut, die unerwartet und ohne Vorwarnung über mich hereinzubrechen schien. Ich inhalierte noch einmal und lehnte mich zurück. »Mir geht es gut«, wiederholte ich (doch mit aufsteigenden Tränen). »Ich habe –«

Das dröhnende Geräusch von Schritten in dem privaten Durchgang unterbrach mich. »Komm herein«, rief ich, als ich Bonapartes typisches *Poch-Poch* hörte. Wie ich dieses Geräusch vermisst habe!

Bonaparte stolperte in den Raum und blinzelte gegen das Licht. »Hortense ist tatsächlich hier«, sagte er über die Schulter.

Und dann, dicht hinter ihm, tauchte ein großer, gut aussehender junger Mann mit breiten Schultern und ehrlichen, lächelnden Augen auf: Eugène! Ich erhob mich und umarmte meinen geliebten Sohn. »Oh, mon Dieu, Eugène, du siehst so alt aus!« So stattlich – so männlich.

Er hielt mich umschlungen und schaukelte mich ausgelassen, wobei er leise sang: »Ach, Maman, Maman, Maman …«

»Und du hast jetzt Koteletten.« Und ein Königreich. Und zwei Töchter. »Du siehst wunderbar aus«, sagte ich und blinzelte, um die Tränen zurückzuhalten. »Nicht wahr?«, sagte ich zu Bonaparte – *Papa* – gewandt. »Nicht wahr?« Zu Hortense gewandt.

»Oh Maman, *nicht*«, sagte Eugène mit Tränen in den Augen. Er zog mich an seine Brust, tätschelte meinen Rücken und erstickte meine plötzlichen Schluchzer.

»Halt sie fest, Eugène.« Hortense sah, dass meine Knie nachgaben.

Von beiden gestützt, kam ich wieder zu Kräften. »Verzeiht mir. Es tut mir Leid.« Ich blickte auf. Bonaparte starrte uns drei mit tränenfeuchten Wangen an.
»O Papa«, flüsterte Hortense und zog ihn in den Kreis unserer Umarmung.

8. Dezember

So wie wir getraut wurden, so müssen wir uns auch scheiden lassen: mit einer Zeremonie.
Wir beginnen mit den genaueren Einzelheiten: wer, was, wann, wo. Das Datum ist auf heute in einer Woche, also auf nächsten Freitag, festsetzt worden. Abends Hofkleidung. Empfang im Thronsaal, die Zeremonie selbst in Bonapartes Arbeitszimmer. In Anwesenheit der Familie und weniger Staatsdiener wird Bonaparte eine Erklärung abgeben, ich werde folgen, und dann wird das rechtsgültige Dokument unterzeichnet. Erzkanzler de Cambacérès wird darauf achten, dass alles rechtmäßig ist. Sein Sekretär wird die Einladungen verschicken.
»Wie du willst«, sagte ich mit trockenem Mund.

[Ohne Datum]

»Eure Majestät, habe ich Sie richtig verstanden? Es wird keine Spitze gewünscht, keine Stickerei, keine Perlen – *nichts*?«
»Das Kleid muss schlicht sein, Monsieur Leroy«, sagte ich, »als wäre es für eine Nonne.«

[Ohne Datum]

Erzkanzler de Cambacérès hat mir den Entwurf für eine Scheidungserklärung gegeben, wie er sie für angemessen hält. Seine Worte kann ich nicht verlesen. Ich werde selbst eine schreiben.

[Ohne Datum]

Heute Morgen habe ich versucht, meine Scheidungserklärung zu schreiben – gab in Tränen aufgelöst auf.

Da ich keinerlei Hoffnung mehr habe, Kinder zu empfangen, erbringe ich meinem geliebten Gemahl den Beweis meiner Zuneigung, indem …

Indem ich mich von ihm scheiden lasse.

Oh, mon Dieu – es ist nicht recht, so zu handeln, Bonaparte!

13. Dezember, Mittwochabend

Ein anstrengender Tag, den ich meinen Wohltätigkeiten und meiner Kleiderkammer widmete.* Zu Bett. Morgen findet ein offizieller Empfang, gefolgt von einem Diner in der Diana-Galerie statt. Ich habe darum gebeten, nicht teilnehmen zu müssen, wurde jedoch unterrichtet, dass ich müsste. Es wird mein letzter Auftritt als Kaiserin sein.

Da ich keinerlei Hoffnung mehr habe, Kinder zu empfangen, erkläre ich hiermit, dass ich bereit bin, meinem Gemahl den Beweis meiner Zuneigung zu erbringen, indem ich …

14. Dezember, Mittwochabend

Der Empfang und das Diner waren mühsam. Wenigstens ist es vorüber. »Sie verursacht mir sowieso immer Kopfschmerzen«, sagte ich zu Chastulé, als sie meine Krone mitnahm.

* Joséphine verdoppelte ihre Wohltätigkeitsspenden und verschenkte außerdem 72 Ballen Spitze, 380 Kleider, 17 Schals, 146 Hauben und Hüte, 39 Bahnen Stoff und 785 Paar Stiefel und Escarpins – praktisch jedes Paar, das sie besaß.

Da ich keinerlei Hoffnung mehr habe, Kinder zu empfangen, was die Interessen Frankreichs befriedigen würde, erkläre ich hiermit, dass ich bereit bin, meinem Gemahl den größten Beweis meiner Liebe und Zuneigung zu erbringen, indem ich …

15. Dezember, Freitag

Leroy hat mein Kleid geliefert. »Endlich habe ich es verstanden, Eure Majestät«, sagte er. »Sie möchten sich mit wertvollen Juwelen schmücken. Die Schlichtheit des Kleides wird, wie wir Modeschöpfer es nennen, einen Kontrapunkt setzen.«
»Nein, Monsieur Leroy, ich habe nicht die Absicht, auch nur ein einziges Schmuckstück zu tragen.« Nur meinen Ehering, den ich bis zu meinem Tod tragen werde.
Er sah mich an, als hätte ich den Verstand verloren – und vielleicht hat er ja Recht.

Mademoiselle Avrillion kam mich um kurz vor neun Uhr abholen. »Eure Majestät, sind Sie bereit? Der Kaiser erwartet Sie in seinem Arbeitszimmer.«
»Ich bin bereit.«
Sie brach in Tränen aus. »Sie sollten sie alle sehen.«
»Sie sind eingetroffen?« Schon?
»Sie sind im Thronzimmer, Eure Majestät. Ich habe Caroline und Pauline noch nie so herausgeputzt gesehen. Selbst Madame Mère trägt fuchsienroten und gelben Brokat – und Rubine! Man könnte meinen, es wäre Karneval. Da wir ja nun weggehen, will ich ehrlich sein. Ich finde, dass sie abscheuliche Individuen sind, und ich hasse sie!«

Auf dem Treppenabsatz schickte ich Mademoiselle Avrillion fort. »Ich werde schon zurechtkommen«, beruhigte ich sie und setzte, während ich den Wachposten und Zofen zunickte, mei-

nen Weg durch das Vorzimmer, den Warteraum und den Salon fort. Hugo, dessen Kinn sich vor Kummer kräuselte, riss die Tür zu Bonapartes Arbeitszimmer auf. »Der Kaiser erwartet Sie, Eure Majestät«, sagte er und verbeugte sich tief.
Bonaparte saß mit dem Rücken zur Tür auf dem Sessel neben dem Kamin. »Joséphine!« Er sprang hoch. Er trug einen blauen, reich mit Gold bestickten Samtanzug. Er wischte sich die Hände an den Kniebundhosen ab und kam mit ausgestreckten Händen auf mich zu, als wäre ich ein Gast, den er erwartet hatte. Doch plötzlich blieb er stehen. »Die Familie wird bald hereingeführt. Ich dachte, du solltest hier sitzen, am Schreibtisch.« Er schob den antiken Stuhl zurück.
Ich nahm langsam Platz. Der Stuhl musste neu gepolstert werden, stellte ich fest – die Seidenkordel franste allmählich aus. Der Bezug war aus Kerseystoff in einem ungewöhnlichen grünen Farbton. Es dürfte schwer sein, etwas Passendes zu finden. Ich erinnerte mich vage, dass eine Bahn in der Kleiderkammer auf dem Dachboden gelagert worden war. Ich sollte Bonapartes Kammerherrn davon unterrichten.
»Joséphine, geht es dir gut?« Bonaparte klopfte mir auf die Schulter, ganz leicht und vorsichtig – als hätte er Angst, mich zu berühren.
Ich nickte und schluckte, meine Augen brannten. Vor mir auf dem Tisch war ein goldener Federständer bereitgestellt worden, daneben ein Blatt Pergamentpapier. Ich legte mein eigenes Pergamentblatt auf den Tisch und strich es glatt, damit es flach lag.
Ich erkläre, dass …
Bonaparte holte einen dazu passenden Stuhl und stellte ihn vor das Feuer. »Und ich werde hier sitzen. Alle anderen können auf den Schemeln sitzen – außer meiner Mutter natürlich. Ich dachte, dass sie vielleicht auf dem Sessel sitzen könnte? Was meinst du?«
»Deine Mutter sitzt nicht gerne zu nah am Feuer.«

»Ach, nein?«
Auch nicht zu weit weg. »Vielleicht sollte man den Sessel an die Wand stellen«, schlug ich vor.
»Gute Idee«, sagte er, schob den Sessel an die richtige Stelle und zog dann den Teppich an einer Ecke gerade.
Die große Pendeluhr begann die Stunde zu schlagen.
Eins.
Zwei.
Drei.
Beim vierten Schlag wurde knarrend die Tür geöffnet. »Eure Majestät, es ist Zeit«, teilte Christophe Duroc Bonaparte mit (ohne mich anzusehen). Er trug seine Galauniform als Großmarschall: einen riesigen Umhang mit einem Fledermauskragen, der mit Stäbchen versteift war.
Fünf.
Sechs.
Sieben. Bonaparte und ich sahen uns lange, wie es schien, in die Augen.
Acht. Lass uns fortgehen, hätte ich am liebsten geschrien. Lass uns auf irgendeine Insel fliehen, in der Brandung herumtollen, Blumen züchten, Gemüse anbauen. Lass uns zusammen alt werden, gebrechlich und liebevoll.
Neun.
»Schicken Sie sie herein«, sagte Bonaparte und wandte den Blick ab.
Ich konnte Carolines Stimme hören und dann Paulines schrilles Kichern. Ich zog ein frisches Taschentuch hervor und holte tief Luft.

Duroc meldete jeden in der Reihenfolge seines Ranges. Zuerst Madame Mère (lächelnd), dann Louis – schwer auf zwei Spazierstöcke gestützt und mit verkniffener Miene – mit Abstand gefolgt von Hortense, Jérôme und seiner Frau, Caroline und

Joachim (kichernd), Julie (Joseph ist in Spanien), Eugène und zuletzt einer kichernden Pauline.

Hortense griff nach meiner Stuhllehne, während Eugène mit großen Schritt das Zimmer durchquerte und sich neben Bonaparte stellte. Mein Sohn, so blass, wie ich ihn noch nie gesehen hatte, verschränkte die Arme vor der Brust und starrte auf den Teppich.

Ich berührte die Hand meiner Tochter und blickte zu ihr hoch. Ihr rot geränderten Augen schimmerten, ihr Gesicht war tränenverschmiert – dieses delikate Gesicht, das so viel Intelligenz, so viel Würde ausstrahlte. Kein Wunder, dass die Bonaparte-Schwestern sie verabscheuten, dachte ich. Hortense ist alles, was sie nicht sind.

Erzkanzler de Cambacérès kam herein, den Umhang zurückgeschlagen, damit seine Orden und Bänder, die seine Weste bedeckten, besser zur Geltung kamen, gefolgt vom ehrwürdigen Graf Regnault, dem Anwalt der Sippe. Wir versanken in die unbehaglichen, vom Kodex vorgeschriebenen fünfzehn Schweigeminuten, die nur von Hortenses Schniefen, dem gedämpften Abgang eines Darmwindes (Joachim, nahm ich an) und dem Geflüster von Pauline und Caroline unterbrochen wurden. Ich suchte Bonapartes Blick. Er lächelte matt und schaute weg. Meine Kehle schnürte sich zusammen, und eine Woge von Tränen stieg in mir auf. Ich holte tief Luft und zeichnete einen Kreis auf dem Kopf des vergoldeten Greifs nach, der die Lehne meines Stuhles zierte. *Ich erkläre, dass …*

Bonaparte unterbrach das Schweigen. »Ihr wurdet hier zusammengerufen«, begann er, »um Zeugen der Erklärung zu sein, welche die Kaiserin und ich abzugeben gezwungen sind.« Er räusperte sich. »Wir lassen uns scheiden.«

Eugène griff nach dem Kaminsims. Er zitterte, wie ich besorgt feststellte. Hortense unterdrückte ein Schluchzen. Ich streichelte ihre Finger, den Blick auf meinen Mann gerichtet.

Zunächst las er rasch vor, als hätte er es eilig, die Tortur hinter sich zu bringen. Dann hielt er inne. »Sie hat fünfzehn Jahre meines Lebens veredelt. Die Erinnerung an diese Jahre werde ich für immer in meinem Herzen bewahren«, las er stockend und nur mit Mühe zu Ende vor.
Ich spürte, wie Hortense meine Schulter drückte. Ich war an der Reihe.
Das Pergamentpapier zitterte in meiner Hand. »Ich erkläre, dass …«, begann ich vorzulesen, aber bei den Worten *Alles, was ich habe, verdanke ich seiner Güte* konnte ich nicht weiter und reichte das Blatt Graf Regnault. Einen Ellenbogen auf den Tisch gestützt, hörte ich zu, wie er meine Worte, so aufrichtig und so tief empfunden, vorlas: *Die Auflösung meiner Ehe wird an den Gefühlen meines Herzens nichts ändern. Der Kaiser wird in mir immer seine treueste Freundin finden.*
Graf Regnault legte das Blatt auf den Tisch und zog ein Taschentuch hervor, um sich über die Augen zu wischen.
Bonaparte saß reglos da. Durch einen Tränenschleier sah ich das schmerzerfüllte Gesicht meines Sohnes. Cambacérès bedeutete Bonaparte, dass es an der Zeit war, das offizielle Dokument zu unterzeichnen. Bonaparte erhob sich und kratzte seine Unterschrift auf das Papier – dieses fürchterliche Gekrakel, das ich so gut kannte.
»Joséphine?«, sagte er dann mit einem liebevollen, traurigen Lächeln und reichte mir die Feder.

4 Uhr 30 morgens

Der Nachthimmel hellt auf. Ich glaube nicht, dass ich überhaupt geschlafen habe.
Es war kurz vor Mitternacht, als ich meinem Herzen nachgab. Im Négligé tappte ich mit einer einzigen Kerze als Beleuchtung den Verbindungsgang entlang. Der Wachposten schreckte aus

dem Schlaf hoch, als ich an Bonapartes Tür klopfte. Er sah mich verwirrt an, die Hand am Knauf seines Schwertes. »Ich bin es nur, Kaiserin Joséphine.« Glücklicherweise öffnete Bonapartes Kammerdiener die Tür.

»Eure Majestät«, sagte er ebenso erstaunt über meinen unerwarteten Besuch als auch über meine nicht korrekte Aufmachung.

»Wer ist da, Constant?«, hörte ich Bonaparte rufen. Ich betrat das Zimmer. Im Schein einer Laterne auf dem Waschgestell sah ich, dass Bonaparte im Bett unter einem Stapel Decken lag.

»Bonaparte, ich wollte nur –«, begann ich mit ruhiger Stimme, doch plötzlich wurde meine Stimme schrill, wie die eines Kindes, das Schmerzen hat. »Ich weiß nicht, ob ich die Kraft habe, das zu tun«, keuchte ich.

Bonaparte setzte sich auf, seine Nachtmütze rutschte herunter. Ich fiel schluchzend in seine Arme. »Mut«, sagte er liebevoll und sanft. Ich berührte seine Wange, die nun feucht von Tränen war. »O Joséphine, wie soll ich jemals ohne dich auskommen?«, flüsterte er und hielt mich fest an sich gedrückt.

Samstag, kurz vor 2 Uhr nachts

Bald gehe ich fort, verlasse den Palast, ohne jemals zurückzukehren, verlasse meinen Platz neben Bonaparte. Bald wird eine andere Kaiserin – jung, königlich, fruchtbar – an diesem Schreibtisch sitzen. Ich mache mir keine Illusionen. Bonaparte wird sie mit der Zeit lieben lernen; das ist ihr Recht. Sie wird die Mutter seiner Kinder sein.

Und ich, wer werde ich sein? Ich werde »die andere« sein, die einsam alt wird.

Ich habe den Raum mit meinem leichten Lavendelduft besprengt. Er wird mich nie, *niemals* vergessen.

[Ohne Datum]

»Fertig, Maman?« Hortense berührte mich an der Schulter, eine sanfte Berührung, die mir Kraft gab.

»Was ist mit den Welpen?«, fragte ich und streifte mir einen Schleier über den Kopf, um meine tränenverschmierten Wangen zu verbergen. Vor zwei Tagen hatte einer der Möpse einen Wurf auf die Welt gebracht.

»Keine Sorge, sie sind in Mademoiselle Avrillions Kutsche«, sagte Hortense und nahm meine Hand. »Zusammen mit den Kanarienvögeln«, fügte sie mit einem Lächeln hinzu.

Alle Bediensteten standen aufgereiht in der Eingangshalle. Als sie mich sahen, sahen, dass der Augenblick gekommen war, erhob sich ein fürchterliches Wehklagen, ein herzzerreißendes Jammern, das von den Marmorflächen widerhallte. Ich war blind vor Tränen; Hortense zog mich weiter.

»Oje«, hörte ich sie sagen, sobald wir aus der Tür heraus waren. Im Innenhof stand eine Menschenmenge im kalten Winterregen. »Es ist die gute Kaiserin Joséphine!« Hortense scheuchte mich in die Kutsche. Als die Pferde in schnellem Tempo anzogen, streckte Hortense die Hand aus und schloss die Ledervorhänge. Ich blickte nicht zurück.

3

Die andere

Wenn er glücklich ist,
dann werde ich nichts bereuen.
Joséphine

Ein König wird geboren

Sonntag, 17. Dezember 1809 – Malmaison

Als ich heute Morgen aufwachte, hörte ich Mimi ein vertrautes kreolisches Lied summen. »*Er* ist hier«, sagte sie, den Kopf durch die Bettvorhänge gesteckt.
»Bonaparte?« Ich setzte mich auf, und mein Herz machte einen Sprung.

»Der Kaiser erwartet Sie im Garten«, teilte mir ein Adjutant, den ich nicht wieder erkannte, mit, wobei er mich weder als Kaiserin anredete noch sich verbeugte, sondern nur den Kopf einzog.
»Im Regen?«, fragte ich. Mittlerweile war es eher ein Nieselregen, aber trotzdem war es feucht. Ich schickte Mimi los, um Stiefel und einen Schirm zu holen – nicht den englischen –, einen Umhang und einen Hut.
Die Adjutanten folgten wie unangenehme Schatten bis zum Gatter des Rosengartens. Bonaparte, der am anderen Ende in seinem vertrauten grauen Mantel auf und ab ging, drehte sich zu mir um. Er berührte wie zur Begrüßung die Krempe seines Dreispitzes.
Die Adjutanten stellten sich wie Wachposten entlang des Zauns auf – nah genug, um zuschauen zu können, wie ich bemerkte. Bonaparte machte einen Schritt zurück, als ich näher kam. Ich verstand: Wir durften uns nicht umarmen.
»Ich hatte nicht erwartet, dich so bald zu sehen.« Ich holte ein-

mal zittrig Luft, noch einmal. Ich wusste, dass ihn Tränen aufregen würden.

»Ich musste wissen, wie du zurechtkommst.« Sein Gesicht war grimmig – seine Augen waren rot gerändert.

Ich wagte nicht zu antworten, aus Angst, die Wahrheit zu sagen.

»Lass uns spazieren gehen, Joséphine«, sagte er sanft und bot mir seinen Arm.

17. Dezember, 8 Uhr abends

Mon amie,

ich fand, dass du heute schwächer warst, als du sein solltest. Du darfst dich nicht einer solch verheerenden Melancholie hingeben. Du musst Zufriedenheit finden, und vor allen Dingen musst du auf deine Gesundheit achten, die mir so teuer ist.

Zweifele nie an meinen unwandelbaren und zärtlichen Gefühlen. Du verstehst mich nicht, wenn du meinst, dass ich glücklich sein kann, wenn du nicht in Frieden lebst.

Adieu, schlafe gut. N.

21. Dezember – Malmaison

Thérèse brach in Tränen aus, als sie mich sah. »Ich habe dir doch gesagt, dass du dich niemals scheiden lassen sollst!«, sagte sie zornig. »Ich habe dir doch gesagt, dass es die Hölle ist.« Und dann umarmte sie mich und hielt mich fest an sich gedrückt. »Verzeih mir!«, weinte sie und hüllte mich in eine Wolke ihres vertrauten Neroli-Öldufts. »Du *liebst* den brutalen Kerl – und er liebt dich. Das macht alles nur noch schlimmer.«

Sonntag

Bonaparte setzte den Hut ab und hielt ihn an sein Herz. »Ich möchte gerne, dass du, Hortense und Eugène morgen mit mir zu Abend esst. Weihnachtsessen«, fügte er hinzu, als ob ich das nicht wüsste.

Montag, Weihnachtstag

»Das war das fürchterlichste Essen, das ich jemals erlebt habe«, rief Hortense bei unserer Rückkehr aus.
Ich streichelte einem der Möpse die Ohren. Die Hündin blickte mit bekümmerten Augen zu mir auf, als wüsste sie, was ich dachte. Es war wirklich fürchterlich gewesen. Während des gesamten Essens hatte Bonaparte nur stumm dagesessen und sich hin und wieder über die Augen gewischt.
Eine wohltuende Begebenheit am Rande: der liebevolle Empfang von Bonapartes Bediensteten. »Der Kaiser vermisst Sie schrecklich, Eure Majestät«, raunte mir Constant zu. »Wir alle.«
Hier in Malmaison kommt es mir jetzt einsamer vor. Ich sehe ihn immer noch vor mir, wie er durch den Garten spaziert, an seinem Schreibtisch arbeitet.
O Bonaparte ... wie schwer das doch ist!

1. Januar 1810 – Malmaison, fast Abendessenszeit

Wie grauenvoll, so das neue Jahr zu beginnen.
Die Tortur nahm nach der Mittagsmahlzeit ihren Lauf. Die Bediensteten des Haushalts hatten Anweisung, einer nach dem anderen das Musikzimmer zu betreten. Ich sollte ihnen ein Neujahrsgeschenk überreichen, und anschließend sollten sie sich erklären: sollten mir mitteilen, ob sie bei mir bleiben oder sich anderswo eine Beschäftigung suchen wollten.

»Chastulé, vielleicht könnten Sie niederschreiben, was jeder Einzelne sagt«, schlug ich vor.
»Ha! Aber wer wird *meine* Erklärung aufschreiben?«
»Sie möchten sich sofort erklären?«
»Warum warten?«
»Gräfin d'Arberg, könnten Sie vielleicht? Würde es Ihnen etwas ausmachen?« Meine große, elegante Hofdame gab sich alle Mühe, sich in Chastulés kleinen Stuhl und hinter ihren kleinen Schreibtisch zu zwängen.
»Bekomme ich nicht zuerst mein Geschenk?«, wollte Chastulé wissen. »Es ist das auf der rechten Seite, das mit der roten Schleife.« Gräfin d'Arberg überprüfte den Anhänger und reichte es ihr. »Mein Mann besteht darauf, dass ich bei Hofe bleibe«, sagte Chastulé und steckte sich die Diamantbrosche ans Mieder. »Ich muss an meine Familie denken, und Sie werden keine Ehrendame mehr brauchen, da Sie ja keine Gäste empfangen und Salons oder Abendessen abhalten werden.« Sie warf einen Blick auf das, was Gräfin d'Arberg geschrieben hatte. »Ich sagte *Abendessen*, nicht Mittagessen.«
»Sie verlassen mich, Chastulé?« Ich spürte ihre Worte wie einen Faustschlag.
»Ich habe dem Kaiser bereits geschrieben, Madame«, sagte sie und bewegte sich auf die Tür zu.
»Wenn Sie noch die Güte hätten, Carlotta hereinzuschicken, Gräfin de la Rochefoucauld«, sagte Gräfin d'Arberg kühl.
Die Tür schlug mit einem Knall hinter Chastulé ins Schloss. Das Schweigen war bedrückend. Selbst die Kanarienvögel schwiegen. »Hätten Sie etwas dagegen, meine Ehrendame zu sein?«, fragte ich Gräfin d'Arberg mit schwacher Stimme.
»Ich habe diese Position angestrebt, seit ich in Ihren Hofstaat eingetreten bin, Eure Majestät«, sagte sie, löschte sorgfältig das Hauptbuch ab und schlug die Seite um.
Ich war überrascht. Gräfin d'Arberg ist eine belgische Adlige

deutscher Herkunft, verwandt mit den Herrscherhäusern Deutschlands. Ich hatte angenommen, dass sie lieber bei Hofe bleiben würde.
Die Tür öffnete sich knarrend. »Eure Majestät, Sie haben mich rufen lassen?« Carlottas dunkle Augen weiteten sich, als sie Gräfin d'Arberg an Chastulés kleinem Sekretär sitzen sah.
»Ganz recht«, sagte ich zurückhaltend. Ich war sicher, dass auch Carlotta mich verlassen würde. »Wie Sie wissen, muss jeder heute eine Erklärung abgeben.«
Carlotta wurde rot, als sie sagte: »Ich möchte Ihnen dienen, Eure Majestät – das heißt, wenn Sie mich haben wollen. Verzeihen Sie – habe ich etwas Falsches gesagt?«, fragte sie verblüfft über meine Reaktion.
»Ich versichere Ihnen, Madame Gazzini, das dies nicht der Fall ist«, sagte Gräfin d'Arberg und überreichte meiner Vorleserin ihr Geschenk.
»Und dies dazu, Carlotta«, sagte ich, zog einen Ring vom Finger und drückte ihn ihr in die Hand.
Und so wurden den ganzen Nachmittag über viele, viele Tränen vergossen. Eine beträchtliche Anzahl der Bediensteten wird fortgehen – verständlich, sage ich mir. Einige wenige werden sich mit einer Rente zur Ruhe setzen. (Agathe gehört leider dazu. Sie ist mit dem Gutsverwalter in Fontainebleau verlobt.) Clari wäre gerne geblieben, versicherte sie mir, bat jedoch aus gesundheitlichen Gründen darum, in den Ruhestand gehen zu dürfen. Ich werde sie vermissen.
Der Hofstaat ist nun kleiner geworden, aber er ist zufriedenstellend. Mademoiselle Avrillion wird als Garderobenverwalterin bleiben. Mimi wird natürlich bleiben und auch der alte Gontier. »Ich werde Sie bis an Ihr Lebensende begleiten, Eure Majestät«, erklärte er, auf einen Stock gestützt und mit der Hand auf dem Herzen.

6. Februar, fast Mitternacht

Eugène zog den einen Mops am Schwanz und knurrte aus Spaß. »Tut mir Leid, dass ich so spät komme, Maman.«

»Und?« Ich legte meine Stickarbeit nieder. Heute am späten Nachmittag war er zur österreichischen Botschaft aufgebrochen, um Bonapartes formelles Ersuchen um die Hand der Erzherzogin Marie-Louise zu überbringen.* »Wie hat der österreichische Botschafter reagiert?« Der Heiratsantrag war unter der Bedingung gestellt worden, dass die Antwort innerhalb eines Tages erfolgte. Die siebzehnjährige Erzherzogin würde nicht einmal gefragt werden.

»Der Vertrag wird morgen Mittag unterzeichnet.«

»Das ist vermutlich ein Grund zum Feiern.«

»Vermutlich«, wiederholte er und umarmte mich.

14. Februar

Eugène ist abgereist, um nach Mailand zurückzukehren. »Ich werde bald zurück sein«, versprach er, »mit Auguste.« Zu Bonapartes Hochzeit, das sagte er nicht.

Samstagmittag

Le Moniteur ist voll von Nachrichten über die Vorbereitungen, die für »die Hochzeit des Jahrhunderts« getroffen werden, über all die Feste und Darbietungen, die geplant sind.

»Eure Majestät, vielleicht wäre es das Beste, die Zeitungen

* Für Joséphine und ihre Kinder war es wichtig, ihre Unterstützung der neuen Ehe öffentlich unter Beweis zu stellen. In der Tat waren sowohl Eugène als auch Hortense (ebenso wie Joséphine) in die Diskussionen, welche königliche Prinzessin ausgewählt werden sollte, einbezogen.

nicht zu lesen«, sagte Gräfin d'Arberg freundlich, als sie mir eine Tasse Tee brachte (und die Zeitungen wegschob).

Montag, 19. Februar – ein leichter Nieselregen

»Der Onkel mag seinen Tanzunterricht nicht«, erzählte mir Oui-Oui heute Nachmittag.
Bonaparte nimmt Tanzunterricht?
»Tante Caroline sagte, dass er es lernen muss«, erklärte Petit.
»Aber sicher«, schwindelte ich. Wie oft hatte ich versucht, Bonaparte dazu zu überreden, Tanzen zu lernen, und mir immer nur anhören müssen, nein, unmöglich, davon kann überhaupt keine Rede sein! Und *nun* – nun, da er eine junge Frau haben wird – hat er beschlossen, es zu lernen.
»Und er hat einen neuen glänzenden Anzug mit einem hohen Kragen.« Petit zeigte mit den Fingern wie hoch.
»Aber er ist zu eng«, sagte Oui-Oui kichernd.

20. Februar, Dienstag

Mein Friseur war untröstlich heute Morgen – und nun bin ich es ebenfalls. »Es tut mir Leid, Eure Majestät, aber –«
»Monsieur Duplan, seit über einem Jahrzehnt frisieren Sie mir schon die Haare.«
»Königin Caroline hilft dem Kaiser, den neuen Hofstaat aufzustellen, und besteht darauf, dass –«
Besteht darauf, dass Duplan – *mein* Duplan – von nun an der Frisör einer einzigen Frau und ausschließlich einer einzigen Frau ist: der künftigen Kaiserin Marie-Louise. »Ich verstehe«, sagte ich, aber innerlich kochte ich vor Wut, wie ich zugebe.
Einen Ehemann und eine Krone zu verlieren ist eine Sache, einen Friseur zu verlieren eine ganz andere.

[Ohne Datum]

»Nicht auch noch Sie, Monsieur Leroy.« Wie sollte ich ohne meinen Modeschöpfer zurechtkommen? Ich hatte Leroy entdeckt! Ich hatte ihn gefördert. Gemeinsam hatten wir eine neue Mode kreiert.
»Eure Majestät, Sie wissen doch, dass ich weit lieber für Sie Kleider anfertigen würde«, sagte er unter Tränen, die manikürten Hände an seine gerougten Wangen gedrückt. »Aber –«

[Ohne Datum]

»Dr. Corvisart, sagen Sie mir nicht, dass Sie mich nicht mehr behandeln können.«
»Na, na«, sagte Dr. Corvisart nachdenklich, als er mir den Puls fühlte. Er setzte sich mir gegenüber, den Daumen am Kinn – und wollte mir sicher gleich sagen, dass ich todkrank sei. »Eure Majestät, Ihr Augenlicht ist ziemlich schwach geworden«, bemerkte er. »Weinen Sie häufig?«
»Nein«, sagte ich weinend.
Er lächelte. »Ich will ehrlich sein. Ihre Nerven haben ziemlich ernsthaft gelitten *und*, wie ich mir denken könnte, auch Ihr Herz.«
Ich drückte die Hände an die Brust. Ich war todkrank; ich wusste es ja! »Was ist mit meinem Herz los?« Dr. Corvisart ist ein Herzspezialist – er hat über dieses Thema einen medizinischen Artikel geschrieben.
»Ich glaube, dass es gebrochen ist«, sagte er mit sanfter Stimme und reichte mir ein Taschentuch aus feinem Leinen. »Die Quellen von Aix-les-Bains eignen sich hervorragend für Nervenleiden.« Er klopfte sich mit dem Ende seines Stifts an die Wange. »Juni wäre ein guter Reisetermin – nicht zu heiß und nicht zu kalt«, sagte er und trug es in seinen Kalender ein.

»Aber, Dr. Corvisart, in diesem Badeort bin ich noch nie gewesen.« Aix-les-Bains lag im Südosten, in den an Italien angrenzenden Bergen.
»Genau«, sagte er. »Keine Erinnerungen.«

Freitagabend, 9. März, ziemlich spät

Feuerwerk erhellte den Nachthimmel. Zweifellos wieder ein Fest, um die bevorstehende Hochzeit zu feiern – wieder ein Fest, zu dem ich nicht eingeladen wurde.
Heute vor vierzehn Jahren haben Bonaparte und ich geheiratet.

12. März

Mon amie, ich hoffe, dass du mit Schloss Navarre glücklich sein wirst. Du wirst darin einen weiteren Beweis für meinen Wunsch, dir eine Freude zu machen, erkennen. Es liegt nicht weit vom Dorf Évreux entfernt, ungefähr dreizehn Poststationen von Paris – achtundzwanzig Wegstunden, um genau zu sein. Joachim, der den Kauf erledigt hat, teilt mir mit, dass das Schloss von Mansart, dem Architekten von Versailles, entworfen wurde und dass es für seine Parkanlagen berühmt ist. Du könntest am 25. März reisen und den April dort verbringen.

Adieu, N.

12. März, Montag – Malmaison

»Warum am 25. März?«, fragte Gräfin d'Arberg und schaute im Kalender nach. »Oh«, sagte sie und verstummte.
25. März: Zwei Tage bevor die Ankunft von Erzherzogin Marie-Louise in Paris erwartet wird.

20. März

Hortense ist gerade in heller Aufregung gegangen. Jeder König und jede Königin in Europa kommt zur Hochzeit. »Wo sollen denn all diese Herrscher wohnen?«, wollte sie wissen. Allein schon Jérôme und Katharina sind mit einem Gefolge von über 30 Bediensteten eingetroffen. »Und alle verlangen ein Bett, Maman – unmöglich!«

Ich erinnerte mich an die Probleme, die Chastulé und ich im Dezember gehabt hatten, als wir versuchten, während der Friedensfeierlichkeiten für alle passende Unterkünfte zu finden. Man kann Könige und Königinnen eben nicht in jedes Etablissement stecken. »Chastulé sollte dabei helfen können«, schlug ich vor.

»Weißt du es denn nicht, Maman? Papa hat sie ihre Siebensachen packen lassen. Er war außer sich, dass sie nicht bei dir bleiben wollte.«

Gräfin d'Arberg suchte meinen Blick und lächelte.

24. März

Eugène und seine schöne Auguste sind angekommen (erschöpft). Bald werden sie nach Compiègne aufbrechen, wo sie Bonaparte treffen und an dem Fest teilnehmen, das die junge Braut in Frankreich willkommen heißt.

»Fährst du denn nicht aufs Land, Maman?«, fragte Eugène besorgt. »Hat dir Papa nicht ein Schloss gekauft? Solltest du jetzt nicht dort sein?«

Keine Sorge, beruhigte ich ihn. »Ich reise am Morgen ab.« Ich werde nicht hier sein, wenn *sie* nach Paris kommt.

Keine Sorge, keine Sorge, keine Sorge. Die alte Kaiserin wird schon lange fort sein.

29. März, Donnerstag – Château de Navarre

Mein Schloss – mein »Geschenk« von Bonaparte.
Mein Fluch, fürchte ich. Die Bevölkerung von Évreux hat es »den Kochtopf« getauft. Der hässliche Bau in Form eines Würfels wird von einer bizarren Kuppel gekrönt, die einmal eine riesige Statue tragen sollte. Man tritt in eine düstere, runde Halle ein – das einzige Licht fällt durch Schlitze zwei Stockwerke höher. Und von dieser Halle gehen rund herum seltsame, dreieckige Räume ab.
Der Stuhl, auf dem ich sitze, ist wie alle anderen Möbel auch antik und unbequem. Ich habe einen abgesplitterten Eichentisch nahe an den (rauchenden) Kamin rücken lassen, weil es so schrecklich kalt ist. Keines der Fenster lässt sich öffnen oder schließen. Einige kann man nicht öffnen, aber die meisten können leider nicht geschlossen werden, so aufgequollen ist das Holz durch die Feuchtigkeit.
Mademoiselle Avrillion ist im Augenblick bei mir, zusammengekauert vor dem Feuer. Die Schlafzimmer sind klein, kalt, trist. Jeden Tag verbrennen wir fünfzehn Wagenladungen Holz und sieben Säcke Kohle, und trotzdem frösteln wir.
»Die Parkanlagen sind wunderschön« sagte Mademoiselle Avrillion leise, als könnte sie meine Gedanken lesen.
Ja, stimmte ich zu: Wenn die Sümpfe und stehenden Tümpel nicht wären.

[Ohne Datum]

Vier Diener sind heute gegangen, zwei gestern … und wer kann es ihnen verübeln?

[Ohne Datum]

Heute Nachmittag trafen drei Wagenladungen mit Möbeln aus Paris ein. Die Diener stürzten sich darauf wie verhungernde Männer, die eine Banketttafel stürmten. Es folgte ein Besorgnis erregendes Handgemenge, bei dem sich die Diener um Schemel und Bettgestelle balgten, während der Fahrer brüllte, dass sie aufhören sollten. (Vergeblich.)

1. April – Château de Navarre

Während ich dies hier schreibe, werden Bonaparte und Marie-Louise ehelich verbunden.
Bei der Trockenlegung des Sumpfgeländes sind wir etwas vorangekommen. Immer noch sehr kalt, eisig. Meine Gesundheit leidet.

5. April, Donnerstag

Trotz meiner guten Vorsätze habe ich die Berichte über die Hochzeit in den Zeitungen gelesen. Die Menschen entlang der Champs-Élysées standen so dicht, dass die Truppen Mühe hatten, sie zurückzuhalten. Achttausend nahmen an der Zeremonie teil. (Wer trug die Schleppe der Braut?, frage ich mich.) Die üblichen Konzerte, Feuerwerksraketen und Springbrunnen, aus denen Wein sprudelte. Essen wurde wie Preise in einer Lotterie verteilt.* (Keine Banketts?) Auf ein Zeichen aus dem Palast wurde die gesamte Stadt illuminiert – *das* hätte ich gerne gesehen.
Es ist erst acht Uhr, aber ich werde zu Bett gehen. Wir haben die Fensterritzen mit Wachs versiegelt, was hilft. Ich wüsste gerne, ob Onkel Fesch daran gedacht hat, ihr Bett zu segnen.

* Die Preise: 4800 Pasteten, 1200 Zungen, 3000 Würste, 140 Truthähne, 360 Kapaune, 360 Hühner und je 1000 Hammelkeulen und -schultern.

18. April – Château de Navarre

Ich traute meinen Augen nicht, denn wer sonst außer meinem Sohn sollte heute Abend, als ich mit dem Bischof von Évreux Trictrac spielte, gemeldet werden! Ich sprang auf und warf, allen Anstand vergessend, die Arme um ihn. »Warum bist du gekommen?«, wollte ich plötzlich beunruhigt wissen. Ging es Hortense gut? Ihren Buben! Und was war mit Bonaparte? War er …?

Eugène hob die Hände. »Es geht allen gut. Papa hat deinen Brief erhalten. Er hat mich geschickt, um dir mitzuteilen, dass er dir das Geld, das du für Reparaturen benötigst, geben wird.«

»Aber kein Brief von ihm?«

»Er sagte, dass ich dir ausrichten soll, dass er bald schreiben wird. Er wollte, dass ich mich mal umsehe, nachsehe, wie du zurechtkommst.« Eugène runzelte die Stirn über die morsche Fensterbank. »Tja«, sagte er, die Hände in die Hüften gestemmt. »Das Problem ist klar.«

»Es ist wirklich schon viel besser.« In meiner Freude, meinen Sohn zu sehen, waren meine Klagen wie weggeblasen. »Und hier kann man ausgezeichnet angeln, wie ich höre. Nicht wahr, Bischof? Oh, verzeihen Sie, ich war unhöflich. Prinz Eugène, Vizekönig von Italien, ich bitte um die Ehre, dich dem Bischof von Évreux vorstellen zu dürfen. Dem Trictrac-König, wie wir ihn nennen.«

»Leider ein besiegter König«, sagte der alte Mann und erhob sich mit Mühe.

»Bitte bleiben Sie sitzen«, sagte mein Sohn mit Nachdruck und ließ sich auf dem (harten) Sofa nieder.

»Nein, nein, es reicht, wenn ich einmal an einem Abend vernichtend geschlagen werde«, sagte der Bischof und verabschiedete sich. »Morgen Abend, Eure Majestät, wie immer?«

»Ein reizender Mann«, sagte Eugène, nachdem er gegangen war.

»Er hat mir hier das Leben gerettet«, sagte ich, setzte mich neben meinen Sohn und nahm seine Hand. »Und wie geht es Bonaparte wirklich?« Wie ist die Kaiserin?, wollte ich eigentlich fragen, wagte es aber nicht. Noch nicht.
»Papa geht es gut«, sagte er nach einem kurzen Zögern. »Obwohl –« Er grinste. »Obwohl er ein paar *Änderungen* vornehmen musste.«
Ich runzelte die Stirn. »Änderungen« schätzte Bonaparte gar nicht.
»Sie nennt ihn Popo, zum Beispiel.«
Kaiser Popo?
»Sie mag es, wenn ihr Schlafzimmer eiskalt ist.«
Bonaparte konnte Kälte nicht ertragen!
»Sie wird ärgerlich, wenn man sie zur Eile drängt.«
»Oh-oh.«
»Und sie weigert sich, *Tragödien* anzuschauen.« Eugène seufzte. »Folglich ist der Hof gehalten, jeden Abend eine Burleske über sich ergehen zu lassen, während der –«
»Bonaparte ebenfalls?« Ich konnte mir nicht vorstellen, dass er eine Komödie durchstand.
»– während der Kaiser auf seinem Stuhl schläft.«
»Und …« Ich neigte den Kopf zur Seite, den Finger am Kinn – als wollte ich eine unwichtige, fast abwegige Frage stellen. »*Liebt* er sie, was meinst du?«
Eugène senkte den Blick auf den zerschlissenen Teppich. »Es ist anders, Maman.«

Donnerstag, früher Nachmittag – Château de Navarre

Ein wunderschöner Morgen mit meinem Sohn. Ich zeigte ihm das neue Kräuterbeet, meine Rosen und meinen Flieder, die hübschen Kaskaden und Teiche, die bezaubernden Ausblicke. »Du hast hier bereits ein Paradies geschaffen«, sagte er.

»Es ist friedlich.« Einsam in Wahrheit: Aber ich wollte ihn nicht beunruhigen. »Und stell dir vor: keine Intrigen.«
»Keine *Sippe*, meinst du«, sagte er, denn selbst die neue Kaiserin musste bereits unter ihr leiden. »Selbst Auguste«, vertraute er mir an.*

10. Juni, Sonntag – Malmaison

Endlich bin ich wieder in Malmaison. Es ist ruhig bis auf das entfernte Krachen und Zischen der Feuerwerkskörper. Die meisten meiner Bediensteten sind in Paris bei den Festen zu Ehren des Kaisers und der Kaiserin. Sie werden betrunken und fröhlich zurückkommen. Ich habe vor zu schlafen.

Mon amie, ich würde dich sehr gerne sehen. Ich muss wissen, dass du froh und munter bist. Zweifele nie an der Aufrichtigkeit meiner Gefühle für dich. Sie werden sich bis zu meinem Tod nicht ändern, N.

13. Juni

Bonaparte traf heute Morgen um Punkt zehn Uhr ein. Eine aufgescheuchte Zofe führte ihn zum Garten, wo ich Rosen pflegte. Ich eilte auf ihn zu, blieb dann jedoch abrupt stehen. (Wir wurden beobachtet.) Ich *wollte* nicht weinen!
Wir saßen über eine Stunde lang nebeneinander auf einer geschwungenen Steinbank – redeten und redeten, als ob sich nichts zwischen uns geändert hätte. »Soviel ich weiß, hat dir Prinz Mecklenburg-Schwerin einen Heiratsantrag gemacht«, sagte er.

* Eugènes Frau Auguste schrieb ihrem Bruder über die Familie Bonaparte: »Wenn man sie aus der Nähe erlebt hat, dann kann man sie nur verabscheuen. Ich hätte mir niemals etwas so Widerwärtiges vorstellen können wie ihre schlechte Erziehung. Es ist eine Qual, mit ihnen zusammen sein zu müssen.«

»Wer hat dir das erzählt?« Ich war gerührt (und überrascht) von dem Angebot gewesen, hatte aber nur einen Augenblick lang darüber nachgedacht.
»Dann stimmt es also? Ich meine, du solltest ihn annehmen.«
»Er ist jung. Es wäre nicht anständig ihm gegenüber.« Und in meinem Herzen war ich immer noch verheiratet, immer noch sehr in meinen Mann verliebt.
Auf mein Drängen sprach Bonaparte mit mir über Marie-Louise, seine Probleme und Sorgen. (Sie ist noch nicht schwanger, was mich beunruhigt.) »Und leider ist sie überaus eifersüchtig auf dich«, sagte er. »Als sie erfuhr, dass du wieder in Malmaison bist, war sie sehr aufgebracht. Ich musste mich der allergrößten Geheimhaltung bedienen, um dich heute besuchen zu können.«
»Vielleicht sollte ich mich mit ihr treffen.« Ich möchte, dass mich Marie-Louise als eine ältere Schwester betrachtet, als jemanden, dem sie sich anvertrauen, von dem sie lernen kann. Ich könnte ihr helfen. Ich könnte ihr sagen, was dem Kaiser gefällt – und was nicht. Ich könnte ihr sagen, wie man auf seine heikle Gesundheit achtet, wie man sein leicht aufbrausendes Temperament beruhigt.
»Unmöglich! Sie ist in vieler Hinsicht noch ein Kind.« Bonaparte erhob sich und lief auf und ab. »Und vielleicht hat sie ja Recht, vielleicht hat sie ja allen Grund, eifersüchtig zu sein. Vermutlich ist es nur von Vorteil, dass du bald nach Aix-les-Bains zur Kur reisen wirst.«
Nur von Vorteil, dass ich fortgehe – und fortbleibe.

18. Juni – Aix-les-Bains

Ich bin in dem Badeort eingetroffen, erschöpft von einer tage- und nächtelangen Reise. Ich sehne mich bereits nach zu Hause.

6. Juli 1810

Chère Maman,
*ich habe gerade eine erschreckende Nachricht erhalten: Ich weiß nicht, was ich davon halten soll. In einem »Akt des Wahnsinns«, wie Papa es nennt, hat Louis auf den Thron von Holland verzichtet und ist mit seinem geliebten Hund verschwunden.**
Ich bin also keine Königin mehr, Maman. Darüber bin ich, offen gestanden, nicht unglücklich. Ich habe nur den Wunsch, mit meinen Buben ein ruhiges Leben zu führen.
Ich hoffe, dass sich die Kur in Aix-les-Bains vorteilhaft auf deine Nerven auswirkt. Stimmt es, dass Madame de Souza und ihr Sohn Charles sich auch dort aufhalten? Vielleicht komme ich zu Besuch.

Deine dich liebende und treue Tochter Hortense

Anmerkung – Bei Talleyrands Salon sprach ich mit Madame Clari Rémusat. Sie sieht bemerkenswert gut aus.
Und noch eine – Es wird vermutet, dass Kaiserin Marie-Louise ein Kind erwartet.

14. September, Saint-Cloud

Mon amie, die Kaiserin erwartet bereits seit vier Monaten ein Kind. Es geht ihr gut. Zweifele nicht an meinem Interesse, an meinen Gefühlen für dich, N.

11. November – Malmaison

Ich bin wieder in Malmaison, aber nur für ein paar Wochen. Ich hatte Fieber, aber heute geht es mir besser. Dr. Corvisart hat

* Der Wasserspaniel sprang an einer Poststation aus dem offenen Fenster von Louis' Kutsche. Er fiel unter die Räder und wurde zu Tode gequetscht.

Ruhe verordnet. Das Château de Navarre wird sowieso nicht vor Ende nächster Woche fertig sein.

6 Uhr 15 abends

Gräfin d'Arberg hat mich gerade davon unterrichtet, dass gestern eine kaiserliche Taufe stattgefunden hat. Bonaparte und Marie-Louise tauften eine Anzahl von Säuglingen – Söhne und Töchter der Honoratioren des Kaiserreiches. Leider wurde jedes Mädchen, das zum Taufstein gebracht wurde, auf den Namen Joséphine getauft. Das wird Marie-Louises Eifersucht auf mich nur noch steigern. Ich hatte gehofft, es käme anders. Ich habe keine Lust, in das feuchte und kalte Navarre zu reisen, aber ich weiß, dass mir nichts anderes übrig bleibt.

9. Dezember 1810, Mailand

Chère Maman,
ich bin nun Vater eines großen, gesunden Sohnes. Die Geburt war schwierig, aber meine schöne Auguste scheint außer Gefahr zu sein. Mache dir keine Sorgen – wir werden genau das tun, was die Hebamme sagt.
Meine Mädchen sind ganz hingerissen, einen Bruder zu haben. Augustus Karl Eugen Napoléon wird er heißen – kurz Augustus. Gefällt dir der Name? Klein Joséphine hat mich gebeten, dir diese Zeichnung, die sie von ihm gemacht hat, zu senden. Du kannst erkennen, dass er einen kräftigen schwarzen Haarschopf hat. Eugénie hat beschlossen, dass Augustus ihre Puppe ist – an Heiligabend wird sie zwei. Es ist kaum zu glauben. Wie doch die Zeit vergeht!
Ich denke, dass deine Entscheidung, bis nach der Geburt nach Navarre zu gehen, klug ist, Maman.
Ich muss fort – ich höre den Kleinen schreien!

Dein sehr stolzer und glücklicher Sohn Eugène

19. März 1811 – Château de Navarre, Évreux

Die Dorfbewohner von Évreux kamen in Wagen, die von Ackergäulen gezogen wurden, und sagten Verse auf, die sie mir zu Ehren geschrieben hatten. Sie überreichten mir eine Büste, die sie von mir angefertigt hatten, geschmückt mit einer Krone aus welkenden Frühlingsblumen.

20. März – Château de Navarre

Ich hatte Kopfschmerzen und ruhte mich gerade aus, als ich hörte, wie in der Stadt die Glocken zu läuten begannen. »Das Kind ist geboren!«, hörte ich jemanden schreien. Einem Salutschuss folgte eine Minute später ein weiterer, und dann noch einer und noch einer. Die Stille nach dem einundzwanzigsten Salutschuss schien eine Ewigkeit zu dauern. Und dann ... noch einer. *Zweiundzwanzig* Salutschüsse: ein Junge!*
Gott sei Dank! Mein Opfer ist nicht umsonst gewesen. Der Kaiser hat einen Erben.

* Einundzwanzig Salutschüsse verkündeten die Geburt eines Mädchens, einhundert und einer die eines Jungen. Was sich in Paris zutrug, als man den entscheidenden zweiundzwanzigsten Schuss hörte, berichtete die Gazette de France: »Ein einziger Schrei, nur einer, schwang sich in Paris empor und ließ die Mauern dieses alten Palastes, in dem der Sohn des Helden gerade geboren worden war, erzittern, und rund um den Palast standen die Menschen so dicht gedrängt, dass nicht einmal eine Fliege mehr Platz hatte. Fahnen wehten in der Luft, Taschentücher flatterten – Menschen rannten hierhin und dorthin, umarmten einander, verkündeten die Nachricht mit Lachen und Freudentränen.«

Alles ist umsonst

21. März 1811 – Château de Navarre

Eugène umarmte mich an der Tür und hob mich hoch. »Unsere Gebete wurden erhört.«
»Bonaparte muss überglücklich sein!«
»Er befahl mir, auf der Stelle zu dir zu kommen«, sagte er und stützte sich an der Wand ab, damit ihm ein Diener die dreckigen Stiefel ausziehen konnte. »Er will dir heute Abend schreiben«, sagte er. »Er kann einfach den Blick nicht von dem Kind lassen.«
»Kaffee und Frühstückskuchen«, sagte ich zu einer Zofe. »Und eine Flasche Champagner«, rief ich ihr hinterher. »Komm«, sagte ich, nahm meinen Sohn bei der Hand und zog ihn in den Salon. »Du musst mir *alles* berichten.«
Und das tat er auch. Grands Dieux – die junge Kaiserin wäre um ein Haar gestorben. »Ach, das arme Mädchen.«
»Es war schrecklich, Maman. Sie mussten das Kind an den Füßen herausziehen. Marie-Louise fiel glücklicherweise sofort in Ohnmacht. Der Geburtshelfer war entsetzlich aufgeregt. *Stell dir das nur vor.* Irgendwann sagte er zu Papa, dass er zwischen dem Leben des Kindes und dem Leben der Kaiserin wählen müsste. Papa zögerte keine Sekunde – er sagte dem Arzt, dass er Marie-Louise retten sollte.«
»Aber es geht ihr doch gut, oder?«
»Es ist natürlich noch zu früh. Es scheint ihr gut zu gehen – erschöpft ist sie natürlich.«

»Und das Kind?« Der König von Rom.
»Ein großer Junge.«
Mon Dieu – und mit den Füßen voran.
»Sie dachten, er wäre tot, aber er kam wieder zu sich. Ein kräftiger Schreihals«, sagte er und grinste breit.
»Bonaparte liebt Kinder so sehr.« Ein Kind endlich – und ein *Sohn*. »Und in Paris wird jetzt natürlich groß gefeiert, ja?«
»Außer auf Seiten der *Schwestern*«, sagte Eugène und äffte ihre langen Gesichter nach. »Alles, woran sie denken konnten, war, dass nun ihr Einfluss nachlassen würde, dass *ihre* Kinder ihren Rang verlieren würden.«
»Warum überrascht mich das nicht?«, sagte ich, als die Zofe mit einem Imbiss hereinkam. »Einen Toast«, sagte ich und reichte meinem Sohn ein Glas Champagner. »Auf den König von Rom. Auf den *Frieden*.«
»Auf den Kaiser!«
»Und seine Frau«, sagte ich und hob mein Glas. Ich habe meine Ehe für dieses Kind geopfert, aber Marie-Louise hat um ein Haar ihr Leben geopfert.

22. *März, Paris*

Mon amie, ich habe deinen Brief erhalten. Mein Sohn ist groß und wohlauf. Er hat meinen Brustkorb, meinen Mund und meine Augen. Ich hoffe, dass er sein Schicksal meistern wird. N.

2. *April – Malmaison, endlich*

Wie wunderschön Malmaison doch ist, die Luft ist süß, die Blumen blühen. Ich war den ganzen Morgen mit meinen Gärtnern zusammen. Trotzdem wandern meine Gedanken immer wieder nach Paris, zu ihnen.

18. Mai, Sonntag

Mit ihren rosigen Wangen unter einem hellgrünen Samthut mit einem hohen Federkopf sah meine Tochter wie eine Elfe aus. Sie hat zugenommen, was ermutigend ist. Ich vermute, dass sie verliebt ist (endlich), denn sie errötete, als ich sie über ihren Adjutanten Charles Flahaut ausfragte.

Sie blieb nur eine Stunde, in der sie mir alles über das Neugeborene berichtete. »Er ist groß und hübsch – obwohl er nach *ihr* kommt«, sagte sie und rümpfte die Nase.

»Aber es heißt doch, dass die Kaiserin Marie-Louise schön ist.«

»Breite Wangenknochen, Maman.« (Wir kicherten, ich gebe es zu.)

Sie erzählte mir, dass Marie-Louise in ihrer Zuneigung zum Kaiser wie ein kleines Kind ist, dass sie weint, wenn sie auch nur eine Minute von ihm getrennt ist, aber auch nicht gerne reist. »Das macht es schwierig«, sagte ich besorgt. »Ein Kaiser muss reisen.« Vor allem Bonaparte.

»Vor allem jetzt«, sagte Hortense und setzte mich ins Bild. Russland weigert sich, die Blockade gegen England durchzusetzen.

»Das verstehe ich nicht. Zar Alexander hat doch zugestimmt. Er gab Bonaparte sein Wort.«

»Und nun wird sogar von Krieg gesprochen«, sagte sie und verzog das Gesicht.

Mit Russland? Was für ein schrecklicher Gedanke! »Sieht es ernst aus?«

Hortense wollte gerade antworten, als ihre Buben angerannt kamen; sie wollten das Pony reiten, sagten sie. »Wir müssen leider aufbrechen«, sagte Hortense zu ihnen und band ihre Hutbänder zu. »Ich habe eine Verabredung in der Stadt.«

Ich überredete sie, die Kinder für ein paar Tage bei mir zu lassen. Wir winkten, bis ihre Kutsche nicht mehr zu sehen war, und dann läutete ich nach Gebäck, während das Pony gesattelt wurde. Wir plapperten die ganze Zeit und plapperten und plapperten. Petit und Oui-Oui sind so rührend begeistert von dem neuen Kind in der Familie – den »Kleinen König« nennen sie es.

Petit ist schon recht verständig für einen Sechsjährigen, finde ich, aber Oui-Oui ist immer noch sehr kindlich. Er scheint ein wenig aufgeregt zu sein, dass er bald drei wird. »Onkel sagt, dass ich gewachsen bin«, berichtete er mir feierlich. Ihr Onkel Napoléon, der darauf besteht, dass sie ihm bei seinem Mittagsmahl Gesellschaft leisten, der ihren Unterricht überwacht, der in Saint-Cloud einen Rosengarten pflegt.

»Er selbst?«, fragte ich ungläubig.

»Er will Gärtner werden, wenn er groß ist«, teilte mir Oui-Oui mit.

»Ja, das kann ich mir denken.« Ach, Bonaparte! »Und was ist mit der Kaiserin. Seht ihr sie häufig?«

Petit zuckte mit den Schultern. »Ich glaube, sie mag uns nicht. Wir sind zappelig, sagt sie.«

»Aber Grandmaman mag uns!«, sang Oui-Oui und stürzte sich in meine Arme.

[Ohne Datum]

Petit zu Mimi: »Maman verwöhnt mich, wenn ich brav bin, aber Grandmaman verwöhnt mich immer.«

Und heute Nachmittag im Wald warf Oui-Oui seine Mütze in die Luft und rief: »Oh, ich liebe die Natur!«

Wie ich die *beiden* liebe.

[Ohne Datum]

Heute Morgen holte Hortense die Buben ab. Irgendetwas schien ihr Kummer zu bereiten, daher lockte ich sie in den Rosengarten, damit wir uns unterhalten konnten. Schließlich rückte sie mit der Sprache heraus: Caroline, die als Patin bei der Taufe dabei sein sollte, kann Neapel nicht verlassen. Sie hat Hortense gebeten, ihren Platz einzunehmen.

»Das ist eine ziemliche Ehre«, sagte ich.

»Aber die Zeremonie wird in Notre-Dame stattfinden, Maman.«

Jetzt verstand ich es. Dort befindet sich das Grab des kleinen Napoléon. »Warst du denn nicht mehr dort, seit …?«

Sie schüttelte den Kopf. »Ich habe solche Angst, dass ich es nicht verkraften werde!«

9. Juni, Sonntag

Der Kleine König wurde heute getauft. Der Zeitplan für den feierlichen Zug war auf dem Markt angeschlagen: Um zwei Uhr würden die Kaiserlichen Kutschen vor Notre-Dame vorfahren.

Ich hatte mir eine Reihe von Beschäftigungen vorgenommen, um mich gedanklich abzulenken, aber die Salutschüsse und das Kirchengeläut ließen es nicht zu. Um die Mittagszeit sagte ich zu Mimi: »Wir gehen hin.« Sie machte ein erschrockenes Gesicht. »Inkognito«, beruhigte ich sie. Ich würde einen Hut mit breiter Krempe und eine Maske aufsetzen. »Ich *muss* es sehen.« Musste die Kaiserin sehen, das *Kind*. »Wir werden den Landauer nehmen.« Er ist ein schlichtes Gefährt ohne Insignien, das bei schönem Wetter für Spazierfahrten im Park genutzt wird. »Wenn wir gleich aufbrechen, können wir rechtzeitig dort sein.« Allerdings hatte ich nicht mit den vielen Menschen gerechnet. Es war weit nach drei Uhr, bis sich der Kutscher in die Stadtmitte durchgekämpft hatte. Ich bat Antoine, uns ein paar Häuserblocks von der Strecke entfernt aussteigen zu lassen. »Wir gehen zu Fuß.«

Auf den Straßen wimmelte es von Menschen. Den Truppen

blieb nichts anderes zu tun, als die Leute zurückzuhalten. Festliche Transparente waren von den Dächern gehängt worden, und überall, wohin ich blickte, sah ich Blumengirlanden. »Lass uns hier warten«, sagte ich zu Mimi und tauchte rasch in eine Nische ein. Steinstufen, die zur Ladentür eines Schuhmachers hinaufführten, gewährten einen Blick über die Köpfe der Menschenmenge.

Und warten mussten wir wirklich: vier Uhr, halb fünf, fünf. Die Menge lichtete sich, die hungrigen Bürger kehrten widerwillig nach Hause zurück. Mimi und ich schlängelten uns näher an die Straße heran. Durch Zufall fanden wir ein Plätzchen, von dem aus wir alles deutlich sehen konnten. Um halb sechs waren endlich Schüsse und Glockengeläut zu hören.

»Was hat das wohl zu bedeuten?«, fragte eine Frau, die neben uns stand.

»Dass der Kaiser und die Kaiserin soeben den Palast verlassen haben«, antwortete ich ihr.

»Jetzt dauert's nicht mehr lange«, sagte jemand hinter uns. Mein Herz erzitterte freudig, als ich den fernen Schlag von Trommeln, eine Marschkapelle hörte.

»Sie kommen!«, schrie ein Mann hinter uns.

Ich sah Mimi an und grinste. »Es ist aufregend auf der Straße.«

»Ich sehe sie«, rief ein Kind, das rittlings auf den Schultern eines Mannes saß, als die glitzernde, von acht Schimmeln gezogene Krönungskarosse wie aus einem Märchen entsprungen in Sicht kam. »Wo ist das Kind?«, fragte der Junge.

Bonaparte, in purpurrotem Samt mit Gold, ließ den Blick über die Menge schweifen. Er denkt an seine Arbeit, dachte ich. Er fragt sich, wie lange diese Zeremonie wohl dauern wird. Er bewertet die Begeisterung der Leute. Er denkt, wie unbequem sein Rock ist.

»Kaiserin Marie-Louise ist hübscher, als ich erwartet hatte«, sagte Mimi und verdeckte das Gesicht mit ihrem Schal.

Marie-Louise. Große Unterlippe, ausgeprägte Wangenknochen, drall. Ich hatte sie mir attraktiver vorgestellt. Und sie machte ein gelangweiltes – gar verächtliches – Gesicht. »Sie ist jünger, als ich dachte.« Noch ein Mädchen. Sie war – nicht sehr elegant – in weißen Satin gekleidet und trug ein Brillantdiadem. *Mein* Diadem.

»Die andere hat immer gelächelt«, sagte die Frau neben uns. »Die hier nie.«

»Ich sehe das Kind!«, rief der Junge hinter uns. »Es ist in der nächsten Kutsche. Es hat etwas Weißes mit roten Bändern an.«

Alle verrenkten sich die Hälse, als die zweite Kutsche in Sicht kam. Der König von Rom wurde von Madame de Montesquiou gehalten, seiner Kinderfrau. Der dicke, zufriedene Säugling nuckelte am Daumen. Ich warf ihm eine Kusshand zu, meinen Segen.

Montag, 10. Juni, ungefähr 4 Uhr 30 – Malmaison

Hortense war voller Geschichten über die kaiserliche Taufe.

»Ich bin ja so froh, dass es vorbei ist.« In der Nacht davor hatte sie Notre-Dame aufgesucht und die Wachen überredet, sie hineinzulassen. In der leeren Kathedrale war sie vor dem Grab des kleinen Napoléon auf die Knie gefallen und hatte geweint. »Das war gut so«, beruhigte sie mich, als sie meinen schmerzerfüllten Blick sah. »Am anderen Tag konnte ich die Zeremonie ohne eine einzige Träne überstehen.«

Da nun die Taufe vorüber sei, würde sie gerne zur Kur fahren, sagte sie. Ob ich mich um die Buben kümmern könnte? (Mit Freuden!) Beim Abschied umarmte sie mich ein wenig steif und zurückhaltend. Irgendetwas an ihrem Gang lässt mich an eine schwangere Frau denken. Nein – das würde sie mir *sicher* sagen.

Lago Maggiore, 2. September 1811

Chère Maman,
ich muss länger als erwartet fortbleiben. Meine Gesundheit ist etwas anfällig.
Ich sende ein paar Schmuckstücke für Petit und Oui-Oui. Wie ich sie vermisse! Umarme sie für mich. Erzähle ihnen oft von ihrer Maman. Ich hoffe, dass ich im Oktober zurück bin. Ob sie sich nach vier Monaten überhaupt noch an mich erinnern werden?
Wie geht es deinen Augen? (Nicht weinen, denke daran!) Trägst du die Salbe auf, die ich dir geschickt habe?
Ich musste offen gestanden lächeln, als ich erfuhr, dass du versuchst »Sparmaßnahmen« zu ergreifen. Du hast ein zu gutes Herz, Maman. Deine Hand ist immer offen.
Ach, meine zärtliche, sanfte Maman – die Widrigkeiten dieser Welt lasten auf mir. Wir werden für unsere Freuden bestraft; wenn wir dann doch wenigstens auch für unser Leid belohnt würden.
Deine dich liebende und treue Tochter Hortense

11. Oktober – Malmaison

Hortense kam rechtzeitig zu Petits Fest anlässlich seines siebten Geburtstages zurück. Sie ist schlanker und hat etwas Melancholisches an sich. Ich habe einen Verdacht, möchte aber nicht fragen; ich weiß es, kann aber nichts sagen.

[Ohne Datum]

Bonaparte kam heute zu Besuch. Er wirkte bedrückt – es war offensichtlich, dass ihm viel im Kopf herumgeht. »Zar Alexander weigert sich, die Blockade gegen England durchzusetzen«, sagte er, die Hände auf die Knie gestützt. »Obwohl er es versprochen hat! Er verschifft Hanf nach England – er *weiß*, dass

daraus Tauwerk für ihre Marine hergestellt wird. Eine Kontinentalsperre ist die einzige Möglichkeit, England an den Friedenstisch zu bringen.«
Ich schaute hinterher, als Bonaparte mit schwerem Herzen aus dem Tor fuhr. Bald wird es wieder Krieg geben, fürchte ich. Ich sah es in seinen Augen. *Le feu sacré*.

11. Februar 1812, Fastnachtsdienstag – Malmaison

Karneval. Heute Abend findet in den Tuilerien ein Kostümball statt – ein Ball, zu dem ich natürlich nicht eingeladen wurde. Hortense wird eine Quadrille vorführen. Gestern war sie hier und zeigte mir ihre komplizierte Choreographie, die schönen Kostüme. »Bitte komm, Maman. Ich möchte, dass du zuschaust! Niemand wird es erfahren. Du hättest ein Kostüm an.«
Ich antwortete ihr, dass es zu gefährlich wäre, aber das war nur die halbe Wahrheit. Ich kann den Gedanken nicht ertragen, zuschauen zu müssen, wie Bonaparte sich um seine junge Frau kümmert, während ich allein im Dunkeln stehe.

12. Februar, Aschermittwoch

»Die Quadrille Ihrer Tochter war *großartig*«, erzählte mir Mademoiselle Avrillion. »Sie hätten den Applaus hören müssen! Die Männer standen auf den Stühlen, um ihr zuzuschauen. Wie begabt sie ist, jeder Schritt so präzise, so leicht, so …« Sie machte eine fließende Handbewegung. »So *elegant*. Und ihre Tanztruppe – sie waren einfach wundervoll. Mir kamen die Tränen, als ich ihnen zuschaute. Königin Caroline machte ein Gesicht, als bekäme sie gleich einen Anfall, so wütend war sie. Oh, natürlich spendeten alle auch ihrem Tanz Beifall, aber nur aus Höflichkeit. All dieses grässliche Getrampel! Und der Kaiser? Er war begeistert von der Quadrille Ihrer Tochter, das war unschwer zu erkennen, aber andererseits …? Dreimal sah ich, wie er gähnte und seine Uhr hervorzog. Und als er und die Kaiserin sich erhoben, um sich zu verabschieden, wissen Sie, was ich ihn ihr da zuzischen hörte? ›Bemühe dich, liebenswürdig zu sein.‹«

»Oh, das arme Mädchen.«

»Eure Majestät, sie hat nicht gelächelt, nicht ein einziges Mal.«

Montag, früher Nachmittag in Malmaison, 9. März

Bonaparte stand in einiger Entfernung da, sodass seine Adjutanten ihn sehen konnten. Wir hatten uns schon seit Monaten nicht mehr gesehen, aber ich hatte ihn erwartet. Schließlich war es unser sechzehnter Hochzeitstag.

»Du hast zugenommen«, sagte er lächelnd.

»Du auch.« Trotzdem sah er ungesund aus. »Wie geht es dir, Bonaparte?«

»Recht gut.« Er müsste wieder in Form kommen, sagte er, für den bevorstehenden Feldzug. Er ist jeden Tag im Bois de Boulogne zur Jagd gegangen, um sich abzuhärten. Heute Morgen war es ihm gelungen zu »verschwinden«, um mich besuchen zu können.

»Kannst du ein paar Minuten bleiben?« Ich bat ihn, sich zu mir auf die Steinbank unter dem Tulpenbaum zu setzen. »Ich möchte alles über deinen Sohn hören.« In zwei Tagen würde er ein Jahr alt werden.

»Er ist ein großer, gesunder Junge – allerdings etwas jähzornig veranlagt.«

Wie sein Vater, dachte ich liebevoll. »Petit und Oui-Oui erzählen mir so viele Geschichten über ihn. Ich finde es wundervoll, wie viel Zeit du mit den Kindern verbringst.«

»Marie-Louise findet es abartig.«

Ich hatte gehört, dass Marie-Louise ihr Kind selten sah, dass Wochen vergingen, ohne dass sie ihn kommen ließ. »Es ist si-

cherlich ungewöhnlich, wenn ein Mann die Gesellschaft von Kindern so genießt, wie du es tust.« Sie so *abgöttisch* liebt. »Ich würde so gerne deinen Sohn sehen, Bonaparte.«
»Ich habe schon darüber nachgedacht«, sagte er. »Man wird es sorgfältig vorbereiten müssen, damit Marie-Louise es nicht herausfindet.«

[Ohne Datum]

Baron de Canisy, erster persönlicher Diener des Kleinen Königs, hat mich wissen lassen, dass Madame de Montesquiou am nächsten Sonntag das Kind in den Park von Bagatelle bringen wird. Ich soll dort in dem kleinen Schloss auf sie warten.

Sonntag, ein wunderschöner Frühlingstag, heiter und frisch

Ich fuhr, wie vereinbart, nach Bagatelle.* Sobald ich die kaiserliche Karosse näher kommen sah, ging ich in den kleinen Raum an der Rückseite. Bald darauf erschien die matronenhafte Gestalt von Madame de Montesquiou mit dem Kind auf den Armen. Ich erhob und verbeugte mich: der König von Rom.
»Welche *Überraschung*, Sie zu sehen, Eure Majestät«, sagte Madame de Montesquiou mit Bühnenstimme. (Das war die Scharade, die wir vereinbart hatten.) »Ich möchte mich hier mit dem Kind einen Augenblick ausruhen«, sagte sie zu ihren Begleitern im anderen Raum.

* Madame de Montesquiou hinterließ folgenden Bericht: »Ich vereinbarte mit Baron de Canisy, dass ich ihm die Wahl überlassen würde, wohin wir mit der Kutsche führen. Etwas später würde ich zu ihm herausrufen, dass wir in Bagatelle halten sollten, falls der Säugling eine Pause brauchte. Und dort kamen wir auch an. Als wir in den Hof hineinfuhren, kündigte Baron de Canisy mit ›Erstaunen‹ an, dass die Kaiserin Joséphine dort wäre. Ich sagte ihm, es wäre zu spät umzukehren – das wäre unhöflich.«

Sie nahm neben mir Platz und löste sanft den Griff des Kindes um ihr Hutband. »Sehen Sie, wie brav er ist? Schauen Sie.« Sie ließ ihn auf den Knien reiten, um ihn zum Lachen zu bringen. Große Stirn, breite Wangenknochen. »Er schlägt nach der Kaiserin«, sagte ich und lenkte die Aufmerksamkeit des Buben auf mich, indem ich ein lustiges Gesicht machte. Er sah mich lange an und stopfte sich dann die Faust in den Mund. Lebhafte Augen – Bonapartes Augen.

»Aber das Temperament hat er von seinem Vater«, sagte die Kinderfrau lachend und hatte Mühe, das strampelnde Kind festzuhalten, das herunterklettern wollte. »Ziemlich *dickköpfig*.«

Ich griff in meinen Korb, holte einen Holzring heraus, an dem bunte Gegenstände hingen, und ließ ihn vor ihm baumeln. Er griff danach, verfehlte ihn, griff noch einmal danach und schloss die Finger um den Ring.

»Meinen Sie, dass er etwas dagegen hätte?«, fragte ich und klopfte mir auf die Knie.

»Er ist wählerisch geworden«, sagte sie, »aber wir könnten es versuchen. Er lässt es nicht einmal zu, dass seine Mutter ihn hält.« Sie setzte mir das Kind auf den Schoß.

Er saß still da, in sein Spielzeug vertieft. In Gefühlen versunken atmete ich den süßen Kinderduft ein und noch etwas anderes, einen Hauch von Zitrone. »Er riecht wie der Kaiser«, sagte ich grinsend (und mit brennenden Augen).

»Kurz bevor wir kamen, war er bei seinem Papa. Der Sie grüßen lässt.« Sie sah mich liebevoll an. »Der Sie immer noch sehr vermisst, Eure Majestät«, fügte sie leise hinzu.

17. April, später Nachmittag

Bonaparte beugte sich vor, die Unterarme auf den Knien. Wie es uns zur Gewohnheit geworden war, saßen wir auf der geschwungenen Steinbank unter dem Tulpenbaum im Rosengar-

ten. »Ich habe nach Eugène schicken lassen«, teilte er mir mit. »Ich gebe ihm das Kommando über das Vierte Korps: achtzigtausend Mann. Das dürfte ihn freuen.«
»Dann stimmt es also, was alle sagen, dass es bald Krieg geben wird?« Bonapartes Schweigen gab mir die Antwort. »Wer wird als Regent fungieren, während du fort bist?«
»Ich bin mir nicht sicher, wem ich trauen kann.«

22. April – Malmaison

Eugène ist eingetroffen. Zuerst besuchte er Hortense, die ihm eine Kutsche lieh, damit er nach Saint-Cloud fahren konnte.
»Dann hast du Bonaparte also schon aufgesucht?«, fragte ich.
»Er war in Besprechungen. Er sagte, dass ich zum Essen zurückkommen soll.« Eugène blickte auf die Uhr auf dem Kaminsims. »Vielleicht habe ich ja noch Zeit, angeln zu gehen.«
Ich lachte. »Wozu du Zeit hast, ist eine Unterhaltung mit deiner Mutter. Ich möchte alles über die Kinder wissen.« Joséphine, fünf; Eugénie, drei; Augustus, eins (schon).
»Und in nur drei Monaten bekommt Auguste wieder ein Kind«, sagte Eugène und zeigte mir stolz die Reihe der Miniaturporträts, die er von jedem Kind bei sich trug. »Ich habe ihr versprochen, dass der Krieg bis dahin vorbei ist.«
Der *Krieg*. »Sie wird dich vermissen.« Und sich Sorgen machen.
»Ich vermisse *sie* bereits, Maman.« Er machte sich auf den Weg, als die Pendeluhr die Stunde zu schlagen begann. »Papa wartet!«

9 Uhr 15, ein milder Abend

»Nun?«, wollte ich wissen, als ich Eugène an der Tür empfing. Ich hatte schon ungeduldig auf seine Rückkehr gewartet.
»Ich habe das Kind halten dürfen – den Kleinen König, wie die

Buben ihn nennen. Aber nur für einen Augenblick. Er war quengelig – weil er Zähne bekommt, sagte seine Kinderfrau. Zwölf Zähne in dreizehn Monaten ist doch viel versprechend, meinst du nicht auch?«

»Und dein Gespräch mit Bonaparte?«

Er nahm den Hut ab und fuhr sich mit den Fingern durch die Haare. »Er hat mich gebeten, als Regent zu fungieren, während er auf dem Feldzug ist.«

»Das ist ja wunderbar!«, sagte ich, als wäre ich überrascht.

»Ich habe abgelehnt, Maman.«

Ich legte die Hand auf die Brust. Abgelehnt?

»Es ist eine große Ehre, das weiß ich, aber wie kann ich in Paris an einem Schreibtisch sitzen, während meine Männer kämpfen?«

Es stand doch so viel mehr auf dem Spiel als ein oder zwei Kämpfe! Erkannte er das denn nicht? »Was sagte Bonaparte dazu?«, fragte ich verzagt.

»Er sagte, ihm wäre es ebenso ergangen.«

30. April

Wie es scheint, hat sich jeder taugliche Mann im Kaiserreich eiligst der Grande Armée angeschlossen.* Ich werde von sechzehn untauglichen Soldaten bewacht, die bedauerlicherweise zurückbleiben müssen. Alle meine guten Pferde wurden eingezogen.

2. Mai, Samstag, später Nachmittag

Unter schmetternder Marschmusik und Glockengeläut sind Eugène und seine Männer heute Morgen nach Polen aufgebrochen. Ihre Musketen waren mit Blumen geschmückt, und die

* Die Grande Armée war die größte Armee aller Zeiten. Sie setzte sich aus 200 000 Franzosen, 150 000 Deutschen, 80 000 Italienern, 60 000 Polen und 110 000 Freiwilligen aus anderen Ländern zusammen.

Menschen hingen aus den Fenstern und jubelten: unsere ruhmreiche Grande Armée.

Freitag, 8. Mai, Sturm droht

»Ich bin gekommen, um auf Wiedersehen zu sagen«, sagte Bonaparte mit ernstem Blick.
»Es ist schon lange her, seit du zu einem Feldzug aufgebrochen bist.«
»Ich hatte gehofft, dass es nicht dazu käme.«
Ja, gewiss. Die Heirat mit Marie-Louise, die Geburt eines Erben – all das hätte einen dauerhaften Frieden sichern sollen.
»Wenigstens gehe ich mit der Gewissheit fort, dass das Kaiserreich in meinem Sohn Bestand haben wird, falls mir irgendetwas zustoßen sollte.«
»Du wirst ihn vermissen.«
Wir hatten beide ein ungutes Gefühl, wussten beide, dass dies das erste Mal war, dass er ohne eine »Glücksbringer«-Umarmung in die Schlacht zog. Er sah mich lange an, und dann öffnete sein Lakai die Kutschentür. Ich schaute der Kutsche nach, wie sie durch die Tore fuhr, und wagte es nicht einmal, eine Kusshand zu werfen.

Wir werden besiegt

18. November 1812 – Malmaison

Schon seit Monaten sind wir ohne Nachrichten, nur Gerüchte. Wir warten und wir machen uns Sorgen. Wir machen uns Sorgen und wir beten.

30. November, Montag

Eine junge Frau, nicht älter als zwanzig, kam heute in Begleitung einer älteren Zofe nach Malmaison hinaus. Mademoiselle Aurélie de Beaumont, stellte sie sich vor, während sie ihren Strohhut in den weiß behandschuhten Händen drehte. Ihr Vater, Monsieur Beaumont, war der beste Freund von Monsieur Bataille.

Auguste Bataille? »Monsieur Bataille ist einer der Adjutanten meines Sohnes.«

Sie nickte und holte einige gefaltete Blätter Papier aus dem Kopf ihres Hutes. »Er hat meinem Vater Briefe geschickt.«

»Vom Feldzug?« Mein Herz machte einen Sprung. Nachrichten – *authentische* Nachrichten sind selten. Den offiziellen Bulletins, die nach Paris gesandt werden, kann man nicht vertrauen, wie ich weiß.

»Mein Vater schlug vor, dass ich die Briefe für Sie abschreibe. Er dachte, dass Sie vielleicht den Wunsch hätten, Nachricht von Ihrem Sohn zu erhalten, Eure Majestät.«

»Ja«, sagte ich beinahe atemlos.

»Dies ist einer der Originalbriefe.« Aurélie zeigte mir einen Fetzen Papier. Die Schrift war winzig, der Brief quer geschrieben.* »Manchmal muss ich eine Lupe nehmen, um sie entziffern zu können.« Sie versprach wiederzukommen, wenn der nächste Brief eintraf.

Plock. Mon ami, wir sind nun schon fast zwei Wochen in dieser polnischen Stadt und warten auf Befehle des Kaisers. Wir kommen uns vor, als wären wir mitten im Nirgendwo. Etliche von uns sind krank geworden. Das Gepäck und die Pferde von Prinz Eugène sind endlich eingetroffen, sodass er jetzt reihum seine Regimenter inspizieren kann. Salut et amitiés, Bataille.

Thorn. Mon ami, wir erwarten den Kaiser jeden Tag. Ich war damit beschäftigt, Nahrungsmittel für die Truppen und Heu für die Pferde aufzustöbern. Es wurden uns etwas Getreide, dreihundert Bullen und dreißigtausend Scheffel Hafer zugeteilt, aber das Getreide war grün und die Pferde bekamen Koliken, und viele der Soldaten haben die Ruhr von dem sauren Schwarzbrot. Salut, Bataille.

Soldau. Mon ami, von Thorn marschierten wir nach Soldau. Die Dörfer sind erbärmlich. Prinz Eugène schläft trotz der Kälte in einem Zelt. Wir haben achtzigtausend Männer zu ernähren und nur ein paar Säcke Getreide. Amitiés pour toujours, Bataille.

Später Abend.

Plock, Thorn, Soldau. Ich habe in Bonapartes Arbeitszimmer eine Landkarte gefunden und verfolge die Route. Sie sind so schrecklich weit weg.

* Ein Brief galt als »quer geschrieben«, wenn der Briefschreiber ein Blatt Papier beschrieb, es dann seitlich drehte und quer über das ausgefüllte Blatt weiterschrieb.

Mon ami, wir sind jetzt in Russland und halten nach einer Armee Ausschau, gegen die wir kämpfen können. Es ist eine triste Landschaft – nichts außer Bäumen (ein paar Birken) und Sand. Es ist jetzt nach zehn Uhr abends, aber noch so hell, dass ich dies ohne Kerze schreibe. Die Sonne weckt uns um zwei Uhr morgens. Toujours, Bataille.

Vitebsk. Mon ami, wie soll das mit uns weitergehen? Bei Tag schwitzen wir; bei Nacht frieren wir. Wir haben über dreihundert kranke Soldaten – unsere Männer sterben an Hitzschlag. Tausende von Pferden sind verendet. Der Kaiser traf gestern Nacht ein. Er besteht darauf, weiter nach Smolensk vorzurücken. Noch einmal zehn Tage, wenn wir es überleben. Adieu, Bataille.

3. Dezember – Malmaison

Ich bin krank vor Sorge. Batailles Briefe sind beruhigend und bestürzend zugleich. Ich habe den ganzen Morgen mit den Gärtnern im Treibhaus gearbeitet, aber meine Gedanken wandern ständig nach Nordosten, nach Russland, diesem kargen Land.

Mon ami, wir haben es bis Smolensk geschafft, ein Haufen rauchender Ruinen. Bis Moskau sind es »nur« noch einhundertfünfundzwanzig Kilometer, sagt uns der Kaiser – aber jeder weitere Kilometer wird uns umbringen. Je weiter wir hinter dem Feind herjagen, umso weiter entfernen wir uns von zu Hause, umso weiter von Nahrung und Unterkunft. Amitiés, Bataille.

Mon ami, die russische Armee ist zum Stillstand gekommen – endlich werden wir eine Schlacht erleben. Einige Kosaken wurden gefangen genommen – Wilde mit Säbelbeinen. Sie stürzten becherweise Weinbrand herunter, als wäre es Wasser, und hielten ihre leeren Gläser hin, weil sie noch mehr wollten. Ihre Pferde sind klein und gedrungen und haben lange Schwänze. Sie sind sehr von König Murat, seinem Federschmuck und seinem Glitzerkram beeindruckt. Sie haben darum gebeten, ihn als ihren »Häuptling« zu bekommen. Sie sollen ihn haben! Salut, Bataille.

Mon ami, es floss viel Blut. Prinz Eugène sammelte gerade seine Truppen, als Tausende von Kosaken über seine Reserve herfielen. Er galoppierte zurück, um ihnen Mann gegen Mann gegenüberzutreten. Ein Sieg, ja, aber schwer errungen. Adieu, excéllent ami, Bataille.

Mon ami, als wir einen Hügel erklommen und die Stadt erblickten, rannten die Soldaten los und schrien: »Moskau! Moskau!« Die Türme und zwiebelförmigen Kuppeln glitzerten wie ein Trugbild in der Sonne – und ein Trugbild ist es auch, denn die Russen, eine barbarische Rasse ohne jedes Ehrgefühl, haben sie in Brand gesteckt, die prächtigste alte Stadt in ganz Europa. Während ich dies schreibe, erhellen Flammen den Himmel. Wir sind in einem kleinen Holzhaus außerhalb der Stadt untergekommen. Die Landschaft ist eintönig: Kohlfelder, nichts als Kohlfelder. Amitiés, Bataille.

14. Dezember – Malmaison, kalt, aber sonnig

Ich wurde heute Nachmittag mit einem Besuch der Gräfin Walewska und ihrem Kind beehrt: »der polnischen Gemahlin« und ihrem Kind von Bonaparte. (Er sieht *genau* wie Bonaparte aus – ich war ja so bewegt.) Es hatte zahlreicher dringender Bitten bedurft, um die junge Gräfin zu einem Besuch bei mir zu überreden, aber da sie nun einmal hier war, wird sie hoffentlich wiederkommen. Das Einzige, was uns verbindet, sind unsere Gebete für einen einzigartigen Mann. Sie wurde blass und wäre um ein Haar ohnmächtig geworden, als ich ihr die Briefe von Bataille zeigte.

Mon ami, der Zar hat auf das Friedensersuchen des Kaisers nicht reagiert. König Murat hat den Kaiser überzeugt, dass die Russen in Auflösung begriffen sind und dass die Kosaken bereit sind, aufzugeben. Deshalb machen wir weiter. Amitiés, Bataille.

Mon ami, König Murat wurde von den Kosaken geschlagen, daher sind wir wieder unterwegs, auf dem Weg nach Hause, falls wir es schaffen können. Wir bieten einen bemitleidenswerten Anblick, Soldaten, die Schubkarren mit erbeuteten Kunstschätzen schieben, und im Schlepptau eine lärmende Horde von Prostituierten. Die Kanone bleibt ständig im Morast stecken. À toi pour toujours, Bataille.

Mon ami, Prinz Eugène hat eine großartige Schlacht geschlagen, aller Ehre wert, aber wir haben viele Verluste erlitten, und nun hat auch noch ein Frost über Nacht Hunderte unserer Pferde gelähmt. Folglich hat der Kaiser befohlen, dass alle Wagen in einen See geleert wurden. Wir schauten zu, wie unschätzbare Kunstwerke durch das Eis versanken. Das riesige Kreuz von Iwan dem Schrecklichen verschwand als Letztes, wie ein schreckliches Omen des Schicksals. Die Kosaken überfallen uns immer wieder. Sie kreisen uns ein und grölen dabei wie wilde Tiere. Wir marschieren in eisigem Nebel. Wir sind am Ende der Welt. Bataille.

[Ohne Datum]

»Eure Majestät, wäre es Ihnen lieber, wenn ich Ihnen die Briefe nicht brächte?«, fragte Mademoiselle Aurélie, ihren Strohhut umklammernd.
»Nein! Bitte, Sie *müssen* Sie herbringen«, sagte ich und schenkte ihr zwei meiner Ringe.

Mon ami, was von der Grande Armée noch übrig war, wurde in den eisigen Sümpfen vernichtet. Diejenigen, die dem Tod durch Ertrinken entronnen, wurden von Kosaken überfallen. Prinz Eugène gelang es zu ret-

ten, was von seinen Truppen noch übrig geblieben war. Das Glück bleibt ihm treu, so wie es aussieht. Schon zwei Pferde wurden unter ihm weggeschossen. Bataille.

17. Dezember, Donnerstag, frostig

Paris ist vor Verzweiflung wie gelähmt. Das Ausmaß unserer Verluste in Russland – der Tod so vieler unserer Männer – wurde endlich im *Moniteur* enthüllt. Jedes Herz ist von der schrecklichen Vorahnung erfüllt, dass ein geliebter Mensch vermutlich nicht zurückkehren wird. Ich bin krank vor Angst um Eugène, um Bonaparte.

19. Dezember, Samstag – Malmaison

Bei dem vertrauten Anblick von Bonapartes Kurier, der den Fahrweg hinaufgaloppierte, blieb mir das Herz stehen. Ich riss das Fenster auf und beugte mich hinaus. »Monsieur Moustache! Was ist geschehen?«

»Der Kaiser ist im Palast«, schrie er herauf.

»Bonaparte? Er ist in *Paris*?« Wie war das möglich?

Moustache nickte und holte Luft. »Er hat mich hergeschickt, damit ich es Ihnen sage. Und um Sie wissen zu lassen, dass es Ihrem Sohn gut geht.«

Das ist das Letzte, woran ich mich erinnere, bevor ich in Ohnmacht fiel.

Sonntag

Bonaparte sah in seinem Mantel und Hut aus Bärenfell wie ein Kosake aus. Sein Gesicht war dunkel, von der Sonne verbrannt. »Ich kann nicht lange bleiben.« Er nahm meine Hand, ließ sie nicht los. »Komm nach draußen.«

Wir saßen auf der Steinbank unter dem Tulpenbaum mit seinen kahlen Ästen, der winterliche Garten war grau und öde. Ich lauschte seinem Bericht mit weinendem Herzen. Er sei eilig zurückgekehrt, um die Bevölkerung zu beruhigen, sagte er. Er befürchtete, dass die Leute in Panik ausbrächen, wenn sie das Ausmaß der Verluste erfuhren. Der Feldzug wäre grandios geworden, wenn der russische Winter nicht so früh hereingebrochen und nicht so streng gewesen wäre. Er müsste nichts weiter tun, als eine neue Armee aufzustellen.
Ich konnte nicht sprechen. Eine *neue* Armee? Woher sollten die Soldaten kommen? War ihm denn nicht klar, dass wir ein Volk von Frauen waren – ein Volk von Frauen, die Trauer trugen? Die einzigen übrig gebliebenen Männer waren entweder alt oder verkrüppelt.
Vierhunderttausend, mehr wären nicht nötig, sagte er.

28. Februar 1813

Die Karnevalszeit beginnt, während die Verwundeten zurückkehren, trotzdem gehen die Feste und Bälle weiter – »die Bälle für die Holzbeine«, nennen sie die Leute jetzt.
Jeden Tag, so scheint es, erfahren wir von einer neuen Tragödie. Einer von Carlottas Brüdern starb in Russland. Mademoiselle Avrillions Tante verlor zwei Söhne, und der dritte Sohn, der zurückkam, hat durch den Frost seine Hände verloren.

6. März

Schon die ganze Woche stellen wir Mullbinden her. Mein Salon sieht wie ein Hospital aus.

Mittwoch, 14. April – Malmaison

Heute Morgen saßen Bonaparte und ich zwei Stunden unter unserem Tulpenbaum. Er erzählte mir reizende Geschichten von seinem Sohn, der jetzt zwei und lebhaft ist, und beklagte sich über seine junge Frau (sie wischt sich den Mund ab, wenn er sie geküsst hat). Dann begann er vom Krieg zu sprechen, von dem bevorstehenden Feldzug, von seiner Überzeugung, dass er diesmal siegen und dass ein Frieden unterzeichnet wird. »Aber kein unehrenhafter Frieden. Kein Frieden um jeden Preis.«
Ich möchte ihm so gerne glauben – und warum auch nicht? Hatte er nicht Wunder vollbracht?
Bevor er ging, berührte er meine Hand und versprach, Eugène von mir zu grüßen.
»Meine Gebete werden dich stets begleiten.«
»Ich war glücklich hier«, sagte er und ließ den Blick über die Gärten schweifen.

26. April, Mansfeld

Chère Maman,
verzeih meine Handschrift: Ich habe mir ein wenig Rheuma zugezogen. Meine Armee ist wieder unterwegs, um sich dem Kaiser anzuschließen. Ich bin zuversichtlich, dass dieser Feldzug rasch vorüber sein und bald Frieden herrschen wird. Beide Seiten sehnen sich danach.
Pass auf dich auf, meine schöne Maman, und grüße meine Schwester und ihre Buben. Wir singen oft ihre Lieder – sie machen uns Mut.
Dein dich liebender Sohn Eugène

5. Mai

Bonaparte hat einen Sieg errungen! »Die Staatsanleihen hoch auf 76.90«, sagte Mimi.

Freitag, 7. Mai

Noch ein Sieg! Den ganzen Morgen donnerten Kanonen.

12. Mai 1813, Lützen

Chère Maman,
die große Schlacht wurde gewonnen. Der Kaiser erlaubt mir, nach Mailand zurückzukehren – zu meiner wunderschönen Auguste und unseren Kindern. Ich soll eine neue Armee aufstellen und ausbilden.
Vor ungefähr einer Stunde habe ich dem Kaiser viel Glück gewünscht. Er sah angegriffen aus. Wir sind alle müde. Ich bin schon ein ganzes Jahr im Krieg.

Dein treuer Sohn Eugène

11. Juni, ein herrlicher Tag

Endlich wurde ein Waffenstillstand unterzeichnet. Dürfen wir daran glauben, dass wir Frieden haben werden?

23. August, Montag, früher Abend

Der Kaiser von Österreich hat den Waffenstillstand aufgekündigt und Frankreich den Krieg erklärt. Mon Dieu – er ist Marie-Louises *Vater*. Wie kann er sich bloß gegen uns wenden – sich gegen seine eigene *Tochter* wenden?

30. Oktober – Malmaison

Katastrophe in Leipzig. Ich weinte, als ich die Zeile las: *Die französische Armee hat verloren*. Auf nur vierzigtausend Mann reduziert!
Ich habe mich in meinem Zimmer eingeschlossen – um auf und

ab zu laufen, zu beten, zu weinen. Wider alle bessere Einsicht habe ich Bonaparte geschrieben.*

9. November

Bonaparte ist zurück, an der Spitze einer geschlagenen Armee. Er kehrte ohne Fanfaren, ohne Kanonen, ohne Marschmusik zurück.

2. Dezember

Heute, am Jahrestag der Krönung, an Bonapartes »Glückstag«, erhielt ich einen bekümmerten Brief aus Mailand – von meiner schönen Auguste. Ihr Vater, der fröhliche König Max von Bayern, hat sich dem Feind angeschlossen! Überdies hat er versucht Eugène dazu zu überreden, es ihm gleich zu tun.
Eugène hat sich natürlich geweigert. »Gott schenkte mir einen Engel als Gemahl«, schrieb Auguste. Und Gott schenkte ihm einen Engel.

3. Januar 1814, Montag

Hortenses Wangen waren gerötet. »Maman, eine schreckliche Nachricht! Eine Armee von über einhunderttausend Kosaken hat den Rhein überquert und ist auf dem Weg nach Paris. Ich habe die Kaiserin Marie-Louise noch nie so aufgewühlt erlebt. Weißt du, was sie zu mir sagte? Dass sie auf all ihren Wegen vom Unglück verfolgt wird, dass jeder, der in ihre Nähe kommt, leiden muss.«

* Joséphine schrieb: »Sire, ich las im Bulletin, dass Sie einen großen Verlust erlitten haben, und ich weinte. Ich teile Ihre Sorgen und Nöte, Sie werden immer in meinem Herzen sein. Ich schreibe Ihnen, weil ich dem Bedürfnis, Ihnen dies zu sagen, nicht widerstehen kann, ebenso wie ich nicht aufhören kann, Sie von ganzem Herzen zu lieben.«

»Und was meinte Bonaparte dazu?«
»Er sagte zu ihr, das sei abergläubischer Unsinn.«
»Nein – ich meine zu den Kosaken!«
»Er sagte, kein Grund zur Sorge – er hätte einen Plan.«

14. Januar

Es ist ein Aufruf verkündet worden: dringend Soldaten benötigt.
»Ich werde mich freiwillig melden«, teilte mir Oui-Oui in vollem Ernst mit.
»Ich auch«, echote Petit.
Ich erklärte ihnen, dass dazu ein gewisses Alter erforderlich sei.
»Onkel sagt, dass er uns gerne nimmt.«
»Jeden«, erklärte Oui-Oui ernst. »Sogar *alte* Männer.«
Sogar alte Männer, wie wahr: Der gute, alte Gontier hat mir gerade mitgeteilt, dass er sich melden wird. »Gontier, das müssen Sie nicht!« Er ist über sechzig, da bin ich sicher.
Aber nichts, was ich tun oder sagen könnte, würde ihn davon abbringen. Ich schenkte ihm ein gutes Pony, eines der wenigen, die mir geblieben sind; so viele wurden eingezogen.

Samstag, 22. Januar

Bonaparte stand neben seiner Kutsche, als er mir mitteilte, dass er morgen früh in die Schlacht aufbrechen würde. In drei Monaten wäre er entweder siegreich oder tot.
Le feu sacré. »Ich bin nicht hergekommen, um dich zum Weinen zu bringen«, sagte er verblüfft über meine Reaktion.
Ich versuchte, mir meine Angst nicht anmerken zu lassen. Ganz Europa hat sich gegen ihn verbündet. Er hat nur fünfzigtausend Mann. Ein Sieg ist unmöglich!

Aber »unmöglich« ist kein französisches Wort, erinnerte ich mich. »Darf ich –« dich küssen, hätte ich beinahe gesagt. »Ich möchte dir viel Glück wünschen.« Eine Höflichkeitsfloskel. Bonaparte sah mich lange an. »Vergiss mich nicht, Joséphine«, sagte er, trat zurück und tippte an seinen Hut.

4. Februar

Schreckliche Gerüchte – es heißt, dass Bonapartes Truppen zurückgeschlagen wurden, gezwungen wurden, sich auf französischen Boden zurückzuziehen. Ich weiß nicht, was ich glauben soll. Ich habe Mimi nach Paris geschickt, um alles herauszufinden, was ihr möglich ist. Sie kam mit besorgter Miene zurück: in Notre-Dame werden Gebete gesprochen und die Sammlungen des Louvre werden verpackt.

18. Februar 1814, Mailand

Chère Maman,
ich fürchte, dies wird dich schrecklich erschüttern, aber du musst es wissen. Caroline und Joachim haben sich dem Feind angeschlossen, und heute Morgen hat Joachim der italienischen Armee öffentlich den Krieg erklärt. Ich brauche dir nicht zu sagen, wie empört ich bin – noch, wie tief mein Mitgefühl für den Kaiser ist. Was für eine »Familie«, unter der er da leiden muss.

Dein treuer Sohn Eugène

28. März

Auf der vorsorglichen Flucht vor dem Feind kommen die Menschen in hellen Scharen nach Paris.
»Bonaparte wird uns retten«, beruhigte ich Hortense, während wir Mullbinden aufrollten und aufeinander stapelten. »Er be-

rechnet alles so sorgfältig, zieht jedes mögliche Ergebnis in Betracht. Der Überraschungseffekt war schon immer seine Strategie. Zweifellos gehört dies zu seinem Plan.«

[Ohne Datum]

Ein Schuster aus der Stadt war gerade hier und warnte mich, dass er auf der Straße verwundete Soldaten getroffen hätte. Sie hätten ihm gesagt, dass der Feind in der Nähe sei. Was heißt das: *in der Nähe*?

Tuilerien. Maman, wir haben erfahren, dass sich der Feind von Süden her nähert. Königin Marie-Louise hat vor, morgen früh mit dem Kind aus Paris zu fliehen. Du musst nach Navarre fahren – auf der Stelle. Triff alle Vorsichtsmaßnahmen. Mache dir um mich und die Buben keine Sorgen. Ich werde dir eine Nachricht zukommen lassen. Hortense.

29. März – Mantes, 7 Uhr 20 abends

Hortenses Mitteilung kam nach Mitternacht. Ich weckte alle, gab den Befehl, dass wir Malmaison am Morgen verlassen und so viel mitnehmen würden, wie es uns möglich ist. Wir haben beschlossen, die Tiere des Gutshofes, die Orang-Utans und die Vögel in der Obhut des Gutsverwalters zu lassen, die Möpse und die Pferde jedoch mitzunehmen.
Mimi und ich blieben auf und nähten meine Juwelen in den Saum eines wattierten Rocks. Den restlichen Schmuck verstauten wir in Kassetten einschließlich des Eichenkästchens mit Bonapartes Briefen – mein wahrer Schatz. Es war fast drei Uhr morgens, als wir fertig waren. Wir wollten früh aufbrechen, um sieben, zum Schlafen war nicht mehr viel Zeit. Ich wünschte Mimi gute Nacht und ging zu Bett. Ich lag einige Zeit wach da, lauschte dem Frühlingsregen, dachte an die Kaiserin Marie-

Louise, die in den Tuilerien ganz allein in diesem großen Messingbett lag. Ob sie schlief? Oder wie ich von Angst und Zweifeln geplagt wurde – und gewiss auch von *Schuld*, weil wir aus Paris flohen?

Ich stand auf. Mit der Nachtkerze in der Hand schlich ich die Treppe hinunter und wanderte durch das Schloss. Ob die Kosaken wohl mein geliebtes Malmaison verwüsten, meine Kostbarkeiten plündern würden? Ich fuhr mit den Fingern über die Saiten der Harfe – der leichte, perlende Klang brachte die Erinnerung an Sommerabende zurück. Welch märchenhafter Ort Malmaison doch gewesen ist – welch märchenhaftes *Leben* ich hier doch geführt habe.

Ich ging ins Arbeitszimmer – in den Raum, in dem Bonaparte gearbeitet, ein Kaiserreich aufgebaut hatte. Ich drehte den Globus. Wo ist er?

Mit schwerem Herzen ging ich wieder ins Bett. Bei Tagesanbruch wachte ich schweißgebadet auf. Draußen war es grau und es regnete, ein kalter Frühlingsnieselregen, der mich frösteln ließ. Zwecklos, Feuer zu machen, sagte ich zu Mimi und schlüpfte in mein wattiertes Kleid.

Erst bei Einbruch der Nacht erreichten wir Mantes. Mit all den Pferden kamen wir in dem strömenden Regen nur langsam voran.

Dieser Gasthof ist voll von Menschen, die aus Paris geflüchtet sind. Ich bin Madame Mercier, sage ich ihnen. Niemand weiß etwas; alles wird nur geflüstert. Ich bin zu Tode erschöpft, finde aber keine Ruhe. Wo ist Hortense, während ich dies schreibe? Wo ist Bonaparte? Was geht in Paris vor?

Ich habe den Feind zu Gast

1. April 1814 – Navarre

Es war der Klang von Bubenstimmen in der hohl tönenden Eingangshalle, der mich aufspringen ließ. In der Tür wäre ich um ein Haar mit Hortense zusammengeprallt. »Mon Dieu, du bist es wirklich!« Ich warf die Arme um sie und drückte sie an mich. »Verzeih mir, ich habe schon Höllenqualen gelitten, weil ich nichts wusste.«

Die Dienerschaft drängte sich ins Zimmer. Hortense zögerte, bevor sie mitteilte: »Wir haben kapituliert.«

Einen Augenblick lang herrschte Fassungslosigkeit, gefolgt von ungläubigen Schreien.

»Wo ist der Kaiser?«, wollte ich wissen.

»Maman, ich weiß es nicht! Ich weiß nur, dass ein Kapitulationsvertrag unterzeichnet wurde und dass die Kaiserin und das Kind im Südwesten, in Blois sind.«

Samstag, 2. April

»Die Armee wollte mich nicht nehmen«, sagte der alte Gontier verlegen. Er kehrte auf meinem stämmigen Pony nach Malmaison zurück, wo er erfuhr, dass wir nach Norden geflohen waren. Drei Tage war er unterwegs, um zu uns zu kommen.

Er verließ Paris am Mittwoch, sagte er. Morgens hörte er Kanonen in Richtung Saint-Chaumont. Als er fortritt, sah er russische Soldaten auf der Straße. »Gut erzogene Burschen, die grüne Mützen mit angesteckten Blättern aufhatten.« Von Plünderungen oder Gewalttätigkeiten sei nichts zu sehen gewesen, sagte er, was uns alle sehr erleichtert. (Obwohl es kaum zu glauben ist.)

Sonntag

Als Hortense schlief, nahm ich die Buben zur Messe in der Kathedrale von Évreux mit. Die Stadt war ruhig – kaum etwas deutete darauf hin, dass Frankreich vom Feind genommen worden war. Das kaiserliche Zeichen über der Poststation war abgenommen, aber nichts an seiner Stelle angebracht worden.

»Bist du traurig, Grandmaman?«, fragte Petit. Er ist groß gewachsen für einen Neunjährigen; sein Name passt nicht mehr zu ihm.

»Sehr.«

»Ich auch«, sagte Oui-Oui und kuschelte sich an mich, um sich zu wärmen. Das Wetter war sonnig, aber frisch. »Ich musste mein Schaukelpferd zurücklassen«, sagte er mit zitternder Unterlippe zu mir.

»Ich werde dir ein neues besorgen«, versprach ich.

»Nein, Grandmaman«, teilte mir Petit feierlich mit. »Maman sagt, dass wir wie alle anderen auch leiden müssen, dass wir jetzt niemand Besonderes mehr sind.«

4. April, Montag – Château de Navarre

Endlich eine Nachricht von meinem Gutsverwalter: Russische Wachen waren abgestellt worden, um Malmaison zu schützen. Er fügte eine Ausgabe des *Moniteur* bei, aber sie enthielt lediglich die Proklamation von Zar Alexander.

Wo ist Bonaparte? Was geht da vor sich?

7. April

Erschütternde Neuigkeiten. Der Prätendent ist im Begriff, den Thron zurückzuerobern.

Später …

Noch schlechtere Neuigkeiten: *Talleyrand* steht an der Spitze der neuen provisorischen Regierung, macht mit dem Feind gemeinsame Sache.
Chamäleon! Opportunist! Dass er sich als Verräter entpuppen würde, überrascht mich nicht im Geringsten. Im Grunde beruhigt es mich sogar, dass er sein wahres Gesicht enthüllt hat. Was mich allerdings maßlos bestürzt, ist die Geschichte, dass es *Clari* war, die ihm geholfen hat, dass sie es war, die dem Feind die Tore von Paris öffnete.

[Ohne Datum]

Wir haben Zeitungen aus Paris erhalten. Abscheu erfüllt mich, ein bitterer Geschmack. Gibt es denn kein Ehrgefühl mehr? Keine Loyalität? Bonapartes Marschälle – Männer, denen er seine Gunst gewährt und zu Ruhm und Ehre verholfen hatte – hatten nichts Eiligeres zu tun, als sich öffentlich für den Prätendenten auszusprechen. Diese Männer – Soldaten – haben Bonaparte Treue und Ergebenheit geschworen, und nun fallen sie über ihn her, stellen ihn als Unmenschen dar.
Die Enttäuschung hat mein Herz geschwächt. Besiegt in den Händen des Feindes zu sein, ist nichts gegen diese Korruption in den eigenen Reihen. Ich weine um Bonaparte, um uns alle.

8. April

Mimi weckte mich in der Nacht, indem sie sanft an meinen Zehen zog. »Unten ist jemand, der dich gerne sprechen möchte, Yeyette – Monsieur de Maussion. Der Buchhalter«, erinnerte sie mich und zündete eine Lampe an. »Er hat Nachricht vom Kaiser, sagte er.«
»Von Bonaparte?« Mit klopfendem Herzen setzte ich mich auf.

Monsieur de Maussion stand neben dem verglühenden Feuer im Salon. Er trug einen kurzen, grünen Jagdrock. An seinem breiten Gürtel hing eine kleine Reisepistole. »Eure Majestät«, sagte er und verbeugte sich steif aus der Taille. »Ich bitte um Vergebung, dass ich Sie in Ihrer Nachtruhe störe.«
»Wie ich hörte, haben Sie Nachricht vom Kaiser«, sagte ich und nahm Platz. Meine Besorgnis ließ mich alle Höflichkeitsfloskeln vergessen. Ich bedeutete ihm, sich auf den gegenüberstehenden Stuhl zu setzen, aber er blieb stocksteif, wie ein Soldat beim Appell, stehen.
»Der Kaiser ist in Fontainebleau«, teilte er mit. »Er hat abgedankt und wird ins Exil geschickt werden. Ich wurde –«
»Exil?« Ich war erschrocken, aber auch erleichtert. Zumindest wurde Bonaparte nicht hingerichtet.
»Nach Elba, Eure Majestät. Ich wurde –«
»Wo liegt Elba?«
»Elba ist eine kleine Insel im Mittelmeer, Eure Majestät, die durch die Straße von Piombino vom italienischen Festland getrennt ist. Ich wurde –«
»Eine sehr *kleine* Insel, nicht wahr, Monsieur?«
»Zwischen einer und dreieinhalb Wegstunden breit, Eure Majestät, und sechs Wegstunden lang. Ich wurde –«
»Aber das ist ja kleiner als der Park von Malmaison!«

»Ich erinnere mich nicht an die Ausmaße des Parks von Malmaison, Eure Majestät. Ich wurde –«
»Haben Sie den Kaiser *gesehen*, Monsieur de Maussion? Haben Sie mit ihm gesprochen?«
»Ich habe ihn gesehen, Eure Majestät, aber nein, ich habe nicht mit ihm gesprochen. Ich wurde –«
»*Bitte* sagen Sie es mir: Wie sah er Ihrer Meinung nach aus?«
Monsieur de Maussion runzelte die Stirn. »Wie der Kaiser, Eure Majestät.«
Ich presste die Faust an den Mund. Wenn ich Bonaparte doch nur sehen könnte! Ich würde auf den ersten Blick erkennen, wie es ihm ging. Ich würde sofort erkennen, ob er schlief, ob er aß, ob sein Magen – ach, sein empfindlicher Magen! – ihm übel mitspielte. Ich würde an seinen abrupten Bewegungen erkennen, ob ein Fallsuchtsanfall drohen könnte. Ich sammelte meine Gedanken. »Ja, natürlich«, sagte ich mit schwacher Stimme. »Sah er ... *gut* aus, was meinen Sie?«, fragte ich und trocknete mir mit dem Ärmel die Augen. Es war ungerecht, diesen Mann zu bitten, mit den Augen einer Ehefrau zu sehen.
»Ja, Eure Majestät. Ich wurde vom französischen Botschafter in Russland, dem Grafen de Vicenza, gebeten, Ihnen –«
»De Caulaincourt?«
Monsieur de Maussion nickte. »Ja, er bat mich, Ihnen –«
»De Caulaincourt ist beim Kaiser?« Der sanfte, aristokratische Armand de Caulaincourt. Es wäre mir ein Trost zu wissen, dass er bei Bonaparte war.
»Ja, Eure Majestät. Er hat mich eigens hergeschickt, um Sie zu bitten, alles zu tun, was Ihnen möglich ist.«
»Was soll das heißen?« *Alles tun, was Ihnen möglich ist.*
»Das heißt, dass Sie versuchen sollen, am Hofe des Feindes Anklang zu finden, Eure Majestät.«

13. April

Eine Mitteilung von Armand de Caulaincourt. Er drängt mich, nach Paris zurückzukehren – es läge in meinem größten Interesse, sagte er. Es wäre meine Pflicht, mich zu zeigen, dem Zaren meinen Standpunkt mit Nachdruck darzulegen. Es ist der Wunsch des Kaisers. *Je le veux*.

Und dann zum Schluss eine Anmerkung in der winzigen Handschrift des Sekretärs: *Eure Majestät, es ist dringend, dass sie überzeugt werden, in Bezug auf den Kaiser Milde walten zu lassen.*

Ich packe.

4 Uhr 45 nachmittags

»Sehr schön«, sagte Hortense, aber in einem Ton, der andeutete, dass sie es nicht billigte.

»Du meinst nicht, dass ich fahren sollte«, sagte ich.

»Tu, was du für richtig hältst, Maman«, sagte sie, »aber ich werde nicht mitkommen.«

»Du willst hier bleiben?« Ich war, ehrlich gesagt, erleichtert. In Navarre waren sie und die Buben sicher.

»Ich habe beschlossen, nach Blois zu fahren, um die Königin aufzusuchen.«

»Aber Hortense, das ist gefährlich!« Man würde es ihr verübeln, wenn sie öffentlich ihre Ergebenheit gegenüber der Kaiserin zeigte. »Du musst an deine Zukunft und an die deiner Kinder denken.«

»Es ist meine Pflicht, Maman«, beharrte sie. »Marie-Louise ist jung und sehr allein. Stell dir doch nur vor, welche Qualen sie leiden muss! Du hast mich dazu erzogen, ehrenhaft zu handeln.«

»Ich verstehe«, sagte ich und wandte mich zornig und zugleich stolz ab.

15. April, Freitag – Malmaison

Es war beunruhigend, an den Toren nach Malmaison russische Soldaten zu sehen. Ich versuchte ihnen zu erklären, wer ich war, aber erst als mein Gutsverwalter angehumpelt kam, durfte ich einfahren. »Was ist geschehen?«, fragte ich erschrocken, denn sein Kopf war mit Binden umwickelt und ein Arm hing in einer Schlinge.
»Kosaken. Ich habe versucht sie aufzuhalten, Eure Majestät, aber –« Er zuckte mit den Schultern, eine Bewegung, die ihn zusammenfahren ließ. »Sie haben das Bein des Tisches in der Eingangshalle abgebrochen, aber das war alles. Der Orang-Utan hat sie verscheucht.«
Und so geschah es, dass ich mein Haus mit seinen unschätzbaren Kostbarkeiten betrat und mit ungläubigem Staunen alles unberührt vorfand. Wenn die Russen an meinem Tor nicht wären, wüsste man nicht, dass die Nation vom Feind besiegt ist.

[Ohne Datum]

Oh, diese Geschichten: dass die Theater in Paris nur für einen Tag schlossen – an dem Tag, an dem Paris kapitulierte –, dass die Schauspieler selbst dann weiterspielten, als Kanonen donnerten. Dass es Joseph Bonaparte war, der Befehl gab, die weiße Flagge der Kapitulation zu hissen und anschließend verschwand, ohne auch nur das Kommando zu übergeben. (Genau, wie er es in Madrid getan hatte – dieser Feigling!) Dass jedermann in Paris eine weiße Bourbonenrosette trägt, dass überall Bourbonenspruchbänder zu sehen sind. (Diese Undankbaren!) Dass der Bruder des Prätendenten, der Graf d'Artois, eingetroffen ist, dass er eine weiße, von einem lächerlichen Hut gekrönte Perücke trägt. Dass seine Bediensteten seltsame gotische Tuniken anhaben, an deren Knopflöchern riesige Kreuze hängen. Dass die Kosaken in Stiefeln schlafen. Dass die Kaufleute einen lebhaften Handel treiben. Dass sie in den Tuilerien einfach Bourbonenlilien über die kaiserlichen Bienen gekleistert haben. Dass Talma für den Zaren spielte und von der Menschenmenge gezwungen wurde, zu verkünden: »Lang lebe König Ludwig XVIII.«, die Bühne jedoch mit Tränen in den Augen verließ. (Der arme Mann.) Dass der Vater von Kaiserin Marie-Louise, der Kaiser von Österreich, am helllichten Tage die Champs-Élysées entlangstolzierte und nicht einmal zu verbergen versuchte, dass er vom Unglück seiner Tochter profitiert hatte. Dass die Leute über ihre eigenen Füße stolperten, um sich vor dem neuen Regime zu verbeugen, und behaupteten, dass sie »dieses Ungeheuer« Napoléon verabscheut hätten. Dass selbst seine Familie ihn im Stich gelassen hatte.

Wie niederschmetternd das alles ist.

Fast Mitternacht (kann nicht schlafen)

Clari, die einen Weidenkorb umklammert hielt, sah mit ihrer Haube wie eine Matrone aus. »Ich fürchtete schon, Sie würden mich nicht empfangen«, sagte sie und spielte an dem goldenen Kreuz herum, das an einem gelben Samtband um ihren Hals hing.

»Es entspricht nicht meiner Art, nachtragend zu sein«, sagte ich, war jedoch trotzdem unversöhnlich. Sie hatte Bonaparte verraten, das Volk, *mich*. »Kommen Sie zur Sache.« Und gehen Sie.

»Der Zar Alexander bittet, Ihnen einen Besuch abstatten zu dürfen.«

»Dann stehen Sie wohl in seinen Diensten?«

»Ich helfe aus, wo ich kann.« Die scharfe Nase in die Luft gereckt.

»Wie ich höre, haben Sie dem Feind geholfen, in Paris einzuziehen.« Clari und Talleyrand. »Solche Hilfsbereitschaft wird gut belohnt, nehme ich an.«
»Ich hatte nicht die Absicht, *Ihnen* zu schaden.«
»Ich denke, Sie sollten gehen.«
»Werden Sie sich bereit erklären, den Zaren zu empfangen? Es wäre zu Napoléons Vorteil, wenn Sie es täten.«
»Wie können Sie es wagen, seinen Namen auszusprechen!« Eine Vase fiel zu Boden und zersprang.
»Er hat den Herzog d'Enghien ermordet!«
»Sie sind eine Närrin. Wenn irgendjemand für den Tod des Herzogs d'Enghien verantwortlich gemacht werden kann, dann ist das Ihr Freund Talleyrand. Er ist derjenige, der Bonaparte überredete, den Herzog zu verhaften.«
»Er hat mir schon gesagt, dass Sie das sagen würden.«
Ich machte zitternd zwei Schritte auf sie zu.
»Verzeihen Sie, Eure Majestät«, flüsterte sie und ging rückwärts zur Tür hinaus.

16. April, Samstag

Zar Alexander traf nur von wenigen Wachen begleitet ein. »Es ist mir eine Ehre«, sagte er und verbeugte sich vor mir. Er ist attraktiv, ein Mann mittleren Alters – fünfunddreißig? sechsunddreißig? – beeindruckend groß mit goldblonden Locken und hellblauen Augen.
Dass er mir Respekt bezeugte, überraschte (und beruhigte) mich. Ich bin die ehemalige Frau eines ehemaligen Kaisers. Er ist der Sieger, Herrscher über eines der mächtigsten Länder der Erde. »Eure Majestät«, antwortete ich und verabscheute mich dafür, »die Ehre ist ganz meinerseits.« Als ich sprach, beugte er sich näher, und mir fiel wieder ein, dass er leicht taub war. »Die Ehre ist ganz meinerseits«, wiederholte ich mit erhobener Stim-

me und wurde rot dabei (da ich wusste, dass die Diener es hören konnten).
Ich machte mit ihm die übliche Runde durch Malmaison – durch die Galerie, das Musikzimmer, das Theater, den Rosengarten, das Treibhaus – und sogar durch die Molkerei (meine Schweizer Kühe interessierten ihn). Ich fand, dass man sich leicht mit ihm unterhalten konnte, denn er spricht ein ausgezeichnetes Französisch und ist sehr wissbegierig. (In dieser Hinsicht Bonaparte so ähnlich.) Er wollte etwas über die Pfropftechnik wissen, die meine Gärtner erfolgreich bei immergrünen Büschen angewandt hatten, wie viel Sonne für Tulpenbeete ratsam war, wie viel Teile Kuhdung dem Kompost für die Aurikel hinzugefügt wurden, wie viel Milch meine Kühe gaben. Vor dem Treibhaus blieben wir stehen und unterhielten uns über das Theater: Er hatte sich im Théâtre-Français Talma in *Iphigenie auf Aulis* angesehen und war ungeheuer ergriffen gewesen. »Obwohl sich hinterher«, sagte er, »ein Zwischenfall ereignete, den mitzuerleben offen gestanden peinlich war.«
»Ich habe davon gehört.« Der arme Talma – allmählich befürchte ich, dass er nicht mehr ganz bei Sinnen ist. Er hat Goeffrey tätlich angegriffen, weil er eine kritische Rezension geschrieben hatte.
»Der Schauspieler bewahrt seine Zuneigung zum Kaiser. Seine Gefühle sind ehrenwert und sollten respektiert werden.«
»Wir bewahren uns *alle* unsere Zuneigung zum Kaiser«, sagte ich hitziger, als es klug war.
»Ich verstehe«, sagte der Zar einfühlsam.
Aber Sie sind es, der ihn vernichtet hat!, schrie mein Herz.
In diesem Augenblick wurden wir – vielleicht glücklicherweise – von Kinderstimmen abgelenkt: Petit und Oui-Oui! Sie rannten den Weg entlang und blieben wie angewurzelt stehen, als sie den großen und imposanten Fremden neben mir sahen.

»Kommt her, kommt her«, sagte ich und beugte mich herunter, um sie zu umarmen. Warum waren sie in Malmaison? Hortense hatte die Buben nach Blois mitgenommen, um Kaiserin Marie-Louise zu besuchen. »Ich möchte euch mit Zar Alexander von Russland bekannt machen.«
Petit machte ein besorgtes Gesicht. »Ist schon in Ordnung«, flüsterte ich. »Mach deinen schönsten Diener.«
Der Zar lächelte und verbeugte sich ebenfalls.
»Wo ist eure Mutter?«, fragte ich beunruhigt.
»Sie kommt langsam. Sie muss stehen bleiben und *alles* bewundern«, sagte Oui-Oui und verdrehte theatralisch die Augen.
»Wir sind nicht lange in Blois geblieben«, berichtete Petit und zog an einer Ringellocke. (Oje, dachte ich. Jetzt wird der Zar wissen, dass Hortense Kaiserin Marie-Louise besucht hat.)
»Wir sind *tagelang* in einer Kutsche gewesen«, sagte Oui-Oui und verdrehte wieder die Augen.
Hortense war neben einem der Rosenbeete stehen geblieben. Ich winkte, um ihre Aufmerksamkeit zu erregen. Sie lächelte – *Da* bist du! –, runzelte dann die Stirn und drehte ihren Perkalsonnenschirm, während sie die Gestalt neben mir auf sich wirken ließ.
»Wir sind hier drüben«, sagte Petit.
»Mit einem Kosaken«, rief Oui-Oui und warf seine Mütze in die Luft.
»Pst«, sagte Petit und sah seinen jüngeren Bruder stirnrunzelnd an.
Zar Alexander lachte. (Ich war erleichtert.)
»Ich bin ja so froh, dich zu sehen«, sagte ich und umarmte meine Tochter.
»Malmaison sieht schön aus. Wurde nichts gestohlen?«
»Dank des Zaren Alexander«, sagte ich und stellte meine Tochter vor.
»Angenehm«, sagte sie kühl und neigte nur leicht den Kopf.

»Darf ich meinen Gästen Eistee anbieten?« Hortense war nicht gerade hilfreich!
»Kosaken trinken Wodka«, sagte Oui-Oui.
»Wie bitte?«, sagte Hortense mit tadelndem Blick.
»Sehr gerne«, sagte der Zar. »Und ja, wenn Sie Wodka hätten …« Und zog dem Kind die Krempe seiner Mütze über die Augen.

»Er beeindruckt mich«, sagte ich zu Hortense, nachdem der Zar abgefahren war. »Er scheint den aufrichtigen Wunsch zu haben, den Konflikten ein Ende zu setzen.«
Hortense zuckte mit den Schultern.
»Du missbilligst, dass ich ihn empfangen habe, nicht wahr?«
»Wir haben bereits in Navarre darüber diskutiert, Maman. Ich verstehe deine Argumentation vollkommen.«
»Warum dann …?«
»Es war offen gestanden unerfreulich zu sehen, dass *du* den Feind zu Gast hast.«
»Hortense, Zar Alexander hat die Macht, dir und deinen Kindern zu helfen.« Und auch die Macht, sie zugrunde zu richten.
»Wir brauchen nichts.«
»Für Idealismus ist jetzt nicht die Zeit! Möchtest du aus Frankreich verbannt werden und nie mehr zurückkehren dürfen? Du tätest gut daran, höflich zu sein, wenigstens deinen Kindern zuliebe. Und, muss ich dich daran erinnern, Eugène zuliebe, *mir* zuliebe – *Bonaparte* zuliebe. Wer, glaubst du wohl, wird die Entscheidung über Bonapartes Zukunft treffen? Der Zar – der Mann, den du so rüde behandelt hast.«
Wir brachen beide in Tränen aus. »Oh, verzeih mir, Maman! Ich habe zwei so schreckliche Tage hinter mir.«
Und dann brach alles aus ihr heraus: dass Kaiserin Marie-Louise Hortense nach ihrer langen und beschwerlichen Reise nach Blois hatte warten lassen, dass sie ihr, als sie Hortense endlich

empfing, mitteilte, dass es vielleicht das Beste wäre, wenn Hortense abreiste, da ihr Vater, der Kaiser von Österreich, sie abholen käme, und dass das Einzige, worum sie sich *wirklich* Sorgen machte, war, dass ihr Vater sie zwingen könnte, Bonaparte ins Exil zu folgen.

Einen Augenblick lang saß ich in fassungslosem Schweigen da. »Aber ich dachte, dass Marie-Louise Bonaparte aufrichtig zugetan ist. Du hast doch gesagt, dass sie es nicht ertragen könnte, auch nur einen einzigen Tag von ihm getrennt zu sein.«

»Das dachte ich auch, Maman.«

Armer Bonaparte! Jeder lässt ihn im Stich, selbst seine Frau. »Und der Junge?« Der Sohn, den er so liebt.

Hortense lächelte traurig. »Der Kleine war so froh, Petit und Oui-Oui zu sehen. Weißt du, was er zu ihnen gesagt hat? Dass er weiß, dass er kein König mehr ist, weil er keine Pagen mehr hat. Madame de Montesquiou erzählte mir, dass er nach seinem Papa schreit.«

Ich erhob mich und ging zum Kamin, um die Hände über die Glut zu halten. »Ich würde auf der Stelle zu Bonaparte fahren, wenn ich könnte.«

Hortense trat hinter mich und hielt mich fest in ihren Armen. »Das weiß ich, Maman.«

Früher Abend

Der Anblick des Pferdes, das die Auffahrt hinaufgaloppierte, verblüffte mich. Der Reiter kam mir bekannt vor, trotzdem konnte ich ihn nicht einordnen. Ich ging zum Gartentor, meinen Korb voll mit Rosen. »Moustache?« Aber ich war nicht sicher. »Was ist mit Ihrem …?« Ich deutete auf meine Oberlippe.

»Ich habe ihn abgeschnitten und dem Kaiser geschenkt«, sagte er und reichte mir einen Brief. »Ich habe ihm gesagt, dass er mein Herz ja schon hätte; da könnte er genauso gut auch noch meinen Namensvetter haben.«

Wie rührend, wollte ich sagen, brachte aber kein Wort heraus. Der Brief war von Bonaparte.

Fontainebleau

Ich schrieb dir am achten diesen Monats (es war ein Freitag), aber vielleicht hast du meinen Brief nie erhalten. Da immer noch gekämpft wurde, wurde er möglicherweise abgefangen.

Ich möchte nicht wiederholen, was ich schrieb – ich klagte damals über meine Lage. Heute fühle ich mich besser. Mir wurde eine ungeheure Last von den Schultern genommen.

So vieles ist nicht gesagt worden. So viele haben eine falsche Meinung! Ich habe Tausende von armen Teufeln mit Wohltätigkeiten überschüttet. Was haben sie für mich getan? Sie haben mich verraten – ja, alle, wie sie da sind. Mit Ausnahme des guten Eugène, der deiner und meiner so würdig ist.

Adieu, meine liebe Joséphine. Finde dich damit ab, so wie ich es getan haben. Ich werde dich nie vergessen. N.

»Danke«, sagte ich zu Moustache und streifte einen Diamantring von meinem Finger. In all den Jahren als Bonapartes Kurier war er alt geworden; sein Gesicht war von Runzeln durchzogen. »Wie geht es ihm?«

»Dem Kaiser?«

Ich beugte mich zu ihm. »Ja. Erzählen Sie.«

»Es … geht ihm nicht gut, Eure Majestät.« Seine Stimme klang flehend.

Ich nickte. Und?

Er blickte weg. »Ich habe gehört, dass er versucht hat, sich zu vergiften.«

Es herrschte eine Stille, die ein Jahrhundert zu dauern schien, schwer, drückend und gefährlich. »Versucht?«

»Offensichtlich war es nicht stark genug.«
»Danke, Moustache«, sagte ich mit schwacher Stimme und wandte mich ab.

Grand Dieu. Ich *muss* zu ihm.

Sehr spät, nach zwei Uhr nachts, glaube ich

Vielleicht werde ich verrückt. In meinem Innern tobt ein Aufruhr der Gefühle. O Bonaparte! Ich fühle mich so hilflos …

Montag

Kurz nach dem Essen rief ich nach meiner Kutsche. »Fontainebleau«, wies ich den Kutscher an.
»Aber Eure Majestät …« Es würde Stunden dauern und die Straßen wären nicht sicher, sagte Antoine. »Und was ist mit der Eskorte?« Die Männer hatten sich gerade zum Essen niedergelassen.
»Ich werde sie nicht brauchen«, teilte ich ihm mit. »Ich werde inkognito reisen.« Allein.

Seltsamerweise war die Ledermaske beruhigend. Ich war von dieser Welt, aber ich gehörte nicht dazu. Eingelullt vom Schaukeln der Kutsche, sah ich zu, wie die Sonne unterging und der Mond aufging, wie die Umrisse der Hügel zerflossen und dunkel wurden. Ich saß wie in Trance und ohne zu denken da.
Als wir uns Fontainebleau näherten, hielten wir an einer Poststation an, damit sich die Pferde ausruhen konnten. »Wohin in Fontainebleau?«, fragte Antoine.
»Zum Schloss.«
»Aber …« Der Kaiser war im Schloss. Es würde schwer bewacht sein.

»Ich werde erwartet«, sagte ich und glaubte sogar, dass es stimmte.

Als wir uns dem Wachhäuschen am Haupttor näherten, wurde mir klar, wie töricht ich war. Überall waren russische Wachposten.
Ich hämmerte mit der Faust gegen das Kutschendach: Anhalten, bitte! Ich musste noch einmal nachdenken. »Eure Majestät?«, rief mein Kutscher nach unten.
»Warten Sie einen Augenblick, Antoine.« Im Schloss waren ein paar Lichter zu sehen: Bonapartes Suite. Ein Licht ging an, dann flackerte es.
Aus, an, aus, an – als ob jemand hin und her, vor und zurück liefe. »Fahren Sie an den Straßenrand«, sagte ich, ohne das Licht aus den Augen zu lassen. An. Aus. An. Aus. Und dann an. Ich wartete, hörte dem Quaken der Frösche zu – fast genauso wie in Martinico, dachte ich, bis auf den Wind, der nicht den Geruch des Meeres herantrug. »Jetzt nach Hause«, sagte ich, und die Tränen strömten mir über das Gesicht.

Mein Herz ist bei meinem Mann

19. April 1814, Dienstag – Malmaison

»Der französische Botschafter in Russland möchte Sie sprechen, Eure Majestät.«
Armand de Caulaincourt! Endlich. »Danke, dass Sie so umgehend gekommen sind«, sagte ich zu ihm, sobald die Höflichkeiten ausgetauscht worden waren und wir uns, was zu einem Ritual geworden ist, gegenseitig eingestanden hatten, dass sich die Welt verändert hat und wir alle recht doppelzüngig neue Rollen spielen.
»Ich hatte sowieso vor, Sie zu besuchen, Eure Majestät.« Seine blauen Augen blickten traurig, resigniert.
»Wegen des Kaisers?«
Einen Augenblick lang herrschte betretenes Zögern. Welcher Kaiser? »Wegen Zar Alexander«, sagte er mit einem Ausdruck des Bedauerns.
»Aber Sie haben Bonaparte doch gesehen? Sie waren doch in Fontainebleau?«
»Ganz recht, Eure Majestät. Ich war mit ihm während der ganzen Zeit seines ... dieses schrecklichen Martyriums zusammen.«
Aah!, dachte ich, als wäre ich auf einen Schatz gestoßen. »Ich habe schon so ungeduldig auf Nachricht von ihm gewartet, Armand«, sagte ich, alle Förmlichkeit außer Acht lassend. »Ich habe so schreckliche Dinge gehört.« Ich spielte mit meinem bereits feuchten Taschentuch. »Ich habe gehört –« Wie fragte man so etwas? »Stimmt es, hat der Kaiser wirklich versucht, sich ...?«

»Leider ja, Eure Majestät.« Armand beugte sich vor. »Mir ist nicht bekannt, ob Sie es wissen, aber seit dem letzten Spanienfeldzug hatte sich der Kaiser angewöhnt, einen kleinen Beutel an einem Band um den Hals bei sich zu tragen.«

Der Beutel!

»Er enthielt eine tödliche Mischung aus Belladonna und weißem Nieswurz für den Fall, dass man ihn in der Schlacht gefangen nehmen sollte. Er hat es eingenommen, aber es war schon zu alt und wirkte nicht mehr.« Er lächelte wehmütig. »Sie können sich die Enttäuschung des Kaisers sicherlich vorstellen.«

»Aber es muss ihm fürchterlich übel davon geworden sein.« Der Gedanke machte mich krank. Bonaparte ist so empfindlich. Schon die kleinste Kleinigkeit verursacht ihm schreckliche Schmerzen.

»Sehr.« Constant steckte Bonaparte den Finger in den Hals, damit er sich übergab, erzählte er mir. »Dann zwang ich ihn, Milch zu trinken. Wir dachten, dass er stirbt«, sagte Armand mit belegter Stimme. »Und *er* dachte es auch. Damals bat er mich Ihnen zu sagen, dass er sehr viel an Sie gedacht hat.«

Das Zwitschern eines singenden Kanarienvogels durchbrach das schmerzliche Schweigen. Ach, Bonaparte! »Wann bricht er nach Elba auf, Armand?«

»Morgen.«

Oh, mon Dieu, so bald! »Ich *muss* ihn sehen.« Ein allerletztes Mal. *Bitte*.

Armand schüttelte den Kopf, ohne mir in die Augen zu sehen. »Es tut mir Leid, aber es ist einfach unmöglich. Der Kaiser hofft, wieder mit seiner Frau und seinem Kind vereint zu werden. Alles, was diese Wiedervereinigung gefährden könnte, darf nicht –« Er hielt inne. Es schmerzte ihn, es erklären zu müssen.

»Ich verstehe«, log ich und dachte mit Bitterkeit an Marie-Louises widerstrebende Haltung. »Ich würde niemals etwas tun, was dem Kaiser noch mehr Kummer bereiten könnte, als er sowieso schon zu erleiden hatte.«

Eine Zofe kam mit einem Tablett mit Erfrischungen herein. Ich ergriff die Gelegenheit, meine Fassung wieder zu finden. »Sie sagten, dass Sie mit mir über Zar Alexander sprechen möchten«, sagte ich und hob meine Tasse Tee zum Mund, um zu prüfen, wie ruhig meine Hand war. Ich nippte vorsichtig. »Vor einigen Tagen hat er mir einen Besuch abgestattet. Ich fand ihn höflich und zuvorkommend.«

»Als Botschafter in Russland kenne ich Zar Alexander mittlerweile gut. Zweifellos beehrt er mich mit seinem Vertrauen. Als ich ihn das letzte Mal sah, wirkte er deprimiert. Er vertraute mir an, dass Ihre Tochter ihn betont kühl empfangen hätte.«

»Hortense und ich haben darüber gesprochen, nachdem er gegangen war«, sagte ich bekümmert zu Armand. »Wir leben in *schwierigen* Zeiten. Hortense ist maßlos in ihrer Loyalität. Trotzdem glaube ich, dass sie jetzt begreift, wie wichtig Diplomatie ist.«

»Er würde Sie sehr gerne noch einmal besuchen, Eure Majestät, und lässt fragen, ob Ihnen der kommende Freitag genehm wäre, zum Abendessen.«

»Aber gewiss.« Eine solche Bitte lehnte man nicht ab.

»Sie sind eine kluge Frau. Vermutlich wäre der Kaiser hingerichtet worden, wenn der Zar nicht eingegriffen hätte.«

Bevor er ging, gab ich Armand eine kleines Päckchen mit Sachen, die er Bonaparte geben sollte, Sachen, die er mit ins Exil nehmen könnte: eine Miniatur von mir (aus dem ersten Jahr unserer Ehe), Hortenses Liederbuch, ein paar Blumenzwiebeln – unter anderem eine Asphodeluslilie, die seiner empfindlichen Verdauung so förderlich ist. »Und dieses«, sagte ich und fügte den Talisman hinzu, den Karl der Große getragen hatte, als er in die Schlacht zog. »Sagen Sie ihm …« Ich wandte mich ab. Sagen Sie ihm, dass ich warten werde.

20. April, Mittwoch

Den ganzen Tag im Bett. Ich habe kaum die Kraft zu gehen. Ich kann den Gedanken an Bonapartes Einsamkeit nicht ertragen.
Ich stelle mir vor, wie er seinen Männern Lebewohl sagt und als Gefangener in einer Kutsche, umgeben von russischen Wachleuten, davonfährt. Vermutlich werden sie die Straße nach Lyon nehmen, aber dieses Mal werden keine Triumphbögen, keine jubelnden Menschenmengen zu sehen sein. Dieses Mal wird es anders sein.
Ich sehe ihn so deutlich vor mir! Er sitzt reglos da (ausnahmsweise) und schaut hinaus, ohne etwas zu sehen. Was geht ihm im Kopf herum?
Er wird inkognito reisen, ganz sicher, aber trotzdem werden Leute die Straße säumen, um ihn vorüberfahren zu sehen – ihren »kleinen Korporal«, diesen Mann, den sie einst wie einen Gott verehrten. Oh, welcher Ruhm! Ob die Welt so etwas noch einmal erleben wird? Heute kommt es mir wie ein Traum vor.
Und wie in einem Traum sehe ich die Menschen schweigend zuschauen, wie seine Kutsche vorüberrollt. Sie senken die Köpfe wie in einem Trauerzug. Die Veteranen mit ihren Holzbeinen – sind sie da? Ja, ich sehe sie, und sie haben Tränen in den Augen.
So hatte er es nicht gewollt.
Adieu, Bonaparte. Mein Seelenfreund.

[Ohne Datum]

Ich habe fast die Hälfte meiner Garderobe an die Bediensteten verschenkt. Sie sind überglücklich. Morgen werde ich meine Papiere durchgehen. In meinen Ohren ist ein Klingeln, das mich nicht schlafen lässt. Ich habe so wenig Kraft. Wo ist er jetzt?

22. April, Freitag

Zar Alexander kam heute Abend zum Essen. Er spielte mit den Buben – Hortense war liebenswürdig und sogar charmant. Ich sah wie aus der Ferne zu und dachte an Bonaparte.

3. Mai

Ein bedrückender Tag. Der Prätendent – nun König Ludwig XVIII. – ist in Paris eingefahren. Die Menschenmenge soll zwar groß, aber wenig begeistert gewesen sein. »Er ist langweilig«, berichtete Carlotta, als ob das etwas Schlimmes wäre. Ich höre gleichgültig zu, bin mit meinen Gedanken anderswo.

8. Mai

Eugène ist aus Mailand eingetroffen. Er hielt mich in seinen Armen und sagte mir, dass ich mir nicht so viele Sorgen machen sollte und dass er im Palast gewesen sei, um den König aufzusuchen.
»Schon?«
»Es lief besser, als ich dachte.«
Wenn für meine Kinder gesorgt ist, dann kann ich mich ausruhen, dachte ich. »Ich habe meine Sachen durchgesehen. Ich habe da etwas, das ich gerne Auguste schenken möchte.«
Eugène betrachtete erstaunt meine Diamanten. »Keine Sorge, ich werde auch Hortense etliche schenken. Und ich habe eine Kiste mit Sachen, die ich für dich beiseite gestellt habe.«
Er sah mich lange an und seine Augen füllten sich mit Tränen.
»Wirst du sie denn nicht mehr brauchen, Maman?«

[Ohne Datum]

Hortense, Eugène, Zar Alexander: jung, leidenschaftlich, idealistisch. Welche Ironie, dass sie sich angefreundet haben. Ich sitze am Feuer und unterhalte mich höflich, aber mein Herz ist weit, weit weg auf einer kleinen Mittelmeerinsel. *Elba*. Er müsste jetzt dort sein. Das Meer.

12. Mai, Donnerstag

»Aber Maman, du *musst* kommen«, bat mich Hortense inständig. Sie hat Zar Alexander auf ihr Landschloss in Saint-Leu eingeladen und nun ist sie ängstlich. »Schließlich warst *du* es, die darauf bestanden hat, dass ich ihn einlade, nicht wahr? Ohne dich wäre es nicht dasselbe.«

»Ich weiß«, wandte ich ein, »aber –« Das Klingeln in meinen Ohren hörte mittlerweile nicht mehr auf und machte es mir unmöglich zu schlafen. Ich habe schon Anfälle von Schwäche und Unwohlsein gehabt. Und von Melancholie – oh, diese Melancholie.

»Aber du wirst kommen?«

»Aber gewiss, mein Schatz.« Ich lächelte.

14. Mai – Saint-Leu

Ich überstand die Fahrt nach Saint-Leu einigermaßen gut, aber kurz nach meiner Ankunft trat wieder einer meiner Anfälle auf. Wie sie mich ängstigen! Ich bin im Gästezimmer und erhole mich. Mademoiselle Avrillion hat mir einen Tee aus Zitronenwasser und Orangenblüten gebracht. Das Wetter ist kalt und feucht – es war dumm von mir, eine Ausfahrt in Hortenses offener Kalesche zu machen. Unten kann ich die Stimmen von Zar

Alexander und Eugène und das melodische Lachen von Hortense hören.
Ich muss für das Diner wieder zu Kräften kommen. »Das Gleichgewicht wieder herstellen«, wie Bonaparte zu sagen pflegte. Ach, Bonaparte!

15. Mai – immer noch Saint-Leu

Die Kutsche steht für meine Rückkehr nach Malmaison bereit. Ich fühle mich immer noch nicht wohl. Solange ich die Kraft dazu habe, möchte ich über mein Gespräch mit Zar Alexander gestern Abend berichten.
Vor dem Essen ließ ich ihm ausrichten, dass ich ihn zu sehen wünschte. Er kam umgehend in mein Zimmer. »Eure Majestät«, sagte er, »ich fürchte, dass wir sie ermüdet haben. Stehen Sie nicht auf«, sagte er mit Nachdruck und bat um die Erlaubnis, sich den Stuhl, der mir am nächsten stand, nehmen zu dürfen.
»Zar Alexander, ich bin –«
»Eure Majestät, ich flehe Sie an – bitte nennen Sie mich Alex. Ich befehle es«, sagte er mit einem Lächeln.
»Also gut, *Alex*.«
»Ich muss ein Geständnis ablegen.« Er legte die rechte Hand auf sein Herz. »Ich liebe Ihre Familie.« Eine erneute Schwäche überkam mich und ich suchte nach einem trockenen Taschentuch. »Oh, sehen Sie, ich habe Sie doch ermüdet.«
»Zar – *Alex*, meine ich, ich muss offen sprechen. Ich mache mir Sorgen darüber, was aus Eugène und Hortense werden wird. Ich werde nicht schlafen können, bis ihre Zukunft gesichert ist.«
»Ich werde mich umgehend darum kümmern«, sagte er und küsste mir die Hand.
Wenn ich ihm doch nur glauben könnte. Bonaparte hat ihm vertraut und wurde hintergangen.

16. Mai, Montag – Malmaison

Wieder zu Hause, aber immer noch *so* krank. Eine vernichtende Schwäche, eine unerträgliche Traurigkeit hat mich erfasst. Dr. Horeau verschrieb ein Emetikum, das nicht geholfen hat.

23. Mai

Heute Abend nach dem Essen mit Gästen begleitete mich Eugène zu meinem Schlafzimmer.
»Es geht mir gut«, beteuerte ich.
Er legte mir die Hand an die Stirn. »Du musst dich ausruhen, Maman.«
»Ich *werde* mich ausruhen, Eugène – sobald entschieden ist, wie für dich und Hortense gesorgt ist.«
»Maman, Maman, Maman.«
Kurz darauf kam Hortense in mein Zimmer. »Eugène sagte, es geht dir nicht gut.«
»Ich bin nur ein wenig müde.«
»Ich rufe den Arzt.«

Dienstag

»Dr. Horeau hat Recht, du solltest keine Gäste empfangen«, sagte Mimi. »Du solltest im Bett liegen.«
»Hat Dr. Horeau gesagt, dass du mir das sagen sollst?«
Mimi streckte die Hand aus, um mir die Stirn zu fühlen, aber ich wich ihr aus. Ich wusste, dass ich Fieber hatte, aber es war nicht hoch. »Schick den Koch nach oben«, verlangte ich. Der Zar und die russischen Großherzöge würden zum Diner kommen. Das Menü musste wohl durchdacht sein. Es konnte nun jeden Tag so weit sein, dass sie – »die da oben«, wie Mimi sie nannte – eine Entscheidung über Hortense und Eugène trafen.

26. Mai

Leichtes Fieber, benommen. Ich schreibe dies im Bett, von einem grässlichen Ausschlag befallen. Hortense will ihren Arzt rufen lassen, aber ich weiß, dass Dr. Horeau darüber gekränkt wäre. »Ich werde alles tun, was Sie mir sagen«, sagte ich zu ihm. Jetzt habe ich ein ekelhaftes Pflaster an der Kehle.
Immer noch keine Nachricht von »denen da oben«.

[Ohne Datum]

Hortense machte ein verdutztes Gesicht, als ich ihr sagte, dass sie mir einen hinter meinen Hüten versteckten Kasten holen müsste. »Bitte – hole ihn für mich herunter«, sagte ich zu ihr.
»Warum soll ich nicht einen Diener zu Hilfe holen?«
»Nein«, sagte ich und sank wieder in die feuchten Kissen.
Die Eichenkassette war wirklich schwer, nach Hortenses geröteten Wangen und den Schweißperlen an ihrem Haaransatz zu urteilen. Sie stellte sie mit einem Knall auf dem Nachttisch ab.
»Nein, aufs Bett«, sagte ich und setzte mich mühsam auf. »Der Schlüssel ist in der oberen linken Schublade meines Sekretärs – unter der Schachtel mit den Visitenkarten.«
Das Metall lag kalt in meinen Händen. Ich mühte mich mit dem Schloss ab, bis ich es endlich öffnen konnte. Und da war alles: meine alten Tagebücher, die kirchliche Heiratsurkunde, Bonapartes mit einem roten Band zusammengehaltene Briefe. Ich nahm sie behutsam heraus. Nur Papierfetzen – doch so viel Leidenschaft, so viel Liebesglut. »Ich möchte, dass du sie an einem sicheren Ort aufbewahrst«, sagte ich zu Hortense. Sie beugte sich vor, um danach zu greifen. »Aber jetzt noch nicht«, sagte ich, da ich es mir anders überlegt hatte. Ich war noch nicht bereit, sie aus den Händen zu geben. »Und diese hier«, sagte ich und zeigte auf die alten Tagebücher, »ich möchte, dass du

sie verbrennst … wenn es so weit ist.« Hortense machte ein verwirrtes Gesicht. »Kann ich dir vertrauen?« Sie nickte knapp, einen argwöhnischen Ausdruck auf dem Gesicht. »Und noch etwas: Du darfst sie nicht lesen.«

»Maman, warum machst du das?«

»*Versprich* es einfach.«

Sie atmete schnaubend aus. »Ja, Maman«, sagte sie wie ein gehorsames Schulmädchen.

Ich lächelte. »Weiß du eigentlich, wie sehr ich dich liebe?«

Ihre Augen füllten sich mit Tränen. »Ja, Maman.« Schniefend. Und noch einmal. Sie zog ein Taschentuch aus dem Mieder. »Und ich liebe dich!«

Ich breitete die Arme aus, und sie fiel neben mir ins Bett, als wäre sie wieder ein Mädchen und nicht die Frau, die aus ihr geworden war. Ich hielt sie fest, bis sich ihr Atem beruhigte. Die Pendeluhr schlug viermal. Und dann, in der drückenden Stille, die darauf folgte, fragte ich ganz ruhig: »Hortense, gibt es irgendetwas, das du mir erzählen möchtest?«

»Nein, Maman, warum fragst du?«, sagte sie, setzte sich auf und wischte sich mit den Handrücken über die Augen.

»Es ist nicht wichtig.« *Erinnere dich, was ich gesagt habe*.

[Ohne Datum]

Ich kann nicht sprechen, aber ich kann schreiben. Mein Hals! Die Kinder sind ja so lieb. Ich sehe die Verzweiflung in ihren Augen – die *Angst*. Ich liebe sie so sehr! Wenigstens haben sie einander.

Ach, Bonaparte, wenn doch nur …

Nachwort

Sire, Kaiser (Papa),
ich schreibe dies mit weinendem Herzen. Unsere geliebte Joséphine ist plötzlich entschlafen. Wir können es immer noch nicht begreifen, dass sie nicht mehr bei uns ist. Unser Kummer lässt sich leichter ertragen, weil wir wissen, dass sie ein erfülltes Leben hatte, ein Leben voller Liebe. Sie liebte uns. Sie liebte Sie – aus tiefstem Herzen.
Bei einer Ausfahrt im Wald von Montmorency verkühlte sie sich und zog sich eine tödliche Halsentzündung zu. Allerdings hat es den Anschein, als ob es schon früher begonnen hätte, denn nach Ihrem Exil verschlechterte sich ihr Gesundheitszustand zusehends. Von Mademoiselle Avrillion wissen wir, dass sie zeitweise unter einer verzehrenden Melancholie litt – was ihr so gar nicht ähnlich sah, wie Sie wissen.
Es war nicht gerade förderlich, dass sie darauf bestand, aufzustehen und Gäste zu empfangen. Sie machte sich Sorgen um mich und Hortense, darum, welche Entscheidung über unsere Zukunft getroffen würde. Wir haben soeben erfahren, dass wir nicht ins Exil geschickt werden, dass wir unsere Besitztümer und die damit verbundenen Rechtsansprüche behalten dürfen. So wird sie vielleicht in Frieden ruhen.
Aber um welchen Preis! Bei der Rückkehr aus Saint-Leu empfahl ihr der Arzt, der sie gewöhnlich behandelte, eine kleine Dosis Brechwurz als Korrektiv. Obwohl sie litt, schien es ihr besser zu gehen, sogar so gut, dass sie mit Gästen frühstücken konnte. An diesem Abend versuchte sie, uns bei einem Spiel auf dem Rasen Gesellschaft zu leisten, musste sich jedoch hinsetzen. Nachdem die Gäste gegangen waren, wollte sie ihren üblichen Spaziergang durch den Rosengarten machen, wurde jedoch so schwach, dass sie nicht mehr laufen konnte und zurück ins Schloss getragen werden musste. Zu diesem Zeitpunkt begannen wir uns Sorgen zu machen. Ein

paar Tage der Ruhe belebten sie wieder, aber als sie in der Zeitung las, dass der Leichnam des kleinen Napoléon exhumiert werden sollte, erlitt sie einen Rückfall. Ungeachtet dessen ließ sie nicht nach in ihrem Bemühen, die österreichischen und russischen Herrscher zu unseren Gunsten zu beeinflussen.*

Hätte ich gewusst, wie krank sie war, hätte ich ihr Einhalt geboten, Sire. (Nicht, dass sie auf mich gehört hätte. Ihr Arzt sagt uns, dass er sie anflehte, im Bett zu bleiben.) Als ich an diesem Nachmittag aufbrach, schien es ihr schlechter zu gehen. Obwohl uns der Arzt versicherte, dass sie kein Fieber hätte und nicht in Gefahr sei, konnte sie nur mit Mühe sprechen.

Ich glaube, das war am Montag, folglich am dreiundzwanzigsten Mai. Am nächsten Morgen erwachte sie mit starken Halsschmerzen. Dr. Horeau verabreichte ein Abführmittel und versuchte sie zu überreden, im Bett zu bleiben. Sie weigerte sich: Der Zar und die russischen Großherzöge wurden zum Diner erwartet. Sie erholte sich, musste sich jedoch irgendwann während des Essens entschuldigen. Ich brachte sie auf ihr Zimmer.

Als sie am Mittwoch aufwachte, war sie von einem Ausschlag befallen. Sie hätte eine schreckliche Nacht verbracht, erzählte mir Mimi: Schmerzen in der Brust, Erbrechen, Schüttelfrost.

Der Ausschlag verschwand zwar am Abend, trotzdem bestand Hortense darauf, dass ihr ein Pflaster auf den Hals appliziert wurde.

Am Freitag schickte der Zar seinen eigenen Arzt, Sir James Wylie – ein Schotte, kein Engländer. Alle drei Ärzte waren beunruhigt: Mamans Rachen war dunkelrot. In dieser Nacht wütete ihr Fieber. Zwischen ihren Schultern wurde ein Zugpflaster angelegt und an ihren Füßen Senfpflaster. Aber es war zu spät. Wir verloren den Kampf. Am Samstagmorgen hatte sie hohes Fieber und ihr Puls war kaum zu fühlen. Sie konnte nur mühsam atmen, hatte Schmerzen und fiel ins Delirium, aus dem sie immer wieder erwachte. In dem vergeblichen Bemühen, sie zu retten, applizierten die Ärzte ein Pflaster auf ihre Brust. Hortense brachte ihre Buben her-

* Aus Mitleid (und Freundschaft) veranlasste Zar Alexander, dass das Kind in der Kapelle von Hortenses Schloss in Saint-Leu beigesetzt wurde.

ein, aber Maman wurde ganz unruhig aus Angst, die Luft im Zimmer könnte den beiden schaden.
Am Pfingstsonntag, dem 29. Mai, teilten uns die Ärzte mit, dass keine Hoffnung mehr bestünde. Wir schickten nach dem Seelsorger, damit er die Sterbesakramente spenden konnte. Er war nicht zu Hause, daher wurde Hortenses Hauslehrer, Abbé Betrand, gerufen. Um elf erhielt Maman die Sterbesakramente. Als Hortense und ich in der Tür erschienen, streckte sie die Arme nach uns aus, konnte jedoch nicht sprechen. Oh, diese Liebe in ihrem Blick! Hortense fiel in Ohnmacht und musste in ihr Zimmer getragen werden.*
In diesem Augenblick schrie mir Mimi entsetzt etwas zu. Ich eilte zum Bett. Maman sank zu mir hin, und ich wusste, dass sie von uns gegangen war. Während ich sie eine Weile in meinen Armen hielt, fühlte ich mich von ihrer Seele wie von einem strahlend hellen Licht umhüllt.
Mimi sagte, dass ich zu Hortense gehen sollte – sie selbst würde Yeyette zur Ruhe betten, sagte sie weinend. Hortense war in ihrem Zimmer und immer noch bewusstlos. Sie wurde wach, sah mir kurz in die Augen und begann zu weinen. »Wenigstens werdet ihr einander haben«, hatte Maman vor einigen Wochen zu mir gesagt. Ich hatte nicht hingehört, Sire. Sie hatte Lebewohl gesagt und ich hatte nicht hingehört.
Bald darauf fuhren Hortense und ich nach Saint-Leu. Hier sind wir jetzt. Hortense ist immer noch sehr erschüttert. Es wird seine Zeit brauchen.
Wie Sie sich vorstellen können, hat die Nachricht, dass ihre »Gute Kaiserin Joséphine« nicht mehr unter ihnen weilt, die Bürger dieses Landes zutiefst bekümmert. Der alte Gontier erzählte mir, dass sich wegen der Blumensträuße, die sich vor Malmaison zu einem Berg stapeln, das Tor nicht mehr öffnen lässt, dass die lange Straße nach Paris von Menschen mit Tränen in den Augen – Bauern wie Aristokraten – wimmelte.
Sie wurde in einem doppelten Sarg aufgebahrt. Über zwanzigtausend

* Die Autopsie von Joséphines Leichnam ergab eine entzündete Luftröhre mit einem brandigen Herd am Kehlkopf. Die Lungen waren voller Blut.

Menschen kamen den ganzen Weg nach Malmaison heraus, um ihr die letzte Ehre zu erweisen. Erstaunlich. Selbst hier in Saint-Leu stapeln sich vor dem Tor Blumensträuße und Beileidsbriefe. Wirklich, Papa, wir sind tief bewegt über diese überwältigenden Liebesbezeugungen.
»Sag ihm, dass ich warte«, sagte Maman wenige Tage vor ihrem Tod zu Hortense. Im Fieberwahn gesprochene Worte, dachten wir zu dieser Zeit, doch nun erscheint alles so klar. Mimi, die während dieser letzten Fiebernacht bei ihr war, sagt, dass ihre letzten Worte Ihnen gegolten hätten. Wusste sie, wie sehr wir sie liebten? Wenn mich Mamans Tod eins gelehrt hat, Sire, dann, dass man seine Gefühle aussprechen muss, solange man es kann. Ich liebe und verehre Sie als meinen Kaiser und kommandierenden General, aber vor allem als meinen Vater. Bon Courage, wie die Korsen sagen. Gott sei mit Ihnen. Joséphines Seele wird es sein.

Ihr treuer und ergebener Sohn Eugène

Epilog

Ein Jahr später floh Napoléon von der Insel Elba und kehrte nach Frankreich zurück, wo er den Bourbonenkönig Ludwig XVIII. und die Royalisten, einschließlich Talleyrand und all die anderen, die ihn hintergangen hatten, vertrieb. (Auch Fouché, der blieb, verriet Napoléon, indem er dessen Kriegspläne nach England sandte.) Dies war der Zeitraum, der als die Hundert Tage bekannt ist und mit Napoléons Niederlage durch die Briten und ihre Verbündeten in der Schlacht von Waterloo endete. Diesmal wurde Napoléon nach St. Helena verbannt, einer abgelegenen Insel vor der Westküste des südlichen Afrika. Er starb sechs Jahre später im Alter von einundfünfzig Jahren – an Magenkrebs, wie einige sagen, an Vergiftung, wie andere behaupten. Seine an seine Mutter und Onkel Fesch gerichteten Bitten, medizinische Hilfe zu senden, wurden von diesen als eine Finte der Briten abgetan. Eine Mystikerin hatte sie überzeugt, dass es Napoléon ausgezeichnet ginge. Es wird berichtet, dass Napoléon auf seinem Sterbebett die tief empfundenen Worte geäußert haben soll: »Ich habe gerade meine liebe Joséphine gesehen. Sie hat zu mir gesagt, dass wir uns wieder sehen werden und dass wir niemals mehr getrennt würden. Sie hat es mir versprochen.«

Alle Mitglieder der Bonaparte-Sippe wurden aus Frankreich verbannt.

Madame Mère, die sich mit ihrem Halbbruder Fesch und ihrer Tochter Pauline nach Rom zurückzog, weigerte sich, mit Caro-

line zu sprechen, nachdem diese Napoléon verraten hatte. Sie starb nach einem Sturz im Alter von sechsundachtzig Jahren.
Joseph emigrierte als »Graf de Survilliers« in die Vereinigten Staaten und häufte durch Spekulationen ein beträchtliches Vermögen an. Er starb in Florenz im Alter von sechsundsiebzig Jahren.
Lucien kehrte nach Frankreich zurück, um Napoléon während der Hundert Tage zu unterstützen. Als ihm die Erlaubnis, sich zu Napoléon nach St. Helena begeben zu dürfen, verweigert wurde, lebte er bis an sein Ende mit seiner Frau und elf Kindern in Italien.
Elisa floh als »Gräfin de Campignano« nach Italien. Sie starb im Alter von dreiundvierzig in der Nähe von Triest an einem Fieber.
Auch Pauline floh nach Italien, wo sie zeitweise bei ihrer Mutter in Rom und am Ende ihres Lebens sogar bei ihrem ehemaligen Mann Prinz Borghese wohnte. Von allen Geschwistern Bonapartes war Pauline diejenige, die Napoléon im Exil am meisten die Treue hielt und der es sogar gelang, ihn trotz ihrer angegriffenen Gesundheit in Elba zu besuchen. Als sie im Alter von fünfundvierzig Jahren in Florenz starb, trug sie ein Ballkleid und hielt einen Spiegel in der Hand.
Nachdem er auf den Thron von Holland verzichtet hatte, ließ sich Louis in Italien nieder und führte als Literat ein ruhiges Leben. Er schrieb einen melancholischen Roman, *Marie* (über einen Mann, der gezwungen wird, eine Frau zu heiraten, die er nicht liebt), Gedichte und verschiedene Werke über Holland und das Kaiserreich. Er starb an einem Schlaganfall im Alter von sechsundsechzig Jahren.
Caroline, entthrohnte Königin von Neapel, wurde als zu gefährlich beurteilt, um in der Nähe irgendeines Familienmitglieds leben zu dürfen, und starb als »Herzogin de Lipona«, einem Anagramm für Neapel (Napoli), einsam in Florenz. Ihr

Mann, Joachim Murat, wurde im Alter von achtundvierzig mit den Porträts seiner Kinder in der Hand von einem Exekutionskommando erschossen. Tollkühn wie immer hatte er versucht, sein Königreich von Neapel mit nur dreißig Männern zurückzuerobern.
Jérôme ließ sich zunächst in der Schweiz und dann in Italien nieder. Schließlich kehrte er nach Frankreich zurück und erlebte noch die Regentschaft von Napoléon III. (Oui-Oui) mit. Jérôme ist es zu verdanken, dass der Name Bonaparte bis heute existiert.

Kaiserin Marie-Louise, Opfer eines ausgeklügelten Komplotts von Seiten der Österreicher, das sie daran hindern sollte, sich Napoléon anzuschließen, gab sich mit Begeisterung der Manneskraft des Grafen Neipperg hin, eines Kammerherrn, der ihr eigens zu diesem Zweck zugeteilt worden war. Das Schicksal ihres Sohnes von Napoléon berührte sie nicht mehr. Der Knabe – Napoléon II. – starb ohne Erben im Alter von zweiundzwanzig Jahren an Tuberkulose. »Mein Leben wäre anders verlaufen«, soll er gesagt haben, »wenn Joséphine meine Mutter gewesen wäre.« Marie-Louise starb im Alter von sechsundfünfzig Jahren in Wien.
Hortense kam Napoléon während der Hundert Tage zu Hilfe und wurde demzufolge nach der Niederlage von Waterloo ins Exil verbannt. Sie ließ sich in der Schweiz nieder, wo sie im Alter von vierundfünfzig Jahren starb. Ihr älterer, noch lebender Sohn Napoléon-Louis (Petit) fiel im Alter von siebenundzwanzig Jahren in einer Schlacht. Louis-Napoléon (Oui-Oui) wurde nach der Revolution von 1848 zum Präsidenten von Frankreich gewählt und unter dem Namen Napoléon III. zum Kaiser der Franzosen ausgerufen.
Hortenses Liebhaber, Charles Flahaut – der als Talleyrands unehelicher Sohn galt – bat Hortense, ihn zu heiraten, was sie je-

doch ablehnte, da Louis gegen eine Scheidung war, und schließlich heiratete Flahaut eine andere Frau. Beider unehelicher Sohn, Charles Auguste Demorny, war ein führendes Mitglied der Regierung von Napoléon III., seinem Halbbruder.
Unter der Bedingung, dass Eugène nie wieder zu den Waffen griff (was ihn davon abhielt, Napoléon während der Hundert Tage zu Hilfe zu kommen), wurde ihm von Zar Alexander der Titel Herzog von Leuchtenberg angeboten. Eugène und Auguste ließen sich mit dreien ihrer Kinder in München nieder, wo sie glücklich und ruhig lebten. Eugène starb im Alter von dreiundvierzig Jahren an einem Schlaganfall.
Von seinen sieben Kindern überlebten sechs. Alle heirateten in königliche Familien ein:
Joséphine heiratete den Kronprinz von Schweden (Sohn von General Bernadotte und Eugénie-Désirée Clary – Josephs und Julies Neffe) und wurde Königin von Schweden.
Eugénie heiratete Prinz Friedrich von Hohenzollern-Sigmaringen.
Augustus heiratete Königin Maria II. von Portugal (starb jedoch kurz darauf).
Amélie heiratete den Kaiser von Brasilien.
Théolinde heiratete Graf Wilhelm von Württemberg.
Maximilian heiratete Großherzogin Maria, eine Tochter des russischen Zaren.
Durch Eugène leben Joséphines Nachkommen heute in den meisten Königshäusern der Welt weiter.

Anhang

Chronologie

9. März 1800	Napoléons und Joséphines vierter Hochzeitstag
29. März 1800	Napoléon trifft mit dem royalistischen Mittelsmann Cadoudal zusammen.
18. Juni 1800	Marquis de Beauharnais stirbt in Saint-Germain-en-Laye im Alter von sechsundachtzig Jahren.
10. Oktober 1800	Das Opéra-Komplott: Revolutionäre versuchen Napoléon in der Opéra zu ermorden.
24. Dezember 1800	Ein royalistischer Mordanschlag durch eine Schießpulver-Explosion gelingt beinahe.
9. Februar 1801	In Lunéville wird der Friedensvertrag mit Österreich unterzeichnet.
7. Juli – 5. August 1801	Joséphine fährt in den Badeort Plombières, um gegen Unfruchtbarkeit behandelt zu werden.
4. Januar 1802	Hortense und Louis heiraten.
27. März 1802	In Amiens wird der Friedensvertrag mit Britannien unterzeichnet.
18. April 1802	Das Konkordat mit der Kirche wird gefeiert.
15. Juni – 12. Juli 1802	Joséphine fährt erneut in den Badeort Plombières, um sich einer Behandlung gegen Unfruchtbarkeit zu unterziehen.

2. August 1802	Als Ergebnis eines Volksentscheids wird Napoléon zum Ersten Konsul auf Lebenszeit ernannt. (Fouché ist dagegen.)
14. September 1802	Fouché wird seines Amtes enthoben.
10. Oktober 1802	Hortenses und Louis' erstes Kind wird geboren: Napoléon-Charles
1. oder 2. November 1802	Pauline Bonapartes Mann, Victor Leclerc, stirbt in Saint-Domingue (heute Haiti) an Gelbfieber.
14. März 1803	Joséphines Tante Désirée stirbt.
Mai 1803	Joséphines Patentochter Stéphanie Tascher, fünfzehn, segelt auf der *Dard* von Martinique ab.
kurz vor dem 18. Mai 1803	Die *Dard* wird von den Briten aufgebracht.
18. Mai 1803	England erklärt Frankreich den Krieg.
18. August 1803	Nachdem sie als Geisel festgehalten worden war, kommt Stéphanie mit dem Schiff aus England in Frankreich an.
4. Februar 1804	Eine royalistische Verschwörung zur Entführung Napoléons wird aufgedeckt.
19. Februar 1804	General Moreau wird verhaftet.
9. März 1804	Georges Cadoudal wird verhaftet.
15. März 1804	Herzog d'Enghien wird in Deutschland verhaftet.
21. März 1804	Herzog d'Enghien wird »vor Gericht gestellt« und hingerichtet.
27. März 1804	Fouché stellt einen Antrag im Senat, der Napoléon auffordert, seinen Ruhm »unsterblich« zu machen.
7. April 1804	Napoléon und Joséphine fragen Louis, ob sie seinen Sohn adoptieren können. (Abgelehnt.)

18. Mai 1804	Eine neue Verfassung, die auf dem Code Civil basiert, wird ausgerufen. Napoléon wird durch einen nationalen Volksentscheid zum Erbfolgekaiser erklärt.
28. Juni 1804	Cadoudal wird hingerichtet. General Moreau wird verbannt.
10. Juli 1804	Fouché wird wieder als Polizeiminister eingesetzt.
30. Juli–11. Sept. 1804	Joséphine fährt nach Aix-la-Chapelle, um sich einer Behandlung gegen Unfruchtbarkeit zu unterziehen.
11. Oktober 1804	Hortenses und Louis' zweiter Sohn, Napoléon-Louis, wird in Paris geboren.
25. November 1804	Napoléon empfängt Papst Pius VII. in Fontainebleau.
1. Dezember 1804	Joséphine und Napoléon werden kirchlich getraut.
2. Dezember 1804	Krönung in Notre-Dame. Napoléon und Joséphine werden zum Kaiser und zur Kaiserin der Franzosen gekrönt.
26. Mai 1805	Napoléon wird in Mailand zum König von Italien gekrönt.
7. Juni 1805	Eugène wird zum Vizekönig des Königreiches von Italien ernannt.
1. August–30. August 1805	Joséphine fährt zu einer weiteren Kur gegen Unfruchtbarkeit nach Plombières.
21. Oktober 1805	Schlacht von Trafalgar. Die französische Flotte wird besiegt.
2. Dezember 1805	Napoléon erringt einen entscheidenden Sieg in der Schlacht von Austerlitz.
14. Januar 1806	Eugène heiratet in München Auguste von Bayern.

5. Juni 1806	Louis und Hortense werden offiziell zum König und zur Königin von Holland erklärt.
13. Dezember 1806	Carolines Vorleserin, Éleonore Denuelle, bringt einen Sohn, Léon, zur Welt, der von Napoléon gezeugt sein soll (vermutlich aber von Joachim Murat stammt).
4. Mai 1807	Louis' und Hortenses ältester Sohn, Napoléon-Charles, stirbt.
27. Juli 1807	Napoléon kehrt nach zehnmonatiger Abwesenheit zurück.
21. April 1808	Hortenses und Louis' dritter Sohn, Louis-Napoléon, wird vorzeitig geboren.
Dezember 1808	Eugène fängt einen Brief ab, der ein Komplott aufdeckt: Joachim Murat soll auf den Thron gesetzt werden, falls Napoléon in der Schlacht fallen sollte. Napoléon ist auf der Hut.
23. Januar 1809	Napoléon kehrt aus Spanien nach Paris zurück. Kurz darauf wird Talleyrand seines Amtes enthoben.
Ende September 1809	Gräfin Marie Waleska wird von Napoléon schwanger.
30. November 1809	Napoléon teilt Joséphine mit, dass sie sich scheiden lassen müssen.
15. Dezember 1809	Offizielle Scheidungszeremonie.
16. Dezember 1809	Joséphine zieht aus den Tuilerien aus.
27. März 1810	Napoléon und die österreichische Erzherzogin Marie-Louise treffen sich zum ersten Mal in Compiègne.
29. März 1810	Joséphine zieht in das Château de Navarre in Évreux.

1. April 1810	Napoléon und Marie-Louise werden in Saint-Cloud getraut.
4. Mai 1810	Napoléons Mätresse, Gräfin Marie Waleska, bringt in Warschau einen Sohn zur Welt.
20. März 1811	Napoléons und Marie-Louises Sohn, François-Charles-Joseph-Napoléon II., König von Rom, wird geboren.
15. oder 16. Sept. 1811	Charles Flahauts und Hortenses Sohn wird geboren.
17. Dezember 1811	*Le Moniteur* druckt das XXIX. Bulletin, das die schweren Verluste der Grande Armée in Russland umreißt.
10. August 1813	Österreich schließt sich den Verbündeten an.
26.–27. August 1813	Napoléon besiegt die Verbündeten in der Schlacht von Dresden.
16.–19. Oktober 1813	Schlacht von Leipzig, Napoléons Armee wird geschlagen und auf 40 000 Mann dezimiert.
22. November 1813	Im Auftrag der Verbündeten versucht Augustes Vater, König Max von Bayern, (erfolglos) Eugène zu veranlassen, sich von Napoléon zu trennen.
15. Februar 1814	Joachim Murat erklärt Eugène den Krieg.
28. März 1814	Königin Marie-Louise und die Bonapartes beschließen, Paris zu verlassen. Joséphine erhält eine dringliche Botschaft von Hortense: Fliehe.
29. März 1814	Joséphine verlässt Malmaison und fährt nach Évreux.
1. April 1814	Hortense und ihre beiden Buben treffen

	in Évreux mit der Nachricht ein, dass Paris kapituliert hat.
6. April 1814	Napoléon dankt ab.
16. April 1814	Zar Alexander besucht Joséphine in Malmaison.
14. Mai 1814	Zar Alexander besucht Joséphine, Hortense und Eugène in Saint-Leu. Joséphine zieht sich eine Erkältung zu.
29. Mai 1814	Joséphine stirbt um die Mittagsstunde.
26. Februar 1815	Napoléon flieht von Elba.
21. März 1815	Napoléon kehrt nach Paris zurück.
18. Juni 1815	Napoléon wird in Waterloo geschlagen.
22. Juni 1815	Napoléon dankt ein zweites Mal ab.
15. Oktober 1815	Napoléon trifft in Jamestown, St. Helena, ein.
5. Mai 1821	Napoléon stirbt.

Namen und Personen

Agathe: Joséphines Küchenmagd.

Arberg, Gräfin d': Joséphines zweite Ehrendame, ersetzte Chastulé.

Auguié, Adèle: Madame Campans Nichte und sowohl Hortenses engste Freundin als auch ihre Zofe.

Avrillion, Mademoiselle: Joséphines Garderobenverwalterin.

Bacchiochi, Elisa Bonaparte (Prinzessin von Piombino, Großherzogin): Napoléons älteste Schwester, verheiratet mit Félix.

Beauharnais, Eugène (Vizekönig von Italien): Joséphines Sohn aus erster Ehe; heiratete Prinzessin Auguste-Amelie von Bayern und hatte sieben Kinder.

Beauharnais, Fanny: Joséphines Tante (über ihren ersten Mann); Dichterin und Exzentrikerin.

Beauharnais, Marquis de: Vater von Alexandre, Joséphines erstem Mann; verheiratet mit Joséphines Tante Désirée.

Hortense Beauharnais (Königin von Holland): Joséphines Tochter aus erster Ehe; heiratete Napoléons Bruder Louis und hatte vier Söhne (Klein Napoléon, Petit und Oui-Oui von ihrem Mann; Charles Auguste Demorny von Charles Flahaut).

Bonaparte, Jérôme (König von Westfalen): Napoléons jüngster Bruder; heiratete zuerst die Amerikanerin Elizabeth Patterson (annulliert), dann Prinzessin Katharina von Württemberg: ein Kind von seiner ersten Frau, vier von seiner zweiten.

Bonaparte, Joseph (König von Neapel, König von Spanien):

Napoléons älterer Bruder; verheiratet mit Julie Clary, mit der er zwei Töchter hatte.

Bonaparte, Letizia (Signora Letizia, Madame Mère): Napoléons Mutter.

Bonaparte, Louis (König von Holland): Napoléons Bruder; heiratete Hortense und hatte drei Söhne.

Bonaparte, Lucien: Napoléons Bruder, von ihm verstoßen; heiratete zuerst Christine, mit der er zwei Kinder hatte; nach deren Tod heiratete er Alexandrine, mit der er elf Kinder hatte.

Bonaparte, Napoléon (Kaiser der Franzosen, König von Italien): erste Frau Joséphine; zweite Frau Marie-Louise, von der er einen Sohn hatte, Napoléon-Français-Charles-Joseph.

Borghese, Pauline Bonaparte (Prinzessin Borghese): Napoléons Schwester, berühmt für ihre Schönheit; zuerst mit Victor Leclerc verheiratet, nach dessen Tod mit Prinz Camillo Borghese verheiratet. Ihr Sohn von Leclerc starb im Alter von sechs Jahren.

Bourrienne, Fauvelet: Napoléons erster Sekretär.

Cadoudal, Georges: royalistischer Agent, verurteilt wegen Verschwörung.

Cambacérès, Jean-Jacques de: Zweiter Konsul, Erzkanzler.

Campan, Madame: Schulmeisterin und ehemalige Hofdame von Königin Marie-Antoinette.

Caulaincourt, Armand de: französischer Botschafter in Russland, Außenminister. Joséphine hatte seine Familie bereits vor der Revolution gekannt und ihr während des Terrors geholfen.

Chimay, Thérèse Tallien (Prinzessin de Chimay): Joséphines enge Freundin. Von Tallien geschieden (der in ärmlichen Verhältnissen starb und vermutlich an einer Geschlechtskrankheit litt) und die Mutter zahlreicher unehelicher Kinder von Ouvrard, einem Finanzier. Obwohl vom Hofe und der feinen Gesellschaft geächtet, heiratete sie Prinz de Chimay. Einer ihrer Söhne von Chimay heiratete eine Frau, deren Vater Napoléon gewesen sein soll.

Constant: Napoléons Kammerdiener.

Corvisart, Dr. Jean: Viele Jahre Hofarzt von Napoléon und Joséphine, dann Arzt von Kaiserin Marie-Louise. Er konspirierte mit den Österreichern und half, Marie-Louise und ihren Sohn daran zu hindern, zu Napoléon nach Elba zu reisen, indem er ihr sagte, dass ihre Gesundheit nicht kräftig genug für eine solche Reise wäre.

Denuelle, Éléonore: Carolines Vorleserin, Napoléons Mätresse. Ihre Behauptung, dass Napoléon der Vater ihres Sohnes Léon sei, wurde später untermauert.

Désirée, Tante: siehe Montardat.

Despréaux, Monsieur: Tanzmeister.

Duchâtel, Adèle: Joséphines Hofdame, Mätresse von Napoléon, von Eugène umschwärmt.

Duplan, Monsieur: Friseur.

Duroc, Christophe: Napoléons Adjutant und Hortenses erste Liebe.

Fesch, Joseph (Erzbischof von Lyon, Kardinal): Napoléons angeheirateter Onkel.

Flahaut, Charles: Hortenses Liebhaber und Vater ihres Sohnes Charles Auguste Demorny (mit finanzieller Unterstützung durch Hortense von Flahauts Mutter, der Liebesromanautorin Madame de Souza, aufgezogen).

Fouché, Joseph: Polizeiminister zu verschiedenen Zeiten; Intrigant.

Frangeau, Madame: Hebamme.

Gazzani, Carlotta: Joséphines Vorleserin und Napoléons Mätresse (für kurze Zeit).

Georges, Mademoiselle: Schauspielerin, Napoléons Mätresse.

Gontier: Joséphines ältlicher Diener.

Grassini: italienische Sängerin, Napoléons Mätresse.

Horeau, Dr.: Dr. Corvisarts Student; Joséphines Arzt zum Zeitpunkt ihres Todes.

Isabey: Porträtmaler, Kunstlehrer, Joséphines Schminkkünstler.

Junot, Andoche: Napoléons Adjutant; Gouverneur von Paris; Carolines Liebhaber.

Lavalette, Émilie Beauharnais: Joséphines Nichte über ihren ersten Mann; verheiratet mit Lavalette. Nach Napoléons zweiter und endgültiger Niederlage verkleidete sich Émilie als Mann und nahm den Platz ihres Mannes im Gefängnis ein (wo er zum Tode verurteilt worden war), was ihm erlaubte, nach Bayern zu fliehen. Tragischerweise hatte sie im Gefängnis eine Fehlgeburt und verlor den Verstand. Als er 1822 begnadigt wurde, kehrte Lavalette zu seiner Frau nach Frankreich zurück, aber sie erkannte ihn nicht wieder. Durch seine liebevolle Pflege fand sie jedoch teilweise ihr Gedächtnis wieder, und ihre letzten gemeinsamen Jahre waren glücklich.

Leroy, Monsieur: Modeschöpfer.

Méneval: Napoléons Sekretär, ersetzte Fauvelet Bourrienne.

Mimi: Joséphines Jugendfreundin, eine Mulattin aus Martinique, früher eine Sklavin. Sie heiratete einen von Napoléons Arbeitszimmerwachen und gewährte Hortense während der Hundert Tage Zuflucht.

Montardat, Désirée: Joséphines Patin und Tante; in erster Ehe mit Monsieur Renaudin verheiratet, der im Verdacht stand, einen Mordversuch an ihr verübt zu haben. Ihr zweiter Mann war Marquis de Beauharnais, der Vater von Joséphines erstem Mann. Kurz nach dem Tod des Marquis heiratete sie Pierre Danès de Montardat (»Monsieur Pierre«), den Bürgermeister von Saint-Germain-en-Laye.

Moreau: beliebter General, der wegen Verschwörung verurteilt wurde; nach Amerika verbannt, kehrte jedoch aus dem Exil zurück und schloss sich den russischen Streitkräften an. Er wurde in der Schlacht von Dresden im Jahre 1813 von einer französischen Kanonenkugel getötet.

Moustache: Napoléons Kurier.

Murat, Caroline Bonaparte (Herzogin von Berg, Königin von Neapel): Napoléons jüngste Schwester; verheiratet mit Murat, mit dem sie vier Kinder hatte.

Murat, Joachim (Herzog von Berg, König von Neapel): Caroline Bonapartes Mann.

Rémusat, Claire (»Clari«): Hofdame von Joséphine.

Rochefoucauld, Chastulé, Gräfin de la: Joséphines entfernte Cousine und Ehrendame.

Roustam: Napoléons mameluckischer Leibwächter.

Talleyrand, Charles-Maurice: Außenminister und Verräter.

Talma: der berühmteste Schauspieler seiner Zeit.

Tascher, Stéphanie: Joséphines Nichte und Patentochter.

Thérèse: siehe Chimay.

Walewska, Gräfin Marie: Napoléons polnische Mätresse, die Mutter seines Sohnes Alexandre.

Stammbaum der Beauharnais'

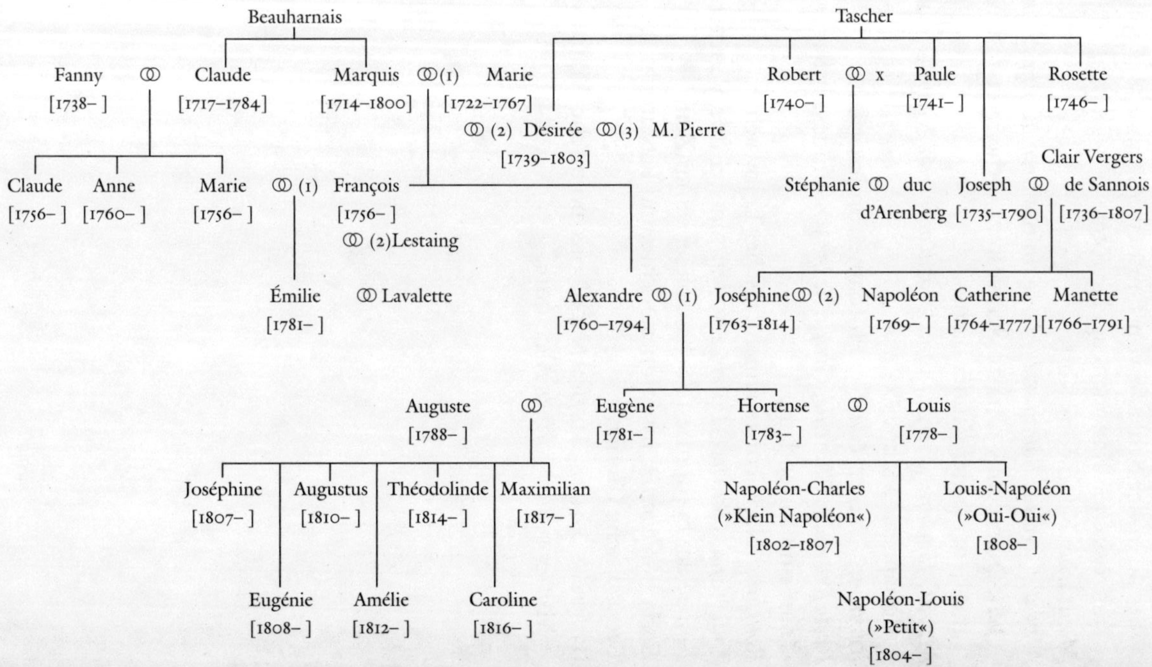

Stammbaum der Bonapartes

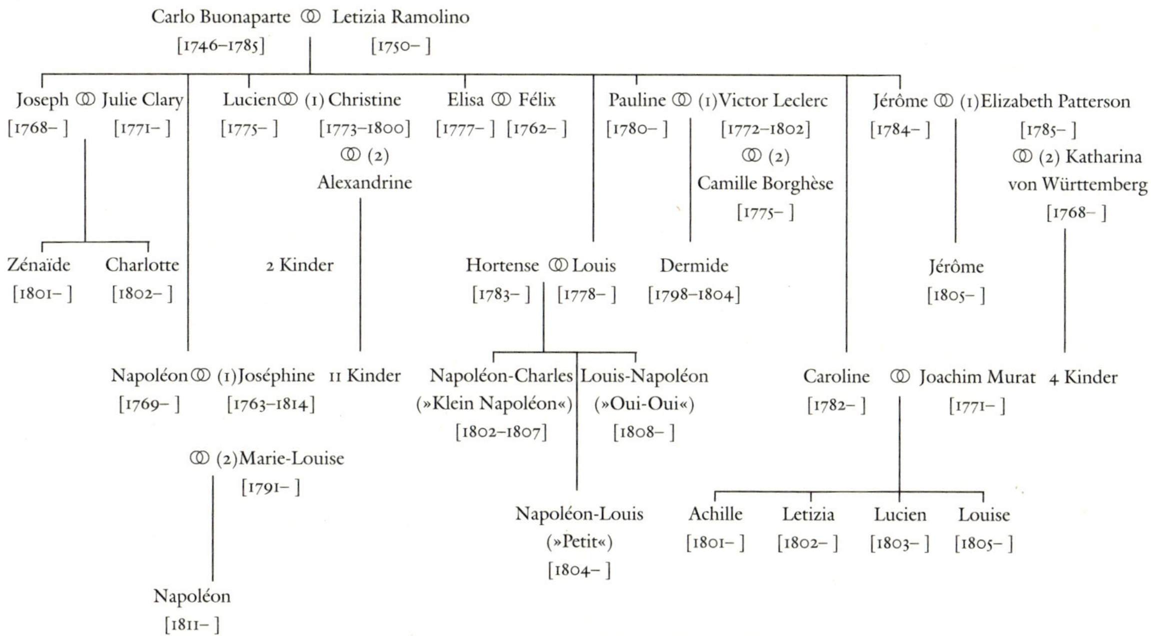

Literaturauswahl

Jeder, der sich in das napoléonische Kaiserreich vorwagt, wird rasch von einer riesigen Anzahl von Büchern überschwemmt, die über alle Aspekte dieses Zeitabschnitts veröffentlicht worden sind. Obwohl ich mich nun schon über ein Jahrzehnt in diesen Abschnitt der Geschichte vertieft habe, meine ich immer noch, nur an der Oberfläche gekratzt zu haben. Meine Bibliographie verzeichnet mittlerweile fast vierhundert Titel; nur einige wenige davon werde ich nennen.

Bei meinen Recherchen für diesen Roman war die Lektüre der vielen Memoiren aus dieser Zeit höchst unterhaltsam – »zerstreuend« ist das passende Wort für das achtzehnte Jahrhundert: wie jene von Mademoiselle Avrillion, Fauvelet Bourrienne, Las Cases, Constant, Madame Ducrest, Baron Fein, Fouché, Madame Junot, Méneval, Madame Rémusat und insbesondere jene von Hortense. In allen Fällen musste die Wahrheitsliebe und Objektivität des Autors (der oft ein Ghostwriter war) bewertet werden, wodurch sich die Suche nach der »Wahrheit« eher als der Versuch gestaltete, sich durch das Spiegellabyrinth auf einer Kirmes zu schlängeln.

Als Informationsquellen für Joséphine habe ich mich wie bisher hauptsächlich auf folgende Werke gestützt: *Impératrice Joséphine: Correspondance, 1782–1814*, zusammengetragen und herausgegeben von Maurice Catinat, Bernard Chevallier und Christophe Pincemaille (Histoire Payot, Paris, 1996), und *L'impératrice Joséphine* von Bernard Chevallier und Christophe Pincemaille (Presses de la Renaissance, Paris, 1988, dt. bei Heyne, München, 1991) ebenso wie Ernest Johne Knaptons *Empress Joséphine* (Harvard University Press, Cambridge/Massachusetts, 1963). Eine mit einem Preis ausgezeichnete Biographie wurde veröffentlicht, als ich gerade in den letzten Stadien dieses Buches war: Françoise Wageners *L'Impératrice Joséphine* (1763–1814) (Flammarion, Paris, 1999).

Es ist schwierig, ein bestimmtes Buch über Napoléon auszuwählen: Es gibt so viele. Obwohl der Autor entschieden Napoléons Partei ergreift, bleibt Vincent Cronins *Napoléon* (Collins, London, 1971, dt. bei Heyne, München, 1983) nach meiner Meinung eines der besten. Zumindest ist es sehr lesbar und fängt den Geist der Zeit ein. Frank McLynns *Napoléon: A Biography* (Pimlico, London, 1998) ist eine kürzlich erschienene und ausgewogene Darstellung, die ich häufig zu Rate zog.

Andere erwähnenswerte Bücher: Joan Bear, *Caroline Murat* (Collins, London, 1972); Jean-Paul Bertaud, *Bonaparte et le duc d'Enghien; le duel des deux Frances* (Robert Laffont, Paris, 1972); Hubert Cole, *The Betrayers: Joachim and Caroline Murat* (Eyre Methuen, London, 1972) und *Fouché: The Unprincipled Patriot* (Eyre & Spottiswoode, London, 1971); Émile Dard, *Napoléon and Tayllerand* (Philipp Allan & Co., Ltd., London, 1937); Walter Geer, *Napoléon and His Familiy: The Story of a Corsican Clan* (George Allen & Unwin Ltd., London, 1928); Carola Oman, *Napoléon's Viceroy: Eugène de Beauharnais* (Funk and Wagnall, New York, 196); Jean Tulard, *Fouché* (Fayard, Paris, 1998) und *Murat* (Fayard, Paris, 1999).

Drei Bücher vor allem lieferten eine Fülle von wunderbaren Details: Bernard Chevalliers preisgekröntes Buch *L'art de vivre au temps de Joséphine* (Flammarion, Paris, 1998); Maurice Guerrini, *Napoléon and Paris: Thirty Years of History* (Walker and Company, New York, 1967); Frédéric Masson, *Joséphine, Empress and Queen* (Goupil & Co., Paris and London, 1899).

Ich werde häufig gebeten, ein Sachbuch zum Thema Joséphine

und Napoléon zu empfehlen. *Napoléon and Joséphine: The Improbable Marriage* von Evangeline Bruce (Scribner, New York, 1995) ist ausgezeichnet – ein äußerst lesbarer und genauer Bericht über die sowohl persönlichen als auch politischen Welten. Zum Schluss eine Warnung: Dieses Thema macht süchtig.

Anmerkung

Mit Ausnahme des Briefes vom 12. März 1810 (dem Informationen hinzugefügt wurden) sind alle Briefe Napoléons veröffentlichte Fassungen derjenigen Briefe, die er Joséphine tatsächlich schrieb. Die Polizeiberichte sind ebenfalls authentisch ebenso wie Hortenses und Émilies Bericht über die Reise nach Plombières (Seite 75/76), Napoléons Anweisungen an Eugène, wie er Italien regieren soll (Seite 273), und Joséphines Brief an Napoléon (Seite 432).
Die Illustration auf Seite 91 über die Schrittkombinationen und Noten des Menuetts ist *The Art of Dancing* von Kellom Tomlinson, veröffentlicht 1735, entnommen. Die Illustration auf Seite 196, die zeigt, wie man sich verbeugt, stammt aus *Chironomia; or A Treatise on Rhetorical Delivery* von Gilbert Austin, Originalausgabe von 1806.

Danksagungen

In den vergangenen drei Jahren hat es Zeiten gegeben, in denen ich das Gefühl hatte, dass mir die Geister Straßensperren in den Weg stellen, dass sie sich verschworen hatten zu verhindern, dass dieses Buch zu Ende gebracht wurde – eine Verschwörung, in der ich zweifellos eine unfreiwillige Komplizin war, denn es fiel mir nicht leicht, dieses Buch abzuschließen. Es beendet ein Jahrzehnt täglichen, wechselweisen Umgangs mit Joséphine und ihrer Familie, schließt einen Vorhang zu einer Welt, in der ich mich mittlerweile heimisch fühle.

Der vielleicht schwierigste Teil beim Schreiben dieses Buches war, einen sehr komplexen Handlungsablauf vereinfacht darstellen zu müssen. Viele wunderbare Persönlichkeiten und faszinierende Geschichten mussten gestrichen werden: Leser, die mit dieser Zeit vertraut sind, werden Fanny Beauharnais' Enkelin Stéphanie vermissen (*noch* eine temperamentvolle Stéphanie); die etlichen Tascher-Buben, die von Martinique geschickt wurden, um sich den fürsorglichen Schutz ihrer kaiserlichen Tante zunutze zu machen; Talleyrands Heirat mit der herrlich unbedarften Madame Grand; General Bernadotte und seine Frau (Napoléons erste Liebe, Eugénie-Désirée Clary), die König und Königin von Schweden wurden; die bunt schillernde spanische Königsfamilie, ganz besonders der unvergessliche »Prinz Frieden«. Jeder dieser Menschen könnte ohne weiteres Thema eines Romans sein.

Aber am allermeisten hatte ich das Gefühl, der Aufgabe nicht gewachsen zu sein, Napoléon, seine Stärken und Schwächen, seinen Weitblick und seine Blindheit, seine heroischen Leistungen und schwer wiegenden Fehler angemessen zu porträtieren. Auch das politische Bild – so gewaltig und so komplex – musste vereinfacht werden. Vor allem fehlt die Geschichte über Toussaints Verteidigung von Saint-Domingue (heute Haiti) und seinen tragischen Tod in Frankreich, ebenso wie die Geschichte von der Verhaftung und Gefangenschaft des Papstes. Dieser Roman stellt nur die Spitze eines Eisbergs dar.

Sollte ich jene Personen, die ich in die Handlung aufgenommen habe, in irgendeiner Weise falsch dargestellt haben, so entschuldige ich mich bei ihren Nachkommen. Ich hoffe, dass meine Achtung und Zuneigung zu ihnen, selbst in ihrer Niedertracht, zu erkennen ist.

Bei meinen Recherchen zu diesem Buch in Europa schulde ich Yves Carlier, dem Kurator von Fontainebleau, besonderen Dank, der mich auf einen Rundgang hinter die Kulissen dieses erstaunlichen Schlosses mitnahm, und den Mitarbeitern der Archives Municipal in Évreux. Und wie immer schulde ich Bernard Chevallier und Dr. Catinat in Malmaison besonderen Dank. Dr. Catinat hat fast ein Jahrzehnt lang unverdrossen meine zahlreichen Fragen beantwortet. Sein Wissen und seine Erkenntnis über »notre héroïne« hat mich stark beinflusst.

Eine besondere Würdigung gebührt all jenen Menschen in den zahlreichen Geschichtsforen im Internet, die sich die Zeit nahmen, mir spezielle Informationen zukommen zu lassen, vor allem: Bruno Naeckerts, Beryl Bernardi, Cori Hauer-Galambos, Yves Martin und besonders Tom Holmberg, der nach dem Lesen eines frühen Entwurfs scharfsinnige und nützliche Vorschläge machte. Die Militärhistorikerin Dr. Margaret Chisawn beantwortete nicht nur meine häufigen Fragen, sondern durchforstete auch den endgültigen Text nach Fehlern (jene Fehler, die noch vorhanden sind, sind ausschließlich von mir zu verantworten). Seit ich diese Trilogie begonnen habe, stehe ich groß in ihrer Schuld. Dr. John McErlean hielt mich über neue Publikationen und Entwicklungen auf dem Laufenden; Irène Delage im Le Souvenir Napoléonien half, unklare Verweise zu finden; John Ballantrae steuerte Tarot-Sachverstand bei; der Hanfaktivist Robert Anderman steuerte eine interessante Betrachtungsweise bezüglich des russischen Feldzuges bei; und Marschall Pynkoski und Jeanette Zingg vom Opéra Atelier öffneten mir die Augen über die komplizierte Welt des Tanzes im achtzehnten Jahrhundert.

Die Mitglieder des Algonquin Book Club (Penny Carson-Mak, Shirley Felker, Bonnie Ference, Catherine Lee, Rhoda Levert, Joanne Paine und Cathleen Sullivan) gaben eine außergewöhnlich hilfreiche Kritik zu einem frühen Entwurf ab. Meine hart arbeitenden Leser erwiesen sich wieder einmal als unbezahlbar: Peggy Bridgland, Janet Calcaterra, Thea Caplan, Dorothy Goodman, Marnie McKay, Jenifer McVaugh, Carmen Mullins, Fran Murphy, Robin Paige, Chris Pollock und insbesondere meine Eltern, Robert und Sharon Zentner. Kristine Puopolo bei Scribners machte sehr hilfreiche Vorschläge. Die einfühlsame Arbeit von Fiona Foster, einer begabten Lektorin, ist auf jeder Seite erkennbar. Ein »dreifaches Hoch« auf Judy Holland, die zwei Entwürfe las und mir jedes Mal ihren beträchtlichen Sachverstand als Lektorin, Autorin und Lehrerin zugute kommen ließ. Dank an Jan Whitford, dessen frühes Vertrauen sich schließlich ausgezahlt hat, und an meine »Heimmannschaft« bei HarperCollins Canada: Karen Hanson, Roy Nicol, Magda Nusink, Lorissa Sengara, Rebecca Vogan – und insbesondere, insbesondere, *insbesondere* meine Lektorin und Verlegerin Iris Tupholme, die beim Lesen immer weinen musste.

Und wie immer danke ich meinem Mann Richard, der mich aufhob, wenn ich fiel, mich abbürstete und sanft, aber bestimmt wieder dem achtzehnten Jahrhundert zudrehte.

Sandra Gulland

Joséphine

Roman

Aus dem Amerikanischen von Sigrid Gent

Band 14880

»Du wirst unglücklich verheiratet sein. Du wirst Witwe sein. Du wirst eine Kaiserin sein.« Als die Wahrsagerin der jungen Rose, Tochter eines verarmten Plantagenbesitzers auf Martinique, die Zukunft voraussagt, ahnt niemand, daß sie tatsächlich die Wahrheit spricht.

Sandra Gullands ergreifender Roman erzählt von Liebe und Verlust, von politischer Intrige und Revolution und vom Wandel eines jungen Mädchens zu einer der beeindruckendsten Frauen der Geschichte – Napoléons Kaiserin Joséphine Bonaparte.

»Die Amerikanerin Sandra Gulland hat sorgfältig recherchiert. Ihr fantasievoller Roman erzählt im Tagebuchstil den ersten Teil des märchenhaften Aufstiegs eines kleinen Inselmädchens zu einer klugen, schönen Aristokratin.«

Brigitte

Fischer Taschenbuch Verlag

fi 14880 / 1

Sandra Gulland

Joséphine und Napoléon

Roman

Aus dem Amerikanischen von Sigrid Gent

Band 15168

»Ich fürchte, ich habe einen Fehler gemacht.« Am 9. März 1796 werden Napoléon und Joséphine in Paris verheiratet. Frisch vermählt, bemerkt Joséphine in der Stille ihrer Gemächer, dass sie den Mann, den sie soeben geheiratet hat, gar nicht richtig kennt. Wer ist dieser Bonaparte, den man überall »den Korsen« nennt und mit dem sie ab sofort Leben und Bett teilen wird? Als Napoléon immer höher strebt und zu immer mehr Macht gelangt, wird Joséphine Zeugin der politischen Intrigen und persönlichen Ränkespiele, mit deren Hilfe die ihnen Nahestehenden zu Ruhm und Sieg gelangen, die jedoch für andere nicht selten Untergang oder gar Tod bedeuten. Dennoch kann sie sich Bonapartes Charme nicht entziehen, und allmählich entwickelt sich zwischen den beiden eine Beziehung, die von Liebe und Hass gleichermaßen geprägt ist. Mit Joséphines Augen erblicken wir die Bühne, auf der Geschichte gemacht wird: Ballsäle und Schlafzimmer der großartigen Paläste, aber auch blutgetränkte Schlachtfelder. Geschichte, zu der Joséphine ihren Teil beiträgt.

»Das starke Portrait einer faszinierenden Frau
in einer bewegten Epoche.«
Journal für die Frau

Teil II der Joséphine-Trilogie

Fischer Taschenbuch Verlag

fi 15168 / 2